绿野千鹤 / 著

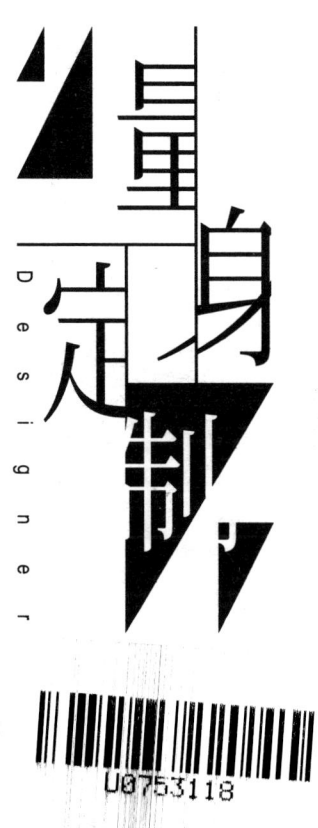
量身定制
Designer

世界知识出版社

图书在版编目（CIP）数据

量身定制：全2册 / 绿野千鹤著. — 北京：世界知识出版社，2018.4
ISBN 978-7-5012-5717-1

Ⅰ.①量… Ⅱ.①绿… Ⅲ.①长篇小说—中国—当代 Ⅳ.①I247.5

中国版本图书馆CIP数据核字（2018）第068479号

....

量身定制（上册）
Liangshen Dingzhi（Shangce）

作　　　者	绿野千鹤
责 任 编 辑	余　岚
文 字 编 辑	蔡楚娇
责 任 出 版	赵　玥
责 任 校 对	陈可望
出品人/监制	赵　雷
总　策　划	码　码　李姣姣
装 帧 设 计	西　少
出 版 发 行	世界知识出版社
地 址 邮 编	北京市东城区干面胡同51号（100010）
网　　　址	www.ishizhi.cn
销 售 电 话	010-65265923　010-57735442
经　　　销	新华书店
印　　　刷	北京嘉业印刷厂
开 本 印 张	880×1230毫米　1/32　7¾印张
字　　　数	233千字
版 次 印 次	2018年5月第一版　2018年5月第一次印刷
标 准 书 号	ISBN 978-7-5012-5717-1
定　　　价	59.80元（全2册）

版权所有　侵权必究
如有任何印刷装订质量问题请联系印厂调换，联系电话010-57735449

目录
Contents

第1章　初见　　　　　　　001

第2章　卡片　　　　　　　015

第3章　训斥　　　　　　　029

第4章　少年　　　　　　　043

第5章　改良　　　　　　　057

第6章　奖金　　　　　　　077

第7章　撒泼　　　　　　　087

第8章　法则　　　　　　　101

目 录
Contents

第9章　主设　　　　　　　　　　119

第10章　肖邦　　　　　　　　　　135

第11章　复赛　　　　　　　　　　151

第12章　纠缠　　　　　　　　　　167

第13章　作弊　　　　　　　　　　183

第14章　决赛　　　　　　　　　　193

第15章　冠军　　　　　　　　　　213

第16章　应酬　　　　　　　　　　227

向日葵，这向往光明之花，永远朝着太阳，她是希望，是生生不息的力量。

第1章 初见

工作日的步行街,像被蜂群遗忘的旧蜂巢,密密麻麻的门店在四月的阳光下徒劳地张着漆黑的大嘴。

红底细高跟踩在花岗岩地板上,在近乎静谧的街道上回荡着清晰的"嗒嗒"声,炫耀着它的华丽与昂贵。高跟鞋的主人有一双细长腿,穿着剪裁精致的连身裙,引得几名年轻女孩投来艳羡的目光。

"哒,哒,哒,哒……咔嚓!"极有规律的敲击声突然变了个调,纤细的金属鞋跟踩到了盲道边缘凸出的波纹上,脚脖子一歪,优雅体面的高跟鞋主人瞬间摔了个大马趴。

靠着摔跟头的丰富经验,萧绱毫不心疼地用手包格挡,垫在手肘下,堪堪完成了一项难度极高的"前扑卧倒"。而后她顾不得胳膊上的疼痛,第一时间爬起来,做贼一般快速地看看左右。

小孩子摔跟头叫摔跟头,二十多岁的人摔跟头叫出洋相!

快速整理乱成一团的长发,拍拍包面上的浮灰,看到边缘被蹭掉了一小块皮,萧绡顿时心疼得龇牙咧嘴。她懊恼地扯了扯脸上的口罩，十厘米的跟对她来说还是太高了。

"姐姐，你没事吧？"清脆的声音从身后传来，萧绡僵硬地回头，就见两个学生模样的小姑娘正担心地看着她。

"没事，没事。"萧绡把口罩又往上拽了拽，恰好包里的手机响了，她赶紧掏出来一边接电话一边快步走远。

"萧绡，你到哪儿了？"电话那头传来年轻男子的声音，带着几分吊儿郎当的鼻音。

"快到了。"萧绡有些不耐烦地应付。

"哎呀，忘了跟你说了，今天带了新女友一起来见你，你不介意吧？"欢快的声音里带着遮掩不去的得意，掺杂着旁边女孩子的嗤笑声，听在萧绡的耳朵里犹如猫爪挠铁皮板，刺得她差点摔了手机。

电话那头的人，是她的前男友。因为两人是在电话里分的手，对方一直不依不饶，坚持要当面说清楚，萧绡这才答应出来见他。没想到这人不打招呼就带了新女朋友来，明显是设好了局等着让她难堪。

萧绡捏着手机，磨了磨后槽牙，瞬间不想去了，"我……"推拒的话到了嘴边，她突然顿住了，只因一道清俊的身影，宛如夜空中燃烧的陨石，带着不容忽视的光芒闯进了她的视野。

那是一名穿着休闲西装的男人。

时近中午，太阳有些毒辣，男人把外套脱掉搭在手臂上，熨帖的黑色衬衫包裹着目测五十三厘米宽的完美肩膀，蜂腰窄胯，双腿修长。他正在低头摸钱夹，清冷的气质与画着卡通标志的廉价奶茶店有些格格不入。

"我当然不介意。"电话那头明显噎了一下，萧绡不再理他，直接收了线，大步朝奶茶店走去。

"先生，可以请你帮个忙吗？"萧绡拦住男人付钱的手开口请求。

"没零钱。"男人看都不看她一眼，将十块钱递给窗口内的老板，"常温奶绿加椰果。"

萧绡愣怔半晌，才反应过来这句"没零钱"是跟她说的，正是一句打发要饭的经典台词！

"不是，我不是要饭的！"萧绡赶紧解释，几乎化为实质的尴尬马上就要淹到头顶，然而开弓没有回头箭，她只能硬着头皮加快语速，"抱歉，我知道这很唐突……今天我要跟前男友见面，刚刚得知他带了新女朋友来，我一个人去太难堪，想请您帮我充个场子，就在前面那家店，耽误您十分钟，我请您喝一个星期的奶茶，行吗？"

一口气不带停顿地说完，奶茶店前的所有人包括还举着十块钱的老板，都停下动作眼睛一眨不眨地看着她，萧绡抽了抽嘴角，气氛好像更尴尬了……

男人微微蹙眉，偏过头来看向吵闹的源头。说话的是一个年轻的女孩子，有一双极为漂亮的眼睛，下半张脸隐藏在黑色的口罩里，看不出样貌，让人无端生出几分好奇。

方才在背后只能看到这个男人三分之一的侧脸，萧绡完全是被那黄金比例的身材所吸引，这会儿看到正脸，她忍不住有一瞬间的窒息。饶是看惯了时尚圈俊男靓女的萧绡，也不得不对这张脸赞一声好。

阳光从低矮的房顶上泄下来，照在那抿成一条线的淡色薄唇和色调偏冷的下巴上，好看得让人挪不开眼。

男人收起钱夹，转过身来面对着她，毫无预兆地说了一句道："可以给我看看你的脸吗？"

没想到男人会提出这个要求，沉浸在美色中的萧绡足足愣怔了二秒钟才堪堪回过神来，随即明白了对方的意图。他大概是想看看这张脸是否值得帮助吧？

暗自叹了口气，这位先生怕是要失望了。萧绡抬手，搓了三下口罩在左耳上的挂钩，咬咬牙，取了下来。

"呀！"旁边正吸着奶茶的小孩子控制不住地惊呼出声，意识到自己有些不礼貌，立时捂住了嘴。

口罩之下，是一张与窈窕身材、漂亮眼睛完全不搭调的大脸，浮肿的脸颊如同鼓起水泡的金鱼，看起来丑陋而蠢笨。

本以为是王子与公主的历史性会面，却不料是一个丑女的恶俗的搭讪，着实令人失望。众人纷纷挪开眼，不忍再往下看。

路人异样的眼光让萧绡感到一丝难堪，她忍不住低下头去，试图用长发遮住过于肥大的脸颊。

"一个月。"低沉悦耳的声音在头顶响起。

"啊？"萧绡没反应过来，傻愣愣地抬起头，配上那张呆笨的脸，惨不忍睹。

"报酬，一个月的奶茶。"男人把老板手里那十块钱拿回来，单手插在裤兜里，率先朝萧绡指的那家餐厅走去。

"啊，好嘞！"成功率极低的生意突然成功，萧绡整个人都被点亮了，她快速拿出两百块拍到窗口，对老板道："老板，来张三十次卡！"

大生意上门，奶茶店老板以迅雷不及掩耳之势拿出了一张印着猫爪的会员卡，笑得见牙不见眼地递给她道："谢谢惠顾！"

萧绡夺过卡片，快步跟上去。

重新戴上口罩，萧绡恢复了从容镇定道："我叫萧绡，是个服装设计师，今年二十四岁。咱们对个口供吧，怎么称呼您？"

"展令君，二十七，职业你自己编。"男人在餐厅门前驻足，稍稍弯起胳膊。

萧绡十分上道地挽了上去，笑着推开了餐厅的大门。

这是一家时下流行的中西混合餐厅，中式风格的原木桌上，不伦不类地搭着欧式桌布，胡椒研磨瓶旁边放着辣椒罐子，就如同她和前男友韩冬雨，永远都不在一个频道上。

灯光昏暗的卡座里，穿着印花连帽衫的男生正拿着手机打游戏。旁边坐着身着白色蕾丝裙的女生，安静地喝着果汁。

"哎，是不是那个？"女生看到萧绡他们进来，连忙捅了捅身边的男孩子。

"这里！"韩冬雨抬头看到来人，立时嚣张地揽住新女友的肩膀，吊儿郎当地摆手，看到蒙着大口罩的萧绡，立时习惯性地撇嘴，"又不是明星，戴个口罩干吗?"

"病没好,有点过敏。"萧绡随口应付了一句,完全没有取下口罩的意思。

萧绡跟韩冬雨谈了三年,最近两年韩冬雨还在读书,而萧绡已经工作了。自从萧绡开始工作,每天都有无休止的抱怨,对工作、对同事、对未来的发展,这令还在象牙塔里的韩冬雨不解,也越来越不耐烦。两个月前,萧绡突然说自己住院了,要他来看看。

好端端的住什么院?料想是女友想见他耍的小伎俩,他嫌坐车太麻烦就没去,谁知第二天就被甩了。

因为咽不下这口气,韩冬雨今天是打定主意要找回场子的。他的新女友,学历比萧绡高,家里条件也比萧绡强,最重要的是人温柔懂事!

"你还真病了啊?"韩冬雨有些意外,两人是在电话里分手的,因为异地恋的缘故,之后他们两人就没再见过面,所以他一直以为所谓的住院是不存在的。正想再问,他忽然注意到了萧绡挽着的男人,刚刚翘起的嘴角瞬间耷拉下来道:"他是谁?"

高大,英俊,气质出众,看起来很多金,最重要的是,男人身上有着小男生们所不具备的成熟稳重,这让韩冬雨瞬间升起了敌意。

"我男朋友。"萧绡拉着展令君走近,睁着眼睛漫天胡诌,"做金融的,上个月刚升副总。"

"哟呵,幸会。"韩冬雨坐着不动,懒洋洋地伸出手,要跟展令君握手。

展令君一手搭着外套,一手插在裤兜里,完全没有握手的意思道:"长话短说,我　会儿还有个会。"

看着韩冬雨瞬间铁青的脸,萧绡努力忍笑,请展令君一起坐下,冲那白色蕾丝裙的女生点了点头权当打招呼。

这次见面,按照韩冬雨的说法,是做一个正式的了结,说白了就是把送彼此的贵重东西还回去。

萧绡也不废话,从包里拿出一个首饰盒、一把小扇子,推到韩冬雨面前道:"我送你的那些就不用还给我了,你自己留着吧。"

"萧绡,我就是想问问,你到底为什么跟我分手?"韩冬雨握住那一方丝绒面的首饰盒,瞪着眼睛质问,尽量不去看萧绡身边那存在感极强的男人。他被甩得一头雾水,实在咽不下这口气。

"当时我得了重病,觉得自己活不长了,不想耽误你。"萧绡语调轻松地说,听起来却像是随口胡诌的,都已经分手了,她不想再去指责对方什么,就这样吧。

"……"韩冬雨一点一点把嘴撇到耳朵后面,使劲儿翻了个大白眼,用手肘捅捅身边的新女友,用四个人都能听到的声音说,"这听着怎么跟演韩剧一样?"

"哈哈哈!"新女友跟着他一起哈哈大笑,嘲讽之意溢于言表。

展令君看着那对嬉笑的男女,目光微寒。

萧绡垂下眼睛,拉上提包拉链道:"时候不早了,我们还有事,先走了。你们难得来一趟帝都,好好玩吧。"至于韩冬雨的新女友条件有多好,她并没有什么了解的兴趣,于是拉着临时演员展先生,趾高气扬地离开了餐厅。

韩冬雨的笑声渐渐收敛,咬牙看着走出餐厅的那对男女。以前他俩一起上街,萧绡从来不穿高跟鞋,因为要照顾他作为男子汉的面子,怕穿上高跟鞋会比他高。如今,萧绡穿着十厘米的高跟鞋,身边的男人依旧比她高半头,看起来无比登对。

"你怎么没跟她介绍我?"白色蕾丝裙的女生不满地噘起嘴。

"她又没问!"韩冬雨提高嗓门,颇有些恼羞成怒。

"谢谢你,真的,非常感谢。"走过街角,萧绡赶紧放开展先生的胳膊,将那张奶茶店的充值卡双手奉上。

展令君什么也没说,他伸出两根修长白皙的手指,夹住薄薄的卡片,装进了衬衫口袋里。

看着展先生的背影,萧绡忍不住捧住软绵绵的大脸,给闺密发了条微信——

小小布:我今天干了件惊天地泣鬼神的大事!

刚发出去,那边就秒回过来。

大大瑶:你把公司炸了?

小小布:这个暂时没打算实行……

打字太慢，萧绡把今天发生的事情的前因后果发了一长串语音过去。

大大瑶：姑奶奶，我这儿正开会呢，等会儿我"尿遁"听。

等萧绡坐上回家的出租车，闺密才再次回过来。

大大瑶：你是不是傻，给什么次数卡，管他要微信转账给他呀！

是哦！真是笨死了！萧绡抬手照着自己的脑门儿拍了一巴掌，"吧唧"一声太过响亮，把出租车司机师傅都吓了一跳。

"怎么了姑娘？"

"没事没事，拍个蚊子。"萧绡揉揉拍红的额头，疼痛使人清醒，刚刚冒出的满车粉红泡泡，被这一巴掌都给拍烂了。要到微信又能怎样呢？自己现在这副模样，估计泡谁都费劲儿。

帝都科技创意园区，是早年国家接轨全球贸易的时候规划的，据说是科技和创意的孵化池，一座座林立的高楼就是池中的蛋。十几年过去，蛋里的鸡仔纷纷破壳而出，然而大部分都是"科技鸡"，"创意鸡"少之又少。

作为凤毛麟角的"创意鸡"，LY设计公司在园区可谓受尽宠爱。六层的玻璃小楼，呈极浪费空间的"Z"字造型，外观墙壁全部采用浅绿色玻璃制作，楼墙之上没有任何的广告标识，只在大门旁边的草丛里，放着两个原木雕刻的字母"LY"。

高端大气的外观，与周围那些灰头土脸的大楼形成鲜明对比，连这里的扫地阿姨看起来都比别的公司洋气。

科技园热闹的上班高峰时段，街角卖月亮饼的早餐小摊被围得水泄不通。

蒸得松软的荷叶馍馍，加入卤肉味的干豆腐串，再加一根外皮焦脆的台湾烤肠，刷上浓郁的芝麻酱，咬上一口唇齿留香。而这一份美味，只要五块钱！

"那家是什么公司？看着好特别。"吸着八宝粥的职场新人小声问身边的前辈。

"还能是什么，LY呗！"前辈盯着卖饼大叔刷芝麻酱的手，"跟咱们这些码农不一样，人家那儿都是高端人士。早上喝的是蓝山咖啡，中午吃的是西冷牛排，走路都跟时装周的模特一样，啧啧……"说着，他伸手去接月亮饼，却被大叔绕过去，递给了旁边一名穿宝蓝色通勤小西装的姑娘。

萧绡接过卖饼大叔递过来的饼，剥开塑料袋便大口大口地吃起来，活像是三天没吃饭一般，看得大叔目瞪口呆道："姑娘，要不要豆浆？"

"唔，不用。"萧绡大口嚼着豆腐串，含糊地应了一声，她一边吃一边朝那栋绿色玻璃楼走去。

职场新人斜睨前辈，说好的蓝山咖啡呢？说好的时装周模特呢？那姑娘跟他俩一样，要了两根烤肠！

前辈："……"

玻璃小楼前面是一片草坪，一条木制的小路在草坪中蜿蜒，从踏上木栈道算起，一共一百零八步，在走到第九十三步的时候，月亮饼已经被消灭干净。萧绡揉了揉因为吃太快有些发疼的腮帮子，用湿巾擦擦满是芝麻酱的嘴，摸出一管口红三两下盲涂完毕，昂首挺胸，然后在七步之内完成从农民工到精英白领的蜕变。

"萧绡，你来上班了！"音调偏高的洪亮女声从背后传来，不用回头她也知道是谁，萧绡精准地侧身，躲过那直奔肩膀而去的爪子。

"秦亚楠，你就不能小声点儿！还想让方姐扣你的仪表金？"萧绡伸出一根手指，戳了戳来人的痒痒肉。她们两个是大学同学，毕业后又一起进了这家公司，比其他的同事要亲密一些。

"扣就扣，谁理那个老巫婆，反正我从来没拿全过。"秦亚楠挽住萧绡的一条胳膊，小声嘟囔。她比萧绡矮，说话要抬起头来，刚好能看到萧绡那异常肥大的脸颊，贴了假睫毛的眼睛瞬间张大，简直像人工开了眼角。

"天哪，你这脸！"高音喇叭一样的大嗓门，在大堂里激起了回声，正在电梯口排队的公司员工，纷纷转头看过来。

萧绡的脸"刷"地一下红了，她手忙脚乱地戴上口罩，狠狠给了秦亚楠一肘子道："嘘——"

"上周见你的时候还没这么严重呢……"秦亚楠赶紧调低音量,很是担心地伸手摸摸她的脸,愁得仿佛随时要哭出来。

"没事,过段时间就好了。"萧绡不想多说,她看了一眼时间,拉着秦亚楠快步往设计室走去。

女装设计室,作为公司里干活最多的部门,位于不上不下的三层。两人迈着大步走进设计室,墙上的挂钟应景地响起,老掉牙的电子音准点报时:"现在时间,上午九点整。"

一道锋利的视线从重重设计桌后面射来,在初夏温暖的早晨,生生激起了萧绡背后的一层寒毛。

设计室占用了一整层,没有水泥墙壁,阳光从栏杆外的玻璃墙透进来,给办公室镀上一层暖光。宽大的设计桌、剪裁桌,用一种看似凌乱的方式摆放,交错纵横间自有章法。许多精致零碎的小东西与碎布、图纸混在一起,堆放在原木材质的桌面上,充满了趣味与想象力的空间。而所有的设计桌后,有一张与整个办公室格格不入的黑色办公桌,上面整齐地摆放着电脑、文件夹、笔筒、老干部水杯。一名四十岁上下、穿着黑色包臀裙的女人正坐在那里,冷冷地看着她俩道:"说过多少次,要至少提前十分钟到公司,你俩又踩点来!"

正大口喘气的秦亚楠,想也不想地回了一句道:"公司规定九点上班,凭什么让我们提前!"

"秦亚楠,你什么态度!"作为刚来不足半年的部门经理,方向钱一直在强调规矩,就是想要镇住这些不服管的年轻人,没想到一个两个的全是刺儿头,数这个大嗓门的秦亚楠最难对付。

萧绡赶紧拉了试图冲上去理论的老同学一把,然后低着头坐到自己的位置上,跟正朝她挤眉弄眼的打版师小哥对了个心照不宣的眼神,接着打开电脑登录OA系统销假。这一年中最后的年假份额告罄,从现在起一直到年底她都没有带薪假可请了。

方向钱那边收到了销假申请,瞟了一眼戴着口罩的萧绡,发了个内部消息给她:过来一下。

萧绡关掉刚打开的邮件,起身走到黑色办公桌前道:"方,呃,领导,您叫我?"

设计师之间不拘小节,他们管上一任室长一直叫姐,方向钱纠正了很久,才教会他们叫领导,强调她是经理不是什么室长。

方向钱皱起眉头,瞪了萧绡一眼,这个花瓶不就仗着在首席那里有面子嘛,不过从今天起她的面子就没有了。想到这里,方向钱顿时心气顺了,不紧不慢地说:"指导给我打了招呼,试衣间那里,你暂时不必去了。"

试衣间,在LY公司里,特指首席设计师的试衣间。

当年LY的创始人,是参照法国的设计公司定的公司构架。整个公司分两套管理体系,一套是行政管理,最高权限领导人为首席执行官,也就是通俗意义上的总裁,另一套是设计管理,最高权限负责人为首席设计师。毕竟对于一家设计公司来说,首席设计师是决定品牌的存亡和质量的关键,所以每一家设计公司的首席设计师都拥有绝对超然的地位。

首席设计师主要负责制定每一季的服装主题和制作高级定制服。高定的制作过程需要有试衣模特,而这个模特最好懂服装设计,试穿时可以给首席提出建议,这样在改进的过程中会省下不少力气。

这两年来,试衣模特的角色一直是萧绡担任的。她可以经常接触上层的员工,俗话讲叫作"皇帝跟前的红人",别人总要忌惮三分的。

听到"不必再去试衣间"这句话,萧绡的脑袋有一瞬间的空白,该来的终究还是来了。

"我叫萧绡,二十二岁,毕业于Q大服装设计专业,得过全国大学生服装设计大赛冠军,这是我的简历。"穿着狠心花五百元买的高跟鞋,站在LY顶层阳光璀璨的设计室里,萧绡的腿肚子有些打战。不仅仅因为这是面试的第三轮终面,还因为坐在面试官席位上的那位满头银发的女士,是她的偶像,LY的首席设计师——艾德琳·李。

艾德琳是美籍华人，有一部分的西方血统，鼻梁高挺、眼窝较深，严肃的外表让她看起来非常不好相处。她问萧绡道："你的设计理念是什么？"她说着不太标准的普通话，语速极慢，透着几分贵族式的傲慢。

"理念……"萧绡一下子被问住了，交握在身前的手不由得出了一层细汗，设计理念这种高端的东西，是成名的设计师才会有的，她一个刚刚走出校园的学生，根本没有考虑过这个，"我的设计师生涯才刚刚起步，并没有形成固定的风格，虽然会失去一些个性，但会更方便我融入LY。"

这个答案没什么亮点，但也不会出错，至少旁边的总裁和艺术指导是满意的。但艾德琳显然并不满意，她的嘴角两边拉出了深深的法令纹道："设计师，最重要的是要有自己的灵魂，让别人告诉你怎么做，只能成为一个工匠而不是艺术家。"

"哦，亲爱的艾德琳，她还小，哪里懂得这些呢？"旁边的艺术指导林思远笑着劝解，他双手交叠撑着下巴，眼含笑意地打量面前这个明艳动人的女孩子，"她的身材很好，可以到你的试衣间帮忙。"

林思远作为一名中年男子，皮肤保养得宛如少女，撑下巴这种姿势，别的男人做出来会显得娘，他做出来却格外好看。因为他这一句话，让萧绡得以留在LY，并且能在试衣间近距离接触艾德琳，学到了大量有用的知识。因此，她一直对林思远心怀感激。

"是指导亲口说的吗？"萧绡不甘心地追问了一句。

方向钱怪异地看了她一眼，冷笑道："不相信我的话，你可以自己去问他。不过在这之前，先把你的工作做好，十分钟后开会。"

如今已经是四月底，夏装上市，秋冬装的发布会也在准备中，要开始设计下一年的春夏装了。

首席设计师已经定下了主题——新生。

"萧绡之前生病休假，错过了首席的主题阐释，你们一会儿把PPT传给她。素材包我已经发到你们的邮箱了，初稿设计限定一个月。我们'女成部'这一季的主设计师还没定，裁定方案会按照这一季的新品状况和设计初稿综合评定，你们都加把劲儿。"方向钱开会,不允许别人插嘴,她会干脆利落地一口气说完。

女装设计室,做的是女装成衣设计,设计的是会在全国店铺上架的批量大宗成衣。与之相对的是高级女装设计室,负责制作小批量的高级成衣和高定。

高级女装设计室里都是成熟的大设计师,像萧绡、秦亚楠这种刚毕业没几年的菜鸟,就只能在成衣设计室做苦力。

听到这一季的主设计师要公开竞选,大家互相对视一眼,都在彼此眼中看到了兴奋。

设计室每一季的主设计师都是不固定的,好比做社会实践的小组长,定下了谁,就要以谁的作品为主打,其他人根据主设计师的风格对自己的作品进行微调,做到风格统一,而主设计师能拿到的绩效奖金,是自己的作品加上小组成员作品绩效的总和。

前任室长是个小有名气的设计师,他的作品比这些新人们都要强,主设计一直是室长担任,而方向钱并非是做设计的,这主设计的头衔也就可以轮换了。

"这一季你设计的那几款,当初可是受到首席指点的,肯定能夺冠。"秦亚楠传PPT的时候忍不住满含艳羡地说了一句,引得其他几个同事侧目。

"别瞎说,首席哪有时间指点我这种廉价成衣?"萧绡赶紧解释了一句,那几套衣服是她自己苦思冥想出来的,没有任何外力的帮助,若是秦亚楠这话传出去,她的努力就会被全盘否定。

"有什么嘛,你天天在试衣间,得一两句指点多正常,这么说他们肯定羡慕死了。"秦亚楠完全没有理解萧绡的顾虑。

萧绡听到"试衣间"这个词,心脏就像被勺子狠狠挖了一下,难受得要命。她不想再听秦亚楠叽叽喳喳,转身去了茶水间。

慢腾腾地接了一杯热水,想起来早上没吃药,萧绡叹了口气,转身回设计室。趁着其他人不注意,她把药拿出来用纸巾包住,攥到手里去了一层展厅。

"Z"字形的大楼,一层和顶层都十分宽阔,一层是服装展厅,对外开放,设有自动贩售机。矿泉水伴随着找零的硬币,咣当当掉出来,萧绡弯腰去拿,低头看到身后那双露着白皙脚脖、穿着古驰新款大头皮鞋的脚，她连忙站起来打招呼道："指导，来买咖啡啊？"

林思远抱着手臂站在原地，看到萧绡正脸的一瞬间，毫不避讳地皱起眉头问："你的病好了吗？"

"好了。"萧绡笑着回答，其实没有好，她还需要长期吃药，但为了面子，对同事她都说好利索了。

"嗯。"林思远不置可否地点点头，上前买了一份罐装咖啡，他想了想又开口道："我听说，你最近工作很是消极。不要仗着我让你去试衣间就不认真工作，设计师最重要的还是作品，其他的都是虚的。"

"是。"萧绡惶恐地点头答应，从没见过这般严厉的林思远，她有些惊住了。

"试衣间你暂时就不要去了，先把你的本职工作做好再说！"林思远撂下这句话，头也不回地走了。

萧绡攥紧手中的矿泉水瓶，在贩售机前站了很久才找回自己的呼吸，她快步躲进洗手间里，眨掉即将夺眶而出的眼泪，就着冰凉的矿泉水，将一把药片吞进去，因为吞得太急，有一片贴在上颚处化开了，苦得她差点吐出来，对着水龙头漱了好几口才缓过劲儿。

抬头看看镜子里那张变形扭曲的脸，萧绡自嘲一笑。

"叮咚——"手机提醒有企鹅消息，萧绡随手划开，是公司的聊天群。这个群是大家私下里创建的，没有领导高层，可以匿名，是吐黑泥的好地方。

匿名茄子：你们听说了吗？萧绡被踢出试衣间了！

匿名豆角：哟呵，这不是意料之中吗？她现在那个样子，跟个落地灯似的，林妹妹忍得了才怪了。

匿名茄子：哈哈哈哈，落地灯，还真像，上个月我还偷拍了一张。

这句话后面跟了一张萧绡侧面的清晰照，细长的身体之上顶着一颗硕大的脑袋，着实像个落地灯，不协调得有些滑稽。

匿名豆角：你没瞧见，上回林妹妹看到她的正脸，辣得都睁不开眼了，对着高定室的人发了一天脾气。

"啪嗒",一滴豆大的眼泪滴在手机屏幕上,模糊了还在不停翻动的聊天界面。

以为林思远为人温和的她实在是太天真了,那个对美的追求近乎严苛的人,只是对美人和颜悦色罢了。

手机振铃,萧绡看了一眼来电显示"大宝贝儿",吸了吸鼻子按下接听键道:"瑶瑶……"

"哎哟,你怎么了?哭了?"听到闺密带着鼻音的声音,梁靖瑶吓了一跳。

"我变丑了,他们都欺负我。"萧绡像个幼儿园小朋友一样跟闺密告状。

"一群狗东西……"梁靖瑶也不问怎么回事,张口就骂,骂了半天才想起来哄她,"晚上下班带你吃好吃的去,我有个好东西要给你。"

挨到下班,闺密那辆风骚的小红车准时停在了LY的楼前。

"你要给我什么东西呀?"萧绡抱着一碗意大利面,呼噜呼噜吃得头也不抬。

"慢点吃,没人跟你抢。"梁靖瑶惆怅地看着她,"你怎么这么饿啊!"感觉到隔壁桌的人频频往这边看,她立时恶狠狠地瞪回去,一张小巧精致的脸硬生生拧巴出一副"你瞅啥,没见过人吃饭咋的"的凶相,吓得对方赶紧低下头不敢再看。

"没办法,吃了那个药就特别饿,东西到嘴里都来不及嚼。"萧绡鼓着腮帮子说。

梁靖瑶示意服务生给她添柠檬水,从包里翻找出一张黑色烫金的卡片,推到萧绡面前。

"这是啥?"萧绡吃光意面,一边擦嘴一边接过来,那张卡片上印着一棵树和"桑榆"两个大字,背面一行小字是地址和联系电话。

桑榆者,晚景也,养老院吗?

第2章 卡片

梁靖瑶神秘地一笑道:"这是你现在最需要的东西。"

"高富帅吗?"萧绡随口开着玩笑,捧着柠檬水咕嘟咕嘟往嘴里灌。

"是呀。"没想到梁靖瑶竟然很认真地点头。

"噗——"一口冰水喷出来,打湿了梁靖瑶的头发,萧绡嘎嘎笑着伸手给她擦头发,"得了吧你,就我现在这样,哪个高富帅能看上我?"

梁靖瑶听到这话,忍不住皱眉,拍开她乱擦的手自己收拾道:"怎么了?脸肿是一时的,再说了你身材好、工作又好,没了韩冬雨那个渣渣,还有更好的等着你呢。"

"你不明白。"萧绡摇了摇头,伸手摸摸自己的大脸,肿起的脸蛋已经高过了鼻梁,会影响向下看的视线,"谁愿意要一个常年吃药的媳妇呀!老一辈的人不懂这个病,肯定会嫌弃我,觉得影响下一代什么的。条件好的我是不想了,垃圾堆里找一个又肯定不行,我就这么凑合着过吧……"

萧绡的话语中没什么悲伤的情绪,平静得仿佛只是在说"我今天就吃面条吧"。

梁靖瑶咬住拇指指甲，深深觉得闺密目前的状态非常危险。她记得表哥说过，当人放弃了寻找幸福，接下来就是自我放逐。脑海里浮现出放飞自我胡吃海塞变成两百斤大胖子的萧绡，她不由得打了个冷战。

"那如果能给你定制一个男朋友呢？"梁靖瑶按住那张漆黑烫金的卡片，食指上的碎钻戒指在餐厅的灯光下发出蛊惑人心的光芒，"你想要什么样的？"

悲观、自我放逐的人，应该会说"只要对我好，别的不苛求"之类的吧，梁靖瑶紧张地盯着她，想要知道她目前的状态还有没有救。

"当然要英俊、温柔、善解人意、超有面子的！"萧绡掰着指头细数，最后又忍不住补充一句，"最好长得像奶茶店那个帅哥。"

"……"梁靖瑶咂咂嘴，不知道说她什么好，起码看起来还有救……吧。

"既然你都说出口了，"萧绡掌心朝上伸过去，摆出一副讨债的嘴脸，"快，给我定制一个。"

"啪"！梁靖瑶将卡片拍到她手里，用游戏NPC发布任务的神秘语气道："勇敢的少女哟，带着这张卡片去这个地址，你会得到你想要的。"

"哈？"

地址：东隅路23号。

你会得到你想要的……

这传销一样的套路，鬼才信！

第二天就是周末，不信传销套路的萧绡，站在了东隅路23号的门前。

东隅路在一片高档住宅区内，是帝都市内少有的清静所在。路两边遮天蔽日的法国梧桐给人营造出一种身在市郊别墅区的错觉。

萧绡以前没有来过这里，但一路走来总觉得很熟悉，她抬头看看，层层楼宇之后，市人民医院那红底白心的十字标志在阳光下闪闪发亮，离这里也就两公里的距离。原来在医院附近，难怪她觉得如此眼熟。

23号是个三层小楼，占地面积十分广阔，欧式风格，瞧着像个高档会所。

第2章 卡片

黑色铁艺栅栏门内是种满绿植的院子。院子里的道路修得十分平坦，没有任何的障碍，甚至还设有残障通道。

一名穿着服务生装束的小哥站在栅栏门前迎宾道："欢迎来到桑榆会所，请问您有会员卡或邀请卡吗？"

还真叫桑榆会所啊！萧绡瞄了一眼院子西南角那两棵大树，在一众低矮的花木中，参天的大桑树和老榆树格外突兀。

"这个行吗？"萧绡拿出那张黑色烫金的卡片。

"邀请卡，请进。"服务生笑着躬身，为她打开了大门。

萧绡云里雾里地走进去，自动玻璃门打开，露出了如美容院一般装潢华丽的前台，穿着粉色连衣裙的小姑娘露出八颗牙和两只小梨涡，甜甜地开口道："上午好，请问您有预约吗？"

"朋友给了我一张邀请卡。"时隔多年，萧绡将卡片推过去，再次体验到第一次进美容院那般的心情。她完全不知道这里是做什么的，只能保持从容淡定，让自己看起来像个熟客。

"好的，请问您需要什么类型的呢？"前台姑娘低头去拿清单。

还真是定制男朋友的！萧绡震惊了一下，闺密诚不欺余也，她想也不想地开口道："要英俊的，身高一米八五以上，温柔，善解人意。"让她超有面子什么的没好意思说，想来温柔的男人不会缺这种优点。

前台姑娘拿清单的手顿住了，抬头疑惑地看了萧绡一眼，她深吸一口气，用她多年面对奇葩客户的超高素质，保持住了面上自然的微笑道："好的，请您稍等。"

收走那张纸质邀请卡，问了萧绡的姓名、年龄、身份证号码，粉嫩的手指在键盘上快速敲击，前台姑娘很快打印出了几张表格，用透明的文件袋装好，并一张黑色印金色树木的磁条卡，交给萧绡道："直走，右手边一号接待室。"

转过前台是宽敞的会客厅，明亮的落地窗、蓝色的短毛地毯、若有若无的薄荷香，让人莫名产生一股舒适感。

现在的相亲俱乐部竟然这么高级了，中介费应该很高吧。

推开一号接待室的门，萧绡一愣，她没想到竟然是一间办公室，宽敞幽静的房间里，铺着与外面相同的蓝色地毯。擦拭得锃光瓦亮的实木办公桌后面坐着一名身穿黑色衬衫的年轻男子，骨节分明的修长手指正捏着一支金色钢笔在文件上快速写着什么。

"虽然我们没有叫号的规矩，但请您下次记得敲门。"男人没有停下手中的工作，他头也不抬地开口，低沉悦耳的声音将萧绡的思绪迅速拉扯到了前两天艳阳高照的步行街上。

"展先生？"萧绡不可思议地惊呼出声。

写字的手终于停住，男人合上钢笔抬起头来，刹那间，整个屋子似乎都明亮了起来。他正是那位奶茶店前以美色相助的先生！

展令君也有些意外，他抬了抬手，向她示意办公桌侧面的椅子道："请坐。"

萧绡觉得这椅子摆放的位置略奇怪，办公室的待客椅子不都在办公桌的对面吗？这样放在侧面，看着好像医院门诊室的摆位。也许是为了增加相亲者的亲密感？

"我们真是好有缘啊。"看着展先生英俊的侧脸，萧绡禁不住有些紧张，试图找点话题。

展令君接过她手中的文件袋，拿出那张表格看了一眼，将黑色磁条卡插在电脑旁边的卡槽里，噼里啪啦开始录入信息，丝毫没有接话的意思。

冷场了……萧绡尴尬地拢了拢头发，让自己早上特意吹的大卷遮住肥大的脸颊。

"一千三百万常住人口，七百万流动人口，三天之内见了两面，的确算是有缘。"展令君将表格摊开在面前，重新打开钢笔，在萧绡以为他不打算说话的时候突然应了一句。

"是吧，我……"萧绡立时笑开了，正想继续说，却突然卡住了，只因那张俊脸在不打招呼的情况下突然凑近，停在了离她五十厘米远的地方。

形象美好的事物意料之外地突然接近，会在视觉上造成盘山公路急转弯看到桃花源一般的冲击。这么近的距离，能看到展令君脸上细小的茸毛，萧绡觉得自己的心脏被人攥到了手里，随时要爆掉，实在是太刺激了！

"满月脸，额头毛发旺盛，你吃的是糖皮质激素？"展令君仔细地看了片刻，重新坐正，低头在表格上写了点什么。

"哦，是。"脑子还处在当机状态的萧绡木愣愣地回答。

"什么名称？吃了多久？"展令君继续问，语气娴熟得仿佛萧绡的主治医师。

"甲泼尼龙，刚吃了两个月。"萧绡像个被老师盘问的学生，乖乖地说出来，说完她发现不大对，问道："你问这些做什么？"

展令君奇怪地看了她一眼道："我是医生。"

"啊，医生好啊。"萧绡眼前一亮，这个职业说出去多有面子，"这里服务真好，我就说要个英俊的，竟然还给配了个好职业。"

"咔嗒"，展令君打字的手一顿，微微挑眉，"谁介绍你来的？"

"我闺密，她姓梁。"萧绡以为是要填表格，她知道有些高档会所是介绍入会制的，需要提供介绍人的姓名。

展令君不说话，面无表情地把字打完，问道："风湿还是狼疮？"

"狼疮……"已经适应了两个月，说出这个名词的时候，萧绡还是觉得有些陌生，似乎那个词并不该跟自己的命运纠缠在一起。

"您对这里和我还满意吗？"展令君将磁条卡还给萧绡。

"啊，满意，满意。"美色当前，萧绡哪里有不满意的。

"那先去前台办张卡吧，下次来我们再详谈。"展令君站起身送客。

办、办卡？萧绡半张着嘴巴被展令君送出了待客室，这咋还要办卡呀？这到底是什么地方！

萧绡满头问号地走到前台，粉嫩嫩的前台姑娘再次热情地接待了她道："女士，请问您需要月卡、年卡还是次数卡？"

"怎么还有次数卡？"萧绡惊呆了，敢情这里不是相亲俱乐部，是牛郎店啊！

"是的，次数卡不限时间，您随时预约随时可以来；月卡不限次数，一个月之内您天天在这里都可以。年卡同理，不过就算充年卡也没有优惠的，跟十二个月的月卡一个价,建议您先充个月卡试试。"前台一脸诚恳地建议,并且表示这里有饮料、零食、健身器材,月卡可以免费使用这些设施,是最划算的卡。

那还是充个月卡吧,她可以假装自己是来健身的,次数卡也太那个啥了。

等等,自己为什么要充一张牛郎店的月卡呀!萧绡捏着信用卡认真思考了一下,回头看看一号接待室紧闭的大门,眼前浮现出展令君那张倾国倾城的俊脸,年轻轻的怎么就干了这个呢?

感慨着现在的年轻人不走正路,世风日下,萧绡利索地刷了五千块钱办了张月卡。

"这是您的卡片请收好,这是您的修复师的联系方式,您可以在工作时间发信息给他。月卡也提供预约上门服务,每月限制一次,但上门服务费用比较高所以我们并不建议,升级到VIP卡则每月有三次免费上门服务的机会。"前台姑娘还在尽职尽责地讲解,"我叫甜甜,您要预约修复师的话请打前台电话。"

上门服务……实在是太"污"了,简直不敢多听。萧绡胡乱地答应着,戴上口罩捂着脸走了,出门之后她谨慎地四下张望,做贼一样地快步离开。要是让熟人知道她来这种会所,她还怎么面对江东父老?

"展医生,新接的这位病人,评级是多少?需要其他修复师协助吗?"见展令君走出办公室,甜甜笑着开口询问。

"E级,不需要。"展令君将手填的表格扔给前台,"下次预约的时候,提醒她带病例。"

"好的。"

回到家中,萧绡躺在床上,举着那张黑色磁条卡细看,这就是展令君插在卡槽里的那张,直接变成了她的会员卡。没想到自己有朝一日竟然会做这种消费,她真是疯了。

"萧绡,快帮我看看,哪个好看?"梁靖瑶拨了视频聊天过来,给她看两条裙子,一条黑色钉珠的,另一条白色露肩的。

"黑的吧,我说过多少次了,你肩膀宽,不能穿露肩的衣服。"萧绡爬起来,给自己倒了杯水，坐在工作台前，开始一边聊天一边工作。上周休假，落下的工作不少，她要尽快了解新一季的主题，好做接下来的设计。

"可我不喜欢钉珠。"梁靖瑶噘起嘴，把白色那件还给店员。

"那你再看看别的，实在喜欢这件，买回来我给你改。"萧绡随口说着，打开了PPT。

新一季的主题叫作新生，高定的主要元素是合欢叶、杉树花，色彩偏清丽淡雅。高级成衣可以直接用首席设计的这两种图案，普通成衣则需要变形。

LY的普通成衣，并不直接用LY的牌子，而是用一个子品牌叫LYSR。萧绡低头，在白纸上画出合欢叶和杉树花，合欢叶还好说，碧绿清新可以变形成绿色和白色相间的条纹，杉树花就不好办了。

杉树花本身长得不漂亮，看起来像松果一样干枯，印在色彩偏淡的布料上会有些突兀，画在纸上也很丑。

"哎，你今天去桑榆了吗？怎么样？"梁靖瑶还是决定买下那条黑裙子，将购物袋挎在胳膊上去逛别家店。

"去了，嘿嘿，我跟你说……"提起这个，萧绡瞬间兴奋起来，抬手撕下刚画的这张，锋利的纸张立时在手指上划出一道口子，手指开始突突渗血。

"呀，划手了！"梁靖瑶心疼地皱眉。

"没事。"萧绡把手指含到嘴里吸了一下，拿出创可贴缠上，短期大量的激素导致她的皮肤变得异常薄，被纸划手的事发生的概率比以前增加了几倍，她早就习以为常，"我跟你说，我见到奶茶先生了！"

"真的？"梁靖瑶在一个珠宝柜台前停下脚步，惊讶过后她意识到了什么，"你的奶茶先生，不会是姓展吧？"

"没错！"萧绡眉飞色舞地说着，随即露出一个略显猥琐的笑，"好你个梁靖瑶，竟然会逛这种会所，枉我以为你是个正经人。"

"啊？"梁靖瑶有点迷糊，去康复会所怎么就不是正经人了？

"哎呀，好丢人，我实在是没经住美色的诱惑，充了月卡。"萧绡挤了挤自己的大脸，给自己挤出个小鸡嘴，"哎，我反正也不好找男朋友，钱没地方花，就花在这里吧。不过,我有点幻灭啊,还以为他是什么霸道总裁,没想到是个兼职卖笑的。"

"哎,不是,那什么……"梁靖瑶意识到事情不大对,赶紧要解释,那边萧绡已经挂了,说是要专心工作不跟她聊了,留下她独自在商场中央空调的冷风中凌乱。

"小姐,需要点什么吗?"柜员亲切地询问。

梁大小姐龇牙咧嘴了半晌道:"来条项链,我得给闺密赔罪。"等萧绡知道真相,估计要打死她了。脑子里无限循环那句"没想到他是兼职卖笑的……",梁靖瑶慢慢地坐到了柜台前的高脚椅上,突然"哈哈哈"地大笑出声,把正转身拿货的柜员吓得差点摔跟头。

在工作台前描画到深夜,萧绡打了个哈欠,看到了手边前台姑娘给她的卡片,上面有展令君的手机和微信号。

加不加呢?

加,老子都花了钱了!

萧绡拿出手机,先把手机号码记下来,然后在微信里查找,这人的昵称是"展令君S",头像是一杯绿色的奶茶。这个应该是工作号,加好友竟然不需要验证,直接就通过了。

通过之后,萧绡第一时间去翻奶茶先生的朋友圈,作为一只合格的牛郎,应该会在相册里存很多帅绝人寰的私房照吧。深感自己堕落了的萧绡,自我唾弃了一把,还是忍不住点开了相册——

晚上十点之前入睡,对身体的好处分析。

太极拳健身适宜的年龄层。

义肢的使用与保养。

啥啥啥,这都是啥?萧绡不信邪地往下翻,一张帅照也没有,全是养生指南,看得人生无可恋。这人还真是医生啊，医生不是工资很高吗？怎么还要兼职做这个？

在床上打了个滚，萧绡动动有些发疼的手指关节，发了条消息过去——

小小布：哈喽，我是萧绡，上午我们刚见过面的。

矜持地等了十分钟，没有任何回复，萧绡咬住嘴唇，想再发一句"睡了吗"之类的，又觉得太轻浮了，想想还是关了界面，睡觉睡觉。

周日一整天，展令君都没有回复消息，这让萧绡有点不高兴，这人实在是太不敬业了。

又是工作忙碌的周一，萧绡一边吃着早点一边往设计室跑，昨天晚上熬夜作图，她又起晚了，去地铁站时前一班车刚走。在这分秒必争的上班高峰时段，错过一班地铁仿佛错过了整个世界，萧绡看看手机，已经九点过三分了，方姐估计已经在设计室门口叉腰等她了。

上一任的室长并不这样要求他们，一直是弹性工作制，只要把自己的工作做完就可以。但方向钱却不行，她还跟总监提了几次要装打卡机，弄得设计室里怨声载道。

作为一个靠灵感为生的设计师，这样如同小学生一样按时上课的规矩让萧绡非常难受，从小她就怕老师，好不容易工作了竟然还重复童年的噩梦。站在LY的大门前，萧绡忽然生出一股掉头就走的冲动。

"叮咚！"手机提示有微信进来，萧绡拿出来看，"展令君S"这几个字瞬间让她烦闷的心情一扫而空。

展令君S：非工作时间不回消息，还有，你睡得太晚了。

萧绡低头快速回了一条，嘴角忍不住带上了笑意。

小小布：那你什么时候算工作时间？

展令君S：周一、三、四、六，9:00—20:00。

萧绡走出电梯，果然看到方向钱站在设计室门口，虎视眈眈地盯着她。

想起自己发病的那天，高烧到浑身打战，拿笔的手都在哆嗦，她问方向钱："领导,我好像又烧起来了,能不能先走?"

"不行,把你的工作交接完!你不是明天就住院了吗?一住半个月,不交接清楚我们的工作怎么进行!"

捏着手机,萧绡突然顿住了脚步,仿佛没有看到门前脸色难看的方姐,又发了一条过去。

小小布:工作到八点呀,那我可以下班之后去找你了。

展令君S:今天或者周三,你过来一趟,记得把病例带上。

病例?咦?萧绡眨眨眼,好像哪里有点不太对。

还不等她想明白,方姐那几乎化为实质的怒气已经扑面而来,打断了萧绡的思路道:"九点零七分了,我们的萧设计师是越来越大牌了,连踩点来都做不到了?"

来这家公司半年,方向钱最看不惯的就是萧绡,仗着自己长得好看,在艺术指导那里得宠,经常迟到不说,干活干一半会突然跑到楼上去,说是要去试衣间帮忙,间接向她示威。人又娇气得不行,管严了一点,竟然还生病了。

方向钱的音调有些低沉,按照声部来算的话,应该属于女中音,她的丹田里仿佛放着一个大瓮,她一开口,整层楼都能听到。女装设计室里的其他人纷纷看过来,无数道视线在萧绡和方姐中间逡巡,就像小学时候看到老师批评同班同学,看热闹的居多,帮忙的一个没有。

听着方向钱那阴阳怪气的指责,萧绡的忍耐力在临界点徘徊了许久之后终于告罄。就是因为这人不懂行地瞎指挥,让她在这半年里多做了多少无用功!晚上熬夜作图,白天还要挤地铁准点上班。面对方向钱的找茬,她每天都处于精神紧绷的状态,她的身体才会突然垮掉。

"这病的诱因尚不明确,世界范围内也没有解释,但总体来讲,免疫系统的疾病多少都跟劳累与压力有关,小姑娘是不是上班太累了呀?看开一点,命比什么都重要。"

主治医师的话言犹在耳。

命比什么都重要,老子差点就没命了,还怕你?

第2章 卡片

刚才出电梯的一瞬，萧绡脑子里就剩下这一个念头才会突然不再慌张，从容地跟小牛郎发消息。她真的受够了。

慢条斯理地将手机收回包里，萧绡微微抬起下巴，冷眼看着方向钱道："方姐，半年了，我想你还没有搞明白，这里是设计室不是财务科！进公司的时候艾德琳说过，'这是自由的、灵感的职业'，不是死板的、掐点的职业。你愿意扣奖金就扣吧，实话告诉你，设计师的工资条里，根本没有全勤奖这一项！"

话音落地，整个三层安静得落针可闻，方向钱脊柱僵直地立在原地，不是吓的，是气的。

最气人的莫过于平时任打任骂的兔子突然开口咬人，这让趾高气扬的施虐者有一种被推翻了政权的羞怒。在方向钱看来，虽然萧绡是个有靠山的花瓶，但再怎么讲也是个好欺负、脸皮薄的小姑娘，从没想过她会有撕破脸的一天。

萧绡不理会鼓着眼睛似要吃人的方向钱，迈开长腿绕过她直接进了设计室。

"萧绡，好样的！"离门最近的设计师赵和平小声说着，挤眉弄眼地给她比了个大拇指。

设计室的其他人都用看英雄的目光看她，两个小助理甚至在轻轻给她鼓掌。

做设计的人，自认算是艺术家的行当，要脸面，轻易不会撕破脸。女装设计室的众人已经敢怒不敢言了很久，今天被萧绡说出来，简直大快人心。

"好，很好，关于你的奖金问题，我会跟总监好好商讨的。"方向钱总算回过神来，她梗着脖子大声说了这么一句，转身便走，想来是去跟总监告状了吧。

"哈哈哈……"听到电梯关合的声音，设计室里的众人再也忍不住了，哈哈大笑起来。

"萧绡，你太棒了，我早就想撕她了！"秦亚楠使劲儿拍打萧绡的肩膀，兴奋地坐到了桌子上。

赵和平站起来，跑到方才方向钱站的位置上，一手叉腰一手捏兰花指，掐着嗓子喊："我会跟总监好好商讨的！"作为一名年近四十的老男人，做出这种动作有说不出的扭捏。

"你好恶心啊！"秦亚楠大笑着去推他。

大家笑成一团,被方向钱压迫了半年的阴霾骤然散去。

"哎,不如咱们明天集体迟到吧,九点半在月亮饼摊那里集合,我请你们吃饼怎么样?"不嫌事大的赵和平提议。

"我看行,到时候方姐的表情一定很精彩。"秦亚楠积极地附和。

在众人的笑闹中,萧绡坐回自己的位置,身后的打版师杨笑小声提醒了一句道:"萧绡,你要不要跟总监解释一下?"

总监是指总管所有设计室的行政总监,负责设计室的人事、财务报批,并与市场、宣传、销售等部门对接。

"方向钱就是他的嫡系,你觉得他会听我的吗?"萧绡冲打版小哥笑了笑,云淡风轻得仿佛天下在握,"没事,大不了开除我,谁怕谁?"

"萧绡,我觉得你跟以前不大一样了。"杨笑歪头看了看她。

"是吗?"萧绡冲他挤眼笑笑,低头给闺密发微信。

小小布:我刚刚跟我的主管撕破脸了,忍她很久了,要不是她那么多事,我也不会压力这么大,想起当初发高烧她不让我走就气得要死!现在她去跟总监告状了。

后面还带了个哭唧唧的表情,这种怂到家的样子也就只能给梁靖瑶看到。

按下发送,萧绡瞟了一眼之前的聊天记录,上一条是"记得把病例带上"。

病例……等等!急忙看一眼收信人——展令君S。

啊,发错了!萧绡手忙脚乱地撤回,按了两次都没有按对地方,眼看着两分钟时效就要过去,才终于找到了撤销键。看到"消息已撤回"的灰色小字,萧绡悄悄松了口气,重新审视与展令君的对话。

敏感的"病例"二字,让萧绡回想起了早上泛起的疑惑,这人就算再有职业病,也不可能做出陪聊的时候还兼职看病的奇葩事。冷静下来之后,这几天被她忽略的种种细节在头脑风暴里呼啸而至,那名叫甜甜的前台给她卡片的时候说过,展令君是她的修复师。

原本她以为修复师就是按摩房那种"技师"一样隐晦的代称……

越想越不对,萧绡起身走出去,给梁靖瑶打了个电话问:"瑶瑶,桑榆会所到底是做什么的?"

那边正在吃早点的梁靖瑶差点被豆浆呛住,干咳了一声道:"康复会所啊。"

康复会所,顾名思义,就是做复健、疗养的高级诊疗机构。

所以,展令君真的是医生,不是牛郎。

萧绡觉得眼前有闪电划过,震耳欲聋的雷顺着天灵盖劈下来,将她咔嚓嚓劈成齑粉,随风消散,她恨声道:"梁靖瑶,下午放学在操场等我。"

"啊,我错了,不是,你也没给我机会解释啊!"梁靖瑶哀号着,被闺密挂断了电话。

萧绡默默捂住脸,丢人丢大了,幸好自己没说什么调戏展令君的话,不然以后她还怎么做人啊!

退出通话界面,发现有新的消息进来。

展令君S:压力、生气,都是免疫系统疾病的诱因,为了你的健康,个人建议先下手为强。

他果然还是看到了!

花钱雇来的牛郎,重新变成高不可攀的男神,萧绡龇牙半晌,再也不敢随意发消息了,拿上今日份的药,灰溜溜地跑到一楼展厅买水。因为太激动,她连按了两下,不小心买了两瓶水。萧绡叹了口气,拎着两个冰凉的矿泉水瓶躲到衣架后面吃药。

"秋冬发布会再推迟两周,这一季的冬装成衣没有一点灵性,这种东西怎么拿得出手!"伴随着由远及近的脚步声,首席设计师艾德琳那冰冷严苛的声音不容错认。

"好,听您的。"玩世不恭的语调,一听就是总裁周泰然,"那就辛苦您了。"

两人又讨论了几句,便走远了。萧绡从衣架后面冒出头,看着艾德琳精致到头发丝的背影,一个疯狂的念头夹着展令君那句"先下手为强"毫无征兆地出现在脑海里。她已经失去了被人怜惜照顾的优势,要生存下去,就得靠自己。

"萧绡,我瞧见你们方姐去总监办公室了,一脸的苦大仇深。"电梯里遇到了市场部的小张,他向萧绡转告道。

"是吗,"萧绡佯装不知地应了一声,看看满头大汗的小张,知道他是出去跑业务了,她将手中那瓶没打开的冰水递过去,"外面挺热的吧?"

小张很是惊喜地接过来,咕嘟咕嘟喝了半瓶道:"入夏了,热得要死。这水太及时了,谢谢你啊萧绡,有事到五楼找我哦。"小张刚来公司不到一年,因为人机灵懂事,很得市场部经理的器重,只是很少跟这些设计师打交道。他本来就是个自来熟,得到萧绡的示好,顿时热情了很多。

告别小张,回到设计室,萧绡双手搭在键盘上,心脏怦怦跳个不停。第一次决定出手对付别人,这种紧张感不亚于站在悬崖上蹦极,但如果不出手,她以后的日子只会更难过。

深吸一口气,萧绡斟酌着措辞敲下一封邮件,发送给了总监,同时抄送总裁、首席和艺术指导。

"很抱歉成为一个不敬业的设计师,总是迟到和拖后腿。在发烧三十九摄氏度的时候没能坚持把工作交接完而只想着住院,因为昨晚熬夜作图没能提前十分钟到岗准备就绪,这都是我没有安排好个人时间的原因,非常惭愧。对于领导的谆谆教导我会铭记于心,我接受任何形式的处罚。"

正在顶层设计室里对着新一季冬装发脾气的艾德琳,转头看到了这封邮件。

"高烧交接工作?提前十分钟到岗上班?我的上帝啊,这是设计公司,还是监狱!难怪新一季的作品是这副德行!"

第3章 训斥

总裁周泰然正在办公室里应付服装制造商。

"梁总,您也知道艾德琳的脾气,不满意的衣服她宁愿销毁,现在把设计图给你们也是做无用功,"他一手拿着座机听筒,一手捏着钢笔打转,作为一名打小就跟着父亲谈生意的富二代,周泰然说话总恰到好处地让人感到舒适,"是,布料早点备货是应该的,我叫他们先把材料定下来,三天之内给您发过去。"

挂了电话,周泰然忍不住伸手揉了揉眉心。

LY的高定和高级成衣会去欧洲参加时装周,普通成衣则要在国内举办发布会。秋冬季的衣服通常都在初夏发布,给渠道商以充足的订货和制作时间。因为艾德琳对这一季的成衣非常不满,发布会一再推迟,各方都在催促,他的压力也很大。

"丁零零——"座机显示内线接入,看到是艾德琳的号码,周泰然立时接了起来,"哈喽,亲爱的艾德琳。"等到那边开口,周泰然禁不住一个激灵,瞬间把听筒挪远了一点。

"我不管你是怎么管理公司的,但给设计师创造良好的设计环境是公司的宗旨,是Leo创建这家公司的初衷!更何况高烧都不让人休息,这是违反人道的!"

艾德琳脾气是不太好,但发这么大火还是比较少见的,周泰然听了半天才听明白,他快速点开邮件查看消息,顿时一个头两个大。

"艾德琳,你消消火,这件事我来处理,一定给你一个满意的答复,OK?"安抚住艾德琳,周泰然挂了电话,仔细把萧绡的邮件又看了一遍。

LY延续的是欧美制度,允许越级汇报,所以萧绡这种行为并不存在失礼的问题。这封邮件说的是认错,但明眼人都看得出是在告状,字里行间充斥着鱼死网破的狠戾,明显是被逼到绝路了。

周泰然按下内线,接秘书室道:"叫罗誉来我办公室一下,立刻,马上!"

总监办公室里,方向钱正在诉苦道:"这小姑娘我是管不住了,天天迟到不说,工作也不好好干,让她做什么事都拖拖拉拉的。"

总监罗誉面无表情地听了片刻,正要说什么,忽然接到了秘书室的电话,起身就朝外走道:"你先等会儿,我上去一趟。"

"好的。"方向钱赶紧站起来,目送总监离开。

方向钱不在设计室,整个屋子里的气氛都轻松了起来。

"哎,萧绡,PPT你看完了吗?"秦亚楠拿着草稿本凑过来,"有没有不懂的地方?"

"大致上都明白,只是关于'新生',首席有没有说它的具体定义?"萧绡翻开自己的草稿本,对着合欢叶和杉树花皱眉。

秦亚楠伸着脖子偷瞄一眼,发现只有两个原始图案,便不再继续看道:"没说,新生多好理解,不就是粉嫩如初的意思嘛,往年轻活力上靠就行了呗。"

萧绡摇了摇头,指着那两个图案道:"合欢叶代表的是离别,杉树花则是重生,所以这个'新生'应该是对生命的感悟才对。"

"生命的感悟……"秦亚楠若有所思,快速把这几个字写在自己的草稿本上,看看萧绡似乎沉浸在自己的思绪里,秦亚楠拍了她一下低声说,"你知不知道,咱们的奖金评选制度要改革了？"

"嗯？"一闪而过的灵感被打断，萧绡禁不住皱起眉头，再去回忆刚才想到的东西却已经不记得了，她忍不住瞪了秦亚楠一眼，"改就改呗。"

"我听说，要改成评价制了，类似美国企业那种，要上司、同事给你打分。你刚得罪了老巫婆，这次的半年奖怎么办呀？"秦亚楠很是担心地说。

"要改也不会立马就改，再说了只要作品业绩好，她也不敢给太低的分，不怕。"萧绡推推秦亚楠让她回自己位置上去，她要开始工作了。

秦亚楠意犹未尽地走开，八卦没有聊完无心干活，于是她又凑到赵和平那里继续讨论奖金的问题。

逝去的灵感无法追回，萧绡有些懊恼。看看邮箱，几位大佬都没有给她回复，也不知道看没看到。反正发出去的邮件已经收不回来，多想无益，萧绡索性不管了，她点开手机准备把昨天做的图导进工作电脑里。打开界面还是跟展令君的对话，想起这人让自己带病例去一趟，左右今天没事，办公室里有一套病例是上次报商业保险的时候复印的，她可以直接带过去。

打了个电话给桑榆的前台，甜甜那软软的声音传了过来道："您好，这里是桑榆，请问有什么可以帮您？"

作为一个极注重顾客隐私的高级会所，在网上都查不到什么消息，接打客户电话的时候也绝不会提及"康复、复健"之类的敏感词，只说自己是桑榆，听起来跟美容院没什么区别。

"我是萧绡，我想预约今天下午七点钟的。"这样的对话让萧绡很喜欢，语调也轻松起来。

"约展先生的吗？"甜甜立时查找出了客户资料，"七点可以的，给您约上了，您直接过来就行。"

"好的，谢谢。"萧绡满意地挂了电话，心想这钱果然没有白花的，服务真是一级棒。想想晚上又能见到展令君那张俊脸，萧绡的心情就止不住地上扬，高岭之花可远观不可亵玩，但只是看看也很满足了。

与萧绡的心情不同，罗总监正处在水深火热之中。

"方向钱是你极力保举的，我向来相信你的眼光，但是你看看，她办的叫什么事！这让我都开始怀疑你的能力了。"周泰然冷着脸，一双总是带着笑的桃花眼如今没有丝毫笑意，"我再给你一次机会，如果下一季的设计还不能让艾德琳满意，或者我再收到这种投诉，就让她滚蛋。成衣是我们最大头的收入，搞砸了，年底咱俩都喝西北风去！"

"是……"罗誉穿着整齐的银灰色西装，低头站在办公桌前，面色涨红。他只有三十二岁，比他小了整整六岁的周泰然劈头盖脸地训斥，他实在难堪。

离开总裁办公室，罗誉的恼怒已经积累到了极点。LY公司有三个总监，一个总裁，一个副总。上一任副总跳槽之后，这个位置一直空悬。他把方向钱招进来，就是为了加强对公司的控制，给自己争夺副总之位积累筹码。如今方向钱没给他带来业绩，反倒拖了后腿，这让他异常愤怒。

"罗总。"看到罗誉回来，方向钱立时笑着站起身，却没有得到任何回应。

罗誉坐回自己的位置，黑着脸沉默了半晌。

气氛越来越压抑，方向钱有些坐不住，又不敢开口，心里越来越没底。

"你说的事，我都知道了。"罗誉看向方向钱，"我把你招进来，是看重你的管理能力，现在看来，是我看走眼了。"

方向钱那素面朝天的脸"刷"地一下变得惨白，她颤声道："您这是什么意思？"

"提前十分钟到岗，纪律严明，等级森严，嗯？"罗誉敲敲方向钱交上来的工作汇报，咬牙道，"我就问你，是不是脑子有问题！那群人是设计师，跟隔壁的码农一样，干活不分昼夜，有时候半夜才来灵感，你让他们像军队一样能干出什么来？你知不知道，员工私下里都叫你老巫婆！"

冷汗顺着额角滑落，方向钱觉得自己今天的鞋跟太高，腿肚子有些打战。这些小细节总监竟然都知道，可见除了自己之外，部门里还有他的亲信，只是她不知道那个人是谁。

接近午饭时间，方向钱才回来，她面色平静，看不出什么来，召集众人开了个短会。

"你们的意见我都知道了,从明天开始,咱们部门也实行弹性工作制,上午十一点之前到岗,工作满八个小时就可以下班,"方向钱扬着下巴扫视一圈,看到众人眼中掩饰不去的兴奋,心中腹应,话锋一转,"还有一件事,这次的半年奖金要进行改革,由领导来评定等级,所以各位要好好表现。"

说这话的时候,方向钱的目光盯着萧绡,警告意味十足。

适当让步,再强调自己的权威,让原本快要造反的设计师众人又恢复了安静。方向钱满意地点点头,拿起自己的手包出去吃午饭了。

等她一走,设计室的人立时欢呼起来。

"萧绡,你给我们争取到了人权,今天晚上我们大家请你吃饭!"赵和平兴奋地手舞足蹈,其他人纷纷表示同意。

萧绡笑了笑道:"不用了,我晚上约了人。"

"哟呵,有情况呀!"秦亚楠兴奋地叫嚷,"萧绡,有新男朋友了?"

"我跟闺密约了去美容院。"萧绡没接秦亚楠的话茬,找了个借口搪塞过去。

下班,挤过晚高峰的人群,到东隅路的时候才六点十五分,时间还早,萧绡便找了个小餐馆吃点东西。

展令君走进常去的那家小馆,就看到一个熟悉的身影。穿着时尚通勤装的女生,抱着精致的包包,却仿佛饥荒年饿了三天三夜的难民,正对着一大盘鸡排饭狼吞虎咽。

萧绡正吃得开心,听到旁边有人问了一句"这里有人吗?"她头也不抬地摆摆手,示意对方随意坐。

一个黑色的身影在对面坐下,带着淡淡的薄荷香,混杂在鸡排饭的油腻里,让人不由得精神一振。

萧绡顿了一下,慢慢抬起头来,正对上展令君那双沉静的眼睛。嘴里还含着一口炸鸡,差点呛到嗓子眼里,萧绡鼓着嘴巴,瞬间放慢了咀嚼速度,咽下鸡肉,扯出一张纸巾优雅地擦了擦嘴,笑着开口道:"展先生,你也来吃饭呀?"

展令君看着她瞬间变脸的模样，有些好笑。

老板娘端着一盘鸡排饭走过来，稳稳地放在展令君面前道："你以前不是不吃这个吗？"

展令君拿起筷子，夹起一块炸得焦黄酥脆的鸡排道："我看这位小姐吃得香，就也想尝尝。"

"你早该尝尝了，这可是我们家的招牌饭。"老板娘笑得见牙不见眼，爱美之心人皆有之，四五十岁的大妈看到英俊体面的小伙，也忍不住要多说几句。

本来还想装淑女的萧绡，听到这句，顿时想挖个坑把自己埋起来。这人绝对是看到她的吃相了吧！

萧绡矜持地放下筷子，准备放弃剩下的半盘米和三块鸡排，却听展令君轻飘飘地来了一句道："想吃就吃吧，从明天起你就不能吃这些了。"

为什么？萧绡悲愤地看向他，眼前的男神瞬间变成了给睡美人下咒的女巫，夺走她美食的都是反派，再帅也不行。

展令君却没有解释，低头慢条斯理地吃了起来。

吸了吸鼻子，萧绡挣扎片刻，重新拿起了筷子。饭到嘴里，牙齿就会不受控制地咀嚼，喉咙里好似有一只大手，还没嚼完就拉扯着食物往下咽。

将一盘子鸡排饭吃个精光，萧绡抬手揉了揉酸疼的腮帮，她的吃饭速度不受控制，嚼得太快，咀嚼肌有些承受不了。见展令君还没吃完，她便要了一瓶可乐慢慢喝，喝一口偷瞄他一眼。

修长匀称的手指，骨节分明，拿着廉价的竹筷，却像是拿着什么艺术品。淡色薄唇轻轻含住鸡排，咬下一口，发出轻微的"咔嚓"声，配上一大口米饭和一片新鲜的胡萝卜，赏心悦目，看得人食指大动。

萧绡觉得，就着眼前的美色，她可以再吃三大碗。

"每百克炸鸡排中，含有十克的脂肪，"展令君把饭吃完，放下筷子，喝了一口白水，"脂肪是不会转换成糖和蛋白质的，吃多少都会原封不动地贴在你的肉上。"

萧绡惊恐地捂住脸。

第3章 训斥

两人一起走回桑榆会所,会所里比她上次来的时候要热闹不少,想来很多人都是下班之后才有时间来这里做复健。

一名身材健硕、穿着教练服的年轻男子推着一把轮椅慢慢向外走,轮椅上坐着一名穿宽松运动服的少年,两根裤管膝盖以下的位置都是空的。少年的脸色苍白,神态却很阳光,他笑着跟展令君打招呼道:"展医生再见。"

展令君停下脚步,看了看少年身后一脸欣慰的中年夫妇,微微蹙眉,冲推车的壮汉抬了抬下巴。壮汉了然,推着少年先走一步,展令君拦住少年的父母低声嘱咐道:"二位最近要看好他,他近期很容易自杀。"

夫妇俩顿时吃了一惊,看着前面跟修复师有说有笑的儿子,很是不信。

"这不是好好的吗?我儿子可乐观了,不会的。"男人有些不太高兴,仿佛展令君是在诅咒自己的宝贝。

"他正处在抑郁期,还请你们看好他。"展令君语调郑重地又说了一遍,这才带着萧绡进了会所。

萧绡忍不住回头看了一眼,男人对着展令君的背影撇了撇嘴,女人却明显有些担忧,两人快步跟上去,从壮汉手中接过轮椅。

铺着蓝色地毯的会客厅,天鹅绒沙发上坐着三两个人悠闲地喝着果汁,一名挺着大肚子,瞧着像个孕妇;一名胳膊吊着绷带,应该是骨折了;还有一个看不出什么问题,是个偏瘦的青年男子,穿着白T恤牛仔裤,跟两个女人一起喝果汁。

"宋唐,食谱。"展令君瞥了一眼混在女人堆里的男子。

"放你桌上了。"名叫宋唐的瘦高个儿抬头应着,嘴巴上还沾了一圈果汁泡沫。

展令君微微颔首,推开了一号接待室的门。

萧绡坐在办公桌旁,屋子里一片静谧,只有展令君翻看病例的声音。她好奇地左顾右盼,这屋子怎么看都不像个诊室,高档实木办公桌、天鹅绒套组沙发,甚至还有个红酒柜!

她知道这种康复会所,主要是做术后修复、外科复健的,像她这种内科疾病,能有什么帮助吗?刚才展令君说以后不许她吃鸡排,是不是能帮她恢复容貌呀!

"做过BT测定吗？"展令君合上病例，在电脑上将她的资料补充完整。

想象力丰富的人就这点毛病，待着不动的时候脑袋里就开始天马行空地胡思乱想，直到展令君叫她，萧绡才堪堪拉回了脱缰的思绪问："啊？什么BT测定？"

BT不就是变态的缩写吗？难道展令君觉得她有点精神变态？

"区分红斑狼疮和过敏性紫癜的测定。"展令君有些无奈地解释。

"呃，应该做过吧，住院的时候什么都检查了一遍，除了免疫抗体不正常之外，其他的特别正常。"萧绡信心十足地说。

展令君沉默片刻，翻出萧绡的血液检测报告道："你的红斑都长在哪里？"

"只在胳膊上长出过，当时整条手臂都花了，后来一瓶激素吃下去就好了，现在只剩下两个小块。"萧绡撸起袖子，露出左小臂上两块相连的红色斑点，只有硬币大小，呈暗红色，早已没有当初犯病时的狰狞。

展令君戴上医用橡胶手套，握住萧绡的手臂察看。

这种橡胶手套非常轻薄，触感与人的肌肤十分相似，将那只大手上的温度清晰地传了过来。萧绡止不住有些心跳加速，暗自唾弃自己没出息。

"你运气不错，没出在脸上。"展令君单手捏住她的下巴，看了看她的脸和脖子。

萧绡的脖子白皙修长，与那张膨胀的大脸很不搭调。透过那双线条优美的眼睛，可以看出这张脸以前是怎样的美好，就这么被病魔毁去，实在不该。

第一次被人这么捏着下巴，仿佛小说中霸道总裁强抢民女的情节，萧绡有些呼吸困难，也不敢张口回答展令君的话，怕自己一开口全是鸡排味。刚才展令君走在路上吃了一片口香糖，一开口是清新的薄荷味，可她没有吃啊！

萧绡的狼疮发病非常迅猛，连续高烧逼得她不得不快速住院，及时止住了病情，没有伤到任何脏器和关节，肝功能、肾功能全都完好无损，算是不幸中的万幸。唯一的后遗症，也就是小臂上的那两片红斑。

看到展令君在病历上写下一个"E"，并把所有的资料装进档案袋据为己有，萧绡从桌上的磁盘里拿一颗薄荷糖吃着，小声问："E是什么意思啊？"

"康复评定,E就是最低级。"展令君尽职尽责地回答着，将桌上的一份表格推到萧绡面前。

"怎么能是最低级呢？我明明很严重，你知道这个病是绝症吗？你应该给我评个A级。"萧绡下意识地觉得等级越高享受的服务应该越多，努力给自己争取权益。

"本来应该给你个F，但是康复医学标准上没有F。"展令君冷酷无情地驳回了萧绡的上诉。

萧绡："……"

"你现在的问题，就只有糖皮质激素带来的副作用，每天十颗甲泼尼龙，会造成食欲上升、皮肤变薄、毛发旺盛、脸颊肿大……"展令君拿出钢笔，在纸上将这些副作用列出来。

"听说还会发胖。"萧绡听他说这些，心中不由得燃起了希望，他把这些症状当成要修复的目标，那就说明她的脸可以治好。之前她查了很久的百度，所有人都说激素脸很难恢复，而且常年吃激素还会出现可怕的向心肥胖、水牛背等。

展令君放下钢笔，淡淡地看着她道："不吃，就不胖。"

嗖，萧绡的膝盖中了一箭。

"虽然激素会导致脂肪重分布，但根据能量守恒定律，想要长肉，就得有脂肪来源。"展令君点了点萧绡面前的食谱，又给了她一份作息表，"你的主治医师应该交代过，不能熬夜，以后请按照这个作息表安排时间。"

萧绡低头看看，晚上十点睡觉，早上六点起床，这老年人一样的作息，让她一个夜猫子设计师情何以堪哪！"可，我是个设计师，通常只有深夜才有灵感……"

"那都是给拖延症找的借口，"展令君打断了对方的狡辩，他捏住萧绡放在桌上的手机晃了晃，"无非是玩手机一整天没有效率，到了晚上受到良心的谴责才不得不开工。"

嗖嗖嗖，萧绡的膝盖被射成了筛子。

被迫接受了展医生关于"早上人的大脑最清醒最适合创作"的理论，萧绡老老实实地把作息表收起来，拿起那张食谱看。

医生开的食谱向来是忌油腻、辛辣的，不过这个也太夸张了，连要吃的克数都标注出来。每日二十五到三十克食用油，这还不够她煎一个鸡蛋。

因为吃激素的缘故，以前不喜欢吃油腻食物的萧绡，现在特别偏爱油腻食物，从小就恶心的肥肉，如今她觉得特别香。自己内心隐隐也知道这很危险，但没有人明确说不能吃，她也就控制不住地吃了。

"我的脸，还能恢复吗？"萧绡希冀地看向展令君。

"能。"

斩钉截铁的回答，如同一根浮木，在萧绡快要溺水而亡的时候骤然给了她希望。

"激素减到两颗以下，脸就会慢慢恢复。"展令君把手机递给她，示意她解锁，"前提是你要按照健康的作息和食谱生活。"

康复医学相信，所有的疾病，百分之十依靠医院的治疗，百分之九十依靠病人出院之后的自治。是否按时吃药，是否遵循医嘱，是否珍惜身体，这些才是恢复健康的关键所在。

"好！"萧绡禁不住笑起来，肿起的脸颊随着笑肌隆起，顿时遮挡了一半的视线。她接过手机解锁，询问地看向展医生。

"下载'桑榆养生'APP。"

一个康复会所竟然还出APP了？萧绡有些惊讶，搜索出来，竟然是个付费软件！而且超级不要脸地要价十八块！

来都来了，总得消费不是……抱着这样的心态，萧绡花钱下载了下来。这个手机应用的界面非常简洁，就是一片黑色中间两棵白色的树，点击一下就要求登录。没有注册选项，只有登录，什么鬼玩意儿！

展令君把手机接过来，修长的手指在上面划拉两下，输入账号和密码，界面就变成了"展医生的贵宾，欢迎光临"。

"如果不是这里的会员，下载下来有什么用？"萧绡忍不住吐槽，就这还要付费，岂不是很多人都会被坑。

"愿者上钩，"展令君继续在应用里做设置，"这也算是会所的一笔进项。"

说好的医者父母心呢……萧绡不知道说什么好。

诊疗结束，萧绡心情轻快地起身告辞。展令君跟着站起身，取下衣架上的西装外套，准备跟她一起离开。

"留步，不用送了。"萧绡连忙摆手道。

"我下班，"展令君莫名其妙地看她一眼，"如果你是VIP，我倒是可以顺路送你回家，不过你是普通卡，并不享有这个待遇。所以，你不必紧张。"

萧绡："……"刚刚升起的一点感激哗啦啦碎了满地，这人真是太不可爱了！

外面天已经黑了，华灯初上，对于繁华的帝都来说，夜生活才刚刚开始，街道上依旧车水马龙无比热闹。

"你的心理状态还不错。通常得这个病的人都会陷入短暂的抑郁期，但你并没有，所以我没有要求心理治疗师协助。"走到会所的大门前，展令君突然说了这么一句。

"是吗？"被教育了一个小时，这还是萧绡听到的第一句表扬，她有些不好意思道："我以前也不这样，生病之后才大彻大悟的。"

在医院那充满了消毒水味的病房里，慈眉善目的主治医师将"激素风险告知书"递给她时说道："已经确诊是狼疮了，只有激素可以救你，这个病通常需要终生服药。你很幸运，发现得早，如果能恢复好，三五年之后也许可以停药。"

萧绡接过那张告知书，对于激素可能引起的所有副作用都详细地写在上面，需要病人或者家属签字，她问道："我爸爸呢？"

住院这么大的事，瞒不住家里，萧绡的父亲从千里之外赶过来照顾他，这几天的缴费、取药都是爸爸在做，怎么告知书这么重要的事情却没让爸爸签字呢？

"你爸爸不肯签。"医生有些无奈，这样的家属他见得多了，也很理解。

萧绡愣了一下，明白过来，对着医生歉然一笑，然后毫不犹疑地签上自己的名字。副作用什么的她现在已经顾不得了，活着比什么都重要。

等医生走了，萧绡趿上鞋走出去，发现父亲就坐在走廊的临时病床上，低着头不说话。五十多岁的汉子,顶天立地像山一样的爸爸,正用手心偷偷地擦眼泪。

原本也想哭的萧绡,看到这一幕,突然意识到自己不能哭。

萧绡走到父亲身边坐下,也不看他,低头看着自己的手臂,蛛网一样的红斑爬满了小臂,有些可怖,她说道:"医生说我已经是不幸中的万幸了,别人得这个病要吃一辈子的药,我只要吃三五年就能好。停药,在医学上就是治愈了。而且你看,我什么也没伤到,除了吃药之外跟正常人也没有区别。"

这样劝说着父亲,萧绡自己也想开了。过去的种种,什么感情不顺、工作压力、同事欺压,在生死面前都是微不足道的小事。她一定是运气太好,才能在这么重的病里全身而退。

"活着就好,我感谢老天让我活着的每一天,没把我收走,我就得开开心心地活,哪怕变成丑八怪,我也可以做个开心的丑八怪。"萧绡捧起自己的脸,挤了个小鸡嘴,肥大的脸丑丑的,看起来分外好笑。

展令君静静地看着她,呼吸有一瞬间的停滞。

见展令君半天不说话,萧绡意识到自己有些失态了,她不好意思地轻咳了一声。因为在展先生面前已经形象尽毁,她便下意识地放松下来,实在不该。"抱歉,我说得多了。"

东隅路上的路灯亮起来,照在展令君的脸上,黄色的暖光,让那冷白的轮廓变得柔和起来。漆黑的眸子染上了细碎的光,让萧绡产生了他在笑的错觉。

"慢走。"展令君淡淡地说了这么一句,转身去开车了。

"……"萧绡咂咂嘴,刚才果然是错觉吧。

这会儿路上已经不堵了,忙活一天,萧绡实在没有力气再去挤地铁,她晃晃悠悠走到路口,准备打车回去。

东隅路要说也在市中心,但这一代是老城区改造的,路比较狭窄,还是单行道,出租车基本上不愿意过来。在路口站了许久,也没见一辆空车,萧绡揉揉酸疼的小腿,认命地往地铁站走。

一辆缓慢行驶的银色轿车跟上来,车窗缓缓下降,一个声音问道:"打不到车吗？"

萧绡看清车里的人，不由气闷，不提供送客服务还来炫耀车，这展医生也太不友好了，于是她回道："是呀，展先生接滴滴顺风车吗？"

展令君有些意外，本来是想好心把她送到地铁口去，没想到她竟然会这么说，他微微挑眉，解开门锁道："上车。"

还真接顺风车啊！萧绡在心里小声欢呼，美能使人长寿，跟英俊的人多相处一会儿，就能多活两秒钟。她毫不犹豫地上车，拿出手机打开约车软件道："我约个车，你赶紧接单。"

"不必了，"展令君踩下油门，拐上大路，"这是体验服务。"

"什么体验服务？"萧绡有些跟不上展先生的思路。

"以初次消费为借口，赠送更高级的体验服务内容，以达到诱使顾客花更多钱的目的。"展令君一本正经地解释体验服务的定义。

"噗——"萧绡忍不住笑出声来，原以为展令君是个严肃的家伙，没想到他竟然这么幽默，"那好呀，如果服务得好，等我发奖金就充个VIP。"

展令君没接话，桑榆的VIP可不是充年卡就能得到的。

回到家洗洗刷刷，收拾齐整已经过了十点，萧绡想起白天一闪而逝的灵感，准备坐下来再画一会儿。刚起笔，思路便卡住了，她习惯性地掏出手机，准备玩一会儿，放松一下思绪。

点开微博，跳过开屏界面，一片空白。

网络未连接。

咦？萧绡看看手机上的图标，Wi-Fi的几个小格已经消失，难道家里的路由器坏了？她打开流量，还是一片空白。这是怎么回事！

没有网络，只能玩单机游戏。打开消消乐，闪退；打开植物大战僵尸，闪退；打开俄罗斯方块，依旧闪退！

手机坏了！对于一个现代人来说，手机坏了就等于人口失踪。好端端的手机为什么会坏，思来想去就只有展令君让她下的那个软件比较诡异，萧绡点开那个桑榆图标，界面显示"十点钟入睡时间，请关闭手机安心入睡"。

这是什么鬼东西，萧绡忍无可忍地给展令君打了个电话。

"我的手机坏了，只能打电话和发短信。"萧绡深吸一口气，提醒自己他是个大帅哥，不能发火。

"哦，我给你设定了十点钟入睡，十点以后断网、封锁娱乐软件。如果你不希望脸继续变大的话，现在马上上床睡觉。"展令君似乎已经躺在床上了，他说话的声音跟白天不大一样，带着平躺才会出现的尾音，软乎乎的有些撩人。

"……"听到这话，萧绡顿时趴了，她关了电脑爬上床，躺在床上干瞪眼。习惯了零点以后睡，这会儿怎么也睡不着，拿起手机，她用古老的短信方式给展令君发了一条过去：

你不是非工作时间不接电话吗？刚才怎么接了？

体验服务大礼包。

……

第4章 少年

不能玩手机,在床上躺了不到十分钟,萧绡就睡着了。

第二天早上,正在梦中吃满汉全席的萧绡,突然听到了一阵打鸣声。

"咯咯咯——"惨烈的鸡叫,好似一只正当壮年的公鸡被隔壁大公鸡戴了绿帽子,站在墙头对着情敌撕心裂肺地大喊,势要展示自己威武的雄风喝退敌手。

帝都,一座现代化大都市,她住在二十三楼,哪里来的鸡叫?!

顶着一头乱发,萧绡在枕头缝里找到了还在不停叫唤的源头——手机。

"早上六点,起床时间,滑动解锁。"

果然是那个魔性的"桑榆APP",萧绡单手滑动,倒下准备再睡一会儿,鸡叫却没有停,还在扯着脖子乱喊。

"请完成拼图关闭闹钟。"

界面上显示出一只柴犬邪魅笑的照片,下面放了九个拼图碎片。

"……"萧绡认命地一块一块拼上去,只有九块拼图倒是不难,但当她把拼图拼完,整个人已经无比清醒,根本不想再睡了。萧绡抓抓脑袋起床,洗把脸,看了一眼贴在门上的食谱，久不动灶台的萧绡，终于有时间给自己煮碗粥了。

大米、红枣，再丢一块冰糖进去。在电饭煲上面放一只笼子，铺上纱布摆四个婴儿拳头大小的奶香馒头，按下煮粥键。忙完厨房的事，萧绡坐在工作台前，喝一杯温水，整个人仿佛被雨露灌溉的小草，舒服得直叹气。

当初为了多睡一会儿，她狠心租了这间中心区的单身公寓，离公司只有半小时的地铁。这时间，上班族们还没有赶到，中心区一片静谧，萧绡看着窗外初升的太阳，有一种自己比别人平白多了几个小时的窃喜感。

削尖的绘图铅笔在白纸上快速描画。昼开夜合的合欢叶，于朝阳的照耀下缓缓绽放。大脑的运转，比平日快了将近一倍，不多时，萧绡便勾勒出一条裙子的雏形。

仿照合欢叶的色泽，内里是深绿色的修身裙，外面是一层半开半合的浅绿色欧根纱，走动间可以露出内里的深色，就像含着晨露舒展开来的合欢叶。

真是个天才的想法！萧绡给自己鼓鼓掌，她快速打开电脑，将裙子画在绘图软件上。成图看起来虽然漂亮，但好像缺了点什么，萧绡叼着压感笔拧眉沉思。

"嘀嘀嘀"，电饭煲的提示音响起，提醒她粥煮好了。

煮得香糯的红枣大米粥、柔软适口的小馒头，配一口小咸菜，比早餐摊子上的饭好吃得多。只是咸菜有些单调，明天可以炒个菜来吃。萧绡吃完馒头，就着剩下的一点粥，把今日份的药也给吃了。

黏稠的粥将药片充分包裹住，易碎的甲泼尼龙片接触不到她的上颚，也就不会出现半途粘连的状况，萧绡顺利地将药一口吞掉。没有被苦到，而且不用去公司躲着人群吃，萧绡很是开心，精神抖擞地重新坐回工作台前。

因为房间小，她的工作台和梳妆台是同一个，萧绡顺道往化妆镜里瞄了一眼，不由得惊了一下。她的脸还是肿着的，但明显没有昨天那种憋鼓着要涨开的恐怖感，皮肤也恢复了白皙均匀。

充足的、符合人体节律的睡眠竟然给了她这样的惊喜！灵光一闪而过，人是如此，那么裙子呢？合欢叶只有充分的闭合才会重新打开，压抑了许久才会产生惊喜感。那么外层的纱要包裹得更严实一些，外层与内层的对比一定要强烈，这样在打开的一瞬才会有惊喜的感觉。

将欧根纱换成垂感更好、透明度更低的雪纺,在外面看来就是一件雪纺裙。内里的深绿色裙子,也要换成更抢眼的料子……

如同打了鸡血一样忙活到九点钟,萧绡看着电脑里的成图忍不住弯起眼睛,这可是她平时两倍的效率。萧绡将文件保存,传到手机里,看看时间,竟然已经到了展医生的上班时间。

小小布:这个闹钟的声音太魔性了,能不能换个啊?

等了两分钟,那边没有回复,萧绡也没在意,毕竟人家是医生不是牛郎,没有义务秒回,她收拾收拾去上班。九点之后的地铁是如此的舒适,早高峰能把人挤成相片的环线列车,现在竟然还有空座!

怀着中彩票一样的心情坐在座位上,萧绡感动得想要唱一曲《感恩的心》。

地铁跑了两站,还是没S先生的回复,萧绡盯着微信翻了又翻,突然想起来,今天是周二,那家伙不上班。

啊,干一天歇一天的工作真是随性啊。

服装的图形设计可以在家里完成,但板型制作、3D建模、尺寸标注等,则需要付费版的大型设计软件,这个只能在公司做。

萧绡把设计图导入公司电脑,打开设计软件开始调尺寸。

"夏装上市一周了,也不知道情况如何。"秦亚楠跟身边的设计助理聊着天。

"听说今天官微也要做推送呢,上去看看就知道了。"助理说着,打开了LYSR的官方微博,宣传部早上九点准时放出了一组图片,是这一季成衣的主打款。

秦亚楠端着一杯咖啡走过来,悄无声息地凑到萧绡身后。

萧绡快速按下切换键,屏幕变成了桌面,她转头目光冷冽地看过去,发现是秦亚楠,心中不由得划了一道,面上却是笑了起来道:"是你呀,我以为是那谁呢,吓我一跳。"

设计行业有一些默认的礼仪,在别人做设计的时候不偷看算是比较基本的一条。方向钱不懂规矩,时常在设计桌之间转悠监督他们,经常会打断设计师的思路，在赵和平提议把桌子摆歪之后才好了点。

秦亚楠拖了个凳子在萧绡身边坐下，呼噜噜喝了一口咖啡道："怎么样？有思路了？"

"多少有了点。"萧绡这般说着，却没有重新打开设计软件的意思，她随手点开网页看官微。今天展示的这九件衣服里，有两件是她设计的，一件连衣裙，一件连身裤。

"这一季的夏装五十三套，单你设计的就上了九套，要我说下一季的主设非你莫属。"秦亚楠拿起萧绡桌上的云尺摆弄。

"别瞎说。"萧绡把云尺夺过来，那是她最喜欢的一把，这人向她讨了几次她都没给，所以秦亚楠每次过来找她说话都要捏一会儿。将小云尺放回尺架上，前面的小助理突然惊呼一声。

"萧姐，你快看微博底下的评价！"

萧绡点开评论，心中顿时咯噔一下——

五毛哥：中间那件土黄色的连身裤是什么鬼，难看死了。

客户1938777：这么土得掉渣的连身裤都能做主打，LYSR这届设计师不行啊。

美人芜姜666：我去店里试过那件连身裤，简直了，把我的缺点全都暴露出来，没见过比这更丑的衣服了！

土黄色的连身裤，那是萧绡设计的。

"呀，怎么都在说你的那条裤子！"秦亚楠惊讶地说，抢过萧绡的鼠标往下翻。

萧绡抿唇，那条连身裤是修身没错，但上半身用的是厚实的硬料，可以巧妙地遮盖住赘肉、肋骨，下半身又是垂感极佳的阔腿设计，绝对不可能出现"缺点全部暴露"这种问题。

原以为只是几个无聊的键盘侠，谁知过了两天，关于那条裤子的负面评价非但没有减少，反而越来越多。在一个时尚论坛里，还有人专门挂出了这条裤子来嘲讽。

这样的情况不可避免地惊动了市场部。

正在整理员工半年评价表格的方向钱，开始找员工一个一个谈话。

"设计师最重要的是设计，这可是你说的，"小会议室里，方向钱拿着市场部做出的调研表格抖得哗哗作响，"网络上的评价这么糟糕，你怎么解释？"

"我不认为我的设计有问题，是那些评论的人有问题，"萧绡毫不心虚地直视方向钱，"况且只有这一件评价不好，并不能说明我的业绩不好。"

"但是半年奖的评价这个星期就要上交了，如今我能参考的就只有这份调研报告。"方向钱用一种胜利者的目光看着萧绡，小丫头片子跟我斗，你还嫩着呢。

"您是领导，要怎么评价我，是您的权利，不过这里是LY，我也有提出抗诉的权利。"萧绡毫不示弱地顶回去，反正她俩已经撕破脸，她就算服软这人也不会对她好。兴许是这几天早睡早起按时吃早餐的缘故，萧绡觉得自己底气很足，她再也没有以前那种无力申辩的感觉了。

方向钱被气了个倒仰，在萧绡走出会议室之后，毫不犹豫地在萧绡的业绩评价里写了个C。

萧绡愤愤地走出办公楼，不想回家，准备去东隅路健身发泄一下。出了地铁站，她站在十字路口等红灯，一道转着轮椅的身影不期而然地出现在视野之中。

失去了双腿的少年，穿着宽松的运动服，用力转着轮椅，而他的母亲正在街边的小店买东西，没有注意到少年已经远离。

这里是一条主干道，车速很快，轮椅顺着一道斜坡滑下，快速冲进了快车道。

因为熟悉的运动衣和空裤管，萧绡不由得多看了一眼，正是那天在桑榆会所见到的少年。

"他正处在抑郁期，还请你们看好他。"展医生的警告言犹在耳。

路边的行人似乎都没有注意到这个安静的轮椅少年，直到轮椅冲出去才有人尖叫出声。萧绡已经扔了手中刚买的水和零食，一个箭步冲了过去。她的余光扫到少年的母亲，那位还在低头找零钱，听到尖叫声才后知后觉地抬头。

恰在这时，一辆小货车从五十米外快速驶来。

萧绡如今只有一个念头，幸好今天穿了平底鞋。轮椅离她有五米左右的距离，而货车司机还没发现一辆轮椅正在靠近,丝毫没有减速!她使出了百米冲刺的速度,一把抓住了轮椅侧面的扶手。然而她站在轮椅的一侧,并非轮子的正向,轮椅还是不可控制地原地转了个圈,半边身子滑到了第二车道去。

萧绡也管不得许多,一把将少年拽下轮椅。

"吱嘎——"尖锐刺耳的刹车声响彻天际,路边的行人条件反射地闭上了眼睛。一辆银色轿车从左方超车道横穿过来,用一个近乎漂移的动作直接横在了小货车前面。

正在随着电台音乐摇摆的货车司机这才看到路障,大叫着猛踩刹车,"咚"地一下撞到了小轿车,将小车的一面车门给挤出了凹坑。

货车司机拉上手刹,推开车门下去开口要骂,才发现路边还坐着两个人,一辆轮椅滑到了路中间,提着购物袋的中年妇女哭喊着冲了过来,他不由得出了一身冷汗。

小车上走下来一名穿着黑衬衫的男人,对他说了一声"抱歉",便快步走向摔倒的两人。

"你这是做什么呀!"少年的母亲哭喊着抱紧了他。

萧绡倒吸着凉气卷起裤腿,膝盖果然擦伤了,一滴一滴地往外渗血,好在今天穿了长裤,要是穿短裙她就死定了。正在感慨自己的机智,一只匀称修长、分外好看的大手伸了过来道:"能站起来吗?"

展令君?这熟悉的声音,萧绡傻愣愣地把手递过去,被那只漂亮的手握紧,一个用力将她拉了起来。待看清了车祸现场的状况,她才后知后觉地意识到,挡在货车前面的银色小车是展令君开的。

路人渐渐围了过来,议论纷纷,指指点点。

"妈妈,那个哥哥没有腿。"无知的小孩子好奇地大喊大叫。

少年下意识地想要挡住自己的断腿,但空空的裤管根本掩盖不了。

展令君把歪倒在路中间的轮椅拉过来,脚踏板撞碎了,软垫什么的掉了一地。他弯腰将一言不发的少年抱起来,放回轮椅里交给他妈妈。

附近的交警迅速赶了过来,疏散人群、恢复交通。

第4章 少年

展令君的车除了车门被撞扁了以外,没什么大碍,还能动,他按照交警的指示将车开到路边。

"这会儿不是上班时间吗?你怎么开车出来了?"萧绡靠着展令君的车给自己的腿贴创可贴。虽然拉下了少年,但他俩跌出去的位置并不安全,幸好这人来得及时,不然她就要被货车轧到脚了。

展令君没说话,而是从副驾座椅上提出一个塑料袋子,里面是已经摔烂的奶茶,还在滴滴答答地淌水。带着猫爪印的杯盖,一看就是步行街那家的。

他竟然是去买奶茶了!

"这附近没有奶茶店吗?"萧绡奇怪道。

"三十次卡还没用完。"展令君面无表情地说着,把奶茶扔进了垃圾桶。

"……"来回的油钱也够一杯奶茶了吧!萧绡突然对展医生有了新的认知。

"我这好好走着呢,他突然横过来,警察同志,你可以查监控,我绝对没有超速。"小货车司机急赤白脸地解释。展令君的车看起来就很贵的样子,他可不想赔钱。

在交警处理事故的同时,一辆警车也呼啸而来。遇见交通事故,老百姓的第一反应都是报警,知道要拨122的很少,通常都是打110。

交警已经弄清了来龙去脉,展令君表示不需要货车司机的赔偿,交警也乐得轻松,只是对于展令君这种违规的开法是需要处罚的。

"鉴于你是见义勇为救人的,可以不处罚,但要让派出所给你出个证明,一周之内交到事故大队去。"交警指了指从警车上下来的几名民警。

在马路上自杀与跳楼惹人围观一个性质,都是妨害公共秩序,认真追究起来是要受到行政处罚的。警察先问了人员伤亡,确认没有大事之后,就把他们四个都带回派出所去做笔录。

第一回进局子,萧绡有些好奇,她忍不住将警徽、警服、做笔录的清秀小警官都仔细欣赏了一遍。

"大马路上自杀,这是妨害公共秩序知道吗?"负责记录的小警官板着脸,敲敲桌子示意萧绡严肃一点。他们三天两头就会接到有人自杀的报案，女性居多，大多数都是情感纠纷导致的。因此当他看到这群人时，下意识地将萧绡认成了自杀者。

"我看到他转着轮椅往快车道冲，就跑过去拉他，但力气太小拉不回来，只能把人给拽下来，您看我这指甲都断了。"萧绡举着一根食指，前端涂着白色指甲油的法式指甲中途折了，要掉不掉的，将一部分的指尖肉挤得发紫。

小警官呆了呆，眼神瞬间从不耐烦变成了肃然起敬，向少年的母亲求证之后，郑重其事地写下来道："签字吧，感谢您的见义勇为。"

受到警察叔叔的表扬，萧绡觉得自己胸前的红领巾更鲜艳了，二话不说签下自己的大名。

"你怎么这么不懂事啊！你要是死了，我和你爸爸可怎么办呀？呜呜呜……"少年的母亲谢过萧绡和展令君，就开始数落自己的儿子，哭着捶打他。

少年只是低着头，一言不发。

"别责怪他，这是残疾之后的心理适应期，过了这段时间就好了。"展令君蹙眉道，一边的警察赶紧把少年的母亲拉开，刚刚自杀过的人正是脆弱的时候，不能受刺激。

少年的母亲和展令君还要继续交代问题，轮椅少年独自一人坐在阴影处，垂着脑袋仿佛睡着了。

见义勇为好市民萧绡在他身边坐下道："咱们前两天见过面的，我叫萧绡，你叫什么名字？"

"夏炎。"少年缓缓抬头看向她，稚嫩的脸看起来也就十七八岁，一双大眼睛黑洞洞的仿若一潭死水，"谢谢你救了我。"

看得出来，夏炎的家教很不错。

"不用谢，这是好市民应该做的。"萧绡想开个玩笑，结果对方根本不买账，道谢之后就继续低着头，无声无息，好似下一秒就要融在走廊的阴影里。

不知道怎么劝解对方，萧绡也跟着沉默下来，她拿出手机开始刷微博，关于那件土黄色连身裤的负面评价还在持续增加，萧绡对少年说："我理解你的心情，当我们变得不如以前那么完美的时候，很多倒霉事都会接踵而来。你看看我，自从变丑之后，什么破事都能遇到，设计的裤子好不容易做了主打，却被一堆人追着骂……"

"'大江互动'的水军。"夏炎不知何时凑了过来，语调冰冷地说了这么一句。

"咦？"

萧绡惊讶地看向语出惊人的少年问："大酱互动？水军？"

"是'大江'，他们公司比较垃圾，水军都是这种带数字的僵尸号。"夏炎把手机拿过来，目测了数量，嘴角勾起一抹嘲讽的弧度，"看来你的对家也没什么钱，这一单做下来不超过两千块。"

说到这些东西的时候，那双空洞的眼睛突然就有了神采，充满了会当凌绝顶般的蔑视，类似于艾德琳看地摊衣的模样——只有某个领域的神才会有的表情。

萧绡双眼亮晶晶地盯着他，原本忧郁脆弱的小少年在她眼中骤然变得高大起来，她喊道："大神啊！"

"也、也不至于……"夏炎有些不好意思，面上云淡风轻地把手机还给萧绡，耳朵却止不住地红了。

萧绡倒是没有注意这点，一心想着少年说的水军。虽然她对自己的设计有信心，但被骂了这么多天，她已经开始自我怀疑了，是不是交给工厂的设计图有问题，还是制版出了差错？听到是水军的时候，萧绡心中一颗悬着的石头终于落了地。

那么，是谁要害她呢？这些水军明显是针对她而不是针对公司的，不然怎么会只逮着她这一件说。

"大神，您能帮我找到是谁雇的水军吗？价钱随您开！"萧绡双手抱拳，仿佛古代落草为寇的侠士。

夏炎的耳朵更红了，他微微扬起下巴道："就算你给十倍的价钱，大江互动也不会透露客户信息的，这是行规。不过我可以给你个网店地址，你去下单，两百块出一份报告，证明这些人是水军。"

虽然暂时不能找到幕后黑手有些遗憾，但能证明自己被陷害已经是意外之喜，萧绡忙不迭地点头，兴高采烈地跟大神交换了联系方式。

等展令君和夏炎他妈出来的时候，两人已经有说有笑的了。

"展医生，今天真是给你添麻烦了，"夏炎的母亲再次向展令君道谢，又拉着萧绡的手感激了半响，"不知道怎么谢谢你才好，你救了我家炎炎的命。"

"阿姨，您别客气……"萧绡有些无措地任由夏妈妈拉着手，求助地看向展令君。

展医生却丝毫没有帮忙的意思，他打电话给修车行让他们来把车开走。

四人走出警局，修车行的人已经骑着自行车来了，他接过展令君手中的车钥匙，把自行车放进后备厢，开着歪了一个车门的车就走了。

"展医生，修车的账单你留着啊，下回我去桑榆给你结算。"夏妈妈推着轮椅跟两人道别。

萧绡满以为好市民展先生也会像她一样高风亮节、不求回报，没想到展令君很是自然地点头答应了。

看着夏炎妈妈如释重负的模样，萧绡顿时后悔了道："我刚才应该要点报酬的，起码把我买创可贴的钱给我呀！"

展令君像看傻子一样瞥她一眼，没接她的话，只是默默地绕到外侧，让萧绡走右边。

东隅路上虽然车不多，但外侧终究比内侧要危险，修长挺拔的男人挡在外面，令人瞬间增加了不止一倍的安全感。

英俊高冷的男人突然展现出绅士体贴的一面，简直是洲际弹道导弹一样的大杀器，精准无比地将名为"心动"的炸药戳进少女的心脏，炸成一朵蘑菇云。

"现在懂这种规矩的男生可不多了。"萧绡忍不住抬头偷窥展令君的侧脸。

"嗯？这不是常识吗？"展令君不甚在意地说着，又抬头看看天色。时间还早，只是天气有些不好，阴沉沉的似乎要下雨，街上的路灯也提早开了。

"不是……"萧绡摇了摇头，以前她强调了很多次韩冬雨才学会让她走内侧的，很多男人长到五十岁还不懂什么叫绅士。

空气中充满了咸湿的水汽。细细的雨丝在灯光下凝聚，落到展先生的眉毛和睫毛上，闪着莹莹的光，他道："这是有个人教我的。"低沉悦耳的声音，在暮春的小雨中聚拢又消散，深邃的眼神里，有着一闪而逝的、难以名状的痛楚。

一直盯着他看的萧绡，觉得自己的心尖也跟着疼了一下。前女友吗？是谁这么幸运，得到了展先生的青睐，又怎么舍得离开他……

如果自己没有生病该多好，萧绡有些颓丧地低头，自己现在的条件根本不够追求展医生，想这些又有什么用呢？她现在唯一能做的，就是等发了半年奖为男神充一张季卡。

今天没有预约问诊，到了桑榆展令君就回办公室了，萧绡独自往健身房走。

桑榆内部的健身房跟普通的健身房不太一样，跑步机、举重器之类的都有，但更多的是外科病人复健用的器械。而健身房里常年配置的教练，也换成了物理治疗师，就是那天送夏炎出门的壮汉。

桑榆会所里，对于综合治疗师、物理治疗师、心理治疗师等，统称修复师。按照前台甜甜的说法，他们不仅仅是做肌体复健，还是在修复生命，包括身体、心理、容貌、家庭伦理关系。

虽然最后一条不知道怎么实现的，但萧绡已经接受了用修复师来称呼这些人。

"嗷嗷嗷，疼疼疼！"一名刚刚拆了石膏的骨折病人，在壮汉修复师的摆弄下惨叫不已。病人是位年过三十的男人，竟被弄得眼泪汪汪。

"三个月没伸直了，现在得赶紧掰过来，不然你就得一直弯着了。"壮汉穿着"工"字背心，看起来当真不像个医生。

"我不要了！明天再继续吧，唔……"

这样的场景每个角落都在上演，堪称人间地狱，惨绝人寰。

萧绡抖了抖胳膊，找了台跑步机慢慢跑。主治医师交代过她不能劳累，而展令君也强调锻炼身体要适量，她就打算跑个三十分钟。

"萌萌，吃晚饭吗？"那名叫宋唐的营养师从健身房门口冒出头，冲正在操练病人的壮汉挥挥手。

"吃，再等我十五分钟。"壮汉萌萌抬头应了一句。

"你叫萌萌？"正被他压在身下的病人"扑哧"一声笑出来，"噗哈哈，嗷嗷嗷，疼疼疼！"

"我叫李萌，您可以叫我李医生、小李，请不要叫我萌萌。"李萌捏了捏自己结实的肱二头肌，冲乱说话的宋唐挥了挥拳头。

萧绡努力忍笑，转头看到宋唐也开了一台跑步机开始慢跑。

宋唐见客人看过来，礼貌地点头问好道："那份食谱还吃得惯吗？"

"还行，就是肉太少了。"萧绡笑着说。

"您的状况不适合吃太多肉，可以吃鸡肉、鱼肉，但记得剔除鸡皮和油脂。"宋唐依旧穿着他的休闲装，看起来像个清秀的大学生。

这里的医生，一个比一个不像医生，让病人怎么区分呢？

真该给他们设计一套制服，萧绡打量着宋唐细瘦的身材，大脑快速分析着适合他的板型。想着想着，她的肚子突然发出一声巨大的咕噜声，萧绡赶紧捂住肚子，好在这健身房里比较嘈杂，没有人听到这丢人的声响。

刚松了一口气，萧绡的膝盖突然软了一下，一阵难以为继的虚弱从脚底瞬间传遍全身，冷汗忽地一下冒出来，她仰头就往后倒去。

在陷入黑暗的一瞬间，萧绡仿佛看到了展令君那张俊脸。

再睁开眼的时候，萧绡发现自己躺在会客室的天鹅绒沙发上，展令君正拿着听诊器按在她文胸的钢圈上。隔着钢圈能听到吗？没回过神来的萧绡恍惚地想。

"没什么问题，应该是低血糖。"展令君收起听诊器，低头看着她，"你没吃晚饭？"

"还没……"

宋唐端了一杯葡萄糖水来递给她道："你以前有没有过低血糖？"

萧绡坐起来一饮而尽，呆坐了片刻，过快的心跳才渐渐平复下来，出虚汗的状况也有所缓解。她回答道："有，我特别瘦的时候，每到夏天就站不直，经常眼前发黑，工作之后胖了点才好些。"

宋唐皱起眉头，端着手肘，单手支着下巴思索，过一会儿道："那你的食谱要改改了，晚上别再喝稀粥，可以吃点清汤面、海鲜粥之类的，但不能超过两百克。"

"太好了！"萧绡欢呼一声，她这两天喝绿豆粥喝得脸都快绿了，"那我再晕倒一次，是不是就能吃猪蹄和炸鸡了？"

宋唐："……"

晚上回家，萧绡给自己煮了碗阳春面，吃得十分满足。

"叮咚"！微信提醒，夏炎大神发了网店的地址过来。

小小布：叩谢大神。

火炎焱：平身……

萧绡龇牙，这臭小子，还真敢应啊。她快速找到那家店，把自己的状况发过去，店主很爽快地接了，说明天早上把报告发她邮箱。

干成这件大事，十点钟手机自动断网锁游戏，萧绡准时睡觉。

第二天早上醒来，重新有了网的手机，收到了凌晨的一条消息。

火炎焱：你让我觉得，我还是有价值的，不死了，我会好好活着。谢谢你，大脸姐姐。

刚刚升起的感动被"大脸"两个字击得粉碎，这破小孩，真是太不可爱了！

第 5 章 改良

自从改为弹性工作制,方姐就在设计室门口装了打卡机,好测定员工有没有上满八个小时的班。

因为惦记着洗刷冤屈,萧绡早早地就去了公司,打卡的时候才七点半。

淘宝店果真守信,已经将报告书发到她的邮箱。这份报告书非常详尽,包括每一个水军账号的IP、发言时间曲线图、评论内容对比,可以说是铁证如山。最后店家还附赠了大江互动的三个营销案例,跟这次的差评事件如出一辙。

整个报告书足有二十页,打印都要好一会儿。

这两百块花得也太值了!萧绡立马确认收货,给了五星好评外加五十多字的赞美。

设计室里只有她一个人,打印机咔嗒咔嗒的声响在空旷的室内回荡。难得有空,萧绡坐在自己的桌上,将同事的办公桌都欣赏了一遍。

赵和平的桌子是最乱的,碎布、纸样、直尺、铅笔,乱扔乱放,最不能忍受的是,他喝水的杯子已经好几天没有刷了,玻璃杯上满是茶垢!

秦亚楠的桌子比较整齐，桌上放着她在各处寻摸来的小玩意儿，一盆绿萝、一只熊本存钱罐、一个LY摆件、很多把尺子……因为秦亚楠性格开朗，喜欢说话，没事的时候就在公司里到处转悠，跟各部门的人都熟悉，看到喜欢的小东西就跟人讨要，久而久之就攒了满桌。

打版小哥杨笑的桌子跟他们的都不一样，他的桌子上铺着毡布，放了很多的粉笔。一个设计室就一个制版师，所有人设计出的图纸都要交给杨笑制版。按理说这样的位置，应该是整个办公室的香饽饽，奈何杨笑这人性子腼腆，不爱说话，竟隐隐有些不合群。

报告打印完毕，萧绡拿出订书机咔嚓咔嚓订上，设计室的指纹锁突然"嘀"了一下，有人来了。

方向钱进门看到萧绡在，不由得扶了扶眼镜再瞧一眼，仿佛看到了什么稀罕事。

"领导，早啊。"萧绡笑着打了招呼。

"早。"方向钱应了一声，往自己位置上走，"你怎么来这么早？"她是因为早上要送孩子上学才会每天早早到，萧绡没家没业的，来这么早做什么？

"有事要汇报，所以来得早了些。"萧绡拿着刚刚打印好的报告走到方向钱身边。

方向钱眉梢一跳，掩藏在镜片后面的眼中有精光闪过，她饶有兴致地坐下来，端起刚沏的热茶喝了一口，冲萧绡抬抬下巴道："坐下说。"

她以前在国企、私企都干过，在她的认知里，部门员工肯定是会互相告状的。作为领导只要收集了下属们的互相攻讦，相当于攥住了每个人的把柄，治理起来就得心应手了。就像古代的皇帝一样，要想龙椅坐得稳，下属们就不能连成片。大臣们互相告状，互相拆台，这皇帝才当得安心。

然而方向钱来了半年，萧绡竟然一次都没有来反映过问题，这让她在心里认定，萧绡是不跟她亲近的，说不准就是上层的眼线。如今萧绡被踢出试衣间，终于知道要依靠她了，这让方向钱不无得意，看萧绡的眼神也就柔和了不少。

萧绡难得见到方姐这般和颜悦色，有些瘆得慌，但还是听话地坐了下来，将手中的报告书放在桌上道:"微博底下那些评论,我找人查出来了,都是水军,这是分析报告,您看看。"

正等着听大料的方向钱,嘴角的笑意停滞了一瞬间,而后渐渐淡去,她接过报告书翻了翻道:"你什么意思?"

"这是有人在陷害我,我的那件设计绝对没有问题。"萧绡满心都是解释清楚洗刷冤屈的兴奋,没有注意方向钱的表情变化。

"我知道了,这个问题我会向总监反映的。"方向钱双手拿着报告书,看起来很重视的样子。

"谢谢领导。"萧绡笑开了,站起来朝方姐道谢。

"嗯,回去吧,一会儿他们该来了。"方向钱摆摆手,示意萧绡回自己的工位上去。

萧绡点点头,转身走了。

满以为这小丫头终于知道事了,没想到竟然是来质疑她的决定的,简直可笑!方向钱把报告书扔到抽屉里,完全没有仔细看的意思。

因为早上来得早,萧绡下午就可以早早离开,能在桑榆厮混几个小时,想想她就有点小激动。

桑榆会所真没得挑,健身、娱乐、休闲,什么都有,全方位的康复护理也让她分外安心。拿出计算器算算,五十三套新款里她占了九套,除了已经离职的那位主设之外,她的奖金应该是最高的,充个季卡绰绰有余。

时近中午,员工们陆续到来,成衣部接到了秘书室通知,下午一点钟要开设计会。

秋冬发布会在即,艾德琳和高级设计师们已经加班加点地对这些成衣作品进行了改造,还是不尽如人意。他们的设计虽然看起来没有大问题,但就是缺乏灵气,而且没有特色。

单独给女装成衣部开这个会,就是希望在细节上再修改一下。

"我尊重你们的设计,所以希望你们自己提出意见来。"艾德琳将三十六件秋装、二十八件冬装的成图放在大屏幕上滚动播放，目光严厉地扫过成衣部的一众设计师。

赵和平几个人都低着头不敢说话，秦亚楠歪头背着艾德琳跟萧绡吐舌头，会议室陷入了死一般的沉静。

萧绡抬头看着那些衣服，又看看会议记录本上自己写下的心得。年初设计的时候其实她已经有想法了，但那时候她没胆量说，整个部门的人都把她当花瓶，说出来也没人听。

"这就是你们的答案？无话可说，是觉得自己的设计已经很完美了吗？"艾德琳的声音像是带着冰碴。

"没有人说话的话，我们一个一个提问好了。"艺术指导林思远优雅地靠坐在椅子上，伸出手指向着空气点了点。

气氛非常的压抑，两个小助理已经快吓哭了。

"艾德琳，我有个想法。"萧绡举手，所有人都抬起头来，齐刷刷地看向萧绡，好似她是隐藏在一群鹌鹑蛋里的猕猴桃，就这么叛出了组织。

"说说看。"艾德琳抱着手臂，神色一如既往的冷肃。

"其实这些设计的问题不大，但是缺乏整体感……"萧绡咽了一下口水。首席设计师那双灰蓝色的眼睛扫过来，仿佛洞悉一切的眼神给了她莫大的压力，有一种上课回答老师问题的紧张感。

艾德琳挑起一根细长的眉毛，点点头示意萧绡继续说。

"我建议给每一件衣服上添加一个统一的小设计。"几道有如实质的目光打在身上，萧绡的手心沁出一层细汗，这话说出来肯定会引起同部门设计师的不满，她深吸一口气，"就您在高定上创造的那个褶腰设计，用在风衣和棉服上最为妥当。"

秋冬季的高定还没有公布，就连公司内的员工也没几个能见到全貌的，这话一出，会议室的气氛果不其然变得微妙起来。

艾德琳有些惊讶地问："你知道我的褶腰设计？"

这一季的秋冬高定，艾德琳做了个很特别的褶腰设计，在宽大风衣的腰侧添加了一个十分漂亮的褶皱，可以很好地将服装定型，且能造成穿衣人腰围纤细的视觉错觉。

"是的，我在试衣间看到过。"萧绡老实道。

是了，萧绡以前是她的试衣模特。艾德琳了然，眼中不由得多了几分欣赏道："那你打算直接用吗？"

"不，"萧绡立时否认，"摺腰设计是那件高定的点睛之处，如果泛泛地用在成衣里，会让高定失去价值。而且，高定的工艺复杂，大工厂是做不出来的。要用就要做出修改，简化一下。"

用高定的元素做成衣，需要做修改简化，这本就是约定俗成的规矩，艾德琳是知道的，不过是随口多考了她一句，她满意地点点头道："你很细心，这个提议非常棒。"

一句"非常棒"让众人都吃了一惊。要知道，艾德琳作为时尚界的女魔头，基本上开口就是嫌弃和训斥，鲜少会夸人。

"作为一名设计师，你们要做的不仅仅是闷头设计，更要会思考。"艾德琳看着众人，语调恢复了冷冽。

秦亚楠撇嘴，跟赵和平挤眼，小声说："那我也得能去试衣间接触到高级定制的摺腰设计呀。"

萧绡低下头，暗自叹了口气。就知道这话说出来会引起其他人的不满，当初她才没敢开口。

"看不到摺腰设计，看不到别的吗？这一季的高定，我也给你们看过几套了，自己不会思考，还要责怪别人思考，这是什么道理！"艾德琳冷哼一声，吓得赵和平赶紧用笔记本挡住脸。

虽然上了年纪，但眼不花耳不聋的艾德琳隔了那么老远，竟然也听到了他们的嘀咕！

秦亚楠的脸顿时涨成了茄子色。

萧绡看了秦亚楠一眼，这人总是口无遮拦的，但也知道分寸，最近却是有些反常了，似乎比以前尖刻了不少，而且隐隐有针对自己的意思。是发生了什么事,还是以前她就这样只是自己没在意?

众人各怀心思地沉默下来,会议继续。

时间紧迫,对于秋冬装的修改方向,最终确定就按照萧绡的提议。安排好接下来的修改工作,艾德琳又说起了下一季的春夏装。

"关于'新生',你们现在有什么想法吗?"大屏幕切换到了新主题,艾德琳抱着手臂看向众人。

新生主题的高定还未开始设计,她也需要这些年轻人提供一些灵感。

"我觉得,新生应该是偏少女系的,有个化妆品的品牌形象就是'宛若新生',所以应该以粉嫩系为主,采用粉红、粉蓝、鹅黄这种少女的颜色,如同春天一样生机盎然。"因为前面萧绡受到了表扬,让众人的胆子大了起来,喜欢热闹的赵和平第一个举手发言。

"我跟赵哥的想法一样,可以加入蕾丝和小碎花。"另一名设计师跟风道。

"不行,我们的产品定向是二十到三十五岁的女性,太少女的不合适,我觉得应该是让轻熟女回归少女懵懂的意思,在大方简洁的基础上做一些偏嫩的改变。"

众人各有各的想法,说得热火朝天,这是艾德琳喜闻乐见的,她并没有阻止。

秦亚楠掩藏在桌子底下的手紧紧攥着,微张着嘴和鼻子一起呼吸,好似一条困于涸辙的鱼,急需抓着点什么来挽救自己,她喊道:"不,你们都说得不对。"

音调偏高的声音,将众人的目光吸引了过来,讨论声也戛然而止。

"新生的主题元素是合欢叶和杉树花,"秦亚楠站起身来,慷慨激昂地说起自己的观点,"合欢叶代表着离别,杉树花则意味着重生……"

此言一出,萧绡猛地抬头看向她。

"所以新生应该是对生命的感悟。"秦亚楠激动地说着,仿佛一名狂热的艺术家,在灵感爆发的一刻难以自制。

艾德琳灰蓝色的眼睛骤然亮了起来道:"说得好!"

关于新生这个主题,就是因为艺术指导在非洲丛林里拍到的照片给了她启发,出土的嫩芽、破壳的幼鸟、雨季到来时奔涌的河流、清晨时分逐渐开放的合欢叶，对生命的敬畏与热爱，才让她定下了新生这个主题。上次的大会她没有讲明，没想到竟然有年轻人能够参透。

会议结束，成衣部的人有说有笑地走出来。
"亚楠，行啊你，竟然参透了教主的心法秘籍。"赵和平挤眉弄眼地说。
"亚楠，你还真是博学，我们都没往植物的寓意上面想。"
秦亚楠笑嘻嘻地应承下来，一旁的打版师杨笑看不过去了，憋红了一张脸开口道："那天我明明听到，这个是萧绡想出来的。"
赵和平一愣，转头过去看萧绡。
"哎呀，是我俩一起想的，"秦亚楠被揭穿，却丝毫不见慌乱，她一把挽住萧绡的胳膊，"亲爱的，刚才一时激动忘了提你了，你不生气吧？我给你赔罪，晚上请你吃饭好不好？"
"一起想的，谁说都一样嘛。"众人见这架势，便开始和稀泥，毕竟秦亚楠和萧绡是大学同学，关系不一般。
萧绡冷眼看着秦亚楠的表演，顾及面子，她也不想在这里吵闹。如果秦亚楠承认一句是用了她的创意，也就罢了，毕竟这事自己也有责任，当着人家的面没遮拦地讲出来，就是摆明了给人冒用的机会。但说"一起想的"就太过分了！
一点一点把自己的胳膊抽出来，萧绡以前很少发脾气，因为还有着"美女的偶像包袱"，现在她倒是没这个顾虑了，道："一起想的？亏你说得出口。秦亚楠，我头一回发现，你的脸皮还真够厚的。"
秦亚楠的脸一阵青一阵白，梗着脖子犟道："怎么不是一起想的，我去给你讲PPT，咱俩讨论半天得出来的结论。"她个子矮，又有点胖，底气足说话像个炮仗，这一嚷嚷，整层楼的人都听到了。
萧绡看着她叉腰准备吵架的架势，深觉自己跟她吵下去太跌份儿，丢不起这个人，但现在转身走又显得怕她了似的。于是她学着展先生那藐视苍生的眼神，优雅地翻了个白眼，嗤笑一声摇摇头，不紧不慢地转身离去。
一个淡定自若，一个狗急跳墙，孰是孰非一目了然。设计室的同事们也不敢再多说，纷纷找借口离开，独留下秦亚楠在原地跳脚。

打卡下班，萧绡把桌面上一切与作品有关的东西都锁起来，电脑密码也换了个更复杂的，她没理会红着眼睛仿佛受了天大委屈的秦亚楠，出门坐上地铁往东隅路去。

坐在下午三点半空旷的地铁上，萧绡这才卸下脸上的高冷，不高兴地鼓起脸颊，活像一条充气的河豚。

秦亚楠是她大学同学，两人一起进这家公司，互相提醒面试时间、彼此扶持着熬过培训期，对萧绡来说，秦亚楠跟别的同事不一样，但没想到，人心易变。

感慨完人生，萧绡低头给展医生发消息。

小小布：我在办公室斗争中吃亏了，求问有心计提升课程吗？

展令君S：有格斗课程，每天下午五点钟。

格斗？！萧绡盯着屏幕看了半晌，确定自己没看错。

用格斗的方式解决同事间的倾轧吗？

想想某天秦亚楠抢了自己的功劳，左勾拳、右勾拳、扫堂腿、降龙十八掌，飞沙走石、鸟雀归林，反派秦某在空中炸成一朵烟花，残阳将英雄萧绡的背影拉得老长，系统郑重地响起电子音"K！O！"

好像，也不错。

到桑榆的时候，格斗课程还没开始。会客厅里非常吵闹，主要是一名坐在沙发上的中年男子在嚷嚷。

"不是说什么都能康复吗？为什么不能让我的手康复？"中年男子举着自己光秃秃的右手腕，尚未愈合的伤口还包着纱布，显然是刚做了截肢手术。

"这里是康复中心，不做断肢再造，我可以给您安装假手。"穿着白色直筒裤、浅蓝色针织高领无袖衫、白色西装外套的女修复师，正一丝不苟地回答着他的问题。

这是桑榆会所里唯"二"的综合修复师——廖一帆。

"你们这是虚假广告!"中年男子瞪着一双牛眼,"叫你们老板来!"

"叫老板来也是一样,如果您觉得这里无法达到您的预期,可以去前台退掉月卡。"廖一帆十分礼貌地说着,说完她转身就走。

"嘿,你这是什么态度!"中年男子顿时气炸了,瞪着一双牛眼,端起水杯喝了一口,咣当一声放到桌上,"这水也太烫了!欺负我只有一只手是不是!"

旁边的服务生立时上前要给他换一杯,却被他拒绝,他嫌一楼空调太冷,要去三楼坐着。

"先生,三楼是VIP客户才能上的。"服务生眼看着他在电梯里刷卡,对着数字"3"使劲儿戳,就是戳不亮。

展令君拿着一份表格从办公室走出来,看到萧绡来了,微微点了点头。穿着粉色裙子的康复护士快步走过去,指着那吵闹的中年男子小声跟他说了点什么。

男子上不去三楼,又气呼呼地坐回去。

展令君将表格交给护士,然后迈开长腿坐到男子对面,微微抬手,小护士就把廖医生退还的病例递了上来。

"王先生是吧,右手关节离断,"展令君低头扫了一眼病例,"您有什么要求?"

"我要你们把我的手治好,恢复如初。我花这么大的价钱,可不是来健身的。"中年男子面对着几个小姑娘还敢恶声恶气,对上沉稳清贵的展令君就莫名地气弱了几分。

刚刚残疾的人,总是容易提出过高的康复要求,桑榆会所对这样的人已经习以为常。除了一些看热闹的客人之外,其他工作人员都是该干吗干吗的状态。

恰好李萌从物理治疗室里出来喝水,看到萧绡便过来打招呼道:"萧小姐,听说你准备上我的格斗课了?"

带着热气的强壮身体靠近,萧绡条件反射地向后侧了侧身子,上下看看萌萌医生道:"格斗课是你教的?"

"没错!"李萌露出一排大白牙,他的格斗课程总是无人欣赏,今天听展令君说他即将拥有一名学员,他就一直兴奋地等着五点钟的到来。

"呃,我……"拒绝的话到了嘴边,对上壮汉那双满是期待的眼睛,萧绡又说不下去了,转头去瞪展令君,这家伙怎么嘴巴这么快!

"目前最先进的康复方案是购买欧洲产的机械手,可以完全替代原本的手,只是价钱有些昂贵,"展令君将茶几上的一本画册递过去,"如果您同意,我可以联系欧洲那边定做一只。"

中年男子看了看画册上的价钱,有些迟疑。

"当然如果您不同意这个方案,那我们就无能为力了,您可以去这个地方问问看。"展令君从西装口袋里掏出一张名片递给他。

中年男子捏着那张名片看了一眼,一张糙脸顿时变得五颜六色十分精彩。

"那是什么地方?"萧绡问新上任的格斗教练。

"五台山。"李萌小声说。

萧绡:"……"

哪有医生劝病人去五台山的!这是"我治不好你就只能求神了"的意思吗?

萧绡抬手捂住眼睛,不敢看那位断手大哥的表情。

那位着实被气得不轻,他喘了半晌的粗气,拳头攥得死紧,看起来随时都要扑上去跟展令君干架。展令君则是一派闲适的模样,他拿起另一本画册慢慢翻道:"当然,如果您愿意降低预期,也可以选择这种义肢。能够完全替代正常手的仿生智能手,是去年欧洲那边刚研制出来的,还没有大规模生产,造价非常昂贵,不是一般人能承受得起的。通常缺胳膊少腿的截肢病人,都会选择普通义肢。义肢手主要是为了美观,戴上手套看起来与常人无异,贵一点的可以通过另一只手的拉环操控实现简单的抓握。"

正下不来台的中年男子听到这话,装作不甚在意地拿过来,仔细看了义肢手的功能介绍和价钱列表,表情顿时缓和了不少。

"我们是比较建议您装这种的,毕竟仿生智能手刚刚研制出来,还不够完善。智能手要做手术连接神经不能拆卸,普通义肢可以随时取下。您不如先用这种,过几年技术成熟了再换智能手。"展令君说话不紧不慢很有节奏,让人不自觉地就跟着他的思路走了。

果不其然,中年男子略思考了一下就表示同意。展令君站起身,立时有专门负责售卖昂贵器械的客户经理上前来,请男子去会客室进一步介绍各种型号义肢的区别。

萧绡看得目瞪口呆,这展令君还真有两下子,三言两语就把闹事的给搞定了,还顺道促进了消费。

"那是!老大是无所不能的!"李萌跟萧绡一起,用满是崇拜的眼神看着往三楼去的展令君,"一般的病人都会优先安排给一帆,难搞的才会丢给老大。"

难搞的才会丢给老大……难搞的……

萧绡觉得空气中突然出现了一个巨大的箭头,带着李萌的这句话,狠狠地戳着她的脊梁骨。当初前台可是直接把她分给展令君了,也就是说,她在桑榆会所的众人眼中,也是个奇葩客户。

"请问您需要什么类型的?"

"要英俊的,身高一米八五以上,温柔,善解人意。"

看个医生还要挑身高长相,简直是花中痴汉、色中饿鬼,长在红旗下的一朵奇葩!

奇葩萧绡无力地被壮汉萌萌拖走,进行他期待已久的格斗训练课。

"三楼有什么设施啊?"萧绡的身体不能劳累,只能先学学基础动作,她一边比画一边还能跟教练聊天。

李萌认真地想了一下道:"什么都有。"

"……"问了等于没问。

萧绡做着热身,回想一下前台说的VIP卡的特权,每月三次免费上门服务,三楼特殊区域开放……

"VIP卡的话要一次性充一百万且有其他VIP会员推荐才行哦。"前台甜甜眨着无辜的双眼说。

一百万!

萧绡默默地掏出钱包,翻了个底朝天也只有几张毛爷爷、一把软尺和一张负债八千的信用卡。

"有些对会所有重大帮助的人,也会送他们VIP卡,但都是白卡,里面没钱。"见萧绡有些失落,甜甜斟酌着措辞解释,"VIP一般都是社会名人之类的,您其实也不太需要。"

上门的复健服务,其实没有在会所里做得好,毕竟器械有限。对于普通人来说没什么必要,只有不方便抛头露面的名流才会需要这种服务。

萧绡耸耸肩,把软尺重新装回钱包。据说随手带着吃饭的家伙什可以招财,所以她的包里常年都有一卷皮尺。

"我约了女朋友,先下班了啊。"穿着牛仔裤、滑板鞋的宋唐凑过来,给前台打了个招呼。

看到分不出是医生还是病人的宋营养师,萧绡脑袋上的灯泡突然亮了。

发自内心的,她也不想成为一名奇葩顾客,但问题是这个会所根本就不像个医疗机构,修复师、客户傻傻分不清楚。幸好当初她比较矜持,没有说出什么不该说的话,不然展令君肯定会好好跟她说说"性骚扰"的定义。而这一切,都是因为他们没有统一的制服!

恰好展令君也要下班了,萧绡厚着脸皮跟他一起走出去。车还在维修,展医生也要去挤地铁,两人刚好顺路。

"话说,你们这些修复师,为什么不穿制服?每天穿得五花八门,都分不出医生和病人。"萧绡试探着问。

"制服丑。"展令君认真研究了一下自助售票机,这才郑重其事地塞了张二十的纸币进去。

"那是没有好好设计,"萧绡的双眼放光,觉得自己看到了商机,忙不迭地开始推销自己,"我给你们量身定制工作服怎么样?我会根据每个人的工作性质调换材质,而且保证时尚好看。"

展令君拿起一次性地铁卡和零钱道:"LY的设计费可不便宜,这一季没有多余的预算了。"

"不要钱,"萧绡跟着他一起刷卡进站,"我给你们免费设计,满意的话送我一张VIP白卡就行。"

展令君斜瞥她，不说话。

"怎么，看不起我的设计？"萧绡鼓起脸颊，"我可是成衣部的金牌设计师，将来会成为世界顶级大师的人！再过五年，别说一张白卡，就是充了五百万的卡都不见得能请动我！"

两人住的方向相同，列车咣当咣当地进站。"让让，让让，还上不上车了！"后面有一名提着菜篮子的老太太，兴许是着急，见前面两个年轻人站着不动，便颠着矮胖的身子往前挤。

这道环线比较古老，没有屏蔽门，萧绡正说得忘我，被老太太弹力十足的肚皮猛地撞了一下，一个不稳就往铁轨上摔去。

"呜——"地铁进站的冷风扑面而来，巨大的钢铁之物从漆黑的隧道中钻出，仿佛噬人的巨兽，瞬间就能把渺小的萧绡吞没。

"呀！"周围有人看到这边的状况，吓得尖叫出声。

萧绡吓得头发都爹起来了，她就站在黄线边缘，这样摔出去，重心妥妥地要落在凹陷两米的铁轨上了。

一只健壮有力的胳膊突然伸过来，绕到前面扣住她的肩膀，在列车擦到头皮之前将萧绡拽了回来。

后背贴上了温暖结实的胸膛，萧绡那被抛到万米高空即将爆掉的心脏，堪堪停在了临界点上，半响没回过神来。她缓缓伸出手，握住放在下巴底下的那只小臂，止不住地开始发抖。

"没事吧？"展令君没敢立时放开她，怕萧绡腿软摔跟头，只好一手扶着她，一手抓住了试图逃跑的老太太。

"干什么呀！"老太太试图挣脱。

周围刚才没有注意到这边的人，听到吵闹声纷纷看了过来。

"你刚才差点杀了她。"展令君的手像铁箍一样牢牢扣着老太太的手腕，一字一顿地说。

"哎哟喂，你这张口就来呀！大伙儿可都瞧着呢，我做什么了我？"老太太叉着腰，一副无所畏惧的样子。

展令君不理她，转头对身边一名学生打扮的女孩子说："麻烦报警。"

"好、好的。"女生看清了展令君的模样，红着脸忙不迭地拿出手机。

听到要报警，老太太顿时慌了，挣扎着要走道："我还得接孙子呢，没工夫跟你们闲扯啊！"

有人着急赶车就先上地铁了，不着急的都留下来看热闹。站台上出现骚乱，地铁站的工作人员快步往这边走。

"同志，快管管，这儿俩碰瓷儿的！"老太太蹦跳着大喊道。

工作人员过来，先让展令君放开老太太，要问清状况。老太太拒不道歉，坚称他们是碰瓷的。

"你刚才撞这个姐姐了！"一名背着书包的小学生义愤填膺地说。

"就是，我也看见了，差点害得人家姑娘掉下去。"

"这站台多危险，怎么能撞人呢？"

周围人七嘴八舌地说着，老太太见势不妙，攥紧菜篮子就想跑，被及时赶来的警察拦住了。看到警察来，老太太这才真的慌了神道："我赔礼道歉行吗？对不起啊姑娘，我着急接孙子，看你俩堵在门口聊天儿，还以为你们不走呢，真不是故意的。"

萧绡已经缓过神来，自己没磕着碰着，就想着算了。

旁边的展令君却不同意道："故意杀人、妨害公共安全，不是她说一句没关系就能解决的。"

本想着批评教育一下就算了的警察，听到展令君提及公共安全，再看看正在旁边拍照录像的乘客们，表情顿时一肃。

"跟我们走一趟吧，"警察上前扣住了老太太，转头交代地铁的工作人员，"麻烦把刚才的监控调出来，我们需要取证。"

于是，本想早点回家睡觉的萧绡，又进了局子。

因为萧绡最终没有跌下站台，未造成严重后果，本来没法处罚老太太。奈何围观群众太多，明天这事可能会上头条，考虑到舆情，就按扰乱公共秩序罪拘

第5章 改良

留五天。

出了警局,天已经黑透了,帝都著名的夜市一条街已经点起了红灯笼,远远看上去红彤彤的,好似挂了满天的小龙虾。

"今天多亏有你,你又救了我一次,"萧绡想起来还是一阵后怕,真诚地向展令君道谢,上次那事展令君不出现她还不至于没命,今天可不一样,若不是展令君反应灵敏,她可就被地铁撞成肉饼了,"救命之恩,无以为报,我请你吃夜宵!"

展令君低头看她,因为最近作息时间和饮食的调整,这张激素脸已经没有原先的狰狞了,两坨肥肥的脸颊映着火红的灯光,像是荷塘里好奇冒头的金鱼,竟莫名的有些可爱。

"吃夜宵不健康。"

"哎呀,就吃一次,刚刚我可是大难不死,怎么也得庆祝一下。"萧绡不由分说地拉住展令君的胳膊,拖向她常去的那家店。

五斤的小龙虾,堆了满满一盆,麻辣鲜香的味道扑面而来,让人食指大动。

展令君戴上手套,拎起一只虾,清亮的辣油顺着虾身滴落,绝对是集辛辣油腻于一身的禁忌食物,展令道:"你吃着药,尽量不要吃辣的。"倒不是她的药物跟辣椒相克,而是西药本就伤胃,再吃辛辣的食物会对肠胃造成很大的负担。

"就吃这一次,我差点这辈子都吃不上了!"萧绡叼着一只钳子,手中剥个不停,三两下剥出了完整的虾尾,她在浓郁的汤汁里蘸了蘸,一口吞掉。啊,人生圆满。

展令君眼中泛起些许笑意,低头开始剥虾。他左手戴手套,右手持筷,拧开虾头,左右晃动扯掉虾壳,撕下虾线,将这些废料放进手边的骨碟中,重新摆成一只虾的样子。吃了四五只之后,展先生面前的骨碟里就整整齐齐摆着五只空壳虾,让人赏心悦目。

夹起虾肉蘸汤,展令君瞥了一眼吃得嘴巴红通通的萧绡道:"据说女生在有好感的人面前会拒绝吃带壳的食物。"

萧绡眨眨眼,骨壳满桌,吃相狰狞,是有点不雅。

嘿,这家伙,是在讽刺她没有形象吗?萧绡龇牙道:"那我是不是第一个请你吃小龙虾的女生？毕竟其他女生看到你就走不动路了。"

展令君竟然认真地想了一下道："是。"

"嘿嘿，"萧绡被他逗乐了，把剥好的虾肉扔进汤汁里，"不能成为优雅的女生，成为你的第一次也不错。"

"……"展令君拿虾的手顿住了，他微微歪头看了看对面的萧绡，"你这是在调戏我？"

英俊高大的男人，竟然无意识地做出了小猫咪歪头的动作，萧绡看得心肝颤，差点控制不住要伸手去摸，憋得快要窒息，只得从牙缝里挤出一句恶霸般的回答："没错。"

展令君脸色微变，眯起眼睛，出筷，抢走了萧绡刚剥的虾肉。

萧绡："……"

一顿小龙虾，让萧绡对展令君这个人又有了不一样的认知。

回到家里，萧绡躺在床上，回忆着今天晚上跟展先生的消夜，她抱着枕头打了个滚，吭哧吭哧傻笑个不停。

想起今天被老太太打断的交谈，她决定继续去桑榆软磨硬泡。这种事放在以前她是绝对干不出来的，莫非因为脸上的脂肪增加，她的脸皮也跟着变厚了？

打开微信看看展先生的"奶绿"头像，萧绡叹了口气，莫名有点悲凉。自己就像小说里的悲情小配角，躲在角落里悄悄地欣赏光芒万丈的主角，孤独地心痛着。

"那天我喝醉了拉着你的手，胡乱地说话……"萧绡扯过空调遥控器当麦克风，悲伤地唱起了歌，"在你看来这根本就是一个笑话，所以我伤悲，尽管手中还残留着你的香味。"

萧绡抬手轻嗅，满满的小龙虾味。

歌手萧绡："……"

秦亚楠已经连续三天没有跟萧绡说话了，萧绡也懒得搭理她。为了争取到

第 5 章 改良

桑榆的VIP卡，她早上的时间都用来设计桑榆工作服了，公司的任务全都放在上班时间来做，任务量不可避免地加重了，她也没什么工夫关心这些钩心斗角。

这天是展令君值班的日子，萧绡特意早点上班，下午三点钟就开始收拾东西准备走，却意外接到了一通电话。

"周倩？"萧绡有些惊讶，这人也是她的大学同学，其实比起秦亚楠，上学的时候她跟周倩更熟一点，而周倩又是秦亚楠的好朋友。

"好久不见呀，我今天在你们公司附近办事，赏光吃顿饭吧？"周倩因为有鼻炎，说话总带着点鼻音。

萧绡的余光扫到秦亚楠在往这边看，瞬间明白了这通电话的意义道："你怎么不早说？我晚上约了人。"

"啊？那你出来咱喝杯茶吧，我这好不容易从五环外赶到你们这里，把亚楠也叫上。"周倩自顾自地决定了，还顺道定了地点，就在公司对面的甜品店里。

事已至此，萧绡也不能不去，但她又不想跟秦亚楠说话，便道："你自己通知她吧，我已经出来了。"说罢，她拎起提包，直接走了。

秦亚楠咬咬牙，跟着站起来，赶在萧绡关闭电梯前挤了进来。

电梯里只有她们两人，气氛非常尴尬，秦亚楠深吸一口气道："你还真不跟我说话了啊？"

"没有啊，这两天忙，也没什么好说的。"萧绡低头回了一条微信，那是闺密梁靖瑶发过来的，这家伙最近在香港出差，疯狂购物了一大堆，拍了照片跟她显摆。

小小布：怎么还有领带呀？

大大瑶：当然是送给男人的啦！

小小布：喊，说吧，是给爸爸还是给表哥？

大大瑶：闭嘴吧你，就你知道得多，我看这裙子你是不想要了。

小小布：要要要，女王陛下，我错了。

手里发着不正经的消息，萧绡面上还是一脸冷漠，好像故意晾着秦亚楠一样。

电梯很快到底，两人一起走出去，周倩就在门口等着，兴高采烈地挥手。

周倩比萧绡还要高一点，可能因为骨架大，看起来有点魁梧。

"我那小公司，哪里比得上你俩，我们老板根本就不懂设计，只想着做淘宝爆款。"周倩点了三份甜品，聊了一会儿近况，话锋一转，说起了萧绡和秦亚楠，"你俩闹别扭了？"

"没有。"

"嗯。"

萧绡和秦亚楠同时开口，说出的答案截然相反。

周倩干笑了一声道："萧绡，你俩的事亚楠都跟我说了，这事是她做得不地道，我已经骂她了，你就别生气了。"

显然，周倩是来做和事佬的，萧绡放下甜品勺，用纸巾擦了擦嘴道："多大点事，我都快忘了。"

"那天我刚挨了骂，急着挽回面子，鬼迷心窍就把你的创意说出去了，真不是有意的。"秦亚楠接到周倩的眼色，赶紧道歉，"对不起啊，萧绡。"

秦亚楠这人，经常口无遮拦，说错话了从不道歉，今天听到这句对不起，让萧绡觉得很稀奇。本来也不是什么大事，话都说到这份儿上了，再端着就是她矫情了，萧绡举起水杯跟秦亚楠碰了一下，这事就算是过了。

三个人又恢复了上学时候的气氛，嘻嘻哈哈聊了半晌。

看看时间不早，萧绡就先告辞离开了，留下秦亚楠和周倩两人继续聊。当初她们三个都来这家公司面试，周倩被刷下去了，只能去了别的公司。那家公司自带加工厂，有自己的牌子，也做贴牌加工、网店的"三无"产品。

"萧绡的脸怎么了？"周倩在萧绡走了之后，才问起来。

"吃药吃的。"

"啧，什么病啊？"

"不知道……"

萧绡把三张设计图摆在展令君面前，那是营养师、物理治疗师和前台小妹的衣服,款式完全不同,但又奇异得像个整体,让人能看出来这是一个系列的。

"这只是草图,成品肯定比这个还好看,"萧绡详细介绍了一下各自的用料,"李萌穿的要方便活动,所以这个是弹性面料,而且是他喜欢的背心裤衩。"

展令君看着眼前的图,目光复杂。

"怎么样?帮我跟你们老板说说呗,设计好了我给你们联系工厂,价格超便宜。"萧绡卖力地推销。

"你能保证每个人都满意吗?"展令君抬头问她。

"绝对可以,我会一个一个问他们想要什么的,"萧绡拿出软尺和小本本,"先说说,你想要什么颜色的?"

"黑色。"展令君毫不犹豫地说。

萧绡记下来,她瞄了一眼展令君身上的黑衬衫,虽然这人穿黑衬衫很好看,但是……

"医生都是白衣天使,你怎么总穿黑色?"

"复健和急救是不一样的,作为设计师,你应该明白黑色的意义,"展令君将手腕上的袖口扣上,黑色的布料在灯光下泛着美丽的色泽,"治得好就当贵气的接待,治不好方便送葬前的默哀。"

第6章 奖金

　　黑色的确适用于这些场合，但这样的解释萧绡还是头回听说。萧绡有些惊讶于展令君对色彩的理解程度，回味半晌才讷讷地说："你很有天赋，学医真是可惜了。"

　　设计这种行业，最初阶段是要拼勤奋，但到了高层次之后拼的就是天赋了，一点点的微小差别，就拉开了顶级大师和平庸设计者之间的鸿沟。

　　展令君垂下眼，看着那张给物理治疗师的衣服设计图，自嘲一笑道："这并不是什么天赋，教养罢了。"

　　教养？这种莫测的东西也能算在教养里吗？

　　萧绡不是很明白，但展医生并没有继续解释的打算，只是将三张设计图还给她。

　　不行吗？萧绡接过图纸，有些失落，平生第一次这么卖力地推销自己，竟然就这么失败了。她道："好吧，我知道这个要求也挺无礼的，毕竟……"

　　木抽屉被拉开，发出古老沉闷的声响，萧绡抬头，就见展令君从抽屉里拿出一张白色的卡,放在光滑可鉴的桌面上。那张卡白得几乎透明,十分简洁,只在中间烫银了两棵树。

"继续做吧,如果能让会所里的每个人都满意,这张卡就是你的了。"展令君用两根修长的手指夹着卡片在萧绡眼前晃了晃,在她伸手去抓的时候骤然躲开,重新放回抽屉里。

"您就瞧好吧!"这人同意用设计换卡,便是肯定了她设计的价值,萧绡控制不住地咧开了嘴,简直想当场朗诵一遍《伯乐与千里马》。

物理治疗室内热热闹闹的量尺寸活动,惊动了二号接待室的廖医生。廖一帆站在门口,冷眼看着萧绡围着大块头的李萌上蹿下跳,转身进了展令君的办公室。

"你知道你在做什么吗?一套服装设计换白卡,开玩笑!"廖一帆皱着眉头,推了推鼻梁上的金丝眼镜。

"卡要送给谁,我自会判断,"展令君微微蹙眉,他并不喜欢师妹的语气,"天才的设计是无价的,那远比一张白卡值钱。"

"天才?"廖一帆拿起桌上萧绡留下的草图,看不出哪里天才了。

展令君站在落地窗边,看着窗外逐渐陷入黑暗的城市,夕阳的余晖在奋力的挣扎中逐渐消沉,渐渐淹没在漫长的黑夜里,他语调怅然道:"天才不该被埋没。"

得到了展令君的应允,萧绡整个人都充满了干劲,宛如一只看到了胡萝卜的驴子,不知疲倦地拉起了磨。

这套系的衣服,她打算用高定的理念来做,根据客户的个人状况再决定服装的款式。比如李萌,作为一名物理治疗师兼格斗教练,他的衣服既需要体现出医者的稳重,又要方便他大幅度的动作。而刚刚到手的尺寸表明,李萌肩宽、胸也宽,屁股却意外的有些小,这样一来做紧身的裤子就不合适,会显得他整个人底盘不稳。

萧绡改掉先前的草稿,重新来过。

早上设计桑榆制服,白天工作,晚上去会所锻炼,萧绡每天过得充实而忙碌。借着量尺寸的机会,萧绡把桑榆的所有人都认了一遍,量一个人设计一款,就这么折腾了大半个月。如今她就只剩下两位综合修复师的尺寸没有量了。

最好的总要留到最后,怀揣着明天就能近距离接触展医生的兴奋感,萧绡斗志昂扬地去了公司。

"今天该发工资了!"进了办公室,就听到秦亚楠的大嗓门。

"是呀,一想到工资,这一个月的地狱生活就没白过!"顶着个鸟窝头明显睡眠不足的赵和平说道。

他们加班加点地改秋冬款,总算赶上了发布会,效果还算不错,艾德琳没再折腾他们,只是接下来又要赶下一季的春夏装,他们依旧没有空闲。

因为是工资日,大家的心情都很好,连方向钱也难得有了笑脸,中午还跟他们一起吃饭。

科技园区内的烤鱼店,是众人聚餐最常去的地方。热乎乎的烤鱼下肚,喝一口冰镇酸梅汤,在这已经开始炎热的初夏,着实是一种享受。同事之间的矛盾、隔阂,都可以为了美食暂时放下。

"我这名原本应该是乾坤的乾,上户口的时候给打错了,搞得好像我一心奔着钱去的一样。"方向钱说起了自己的名字,惹得大家哈哈笑。

"你该找他们改改,"秦亚楠不赞同地说,"我这名字当初给我写成亚男,上小学之后我觉得不好听,哭着闹着让我妈去改。"

"楠木的楠的确比男人的男有意境多了。"刚毕业的小助理不轻不重地拍了个马屁。

秦亚楠果然很高兴,给小助理夹了一大块鱼肉道:"快吃,你太瘦了,得多吃点。"

"叮——"萧绡放在桌面上的手机响了,提示有短信进来。萧绡正在啃鱼脊骨,没有看,紧接着又是一声"叮——"

"我的也响了,是不是工资到了!"赵和平赶紧把手机掏出来查看。

萧绡放下鱼骨,翻看手机——

您尾号为9886的账户,入账8635元。

您尾号为9886的账户,入账2000元。

"咦？这工资怎么还分批到呢？"萧绡蹙眉，但是两笔加起来也不是她平时的工资数呀，好像多了一千块。

"什么工资，是半年奖到啦！"秦亚楠说着，忍不住欢呼起来。其他同事也跟着叫嚷，半年奖可是一笔不小的数目，大家纷纷举起酸梅汤要碰杯。

半年奖？萧绡脑袋里"嗡"的一声，将手机上的两个数字反复数了几遍，没有少数一个零，就是八千多和两千。

"财务给我打错钱了。"萧绡没有举杯，她沮丧地看着自己的手机。

"我看看，"秦亚楠凑过来看了一眼，顿时沉默了，兴许是因为前两天跟萧绡闹别扭吃了教训，这次她还真没有嚷嚷出来，只是偷瞄了一下萧绡有些苍白的脸，小声劝了一句，"别着急，吃完饭去财务问问。"

"嗯。"萧绡点点头，心中却还是七上八下的。半年奖是很大的一笔钱，工资只够她日常开销，没有半年奖，她连贵点的衣服都买不起，更别提给桑榆会所充季卡了。

回到公司，萧绡就急匆匆地往财务室去。所有的职能部门，包括财务、人事、市场、宣传等，都在五层，出了电梯，她刚好遇到正要出门的市场部小张。

"萧绡，你怎么来五楼了？"小张是个爱说话的人，因为记着上次萧绡送他水的人情，对萧绡格外热情。

"有点事去财务，你又要出去呀？"萧绡掩去脸上的焦急，停下脚步跟他说两句，"外面太阳毒着呢，你去仓库里找个帽子戴吧。"

"有道理！"小张眼前一亮，一层展厅角落里有个小仓库，放置一些不怎么用的旧样品，市场部是有权限进去拿东西的。

挥别小张，萧绡立时垮下脸来，敲响了财务室的门。

"发错了？不可能呀，我还核了两遍呢。"出纳听到萧绡这话，也是吃了一惊，赶紧拿出工资表来核对，看完松了口气。

出纳将工资表折了折，只露出属于萧绡的那一行，指着给她看道："税后工资八千六百三十五，半年奖两千，你看清楚了。"突兀地被指责发错工资，出纳

第6章 奖金

也有些不高兴，冷着脸把数字又念了一遍。

"不好意思啊，娜娜，我实在是太着急了，"萧绡拿过表格仔细看，安抚了一下小出纳的心情，"我的半年奖为什么这么低？"

听到萧绡这么说，出纳的脸色缓和了不少，有些同情地看着她道："这是新出的核算方法，如果你的评级是C，就只能得到这么点，而且下半年的工资也会做调整，要减薪的。"

事实已经很清楚了，萧绡得了个C的评价，半年奖就变成了打发要饭一样的两千块。看着自己电脑里刚刚做出成图的六套桑榆制服，有一种努力都白费了的无力感。没有了半年奖，她拿着一张空白的VIP卡又有什么用？

"别难过了，我也是个C。"杨笑拍拍萧绡的肩膀，露出了一个比哭还难看的笑来。

"你为什么也是C？"萧绡蹙眉道。

"跟领导谈话的时候她都说了，我沟通能力太差，人缘不好，如果同事们给我的评价有两个以上的C，那我就是C了，"杨笑低着头，在硬纸板上慢慢画着曲线，"他们给我的设计图，数据总是不对，我有时候会忍不住抱怨，可能是嫌我烦吧。"

萧绡想起上个月大家填的办公室人缘调查表，她还以为是填着玩的，没想到还关系到这个。当时她给每个人都打了A，没想到竟然不止一个人给杨笑C。看起来其乐融融的设计室，在萧绡的眼中瞬间变成了修罗场。

萧绡攥紧了从财务复印来的工资条，她是不甘心就这么认命的，她豁然起身，走到方向钱面前道："财务说我的评价是C，这是怎么回事？"

"哟，是吗？"方向钱一脸震惊地说，"不应该呀，我给你的可是A，估计是上层的评价影响到了。"

萧绡根本不信她的鬼话，问道："那份报告，你给总监看了吗？"

听到萧绡这么冲的语气，方向钱的脸色瞬间变得不好看起来，她从抽屉里拿出那份尘封已久的报告，扔到桌子上道："这种淘宝店开的山寨报告，怎么能给总监看？你不嫌丢人，我可没那个脸皮。半年奖低，就好好反思一下自己这半年做得如何，上次谈话我都跟你说过了，别总想着别人的错，先想想自己有没有做好！"

萧绡捏住那叠原封不动的报告书，手背上筋骨凸显，只觉得一股热血从脚底板汹涌而起直冲头顶，她抓起桌上的老干部水杯，哗啦一声泼到方向钱的脸上。

正满脸得意的方向钱张大了嘴巴，水并不烫，只是顺着她细纹遍布的脸滑落下来，带走了一部分粉底液，浑浊地滴在地板上，吧嗒作响。

整个设计室安静得可怕，所有人都如同被施了定身术一样，半张着嘴呆呆地看着这一幕。

"别以为你有点小权力就多了不起，老子不伺候了！"萧绡把水杯狠狠地磕在桌子上，顺道拉过一把椅子横在路中间，拿着报告书转身就走。

"啊——"方向钱终于回过神来，大叫一声站起身来，想要追上去，奈何被椅子挡了路，等她挪开椅子跑出去，萧绡已经不见了踪影。

泼了方向钱，萧绡一点也不后悔，她觉得畅快极了。

LY楼下的草坪上有造型别致的木椅，萧绡找了排有树荫的坐下，给梁靖瑶打了个电话。

"我刚才干了一件大事，"萧绡宛如一只战胜的小公鸡，忍不住挺了挺胸，"我拿水泼了方向钱一脸！"

"干得漂亮！"梁靖瑶应该是在办公室里，小声欢呼了一下，快步跑出来，放大了声音，"行啊你，怎么突然雄起了？"

这半年来方向钱处处针对萧绡，让她受了不少窝囊气，梁靖瑶一直劝她不要咽直接上，死要面子的萧绡却总是临阵脱逃。

"我受够了！现在什么都不重要，老子的身体最重要，爽是第一位的！现在想想，要是早这么干，我也不至于气出病来，"萧绡看到从公司大门走出来的秦亚楠，眸色微暗，"秦亚楠出来找我了，回头再跟你说。"

"行吧，你小心着点她，上学的时候我就觉得她不是好人。"梁靖瑶小声说了一句，挂了电话。

听到闺密最后这句总结，萧绡差点憋不住笑。自从上次她跟梁靖瑶说了秦亚楠抢功的事，这家伙就开始事后诸葛亮，找出了大学时期秦亚楠的种种事件来

第6章 奖金

论证她不是个好东西。

"萧绡,你没事吧?"秦亚楠一脸关心地跑过来,皱眉看着萧绡道。

"没事。"萧绡拍拍身边的座位,示意她过来坐。

"你刚才真是太猛了!你是没看见,你走之后方向钱的脸都绿了,躲进洗手间半晌没出来。"秦亚楠说着,忍不住哈哈笑,随即又担心起来,"你以后打算怎么办呀?"

"大不了辞职呗。"萧绡不甚在意地说,这次她们是彻底闹僵了,如果方向钱不走,她在这个部门也待不下去了,唯一的办法只有辞职。

秦亚楠皱起眉头,左右看了看,拍了萧绡一巴掌道:"你可别犯傻,LY可是全国最好的设计公司,凭什么为了这么个老女人就辞职啊,要走也该是她走。"

"高层对我的评价这么低,我再努力也没什么意思。两千块的半年奖,简直跟闹着玩儿一样,我还不如去给网店设计汉服呢。"萧绡也确实有了这种想法,现在网店经营十分发达,她偶尔也接点设计汉服、洋装的私活赚外快。展令君说过,生气不利于她的康复,要是环境一直这么恶劣,她还真不如回老家做网店呢。

这样的说法惊住了秦亚楠,她没想到萧绡说放弃就能放弃,她的眼中闪过一丝挣扎,最后咬咬牙,还是忍不住说了起来道:"才不是高层的意思,完全是老巫婆对你有偏见。"

"你怎么知道?"萧绡奇怪地看向秦亚楠,这打分制度是刚刚推出来的,具体的实施细则根本没有向普通员工公布,她到现在还是云山雾罩的,这秦亚楠怎么这么肯定?

"我有小道消息。"秦亚楠动动眉毛,忍不住有些得意,便给她详细讲了一下新制度。

这个新制度,全称叫作员工评价考核制度,跟奖金挂钩,没有越级评价,那份表格就代表了一切。评价内容包括沟通、业绩、创新、学习、领导等几个方面,他们填的那个人缘调查表只是部门领导用来参考沟通那一项的,总成绩还是方向钱说了算。

"上层评选是有个系数问题，但上层系数是影响到整个部门的，奖金我们都有，你没有，那说明你的基础分就特别低。"秦亚楠愤愤地说。

显而易见，奖金的问题根源就出在方向钱填的那份表格上，跟总监没有半毛钱关系。

这个信息太重要了，萧绡破罐子破摔的心顿时被黏合住。她原以为是六月飞雪窦娥冤，事实只是一叶障目犯小人，解决问题的难度系数瞬间降到了简单模式。

"我知道了，谢谢你。"萧绡拉住秦亚楠的手，有些感动，不论这人的目的是什么，终归是帮了她。

"客气什么，"秦亚楠有些不好意思地撞了撞萧绡的肩膀，"咱俩是同学，我不帮你还能帮谁呀？你对设计的把控感比我强，虽然有时候我有点嫉妒你，但是大是大非上我肯定不会害你的！你要是走了，我在这个公司就孤立无援了。"

这话说得实在，绝对是有几分真情在里面的，萧绡抱了抱秦亚楠道："等这事解决了，我请你吃饭。"

"那可说定了，我要吃超级贵的大螃蟹！"秦亚楠比画了一个大大的圆。

"知道啦！"萧绡推了她一把，笑着站起来，让秦亚楠先回去，自己则去了五楼，找小张。

"萧绡，有事？"小张依旧是那副热情洋溢的样子。

"是有点事，想求你帮个忙。"萧绡把小张拉到僻静处，小声道。

"什么事？"小张没有推辞，也没有立马应承。

"我想要一份春夏装的销售数据。"萧绡抿唇，来公司两年，她一直循规蹈矩，没敢越权跟别的部门要过任何资料，这会儿她免不了有些忐忑。

听到萧绡说这话，绷着神经的小张松了口气道："我当什么事呢，没问题。其实这也不算什么秘密，只是你们部门没有权限下载罢了。我一会儿发一份到你邮箱，不过这东西不能外传啊。"

"好好好，谢谢你啊。"萧绡真诚地向小张道谢。

小张连忙摆手，表示以后想要什么数据，直接发邮件给他就行，能给的他都会给。

萧绡也没回设计室,免得看到方向钱两人打起来,她直接在五层打印室把销售数据打印下来。

季度报告还没下来,小张就给她发了四月的月销量和最近一个星期的销量。萧绡用笔将自己设计的服装代号圈出来,看着那长长的柱状图,她的心情复杂。

九套衣服,有五套都是畅销款,就连那个评价恶劣的连身裤,成绩也名列前茅,她的业绩是女装成衣部当之无愧的第一名!

顶层会议室,总监罗誉正在汇报这一次的制度改革。

"人性化的评价,可以全方位考核员工的绩效,最了解员工的肯定是他们的直属上司,结合员工互评调查表,可以保证结果的真实有效。"罗誉从容不迫地讲解着,这是他去美国进修学来的先进制度,一定能给他晋升副总之位打下坚实的基础。

"半年奖已经发下去了,这次没达标的员工都有谁?"总裁周泰然斜靠在老板椅上,冲罗誉抬了抬下巴道。

"名单在这里。"罗誉立时翻动PPT,调换到那一页。

总评价成绩在全公司排名倒数十名的员工,将只能拿到百分之五的半年奖。

"以往我们只以业绩来评定,这就与绩效奖重复了,我认为半年奖更应该注重员工的综合素质,包括沟通能力、创新能力等。"罗誉侃侃而谈,座位上的另外两名总监的脸色却不大好。

"我们的公司构架是沿袭法国公司的,管理制度怎么能用美国的?这不合适。"市场与营销总监摇头反对。

"合不合适,看看下半年员工的工作热情就知道了。"罗誉毫不示弱地反驳回去。

首席设计师艾德琳与艺术指导林思远对这些公司管理并不感兴趣,两人坐在总裁旁边,翻看着这一季时装周的照片,完全没有感受到总监们之间弥漫的硝烟。

"总裁,"门外的秘书进来,在总裁周泰然耳边低声说了一句,"萧设计师一定要进来,说有很重要的事,我拦不住。"其实萧绡的原话是,不让她进,她就踹门了。

"嗯?"周泰然有些惊奇,这还是头回有员工要硬闯高层会议室的,"让她进来。"

厚重的会议室大门缓缓打开,萧绡抱着一摞打印纸,"咚"地一下放到桌上,环顾一圈不明所以的高层们道:"抱歉,打扰各位了,借用你们五分钟时间。"

第 7 章 撒泼

众人纷纷看过来,萧绡顶着这些让人压力倍增的目光,将手中的资料分发下去,每人一份。

"这是什么?"总裁周泰然拿起手中装订成册的东西翻了翻,基本上都是图表。

萧绡走到会议桌前,对还站在大屏幕前的罗总监鞠躬致歉。

罗誉没说什么,既然总裁要听萧绡先说,他也没什么意见,便随手拣了张椅子坐下。

"第一份资料,是我一个月前请一家专业机构做的鉴定报告,先前在网络上诋毁我们夏装连身裤的人,都是水军,来自一家名为大江互动的水军公司。水军总估值不超过两千元,所以应该是个人行为,至于报复对象是我还是公司,就不得而知了。"萧绡自己手里也拿着一份资料,一边翻页一边给众人讲解。

"这东西,你怎么不早点拿出来?"市场与营销总监皱起眉头,当时因为这些负面消息,让他好一阵头疼,费了很大劲才公关过来。

"是啊，因为这件事，特许经销商都要求降低特许经营费了。"生产与运营总监也有些不满。

"我在拿到这份报告的当天，已经交给了我的直属上司方向钱女士。"萧绡点到为止，并不多说，在场的都是职场老油条，稍想想就会明白他们为什么没有看到这份报告，"报告的真实性，相信各位能看得出来。"

听到方向钱这个名字，两名总监互相对视一眼，罗誉心中禁不住咯噔一下。

"后面的这个是春夏装的近期销售报告，圈出来的部分都是我设计的款式。"萧绡示意众人翻开后面的两张表。

周泰然微微挑眉道："你想说什么？"明眼人都能看出来，她这个成绩，基本上就是成衣部第一名了。

萧绡脸上露出一丝狠厉，声音也突然拔高道："我的成绩就算不是最好的，也绝不会是公司垫底的！只给我两千块半年奖，这让我感到了羞辱！"

"什么？"众人齐齐惊呼，抬头看向大屏幕。

最后十名的名单还在上面显示着，萧绡的名字赫然在列。

一名优秀的、拔尖的设计师，却成为公司垫底的后十名，只拿到了微薄的两千元奖金，这实在是有些荒谬。

罗誉的脸色骤变。

周泰然抬手，叫秘书调出萧绡圈出编号的几件样品图。公司内部的样品图里，是带着设计师名字的，这些的的确确是畅销款，角落里赫然写着"设计师萧绡"。

"这件上衣已经在一级店卖断货了，没有多余的供应二级店，正在加急增货。"生产与运营总监凑过来，指着那条作为销售冠军的长袖衫感慨不已。起初他们都不看好这件衣服，认为还是裙子最好卖，没想到这个袖口设计独到的长袖衫竟然成了销售冠军。

"这次的奖金评定，并不是完全按照业绩来评价的。"罗誉觉得自己必须得说点什么了，不然由着萧绡这么闹下去，他的变革必然流产。

罗誉下意识地看向助理桌上放着的一摞员工评价表，那是他准备拿来作为业绩呈现的东西，如今却好似变成了催命符。

"把她的评价表找出来。"周泰然坐直了身体,冲一边的罗誉助理勾勾手。

助理不敢怠慢,快速找出了萧绡的评价表。沟通能力B,业务能力C,主管评价:不善沟通,业务水平低下,因为个人原因给公司带来名誉损失,故综合评定为C。

不善沟通?周泰然看着口齿清晰、说话一针见血的萧绡,并不觉得她沟通有问题,而业务能力C就更扯了,销售冠军的小皇冠还在报表上显示着,简直是明晃晃的打脸。

"如果因为水军的诋毁,就判定我业务能力有问题,那以后我也雇水军,挨个儿骂。到时候同事们互相攻讦,就看谁的水军多呗。"萧绡抱着手臂,摆出一副浑不懔的模样,让一众高层齐齐倒吸一口凉气。

作为成熟的管理者,他们自然明白,这种状况是很有可能发生的。因为末位淘汰制,所有人都不想成为后十名,那就会尽力坑害对手,最后受损失的还是公司。

会议室陷入了短暂的沉默。

"你的诉求我们已经收到了,关于你的奖金会重新论证,还有其他事吗?"周泰然弯起桃花眼,露出亲切迷人的笑看向萧绡,言下之意,就是让萧绡先回去,他们高层之间要商讨。

"还有一件事,"萧绡深吸一口气,"我要投诉我的上司方向钱!"

她的权限看不到销售数据,但是作为部门领导,方向钱是可以看到的。在明知真实业绩的前提下,依旧给她差评,这是公报私仇。

萧绡完全是豁出去了,她的目的并不仅仅是要回钱,还要把方向钱扳倒,今天这个局面,不是你死就是我亡!

"瞒报重大公关消息,恶意削减员工奖金,的确值得投诉。"市场与营销总监不紧不慢地说着,就这么定了方向钱的罪,他看好戏地瞥了一眼脸色难看的罗誉。

艾德琳没心思再听这场闹剧,她跟总裁说了一声,便与萧绡一同走出了会议室。

"如果无法更改奖金,我个人贴补给你四万元。"艾德琳用欣赏的眼光看着萧绡,对于敢于维护自己的设计、坚持自己信念的年轻人,她总是不吝赞赏的。

萧绡受宠若惊地道谢道:"您不必这样,我也不是为了那点钱,只是想讨回公道。"

"我知道,"艾德琳点点头,"你最近怎么不去试衣间了?"

萧绡看了一眼站在艾德琳身后的林思远,笑了笑道:"我的脸越来越肿,不好意思去丢人现眼。"

艾德琳看了看萧绡肥胖的脸颊,平静的目光中没有任何的厌恶、排斥,甚至没有惊诧,只是冷下脸来,开口就是训斥道:"试衣模特要的是身材与专业知识,并不是脸,你可以继续去试衣间。"

萧绡的眼睛骤然亮了,她惊喜地看着面容严苛的艾德琳。

"艾德琳,我劝你再想想,这样的脸在试衣间简直是污染环境。"林思远毫不掩饰他的憎恶。

"思远,我没想到你会说出这般没有风度的话。"艾德琳有些生气道。

"你有你的美学,我也有我的美学。"林思远伸出兰花指,点了点自己的胸口,说罢转身便走。

萧绡有些尴尬地站在原地,等林思远走远了,才开口道:"亲爱的艾德琳,谢谢你的好意,但我的状况确实不适合再做试衣模特,那会影响你对服装的判断。但我会经常去帮忙的,只要你不嫌弃。"

"Well……"艾德琳点点头,没有再多说。

会议室中,气氛突然变得紧张起来。

"我就说这种制度不合理,还需要论证,结果罗总坚持要上马,这下可好,出乱子了吧。"市场与营销总监凉凉地说。

"这么好的成绩都不给人家奖金,那大家都不要做设计了,直接玩宫斗好了,只要给本部门的主管送礼,就能得到好评。"生产与运营总监跟着火上浇油。

罗誉的脸色铁青,一言不发,大屏幕上的PPT还停留在十人名单上,仿佛是他的罪状,一条条清晰地钉在耻辱柱上。

周泰然没有发表意见，只是沉默地翻看着这十人的评价表。当他看到杨笑的评价表时，顿时气笑了，这名年轻的打版师，因为创新、沟通和领导能力三项分数低而垫底。他问道："罗誉，你来解释解释，一个循规蹈矩的打版师，要什么创新，要什么领导力？"

"现在是实验阶段，出现这样的问题我很抱歉，这说明制度存在漏洞，需要继续完善。"罗誉的额头出现一层细汗，恨不得把方向钱拖过来打一顿，这么关键的时候还给他添乱子，自己是被猪油蒙了心才觉得她是个管理人才。

"那你去改，三天之内我要看到新方案，这十人的奖金全都补发下去，"周泰然摸摸下巴，看着眼前厚厚一叠的打印纸，面色不善道，"方向钱这个问题我上次是怎么跟你说的？别解释，我不想听。明天就叫她滚蛋，别再祸害我的公司！"

罗誉被总裁当众批评，丢了大人，回到办公室，犹如暴躁的困兽一般来回踱步了半个小时。他为了得到副总之位，付出了多少努力，却都被方向钱给搅和了，这人肯定是上天派来克他的。

方向钱重新化了妆，低头坐在设计室里，思索要怎么整治萧绡，脸上的表情控制不住地有些狰狞。突然接到罗誉的电话，她还没从几乎要气疯的情绪里挣脱出来，语气不可避免地有些冲道："谁？"

"我是罗誉，你来我办公室一趟。"整理好自己的情绪，罗总监又恢复了以往的从容镇定。

方向钱一个激灵清醒过来，立时态度良好地应下，快步往楼上走去。她在楼道里与慢悠悠回来的萧绡撞了个正着，两人互瞪了片刻，方向钱伸出手指，几乎戳到萧绡的鼻子上去道："等我见了总监，咱俩再算账。"

萧绡翻了个白眼，走进设计室，发现大家正凑到一起开小会，完全没有注意到她回来了。

"哇，方姐刚才的表情好可怕，简直要吃人了。"小助理怕怕地拍胸口。

"萧绡这可怎么办呀？"赵和平一副忧国忧民的样子，看了一圈众人，"要是她俩打起来，你们帮谁？"

"当然是帮萧绡了,咱们可是革命同志。"小助理正义感爆棚地说。

"我是男的,打女人不好吧。"设计师小王挠头道。

"死脑筋,"赵和平照着小王的脑袋呼一巴掌,"打女人当然不好,但我们可以拉住方姐啊。"

"啊……"众人恍然大悟,他们不打人,但他们可以拉着方姐让萧绡打呀!

"噗——"萧绡忍不住喷笑出声。

"啊!"赵和平惊呼一声跳起来,他那乱七八糟的桌子立时哗啦啦掉了满地杂物,看到是萧绡,他长舒一口气道:"吓死我了,我以为方姐回来了。"

"出息。"萧绡撇嘴道。

"切——"众人一致嘘他。

方向钱坐在总监对面,脊背挺得笔直,摸不准总监叫她来做什么,只能保持着僵硬的微笑等罗誉开口。偏罗誉就是不开口,只忙着自己手里的事,仿佛没看到眼前的大活人。

这样足足坐了十分钟,方向钱有些撑不住了道:"总监……"

话没说完,罗誉突然按下内线,叫助理进来,把他刚刚批阅的文件送出去,又详细交代了一番。等助理出去,他又陷入了沉默,打开邮箱开始回复邮件。

键盘的咔嗒声在安静的室内回荡,方向钱终于意识到,总监这是生气了。她不敢再插言,就安静地坐在一边,心如擂鼓地回忆自己犯了什么错。

晾了方向钱半小时,罗誉才终于停下手中的工作,抬头看向她道:"新评价制度的推进,有没有什么问题?"

没有预想中的暴风骤雨,意外的和颜悦色,方向钱有些拿不准总监的意思,只能斟酌着开口,"没什么问题,个别员工闹情绪,但我会处理好的。"

罗誉点点头,从名片盒里拿出一张白色名片,放到方向钱面前道:"你是个人才,对于管理方面也很出色,只是不太适合设计室这样的环境。这样,我把你推荐给我的朋友,你到他的公司那边会好一些。"

方向钱目瞪口呆地接住那张名片,这是要……辞退自己?

大大瑶：我爸妈晚上不在家，你来我家住呗？

萧绡正在摸鱼做桑榆制服设计，突然收到了梁靖瑶的邀约。

小小布：你这语气，听着跟偷情一样。

大大瑶：可不就是偷情嘛！我妈让我少跟你玩，说单身会传染，到时候变成两个老姑娘。

小小布：……

梁靖瑶家条件很好，在市中心买的复式豪宅，平时一家三口住在一起还好，父母不在家她自己住就有点害怕。每每这种时候，她都会叫闺密来陪睡。

"这是你的裙子，"梁靖瑶把行李箱搬出来，将里面的东西哗啦啦倒了满床，都是她去香港扫货的战利品，"还有这些香水，你瞅瞅喜欢哪个就拿去。"

萧绡倒也没客气，她接过裙子打开看看。每次她出差，也会给梁靖瑶带礼物，两人互有往来，没什么心理负担。至于香水，她就不要了，只是好奇地挨个瞅瞅。

"这是什么？"萧绡拿过一方绒布盒子，瞧着像是首饰，打开却是一对蓝宝石袖扣，"咦？"

在一堆化妆品、香水等女士用品中间，这一盒袖扣和那条领带就显得尤为突兀。那条领带萧绡之前在照片上见过，近距离看才发现照片上看不出来的特别之处。

这是一条深宝石蓝色的领带，色泽有些偏黑，但在灯光下可以看到熠熠生辉的星光，就像把星空印到了布上，美得不可方物。

"这个真漂亮，"萧绡捧着领带赞叹不已，而后揶揄地看向闺密，"给谁的呀？应该不是给叔叔的吧。"

如果是给梁父，早在出差回来那天就送出去了，何况这抢眼的款式也不适合中老年人。

"唔……你别管了。"梁靖瑶把领带和袖扣抢回去放到一边。

原本只是随口开玩笑，没想到梁靖瑶竟然支支吾吾起来，让萧绡的好奇心顿生，她戳了戳闺密腰间的软肉道："我说，有情况啊？"

"哎呀，不是，别瞎说。"梁靖瑶慌忙解释，似乎想说什么，又给咽了下去，她抓起一把草莓塞进萧绡嘴里，物理阻断信息传播。

方向钱连续两天没来上班了，说是休年假。大家都很高兴，工作的热情空前高涨。

"方向钱那个工作狂竟然也会休假？"赵和平很是纳闷。

秦亚楠神秘一笑，凑到萧绡身边碰碰她道："你说，方向钱是不是出事了？"

萧绡转头看她道："这话怎么说？"

秦亚楠左右看看，小声在她耳边说道："我跟你说，你可别告诉别人，方向钱被开除了。"

"嗯？"萧绡惊讶地看向秦亚楠。

"自己心里有数就行了，别乱传啊。"秦亚楠跟她挤挤眼，乐颠颠地走了。

萧绡若有所思地看着秦亚楠的背影，这人爱到处打听她是知道的，但这消息也太灵通了点，难道是在人事和财务那边有朋友？

想不通就不再多想，萧绡把手头的工作做完，便摸鱼设计桑榆的制服。

已经完成了六套，还剩下展令君和廖一帆的。对于展先生的衣服，她可得仔细琢磨琢磨。

展令君要求做黑色的，这人穿黑色也着实好看，只是她原本准备在衣服上加桑榆LOGO的设计就不太合适了。两棵树，画在运动服和休闲服上都可以，但用在贵族式的衬衫上就会拉低衣服的档次。

拿出一张黑卡纸，用银色的细油漆笔画出桑榆的标志，画完一组接着再画一组，这一组比之前的要简化一些。连着画了十组，图案已经由有枝有叶的树木变成了极简的纹路。将这个纹路扫进电脑里，复制开来，连成一片，竟有些像古代的云纹。将这种云纹贴在黑衬衫的领口与袖口，中西结合，带着点古韵，更添了几分清贵。

快速将这个图案添加到其他六套上去，再对细节做出微调，融合一些传统元素，效果竟意外得好，成品图瞬间就有了惊艳感！

萧绡盯着电脑愣怔半响，隐隐地她觉得自己找到了一条设计的新思路，或者说是一条偷懒的捷径。

把传统元素融入现代装这种事,一直都有人做,只是他们这种走国际化的公司很少用。长久以来,大家都在追逐欧美的时尚,想要跟他们混到一个圈子里,就在款式、布料上拼命向他们靠拢,却逐渐丢失了自己的优势。

就像桑榆会所,明显是西式的复健机构,却偏偏取了个古音古义的名字。失之东隅,收之桑榆,比什么"汉克斯复健""伊丽莎白会所"要有格调得多。

如同修仙进阶一样,萧绡有一种被九天玄雷劈中天灵盖的错觉。在丢弃了过去那个束缚于条条框框的自己之后,眼前的世界突然天高海阔、广袤无垠。

"杨笑,我觉得我要飞升了。"萧绡转过头,双眼发光地对一脸茫然的打版小哥说。

"啊?那恭喜你。"虽然没听懂,但杨笑还是认真地应了一声。

"哈哈哈哈!"萧绡叉腰大笑,看看时间差不多,她关上电脑,揣上自己心爱的小云尺就下班了。

今天是给展先生量尺寸的日子啊!

可以近距离接触那流线一样的肌肉,说不定能偷偷摸一把。

不行不行,太流氓了!萧绡站在桑榆门口,晃了晃脑袋,把那些污秽的思想甩出去,默念几遍"君子者,可远观而不可亵玩焉"。

她只是把展令君当男神,没有非分之想,绝对没有!

做好了这样的心理建设,萧绡迈腿进了展先生的办公室,在看到展令君的一瞬间,内心刚刚筑起的厚墙瞬间土崩瓦解。

展先生依旧穿着黑色的衬衫,打着一条漂亮的领带,那条领带像夜空一样幽蓝,涵盖了满天星斗的璀璨。

那是梁靖瑶从香港买来的限量款。

早该想到的,闺密健健康康的,为什么会知道这么个康复会所,那必然是与此处有联系。最初的最初,梁靖瑶还问她:"难道你的奶茶先生姓展?"

他们明显是认识的,但梁靖瑶从来不在她面前提及展令君,是因为她花痴得太明显,让瑶瑶尴尬了吧……

萧绡先前明明想好了，把展先生当作男神看待，但真的面对他可能属于别人这样的情景，她的心口还是止不住地发疼。

展令君看到她，下意识地松了一下领带。这条领带是他的生日礼物，色泽和款式他都很喜欢。今天早上出门，想起来萧绡要来量尺寸，他鬼使神差地就拿起了这条。

"你来了。"展令君觉得自己的行为有点蠢，有刻意打扮的嫌疑，他思考了一天终于想通，把这归结于面对服装设计师产生的固有压力。

"嗯，我来量尺寸。"萧绡努力笑了笑，迈步走过去。

展令君脱掉西装外套，缓缓伸开双臂，宛如阿波罗拉开了满是魔法的银弓，充沛的荷尔蒙诱着人不顾一切地飞扑而去，哪怕葬身在太阳神车的烈火之下也在所不惜。

萧绡的指尖有些发颤，她绕到展令君身后，拿出软尺仔细丈量。

作为一名设计师，她最先看到的总是尺寸，从第一次见到展先生，吸引她的便是这宽阔的肩膀。肩宽、臂长、胸围、腰围，一寸一寸测量过去，她保持着礼貌而安全的触碰。萧绡把这些近乎完美的数据记录在小本上，心里酸酸的，甚至有点想哭。

回家之后，萧绡躺在床上翻来覆去地睡不着，脑子里胡乱猜测着梁靖瑶和展令君的关系。如果那两人真的有什么暧昧，她以后还是少去桑榆好。

对于萧绡来说，梁靖瑶是不一样的存在，是过命的交情。当初她发高烧，自己躺在屋子里抽冷子，是梁靖瑶打电话来听出了她声音不对。

"你说话怎么发抖啊，是不是发烧了？"

"好像是……"那时候萧绡已经烧糊涂了，甚至不觉得难受，就是说话有些不连续。挂了电话不到半个小时，梁靖瑶就出现在了她的出租屋里，连拉带拽地把她扛到了医院。

拿出手机，萧绡翻到了"大大瑶"的对话框，打了一串话过去。

小小布：瑶瑶，你是不是喜欢展令君？

第7章 撒泼

点下发送,萧绡一瞬间又后悔了,这语气像是在质问一样,她又有什么资格质问呢?刚想着撤回,但发现那条信息旁边有个红色的叹号,没有发出去。

一看时间,已经十点过半,桑榆APP自动关了网络。萧绡有些庆幸,将那条未发送成功的信息删除,睁着眼睛看天花板。

梁靖瑶喜不喜欢展令君她不知道,但此时此刻萧绡很清楚,自己是喜欢展令君的。短短一个月的相处,他的一举一动,一言一行,每一帧画面都清晰地刻在脑子里。在知道他可能喜欢别人的时候,那样的酸痛不会作假。

如果没有生病该多好……

但如果没有生病,又怎么遇得到展令君……

如果展先生是她的该有多好……

失眠一晚,第二天上班,萧绡有点萎靡,做什么事都恍恍惚惚的。

"萧绡,给你看看我新设计的裙子。"秦亚楠拿着素描本走过来,神秘兮兮地递给她。

萧绡不明所以地抬头,瞬间被白纸上的裙子所吸引。

那是一条垂感极佳的连身裙,笔直修长,可以很好地遮掩小肚腩,让穿着的人宛如一棵亭亭玉立的水杉。这还不是最妙的,最妙的在于那两根腰带。把丑丑的杉树花变成了球状的软鳞,沿着两条腰带蜿蜒而下,可以垂在两边修饰腿型,也可以绑成杉树花的形状在腰间做点缀。

当真是非常漂亮,充满了灵气。

"真漂亮啊!"萧绡忍不住感叹,忽然想起来,当年的大学生设计大赛,秦亚楠也是进了决赛的,只是因为最后一轮发挥失常没有拿到前三,其实她本身的实力还是很不错的。

"嘿嘿,"秦亚楠也对自己这幅作品很满意,这可是她苦思冥想了一周才做出来的,反复修改了二十多次,"因为这个是靠着你上次说的感悟做出来的,所以跟你打个招呼。"

有才华的人,都是值得尊敬的,萧绡摆摆手道:"那没什么,这个主题首席也认同了，大家都是要照着这个方向做的。不过你这设计稿还是不要随便给人看了。"

秦亚楠笑嘻嘻地合上本子道："没事，怕啥，咱俩谁跟谁，这稿子送你都行。"

大大咧咧的样子，总算让萧绡放下了一丝疑虑。也许秦亚楠是真的没心没肺、不懂规矩吧。

不过该防的还是要防，萧绡虽然夸赞了秦亚楠的设计，却并没有给她看自己设计的意思。秦亚楠似乎也没兴趣，颠颠地又拿着设计图去跟赵和平炫耀了。

"你这个厉害了，简直让我惊为天人！"赵和平拿着欣赏半天。

"你个没文化的，惊为天人是这么用的啊？"秦亚楠抄起本子就打他的头。

正嬉笑着，总监罗誉突然出现在门口，敲了敲带了指纹锁的玻璃门。赵和平立时跳起来去开门，满脸笑容地迎接总监。

"忙着呢？"罗誉走进来，环顾了一下众人，看看其乐融融的设计师们，再看看孤零零摆在一边格格不入的方向钱的桌子，他不得不承认，自己的决策是错误的。用外行来治理内行，虽然可以减少技术层面上的贪腐，但坏处远比好处要多。

罗誉管人事和财务，是与设计室联系最密切的总监，但也很少来，每次来都是有大事发生的时候。所有人都站了起来，等着总监宣布什么消息。

"你们可能也发现了，你们的部门经理方向钱已经几天没有来上班了。因为找到了更好的发展渠道，方经理前天向我提交了辞呈……"罗誉说话的语速很慢，作为在商场厮混多年的人，做人留一线这个原则他还是懂的，所以在辞退方向钱的时候他没有把话说得太绝。此刻宣布消息也会给她留足面子，让方向钱即便被他炒鱿鱼，往后也能对他感恩戴德。

"这是真的吗？"小王傻乎乎地说。

"怎么，舍不得方经理？"罗誉调侃地看着他。

"不不，幸福来得太突然。"小王捧着心口，开心得冒泡泡。

"哈哈哈哈哈！"设计室里爆发出一阵笑声。

"不许笑，方姐就这么走了，你们怎么能这么冷血无情呢？"赵和平一脸沉痛地挥手，旋即，自己憋不住笑，"哈哈哈哈哈，对不起，我先笑一会儿。"

第7章 撒泼

"哈哈哈哈哈！"大家笑着去打赵和平，整个设计室都洋溢着快乐的气氛，根本没有顾忌还在心塞不已的总监大人。

因为老巫婆要离开设计室，翻身农奴把歌唱的众人说什么也要聚餐庆祝一番，他们浩浩荡荡地冲进一家烧烤店，撸串喝啤酒。

萧绡羡慕地看着众人喝啤酒，自己只能小口小口地喝果汁。这病不能沾酒精，她此生都要与酒保持距离了。

这是一家室内烤串店，桌上嵌着电烤炉，吧台放着吵闹的摇滚乐，在如此欢乐的气氛里，萧绡却怎么也提不起精神来。她划开手机，将展令君那套衣服的草图发给他，多余的字一个也没打。

展令君S：晚上来领你的VIP卡。

这是对衣服很满意的意思？萧绡有些高兴，打了个"好"字，想了想，又多写了一句。

小小布：你那条星空领带真好看，哪里买的呀？

本来是想问谁买的，但目的性太明显，她打出来又删掉了。

展令君S：不知道，表妹送的。

啥啥啥？萧绡"噌"地一下坐直了身体，盯着表妹两个字看了足足一分钟，似要把这两个字看出花来。表妹，表妹，表妹……

过了一会儿，展令君又发来一条——

展令君S：你自己去问梁靖瑶，你俩不是认识吗？

萧绡张大了嘴巴，之前所有的疑惑，都在这一刻串联了起来。想起自己第一次去桑榆，展令君得知介绍人姓梁之后的表情，突然想挖个洞把自己埋起来。

难怪展令君对自己格外照顾，肯定是瑶瑶给表哥交代过了，至于梁靖瑶为什么支支吾吾的……

"我表哥长得可帅了，班草、系草、校草、国草，嗷嗷嗷！"

"我想把你介绍给我表哥，他竟然不乐意，说我的朋友肯定跟我一样疯，呸呸呸！"

"我表哥那个傻子，生日礼物送我个老式闹钟，有毒！"

以前天天挂在嘴边的表哥，自从她认识展令君之后梁靖瑶就没再提过，估计对于"闺密迷上有毒表哥"这件事她觉得惨不忍睹，加上先前关于"牛郎"的误会，实在是没脸介绍出口吧。

"嘿嘿嘿……"萧绁控制不住地抱着手机傻笑。正在这时，手机收到了新的短信提示"叮——"

卡号为9886的账户，入账38000元。

半年奖补齐了！

"同志们！"萧绁一巴掌拍在桌子上，把正在玩闹的同事们吓了一跳，她大手一挥，"这顿饭，我请了！"

"啊，爸爸，我敬你一杯！"赵和平深情地朝萧绁举杯，生动形象地诠释了什么叫有奶就是娘，立时被哈哈笑的大伙围着揍了一顿。

第8章 法则

晚上去桑榆，萧绡带上了所有设计图的立体模型，准备给大家挨个讲解。

"哇，我是不是要有新衣服穿了？"李萌很是高兴，扔下还在拉伸的病人就跑了出来。

萧绡笑着应了，正要跟他聊会儿，展令君和廖一帆同时从电梯里走出来。

"慕先生的这个状况，应该让晶晶跟他谈谈。"廖一帆似乎跟展令君起了些争执，她还穿着惯常穿的白色阔腿裤，走起路来摇曳生姿。

在量尺寸的时候，萧绡明白了她偏爱阔腿裤的原因。廖一帆的腿上细下粗，大腿比较细但小腿有个大大的腿肚子，垂感极佳的阔腿裤可以遮掩住她不太好看的腿形。

"他的心理状态并没有什么问题，换作是你，也不可能振作起来。"展令君没什么表情，眼中有着掩藏得很好的不耐。

"令君，病人任性，你不能跟着他们一起任性。"廖一帆还在据理力争，亲昵的称呼让火药味降低了许多。

萧绡听到这个称呼，禁不住心头一跳。

做拉伸的病人好不容易挣脱了器械，一瘸一拐地凑过来，扒着李萌的肩膀往外看道："哇，廖医生跟展医生是不是一对啊？听说他们是一个学校毕业的，美国那个什么大学来着？"

李萌抓住病人问："你的拉伸做完了？"

"一会儿再做，让我看完啊！"病人被李萌拎进去，"听说廖医生是为了展医生才留在桑榆的，是不是呀？嗷嗷嗷，疼疼疼！"

萧绡看着那边的两人，慢慢咬住嘴唇。

展令君停下脚步，认真地看着廖一帆，漆黑的眸子即使没什么表情，也给人一种深情的错觉，他道："廖医生，这里是工作场合，你可以叫我展医生、展师兄、展总，但不要叫我令君。"

听到这句话，廖一帆的脸突然白了一下，僵在原地。

展令君却没再理她，他径直来到萧绡面前，从西装口袋里掏出那张白得近乎透明的卡道："你的卡。"

"等一下！"廖一帆三两步走过来，一把夺走了卡片，"当初我们可是说过的，要让每个人都满意才能得到VIP卡。"

萧绡眨眨眼，自己这是作为池鱼被殃及了？看到廖一帆掩藏在镜片后面的犀利眼神，仿佛自己夺走了师兄对她的关爱一般，萧绡不知为何竟有些开心道："没问题，借用一下电脑，我给大家做展示。"

桑榆二楼就有放映厅，萧绡打开投影仪，将一系列八套组衣服放映出来。手头上没有工作的都跑上来凑热闹，展令君在第一排坐下，廖一帆就坐在他身边，挑剔地看着萧绡放出来的图片。现在是一排小图列在一起，根本看不出好赖。

"听说我们也有份？"两名小护士扒着门口探头探脑道。

"没错，你们也有。"萧绡笑着请小护士进来。桑榆会所除了几名修复师外，还有很多工作人员，包括前台、服务生、康复护士，面面俱到的萧设计师自然也给他们设计了。

首先点开的是物理治疗师的衣服，衣服以黑白为主色，方便运动。李萌原以为自己的衣服会是紧身衣,看到三维成图的时候他不由得愣住了。原本应有的紧身裤不见了,取而代之的是一条类似太极服的麻料功夫裤,可以遮掩住他屁股小的缺点,不会显得底盘不稳。上身的工字背心也根据下衣做了调整,依旧是贴身的设计,但在周边绣了古韵十足的云纹。

"这云纹不是真的云纹,而是桑榆的标志。"萧绡放出一张动态图,将她先前画的十幅演化图做成了动画,让人们清晰地看到桑树和榆树怎么一步步变成了一笔简单的纹路。

"好棒啊!"前台甜甜忍不住惊呼出声。

萧绡对甜甜笑了笑,挑出了甜甜的衣服。前台的衣服是一件洋装小裙,采用了黑白水墨风,前面是一个假的盘扣设计,真穿起来靠的却是背后的拉链。先前她跟甜甜闲聊,得知她私下里喜欢这种洛丽塔风格的洋装,便决定要这么做了,只是这毕竟是工作服,不能做得那么复杂,她就把束带简化成了拉链。即便如此,也惹得甜甜冲上去跟她拥抱。

"我太喜欢这个了,老大,我真的能穿这个上班吗?"甜甜扑到展令君面前,双眼亮晶晶地看着他。

萧绡眉梢一跳,前台上班穿什么,怎么要展令君同意?

"如果整套方案通过的话,就可以。"展令君淡淡地说。

廖一帆脸色一变,忍不住瞪了展令君一眼。他这话说出来,对衣服满意的几人就会极力撺掇其他人同意,如果到时候她故意挑刺说不满意的话,就得罪了其他同事。

果不其然,在桑榆人缘最好的甜甜开始像探照灯一样睁大眼睛扫射,看谁不满意,就去撒娇卖萌求他通过。

萧绡的设计并没有让甜甜有太多施展撒娇大法的空间,接下来的几件衣服个个出彩。宋唐的休闲装,心理咨询师莫晶晶的知性淑女装,都得到了当事人的肯定。服务生和护士的衣服不是个性定制,各自有个统一的款式,即便如此,也比商店里的普通时装要好看。

"哇,这衣服我都可以出去穿了。"两个小护士凑在一起兴奋地讨论。

廖一帆看着给自己设计的那一套白色通勤装，白色阔腿裤，上窄下宽，在大腿处做了个收窄处理，膝盖以下像是盛开的喇叭花，这会显得她的腿很细，又恰好掩盖了小腿的粗肥。如果在商场看到这一款，她会毫不犹豫地买下来。此时此刻，她无话可说，只能点头通过。

萧绡如愿得到了VIP卡，豪迈地当场充了一个季度的钱。其实她很想办张年卡，但半年奖那点钱并不够她挥霍，还是等春夏季的绩效奖下来再充吧。

"恭喜您成为桑榆的VIP客户，三楼贵宾厅将为您开放，每月有三次免费上门服务的机会，月底自动清零，不会累计到下一个月，请您悉知。"甜甜将新的注意事项郑重地说了一遍，"上门服务需要预约，可以预约会所里的任何人。物理治疗师可以上门马杀鸡，营养师上门做菜，心理咨询师上门聊天，护士可以上门做瘫痪级护理，服务生可以上门做清洁。综合修复师使用范围不限，但要在合法范围内哦。"甜甜调皮地挤挤眼。

"那前台呢？"萧绡嘴欠地调戏她一句。

"前台提供上门办卡业务。"甜甜一本正经地回答。

"……"萧绡抽了抽嘴角，谁要把前台叫到家里交钱啊。

"谁说营养师提供做菜服务了，甜甜你别瞎说，这个月我已经接到三次要求上门做菜的了，还让我自己带材料！"宋唐冲过来，试图阻止甜甜的虚假广告，"营养师只负责品尝菜肴，控制顾客的食量，也就是说，你点一份外卖，只能吃两百克，剩下的都归营养师，懂吗？"

"既然前台是这么介绍的，我就这么相信，如果你不上门做菜，我可以投诉的吧？"萧绡一脸坏笑地问。

"可以投诉。"李萌走过来，抬手揉乱了宋唐的发型，"今天晚上去给我做菜啊，我买了鱼。"

"滚！"

成为VIP的萧绡心情大好，打算好人做到底给桑榆联系好制作工厂，她问道："你们老板是谁呀？我跟他说。"

甜甜愣了一下，看向萧绡身后的展令君。

"你是打算找大梁创世?"展令君拎着萧绡忘在放映厅的U盘。

"是啊。"萧绡接过U盘,一拍脑袋,"差点忘了,那是你姨夫的公司,你去找估计会更便宜。"

梁靖瑶家的公司,就是LY服装的主要生产商,因着瑶瑶的关系,她有时候会托大梁创世帮她做点小私活,所以之前答应把制服做出来的时候她就是打的这个主意。

"到时候你跟我去一趟。"展令君领首,没有推辞,也没让萧绡当甩手掌柜。

这么一打岔,萧绡又忘了问桑榆老板的事了,直到第二天去上班她才想起来,越想越不对劲。

没等她想明白,指纹控制门"嘀"的一声响,多日不见的方向钱竟然来了,她一言不发地低头收拾办公桌上的私人物品。

众人面面相觑,没有一个上前跟她说话的。方向钱收拾好,抱着一个小纸箱走到门口,扫视一圈道:"我走了,好歹同事一场,你们也不送送我?"没有人应答,设计室里弥漫着几乎要化为实质的尴尬。

萧绡抿了抿唇,站起身来道:"我送你。"

所有人都惊讶无比地看过来,要知道,这个设计室里跟方向钱仇最大的就是萧绡。赵和平一脸了然,跟小王对了个心照不宣的眼神,想来萧绡是打算临走再出口恶气,他们就不跟着凑热闹了。

方向钱没说什么,跟萧绡一起走下楼。

"没想到,最后来送我的人竟然是你。"方向钱在公司门口驻足,从眼镜上方看着萧绡。

"我有话要说。"萧绡也站定,她盯着方向钱那张并不漂亮的脸,"我希望,你为先前为难我不让我看病的事道歉。我因为你的缘故,压力劳累导致免疫系统崩溃,住院毁容。如果你道歉,这事我就当过去了。"

方向钱看着她,嗤笑一声道:"我不会道歉的。你是个成年人,如果我提出的要求苛刻,你为什么不反抗?不反抗,就该被欺负,这是社会的生存法则!"

听到这话,萧绡的怒火"腾"地一下蹿了上来。她以前只以为方向钱是因为认死理才会如此苛刻，没想到她竟还存着一份"欺负"的心思，她道："所以呢？按照这个法则生存的你，现在还不是被开除了！"

"关你什么事！"方向钱顿时炸了，开除这两个字一出口，她就像被人扯掉了最后一层遮羞布，先前在总监那里压抑着的屈辱，瞬间爆发出来。她"咣当"一声把箱子扔到了地上，拉开架势似要打架。

"给你一个忠告，对人命放尊重一点。轻贱别人，迟早是要付出代价的。"萧绡一点也不怕她，依旧维持着不紧不慢的语速。最近她吵架吵出经验来了，大声吼叫并没有用，对方天崩地裂我自不动如山才是高手。

或许是受到了展令君的感染，萧绡对于不尊重生命的人格外厌恶，谁都是人生父母养的，再要紧的工作也比不上人命重要。

方向钱像没牙老太太一样缩着嘴唇，气得发抖，半晌缓过劲来道："那我也给你一个忠告，这办公室里有总监的眼线，别以为你做的那些事总监就不知道。"

说完，方向钱抱起箱子就走。

萧绡一时没反应过来，不明白方向钱跟她说这个是什么意思。

"哇了哇了哇了……"愣怔间，一阵急促的救护车警报声划破了科技园区的安静，对面逆流软件公司楼下聚集了一堆人，医护人员抬着担架，闹哄哄的看不清状况。

方向钱低头往前走，总觉得LY的绿色玻璃背后有无数双眼睛在看她的笑话，这时候她根本没心情去看什么热闹。

"哎，年纪轻轻的，你说说，这叫什么事。"卖月亮饼的大叔摇头叹息道。

"这科技园里，每年都要猝死几个。刚上班的年轻人不敢偷懒，领导又逼得紧，很容易出问题的。"旁边卖饮料的大妈感慨不已。

"这种领导，迟早要遭报应。"月亮饼大叔"呸"了一声，想起那个经常来买饼的姑娘，去年还漂亮得像个模特，今年脸就肿成了馒头，肯定是身体累出了问题，实在可怜。

方向钱停下脚步，慢慢回头看向担架上的小伙。满脸胡茬，眼窝乌青，看起来也就二十出头的人，却充满了迟暮老人才有的死气。

第 8 章 法则

这种领导，迟早要遭报应……

轻贱别人，迟早要付出代价……

方向钱看着呼啸而去的救护车，突然生出了一丝慌乱，她抱紧怀里的纸箱，快步走出了科技园。

逆流软件的那名年轻的工程师，送到医院抢救无效去世了，年仅二十八岁。

这个消息海啸般席卷了科技园，引发了不小的震动。逆流软件是一家老牌软件公司，在国内占有很大的市场份额，白领猝死这种事虽然已经不新鲜了，但因为冠上了逆流软件的大名，就轻松地跃上了新闻头条。

"听说那人是连续加班了三天，黑白颠倒，干着干着突然趴下睡着了，等同事发现的时候他已经没了呼吸。"赵和平把打听来的消息告诉大家，他唏嘘不已，"年纪轻轻的，真是可惜。"

"说得好像你已经七老八十了一样。"秦亚楠推了他一把。

"我这是关爱同类，"赵和平一脸的忧国忧民，他踢了踢小王的腿肚子，"知道我为什么叫赵和平吗？"

"你妈取的呗。"小王机智无比地回答。

"闭嘴，"赵和平呼了小王一巴掌，重新酝酿情绪，他轻咳一声，站直身体，双手上下交握于胸口，做出诗朗诵的经典动作，"因为，我希望世界和平。"

"切——"众人一起嘘他。

萧绡笑着摇了摇头，转身看看还在认真制版的杨笑，等他画完一根线条，萧绡轻轻敲了敲桌面道："年轻人，歇一会儿吧，劳逸结合。"所有人都在玩闹，只有杨笑在认真干活，瞧着孤独又可怜。

"我不累，"杨笑腼腆地笑笑，看看打闹的那群人，"况且，他们说话我也插不上嘴。"他知道萧绡是好意，想让他融入集体，但他就是不知道要说什么好，只能低头做自己的事。

"没说让你跟他们玩，让你喝杯茶歇歇手。"萧绡递给杨笑一盒茶饮料，冲他努努嘴。

每个人性格不同，内向的人有他自己的闪光点，强行要他变得外向融入集体，对他来说无疑是不适且痛苦的。况且内向也没什么不好，正直善良好相处，她觉得杨笑这样就挺好。

杨笑接过饮料，认真地看着萧绡道："要是你做主管就好了。"

"嘘，别瞎说。"萧绡吓了一跳，赶紧做了个收声的姿势。

可能是受隔壁公司的影响，LY下发了近期组织员工体检的通知，同时发到成衣部的，还有一份竞岗申请表。

方向钱走了，女装设计室需要一个新的主管，兴许是受了之前的教训，罗总监决定在公司内部提拔一名设计师做成衣部的主管，大家公平竞岗。

消息一出，整个成衣部的气氛就徒然变了。萧绡知道自己有几斤几两，根本就没打算去竞岗，但其他人不一样，个个摩拳擦掌，她可不想成为众矢之的。

杨笑低下头，拿起粉笔继续画图。他是真心希望萧绡能做主管的，萧绡心眼好，能力强，比上蹿下跳的秦亚楠强多了。

之所以说秦亚楠上蹿下跳是有原因的，自从这个消息传出来，她就跟屁股上长草了一样地坐不住了，积极地写了竞岗书，还私下里请不参与竞选的人吃饭，杨笑就是其中之一。

听说萧绡没有交竞岗书，秦亚楠中午就跑来请她吃饭了。

"你傻呀，为什么不竞选，咱俩也算老资格了。"秦亚楠嘴上这么说着，肢体语言却显得很高兴。

"哪就老资格了，我还是个D1呢，不可能越级当主管的。"萧绡摇了摇头，"我估计会从高成那边调一个D2或者S1过来吧。"

LY的设计师，分为两个种类。D代表普通设计师，S代表高级设计师，每一类有两个等级，等级越高，薪水待遇就会越高。

"不会，要是我在高成，我是不愿意来三楼的。"秦亚楠信誓旦旦地说。

要知道，设计师兼任行政管理之位的话，只会多几千块的行政工资，但高级设计室那边的绩效奖金可不止这些。而且S级的设计师是可以做自己的品牌的，他们根本不屑于做什么行政管理。所以高级设计室里的那些人是不会愿意调到普通成衣部的。

也不知道秦亚楠哪里来的自信,总觉得这个位置非自己莫属。萧绡看着她的样子,微微蹙眉,忽然想起了方向钱临走时说的那句话。

"这办公室里有总监的眼线……"

秦亚楠的消息总是格外灵通,会不会跟总监有关?莫非是总监答应了让她坐这个位置,所以她才会这么自信的?

萧绡跟秦亚楠是同学,一起进的公司,总体来说萧绡的成绩还比秦亚楠要好一点,如果这次让秦亚楠当主管,萧绡的处境那就有些微妙了。

一个星期后,总监罗誉亲自过来宣布结果。

秦亚楠坐在萧绡身边,紧张地攥住了她的手道:"要是我选上了,今天就请你们吃海鲜自助。"

萧绡觉得她这样得失心太重不好,有心劝劝却不知道说什么,只能闭嘴。

"综合考虑下来,公司决定任命的成衣设计室的新主管是……"罗誉拿着一份任命书,说到这里的时候他故意停顿了一下,看了一眼办公室内每个人的表情,说道,"赵和平。"

"啊……"秦亚楠短促地叫了一声,骤然刹住,好似准备庆祝出笼的鸭,还没来得及欢呼一声,就被丢进了拔毛的滚水中,脸上的表情瞬间都扭曲了。

其他人快速反应过来,齐齐鼓掌庆贺。

赵和平自己也明显愣了一下,他起身接过任命书,一脸欠揍地说:"哎呀,这么麻烦,我才不想干呢。但总监既然这么说了,我就,勉为其难地干一下吧。"

"吁——"同事们纷纷喝倒彩嘘他,凑过来把他按倒在桌上一通揍。

赵和平虽然邋遢又嘴欠,但不得不说他在办公室里的人缘是最好的,对于众人来说,让他当主管虽然不是最好的选择,但也不赖,起码以后的日子不会太难过。

而到这一刻人们才意识到,废柴赵和平其实是个D2设计师,比他们的等级都高。

秦亚楠迅速掩下脸上的不高兴，也冲过去捶赵和平，笑着要他请客，似乎对于跟自己要好的赵和平当选这件事开心得不得了。萧绡看看自己被捏红的手，若有所思。

赵和平新官上任，却没有烧三把火立威的意思，他还像平时一样对待大家。

"因为某些同志的耽搁，咱们现在还没有选出主设，'新生'的设计马上就要提交了，当务之急是要选出主设计师来，"赵和平语调平和地说起这个，似乎完全没有要仗着主管的身份抢主设的意思，"大家尽快将已经设计出来的作品提交系统，我会拿去询问首席的意见，主设的人选会根据本次作品和上季的成绩综合考虑。"

"切，说得好听，最后的主设肯定落到赵和平自己头上。"开完会，秦亚楠忍不住跟萧绡抱怨。

"也不一定，应该是公平竞选的，赵和平人还是挺不错的。"萧绡忍不住为他说了句话。

"你怎么这么天真，他要是没有心机，能当上主管？"秦亚楠撇嘴道。

感觉到秦亚楠还没从竞选失败的负面情绪里走出来，萧绡便开口安慰她一句道："放心吧，你设计的那件'水杉裙'那么好看，当主设是很有可能的。"

"真的？"秦亚楠眼睛一亮，忍不住有些得意。那条裙子她自己也特别满意，越想越觉得萧绡说得有道理，于是快步追上走在前面的赵和平，又跟他套近乎去了。

萧绡对于主管之位不感兴趣，但对主设还是有些想法的，原因无他，只因主设可以拿到普通设计师三倍甚至更多的绩效奖。如今有了"桑榆"这个烧钱大户，她也不得不对挣钱这件事重视起来。

不过眼前还有一件事比竞争更重要，明天就是她复查的日子。

狼疮还在活动期，她必须每个月去医院复查，实时监控病情的发展。要说复查也不难，就是去抽几管血化验，但问题在于，萧绡她晕针。

每次抽血，对她来说就跟打一场大仗一样，上战场前要做好充足的准备，

第8章 法则

还要带一名战友,随时接住一言不合就抽过去的烈士萧绡。

"您好,这里是桑榆,请问有什么可以帮您?"甜甜的声音从听筒那边传来。

"我想预约上门服务。"萧绡吞了吞口水,有些紧张。

"好的,您本月还有三次预约名额,给您扣除一次,请问您想要预约哪位?"甜甜看了一眼来电显示,知道是萧绡,便直接调出了资料。

"展令君。"

死皮赖脸地想要一张VIP卡,就是为了这三次免费的上门机会。

因为不想让其他人知道自己得了什么病,她每次复查都是梁靖瑶陪着。但梁靖瑶有自己的工作,抽血复查还都在工作日,萧绡不好意思总麻烦她。上次她硬撑着自己去了,结果血抽了一半她就两眼一黑晕过去,被拉去急救室吸了半天氧才缓过来。

预约成功之后,展令君的电话就打了过来。

萧绡差点没拿稳手机,这还是展令君第一次主动给她打电话,她反复演练了一下措辞,才深吸一口气接起来。

"你约了我?"充满磁性的声音经过电磁波的传导,增添了一份朦胧感,加上那有歧义的话,让人不由得心跳加速。

"哦,是。"萧绡差点咬到舌头,这话说得,让她有一种两人要去约会的错觉。

"你需要什么服务?"展令君微微挑起眉毛,想着电话那头吭哧瘪肚像小松鼠一样鼓着脸的萧绡,就忍不住想笑。原以为这丫头要VIP卡是想认识三楼的那些人,没想到竟然是为了预约上门。问题是,她这个病,上门要做什么呢?

"我明天要去人民医院复查,早上八点钟。"萧绡踌躇地在原地转了一圈,"我想让你陪我去,不用太久,整套流程下来也就一个小时,完了我请你吃早餐。"

"好。"展令君没再多问,直接应下来,跟萧绡约了见面地点就挂了电话。

在位置上静坐了片刻,展令君转身,从书柜里拿出一本书来,纯英文的原版书,名称翻译过来叫作《激素的副作用减轻与机能复原》。下班的时候,他是带着萧绡的病例资料走的,顺手又抓了一把前台瓷盘里的水果糖。

早上八点，人民医院已经是人山人海。一身休闲装的展令君站在医院门口，干净清爽的形象与周围满脸憔悴的人们形成鲜明对比，仿佛只是这芸芸众生的看客。别人手里拿着丑兮兮的塑料袋，他竟然拿了个微型手提电脑，瞧着像是来医院谈生意的。

这样独特的存在，萧绡想看不见都难，她精准地找到他，抓着他的手腕就往里面跑，道："快走快走，我挂了专家号，要早点取号早点看，赶在九点之前抽血。"

检验科有个规定，九点之前抽的血，下午就能出结果，之后抽的就要等到明天了。专家不是每天都坐诊的，如果今天拿不到结果，这周就得再来一次让医生看化验单，非常麻烦。

萧绡当初看病的时候挂的是专家号，诊断出来可能是狼疮的时候就直接要求住院了，谁收的病人谁主治，所以她的主治医师就定下了人民医院的副院长李国栋。

作为一名风湿肾病免疫科的专家，李医生的号每天都是满满的，好在萧绡是复诊号，预约就诊会排在新病人前面，这让她得以在八点十分的时候就进了门诊室。

李国栋是一名头发花白、慈眉善目的老头，他笑着招呼病人过来坐，看到萧绡身后跟着的年轻人，不由得脸色一变道："这是你的家属吗？"

"啊，是。"萧绡连忙点头，诊室里除了病人和家属以外，不许闲杂人等进入。

听到这个回答，李院长和展令君脸上同时露出一丝古怪。

"我的客户。"展令君淡淡地解释了一句，拿出微型电脑放在桌面上，拖了个凳子坐过来，道，"您请便。"

"你们……认识啊？"萧绡磕磕巴巴地来回看看。

"李萌的爷爷。"展令君用嘴型无声地说。

萧绡瞪大了眼睛。

"哼！"听到是客户，李国栋就没再多问，他不明所以地哼了一声，转头看看萧绡，问道："怎么样，最近有哪里不舒服吗？"

"还好，就是这个脸越来越大了。"萧绡困扰地捧住自己的大脸。

"脸大了有什么不好，面相上讲，大脸旺夫。"李国栋笑眯眯地说着，开了五张化验单，"去验个血吧，下午出了结果再来找我。"

"我还有几个问题需要咨询。"展令君示意萧绡先别急。

"你说。"李院长咂咂嘴，没好气地应了一声，明显不太想跟他说话。

"她在住院期间，您给她注射了多少激素？"展令君一边说着，一边在小电脑上敲击。

"住院的时候每天一瓶水，具体用量我记不清了，你可以去一楼打个住院药单出来。"说到专业的东西，李医生还是很认真的。

"我看了她的处方，第一个月吃的是泼尼松，后来为什么换成了甲泼尼龙？"展令君抬头，静静看着李国栋。要知道，泼尼松非常便宜，五块钱能买一百粒，而甲泼尼龙就比较昂贵，一片就要一块钱。

"臭小子，你是觉得我坑钱是怎么着？"李国栋皱起眉头，"泼尼松伤肝，她吃了一个月，转氨酶就不正常了，我问了她的经济能力，能负担得起，才换了甲泼尼龙的。"

展令君仿佛丝毫没有感觉到李院长的怒气，又接连问了几个萧绡听不懂的医学问题。萧绡尴尬地给李院长赔笑，悄悄拉扯展令君的衣服，希望他少说两句。

她以后还指望着李院长给她治病的，这家伙今天把人家得罪了，以后她可怎么办呀？

好在展令君问完五个问题就适可而止了，站起身感谢李院长的耐心指教。

李国栋哼了一声道："你说说你，这么好的料了，做什么康复医生！当初让你来，你不来，这就算了，还把我们家萌萌给拐走了！"他看着展令君，颇有一种好玉料雕做了板凳的痛心感。

"慢性病，百分之九十要靠出院后的自治，有我在，您不觉得放心很多吗？"展令君拿起萧绡的化验单，低头看了一下项目，冲李院长点头示意，便带着萧绡走了。

李国栋看着展令君的背影，生气地龇了龇牙道："小混蛋。"而后，他露出一抹苦笑。

康复医疗在国内还不太普及，如果每个社区都有桑榆会所这样的机构，国人的生活质量能连上好几个台阶。他们这些医生，也就不必总为那些不听医嘱、乱糟践身体的病人痛心了。

抽血室已经排起了长队，十几个窗口闹哄哄的。

还没排到自己，萧绡就已经开始紧张。

"嗷！"前面的一位大叔突然惨叫一声，吓得她一哆嗦。

展令君上前看了一眼正抽血的那位，微微蹙眉，不着痕迹地看了看隔壁，拉着萧绡换了个队排。

"怎么了？"萧绡小声问他。

"那个扎得不好。"展令君凑到她耳边悄悄说。

带着薄荷香的热气喷在耳朵上，痒痒的，萧绡的耳朵不可抑制地红了起来，一时间竟然忘了紧张。

终于排到她，萧绡在椅子上坐下，看清窗口里是一名三十岁左右的护士，也不知道展令君怎么看出来她抽得好与不好，但出于对男神的盲目信任，萧绡撸起袖子就把胳膊交了上去。

冰凉的皮管子扎到大臂上，萧绡忍不住闭上眼睛，颤颤巍巍地等待那不知何时会落下来的针头。

"萧绡。"展令君突然开口叫她。

这好像是展先生第一次完整地叫她的名字，萧绡立时睁开眼，仰头看他问："嗯？"

"你喜欢吃水果糖吗？"展令君说着从口袋里掏出了一颗包装漂亮的水果糖。

幸福来得太突然，萧绡有些迷糊，愣愣地点头道："还、还行……"

展令君的眼中泛起些许笑意，将小电脑放在旁边的大理石台上，开始慢条斯理地剥糖。修长好看的手指，捏住玻璃纸的三角口，缓缓撕开，露出里面圆滚滚、亮晶晶的硬糖。而后，那颗糖便被递到了萧绡的嘴边。

出于医生的洁癖，展先生没有直接用手指捏糖，而是隔着包装纸拿的，但在含住糖果的时候，萧绡的嘴角还是不可避免地触碰到了他的指尖。

温暖而干燥的指尖，像带着电流的导体，把她整个人都给定住了。

酸酸甜甜的糖果在舌尖化开，从嘴巴一直甜到心窝里，萧绡用余光看到了周围几个女孩艳羡的目光，觉得自己要飘上天了。

"好了！"里面的护士说了一声，给了她一个棉签让她按住针口。

咦？竟然已经抽完了？什么时候扎上的？萧绡看看贴着自己标签的五管鲜血，再看看胳膊上的棉签，觉得自己穿越了。

"先别急着站起来，等个三秒钟。"展令君把糖纸扔到垃圾桶，拿起电脑，这才一手拉起萧绡，带着她走出抽血室。

"你看看人家男朋友，你都没给我带糖。"身后，一名女孩对着身边的男生抱怨。

"我赶了一早上公交就为了陪你，饭都没吃，再说你也没说你要吃糖啊。"男生跟女生争吵了起来。

"你都没点常识吗？空腹抽血容易低血糖，吃糖就不容易晕倒！"

萧绡含着橘子味的糖，控制不住地想咧嘴笑，道："你哪儿来的糖？"生活健康如老年人的展先生，不像是会随身携带糖果的人。

"昨天下班在前台偷的。"展令君理直气壮地说。

萧绡："……"

说过要请展令君吃早餐，萧绡自然不会食言，她今天没有晕针，抽血一点都不疼，她一定要好好感谢一下对方。于是原定的豆浆油条，改成了广式早茶。

两人去了一家高档的早茶店，寻了个靠窗的位置坐下。

"那个护士的技术真好啊，我一点感觉都没有，你是怎么知道她技术好的？"萧绡给展令君倒了杯茶，诚心请教道。

"看手法，还有年纪。"展令君低头回了一条信息，便把手机倒扣在桌上，现在已经过了九点，他要开始回复客户了，"太年轻穿纯粉色衣服的是实习护士，没经验；年纪大的有老花眼，扎不准。"

萧绡听得连连点头，把这条有用的生存经验牢牢记下来。

点心上桌，萧绡立时夹起一只水晶虾饺来吃。刚损失了五管血，她得好好补补。

"你晕针是小时候有什么阴影吗？"展令君也夹了一只来吃。

"唔，上小学的时候验乙肝，拿一块三角铁扎手指头，扎得太深，血一下子就飙出去，当时我就晕了，后来就落下了这么个毛病。"萧绡现在想起来还是心有余悸。

三角铁……展令君抽了抽嘴角，没有纠正萧绡对采血针的错误认知，他道："尖锐恐惧症，可以试试脱敏治疗。"

"我也不是尖锐恐惧症，只是怕打针而已。"萧绡摇摇头，"我一个裁缝，怎么会怕针呢？"

展令君一想也是，便不再多言。

托展先生的福，萧绡抽完血还是生龙活虎的，吃完饭就打算去上班。本着周到服务的原则，展令君要开车把萧绡送去公司。

"哇，这车好漂亮啊！"萧绡看着眼前的红色超跑，差点流出口水来。这车型不太常见，萧绡多少懂点，依稀记得这是十年前的款式，因为生产得少，到现在依旧是许多人追捧的目标。

以前她就幻想过，等自己成为大设计师，就攒钱买这么一辆拉风的跑车。

不过……

看看张扬的跑车，再看看不动如松的展先生，这气质怎么看怎么不搭。

"哥哥的车，我的送去保养了。"展令君轻轻摸了摸跑车的引擎盖，仿佛在抚摸兄长托给他照顾的大侄子，满是怜爱。

原来如此，为了VIP客户，竟然借了哥哥的车来，真是服务周到啊！萧绡坐上跑车，觉得自己赚翻了。

展令君坐在驾驶座，关上车门，摸出一副墨镜带上，随手抓了一把头发。深沉严谨的医生，瞬间变成了狂放不羁的浪子。

第8章 法则

"……"萧绡张大了嘴巴,换个车而已,要不要这么讲究搭配!

"坐稳了。"展令君踩下油门,马力十足的超跑瞬间冲了出去。

虽然打扮得很像纨绔子弟,但展先生始终还是那个展先生,生生把超跑开成了面包车,保持着四十迈的速度在城市中穿行,稳稳地停在了LY大楼前。

"哇,快看,好酷的车!"小王正站在窗边喝酸奶,看到那闪瞎眼的车,立时叫起来。

"我瞅瞅!"赵和平立时蹿过来,其他人见主管都跑了,也都来看热闹。

"啊,有钱人。"大家一致地感慨着,他们这些设计狗,也不知道什么时候能开上这种车。

秦亚楠努力张望,想看清楚是谁在开车。这人既然停在这里,应该是与公司有关的人吧。

"谢谢你。"萧绡拿起自己的包,跟展令君道谢,推门下车。

"下午三点以后取结果,别忘了。"展令君取下墨镜,提醒了一声。

"嗯,我记着呢。"萧绡弯腰,趴着车门上应了一声。

"天哪,竟然是送萧绡的!"小助理羡慕地捧着心口道。

"萧绡这是要嫁入豪门了?"赵和平把脸贴在玻璃上,恨不得跳下去趴在车上仔细看。

五层总裁室,周泰然正端着一杯咖啡慢慢喝,忽然看到了楼下的一抹艳红,指尖一抖,滚烫的咖啡立时飞溅出来,弄脏了他的衬衫。

周泰然一边擦着水渍,一边快步走到窗边,定定地看着那辆超跑,待看清了车型,他也不管衬衫还脏着,转身就往楼下跑。

萧绡走到大门口,恰好与狂奔而来的总裁撞了个正着。

"周总,您这是?"萧绡跟跄了一下,顺着周泰然的目光看过去,那里空无一物,原本停留在那里的红色跑车已经没了踪影。

"刚才那辆跑车,是谁的?"周泰然着急地四下看。

"我朋友的,顺路送我来上班。"萧绡好奇地看了看反应激烈的总裁。

周泰然愣了一下，似乎刚刚从某个不切实际的梦境中回过神来，他呆立片刻，勾起一抹自嘲的苦笑，转身回了公司，一句话也没跟萧绡多说。

这人发什么疯？

萧绡一头雾水地回了设计室，一群同事立时凑上来八卦。

"萧绡，刚才那个人是谁呀？"

"是不是男朋友？"

"你这是要走上人生巅峰啊！"

男朋友……我倒是乐意，人家可不乐意。萧绡撇撇嘴道："别瞎说，只是普通朋友。"

"普通朋友？"秦亚楠转转眼珠子，笑嘻嘻地问，"帅不帅？帅的话介绍给我呗？"

萧绡低头看看眼睛小、下巴短的秦亚楠，哪里舍得把展先生介绍给她，便含糊过去道："我跟人家不太熟，有机会再说吧。"

回到工位上，萧绡把昨天加班赶出来的设计图修改一下细节，提交到系统里。

LY有设计审核系统，稿件提交之后，只有特定权限的人能看，通常都是领导和上层设计师，最大限度地保证稿件的创意不被剽窃。

赵和平收到了萧绡传来的稿件，立时催促其他人也赶紧交。

秦亚楠把稿子交上去，轻松地哼起了歌。她的那件"水杉裙"得到了大家的一致好评，对于夺得这次主设之位她很有信心。

赵和平跟上上任的主管不同。那位是高级设计师，比他们的设计都要好，人家做主设无可厚非，但赵和平呢？他就是因为总没有好的创意，做东西中规中矩，才蹉跎了这么多年还只是个D2，一直无法升到S1。而赵和平已经明确表示：自己做主管事情太多，已经焦头烂额，没精力做主设。

第9章 主设

赵和平看过所有人的设计之后,不由得挠头。

"水杉裙"非常符合主题,而且关于杉树花的使用,整个设计室都没有秦亚楠做得好。他很欣赏这个创意,也希望这一点能用在这一季的设计里,但是萧绡的设计更加丰富,她把合欢叶简化为线条图案,这给成衣的制作降低了不少难度,而且她不仅仅是一条裙子出彩,连身裤、短裤、长袖衫、半身裙……

相较于只上交两三件的其他人,萧绡一共上交了八件作品,每一件的款式都不一样,各有各的特色,但又奇异地统一,一看就是一个系列的衣服。

赵和平自己水平有限,难以决断,便将两人的作品提交给了上层。

艾德琳看了两人的作品之后,也很喜欢"水杉裙",但出于综合考虑,选择能力全面的萧绡显然更加合理。

"不如开个小会,让她们两个阐述一下自己的作品,再来决断?"林思远在一边插言道,他拿着那幅水杉裙欣赏,"这个元素的设计实在天才。"

艾德琳听到这话,也有些舍不得水杉裙上那个"杉树花"的设计,但如果让萧绡做主设的话,这个亮点就会被刷掉了,毕竟这跟萧绡的设计风格不太一样。

"那就让她们自己说说看吧。"事实上,艾德琳心里已经有些偏向秦亚楠了,她还记得上次会议上秦亚楠对主题的阐述,非常符合她的本意,这也让艾德琳对她有了信心。

听到要让她们两个去阐述作品,萧绡就知道是要在她俩之间选主设了。

"萧绡,你交了几件作品啊?"秦亚楠凑过来紧张兮兮地问。

"八件。"这也瞒不住,一会儿去会议室一看就知道了,萧绡索性说了。

"啊,这么多啊。"秦亚楠脸色一变,大概明白了为什么上层还要考虑萧绡了,大概是觉得她效率高吧,"萧绡,跟你打个商量吧,这次的主设你能不能让给我?"

萧绡正在想着演讲词,忽而听到这句话,不可置信地抬头看她问道:"你说什么?"

这不是一把云尺、一盘小菜,而是主设计师的位置,涉及三倍甚至更多的奖金,这人竟然好意思张口!

"你是靠着全国大学生设计大赛冠军的名头进来的,我在公司一直是个小透明,真的特别需要这个机会。"秦亚楠似乎没觉得自己的要求过分,她撒娇一样地抓住萧绡的胳膊,"这设计室里,也就咱俩实力雄厚,咱俩一轮一季做主设行不?"

听起来似乎很合理,但仔细想想,既然一轮一季,为什么一定要这一季就让给她?简直像骗小孩一样,自己长了一张傻白甜的脸吗?萧绡觉得有什么东西堵在胸口,有点气闷,还有点恶心。

"好呀。"萧绡沉默了片刻,突然答应下来,她迎着秦亚楠惊喜的目光道,"那这一季我做,下一季你做呗。"

秦亚楠的笑僵在了嘴边道:"哎,不是……"

"亚楠,"萧绡突然一把抓住秦亚楠的手,做出可怜巴巴的样子,小声道,"你也知道,我之前住院花了很多钱,但商业保险还没报下来。马上就要交房租了,我很需要钱,所以这个机会对我特别重要。"

秦亚楠的额头出了一层细汗,话说到这份上,她肯定没法再开口让萧绡把机会让给她了,可她也绝不能答应让给萧绡。

"算了,估计你也挺想要这个机会的,不为难你,咱俩公平竞争吧。"萧绡看足了秦亚楠的纠结,这才怡怡然开口。

"好。"秦亚楠这才露出了笑模样,又说了两句客套话就跑了。

萧绡翻了个白眼,打开自己的作品列表,默默组织语言。

小会议室,赵和平、艾德琳、林思远三人分别落座。

"两位的作品我们都看过了,各有千秋,今天给你们最后一次阐述的机会,好决定下一季的女装成衣主设计师。"艾德琳面色严肃地说,"谁先开始?"

"我先吧。"秦亚楠举手道。

因为两人对主题的理解是一样的,先说的人会占便宜一点。她说了之后,后面的人再说一样的就会给人一种平庸的感觉。

萧绡也没有抢,抬手示意她先请。

秦亚楠提交了三套衣服,两条半截裙,一条连身裙。她的介绍重点,自然是在那条水杉裙上。

"这个元素是我每天早上在公园里观察水杉树得出来的灵感,如果用在这一季的制作中,相信会给顾客留下深刻的印象。"秦亚楠换一页PPT,那是她对于这个元素又做出的几个变种,用在半截裙上、长袖衫上等,"时间紧迫我没能把这些做出来,但如果我做了主设,这些都不是问题。"

艾德琳蹙眉看着那些图片,林思远在她耳边小声说了几句,两人对视一眼,微微颔首。他们原本担心的太单调的问题,看来可以解决了。

秦亚楠看到这个动作,心中窃喜,走下台来请萧绡上去。

这样的效果不免给萧绡造成了一些压力,她深吸一口气,打开了自己的PPT。

"这一系列的衣服,是根据合欢叶的造型设计的。比如这款裙子,我叫它'晨光',模仿合欢叶昼开夜合的特性,内层采用反光材料,在外层打开的瞬间会有晨光照耀在刚刚舒展的合欢叶上的视觉效果。"萧绡指着自己设计的裙子仔细讲解，让台下的三人眼前一亮。

这条"晨光"，丝毫不亚于秦亚楠的"水杉"，只是因为萧绡之前没有如秦亚楠那般到处拿给人看，才没有得到那么多的关注。

从容不迫地介绍完八件衣服，萧绡看看下面犹豫不决的三人，微微一笑道："我个人也很欣赏亚楠的水杉设计的，这恰好是我设计的空白点。如果我做主设的话，会把水杉的元素也添加进来，做出'合欢'和'杉树'两个系列的衣服，提供给不同喜好的顾客。"

"很好，这才是主设计师应该具有的素养。"艾德琳点点头，跟林思远交换了一下意见。

"那么，这一季的主设，就由萧绡担任。"林思远开口宣布，敲定了结果。

萧绡心里乐开了花，面上还是宠辱不惊的模样，淡定地鞠躬感谢。

出了会议室，秦亚楠的脸色极为难看，她悔恨自己抢着说，让萧绡找到了突破点。

萧绡成为主设，自然是要请大家吃饭的。设计室的人纷纷响应，一群人浩浩荡荡地冲进了一家火锅店。

"亚楠呢？"萧绡给每个人倒了饮料，没发现秦亚楠。

"她说有事，不过来了。"赵和平粗神经地说。

秦亚楠不想参加这个庆祝会，便约了周倩出来吃饭。

"我都说了多少次，她是个'心机婊'，你还这么不长记性。"周倩把肉片摊在铁板上，发出滋滋的灼烧声。

秦亚楠不说话，她不认为周倩比她聪明多少，天天事后诸葛亮。

周倩见她不爱听，便换了个话题，夹起烤好的肉放进秦亚楠的盘子里道："哎，上次说的那个事，你考虑得怎么样了？"

"不行，不行，我会丢饭碗的。"秦亚楠直接摇头拒绝了。

周倩暗自撇嘴，却也没再强求道："全国设计大赛要开始了，这次你可小心点，别再出岔子了,当年你明明是有实力夺冠的。"

"那是当然,我还能在一个地方跌两次跟头啊。"秦亚楠狠狠地咬了一口肉。

全国设计大赛,全名叫作全国服装设计大奖赛,是目前国内最高级别的服装设计师比赛。

萧绡上大学那会儿参加的叫作大学生服装剪裁设计大赛,与这个相比大概就是NCAA(美国大学生篮球比赛)和NBA的区别。

这个比赛三年一次,非常难得,萧绡自然也报名了。如果她能进入前十,就能升为D2,如果拿到冠军,则直接升为S1。

D就是Designer,S则是Senior designer,普通与高级、工匠与艺术家的区别。很多人终其一生也无法成为高级设计师。

因为是高级别的比赛,初选就非常严格,要求提交一整个系列的作品,并且不仅仅要概念图,还要真的做出来,由模特试穿拍照。报名资格,就是提交这一系列的模特试装照,并且要求版权归设计师个人所有。

单这一条,就会把那些初出茅庐没有作品或者单纯按照公司指令干活的设计师给刷下去。

这倒难不倒萧绡,她有一套现成的设计,就是给桑榆会所做的那套制服。报名截止日期还有两个月的时间,她得赶紧催促展令君把那些衣服做出来。

萧绡下班就直奔桑榆,然而展令君有预约问诊,没空理她,萧绡便跟甜甜聊了一会儿。

"你们老板到底是谁呀?这会所是不是全国连锁?"萧绡从前台的瓷盘里拿了颗糖吃,真是那天展令君给她吃的那种。

甜甜指了指身后的公司全称道:"您回去查查就知道了。"

萧绡抬头看看那小小的证照,桑榆会所的注册名称是"桑榆康复医疗有限责任公司",拍张照记下来,萧绡打定主意回去查查。

"您已经是VIP了,不去三楼转转吗?"甜甜热情地建议。

对哦,自己现在是VIP了!萧绡还没去过三楼,她交代甜甜等展令君出来叫她一声，便充满好奇地往三楼走去。

三楼不能通过楼梯上，只能刷卡走电梯。

电梯门打开，眼前呈现出了与楼下完全不同的建筑风格。充满原木气息的摆设，碧绿如同草原的地毯，看一眼令人心旷神怡。楼下是华丽的欧式，原以为三楼会是更加华丽的宫廷式，没想到竟然是返璞归真的样式。

悠扬的钢琴声，从其中一间传出来，舒缓轻柔，宛如月光蔓延在安静的森林。萧绡习惯性地拿出手机，录了一段音进去查找曲名。

钢琴曲《月光边境》。

这本是疗伤的音乐，却被弹出了孤独与悲凉。萧绡禁不住好奇地走过去。她在琴房门前站定，

一名穿着白衬衫的男子坐在钢琴前弹奏。三角钢琴的琴腿处，有一名七八岁的小男孩席地而坐，用脑袋抵着钢琴，听得如痴如醉。

阳光从屋顶的复古彩色玻璃窗透射进来，照在钢琴师的身上，犹如层层绳索穿透冰冷的海水纠缠住快要绝望的溺水者。满是悲伤，又满是希望。

这画面实在太美，萧绡忍不住拿出手机，咔嚓照了一张，珍而重之地保存下来，然后她倚在门边静静地聆听。

萧绡没学过音乐，但因为中学时期迷恋一位名叫慕江天的天才钢琴师，她听多了独奏唱片，多少能分辨出琴声中的情感。充沛的、近乎要满溢而出的悲伤，偶尔泄露出的怯懦与彷徨，更多的却是对命运的抗争、永不服输的倔强。

流畅的乐曲中，一个奇怪的音符突然混进来，破坏了行云流水的曲调。琴声戛然而止，男人停在黑白键上的手青筋紧绷，僵持片刻，他痛苦地低下头。

倚在钢琴腿上的小孩茫然地睁开眼，似乎并不理解乐曲为什么突然中止。

"你已经恢复得很好了。"站在钢琴后面阴影里的廖一帆走上前，萧绡这才注意到屋里除了琴师和小孩之外，还有别人。

琴师的肩膀微微颤抖，似在压抑着怒火道："你懂什么，缩指、和弦都有问题，从第八小节开始，滑音便弹不出了，你觉得这叫恢复得很好？"他的嗓音因为恼怒而有些沙哑，但遮掩不住那圆润华丽的音色，让人忍不住猜测，那会是一名怎

样的美男子。

"您的手曾被子弹洞穿,能恢复到这个程度已经是奇迹了。完全不影响正常生活,医学上讲便是恢复了。不要对自己太苛求……"廖一帆皱着眉头,有心想要劝一劝。

"廖小姐,请您离开这里。"即便已经愤怒到极点,男人依旧不会抛弃他本身的骄傲与高贵。

"你……"

"廖一帆,我有没有说过,慕先生的事不准你再插手。"展令君的声音突然从头顶传来,萧绡转头,正看到了一截线条优美的下巴。

被连名带姓地批评,廖一帆脸上有些挂不住,她很是生气地大步走过来道:"他这个状态很糟糕,你难道看不出来么?再这样下去,肯定会出问题的!"

"他是我的病人。"展令君一字一顿地强调,"如果你再违反规定,就取消你上三楼的权限。"

廖一帆脸色骤变,她急喘了几口气,瞪了看热闹的萧绡一眼,转身就走。

被瞪的萧绡:"……"她这是招谁惹谁了?

坐在角落里的李萌冒出来,挪动着壮硕的身体蹲到钢琴边,拉起还坐在地上的孩子,向琴师道歉道:"很抱歉,我听得入迷了,没注意廖一帆进来。"

那孩子仰头看看李萌,再看看琴师,似乎不知道他们在说什么。在李萌要带他走的时候,他使劲儿甩开李萌的手,死死抱住琴腿不撒手道:"当琴,再塔一艘。"他的发音极为不准,音量也难以控制,显然不是个正常的孩子。

萧绡看向展令君,指了指耳朵。通常只有耳聋的人,说话才会出现这种状况。

展令君点点头,抬脚向屋里走,与她擦肩而过的时候他稍作停顿道:"在这里,不管你看到什么,还请保守秘密。"

"那是当然。"萧绡毫不犹豫地应承下来。

李萌把丢在地上的人工耳蜗捡起来,扯了扯孩子的耳朵道:"怎么不戴上?"

小男孩接过耳蜗挂在耳朵后面,说话立时就清晰起来道:"我不喜欢这个,靠着琴我能听见!"

萧绡笑着摸摸小孩子的脑袋，好奇地看向弹琴的人，她先是一惊，凑近了仔细辨认，不由得脸色大变。

男人闭着双眼，彩色玻璃光照在他静谧如画的脸上，投下两片扇子形的阴影。他像一株立在广袤湖心里的水仙花，优雅俊美，不染纤尘。

"慕江天！"

"你认得我？"琴师转向萧绡的方向，却没有睁开眼，他淡淡地问了这么一句，似乎对于有人记得他有些意外。

"怎么可能不认识！"萧绡捂住嘴巴，防止自己太过激动而尖叫出来。

慕江天是少年成名的钢琴大师，他曾经是华人的骄傲，是可以与历史上那些钢琴大师比肩的存在。有人说他会是钢琴的新历史，新旧时代的分割线，有人认为他是当代的鲁宾斯坦。他有着与鲁宾斯坦相似的诗意，又有着霍洛维茨一般的浪漫情怀，他能把最普通的乐曲弹奏出天籁绝响的效果，人们称他这双化腐朽为神奇的手为"神子之手"。

然而十年前的一场灾祸，夺去了他的双眼，盛极一时的神子之手从此消失在人们的视野中。世人都以为慕江天是因为眼盲受打击而退出钢琴界，很多人扼腕甚至忍不住谩骂，说他是个懦夫。只是看不见而已，并不影响弹琴啊！

萧绡缓缓蹲下，看着琴师放在琴键上的右手，眼泪无声地滚落下来。

莹白如玉的手背上，有一个丑陋的凹坑，原本修长如竹的无名指扭曲成了不正常的弧度。他不仅瞎了，还伤了手，光耀全球的"神子之手"早已经毁了。

年少时的偶像就在眼前，却已是英雄迟暮、红颜枯骨。

展令君把萧绡拉起来，摇头示意她别出声，自己上前拿下慕江天的手，轻轻合上琴盖道："江天哥，今天就练到这儿吧，让李萌给你做复健按摩。"

"嗯。"慕江天轻声应了，他站起身，从琴谱架上拿起折叠盲杖，如同中世纪的老绅士一般，缓缓拉开，一点一点探索着走出琴房。

萧绡看着他的背影，满心悲凉。

"你找我有什么事？"展令君沉默了一会儿，看看还在哭的萧绡，眸光微动，从西装口袋里掏出一条手帕递过去。

萧绡接过手帕擦了擦鼻涕，低头看一眼，发现竟然是BURBERRY口袋巾，她心疼不已，顿时哭得更厉害了道："他是我的偶像，我上中学的时候可喜欢他了，呜呜呜，虽然我不会弹钢琴……我房间现在还有他的海报。"她能分辨琴声中的情感，就是被慕江天的独奏唱片熏陶出来的。

展令君叹了口气道："好了，别哭了，他就在隔壁，会听到。"

萧绡立马止住了哭声，抽抽搭搭地擦了擦眼泪，那么骄傲的人，肯定不希望听到别人对他的怜悯，虽然她并不是怜悯而是惋惜，但还是不要打扰他为好，她对展令君说："这手帕，我干洗了再还给你。"

展令君："……"话题跳跃得有点快。

平静下来的萧绡向展令君说明了来意，她需要尽快赶工出这些衣服，并且希望桑榆的人能当她的模特，允许她把照片提交给大赛评审方。

"这个只用于初审，后续的电视比赛什么的不会出现的。"萧绡解释道，"如果你不能做主，我跟你们老板谈，可以付给你们一定的肖像使用费。"

"那倒不必，老板已经同意了。"展令君淡淡地说，跟她约好周五一起去大梁创世。

"咦，什么时候同意的？"

"……"

萧绡依旧没能见到桑榆的老板，很是郁闷，回到家她想起来甜甜说可以查到，便登了工商查询系统，输入"桑榆康复医疗有限公司"的名称。

类型:其他有限责任公司。

法定代表人:李萌。

经营范围:术后康复，外科复健，产后修复，心理咨询，健身娱乐，按摩理疗，医疗器械销售……

这经营范围可真够广的，萧绡抽了抽嘴角，看着法定代表人一栏她惊了一下，瞧着李萌那个哪里需要哪里搬的夯样，可不像是老板啊！她点击翻到第二页，实际控制人才显露出来。

股东：展令君（出资比例79%），大梁控股（出资比例20%），李萌（出资比例1%）。

董事长：展令君。

萧绡："……"

合着老板就是他自己啊，难怪他能直接给她VIP卡，难怪甜甜会叫他"老大"……想起今天展令君那个眼神，萧绡头一回觉得自己的智商堪忧。

其实先前她也不是没有怀疑过，但萧绡自欺欺人地选择遗忘。本来她因为容貌的缘故就已经配不上展令君了，这人再这么有钱……

"唉……"

时运不济，命途多舛，叹追男神之路远，感脱单之多艰。

周五萧绡请了一天事假，说是去准备大赛需要的东西，好说话的赵和平大手一挥就给批了。

大梁创世的办公楼在市中心，离科技园也不远。出了地铁站，萧绡就看到西装革履的展先生正站在树荫下，手里提着一杯奶茶。

"等很久了吧？"萧绡看着他手中那杯没有开封的奶茶，"给我的吗？"

展令君拿出吸管，"啵"地一下戳进奶茶里，慢条斯理地吸了一口道："不是。"

萧绡："……"简直不能再好了。

这是一栋综合办公楼，大梁创世在二十层和二十一层。电梯达到二十层，自动开了一下门，脖子上挂着工作牌的梁靖瑶拿着个文件夹走进来，看了一眼按键，发现"21"的数字亮着，便回头看看是不是有同事在里面。

这一看，就瞧见了站在一起齐齐望着她的萧绡和展令君。

十分自然地收回视线，梁靖瑶按下开门键，装作忘带东西准备下去，被萧绡一把抓住道："想跑？"

梁靖瑶龇牙，眼睁睁地看着电梯关上门，挤出一抹笑来道："啊哈哈，萧绡，你怎么来了？还跟……我表哥一起……"

"我俩来找你啊。"萧绡用手肘圈住梁靖瑶的脖子，脸上保持着微笑，从牙缝里挤出话来,"就是想问问你,为什么你一直没说他是你表哥,嗯?"

萧绡说话的声音很小,只有她俩能听到,梁靖瑶干笑两声,也咬着牙嘴唇不动地说道:"你坚称他是牛郎,我哪有脸承认?"

展令君用看白痴的眼神看着她俩。

"叮——"电梯到了二十一层,三人一起下去。

梁靖瑶本来是要去财务科的,得知这两人的来意,便脚下一拐要跟着去董事长办公室。

"你去做什么?"展令君伸出一根手指,点住表妹的脑袋,不许她继续前进。

"我去给梁总汇报工作。"梁靖瑶拍开他的大手,理直气壮地说。

展令君单手插在裤兜里,抬抬下巴,示意她先请,然后转头对萧绡说:"你平时联系业务都是找谁?"

"找生产部的孙经理,他会给我安排的。"萧绡拿不准展令君突然问这个的原因,便照实说了。难道是他不好意思直接找姨夫了?那也行,用她的关系也能做的。

梁靖瑶赶紧给她使眼色,然后抱住展令君的胳膊道:"别找老孙,找我爸,让他给你打一折。"

"占姨夫便宜,多不好。"展令君捏住她的一根指头,把那只爪子拿开。

"那不是能顺道说说我那个事嘛,"梁靖瑶不得不说实话,见表哥无动于衷,顿时生气了,"展令君,你可是收了我的好处的,拿钱不办事会不举的知道吗?"

展令君:"……"

"噗——"萧绡一个没忍住,喷笑出来。

因为梁靖瑶想离开大梁创世自己出去创业,说了很多次她爸爸都不同意,便把主意打到了表哥身上,想让他帮忙说说。奈何这表哥领带收了、袖扣收了,愣是一句话没在她爸面前提,今天好不容易逮到个大家都在的机会,说什么也不能浪费了。

"瑶瑶,怎么跟你表哥说话呢?"董事长办公室内突然冒出一颗圆圆的脑袋,正是展令君的二姨夫,梁靖瑶她爸,大梁创世的董事长——梁德华。

大梁创世这两年刚刚上市,梁德华忙得焦头烂额,本来就没几根毛的脑袋越发地秃了,索性剃了个光头。这位号称是梁朝伟和刘德华合体、其实更像曾志伟的男子,大马金刀地往沙发中间一坐,颇有些黑老大的气势。但他一开口,这种形象就瞬间破灭了。

"萧绡好久没来家里吃饭了,怎么瞧着胖了啊。"梁德华笑呵呵地让秘书端了茶来,"胖了好,圆乎乎的多好看,你以前太瘦了,瑶瑶也应该跟萧绡学学。"

"啊哈哈……"萧绡不知道如何回答叔叔这一番夸赞,只能干笑,"叔叔,我们来是有事要麻烦您,我新设计了一套制服,想让工厂里帮忙,尽快做出来。"

"没问题,你找小孙就行了。"梁德华笑着应了,抬手让秘书去通知生产部。

"姨夫,这是我要的,给桑榆的人做衣服。"展令君把萧绡手里的设计图稿拿过来,交给自家二姨夫。

"是吗,那我可得算贵点。"梁德华一脸认真地说着,接过图纸来看。

咦?算贵点?萧绡觉得自己听错了,转头用眼神问梁靖瑶。

梁靖瑶跟她挤挤眼,龇牙偷笑。

展令君有些无奈道:"这也是您的生意,多要钱有什么好处?"大梁控股也是桑榆的股东。

"对呀,都是我的生意,但大梁创世是上市企业,需要好看的报表。"梁德华笑眯眯地说,"而且我在大梁的股份多,在桑榆的股份少,所以卖贵点我赚得多啊。"

萧绡端起茶杯假装喝茶,努力憋笑。终于知道梁靖瑶这满嘴跑火车的性子从哪儿来了,都是跟她爸学的。

展令君面不改色地把图纸拿回来道:"您说多少就多少吧,先赊着,年底我把钱给二姨。"

"哈哈哈哈……"梁靖瑶已经忍不住了,趴到萧绡肩膀上嘎嘎乐。

"嘿,你个臭小子,算你狠。"梁家二姨夫哼哼了一声,这才改口,"就收你个布料钱总行了吧。不过,我有个要求,得在衣服上贴上大梁创世的标签,到时候你们那些高端客户问起来了,好给我打广告。"

只收布料钱,也就是人工和固定消耗的钱都不要了,这是真的自家人价,相当优惠了。但展令君没有立时答应,而是转头看向萧绡道:"这对你的比赛有影响吗?"

萧绡下巴微颤,觉得自己的心像是被丢进了温泉里,暖得她几乎要哭了,连忙摇头道:"没问题,制作商标嘛,肯定是要标上去的。"

展令君点点头道:"谢谢姨夫,服务生和护士的不着急,但是量大,给我打个折就行,其他的每套做三件,我只给布料钱。"

便宜是要占的,但也不能占太多。

这话一出,梁德华顿时笑了起来道:"令君真是太懂事了,瑶瑶要是有你一半省心就好了。"

"我哪里不省心了?"梁靖瑶不服气,"创业的事,我跟我哥也说了的,他都支持我的,是不是呀,哥?"她说完转过头来给了展令君一个威胁的眼神。

展令君抿唇轻笑道:"瑶瑶说想开一个整理衣柜的P2P平台,我觉得这个创意一般,不过好在投资很小。"

什么叫创意一般啊?梁靖瑶冲表哥龇牙,正打算高谈阔论,却被萧绡拉了一把,示意她别出声。

梁靖瑶这人有个毛病,看到别人凌乱的衣柜就受不了。每次去萧绡的公寓玩,都忍不住要给她收拾衣柜。她在国外学过一年的商品陈列,有"商品陈列师"资格证。开P2P平台这个想法她之前就有了,也跟萧绡说过很多次,只是家里不支持。

"拉我干吗?"梁靖瑶瞪闺密,没听见她那有毒的表哥说的话吗?本来她的创业计划就不被老爹看好,这会儿竟然还说她创意一般,这是来帮忙的还是拆台的啊!

"投资小?"梁德华捕捉住了重点,眼睛一亮,看看抓耳挠腮的自家闺女,如果给一笔小钱能让她消停几天,倒是也行,"那你做个预算给我看看吧。"

咦?竟然成了?

梁靖瑶蹦起来道:"好好好,明儿就给你。"

因为达成所愿，梁靖瑶兴高采烈地要请表哥和闺密吃饭。

"不用谢，拿人钱财，总要办事的。"展令君凉凉地说。

"啊哈哈……那家年糕火锅可好吃了，咱们走吧。"对于先前诅咒表哥不举的这件事，梁大小姐选择性失忆，拉着闺密就跑。

制服的事解决了，有亲属关系果然不一样，不到两个星期，展令君就通知萧绡过来看成品。

萧绡请了名专业摄影师过来给每个人拍照。

黑白主题的制服，中西结合的款式，一上身便吸引了会所内顾客们的目光。

"李医生，你穿这身好帅呀！"来做产后复健的女士不住地夸奖李萌。

李萌那黑黑的脸不由得红了起来，挠头道："嘿嘿，是吗？"

摄影师提醒李萌摆好动作，咔嚓咔嚓地照相。萧绡看着傻乐呵的萌萌，忽然想起来之前查到的工商信息。李萌那百分之一的股份，怎么看都像是从展令君的份额里抠出来的，而作为最小的股东，却做了责任重大的法定代表人，总觉得怪怪的。

萧绡有心想问展令君，却在他从更衣室出来的那一刻把什么都忘了。

黑色衬衫无论何时都是衬展先生肤色的，修身的剪裁将那尺寸完美的肩膀凸显出来，又私心地遮挡了胸前的肌肉，让他整个人看起来有些儒雅的清瘦。银色暗纹盘亘在领口和袖口，配上那带着几分古意的风纪扣，有一种时间倒错的穿越感。

美人颜如玉，公子世无双。

如玉是他，无双也是他。

"这里没有剪开。"展令君向呆愣的萧绡扬了扬左臂。

"我看看。"萧绡上前，捏住袖口，这批是赶工的，有些细节来不及处理，比如这扣眼，就是锁着的。萧绡跟甜甜借了小剪刀，小心地剪开锁线，帮展令君把袖口扣好。

温热的体温透过薄薄的衬衫传过来，把萧绡的脸都烧红了。

展令君低头，看着萧绡因为地心引力而垂下来的脸颊肉，忽然很想伸手戳一下。这么想的，他就这么干了，修长的手指按在那一片软肉上，慢慢戳了个凹坑。

萧绡顿时屏住了呼吸，紧张得脚趾头抓地道："唔，你在干什么？"

"看看你脸上的脂肪含量，你今天有些水肿。"展令君语调平静地说着，又戳了一下才慢慢收手。

"啊，这都被你看出来了。"萧绡有些心虚，她昨天晚上熬了会儿夜，今天脸就比平时要肿一些。

展令君把手插回裤兜里道："你来之前问我慕江天在不在做什么？"

"啊，差点忘了，我有东西要送给他。"萧绡昨天熬夜，是为了给"爱豆"制作礼物，被展令君这么一提，她立时拎起放在一边的纸兜跑上楼去。

展令君："……"

第10章 肖邦

琴房的门半掩着,轻柔的琴声从门缝里流泻而出。有一道窈窕的身影立在门边,一动不动地看着钢琴前的人,仿佛一座蜡像。

看背影,萧绡断定自己没见过这位女士,应该是从不在楼下厮混的高端客户。看样子她也是慕江天的粉丝?萧绡本着同好的心情,准备上前打个招呼。

"嗨,你也是慕大师的粉丝吗?"萧绡凑过去笑着道。

谁知那人像受了惊吓一样,竟头也不回地走了,惊鸿一瞥的侧脸,让萧绡不由一震。这人,长得好像蓝莫如啊。

蓝莫如是萧绡很喜欢的影视明星,这两年正当红,电视上经常播她演的电视剧。她长得美艳,被很多人奉为女神。因为迷信经常看美人能变美,萧绡的手机相册里至今还存着好几张蓝莫如的照片。

蓝莫如年纪轻轻的,应该不至于有什么病要来修复吧?估计是她看错了。

萧绡推开琴房,在看到钢琴前那挺拔优雅的身影时,瞬间把方才的事抛到了脑后。

那是一曲轻柔缓慢的《Tears》。我用泪珠洗过玫瑰花，试图驱散心中的阴霾，可眼泪止不住地流淌，只会让我的心更加悲伤。不必理会我，让我独自彷徨，时间静止在下午三点半的教堂……

琴师的手没有复原，他只能弹奏难度低、节奏慢的乐曲，但节奏慢的曲子大多都是伤感的，这只会让他更加难过。

一曲终了，慕江天停下来，双手搭在琴键上。那名听障小朋友今天没有来，他就这么孤零零地坐着，沉默了数秒，才缓缓开口道："你又来了。"

萧绡左右看看，屋子里除了慕江天以外，就她一个人，她道："啊，您怎么知道是我？"

"你这两周常来听琴，我认得你的脚步声。"慕江天淡淡地说着，他抬手戴上一只耳机，听几句，手上弹两下，似乎在学新曲子。

偶像竟然记住了自己，这让萧绡忍不住激动起来道："我叫萧绡，是一名服装设计师，我……我上中学的时候就特别喜欢您，您每一张碟片我都买了！"虽然她不懂音乐，粉上慕江天更多的是因为这张帅脸。

慕江天没有回应她，沉浸在新曲子的练习里。

不过萧绡并不在意，神之子嘛，本就应该是高高在上的，能跟她说一句话就很不错了。打蛇上棍的萧绡乐呵呵地拖了张凳子在慕江天身边坐下，从纸兜里掏出一张画道："这是那天我第一次在这里遇见您看到的画面，我忍不住画了下来，可以送给您吗？"

弹出的音节一顿，慕江天转头"看"向萧绡，不知道该气还是该笑，送给瞎子一幅画，这姑娘是没脑子还是专门羞辱他的？

然而，当摸到画的时候，慕江天的神色却变了。那幅画，是用很小的碎布粘成的，沿着细小的凸起一寸一寸摸过去，脑海里不由得便出现了当时的画面。

阳光从玻璃窗漏进来，孤独的钢琴师抚摸着琴键，旁边还有一行小字："潇潇暮雨洒江天"。

看到慕江天摸到那行字，萧绡有些不好意思道："那什么，我中学时候有点疯魔，经常在笔记本上写这句话——'潇潇暮雨洒江天'，然后跟同学吹嘘，说我跟慕江天是一对儿……"

原本是想把一颗少女心呈给偶像，没想到真说出口竟然如此羞耻，萧绡左手打了右手一巴掌，让你手欠，干吗把这么中二的东西也粘上去。

"哈哈……"慕江天却意外地被她逗笑了，紧闭的双眼弯成了月牙，他微微抬起下巴，带着中世纪贵族式的骄矜，"我送你首曲子吧。"

"咦？"萧绡抬头，对方已经弹了起来。

淅沥沥的雨声，渐渐稠密，伴随着浪花拍岸的回响。晚归的渔夫唱起了不知名的歌谣，在绵绵雨幕中听不真切，随着一声鸟鸣沉没在落日的余晖里。

短短的小曲儿，片刻终结。

"这个好好听啊！"萧绡激动不已，这是她从未听过的乐章，"这是什么曲子？"

"潇潇暮雨洒江天。"慕江天微微偏头，竟泛起了几分年少时的调皮。

即兴创作！萧绡惊呆了，她慌忙低头，按下了保存键。幸好刚才她点了录音，不然这专门为她而作的曲子就要消失了！

竟然是即兴创作，可这也太好听了吧。

慕江天脸上的笑意渐渐散去，片刻之后，他又变回了那个沉默孤独的琴师。

他是为钢琴而生的人，从小到大，他的世界里只有音符，音符承载着他所有的悲伤与快乐。但天降横祸夺去了他弹琴的手，他再也不能成为鲁宾斯坦，只是个普通的弹琴人。他的世界残缺不全，快乐只能稍纵即逝。

萧绡看着他，咬了咬唇道："你不能成为鲁宾斯坦，但可以成为肖邦啊！"

"肖邦？"

"演奏家只属于一个时代，但作曲家永存。"萧绡的眼睛越说越亮，"就像我，不能成为超模，但我可以做设计师啊，设计师比模特更长远！人们很难记住克里斯缇、克劳迪娅，但人们永远记得可可·香奈儿。"

萧绡扯了扯自己肥胖的脸，曾经她也是有个超模梦的，身高未达标她就给艾德琳做试衣模特过瘾，结果现在她连试衣模特也做不了了。不过没关系，总有一天，她会成为香奈儿那样的人物，名垂青史。

慕江天第一次听到这种说法,他惊呆了,半晌没有回过神来,苦笑道:"你太看得起我了,我哪里能成为肖邦。"

"不试试怎么知道不行呢?肖邦当年也没想到自己会成为肖邦啊。"萧绡不懂装懂地胡说八道。

慕江天没再说话,也不再弹琴,他低着头轻轻抚摸琴键,不知道在想什么。

萧绡见慕江天不再理她,便讪讪地站起身,一抬头瞧见展令君正站在门口,目光复杂地看着她。

轻手轻脚地挪到门口,萧绡忐忑地回头看了一眼,小声问展令君道:"我是不是说错话了?"

展令君低头,定定地看了她许久,说了一句莫名的话:"你好像一株向日葵。"

"啥?"萧绡眨眨眼,随即鼓起了脸颊,生气道,"你是在说我脸大吗?"人家比喻女生,都是什么纯洁的白莲、纤细的水仙,到她这里就是大脸盘子的向日葵!

展令君没有解释,权作默认,绕过她径直走进屋里,把萧绡气得够呛。亏她还以为这人有风度,熟悉之后竟也开始挖苦她了!

萧绡气哼哼地走了,留下展令君和慕江天默然相对。

"你说她是向日葵,是我理解的那个意思吗?"慕江天缓缓合上琴盖。

展令君不说话,拿起那幅碎布贴画看,金色的绒布代替阳光,照亮了逼仄的琴室,整幅画的核心不是孤独的琴师,而是那满目的、无处不在的光。

"向日葵,这向往光明之花,永远朝着太阳,她是希望,是生生不息的力量。"慕江天站起身,拉开盲杖,"令羿的诗,我还记得。"

展令君抿紧了薄唇,将手中的画卷起来,还给慕江天道:"粉丝的礼物,收好。"

因着一时冲动对着偶像说了奇怪的话,萧绡连着几天没敢去桑榆,专心准备大赛的事。

萧绡将摄影师交过来的照片修饰了一番,编好顺序,连同设计图一起,打包发给赛事组,这名就算是报上了。

第10章 肖邦

忙活完这些，萧绡松了口气，开始主持新一季春夏装的设计工作。

作为主设，她需要定下成衣要用的主要元素和款式，然后给设计师们开会布置任务。

"这一季，我们主要选用这两种元素，我设计的合欢叶条纹和亚楠设计的杉树花鳞片，具体的图样稍后会发给大家，大家自由选择。已经有的设计，请按照这种思路修改，新的设计也请遵循这种风格。"萧绡指着幻灯片上的两种图案，从容不迫地侃侃而谈。

秦亚楠看到她就这么把自己的设计拿来用了，有些不高兴，小声对赵和平说："用了我的元素，那是不是绩效奖也要给我分成啊？"

赵和平有些尴尬道："这个，按理是没有的。"

"当然，亚楠的创意也不能免费给大家使用，到时候我会向上面申请，按照用到的频率给亚楠一部分的绩效补偿。"萧绡很是自然地说，"如果你们有什么特别好的点子，也可以拿出来跟大家分享，用上了谁的，都会给予一定的奖励。"

这话一出口，大家的脑子都活了起来。反正这些设计的版权都是公司的，没有奖励自然是捂着不让人看的，但如果别人用了自己的小元素，就要分给自己一些奖金，那何乐而不为呢？

萧绡的这条政策，极大地鼓励了设计师们的积极性，而秦亚楠也再说不出什么抱怨的话来。大家埋头苦干，交稿的速度比往常快了不少。

但有个人是例外。

月底，萧绡查了一下交稿数量，叫了秦亚楠过来道："你怎么才交了五张？"

他们交的都是初稿，汇总之后还要再修改，而后经过高级设计师们的甄选淘汰，最后剩下来的才能送去工厂。交得越多，被选中的概率就越大。

"唉，还不是为了大赛的事。"秦亚楠揉了揉青黑的眼底，满脸惆怅。

他们在公司设计的这些衣服，版权都归LY所有，是不能拿出去参赛的。而初赛要求一系列的套组设计，至少五件，秦亚楠一时还真拿不出来，只能从头设计。随便设计五件衣服容易，但想进复赛就要慎重了，她现在天天熬夜，还是没能凑齐。

139

离报名截止日期越来越近，还要预留出服装制作和拍摄的天数，秦亚楠所剩的时间已经非常少，人也越来越焦躁。

"萧绡，我想跟你商量件事。"秦亚楠目光恳切地看着萧绡。

萧绡一看到她这副样子就心里犯嘀咕，肯定没好事，她问道："什么？"

"我这次参赛的主题是休闲商务装，已经有了A字裙、阔腿裤、小西装和连身裙，还差一个连身裤。但你也知道，我不擅长做连身裤，你能不能把你这一季设计的那条连身裤给我？"秦亚楠语带急迫地说。事实上，如果今天萧绡不找她，她也是要来求萧绡的。

萧绡是很擅长做连身裤的，这一季也设计了一条，之前争主设的时候就拿出来展示过。问题是，每个人的设计是有限的，如果这条裤子给了秦亚楠，萧绡想要保住业绩就要再设计一件作品来补漏，她自认还没有好心到这个地步。

"给你了，我怎么办呀？"萧绡蹙眉，这人怎么总能这么好意思？

"不白拿你的，我把那条水杉裙算到你头上，你看行吗？"秦亚楠壮士断腕一般地说。

萧绡眉梢一跳，恰好这时候展令君来了条微信，她便低头拿起了手机翻看。

展令君S：那天慕江天给你弹了什么曲子？

小小布：那是偶像给我即兴创作的！

提起这个，萧绡就忍不住得意，还把自己录下来的音频给展令君发了过去。

音频……对了！

萧绡快速地调到录像模式，将手机横着拿在手里，双手自然地放在膝头，看起来像是锁了手机随意拿着的样子道："你是说，要拿那件水杉裙换我这一季设计的那条连身裤？"

"是，你也知道，那件裙子是我这一季最好的作品,肯定好卖。"秦亚楠点点头，"离截止日期只剩不到二十天了，我必须凑齐五件作品，求你了萧绡，你要是同意，我这会儿就办转让手续。"

LY公司内的设计系统，是可以将署名转让给别人的。这种情况通常适用于共同设计一件作品的两名或多名设计师，大家商量好分配比例，将设计冠名在一人头上,是制度内允许的。转让需要上级主管的批复,水杉裙一旦转让给萧绡,这件衣服以后产生的所有收益就都归萧绡所有,包括绩效奖和销售冠军奖。

"倒也不是不行,但是,你拿我的连身裤去比赛,不太好吧?"萧绡字正腔圆地说,确保手机能把她俩的对话都录进去。

"那有什么的,这只是初审资格而已。这次规则公布得这么晚,时间太紧,我敢说,有百分之八十的人都会从别人那里买设计图来凑数。"秦亚楠咬牙,对这次的大赛安排很是不满。

"行吧,那我的图就当是卖给你了,你先把裙子办转让,我把那条裤子下系统。"下系统,就是从系统里撤出,不再提交这件作品的意思,因为参赛作品要设计师拥有完整的版权。看在老同学的面子上,萧绡还是同意了,左右那件水杉裙很棒,她也不吃亏。

等秦亚楠兴高采烈地走了,萧绡这才按下停止键。她回放一遍刚才的录像,大部分录的是秦亚楠的胸口以下,但偶尔的晃动能露出脸来,这便足够了。萧绡叹了口气,这只是她自保的手段,但愿没有能用上的一天。

秦亚楠拿到了萧绡的设计图,快速改成跟自己其他四件风格一致的模样,找周倩帮她做出来。

周倩的那个公司自带工厂,做出的东西质量一般,但胜在速度快。秦亚楠给了一点二倍的钱,加急赶制,总算在两周内拿到了成品。

"我的妈呀,跟打仗一样,急死我了。"按下提交键,秦亚楠瘫软在座位上,长长地舒了口气。

"快点干活吧,你只剩下四件作品了,再不做下一季的绩效就泡汤了。"赵和平拍她的脑袋,之前秦亚楠转让水杉裙的申请着实把他吓了一跳,问她半天也不说清楚,只说跟萧绡的私人交易让他快点批。

"唉,知道了,活着怎么这么艰难啊!"秦亚楠重新爬起来,对上赵和平探究的眼神心中一凛,打开公司内部聊天系统,给萧绡发了条消息——

女成·秦亚楠:萧绡,我用了你的图纸参赛的事,你可不要告诉别人啊。

女成·萧绡：那别人问起为什么水杉裙算我的了，我怎么说？

女成·秦亚楠：就说那件是咱俩一起设计的。

萧绡挑眉，这话怎么这么耳熟？

　　初赛审查的速度还是很快的，四十多天之后，结果就下来了。LY的那些高级设计师都没有参赛，他们大多是参加过的，或者已经成名不好再去，基本上只有成衣部的这些年轻人参加。男装那边也有两名设计师报名，但被刷了下来，整个LY就只有萧绡和秦亚楠进了复赛。

　　"今年的成绩怎么这么差？"周泰然看着大赛组委会发来的回函，皱起眉头。全国设计大赛是很好的展示机会，LY作为国内服装设计行业的龙头，只进了两个人，这也太丢人了。

　　"这个设计大赛，说白了是青年设计师大赛，报名年龄有限制。S级以上的设计师有不少已经超过三十五岁了，没超过的那些上一届参加过了。您放心，其他公司进的人也不多，全国进复赛的一共就三十人。"秘书见总裁生气，赶紧开口解释。

　　"怎么这么少？"周泰然有些意外，他记得上一届复赛进了上百人。

　　"今年改规则了，本来能报上名的人就不多，而且决赛是要电视直播的，筛选特别严格。"秘书把了解的情况尽数说了出来，他们LY在大赛中有评委席，所以他了解得比较清楚。

　　周泰然单手摩挲着桌上LY的水晶造型LOGO，沉吟片刻，起身去了高定设计室。

　　"艾德琳，我有事想跟你商量。"周泰然笑眼弯弯地凑到艾德琳身边。

　　"什么事？"艾德琳头也不抬地继续在人台上缝着针线。

　　"设计大赛，我们公司只有两个人进了复赛，我想请你给她们做导师，指点指点。"周泰然弯着一双桃花眼，满脸期待地看向旁边的林思远，"同时，也需要远哥帮忙。"

　　"别这么看我。"林思远笑起来，"你这狐狸，露出这种表情，谁还忍心拒

第10章 肖邦

绝你？"

艾德琳将针别在人台上，不太赞同道："比赛是个人的事，如果我和思远插手，对其他的选手不公平。"

"哦，不是让你们帮她们做什么，只是作为场外指导，在她们需要的时候给一点指点就行。"

其他公司都是这么做的，以前LY太自信，没有提供帮助，但最近两年国内的设计师如雨后春笋般冒出来，比赛是关乎公司颜面的事情，周泰然不得不小心。

林思远答应了，艾德琳虽然有些不赞同，但也没有反对。两人各选一个人来带，林思远毫不犹豫地选了秦亚楠。

虽然秦亚楠长得一般，但化个妆还是能看的，萧绡那张脸就有点恐怖了，他怕看多了自己晚上会做噩梦。

秦亚楠得知自己的导师是林思远，而萧绡的导师是艾德琳，便有些不高兴。虽然林思远在国内也是数一数二的大设计师了，但跟艾德琳比起来还是差了些的。艾德琳那是在国际上都有影响力的人，如果跟着她，将来说出去也好听。

但她在林思远面前可不敢表现出来，天天勤快无比地往高定设计室跑，帮林思远干点杂活，顺道求指点。

"我没什么可教给你的，比赛还是需要靠你自己。"艾德琳忙着手里的工作，语调冰冷地对站在一边的萧绡说，"而且决赛我也是评委，为了避嫌，更不可能跟你透露什么消息。"

"是。"萧绡尴尬地应承下来，灰溜溜地离开了高定室。

看到萧绡的待遇，秦亚楠又庆幸起来，起码林思远还愿意教她点东西。

复赛的规程下来了，萧绡看着流程有些傻眼。这次的复赛，竟然是要去讲解自己设计的套组，而且有全程录像，如果进入半决赛，这段视频会作为前景VCR播放。

本以为只有决赛才会上电视，还有一段时间可以让她调整身体，好让脸型恢复一下，这下竟然马上就要上。更糟糕的是,之前跟展令君说好照片只做初赛用,现在要把他们的照片放在录像里讲解，极有可能被全国观众看到，这可怎么办？

快速百度了一下"激素脸能不能打瘦脸针""溶脂针会不会造成狼疮复发"，得到的答案五花八门。最后，一个在线咨询的医生给了中肯的建议——去问你的主治医师。

差不多也到了再次复查的时间，萧绡又约了展先生的上门服务，陪她去抽血。

"上次的补体有些偏低啊，这次再查一下。"李院长推了推脸上的老花镜，慢腾腾地捣鼓着电脑。

"哦。"萧绡心不在焉地应了一声，看了一眼坐在一边的展令君，小声问主治医师，"我马上要参加一个电视节目，这脸实在太难看了，能不能打一针溶脂针啊？"

李国栋停下打字的"一指禅"，把头摇成了拨浪鼓道："不行不行，这病的诱因到底是什么谁也说不准，奇奇怪怪的东西千万不要打。"

"可是，这也太丑了。"萧绡苦恼地搓脸，本来摄像镜头就会把人照得偏胖，她这大脸上前，估计要把画面占满了。

"你是参加选美大赛吗？"李院长严肃地问。

"不是啊，是设计师大赛。"萧绡偷瞄一眼展令君，想着一会儿跟他商量一下复赛的问题。

"你是去比本事，又不是比相貌。"李家爷爷掰着指头摆事实讲道理，"屠呦呦，得了诺贝尔奖，伟大不伟大，高尚不高尚？"

"伟大，高尚。"萧绡愣愣地点头。

"那有人关注她的相貌吗？会因为她不够年轻漂亮就不把诺贝尔奖给她了吗？"李院长慷慨激昂地问。

"不、不会……"萧绡抽了抽嘴角。

"这不就结了，"李院长两手一摊，"你还打什么溶脂针？"

萧绡："……"说得好有道理，我竟无言以对。

展令君抿紧薄唇，努力憋笑。

抽完血，萧绡依旧活蹦乱跳的，托展医生的福，她现在已经不怎么怕抽血了。

第10章 肖邦

"每次抽血你都给我糖吃,我竟然有一种抽血也挺开心的错觉。"萧绡想着一会儿要说的事,便绞尽脑汁地拍展令君马屁。

"很正常,这说明巴甫洛夫高级神经学的理论是正确的。"展令君带着她七拐八拐,医院附近停车场紧张,他把车停在了稍远的地方,需要穿过一座街心公园。

"巴甫洛夫……"萧绡有些卡壳,为了跟上男神的思维,她快速拿出手机搜索一下,而后收起手机装作很懂的样子,"哦,那你给我吃糖是为了建立新的条件反射?"喂糖竟然也是一种治疗手段,萧绡有些失落,还以为展先生是单纯地哄她,她暗搓搓高兴了好久。

"倒不是治疗,只是一种训练。"展令君抬抬下巴,示意萧绡往那边的草坪看。

"毛毛,握手。"一对小夫妻正跟自家的金毛犬玩耍。

乖乖的大狗坐下来,伸出一只爪给握,握了之后,主人立时拿出一颗小零食奖励给它。

"汪汪!"

"我……"萧绡差点骂出脏话来,她拿拳头抵了一下展令君的肩膀,"你这是把我当狗练啊?"

展令君眼中泛起笑意,竟是默认了。

萧绡看他笑,自己也被气乐了,忍不住又打他一下道:"你给我练的是什么,抽血就开心的条件反射?"长此以往,她会不会变成个抖M,热爱抽血,不扎针浑身难受,没检查的日子得去献血以满足自己的需求……

"不是。"展令君整了整被萧绡打出小凹坑的衬衫,十分严谨地说,"是建立跟我说话就开心的条件反射。"

"轰——"萧绡觉得有什么东西从头顶冲了出去,飞上高空,炸成了烟花,整个人愣在原地不会动了。而始作俑者展令君似乎没有意识到自己说的话会给人造成多大的冲击,他转身继续往停车场走去。

因为这小小的插曲,萧绡一路上都心不在焉的,把要说的正事都给忘了。她控制不住地揣摩展医生那句话背后的意图,是开玩笑,还是撩骚,抑或者是在暗示什么?

等车开到目的地的时候,萧绡已经把他俩的孩子叫什么名字都想好了。

"下午出检查结果,我跟你一起去取。"展令君解开门锁,示意萧绡下车,"你最近的状态很好,我猜这次可以减药量了。"

萧绡已经减过一次药了,每日的药量从十颗变成了五颗。

"不能吧,五颗才吃了两个月。"萧绡有些没底,她当然是希望快些减量的,因为展令君说过,减到两颗以下,她的脸就能恢复了。

展令君不说话,他神秘一笑,锁上车门扬尘而去。

萧绡看着那银色的车屁股渐行渐远,不知道是不是错觉,总觉得最近展令君的笑容似乎多了些。

"呀!忘了正事了!"萧绡一拍脑袋,才想起来自己没说复赛的事,禁不住念叨一句"美色误国"。

还真被展令君说中了,这次检查的结果很不错,抗核抗体从1∶540下降到了1∶324。

这是一个巨大的进步,李国栋也很高兴。处在这个科室,很少体会到外科那种完全治愈病人的成就感,每一个人病人的治疗都是复杂而漫长的。而治疗这种进步飞快、有停药希望的孩子,就像栽一棵小白杨,没两年就变成参天大树,是很有成就感的。

"那我是不是可以减药量了?"萧绡偷偷回头,冲展令君眨眨眼。

展令君没理她,正低头录入新的检查结果。通常狼疮病人是不会寻求康复治疗的,萧绡是他第一个跟进的对象,没有参照物,便要保持实时跟进。

"减!"李国栋很是豪迈地说,他开了新的处方,让萧绡把激素药量减到三片,"不过你这补体还是有点低啊,羟氯喹要多吃一片,另外别忘了补钙。"

羟氯喹是辅助药,非激素,多吃一片也没什么,萧绡爽快地应下来,欣喜不已地要请展令君吃大餐。

"才减到三片而已……"展令君看着满桌的菜,不赞同地皱起眉头。

"三片都出现了,两片还会远吗?停药还会远吗?"萧绡捧住自己的大脸,"我的脸，就要恢复啦！"

展令君好心地没有戳破她膨胀的泡泡，只是伸手把她面前的狮子头端走，换了一碟蒸萝卜丝。

"今天抽了那么多血，不让我补补吗？"萧绡撇撇嘴，委屈巴拉地嚼着萝卜。

"你想补到脸上去就尽管吃。"展令君把烤乳鸽也拿走，只给她吃青菜豆腐。

萧绡看着被展令君抢走大半的菜肴，苦哈哈地想，自己要是嫁给他，是不是每天都要过这种吃不饱的日子？她简直就是被丈夫虐待的小白菜！更惨的是，这人并不是她的丈夫，她连个被婚内虐待的机会都没有！没有！

展令君看着萧绡脸上精彩纷呈的表情变化，有些哭笑不得，感慨艺术家的内心果然丰富，他撕下一只乳鸽腿递给她道："吃一点没有脂肪的肉，还是可以的。"

"噢！"萧绡立时把刚刚脑补出的一出虐心大戏抛到脑后，接过鸽子腿啃了一口，美味让她终于想起了正事，"对了，设计师大赛的复赛流程出来了。"

将复赛要讲解作品并且录像的事说一遍，萧绡表示，如果展令君不愿意让员工露面，她可以跟组委会商量将人脸打上马赛克。

"虽然复赛不会在电视上直播，但如果我进了半决赛，这段VCR是要在电视上播放的。"萧绡毫无隐瞒地实话实说，私心里她当然是希望用原图的，毕竟她的设计是量身定制，不仅跟身材有关，跟脸型和颈长也有关。马赛克糊住脸，真正的效果就难以展现出来。

"这么好的广告机会，为什么要打码？"展令君把剩下的乳鸽啃完，留下一个完整的鸟骨架，重新摆成上桌时的模样。

"咦？"没想到展令君竟然是这样想的，萧绡一直以为他们是想要低调的。

"不过，不要提桑榆的名字。"展令君正色道。

桑榆会所，说到底还是个隐秘性比较强的高级会所，上电视可以宣传一下员工的形象，懂的人自然会懂，但再多的就不能要了。他必须保证，在顾客打通桑榆预约电话的时候，周围的人不知道他是要去健身馆还是康复中心。

得到了展令君的首肯，萧绡落下了心中的一块大石，开始专心准备复赛。

她首先要解决的是个人形象问题。因为药量的减少，一个星期过后，萧绡明显感觉到脸没有那种鼓胀的疼痛感了，眼底下因为脸颊肿起而造成的皱褶也跟着消失。

宋唐教了萧绡一套脸部排水的手法，让她每天早上起来做一遍。

"我觉得你该换个发型。"很少说话的心理咨询师莫晶晶，穿着萧绡设计的那套知性套裙，温温柔柔地提议。从心理学的角度讲，视觉错觉会给人心理错觉，发型的遮挡还是很重要的。

"对，我是该剪头发了。"萧绡甩甩头。

"桑榆就能剪啊。"宋唐开口，众人纷纷用奇异的目光看向他，"怎么了，我女朋友就是在这儿剪的。"

萧绡询问地看向李萌，李萌哈哈笑道："别听他的，他那是抠门不想给女朋友花钱，当心他把你剃秃了。"这儿的理发室是给头上有伤的客户剃头用的，工具是简单粗暴的电推子。

萧绡抽了抽嘴角，有点同情宋唐的女朋友。比起不让她吃肉的展先生，宋唐这种剃秃头的似乎更残忍。

最终，还是靠谱的梁靖瑶拉着萧绡找了一名超高级美发师，这位据说是给明星剪头发的，剪个刘海都要八百块。

"这么贵啊！"萧绡听了价钱，便开始打退堂鼓。

"一分价钱一分货，不好看我把头砍下来给你当球踢。"梁靖瑶连拉带拽地把人按在了椅子上。

不多时，一名穿着露脐装、紧身裤、带着唇环的男人走了过来。萧绡惊恐地上下看看，这人瞧着好像大学宿舍楼下十五块钱剪一次的Kevin老师，怎么看怎么不靠谱。

"想要什么效果？"男人从口袋里掏出一把梳子，跷着兰花指在萧绡头上比画。

"我就是，想把这大脸遮起来，要不烫个弯……"萧绡话没说完，发型师就伸出了一根手指，左右晃了晃，示意她别说了。

"把脸遮起来，我已经知道了，其他的还请听我的。"男人邪魅一笑，让小工先给萧绡洗头。

剪短脸颊两侧的头发，大杠热烫一个内扣，其他头发按照一个颇为奇异的层次修剪，自颌骨以下烫弯。

通常Kevin老师那个层次的，都要从颧骨那个高度开始烫，那对于普通脸型来说还可以，但对于萧绡这样腮侧肥肿、苹果肌凸出的人就会适得其反，显得脸越发得大。这一点萧绡早就发现了，但每次她跟美发师说，那些Kevin老师都不屑一顾，表示他们才是专业的。

萧绡还是第一次遇到愿意从颌骨高度开始烫的，顿时安心了不少，而且这烫的技术非常高超，竟然能让头发蓬松而不散。

看着镜子里的脸瞬间变小的自己，萧绡双眼发光道："这个好棒啊！"

"还没完。"男人再次摇摇手指，放开萧绡头顶的夹子，两缕像触须一样的头发带着自然卷曲的弧度垂下来，挡住了过于突出的苹果肌，让萧绡产生了一种恢复容貌的错觉。

第二天就是复赛，秦亚楠站在候场区跟周倩说话。

周倩也进了复赛，他们学校的服装设计专业，在全国是排名第一的，每年招收的学生很少，也正因如此，从那里出来的学生大都实力雄厚。秦亚楠是个爱说话的，候场这么一会儿她就已经把同学给找齐了，除了周倩以外，还有一名男生也进了决赛。

"咱们班就属你和萧绡混得最好。"周倩兴高采烈地夸着她。

秦亚楠有些得意，但她还是知道收敛的，笑着问那名男生道："你现在在哪里？"

"宝拉中国分部。"那名男生淡淡地说着，亮了一下自己衬衫上的宝拉标志。

宝拉是世界大牌，而且历史比LY要悠久得多。

两人听到这个，有些吃惊，要知道，宝拉这种大牌，一般是不开海外设计分部的，秦亚楠问道："什么时候的事？"

"刚刚进驻，还没有公布。"那男生很是骄傲，他指了指不远处同样穿着宝拉衬衫、戴着黑框眼镜的男子,"那是我们的高设姚星洲,他可是拿过国际奖项的,你们可要当心了。"

见周倩和秦亚楠脸色发白,男生适可而止,又问起了别的,道:"班花呢?她进复赛了吗?"

听到班花这个称谓,周倩和秦亚楠对视一眼,都从彼此眼中看到了幸灾乐祸,回道:"进了,她现在比以前更漂亮了,一会儿可别吓到你。"

"你们来这么早啊。"萧绡的声音从身后传来,三人齐齐看过去,周倩的脸顿时扭曲了。

大开大合的卷发染成了金棕色,恰好将肥大的脸颊遮住,精致的妆容将整个脸部的重点吸引到了睫毛弯弯的眼睛上。连续三个月早睡早起的皮肤白皙嫩滑,对比其他习惯熬夜的设计师的青眼窝,萧绡看起来简直容光焕发,竟一点都不丑了。

第11章 复赛

"萧绡,好久不见。"男生立时上前跟萧绡握手,两人寒暄几句,互相交换了彼此的现状。听说男生在宝拉中国,萧绡便礼貌地恭维两句,那男生明显更得意了,免不得又炫耀了一遍他们的主设姚星洲。

两人聊得热火朝天,把周倩和秦亚楠晾在了一边,周倩挺着高耸的胸脯凑上来道:"萧绡,你的脸比前几天小了很多啊,是不是打瘦脸针了?"

周倩这人说话带着些口音,语气比较重,说出来就显得很刻薄。不过大学四年,萧绡已经习惯了她这种说话方式,也不在意,随口开了个玩笑道:"你的胸也比前几天大了不少,是不是去打硅胶了?"

大胸,是很多女孩子想拥有的,却不知戳到了周倩什么痛处,竟惹得她突然生气了,她喊道:"我胸大怎么了,总比你那看不见的强,跟葡萄干似的。"

这话说得委实难听,几乎是赤裸裸的侮辱了,周倩的声音又特别大,惹得周围的人纷纷往这边看。

男同学有些尴尬,他只是单纯地来炫耀一下工作,可没想参与到女孩子们的战争里，于是干笑两声说自己还有事就转身走了。

"有病吧你？"萧绡冷下脸来，把包换到左手拎着，空出打人比较有力的右手。

"哎，别吵架、别吵架。"秦亚楠赶紧劝了一句，并拉住萧绡的胳膊。

萧绡把她的手甩开，瞪着周倩，三人之间顿时剑拔弩张起来。

"萧绡！"梁靖瑶提着个大包走过来，发现情况不对，立时冲上来，狠狠推了秦亚楠一把，"干什么呢！"

梁靖瑶虽然个子小小的，但很有一把力气，生生把秦亚楠推了个趔趄。

秦亚楠原本想发火，但看到推她的是梁靖瑶，就不敢吭声了。虽然上大学的时候她们不在一个班，但她认识梁靖瑶，也知道她是大梁创世的大小姐。

"我们仨闹着玩儿呢。"周倩扶了秦亚楠一把，赶紧解释了一句，"我说话就这个样子，萧绡你又不是不知道，怎么突然生气了？"

萧绡嗤笑一声道："我没生气呀，篮球奶。"她说完，拉着梁靖瑶就走了。

篮球奶……篮球……奶……周倩气得够呛，但梁靖瑶在她也不能追上去，只能在原地深呼吸。

"你突然针对她做什么？"周围的人都在看她们，秦亚楠有些难堪，拉着周倩站到角落里去。

"我还不是给你抱不平！我看到她那副得意的嘴脸就来气！"周倩气得喘粗气，话说得冠冕堂皇，真实的原因只有她自己知道。她上中学的时候胸就特别大，为此没少受同学嘲笑，成年之后胸大虽然变成了优点，但她就是不喜欢胸小但是脸好看的女生，总觉得她们还是在嘲讽她。

"瑶瑶，你怎么来了？"萧绡对于闺密来给她加油这事很是高兴。

"瞅瞅！"梁靖瑶从包里翻出个工作牌，挂到脖子上，上面清晰地写着"大梁创世赞助代表"。

"大梁创世给设计大赛投赞助了？"萧绡捏着那牌子来回看。

"嗯，我好说歹说才跟我爹要了这个差事，就为了给你加油，够意思吧？"梁靖瑶骄傲地扬起小下巴。

第11章 复赛

"天哪，我感动死了。"萧绡配合地做出泫然欲泣的表情，抱着闺密狠狠地亲一口。

"别把我的妆啃花了。"梁靖瑶嫌弃地擦擦脸，又从包里翻出了一堆东西，润喉糖、矿泉水、化妆品，还有两个大面包。根据她作为赞助商的内部消息，这个复赛要持续一整天，抽签决定入场顺序，搞不好萧绡就要等到下午了。

萧绡感动得要哭了，如果闺密是个男人，她早就以身相许了。

"谁要娶你啊，又馋又懒，衣柜那么乱。"梁靖瑶表示嫌弃，想了想她又加了一条，"还眼瘸看上展令君那种毒物。"

萧绡："……"我本将心向明月，奈何明月嫌我是沟渠。

验证之后抽签，萧绡的手气还不错，抽的号在正中间，刚好卡在中午吃饭休息之前进去，不用再等到下午。

复赛一共三名评委，坐在一张长桌后面，面无表情地看着推门而入的参赛者。

这是一间小型录影棚，摄像师、灯光师都已经就位，大屏幕上放出了萧绡提交的作品图片。

"各位老师好，我叫萧绡，来自LY设计公司。"萧绡意外地在评委席上看到了一张熟悉的面孔，那是她大学时一门必修课的教授，姓陈。

萧绡有点心虚，因为这位教授的那门课，她当年挂科了。那门课平时分占了四十分，而平时分是按照最后的一个大作业来算的。萧绡做好了大作业，提交上去，却不知为何教授没有收到，给了她零分，她再努力也不可能卷面满分，那门课可想而知地就挂了。

之后她还跑到教授办公室去理论了很久，把自己的作业拿给陈教授看，但古板的陈教授就是不给她过，为此他们闹得很不愉快。

别人在这种场合遇到自己的老师肯定要高兴了，萧绡却只觉得倒霉，她深吸一口气，尽量忽略教授的存在，打开文件开始讲解。

"这个系列的衣服，是为一家高级康复诊疗会所设计的……"说到自己的作品，萧绡便恢复了自信。

物理治疗师的运动服、营养师的休闲装、前台的洛丽塔小裙子，这套衣服的亮点不仅仅在于美观的外形，更在于其宝贵的实用性。

"这位是会所的综合治疗师，他的身材相当完美，趋近于男模。虽然不忍心遮挡，但出于职业的考虑，太过耀眼的身材会影响他作为医生的严肃性，所以我把这里做了加宽处理，让他看起来清瘦一些。"萧绡的指尖在展令君的图片上流连，语调中的喜爱轻易便能察觉。

"把顾客当恋人一样细心对待，这是设计师应有的态度。"穿着唐装的胖评委感慨地说。

"这个设计太天才了，我喜欢！"穿着旗袍、戴着金丝眼镜的女评委，笑着给萧绡鼓掌。

陈教授什么也没说，三位评委互相交换了意见，当场宣布结果。

"通过。"

这场结束，评委们就该吃饭休息了，灯光和摄像机关，大家瞬间放松下来。

"啊，累死了。"穿着旗袍的评委优雅地伸着懒腰。

三人开始聊天，萧绡准备溜走，却被陈教授给叫住了。

"她是你的学生啊？怎么不早说！"其他两位评委嗔怪道。

"怕她不通过丢我的人。"陈教授说了个冷笑话，惹得其他两人哈哈笑。赛场有赛场的规矩，当场认亲有胁迫其他评委给高分的嫌疑，肯定是不合适的。

萧绡插不上话，只能在一边赔笑，等其他两位评委走了，陈教授才跟她聊起了近况。

"没想到，您还记得我。"萧绡有些不好意思。

"怎么可能不记得，我整个办公室的人都记得你。"陈教授笑着说，当年这小姑娘在办公室里据理力争，到现在他还记得她当时的模样。

萧绡尴尬地搓手道："年少无知，您多担待。"

陈教授笑着摆摆手，很多事离开了那个环境，就显得微不足道了，他对萧绡说："刚才在场外我看到秦亚楠了，她也来参赛吗？"

"是。"萧绡见教授不计较了，着实松了口气，当初是自己不对，没交上作业还硬要老师给她算分数,现在想来她还有些羞愧。

"那孩子我有印象,比你还能闹。"陈教授摇摇头,"但愿她这回细心点,别再出乱子了。"

咦?萧绡眼中露出些许疑惑,教授这话是什么意思,她问道:"她出过乱子?"

"你不知道?"陈教授有些惊讶,说起了当年的事。

大学生设计大赛,秦亚楠原本是能进决赛的,而且被组委会看好,拿冠军的呼声很高。但她最终提交的作品水准极差,像是换了个人似的,连前十都没有进。后来秦亚楠说自己的设计稿被调包了,很是闹了一通。

当时萧绡已经去外地参加决赛了,并不知道这些事。这么多年秦亚楠竟然只字未提!

萧绡有些震惊,有心想再问问,他们却已经走到了走廊的尽头。陈教授拒绝了她的邀约,坚持要去吃组委会发的盒饭,现在是敏感时期,请老师吃饭也不太合适,萧绡也就没有强求。

"啊,对了,我们班那个周倩也参赛了,您瞧见她了吗?"临分别,萧绡随口问了一句。

"哼!"提起周倩,陈教授顿时气不打一处来,"你以后离她远一点,别说跟她是同学。"

"啊?"萧绡吓了一跳。

"她在那样的公司做久了,整个人都废了!灵感全是从大牌衣服那里借鉴的,东拆一点西拆一点,简直丢人!"陈教授哀其不幸怒其不争地说着,气哼哼地走了。

周倩那个公司,做贴牌加工,也有自有品牌,但自有品牌多是模仿大牌子的衣服,把大牌的某些元素抠下来改改就用。她在那种地方待久了,思维免不了会受影响,灵气也就渐渐被磨损了。

萧绡走到大厅里,就看到红着眼睛的周倩,暗自摇了摇头。

复赛是当场公布结果的,名次在第二天会公布在大赛官网上。第一名就是宝拉中国分部的那位高级设计师姚星洲，第二名则是一位自由设计师名叫眉馨，萧绡排在第三位。秦亚楠的设计并不出彩，排到了十几名。

好在复赛是三十进二十，秦亚楠好歹也进了半决赛。

"你怎么回事？艾德琳没有给萧绡任何的指导，她都排到了第三位，我教了你那么多东西，你就得了这么个名次？"林思远看着成绩单很是恼火，对着秦亚楠发脾气。

"对不起……"秦亚楠被训得脸发白，"初赛作品我准备得太匆忙，半决赛一定不会让您失望的。"不知道为何，林思远的求胜心似乎比她还要强，这让秦亚楠感到压力的同时也有一丝窃喜，看来艺术指导是很重视她的。而艾德琳对于萧绡的成绩并没有做出任何评价，只是淡淡地说了一句："只有第一名才是有价值的。"换言之，冠军之外的名次，在艾德琳看来都是废物。

萧绡默默擦了把冷汗道："是。"

半决赛半个月后开始，比赛规则现在还没有公布，也无从准备，萧绡的工作重点依旧是春夏装。

初稿已经审核过了，高层也给了修改意见，萧绡带着众人完善作品，出了二稿之后，再开新品研讨会敲定最后款式，就可以进行尺寸裁定和制版了。

"亚楠，你不再做几件新的了吗？"萧绡这两天不太想跟秦亚楠说话，但出于工作需求，她们还是要沟通的。初稿有几个作品直接被毙掉了，设计部要拿出新的作品来填补空白。

"我这两天被艺术指导操练得天旋地转，没时间做新的了。"秦亚楠敷衍了一句，又开始如饥似渴地做林思远给她布置的作业。

过去几届大赛，半决赛都是出一个固定题目让众人回去制作，然后拿出来评比，题目是一早就会公布的。但这次没有公布，而且讲明了半决赛就要开始电视直播。

"那肯定是现场制作衣服了。"林思远作为一名经验丰富的大设计师，他大胆地对半决赛的内容作出猜测，"但要现场制作一件衣服，太耗时，单制版就要废两个小时,所以应该是改造旧衣。"

"改造旧衣……"秦亚楠快速转动着眼珠子,越想越觉得林思远说得有道理。

林思远从LY数据库里调出了上百套过时的或被淘汰的款式,让秦亚楠把这些衣服改造成时髦的新款。

秦亚楠铆足了劲儿准备半决赛,废寝忘食地改造这些旧衣服,改完就拿去给林思远看。起初她每次都被林思远骂哭,在哭了几次之后她总算摸出了点门道,林思远的脸色也稍微好看了点。然而她还是不敢懈怠,为这个,公司里的工作都顾不上了。

"虽然我手里不缺稿件,但作为主设还是要提醒你,你提交的四件作品,已经有一件被PASS了。如果第二批有人提交了更好的作品,你剩下的三件也有被替换的风险。这种事情一旦发生,你下一季的绩效奖就一分钱都拿不到。"萧绡抱着手臂,将可能出现的后果尽数告知。

"嗯。"秦亚楠心不在焉地应了一声,继续忙她的。

等萧绡走了,赵和平转过身来,拍了拍秦亚楠的桌子道:"亚楠啊,不是我说你,你把裙子转让给萧绡了,就赶紧勤奋点再设计几套。你倒好,天天在这里抠的什么东西?要是那条水杉裙还在,你那奖金还能拿个差不离,没了那条裙子,还真有可能颗粒无收的,你怎么过?喝西北风去?"

水杉裙……秦亚楠作图的手停下来,认真地看着赵和平问道:"你觉得,我有那条裙子,就不会喝西北风了?"

"那肯定啊!那条裙子说不定能成销售冠军,别的都是添头。"赵和平摇摇头,他是不太理解秦亚楠为什么要把那么好的东西让给萧绡,换成他肯定舍不得。

秦亚楠抬头,看看在座位上忙碌的萧绡,想起周倩说的那句话:"你这个人怎么这么记吃不记打?你忘了她以前是怎么对付你的了?"

原本她是一心想着在设计大赛里拿奖的,只要进了决赛成为前十,她就可以升为D2,工资就能涨一半;如果她侥幸拿了冠军成为S1,工资就能翻三倍。为了长远利益,她愿意放弃眼前的小绩效。但是萧绡呢?萧绡是主设,哪怕她一件作品也没有被选中,还是可以从所有人头上拿绩效,简直是稳赚不赔。

越想心里越气，秦亚楠把刚刚改好的几幅图打印出来，拿着去找林思远。

"这件还可以，这件是什么玩意儿！"林思远把一件中规中矩的设计图给撕得粉碎，直接扔到了秦亚楠身上，"我强调过多少遍，想要获得高分，就必须极端，有特别抢眼的东西，评委和观众才能记住你！"

"是……"秦亚楠低头把碎纸捡起来。

林思远皱起眉头，看着秦亚楠那冥顽不灵的模样就来气，早知道他应该选萧绡来带，他道："如果这样了你还赢不了萧绡，决赛就别来找我了。"

秦亚楠攥着一把废纸，踌躇了片刻道："林指导，我这两天的作业可能要少交一点了，我得赶工下一季的新品。"

"现在比赛最重要，你有一条水杉裙就足够了。"林思远不同意，他要加紧训练秦亚楠，不能让她在半决赛中丢脸，不然人们会说"林思远的水平果然就是比不上艾德琳"。

"水杉裙，我转让给萧绡了，再不做几件，我明年就没有收入了。"秦亚楠嗫嚅道。

"什么？"林思远不可思议地坐直了身体。

这边秦亚楠接受魔鬼训练，萧绡在艾德琳那里依旧是咸鱼一条。

艾德琳没有给任何有关比赛的指导，只让萧绡跟着她做高定。这件高定是做给一位明星的，这位明星要参加下个月的电影节，需要尽快赶工出来。高级定制的设计要由首席亲自完成，制作过程也需要首席设计师的参与，很多细节甚至需要她亲手缝制，耗时耗力。

萧绡看着人台上用大头针固定的酒红色高档布料，满眼欣喜。

艾德琳回头看了她一眼道："这位顾客除了'酒红色'和'好看'之外，没有任何其他的要求，你觉得做长裙还是短裙合适？"

这是老师的课堂提问？萧绡回过神来，快速思索了一番，这个问题看似是在问这个酒红色布料做哪种裙子好看，实则不然，她回答道："这要看她是去颁奖还是领奖了，如果颁奖就要穿得庄重一些，领奖就要穿得抢眼。"

果然，这话一说出口，艾德琳眼中浮现出了满意的神色道："她是去领奖的。"

"那做长裙比较好。"萧绡笑着道。

艾德琳点点头，将布料抖开，快速在人台上围了一圈，做出曳地长裙的效果，而后将身前一部分折起来道："她的腿比较细长，露出腿会更加漂亮，所以我们来做个燕尾裙。"

原来还能这样设计，直接用布料演示，一边观察一边修改，萧绡恨不得把自己变成一台摄像机，将艾德琳的每一句话、每个动作都记录下来。

这是她第一次全程参与高定的制作，沉浸其中才知道这里面有这么多的门道。看完艾德琳的设计，萧绡还主动要求在高定缝纫间帮忙，学着钉珠和贴碎钻。艾德琳也不管她，任由她在高定制作室里跑来跑去。

春夏装的二稿在半决赛之前出来了，萧绡便按部就班地通知上层，召开新品研讨会，定下最终方案，并讨论配饰的设计。

"第一批提交的设计一共七十一件，其中有十三件不通过，二十五件要求修改，也就是有三十三件是直接通过的……"萧绡将所有作品的缩略图调出来，按照编号顺序排布。

每个人面前都有平板电脑，内容与萧绡展示出来的一样，还可以点进去看细节。林思远点开了那件水杉裙，仔细看了署名，果然写着萧绡的名字，顿时有些火大道："萧主设，请你解释一下，为什么这条水杉裙会在你的名下？"

"嗯？"艾德琳对那条水杉裙印象很深，她快速翻到那一页点开，慢慢皱起眉头，"我记得这是秦设计的。"

"没错，是秦亚楠的作品，不过她一个多月前就把这件作品转让给我了，您可以查看系统里的转让记录。"萧绡索性调出了那张图，坦坦荡荡地让众人看右下角的署名。

"怎么可能，水杉裙是她最得意的作品，为什么要让给你？"林思远已经认定是萧绡仗着主设的身份欺负秦亚楠了。

艾德琳见萧绡这么坦荡，料想这事还有什么隐情，毕竟这么明显的事情萧绡根本没必要做，便转头问秦亚楠道："怎么回事？"

被所有人盯着，秦亚楠似乎很紧张，她支支吾吾语焉不详地说："萧绡只看得上这个，我就给她了。"

原本还相信萧绡的高层们齐齐变了脸色。

"只看得上这个"，足以说明是胁迫。

艾德琳深吸一口气，很是失望地看向萧绡道："刚入公司我就跟你们说过，设计师的人品是要摆在天赋之上的，道德低下，就不配做设计师。"

萧绡看到秦亚楠那个态度，顿时心头火起道："秦亚楠，你说清楚，这衣服是你要给我的，要换走我的连身裤参赛用，什么叫我只看得上这个！"

秦亚楠不可思议地看向萧绡，原以为萧绡会按照之前套好的说辞，说是她俩共同设计的，接下来她就好说了，没想到萧绡会直接把她卖了。

秦亚楠脸色一白，似乎被吓到了一样道："哦，是的。"

然而，她越是这样，高层们越不信，这模样怎么看都是被欺负了。

"萧设计师，如果你不能证明这是公平交易，那么就要把这件作品还给秦设计师。"坐在席间一直没说话的总监罗誉插言，这属于行政管理范畴了，他可以说两句。

萧绡攥紧了拳头，这事如果说不清楚，可不仅仅是还一件作品的问题，这将成为她设计生涯的污点！

"证据，我当然是有的。"萧绡冷笑着拿出手机，用数据线连接到电脑上。

听到萧绡说有证据的时候，秦亚楠心中咯噔一下，快速想了一遍自己有没有留下什么把柄，想来想去也没有，一切都是口头承诺，只除了……

糟糕！她突然想起了之前在公司内网上的聊天记录，她快速拿出手机翻看，顿时出了一身冷汗。萧绡在跟她聊天的时候，清晰地重复了一遍事情的经过！

秦亚楠看到萧绡把手机连到电脑上，还以为她要展示两人的聊天记录，快速地想着应对策略。现在网络上伪造聊天记录的工具那么多，她可以死不认账……

"是，你也知道，那件裙子是我这一季最好的作品，肯定好卖！"属于秦亚楠的声音，清晰地从音响中放出，充斥了小小的会议室。秦亚楠猛地抬头，不可置信地看向大屏幕上的录像。

"离截止日期只剩不到二十天了,我必须凑齐五件作品,求你了萧绡,你要是同意,我这会儿就办转让手续。"镜头有一瞬间的晃动,扫到了秦亚楠满是哀求的脸。

"你拿我的连身裤去比赛……不太好吧?"

会议室里一片静默,方才谴责萧绡的高层们脸上都有些挂不住,尤其是林思远,脸已经黑如锅底。

"秦亚楠,这到底是怎么回事?"林思远厉声质问低着头的秦亚楠,"你在高定室里是怎么跟我说的?"

罗誉听到这话,顿时明白了是怎么回事,肯定是秦亚楠告状在先,艺术指导才会特意挑出了水杉裙的署名来看。这个秦亚楠,真是蠢不可及,想想自己方才的发言,罗誉赶紧挽救了一句:"看来这是一场公平交易……"话没说完,就被艾德琳抬手打断,示意他闭嘴。

"那有什么的,这只是初审资格而已。这次规则公布得这么晚,时间太紧,我敢说,有百分之八十的人都会从别人那里买设计图来凑数。"大屏幕上还在持续播放着录像,秦亚楠的话一字不落地进了艾德琳的耳朵里。艾德琳嘴角的法令纹越来越深,首席助理下意识地向后退了一步。

"用他人的作品参加比赛,这是违背设计师行业准则的!请把这件水杉裙做下系统处理,这一季不许再用这条裙子!谁的署名都不行!"艾德琳说话的声音不大,却带着不容置疑的威严,众人下意识地点头。

萧绡拔下数据线,不置一词。下系统水杉裙,那就是削减了她的绩效,算是对她贪小便宜的惩罚?她抬眼看看艾德琳的表情,显然是还有下文,于是聪明地选择了闭嘴。

"莫妮卡。"艾德琳叫了一声自己的助理,首席助理立时上前,"将真实情况告知大赛组委会,请他们撤销秦亚楠的参赛资格。"

"不,不要撤销我的资格!"秦亚楠完全慌了,瞬间急红了眼,"因为时间太紧,我来不及设计第五件衣服,就跟萧绡交换了。那只是一条连身裤,再给我几天时间我也做得出来的。求求你,艾德琳,再给我一次机会。"

罗誉拦住了莫妮卡的脚步,给秘书使了个眼色让她通知总裁,自己则站起身劝说艾德琳道:"艾德琳,不要冲动,内部的事我们内部解决,宣扬出去对公司不好。"

LY只有两名设计师进了大赛,如果只剩下萧绡一人,风险太大。

正僵持着,在外面办事的周泰然打了电话过来,艾德琳走出会议室接电话,留下一屋子的人面面相觑。

"哼!"林思远冷哼一声,站起身斜睨着秦亚楠,"你以后不用来高定室了。你让我再次验证了一个真理,美可能是表象,但丑绝对是内外统一的。"他说完,便摔门而去。

"呜呜……"毫不留情的羞辱,让秦亚楠崩溃地哭起来,她现在后悔极了,既然已经把裙子给了萧绡,她就不该贪得无厌想再要回来,"萧绡,咱们不都说好了吗?你怎么不说这是咱俩共同设计的?"

萧绡被气笑了道:"秦亚楠,你搞清楚,刚才指导是先问的你,你怎么说的?如果你说一句'这是我俩共同设计的'不就什么事都没有了!"

偷鸡不成蚀把米,还怪人家鸡没配合你?

成衣部的同事都不吭声,连跟秦亚楠关系最好的赵和平也没出来安慰她,更没人出来帮她说话。

过了一会儿,艾德琳重新走进来,她的脸色依旧不好看道:"大赛的事,高层会另行商议,关于秦亚楠的违规处罚,罗总监你来宣布吧。"说完她便转身走了,没有再坚持要举报秦亚楠,显然是周泰然劝住了她。

罗誉低头看看手机,收到了总裁发来的指示,叹了口气,示意众人坐下,他自己走到了前面。

"这次的事,你们俩都有责任,但主要责任在秦亚楠身上。经过高层商议,决定将秦亚楠本次设计的所有图纸做下系统处理,包括那条主打款水杉裙,年终奖减半!"罗誉说着,瞟了萧绡一眼,因为激素减量且换了发型的缘故,她看起来漂亮了许多,罗誉不自觉地放缓了语气,"缺失的稿件,就辛苦萧主设带着大家另行设计了。"

萧绡点头,对于这个处理结果表示认同。虽然让她白白损失了一条连身裤,但秦亚楠也没讨到好,萧绡彻底认清这个人的嘴脸了,这段同学情谊算是到了尽头。

"秦亚楠,以后咱们桥归桥路归路。"走出会议室,萧绡郑重其事地对秦亚楠说了这么一句。大学时一起逛街的快乐、找工作时互相扶持的真心、生活上的嘻哈打闹,都随着那条消失在系统里的水杉裙一起,烟消云散。

秦亚楠似乎受了打击,申请了年假回家休息,半决赛之前都没有再出现。

二批提交的作品审核下来,因为秦亚楠的作品全部下架,通过的作品只剩下四十七件了,但新一季的设计图必须不少于五十个,萧绡只能督促大家赶紧再做几件出来。

萧绡坐在家里的工作台前抱着脑袋冥思苦想,普通商品好说,但那条水杉裙是主打款,短时期内做出一件精品主打替换,当真不是一件容易的事。

惆怅间,萧绡忽然瞥见了墙上贴的一张照片。那是她拍下的钢琴师,后来被她做成了碎布贴画送给了慕江天。她从电脑里翻出布贴画的底图仔细瞧,夸张处理之后的阳光像瀑布一样倾泻而下。用图片处理工具将底图旋转折叠,变成柱状,那宽大的阳光就变成了裙子上的条纹。

阳光能够带来"新生",那张照片里,阳光被穹顶的七彩玻璃分成了彩色的光束,取其中绿色和黄色的光,便恰好贴合了这一季的主题和风格。

次日,萧绡去了桑榆。

"我想把这幅图用在服装上,你说慕大师会同意吗?"萧绡站在琴房外,忐忑地问展令君。

"你复赛讲解得怎么样?"展令君看着琴房紧闭的雕花木门,答非所问。

"很成功,我特地强调了你的英俊潇洒……"萧绡不要脸地使劲夸他,"评委说我是个天才!"

展令君斜睨她一眼,不置可否,他刷卡,打开琴房,流畅的钢琴声倾泻而出。

琴房从里面锁住了，只有展令君的修复师权限卡才能打开。萧绡这才反应过来，刚才展令君问的问题，是给她开门的前提！

如果自己没夸他帅会怎样？萧绡牙疼地咧了咧嘴，偷瞄展令君一眼，到底没敢问出来，灰灰地推门进去。

"我想把这上面的元素用在公司新一季的衣服上，但请您放心，我只用阳光的部分，不会把您画上去的，可不可以？"萧绡向一曲终了的慕江天解释。

"本就是你的画作，请随意。"慕江天站起身，单手打旋而后展开，做了个中世纪欧洲宫廷礼仪里标准的"请"。

萧绡笑起来，单手提起裙角做了个下蹲的姿势道："谢谢！"

尽管对方看不见，她还是认真地做了回礼，而后高高兴兴地离开了。

虽然看不到，但慕江天能感觉到萧绡的动作，清冷的脸上禁不住露出了笑意，久久不散。

"我写了新曲子，你要不要听？"慕江天问站在一边的展令君。

"不听。"展令君的脸色不大好。

慕江天却不管他，兀自坐下弹奏起来。悠远绵长的曲调，伴随着零星的高音，宛如巍峨群山中涌出冷冷淙淙的小溪流，广阔与渺小、孤独与热闹并存。

"好听吗？"只弹了十几个小节，慕江天便停下来。

"嗯。"展令君应了一声，转身准备离开，"你自己练吧，我不喜欢听你弹琴。"他不喜欢听人弹钢琴，尤其是慕江天弹的。

"令君，"慕江天叫住他，低头轻抚琴键，缓慢而郑重地叮嘱，"多跟那位向日葵小姐接触吧，你和我都需要救赎。"

展令君的眼中闪过一丝痛楚，轻合双目道："这世上没人能救得了我，她也不能。"

话音刚落，萧绡又风风火火地跑了回来，塞了十张票给展令君道："半决赛的门票，你们去给我加油呗？"半决赛是电视直播，演播厅是要收门票的。本来一名参赛选手只能得到两张赠票，但梁靖瑶作为赞助商能得到的就多了。

展令君捏着门票，眼中不由自主地泛起了笑意，拒绝的话到了嘴边，鬼使神差地变成了"好"。

慕江天:"……"刚才还说什么来着?

第12章 纠缠

新裙子的成品图很快就做好了，萧绡借着在高定室干活的时候，提前拿给艾德琳看。

这是一件被阳光充斥的衣服，粗粗的光线线条从左胸的七彩胸针流淌下来，变成绿和黄两种颜色，融进大开大合的裙摆里。大胆的用色与裙摆的皱褶，处处充满了生机，色泽也与合欢叶、杉树花的整体风格相协调。

艾德琳戴上金丝眼镜仔细瞧，禁不住惊叹道："我喜欢这个胸针！你是怎么想到的？太天才了！"

现代正规的服装设计，除了D&G那两个疯狂的设计师外，很少会有人在一件衣服上用三种以上的颜色。这条裙子整体偏暗，又用了草绿和柠黄这两种相近的色泽，原本会显得比较没精神。但这一枚用色大胆、排布奇巧的七色胸针，稳稳地落在线条回合的顶端，像是打开了一扇窗，顷刻间引入了阳光，大开大合的裙摆突然就有了动感，绝对是这件衣服的点睛之笔。

萧绡被这样夸赞，有些不好意思，她从手机里翻出了那张照片。胸针的来源，就是那一顶镶嵌了七色玻璃的复古天窗。

"哦,上帝,年轻的钢琴师。"艾德琳接过手机,着迷地看着那张照片,忽然就放轻了语气,"他一定很孤独,也很绝望。"

萧绡有些吃惊,她当时因为听了音乐才能感觉到慕江天的心情,而艾德琳只凭一个背影就看了出来。首席对于图片情感的捕捉能力简直超神。

"他现在已经好多了。"萧绡看着自己少时的偶像,与有荣焉地说,"他会成为下一个肖邦。"

"这裙子很棒,给它取个名字吧。"艾德琳把手机还给萧绡,直接通过了裙子的提案。

"就叫'我的太阳'吧。"萧绡俏皮地眨眨眼。

艾德琳愣了一下,而后明白过来道:"源于音乐,也源于太阳,完美!"

解决了主打款的问题,萧绡总算可以松口气了,她晚上回家洗了热水澡、敷上面膜,躺在床上刷朋友圈,顺手打开了一包薯片。

李大壮(李萌):体脂练到九点七了,欧耶!

宋唐喵:现在的女孩子怎么就不为自己想想,都胖成啥样了还吃!

配图是他在街上随手拍到的一个胖妹的背影,胖妹已经胖得有两个宋唐宽了,手里还拿着一兜炸鸡,边走边吃。

萧绡默默把刚塞进嘴里的薯片拿出来。

莫晶晶心理咨询:分享链接——不饿的时候还想吃东西,这其中的心理因素值得研究!

简直不能更好了……

萧绡不舍地看看刚刚打开的薯片,就吃一片应该没事吧。啊呜,咔嚓咔嚓,好好吃!

很久没有吃零食的萧绡,感动得简直要哭了,然而后天就是半决赛,为了上场时脸好看点,她还是忍痛把剩下的薯片封起来,从冰箱里摸个苹果来吃。

重新打开手机,萧绡发现有一条新好友添加申请——韩冬雨。

韩冬雨……萧绡已经快要把这个人给忘了,现在她满心满眼的都是展先生,前男友什么的已经不知不觉间被脑子里的橡皮擦抹除得一干二净。

要说韩冬雨其实也没犯什么大错，他只是还没长大，不懂关心，也不会体谅，凡事以自己为先。刚住院的时候，萧绡是有些怨他的，后来想开了就释怀了，倒也没有什么恨的情绪，不过是过眼云烟随风消散了。

虽然没有怨恨，但萧绡也没有跟前男友保持联系的习惯，联系方式什么的早就删了，也不可能再加回来，于是萧绡随手点了拒绝，便继续啃苹果了。

"丁零零——"突然有电话打进来，是个陌生的号码，萧绡接起来，里面传来了嘈杂的音乐声。

"萧绡，是我。"韩冬雨的声音传过来，似乎带着点醉意。

萧绡皱眉，想挂断，又觉得没礼貌，便问了一句："有事吗？"

"我毕业了，跟那个女生分手了，我在帝都实习。"韩冬雨吸了吸鼻子，"你不是说过，想让我毕业来帝都找工作吗？"

之前两人异地，韩冬雨一直想留在他上学那个城市，便要萧绡辞了工作去他那里，但萧绡一直不肯，反而希望韩冬雨到帝都来。恋爱期间死活不肯做的事，分手了却做到了，何其讽刺。

萧绡并不觉得如何感动，只是道："哦，那恭喜你。"

韩冬雨没想到她这么冷淡，沉默了一会儿说，"我跟朋友在KTV玩，你也来吧。"

萧绡对于这种大男孩的思维简直服了，现在是晚上九点钟，让她孤身一人去不熟悉的KTV跟一群根本不认识的男人玩？哈喽？

"不去，没什么事的话我挂了。"

韩冬雨听她拒绝得这么干脆，有些恼火道："像你这种工作久了的女的，不都是天天晚上泡夜店吗？装什么正经！"

"滚！"萧绡的火"噌"地一下就冒了出来，直接撂了电话。

那边韩冬雨又打过来，萧绡就给按死，他连打了三个都给按了。萧绡气得够呛，苦于水果机没有拉黑功能，她索性把手机关机了。

韩冬雨打不通萧绡的电话，就翻通讯录，想打给萧绡的朋友。先翻到了"梁靖瑶"，想想那个说话像机关枪一样的大小姐，有点发怵，于是往下翻到了周倩。

萧绡对于韩冬雨干了什么并不关心，第二天她早早去上班，待够八个小时就去美甲店做指甲，又去之前那个理发师那里吹了个头发，为半决赛做好充足的准备。

半决赛已经是电视大赛了，在帝都电视台的演播大厅举行。入围半决赛的设计师有二十人，一场排不下，就按复赛排名的单双数分成了两组，十人一组，每组一场。

萧绡是单数，就被分到了第一组，跟着姚星洲一起参加第一场比赛。

比赛是直播的，安排在了周末的黄金档，六点钟开始准备，八点钟正式开始。

萧绡提前吃了晚饭，在休息区百无聊赖地玩手机。

"你在LY工作？"复赛第一名的那位姚星洲设计师走过来跟萧绡说话，递了一张宝拉的名片给她。

萧绡接过来看了看，礼貌地收好，跟姚星洲寒暄几句。

同在宝拉的那名叫杨建的男同学也来了，但他并不敢往姚星洲身边凑热闹，只是在角落里寻了秦亚楠来说话。

公平起见，两场比赛是连着的，第二场要比的人也在这里候场。周倩陪着秦亚楠一起来的，她推了推秦亚楠道："咱俩也去跟姚星洲搭两句话吧。"

"你俩别去，他只跟前三的人说话。"杨建赶忙阻止，言外之意就是她们这种水平的，人家根本不惜搭理。

秦亚楠抬头看看，果然见第二名的眉馨也站在那里，三人聊得热火朝天，而其他人都没有凑上去。她有些不高兴，凭什么萧绡能跟姚星洲说话，她就不能。想跟周倩抱怨两句，周倩却在接电话道："嗯，你从五号门进来，对，在呢，你进来就能看见了。"

"谁要来？"

"一会儿你就知道了。"

"宝拉的待遇在国际上也是一流的，如果二位感兴趣，随时欢迎。"姚星洲也给了眉馨一张名片。

萧绡笑了笑，没说话，转头看看眉馨。眉馨笑着感谢了姚星洲的邀请，表示自己会考虑的，等姚先生走了，她才微不可察地嗤笑了一声。

眉馨是个自由设计师，以前在日本的井上御设计公司做过，回国之后自己开了工作室，有自己的品牌，如今已经小有名气，叫赤砂，主要做复古装的。萧绡对复古装很感兴趣，就跟眉馨多聊了几句。

"萧绡！"韩冬雨的声音突然在身后传来，萧绡吓了一跳，回头就见穿着球鞋牛仔裤的韩冬雨从人群中快步挤了过来。

"你怎么来了？"萧绡皱眉，马上就要上电视，她本来就很紧张，不希望出任何的差错，这人这时候来找她，简直添乱。

"我给倩倩打电话，她告诉我你在这里。"韩冬雨毫无压力地就把周倩给卖了。

萧绡转头看向不远处的周倩。周倩下意识地缩了一下头，随即意识到韩冬雨把她卖了，忍不住暗骂一声。

"你找我干什么？"萧绡抱歉地冲眉馨点点头，没好气地跟韩冬雨说话。

"我来找你复合！那个女生没有你这么独立，也没有你对我好！"韩冬雨说着有些委屈，"周倩都告诉我了，你根本没有新男朋友，而且你也是真的生病了。"说着，他伸手要去撩萧绡的头发，想要看看周倩所说的大脸。

"你干什么！"萧绡看到他伸手过来，"啪"地一巴掌打在他手背上，休息区也是有摄像机的，她好不容易遮起来的脸，这人竟然要在大庭广众之下掀开！

萧绡推开他就要走，却被他攥住了手腕道："我看一眼！"韩冬雨理直气壮地说着，还要伸手。

"啊——"萧绡快被气疯了，控制不住地尖叫起来。

"哒哒哒，嘭！"一阵急匆匆的脚步声过后，便是拳头打在肉体上的闷响。萧绡惊魂未定地看着突然出现的展令君，再看看被他一拳打倒的韩冬雨，有点反应不过来。

"幼儿园阿姨没有教过你不能纠缠别人的女朋友吗？"展令君居高临下地看着韩冬雨，缓缓转动着手腕。

韩冬雨被打了，第一反应就是爬起来打回去，但听到展令君这么说，顿时怔住了,不敢置信地问站在展令君身边的萧绡道:"他真是你男朋友?"

他之所以决定来帝都,也是因为偶然跟周倩聊微信,得知萧绡是真的生病了,且脸因为吃药肿得像猪头一样。于是联想到两人见面那次,萧绡一直戴着口罩,便开始怀疑萧绡那个所谓"男朋友"的真实性。

生病变丑了,还能找到比他更好的男朋友?这显然不合常理。而根据他另一个加了萧绡好友的哥们儿透露,萧绡的朋友圈从来没有晒过男朋友,这给了他莫大的信心。

萧绡气得脸发白,原以为韩冬雨是个好面子的人,分手了就绝不会再来找她,没想到他竟然这么不讲究,萧绡伸手拉住展令君的胳膊道:"是呀,上次不都让你见过了?"

韩冬雨站起来,眼中满是委屈道:"不可能,周倩明明告诉我你没有男朋友,只要我来找你,你就还能跟我在一起……"

"韩冬雨,你要不要脸啊!谁要跟你复合啊!"梁靖瑶带着电视台的安保人员走过来,"萧绡住院的时候你不见个影儿,是我把她背下楼送去医院的,住院半个月你连个屁都不放,朋友圈里还瞧见你晒游戏上分。现在来这里装什么深情,真恶心!"

三句话把韩冬雨揭了个底儿掉,韩冬雨涨红了脸,僵在原地不动。

"先生,请离开这里。"安保人员上前,要把他强行带走。

韩冬雨紧紧攥着拳头,看看护在萧绡身前英俊高大的展令君,忍不住红了眼睛,他用手背狠狠抹了一把眼睛,头也不回地走了。

萧绡松了口气,向替她解围的展令君道谢。

梁靖瑶却是气势汹汹地走向了周倩,虽然梁靖瑶比周倩矮了一头,但周倩还是控制不住地往后退了一步。

"周倩,你跟韩冬雨瞎说什么了?"梁靖瑶恶狠狠地瞪着周倩,她双脚前后错开,右手垂在身侧,身体微微后倾,摆明了如果周倩的答案不能让她满意,这一巴掌就要呼上去了。

"我没跟他说呀!"周倩下意识地否认,"我也不知道他怎么就有我的微信,随便聊了两句……"

"啪"！梁靖瑶一巴掌扇了过去，"少废话，你是什么东西当我不知道？"

"瑶瑶！"萧绡见周倩反应过来要还手，赶紧去拉架，当然，她拉的是周倩，"别打架，别打架！"

最后，梁靖瑶和周倩都被请了出去。

被韩冬雨吓出一身汗，又折腾这一出，萧绡的妆都有些花了，她匆匆去化妆间补了个妆后，节目组就通知她准备上台。

情绪还没缓过来，萧绡就被迫站到了演播大厅里。设计师上台之前，已经介绍过了评委。在欢快的乐声中，第一组十名设计师，齐齐站在台上由主持人介绍，然后宣布比赛规则。

"往年我们半决赛都是提前出题的，今年改了规则，要现场制作。这里有编号1到10的十只箱子，每只箱子里都有一件旧衣服，诸位身后的架子上有各种小配饰和碎布料，要做什么大家猜到了吗？"主持人是帝都电视台的，并不是综艺名嘴，说话比较中规中矩。

"改造旧衣。"话筒递到了姚星洲嘴边，他淡淡一笑，不紧不慢地说出了答案。

宝拉这次也投了赞助，节目组自然要多给宝拉的设计师镜头。

"没错，就是改造旧衣。"主持人接过话茬，继续讲，"时装每一季度都有新款，去年的衣服到了今年就不流行了，很浪费，不如就让我们全国顶尖的设计师们来演示一下，如何把过时的旧衣服改造成时髦的新衣。"

他们需要按顺序上场，盲选一个箱子，打开之后在五十分钟内将衣服改造完毕。

为了节目的可看性，组委会把实力比较强的放在两端，萧绡是第一个上场的，姚星洲则是最后一个。

第一个上场，算是个很糟糕的顺位了。因为第一个做出来的东西没有对比参考，评委完全是凭感觉打分，很容易吃亏。而且，萧绡还没从刚才场外的混乱中缓过神来，就稀里糊涂地站在了舞台中央。

大屏幕上开始播放萧绡的VCR。

"我叫萧绡,来自LY设计公司,今年二十四岁……"考虑到设计师们有些不擅长表达,自我介绍的环节就放在了VCR里,这是前几天制作组到各个设计师的公司去录制的。萧绡借用了一楼的展示厅,顺道展示了一下LY的服装。

自我介绍之后,是复赛的视频剪辑,并没有放出声音,只是展示一下作品图。这时候舞台上的灯光是暗的,萧绡可以看到坐在台下的桑榆众人。桑榆会所里,除了廖一帆和甜甜以外,几个修复师都来了,还有几名护士和服务生。李萌傻乎乎地举着个灯牌,上面写着闪亮亮的"萧绡"。

展令君坐在最外侧,也正看向她。两人的目光在空中交汇,萧绡的心跳骤然漏跳了几拍。此时此刻已经很紧张了,她却控制不住地回想方才展令君说的话。

"幼儿园阿姨没有教过你,不能纠缠别人的女朋友吗?"

别人的女朋友……女朋友……

骤然亮起的舞台灯,冲散了萧绡的幻想,耀眼的灯光断绝了她与展令君的"王八看绿豆"。主持人走过来,请她选一个号码。

"三号吧。"萧绡瞎选了一个,礼仪上前打开了箱子。

"啊……"打开的过程非常缓慢,充分满足了观众的好奇心,在完全打开的瞬间,众人禁不住发出了满足的喟叹。箱子里放着一件前几年流行的花格子衬衫,长长的能盖住屁股,重点是那衬衫背后还绣着花花绿绿的大字母,透着浓浓的乡村非主流气息。

萧绡抽了抽嘴角,这种东西要改造,难度还真不是一般的大。旧衣改造并不是她的强项,她原本心就不静,看到这样一件东西更加浮躁。她深吸一口气,拿起那件衣服仔细瞧。箱子里还放了剪刀、尺子、针线等工具,萧绡逐一拿起来检查一遍,确定这些东西没问题,这才抱着箱子走到一号隔间里。

放小零碎的架子后面,是一排三面隔板的操作间,面朝观众这一面是开放的,可以让大家看到他们的动作。

萧绡把衣服和工具放到桌上,然后出来挑选配饰。长衬衫不好改,萧绡思来想去还是改成个裙子比较好,于是她拿了一根松紧带,因为那件格子衫是灰白色的，她又拿了一块灰色的布料，抓了一把珍珠。

等萧绡回到操作间，主持人才请第二位选手出场。每个人的VCR加上挑选东西大概五分钟，等所有的选手都介绍完毕，第一件衣服就制作出来了。

萧绡把衬衫狭窄的下摆剪开，裁了两块灰布，用松紧做成百褶的样子，加在豁口处。窄口衬衫立时就变成了散口。她又打开衣服，在腰部的地方再加一圈松紧，裙子的雏形就出现了。虽然看起来好看了点，但整体还是很丑。

这时候，第四位选手的材料已经揭晓，萧绡抬头看了一眼。第四位的是一条过膝长裙，整体是一个颜色，非常好改，她心中不由得着急。

将衣服反过来，背后那丑陋的、带绒毛的艳红色大字母实在碍眼，配上那形状规整的意大利领，简直不能更土。

舞台上的灯光暗下去，第五名选手出场，萧绡有些不知所措地抬头，茫然地看向观众席。

展令君依旧是那个姿势，放松又不失气场地坐着，旁边坐着穿着V领小晚礼服的梁靖瑶。按照梁靖瑶的话说，好不容易上回电视，要穿得好看点。

V领，对了！这个衬衫的丑陋之处，最主要的就是在于那个死板的意大利领。萧绡咬牙，直接把领子连带背后的大字母给剪掉了，然后她用节目组提供的微型锁边机快速锁好，将珍珠串起来，均匀地固定在背后那一大片空缺里。

最后剩了一点布料她索性做了个大蝴蝶结系在腰上。等萧绡绑完，一号隔间顶端的灯便亮了起来，示意她时间到。

姚星洲的介绍刚好结束，萧绡的衣服提交上去，给后台的模特试穿，她则在一边的休息区坐下喝口水。主持人坐过来开始采访她的感受。

"那件衣服很难改，背后的图案实在是不好看。"萧绡抹了把汗道。

稍后，穿着改造衣服的模特走了出来。为了节约时间，来不及等所有的选手制作完再开始打分。在模特展示的时候，会有幕布遮住设计师们的视线，防止借鉴的改造手法。

模特身上穿着萧绡改造的衣裳，外面则套着与原来那件一样的衣服。

"哈哈，我承认，这个衬衫是真的有点丑。"主持人笑着说，"呆板无趣的灰格子衬衫,萧设计师会把它改成什么样呢?让我们拭目以待!"

背景音乐想起激动人心的鼓点声,萧绡努力保持着微笑,但紧张造成她的嘴角不停地抖动,萧绡只能作罢,保持着面无表情的模样,眼观鼻鼻观心。

"哇!"观众忍不住惊呼出声,非主流格子衫被改成了洋气的小摆裙,背后的字母被挖去,露出了模特白皙的后背,又被层层串珠遮挡,不会显得色气。

巨大的差距造成了强烈的视觉冲击,评委们给出了九十一、九十三、九十二这三个分数,总分二百七十六分。这个分数不算高,因为之后的选手中,有两人的分数比萧绡的要高,而姚星洲的还没有公布。

萧绡有些忐忑,如果排在第三名就能稳稳地进决赛了,但如果她排在第四,就有被淘汰的风险,因为两组是在一起算最终排位的,如果第二组的实力特别强,就有可能把她挤掉。

姚星洲改的是一件纯黑色的大摆裙,他把裙子剪成了小包臀裙,又添加了极为抢眼的配饰,得到了二百八十八的高分,毫无悬念地拿了第一名,而萧绡就滑到了比较危险的第四名。

萧绡忐忑不已地在场外等第二组比赛,桑榆的人已经走了,展令君和梁靖瑶留了下来。

梁靖瑶点了外卖,拉着他俩一起吃。

"今天谢谢你。"萧绡的情绪有些低落,开场前那么闹,她还是不可避免地受到了影响,比赛发挥得不是很好。

"这是我该做的。"展令君从口袋里掏出那张带着猫爪印的三十次奶茶卡,还给萧绡,三十个格子里已经密密麻麻盖满了印花。

萧绡接过来,更失落了,原来他还是为了这份奶茶的人情。

这时候,萧绡的手机又响了起来,来电显示是韩冬雨。萧绡顿时一阵火大,问展令君道:"桑榆APP有电话拉黑功能吗?"

"没有,"展令君摇了摇头,"你可以转人工服务。"

"人工服务?"萧绡不解,手机已经被展令君拿过去接了起来。

"她睡了,有事你跟我说。"展令君淡淡地说着,往嘴里塞了一只小笼包。

萧绡瞪大了眼睛，就听到电话那头传来韩冬雨疯狂的叫骂声道："我跟她谈了这么多年都没舍得动她，这才分手几个月就跟别的男人……"

后面的话不堪入耳，萧绡要去抢手机，却被展令君避开道："性功能障碍还是早点治比较好。"他依旧是云淡风轻的语调，说完就挂了电话。

萧绡半张着嘴，半晌没找回自己的声音。

"啪嗒！"旁边梁靖瑶手里的筷子掉到了地上，她哑哑嘴说："那什么，水果机更新之后有拉黑功能的……"

萧绡可能不知道，但她表哥知道啊，前两天还把她拉黑了来着。

萧绡完全没听清梁靖瑶说的什么，她还沉浸在方才的震惊中。

展令君递给表妹一双筷子，附赠一个犀利的眼神。

为了不被表哥弄死，梁靖瑶明智地选择闭嘴，她接过筷子，努力往嘴里塞食物。

"你，不是，我……"萧绡接过手机，磕巴半天，不知道说什么好。展令君这招也太狠了，像韩冬雨那种未经世事的小男生，听了刚才展令君那些话，肯定再也不会跟她联系了。

另外，刚才展令君说那些话的时候也太自然了点吧，好像她真的是他女朋友一样。

展令君见她盯着自己看，忽然伸手凑到萧绡面前，似是要摸她的头发。

萧绡顿时犹如被孙悟空施了定身术，举着手机不敢动弹。先前韩冬雨要掀她的头发，她是气愤且害怕的，如今这人做了相同的动作，却只会让她心跳加速。反正再大的脸展先生也看过了，她无所畏惧。

"吃到头发上了。"展令君从萧绡腮侧的大波浪卷发上摘下一颗米粒。

萧绡："……"果然没有最丢脸，只有更丢脸。怪不得普通的Kevin老师们不愿意在这里烫头发，大概就是因为这样头发容易变成粘饭的钢丝球吧。

展令君看着萧绡脸上精彩纷呈的表情，低头夹菜，嘴角止不住地往上翘。

萧绡偷瞄他，发现他在笑，心情也随着他的嘴角开始上扬。丢人就丢人吧，博美人一笑，也不亏。

第一场比赛是直播，第二场却只是录像。电视台打算将第二场留到下周再播，但为了公平起见，今天一晚上要比完。

因为再等一周的话，第二场的人已经知道了题目，就可以有针对性地做准备，对第一场的设计师不公平。

一直等到凌晨，第二场才结束。

"啧，秦亚楠竟然得了第一名，真不可思议。"梁靖瑶打听了一下第二场的成绩，很是惊讶。

之前的一百多张作业没有白做，秦亚楠按照林思远教她的思路，将改造后的衣服做得尽量极端，把一件淑女风的衣服改成了性感风。小清新与烈焰红唇的强烈对比，赢得了评委的赞许，她获得了二百九十二的超高分数。

两场合起来，秦亚楠竟然成了半决赛的冠军，而眉馨把西式服装改成了中式，别具一格，得了二百八十九分，比姚星洲高了一分，位居第二。

但第二组其他成员的表现就很一般了，萧绡心惊胆战地算着分数，发现自己总排名在第七位，不由得松了口气。

二十进十，第七位倒是安全了。

节目组请前十名共同上台，按照排名顺序站好。姚星洲站在第三位，保持着高傲又不失风度的微笑，得到了摄像机的重点关照。

秦亚楠站在第一位，激动地哭了出来。当年大学生设计大赛，她一直坚信自己是冠军人选，奈何被小人算计。这么多年来她过得太委屈，处处给萧绡让路，就是因为那一届的冠军是萧绡不是她。

这一次，她终于可以一雪前耻了！

半决赛之后，就要公布决赛的规则。舞台上挂了五张明星的立牌，每张立牌下面放了两枚胸针，胸针上写着这位明星的名字。

"这一届的决赛，我们有幸请到了五位巨星来助阵。决赛的内容，就是为这五位明星制作礼服！"

决赛内容是为真人制作礼服。为了显示出设计师的真实水平，这次的决赛采用全程录像的方式。节目组把所有设计师带到一家封闭的度假村,提供材料、打版师、缝纫师等,让他们现场制作,为期一周,见证一件作品从无到有的过程。

最后节目组会把这一周的视频剪辑成一集类似真人秀的节目,在电视上播放。

"明星的尺寸会在进入度假村之后发给大家,现在需要诸位做的是,挑选你心仪的客户。大家要认真选哦,最后制作出来的成品,我们是会请明星本人来试穿的!"主持人说着请众人按照名次排好队。

五个明星,分给十名设计师,也就是一位明星会分到两位设计师。如果实力差的和实力强的两名设计师选了同一个明星,就要接受惨无人道的对比。

名次靠前的可以优先选择,排在后面的基本上就没得选。

萧绡回头看了看那五张立牌,都是熟悉的面孔,制作难易度一目了然。这五个人分别是影后卓雅,当红小花赵菲菲,还有她的女神蓝莫如,以及蓝莫如的死对头柳林,最后一个竟然是一名男星。

不管是礼服还是日常装,女人的衣服更容易出彩,选择也比较广泛。选男装,胜出的概率就微乎其微了。

电视台为了增加收视率,才请了当红男星来助阵,但对于排在后面的设计师来说,这就是灾难了。

"完了,到咱俩这里肯定就剩个男的了。"第九名沮丧地对第十名道。

"男的就男的吧,要不给他做个裙子?"第十名的心态倒是很好,还有心情开玩笑。

"啊,得记住前面的人选的什么,一定不能跟姚星洲选得一样。"第六名小声对萧绡说。

虽然半决赛姚星洲只得了第三名,但那是因为旧衣改造并不是大设计师擅长的。决赛的内容基本上就是做一件高定,对于姚星洲这种大设计师,做高定就是他日常的工作,他们这些小年轻肯定不是人家的对手。

"如果选了跟姚星洲一样的明星,最后肯定会输得很惨。"第八名哭丧着脸,他已经预料到,到自己这里肯定只剩下男明星和姚星洲选的那个了,他怎么选都是个死。

　　秦亚楠第一个选,她毫不犹豫地选了卓雅,因为影后的气质最好,相信无论什么样的衣服穿到她身上都不会差。

　　眉馨选了赵菲菲,因为赵菲菲演古装比较多,本身有一种复古的美,很适合她的设计风格。

　　姚星洲在柳林和蓝莫如中间犹豫了一下,选了蓝莫如。

　　轮到萧绡这里,就只剩下了蓝莫如、柳林和那名男星可选了。萧绡如果要避开姚星洲,柳林自然是最好的选择,但是……作为蓝莫如的粉丝,萧绡是非常讨厌柳林的。她走上前去,果断地拿走了女神蓝莫如的胸针。

　　姚星洲看到她这个举动,不由得挑眉,这小姑娘,够胆。

　　凌晨一点半,录制终于结束了,萧绡像散了架一样瘫软在梁靖瑶的车上。展令君开车,梁靖瑶负责给她当靠枕。

　　"你怎么选了蓝莫如啊?"梁靖瑶恨铁不成钢地戳了戳萧绡,"姚星洲可是做惯了高定的人,拿你那半吊子水平跟他比,岂不是要惨?"

　　"我哪里半吊子了!高定跟普通时装的区别只在于细致程度而已,再说了我们又不是比制作,比的是创意!"萧绡不服道。

　　另一边,姚星洲坐在车上,用平板电脑看着这次比赛的录像,萧绡的那位男同学杨建在前面开车。

　　杨建虽然进了半决赛,但惨遭淘汰,没能进入决赛。宝拉中国的参赛选手,只剩下了姚星洲一人。

　　"决赛,我必须拿冠军。"平板电脑的光忽明忽灭地打在姚星洲的脸上,莫名地有些阴森。

　　杨建透过后视镜看了一眼,笑道:"决赛题目是高定,凭你的实力,拿冠军还不是探囊取物?"

　　姚星洲没说话,把录像定格在萧绡的脸上,这个敢跟他选同一个模特的小姑娘,当真勇气可嘉,他要仔细研究一下。

离进度假村还有一周的时间，组委会允许设计师在这一周内寻找灵感。萧绡看着作废的二十几张草稿，抓了抓头发。冲动一时爽，比赛火葬场。她选了女神是遵从本心，但姚星洲也选了女神，确实给了她莫大的压力。

压力越大，灵感越枯竭。

早上起来梳头梳下来一大把头发，吓了萧绡一跳。这头发不是正常脱落的那种，而是整整齐齐地掉下来一缕，像化疗导致脱发的人一样。

这样的症状吓到了她，萧绡不敢再这么折腾下去，当天就预约了展令君的门诊。

"掉头发……"展令君戴上手套看了看萧绡的头皮，确定并不是外因性的，"你是不是压力有点大？"

糖皮质激素本来就会造成少量的脱发，萧绡已经减到三片，脱发本不该这么严重，但如果精神压力过大，就会让症状加重。

"是啊，灵感枯竭，我实在想不出女神应该穿什么。"萧绡趴在桌上，一脸颓丧，脸上的肉摊在桌上，橡皮泥一样地溢了出来。因为压力大，睡眠不足，萧绡的脸又肿了。

展令君隔着医用手套捏了一下那摊软肉道："我明天有个预约上门服务，你跟我一起去吧。"

"哈？你上门服务，我去做什么？"萧绡爬起来，一脸不解地问。

"客户是一位富有又美丽的女性，我第一次上门，有些尴尬，如果有个女生跟着，会好很多，但是会所里没有人合适……"展令君状似自言自语地说。

"去，我去！"萧绡根本没听到后半句，只听到了富有又美丽的女性，把肉包子展令君扔到富婆窝里，她想想头发都要急得掉光了！

第13章 作弊

岚枫秋庭是帝都的一片高档别墅区,安保措施非常严格,据说很多明星都在这里居住。保安与业主通了电话,又做了详细的登记,才放展令君的车进去。

萧绡还是第一次来这里,她看着车窗外的风景很是羡慕道:"我什么时候才能住上这种房子啊?"

展令君随口应了一句:"快了。"

"哪里快了,起码要年入三百万以上,混到LY的首席才行。"萧绡绝望地哀号,"那时候,我就跟艾德琳一样,花白了头发了。"

"设计师又不是论年龄的。"展令君减缓车速,分辨了一下方向。

"对哦,伊夫圣罗兰二十一岁就当迪奥的首席,我还是有机会的!"萧绡盲目地乐观起来,幻想着自己拿到大赛冠军,获得老板赏识,走向人生巅峰的美好未来。

展令君瞥了她一眼道:"然而你二十四了还只是个小职员。"

"啪叽!"萧绡刚刚升起的梦想泡泡被戳碎了,"你说句好听的能少块肉吗?"

"医者父母心,我不能任由你陷入不切实际的幻想。"展令君振振有词地说着,把车停在了一处空地上。

萧绡深吸一口气,知道说不过他,只能默念"他长得帅,我不跟他计较"。

预约上门的顾客住在一栋小巧精致的别墅里,院子里蹲着一只金毛寻回犬,看到有人来,立时友好地摇起了尾巴。

"哈喽,小可爱。"萧绡对毛茸茸的小动物没有抵抗力,她忍不住伸手去摸狗头。

大金毛立时蹭过来给摸,大脑袋从铁艺篱笆里钻出来,试图舔萧绡的手。

"卢卡斯,你妈妈呢?"展令君一脸严肃地问大金毛。

"汪汪!"大金毛叫了两声,权当回应。

也不知道他俩是怎么交流的,展令君煞有介事地拍拍狗头,上前按门铃。门前的可视电话里出现了主人的声音:"令君来了,进来吧。"

挂上电话,铁门自动打开,大金毛立时冲过来,往展令君身上扑,被他利落地躲了过去。没扑到,卢卡斯并不气馁,继续热情无比地去扑萧绡。

"卢卡斯,不许胡闹!"房门打开,穿着粉色居家服的女主人走出来,训斥了自家的狗一句。

狗狗听到主人的声音,立时放开萧绡,转而去扑自家主人。

"女……女神!"萧绡惊呆了,站在别墅门前的那位,卢卡斯的主人,展令君的客户,竟然就是蓝莫如。

蓝莫如没化妆,头上绑着蝴蝶结发带,应该是刚敷完面膜,眉毛还有些湿润。阳光照在她吹弹可破的瓜子脸上,漂亮得不得了。

听到这个称呼,蓝莫如露出个和善的微笑来道:"进来吧。"

自己正惆怅要给蓝莫如做什么衣裳,这就见到了本尊,萧绡傻愣愣地回应着女神的微笑,咬着牙嘴唇不动地问展令君道:"这算什么?"

"算作弊。"展令君认真地说。

"……"

萧绡同手同脚地跟着展令君进去,拘谨地在沙发上坐了,她贪婪地欣赏着女神的盛世美颜。

在电视上看明星不觉得有多好看，但在现实中就不一样了。明星就算再普通，那也比一般人要好看很多，何况是蓝莫如这种美人，真人比电视上好看十倍不止。

大金毛进屋就占了沙发的主位，趴到主人腿上求顺毛，被蓝莫如嫌弃地推开。好脾气的狗狗便掉了个头，把大脑袋凑到展令君手边。

"半决赛我看了，你的创意真不错，就是运气不大好，抽了那么一件衬衫。"蓝莫如倒了水，递给萧绡一杯。

萧绡很是惊讶，她本来是以展令君助手的身份跟着来的，没想到蓝莫如竟然知道她是谁，还看了比赛了。她有些不好意思地说："因为惆怅要做什么衣服给您，我就死皮赖脸地跟着来了，希望没有打扰到您。"

展令君给了她这么大的惊喜，她也不能让展令君难做，便把责任揽到了自己身上。

蓝莫如看了萧绡一眼，又看看面色微变的展令君，露出一抹意味深长的笑来道："令君都跟我说了，我们俩是多少年的交情了，这都是小事，不用在意。"

萧绡看看正在跟卢卡斯交流的展令君，一颗滚烫的心冒起了酸酸甜甜的泡泡，这样的帮助已经完全超越了修复师和病人的范畴，他为什么对自己这么好？

"你为什么没有选柳林？我看网上的人分析，选我对你很不利。"蓝莫如好奇地问萧绡。

"我是你的粉丝啊，当然是她的黑粉，怎么可能选她！"说起这个，萧绡就有话聊了，"我上学的时候还在论坛里写了上万字的帖子骂她呢，就算输了比赛我也不会给她做衣服的。"她说完，意识到自己这行为有些幼稚，萧绡不好意思地捂住脸。

蓝莫如有些愣怔，没想到是这么个答案，随即大笑起来道："哈哈哈哈哈，你太可爱了！这么可爱的小粉丝，我得给你点独家福利。"

"什么？"萧绡双眼亮晶晶地看过去。

"可以给你量一下我的尺寸。"蓝莫如冲她挤挤眼。

"嗷！幸福来得太突然了！"萧绡激动不已，她快速掏出了自己从不离身的软尺。虽然组委会也会给数据，但不会给得太详细，更没有量真人这么直观。

"如果最近定做一套礼服，女神想要什么样的？"萧绡一边丈量一边暗搓搓地问，询问客户的意见应该不算作弊……吧？

蓝莫如笑笑说："我过段时间要去欧洲参加电影节，还缺一件走红毯的衣服，那些大牌的设计跟我想要的效果还是差点意思，如果你做得好，我可以买你的设计。"

大牌的效果都不能让蓝莫如满意，萧绡皱起眉头思索，那肯定不是衣服质量不好或不够漂亮的问题。

作为蓝莫如的粉丝，萧绡很清楚自家女神的长处和短板。蓝莫如在国内知名度很高，但一直没有打开国际市场。她需要外媒的报道，需要高话题度，所以红毯礼服要的不是高贵、大气，而是抢眼！

不过这种考虑对于蓝莫如来说有些羞于启齿，那些大牌设计师并不能体会到她这种心情，因而她还没找到合适的。

"明白了。"萧绡茅塞顿开，心中已经有了成算。

蓝莫如见她一副胸有成竹的样子，便不再多说。话虽然说得客气，但她对于萧绡这种设计新人并没有抱多大的希望。

萧绡也知道自己目前的实力并不值得信赖，自然不会把话说满或是做什么无谓的保证。记录下尺寸她就不再多说，蹲到一边跟大金毛玩耍去了，把时间留给展令君。

展令君的上门服务并不是闹着玩的，蓝莫如的确是桑榆的客户。拍戏多年，她落下了很多毛病，腰不好，睡眠质量很差，而且经常头疼。

"我要的催眠曲呢？"蓝莫如冲展令君伸出手。

展令君从口袋里掏出一只小U盘道："舒缓的钢琴曲可以助眠，但如果乐曲引起了其他情感的共鸣，可能会导致失眠加剧。"

"就你话多。"蓝莫如伸手把U盘抢走，"版权费我会支付给你，你帮我买点零食给他吧。"

"不买。"展令君毫不犹豫地拒绝，"如果他知道我偷录，估计会跟我绝交。"

第13章 作弊

蓝莫如叹了口气，握着小U盘发呆。

"进组准备的药物我看过了，没什么问题，这玩意儿不要用。"展令君掂了掂放在客厅的熏香烛。

蓝莫如的眼神倏然变冷道："这东西有问题？"这是某个朋友在国外带回来的，说是对她有好处。

"墨西哥产的香料，提神醒脑。"展令君拿着香烛凑到卢卡斯鼻子边，正扒在萧绡肩膀上撒娇的大家伙立时打了几个喷嚏，喷了萧绡一脸。

萧绡抽了抽嘴角道："大哥，不要伤及无辜。"

"汪？"卢卡斯不知道她在说什么，打完喷嚏它继续把头放在她肩膀上，做出相亲相爱的姿势，宛如拥抱着公主的王子。

展令君拽拽大金毛的耳朵道："收工了。"

萧绡不舍地跟卢卡斯道别，抬头看到蓝莫如神色莫测地把熏香烛扔进了垃圾桶。娱乐圈真是复杂，萧绡对女神爱莫能助，只能一步三回头地跟着展令君离开了岚枫秋庭。

"你把慕江天的演奏录音卖给了蓝莫如？"回去的路上，柯南附身的萧绡开口质问展令君。

"嗯，只允许私人播放的买卖。"展令君不甚在意地说。

"那也不行。"萧绡皱眉，"慕江天现在肯定不愿意别人听他的演奏……"

"他俩以前是恋人。"展令君没头没脑地说了这么一句。

萧绡顿时卡壳了，她瞪大眼睛看着展令君，两个"爱豆"以前是恋人，啥？

"蓝莫如不会害他的，没事。"展令君不愿多说，打方向上了高架。

萧绡有些愣怔，客户的隐私对于桑榆来说是无比重要的，绝不会轻易泄露，但今天，展令君已经对她破例了太多。是不是对他来说，自己也是那个"不会害他"的人？

这样的认知，让萧绡的心沸腾了起来，她是不是可以小小地奢望一下，展先生对她是不同的？

人在不知所措的时候，喜欢做一些毫无道理的预言。比如，如果十分钟内来了2路汽车面试就能通过，如果店员给自己的沙冰插了绿色吸管就抛售股票……

此刻，茫然无措的萧绡也做了同样的蠢事，她暗自下决心，如果这次设计大赛她得了冠军，就跟展令君表白。

一路上萧绡没再说话，展令君似乎也不想交谈。萧绡偷偷看他的侧脸，好像每次提及跟慕江天有关的事，他都会有些不开心。

想起上次在三楼看到的背影，萧绡现在可以肯定，那个听着琴声哭泣的女人就是蓝莫如。慕江天是十年前出事的，那时候他已经是享誉世界的钢琴名家了，而蓝莫如还只是个刚出道的十八线艺人，这两个人怎么会出现交集呢？

好奇归好奇，萧绡却不打算再探究。如今两个人一个瞎了，一个只能偷偷地让朋友录他的琴声，必然不是什么美好的结局。展令君跟她说这个，也是提醒她别在慕江天面前说漏了嘴。

回到家中，萧绡把蓝莫如的要求逐一列在纸上。

抢眼，好看，有话题度。

通常要话题度，要么有文化底蕴，要么比较奇葩。奇葩搞怪可以博一时的眼球，但也会惹人笑话，这显然不符合蓝莫如的意愿，更不符合大赛的要求。

既要有话题度，又要好看不失风度，就必须在其他方面下功夫了。

萧绡正想着，手机震了一下，两个月没消息的夏炎小少年突然出现了。

火炎焱：大脸姐姐，我有个礼物要送给你。

这小破孩，还是这么不可爱。萧绡回了个翻白眼的表情，问他什么礼物。

火炎焱：我找到当初买水军的那个人了。

咦？萧绡不由得坐直了身体，虽然那件事已经解决，但有这么一个隐藏在暗处捅刀子的人存在，总是让人不安的。

小小布：谁？快说快说！

火炎焱：这个是我黑进水军公司系统才得到的重要机密，不能免费给你。

听起来好厉害的样子，萧绡立刻给夏炎发了个红包，上面写着"巨额"。

第13章 作弊

夏炎点开，收到了88.88元……

不到一百块也能叫巨额？黑客夏炎同学对于设计狗的贫穷程度又有了新的认知。他发了条语音过去，传达对穷苦百姓的深切同情。

在受尽了夏地主的"冷嘲热讽"之后，萧绡得到了一个支付宝账号。

夏炎没说这是什么，但萧绡已经瞬间明了，这应该就是背后那个人跟水军公司进行肮脏交易时用的账号。

这是一个邮箱形式的账号，萧绡一时认不准，便在自己的软件里搜索了一下。界面开始抖动，心跳跟着加速，真相即将浮出水面。萧绡既兴奋终于找到了幕后黑手，又害怕搜索出来的人让她难以承受。

账号很快匹配上了一个人，与她互为好友——秦亚楠。

紧张顷刻消散，只剩下了一种名为"果然如此"的释然。想想当初出事的时候，秦亚楠还一脸担心地给她出主意，萧绡不由得一阵恶寒。都是同一所学校出来的同学，至于这么赶尽杀绝吗？她到底哪里得罪秦亚楠了？

火炎焱：知道是谁了吗？

小小布：知道了，谢谢你，我不会说出去的。

火炎焱：说了也没事，就说你雇黑客查的呗。

萧绡忍不住笑起来，可以想象此刻夏炎同学骄傲的小模样，她忍不住打了电话过去。拨通之后，有一段漫长的空白，电话那头大概停顿了五秒，才震了第一下铃。

"我这是国际长途，你可悠着点你的话费。"少年的声音传来，带着些夏日午后的慵懒。

"你这是去哪儿了？"萧绡有些惊讶，最近她没有在桑榆会所看到过夏炎，没想到他竟然是出国了。

"我来欧洲选腿。"夏炎有些得意地说，"你说，我是选一个皮斯托瑞斯那种刀锋战士腿，还是选一个变形金刚那种酷炫的机械腿？"

"呃……"萧绡不知道皮斯托瑞斯是谁，为了跟上黑客大人的节奏，她赶紧搜索了一下，查到那是残奥会的短跑冠军，戴着一双"J"形刀锋假肢，"我觉得你还是选一双正常腿比较好。"

夏炎又不去参加残奥会，装个跑步用的刀锋做什么？至于变形金刚的机械腿……

"机械腿泡脚会不会漏电？"萧绡忍不住提出了自己的疑问。

"哈哈哈哈哈哈……"夏炎笑得直打嗝，差点从轮椅上摔下去，"你见过变形金刚泡脚吗？哈哈哈哈哈嗝，我还做足疗呢！"

再次遭到了无情的嘲讽，萧绡觉得自己跟夏炎实在是聊不下去了，夏炎却兀自说得开心。他已经安全度过了抑郁期，对未来的生活充满希望。夏爸爸答应等他装好义肢，就给他买机车。

"机车？"萧绡怀疑夏炎是不是发烧了，净说胡话，哪有装义肢的人骑机车的，但夏炎就是坚信自己会拥有一台拉风的机车，萧绡也不好打击他，只说等他买好了记得叫她去看。

"那必须的，我这也算是凤凰涅槃，浴火重生了吧？"夏炎得意地说。

凤凰涅槃……萧绡听到这个词，一道灵光从脑海中倏然划过。

红莲业火，凤凰涅槃，这是佛语，也是中国传统文化的一部分。眼前出现了漫山遍野的大火，将大地焚烧干净，金色的凤凰从灰烬中腾空而起，长鸣响彻天地。这样波澜壮阔的场景，烙印在曳地长裙之上，定然是璀璨而耀眼的。

"我知道了！"萧绡突然惊呼一声，她没理会夏炎的疑问，匆匆挂了电话，拿起笔在纸上快速挥洒。

红色的裙摆长长坠地，如同燃烧的烈火，莲花从脊背上延伸出去，一点一点变大，最后在裙尾处盛放，裙尾铺展在地面，花瓣组成了一个完美的圆。

萧绡把草图举起来，禁不住弯起了眼睛，再没有什么事比灵感来袭更让人开心的了。解决了压在心头的大石，萧绡兴高采烈地叫梁靖瑶出来吃饭。

"这没过节没发奖金的，请我吃大餐？"梁靖瑶看着容光焕发的萧绡，狐疑道，"你遇到什么好事了？"

"算是吧。"萧绡美滋滋地啃了个鸡翅膀。

"我猜猜，展令君跟你表白了？"梁靖瑶说完自己先打了个冷战，"不可能，那个货,不可能跟人表白。"

"喂!"萧绡在桌子底下踢她一下,"不许你这么说我们家展先生。"

"哟呵,都成你们家的了?"梁靖瑶一脸嫌弃,"啧啧,女大不中留啊。"

"去你的。"萧绡笑了一会儿,正色道,"好事倒是有一件,我知道买水军黑我的人是谁了……"

第14章 决赛

"秦亚楠?她可真恶心。"梁靖瑶听到罪魁祸首是秦亚楠,忍不住做了个干呕的动作,"正常人办不出这种事。"

她像阴沟里的老鼠一样躲在暗处,时不时地出来咬一口,想起来就让人一阵恶寒。

"我只是有点不明白,我俩同事两年,一直相安无事的,先前我的成绩也不是很出彩,她至于这样赶尽杀绝吗?"萧绡皱起眉头。

她是因为这次生病突然大彻大悟,设计出的东西才比以前有了灵性,早期的作品其实很一般。上一季的衣服,她的设计被选中九套,那是因为她勤奋,提交了二十套设计,而秦亚楠也被选中了八套,并不比她差多少。

"肯定是周倩捣的鬼。"梁靖瑶皱了皱鼻子。

"周倩……"萧绡皱起眉头,想起来周倩近来连番的挑衅,"对了,周倩为什么跟韩冬雨有联系?"

韩冬雨大学的时候跟萧绡一个学校,研究生才去了外地读书。当时他们不在一个系，学校又大，萧绡就把梁靖瑶的手机号给了他作为紧急联系人，如果韩冬雨联系不到她就可以找梁靖瑶。除此之外，萧绡从没有给过他其他同学的电话。

"你忘了，他俩大学时候待过一个社团。"梁靖瑶犹豫了一下，还是忍不住说了出来，"周倩一直对你有敌意，就你傻了吧唧的看不出来。"

"啊？你怎么不告诉我？"萧绡有些惊讶，她还真没看出来。大学时候周倩住她隔壁寝室，有事没事就过来玩，一来二去大家就熟了，从没发现周倩对她有什么敌意。

"你摸着良心想想，我说过没？"梁靖瑶撇嘴，"说了一次你不当回事，还跟她好，我总不能天天说吧，搞得像是挑拨离间一样。"

梁靖瑶性格开朗又有钱，大学时候很多人愿意跟她玩，包括周倩。周倩曾经在她面前说过萧绡的坏话，被她骂了一顿之后就闭上了嘴，但对萧绡的敌意一直没消除。

女生之间相互说坏话是常有的事，当初萧绡听了一耳朵，觉得都是小问题，就没在意。

"我错了。"萧绡赶紧向闺密认错，"我哪里得罪她了？"

"我哪儿知道，也许她喜欢韩冬雨，所以嫉妒你？"梁靖瑶说完，忍不住哈哈笑起来，觉得自己讲了个特别好笑的笑话。

"哈哈哈，怎么可能！"萧绡也忍不住笑起来。

韩冬雨长得瘦小，周倩那么高壮，两人站一起简直可以说一场相声，没开口观众就能笑出声。

"哎，说起来，当时在楼下喊她名字那个男生去哪儿了？"萧绡挤眉弄眼地八卦道。大二那年，有个男生半夜在楼底下大喊"周倩，我喜欢你"，后来却不了了之。江湖传言周倩跟那个男生在一起了，但周倩一直不承认。

"我都不知道那个男生是谁，回头我问问去。"梁靖瑶摸了摸下巴，"你还是先想想，哪儿得罪她了。"

"我不知道啊。"萧绡一头雾水，大家都是同学，有矛盾也就是"借个肥皂没及时还"那种鸡毛蒜皮的小事，何至于这么恨她？

第14章 决赛

一转眼到了决赛，排名前十的设计师要进入一家度假村参加为期一周的封闭拍摄，在此期间他们必须独立完成一件高级礼服的制作。度假村在郊区，非常远，节目组却不提供交通工具。

梁靖瑶出差去了，只能把送萧绡的事托付给了自家表哥。

萧绡提着行李下楼，就看到了站在车门边单手插兜的展先生。他没有低头玩手机，也没有靠着车门耍酷，而是自然地站在原地，目光平和地看着小区草坪上玩耍的几个孩子。听到下楼的脚步声，他缓缓转过头来，与萧绡的目光撞了个正着。

多像男朋友来接自己上班的场景啊！萧绡的呼吸有一瞬间的停滞，一种名为幸福的情感油然而生，这个男人，如果是属于自己的该有多好……

展令君见萧绡站着不动，便走过来提起了她的行李箱。

"哎，不用不用，我自己拿。"萧绡赶紧上去拿，说到底展令君并不是她的男朋友，更不是雇来的司机，哪有资格让人家干活？

不过，如果是暧昧期的男女，男生肯定会帮女生拿上车的，可以趁机表现一下自己的男友力。

展令君轻巧地避开了萧绡的争抢，将她的行李提下了楼门口的台阶，然后，他就扔下了箱子，径自回去发动车子。

萧绡："……"刚刚飞到半空的少女心，"啪叽"一声摔得稀碎。绅士要帮女士提重物，但适可而止，绝不献殷勤。

认命地自己把行李箱推到车前，展令君已经打开了后备厢，转身帮她把箱子放上去。

"给你添麻烦了，今天这趟算我的预约上门，昨天我已经给甜甜交代过了。"萧绡坐在副驾驶位上向展令君道谢。

"嗯。"展令君不置可否地应了一声，他踩下油门，"梁靖瑶出差要半个月，比赛结束你如果需要我来接，记得提前预约。"

"啊，可是我这个月的预约次数已经用完了。"萧绡苦恼地皱起眉头，因为这个月公司组织了一次体检，也要抽血，萧绡就多叫了一次上门服务。

展令君瞥了她一眼道："没说让你预约修复师，预约闺密的表哥。"

萧绡愣了一下，反应过来之后，她的嘴角禁不住一点一点地向后咧开。自己真是傻，这事本来就是瑶瑶托她哥办的事，如果展令君不是自己的修复师，自己也是可以求他来接自己的，客气过头了，她道："要接的，要接的，二十八号中午，来接我吧。"

"嗯。"展令君这才满意了。

萧绡看着他，忍不住笑起来道："谢谢令君哥。"

展令君的耳朵微微动了一下道："这是什么称呼？"

"你是瑶瑶的表哥，我当然要跟着她叫哥啦。"萧绡得寸进尺地说着。

展令君没理她，算是默认了这个称谓。

银色小车稳稳地停在度假村门前，有几个设计师已经到了。周倩开车送秦亚楠过来，两人正站在树荫下吃煎饼果子。

"那个男的真的是她男朋友？"周倩盯着帮萧绡提行李的男人看。那天在会场她就看到了，但有些不大信。那么丰神俊朗的男人，怎么会看上萧绡那个病秧子大脸妹！

"不知道，她一直不承认，估计还没正式在一起吧。"秦亚楠啃了一口煎饼道，自从半决赛得了第一，她就不怎么把萧绡放在眼里了。事实证明自己比萧绡强，只要拿下决赛冠军，以后萧绡在公司就要看她的脸色了。

周倩盯着展令君俊美的侧脸，若有所思。

等节目组的人把设计师接进去，前来送人的便陆续离开。周倩坐在车里，盯着展令君那辆银色小车，等展令君的车发动了，她才放开手刹，缓缓跟了上去。

萧绡跟着节目组的人进入度假村，现在是旅游淡季，度假村里冷冷清清的，便免费提供给节目组使用。只要节目播出，这度假村以后的生意就火了。因此老板对于一行人的到来非常欢迎，度假村里的员工也打出了十二分的精神来接待他们。

十栋小木屋，呈圆形排列，中间拱卫着一处蘑菇形的石头房，风景秀美，鸟语花香,此处便是众人接下来一周要住的地方。

大家在石头房前面集合,主持人和摄像师已经在那里待命。

"欢迎各位设计师来到木与石度假村。大家也看到了,这里有十座小木屋,大家的编号与房间号对应,稍后你们可以自行前往。每个房间的设施都是一样的,还请放心。"主持人笑了笑,示意众人把行李交给工作人员,他则带着众人参观石头屋。

石头屋当真是石头砌成的,屋内空间宽阔,有七八个穿着统一制服的工作人员正在里面等着他们。

"我们都知道,一件定制礼服的制作,靠设计师自己是无法完成的,还需要制版师、缝纫师、配件制作师等来辅助。为了保证质量,这次我们有幸请到了宝拉中国分部高定缝纫间的师傅们前来辅助大家。"主持人笑着介绍,宝拉的名字一出口,众人纷纷看向了西装革履的姚星洲。

今天姚星洲穿了一件休闲西装来,他戴着一副黑框眼镜,既有商务人士的严谨,又有文艺青年的不羁,非常引人注目。

萧绡看看现场的装备,暗自咋舌,这次宝拉真是下了血本了。不过这样的广告效果一定很棒,把缝纫间搬过来可以充分展示宝拉的实力,如果姚星洲再度夺冠,一定能在全国时装界掀起一波追逐宝拉的热潮。

除了这些缝纫师以外,节目组还给每人配备了一个小助手。萧绡来到七号房的时候,就见到了自己的助手——一名年轻的女孩子,叫袁红霞。她本来是服装厂的流水线女工,因为手艺好被提拔成了组长,跟着厂里的大师傅学手艺,无论是缝纫、剪裁还是配饰制作,都会一点,用来做助手非常合适。

为了防止作弊,智能通信设备统统都要上缴。木屋里配备了一台座机,萧绡把座机号发给亲友之后,手机就被收走了。

比赛明天才正式开始,下午留给众人收拾行李和适应环境。萧绡收拾好东西,正准备跟袁红霞聊会儿,就接到了梁靖瑶打来的电话。

"我知道周倩为什么这么恨你了。"梁靖瑶看了一眼不远处卡座上的大学同学,这次出差,她特意约了这位以前跟周倩一个社团的女生出来吃饭打听消息,问出来的内容让她大吃一惊,"当年在楼底下跟她表白的人,就是韩冬雨!"

社团聚会,那天周倩没参加,男生们喝多了玩游戏,谁输了谁就在楼底下跟周倩表白。对于韩冬雨来说,那只是个玩笑。但对于周倩来说,是萧绡抢走了她即将到手的男朋友。

周倩跟着展令君的车,一路跟得非常辛苦。

银色小车车技一流,在帝都浩浩荡荡的车流中七拐八拐,看起来开得非常平稳,却总能见缝插针地超车,保持匀速行进。而周倩就没有这么高超的车技了,她又怕跟丢,只能歪歪扭扭地使劲儿加塞,被那些老司机好一通骂。

"赶着投胎啊!"

"有病是不是!"

周倩默默忍了,满头大汗地跟着,就这么绕了近两个小时,路况才好了起来。直到银色轿车在一片荒地旁停下,她才发现自己竟然跟着展令君穿了一个城。

这是一条还未修好的郊区公路,荒地就是公路的尽头。银色小车突然掉头,绕到了周倩的车后面,堵死了她逃离的路。

周倩吓了一跳,赶紧踩了刹车。

展令君坐在车里,静静看着前面的紫红色国产三流车。车里只有司机一人,还是个女的。出了度假村外面那条盘山路,他就发现这辆车在跟着自己,展令君左右今天没事,就带着她穿了个城。

前面是死路,周倩想掉头,但展令君的车紧紧贴着她的车屁股,以她的车技根本挪不出来。跟踪别人,被人抓个正着,纵然脸皮厚如她也觉得难堪了。

就这么僵持了十分钟,展令君丝毫没有放她离开的意思,他竟然慢慢打开车窗,拿出车上的保温壶,倒了一杯薄荷茶,悠闲地喝了起来。本来此情此景抽一根烟是最合适的,可惜他不抽烟。

被迫下车,周倩整理好衣裙,走到展令君的车窗前道:"那个……能不能往后倒一下,你堵着我出不去。"

展令君没理她,他喝掉最后一口茶,将用来喝茶的壶盖扣在保温壶上拧紧,把保温壶卡在档杆后面的伸缩杯槽里，这才看了周倩一眼道："围堵疑似犯罪分子的跟踪狂，属于正当防卫，等警察来了，我自然会挪开。"

犯罪分子？跟踪狂？

跟踪别人的事实被这么直白地讲出来，周倩的脸一阵红一阵白的，她道："我，不是跟踪你，我有话跟你说，但你一直开那么快……"

展令君单手靠在车窗上，目光冷淡地看着她。

"你是不是萧绡的男朋友？"周倩弯腰，趴在车窗上，笑着道，"我是萧绡的朋友，真的没有恶意，咱俩找个咖啡馆聊聊吧，有些关于萧绡的事我觉得你应该知道。"

展令君把胳膊缩回去道："私人的事，我没兴趣知道。"他说着，便按下电钮，车窗缓缓闭合，将周倩给推了出来。

"难道你就不想知道她以前交过什么男朋友，不想知道她是个什么人吗？"周倩大声说着，车窗的上升果然停住了，这让周倩十分得意，"你不想听就算了，恋爱中的人都是盲目的，不如我们留个联系方式，等你想听的时候再联系我。"

车门打开，展令君终于走了出来。虽然周倩在女生中很高，但在他面前还是矮了一头，近距离看着这张俊脸，周倩嫉妒得发狂，这个男人实在是太帅了，萧绡为什么这么好命？

"周小姐，容我提醒你一下，这里荒无人烟，如果你接下来的话不能让我满意，会发生什么事我可不能保证。"展令君缓缓解开袖扣，挽到臂弯处，露出一截结实的小臂。

周倩吓得往后退了一步，快速看了看周围，才意识到这里有多荒凉，偶尔有练车的人路过，也只是在五十米外就掉头了。如果展令君要打她，甚至杀了她，可能都没人知道。

很多人总是下意识地觉得长得帅的男生是好人，周倩也不例外，所以在展令君说出这句话之前，她甚至都没有考虑过展令君对她有什么威胁，她的语速不由得加快了道："我……我只是想说，萧绡她有个毛病，就是喜欢抢别人男朋友。那个韩冬雨你看到了吧，就是她从别人手里抢来的，到手之后就不珍惜。我觉得你挺好的,不希望再发生这种悲剧,你自己小心一点。"

展令君把两个袖子都挽好,瞥了一眼吓出冷汗的周倩道:"说完了?"

"完了……"

展令君拉开车门,重新坐回去,系上安全带道:"会在背后说坏话的朋友,不值得一交,我会提醒她的。"说完,他挂上倒挡,快速掉了个头,扬尘而去。

萧绡可不知道跟踪展先生的周倩在荒郊野外差点被气疯,她正在认真为第二天的比赛做准备。

节目组在他们安顿好之后,将明星的尺寸数据装在信封里,送到每个房间。明星的身体数据是机密,镜头上不能放出,主持人也特意交代设计师不要在镜头前念出这些尺寸。

萧绡打开印着"七号"的信封,里面是一张两折的卡片,卡片里写着蓝莫如的各项数据——身高一百七十二厘米,腰围六十二厘米,胸围……

看到这组数据,萧绡顿时皱起了眉头。蓝莫如的身体数据,她亲手量过,腰围明明是五十八厘米,为什么这里会多出四厘米?四厘米的腰围看起来差别不大,在普通成衣中甚至可以忽略不计,但这是定制礼服。

对于高级定制来说,差之毫厘谬以千里,如果萧绡做的是修身款,那简直是致命的。

不仅仅是腰围,肩宽和臀围也都比实际尺寸大了两到三厘米。萧绡坚信自己没有记错,毕竟女神的尺寸她在岚枫秋庭量了三遍,这周又在纸上写了多次。然而她不能提出质疑,因为她没法解释她的数据是从哪里得来的。

"这数据有什么问题吗?"负责送信的工作人员问。

"呃,怎么没有小腿围?"萧绡意识到自己的表情有些不对,立刻调整过来。这屋子里也有摄像头,跟真人秀节目相近,她要随时保持镇静。

"小腿围是做裤子的时候才用的,您确定需要吗?"工作人员疑惑地问。题目是做晚礼服,按照常理大家都会做成裙子。

"我要做修身裙,可能要用到腿围。"萧绡边说着边仔细观察工作人员的表情。

"好的，请您稍等。"工作人员利索地答应下来，转身通知负责人，让节目组去跟蓝莫如的经纪人要数据。

萧绡垂下眼，看工作人员的反应是不知情的，也就是说，这份数据在打印出来的时候就已经是这样的，就是不知道姚星洲拿到的那份数据跟她的是否一样。

晚饭过后，工作人员送来了小腿围的数据，萧绡看了一眼，这个是准确的。她感谢了工作人员，然后躲进没有摄像头的浴室里思考。

初始数据有误，大赛组委会都是内行，不可能犯这种低级错误。而且数据是变大了，不是变小了，说明改数据的人是个行家。因为如果改小了，到时候明星穿不进去，太过明显，肯定会追查数据。而改大一点，只会让衣服达不到预期效果，变得难看。

萧绡不知道是只有自己的数据有问题，还是大家的都有问题，但她不能表现出疑问，更不能去看姚星洲的数据……

次日，节目组派发了绘图电脑，供设计师们绘制设计图，先做好图的人，可以优先去石头屋挑选布料。

萧绡对于设计图早已成竹在胸，她拿到电脑立即开始绘图。前面是一件包裹到膝盖的鱼尾裙，鱼尾张开，在后面拖出长长的衣摆，红莲业火随着裙摆蜿蜒，朵朵莲花一路绽放，美不胜收。

袁红霞坐在旁边看着，禁不住赞叹道："好漂亮！"

萧绡对助手笑笑，手上动作不停，快速画出成图，传到节目组的公用电脑上，用彩打机打印出来。

裁判就站在彩打机旁边，拿出成图看到旁边的编号是"7"，便裁定萧绡是第一个完成的人。

设计图出来，整体造型就不能再修改了，制作过程中只能修改细节和配饰。

萧绡带着助手率先进了石头屋。因为时间有限，节目组不能提供定制印染，石头屋里只有纯色和带一些暗纹的布料，辅料如人造碎钻、淡水珠这种可以无限供应。

进了石头屋,就可以稍稍松一口气。挑选布料不限时间,可以慢慢来,等第一名选好之后,才会放第二名进来。萧绡在布架前仔细观察,要了五米金色和十米红色的布,金色的偏硬,红色的比较柔软,然后她又拿了三米红色雪纺纱,两米金色欧根纱。

红色的主料偏浅一些,雪纺纱的颜色更重。雪纺用来做红莲,颜色重才能让人看得见。

其实"涅槃"这条裙子,用凤凰尾比红莲尾更漂亮,萧绡选红莲是有一些私心的,万一得了冠军,女神看上了这条裙子,她可以把凤凰尾的方案拿出来,等蓝莫如穿上这件没有面世过的裙子,一定会惊艳世人。

辅料可以长期供应,萧绡就没有多拿,只拿了做手工花需要的材料,另外定了一盒金粉。

虽然节目组不能提供定制印染,但宝拉带了微型压花滚筒机,可以做暗纹和金粉压花。萧绡在金粉和碎钻之间犹豫了一下,还是选择了金粉。

可供选择的东西太少,这些材料其实根本做不出真正意义上的高级定制,只能做个形出来。但就算大家都是形似而神非,她也要尽量做得高级一点。假碎钻做出来的效果可能会显得廉价,还不如常用的压花工艺,只要把压纹设计得好看了,也能像模像样。

萧绡出了石头屋,就见眉馨已经等在外面,两人互相点头致意。

眉馨今天穿着一件改良汉服,阔腿窄袖,长发用一根木簪挽起来,看起来像一名传统匠人。

萧绡是挺佩服眉馨的,她舍弃井上御那样国际大牌公司的工作,回国做市场还不成熟的复古装,且坚持只做一种风格的衣服。

助手袁红霞帮萧绡把东西抱回木屋,木屋里有全套的制作工具。萧绡展开红色软布,围到人台上,看了一下大致形状,然后用大头针将布固定在上面,转身去案桌上制版。

"石头屋里有制版师。"袁红霞见萧绡拿出硬纸板,有些不解,通常设计师是不会自己制版的,都是画好比例图交给制版师来做,现在时间这么紧张,萧绡还自己制版,实在是浪费时间。

"我喜欢自己做。"萧绡糊弄了一句,就继续低头画线了。她不能把带尺寸的图交出去,那样藏在暗处的人就会发现她改了数据,到时候还指不定会出什么幺蛾子。好在她跟杨笑坐得近,空闲的时候她会帮杨笑干点活,制版的手艺一直没落下。

"那我做什么?"袁红霞空手坐在一边。

萧绡看着她问:"你会做绢花吗?"说罢,萧绡提笔在纸上画出了五种大小不一的莲花,形状进行了些许的变形,比普通的莲花要抽象一点,但还能看出是莲花。

"我试试。"袁红霞拿了细铁丝来,照着图案捏了个形,"这样行吗?"

萧绡从纸板中抬起头,仔细看了看那铁丝的形状道:"可以,这里再往下压一点,另外花瓣不要这么多。"助手竟然有一双巧手,这让萧绡很是惊喜,原本她打算做少一点花的,现在可以考虑做得更好看一些了。

最大号的莲花要十朵,最小号的要五十朵,这样一路排布下来,宛如九天银河上星辰坠落。

萧绡裁了一段红色雪纺,自己先叠了一朵花给助手做示范,这种花做起来很费功夫,萧绡要求得又高,大概二十分钟才能做出一朵来。

接下来的几天,袁红霞的工作就只剩下做花了,这一做就是五天。

五天之后,萧绡的裙子已经基本定型。红色的布料上用金粉压制了莲花瓣的纹路作为主体,上半身用较硬的金色布料定型,做了一个单袖的设计,左臂有长长的衣袖,右臂却是露肩无袖的。修身的内裙一路收窄,到接近膝弯处渐渐放开,变成拖地一米的裙摆。

"这衣服真好看,凤袍一样。"袁红霞看着人台上成型的内层裙,半红半金,听起来很俗气,但因为渐变的色彩和巧妙的排布设计,竟有一种凤袍加身的霸气感。

"凤袍？"萧绡端着下巴看那件衣服，不加外层的软纱，还真有点像凤袍，她不由得笑起来，"这可不是凤袍，你知道《红楼梦》里王熙凤常穿的那种衣服吗？'大红百蝶穿花遍地金'，就是要王熙凤出场的那种感觉，艳压群芳，舍我其谁。"

一百五十朵莲花已经基本做好了，萧绡要拿去缝纫间做最后的加工定型。

"我拿过去吧。"袁红霞主动要求承担这项任务，昏天黑地做了这么多天，她也想要享受一下劳动成果。

萧绡看着她满是轻松的笑脸，便把盛满花的袋子交给她，自己转身继续剪裁外层的纱裙。这金色欧根纱是要罩在裙子外面的，像火焰那耀眼的边缘。

"嘭！"突然一声巨响，室内的灯突然全灭了，太阳已经落山的木屋里顿时陷入了一片黑暗。

停电了？萧绡站在原地没有动，她慢慢摸索抽屉里的手电。这种村庄模式的度假村里，一般都会配备一些老物件。

"啪"！手电筒亮起来，恰好照在门口站着的人脸上，那是一个黑脸的矮个男人。

"啊——"萧绡吓了一跳，控制不住地尖叫起来。

门口的人也被吓住了，差点摔倒道："我是节目组的场务，别怕别怕！"那人说着，也打开了一只手电。

萧绡戒备地看着对方，这人突然出现在这里，不敲门也不打光，如果她没有发现，这人准备做什么？"我这里不需要帮助，麻烦你先出去。"

那场务讪讪地说了句"别担心一会儿就来电"之类的话，就退了出去。萧绡快速移到门边，把门反锁上。

一个人待在黑暗里免不了会神经紧张，萧绡拿起桌上的固定电话，想给梁靖瑶打个电话。

"怎么了？"低沉悦耳的声音在电话那头传来。

萧绡愣了一下道："令君哥？怎么是你接的？"

展令君有些无语道："你打我的手机，难道是想找我母亲吗？"

萧绡张大了嘴巴，自己竟然拨成了展令君的号码！

"没、没事,度假村突然停电了,刚才有个不认识的男人突然闯进来……"

"把门锁好,别怕。"展令君的声音,有着奇异的安抚功效,瞬间让萧绡镇定下来,"电话保持通着,等来电了再挂。"

之后,展令君就没再说话,似乎在忙别的,听筒中传来了键盘的敲击声,伴随着浅浅的呼吸。萧绡故意安静下来,听着他的呼吸声,仿佛展令君就在身边,无比安心。

"供电公司没有给那片区域断电,是度假村自己的问题。"过了许久,展令君突然说了这么一句,"看护好你的作品。"

萧绡的心顿时又提了起来,低声应下。

大概过了半个小时,屋内的灯终于亮了,萧绡快步走到人台前,拿起防尘罩把半成品罩了起来。

"呀——"也不知几号房里传出了一声尖叫,萧绡开门去看,发现尖叫声的来源是四号房,那个选了影后作为模特的设计师。

节目组赶过去,发现她人台上的裙子被剪了一刀,长长的衣摆在中间断开,参差不齐,丑陋不堪。

萧绡把她看到一个陌生男子的事情反应给了节目组,节目组立刻把所有的场务找来让她确认,并没有找到相似的脸,萧绡不由得一阵后怕。

"萧绡,出事了!"正说着,袁红霞哭着跑过来,手里拿着一朵沾满了胶的绢花,"我也不知道怎么回事,灯亮了之后,这些花就都在胶桶里了。"

都在胶桶里……萧绡眼前一黑,快步往石头房里跑。一百五十朵花,整整五天的心血,全都泡汤了。那些胶是装在胶枪里贴钻、贴花用的,非常结实、无法清洗。如今盛胶的桶口敞开着,鲜艳的雪纺花有的浸在胶水中,有的被捞了出来变成扁扁的胶坨。

这是救不回来了。

萧绡看着满地残花手脚发凉,她现在也想如四号房的设计师那样尖叫。

"我真不知道是怎么回事,我把花就放在这个桌上……"袁红霞还在哭哭啼啼地诉说。

萧绡转头盯着她，直看得她越哭越厉害，这才收回目光，看向跟着来处理的节目组负责人和裁判道："现在明显是有人捣鬼，但节目组有很大一部分责任，这你们承不承认？"

"是，我们有责任……"负责人满头大汗。

"这是国家级比赛，不是真人秀，我的配件被毁了，组委会要给我补偿！"萧绡暗暗告诫自己不能软弱，这个时候必须强硬。

"你要什么补偿？"裁判皱眉，如果要延时的话是绝对不可能的，因为遭受损失的只有两位设计师。

"第一，彻查捣鬼的人，在决赛现场必须给我和四号设计师一个交代；第二，给我提供新的布料，我要补救作品。"萧绡捡起地上的胶坨，强势地塞到裁判手里。

"这没问题。"裁判松了口气，答应了让萧绡重新挑选一块布料。

萧绡深吸一口气，知道现在不是生气的时候，她在布料架前徘徊片刻，拿起了金色点蓝的绸缎，又从辅料里要了一盒羽毛。

红莲业火做不成，索性做个凤袍。

"你弄坏了我的红莲，我也不要你赔偿，接下来跟我一起做凤凰尾，做不好不许睡觉！"萧绡冷声对袁红霞说。

袁红霞瑟缩了一下，委屈地点头。

萧绡也不想做坏人，但这件事太蹊跷，石头房里没有别人，一直拿着花的袁红霞才是最大的嫌疑人。弄坏了别人的东西就要赔偿，这是幼儿园就该懂的道理。

来电之后，木屋里有摄像头监控，就不怕别人动手脚了。点蓝的布剪成凤凰翎的形状，再将装饰羽毛一片一片地贴上去。萧绡带着袁红霞贴了一根凤凰翎，时间就已经过了凌晨，习惯早睡的她开始呵欠连天。但只剩下一天的时间，她必须把这些做出来，只能咬牙熬夜。

过了两点，手指的关节和膝盖都开始发疼，萧绡顿时害怕了，怕这是狼疮活动，不由得停下了手中的工作。

"你的脸肿得好厉害。"袁红霞看着萧绡发红的脸，有些惊慌。

第14章 决赛

萧绡摸了摸发烫的脸，知道自己不能再继续了。比赛再重要，也没有命值钱。"跟你说个秘密，我其实有很严重的病，不能熬夜，但这次大赛对我太重要了……"

袁红霞看着她，慢慢红了眼睛，想说什么又咽了下去，她的嘴唇不停地颤抖。

"没事，我不怪你，早点睡吧，明天再做。"萧绡叹了口气，转身去睡了。比赛也是身外之物，命才是最重要的。

次日清晨，萧绡在闹钟声里爬起来，就看到了桌上整整齐齐的五根凤凰翎。

袁红霞出去洗了把脸，进来看到萧绡正在察看凤凰翎，不敢跟她对视。

"谢谢你。"配件完成制作，真的是帮了萧绡的大忙，这样她今天就能腾开手来给裙子做最后的加工了。

"不、不用谢……"袁红霞欲言又止，最终还是什么都没说。

萧绡深深地看了她一眼，装不知道。

只剩下最后一天的制作时间，必须争分夺秒。说是七天，那是算上第一天收拾房间的时间的，今天晚上八点钟就要把衣服上交给组委会封存。

正忙着，一阵刺耳的警笛声划破了度假村的安宁。

"我们接到报警，说这里发生了凶杀案。"五名警察从车上下来，向度假村老板出示了证件。

"凶杀案？"老板吓了一跳，完全不知道发生了什么，节目组的负责人也赶了过来。

"谁报的警？"警察厉声问。

"我报的！"四号设计师推门而出，脸上还带着尚未消减的怒气。

昨天发生了那么严重的事情，裁判却不肯给她延时，一味强调赛程已经定了就不能改，并且拿奥运会举例子："运动员跑步比赛中途被人绊倒了，那只能取消这个绊倒他的人的资格，并不能给他单独重赛。"

这个全国设计师大赛，号称是国家级比赛，其实也就跟CCGV模特大赛差不多，本质上更偏重于商业性质，目的是让设计师扬名、提升品牌价值，并非体育竞技那样严格。因而，比起公平公正，按时直播什么的才更重要。

四号设计师不依不饶地吵了半个小时，最后她提出要投诉裁判，上报组委会，裁判才答应给她申请延时，并且保证安保人员已经在抓嫌疑人了。

　　然而今天早上，裁判给她的答复是只能延时到今晚十二点。

　　开玩笑，裙子断了只给她延时四个小时，且一点也没有追查的迹象，她一怒之下就报了警。

　　"你这是报假警知道吗？"警察很是生气，要把四号带走处理。

　　"带走我没问题，但是这度假村里藏着歹徒的事你们得管！"四号名叫郑茜，报名资格用的是自由设计师，她长得瘦瘦小小，没想到如此泼辣，"这里到处都是摄像头，警察同志，你们能不能为人民做主，节目里都会显示的。"

　　听到是在录节目，几名警察顿时停下了动作，一名年轻的小警察还特意整了整衣服。几人商量了一下，考虑到舆论，决定先处理度假村里隐藏歹徒的事，再处理郑茜报假警。

　　"肯定是一号捣的鬼，这里只有她和我的模特一样，而且她跟七号有矛盾，昨天七号房也有人闯入。"郑茜斩钉截铁地说，要求警察搜查秦亚楠的房间。当初在候场区，秦亚楠和萧绡两拨人大吵大闹，他们都是有目共睹的。

　　秦亚楠顿时吵吵起来道："胡说八道！"

　　萧绡皱眉，以她对秦亚楠的了解，这人还真没有这么大的本事，花两千块雇点水军捣乱还行，这种复杂的大手笔她做不来。

　　"你昨天晚上看到了那名歹徒的相貌，可以描述一下吗？"警察调查了一圈之后，来到七号房询问，裁判和节目负责人都跟着。

　　"我可以画一张那人的肖像，但我还在比赛，时间非常紧迫。"萧绡说着，还在人台前忙碌。

　　"可以给你延时。"裁判在警察威胁的目光中主动提出来给她延时，萧绡这才放下针线，瞥了吝啬的裁判一眼，拿起画笔。

　　学设计的人，绘画功底自然不会差，警察拿着那幅肖像图，让度假村的老板来辨认。

　　"这怎么看着有点像六子。"老板吓了一跳，这个六子是度假村里负责烧锅炉的，众人立马去锅炉房找，人已经不见了踪影。

外面后来发生了什么，萧绡也不知道。因为配件的更改，最后的外观和样式都要改，她自己昏天黑地忙到了晚上十点，才堪堪踩着裁判给她延时的"死线"把作品交了上去。

虚脱地躺在床上，床头的固定电话没眼色地响了起来，萧绡在床上蠕动身体，无力地接起来。

"明天几点接你？"展令君的声音，无论何时都是提神醒脑有助身心健康的。

萧绡像被丢进水中的干海绵，瞬间吸满了力量道："明天早上九点以后就可以离开了。"

"好。"展令君简单地应了一声，就挂了电话。

还想再说会儿的萧绡只能抱着发出忙音的听筒噘嘴。

第二天坐上展先生的车，准备了一肚子话要说的萧绡却两眼一闭就睡了过去。她这几天实在是心力交瘁，加上展令君的车开得太平稳，车中又弥漫着清新的薄荷香，实在是惹人入眠。

展令君偏头看了她一眼，默默把空调的温度调高了一些。

两天之后，便是决赛直播的日子，萧绡饱饱地睡了两天，才总算把肿起来的脸给睡了回去。

决赛有十位评委，都是业界著名的设计师，最后的评分会去掉最高分和最低分取值，相比于半决赛的三位打分制，似乎更加公正。

五位明星会依次出场，试穿两位设计师的成品，评委打分之后，作为模特的明星可以给衣服加分。不过每个评委的分数上限是一百分，明星只有五分的加分。

为了节目的可看性，出场顺序是倒着来的，半决赛的第十名选了那位男星，那就是男星先出场。

伴随着欢快的鼓点，舞台上的灯光倏然变换，四周都暗了下来，只剩下中间一条红毯，一直延展到T台末端。音乐声起，节奏明快的《Three》瞬间将气氛带到了时装周的秀场。

"啊——"

这位男明星是时下非常红的小鲜肉,身材好、气质佳,主持人念到他的名字,场下的观众立刻就沸腾了。一身银灰色格子纹的修身西装,同色系内衬马甲,搭配一条亮宝蓝色的口袋巾,衬着他那玩世不恭的坏笑,活脱脱一位贵族花花公子。

台下的迷妹疯狂地尖叫,男星停在T台末端,冲众人飞了个吻。设计师从侧面走上去,跟男星站在一起,有些拘谨地讲解这件衣服的设计理念。

原本以为选择男装很难取胜,没想到评委竟然给出了七百四十四的高分。这样的开场是众人始料未及的,现场的热度一下子被轰了起来。

随着接下来的展示,节目的收视率开始节节攀升。

按照顺序,两位设计师排名靠前的衣服会优先被试穿。蓝莫如穿上了姚星洲设计的裙子,缓缓走上T台。

音乐变成了舒缓的《Sadness》。这是一条垂感极佳的蓝灰色修身裙,柔软的布料包裹着蓝莫如的玲珑身段,无数碎钻从深V的衣领一直排布到裙摆,在射灯的映照下熠熠生辉。明明是人工假钻,却硬是让姚星洲做出了高端真钻的美感。

台下的观众忍不住鼓起掌,评委给出了七百八十分的全场最高分。

萧绡深吸一口气,慢慢解开防尘罩,这大红大金的衣服与姚星洲那件比起来似乎有些俗气,后台的人都这么觉得,这衣服挂着实在没什么看头。

"这衣服……好特别啊!"蓝莫如过来换装,看着衣架上的衣服,表情有些一言难尽,不知道怎么说。

"您吃过臭豆腐吗?"萧绡看着蓝莫如神秘一笑,"穿上试试就知道了。"

已经有姚星洲珠玉在前,观众不由得对接下来的这位设计师有些同情。

"这比赛算是设计新人的比赛,姚星洲跟他们都不在一个档次,谁跟他比谁倒霉。"

"真可怜,后面是个小姑娘,不知道会不会哭鼻子,哈哈哈。"

音乐声再次响起,追光打到了舞台的起点,一双金色的高跟鞋踏着鼓点出现在了视野中。

第14章 决赛

"哇——"场内有一瞬间的静默,观众们不可抑制地发出低低的惊叹声。

火红的衣裙,印满了金色暗纹,像是火山口明灭的岩浆,充满了妖异的危险。一半红袖一半留白,硬料的金色点蓝布料蜿蜒而过,折成一个宽边抹胸,牢牢地固定住。远远看去,蓝莫如整个人好似刚刚从烈火中走出来一样,半边身子还在燃烧,雪白的右臂却从金色的烈焰边缘挣扎而出。

火焰在腰间流转,一直到膝弯处骤然炸裂,于身后拖出长长的衣摆。蓝莫如走到T台尽头,霸气地骤然转身,将长长的衣摆甩到前方,铺展成了一个完整的圆。

"啊!"观众再次惊呼出声,那衣摆后面,是五根金色点蓝的凤凰翎,配上蓝莫如头上红色的流云逐月发饰,她整个人瞬间变成了一只展翅欲飞的凤凰。

蓝莫如看着观众的反应,很是惊喜,她想要的,她寻找的,就是这样的——可以让人一唱三叹的、能在国际上为她挣来话题度的礼服!

"这件衣服,你的设计理念是什么?"坐在中间的评委皱起眉头,几名新锐派的评委对萧绡这件礼服非常欣赏,保守派的却不怎么喜欢。

萧绡走上台,站在蓝莫如身边道:"这件衣服,名为'涅槃'。"

第15章 冠军

"红色是地狱的业火,凤凰浴火重生,金羽点蓝,谓之王。"已经不是第一次站在镜头前了,萧绡比以前镇定了许多,"这件礼服是要在特定的环境下穿的,我听说蓝小姐过段时间要去欧洲参加电影节,所以这是为电影节而设计的红毯裙。这裙子,有我国传统文化的凤凰,涅槃意味着不屈与前行,正如我国的电影事业,纵然满是艰难险阻,也绝不畏惧,一往无前。"

"说得好!"评委席上,一位金牌影视剧服装设计师竟然鼓起了掌。

有他带动,全场的观众也跟着鼓掌。

艾德琳皱起眉头,拿起话筒道:"这件衣服的创意很好,但细节处理上有失水准,看看尾部的羽毛贴合……"

"艾德琳,如果我没记错,这位设计师是你们公司的。"旁边的评委忍不住提醒她。

"这里是比赛,不论出身,我现在是评委,不是她的首席。"艾德琳正直无比地说。

观众们哈哈大笑，萧绡对于艾德琳的刚正不阿有些无奈道："是的，如您所见，其实这凤凰羽是第二套方案。因为比赛途中出了意外，第一套方案的配饰被毁掉了，这是最后两天赶制出来的。"

场上有一瞬间的静默，艾德琳皱眉道："为什么会出意外，组委会有给你补偿吗？"

"又给了我一块布……"萧绡苦笑。

"哈哈哈哈哈……"观众忍不住笑起来，节目负责人只得到评委席上解释红莲被毁的事情。如果是两天赶工出来的，做成这样已经很了不起了。

制作中的意外事故，并没有什么有效的加分机制，毕竟一旦开了头，大家都会想方设法地制造意外。好在这里除了艾德琳以外，其他评委对于比赛服装的做工都没有这么苛刻，毕竟材料有限，他们看重的是设计效果。

萧绡的得分不像姚星洲那么平均，充分说明了什么叫极致的爱与极致的恨。有一位给她打了一百分，还有一位给她打了三十分，然而这两位的打分都被剃掉了，剩下的还算比较平均，最后她得到了七百七十四分，与姚星洲相差六分。

"最后，还有我们的明星加分。"主持人带着姚星洲走上台，将话筒递给蓝莫如，"莫如要把五分加给谁？是姚星洲的'星河'还是萧绡的'涅槃'？"

如果这五分给了姚星洲，姚星洲夺冠就基本上没问题了，如果加给萧绡，萧绡也没有可能拿冠军。刚才的三组，明星都是把分加给得分高的那一方的。

"我要加给'涅槃'。"蓝莫如毫不犹豫地说，观众有些吃惊，镜头快速在姚星洲和萧绡脸上来回扫，"说实话这件裙子挂在后台还挺丑的，像个廉价的结婚敬酒服，但穿在身上之后却非常惊艳。如果能用更好的做工做出来的话，我希望能穿着它去电影节。"

萧绡听到这话，惊喜地看向女神，镜头给她惊讶的表情来了个特写。

结果出来，姚星洲依旧是七百八十分，萧绡七百七十九分，与姚星洲就只有一分之差了。

两人这样的高分给接下来的选手很大的压力。眉馨还是那副云淡风轻的模样，她给赵菲菲设计了一套复古风的礼服，长长的衣袖拖到了地上，与淡绿色的衣摆融为一体，美得不可方物。

但有些评委并不欣赏复古风，最后眉馨总得分七八七十五分，暂列第三。

最后一组，便是秦亚楠和四号郑茜的对决了。那天郑茜还真的跟着警察去了趟派出所，作品是凌晨的时候提交的，萧绡很是好奇，不知道四号最后做了个什么出来。

影后卓雅，已经四十出头，但看起来只有三十岁。秦亚楠设计的是一款她擅长的修身裙，类似于先前的水杉裙。垂感十足的布料紧紧贴服着身体，一直包裹到脖颈，胸前挖了个水滴状的镂空，可以看到性感的沟壑。前面包裹得严实，背后却有大片的留白，露出线条妖娆的脊背，巨大的反差很容易给人惊艳感。

然而，卓雅穿上这条裙子之后，就觉得哪里不对，前面裙摆有些过长了，走起来很容易踩到，腰间也有些松松垮垮的。

"怎、怎么会这样？"秦亚楠看着自己的作品傻眼了，原本她设计的小心思都没有体现出来，反倒变成了一条普通的连身裙。

"后面这样不行，会露屁股的。"卓雅看看过大的背后镂空，不满地皱起了眉头。她在人前的形象一直是端庄典雅的，如果就这么出去，肯定会出大丑。

秦亚楠无法，只得找了个胸针帮她在腰侧扣了一下，好歹补救了一些。

卓雅穿着这条裙子走出去，观众禁不住发出了嘘声，心烦意乱的影后不小心踩到了裙摆，跟跄了一下差点摔倒。

"哦，上帝。"艾德琳不敢直视地摇摇头。

"尺寸的把握实在太差了。"评委们互相交换着意见。

"这不可能，我是按照组委会给的尺寸做的！"秦亚楠眼中噙着泪水。

"你要知道，定制和成衣是不一样的，成衣我们会留两到三厘米的余地，但定制礼服不可以。"评审组长中肯地建议，观众看到大屏幕上的资料，秦亚楠是LY的成衣设计师，顿时明白了。

秦亚楠百口莫辩，被打了个很低的分数，几乎垫底。

萧绡看着秦亚楠的裙子，背后的寒毛根根立起，她不认为跟着林思远学习的秦亚楠会不知道定制和成衣的区别，只有一种解释，那就是秦亚楠收到的尺寸表与她一样,都是比真实尺寸要大一码的。

看来对方不是针对她,而是在针对LY。

这时候,最后一件作品上台,就是四号郑茜的裙子。

"啊?"观众们不由得张大了嘴巴,就见影后穿着一条毫无亮点的黄色短裙,一步一步地走过来。

虽然这裙子做得很贴身,各处细节也很不错,但这次的题目是礼服,而且是正式场合的礼服,拿出这么一条短裙来,实在是没有竞争力。

"四号选手,能解释一下你这件作品吗?"评委问站在一边满脸不爽的郑茜。

郑茜拿过话筒,冷笑一声道:"没什么好解释的,这个比赛有黑幕!"

"哇!"此言一出,全场哗然,导播惊呆了,赶紧问导演,"切广告吗?"

"等一下。"导演紧盯着台上的状况,没有切广告,而是选择继续直播。

"我的作品,在第五天的时候受到了不明人员的袭击,裙摆被剪断了!裁判和组委会置之不理,甚至连袭击者都没有抓住!最后只给我延时四个小时,哈哈,简直可笑!"郑茜狠狠呸了一声,"你们不抓,我自己花钱抓,那个烧锅炉的已经被我找到了,他承认是宝拉公司的人给钱让他这么做的!"

"啊……"观众的下巴都要惊掉了,这种小说里才会出现的情节,竟然在现实中上演了,还直播给了全国!

"导、导演,切吗?"导播快崩溃了,这种东西可不能播出去啊。

"不切,这会儿收视率一定暴涨。"导演攥着对讲机的手满是汗水。

大屏幕上突然出现了一个皮肤黝黑长相猥琐的男人,哆哆嗦嗦地说:"是缝纫间里的一个女的给我的钱,让我去七号和四号房里剪裙子,这样他们就会怀疑一号……"

如果一号秦亚楠被定罪,那么被毁了裙子的萧绡和办坏事的秦亚楠都会被淘汰,LY的招牌就砸了。

姚星洲惊讶地从休息区站起来,脸上一阵青一阵白,他恼怒地看向场下宝拉公司的人。

宝拉的赞助代表立刻跑上台来道："这肯定是个误会，郑小姐，请您对您的行为负责任，这里是全国直播的大赛现场！"

"我当然对我的行为负责。"郑茜冷笑，"如果你觉得有异议，咱们法庭上见。"说完，她转身就走，接下来的比赛也不比了。

现场顿时陷入了嘈杂的叫喊声中。

"黑幕就该重赛！"

"把事情说清楚！"

"宝拉赞助了上千万，肯定是为了买个冠军！"

"评委说不定也被买通了……"

卓雅站在原地，无比尴尬，但见多了大场面的影后稳稳地控制住了自己的表情。

蓝莫如忍不住小声跟赵菲菲说："卓姐可真是厉害，我肯定做不到这么淡定。"

"我就更不行了。"赵菲菲柔柔地说。

一旁的柳林嗤笑道："那是，你跟人家可差得远呢。"她跟蓝莫如一起出道，合作一部戏之后就开始互踩，这么多年积怨已深，以至于她看到蓝莫如就忍不住讽刺她。

因为这突如其来的意外，节目的收视率果真爆了，现场和网络上充斥着讨伐宝拉的声音，连带着对姚星洲的成绩也提出了质疑。

就在场面即将失控的时候，姚星洲走上台，他苍白着脸向观众和评委深深鞠上一躬道："很抱歉给人家带来了麻烦，既然宝拉有黑幕嫌疑，为了保障秩序，请允许我退出比赛。"

场中的嘈杂声像是被一只无形的手突然扼住了咽喉，卡顿了一下，又顷刻间爆发了更大的声响。

"哇啊！"

"他已经稳拿冠军了呀！"

"难道有什么误会……"

姚星洲退出比赛的话一出口，原本义愤填膺的观众又开始同情他了，不管是不是宝拉在幕后操纵，他把已经到手的冠军放弃了，足以证明设计师是无辜的。正在电视机前看直播的观众们也这么想，对满腹才华的姚设计师充满同情。

导演这才让导播切广告，场务出来维持秩序，花了近十分钟才让观众安静下来。组委会现场召开紧急会议，十分钟内拿出了解决方案。

画面再次切回现场，评委组长上台发言，平息事态道："这件事，组委会将慎重调查。"现在所有的一切都是郑茜的一面之词，他们也不能就这么草率地作废比赛，"姚先生和郑小姐都退出了比赛，我们尊重他们的意愿。"

综合剩下的八位选手的得分，萧绡就这么莫名其妙地拿了冠军，她握着云尺形状的水晶奖杯，总觉得哪里不太对。就像是提着砍刀上战场，刚打了一半就被提拔成了将军。

还在外面出差的梁靖瑶看着电视里一脸蒙地站上冠军领奖台的萧绡，忍不住把刚喝的咖啡喷了出来。

"这事是谁做的？"姚星洲坐在回程的商务车上，冷声质问宝拉的赞助代表。

"那个不是您授意的吗？"赞助代表心虚地说。

"我什么时候授意你们剪裙子了！你们是脑子进水了吗？"姚星洲气得一巴掌拍在座椅靠背上。这次的比赛很重要，这是宝拉进驻中国的第一战，他必须要赢。为了保证拿到冠军，他同意了修改LY两位设计师数据的方案，但剪裙子、毁配件这种事就太夸张了。

"这……我也不清楚，是总裁助理安排下去的，也许是传达有误。"赞助代表越说声音越低，这次的事闹大了，后续组委会还会启动调查，要不是姚星洲及时出来说自己放弃比赛，宝拉的名声就完了。

开着车的杨建不敢吭声，默默地装鹌鹑。

萧绡得了冠军，眉馨拿了亚军，那位设计男装的九号意外地拿了季军。

"我怎么觉得这奖杯拿得怪怪的。"眉馨跟萧绡一样，有些茫然，今晚的大戏一波三折实在精彩,但总有一种被人施舍了的憋屈感。

"哈哈,有奖拿,管那么多做什么?"九号是真心实意地高兴,拿了奖,他在公司的地位就可以大幅度提升。况且这次有个意外之喜,因为他给小鲜肉设计了衣服,他的个人微博突然粉丝暴涨,一堆迷妹到他的微博下面感谢,说谢谢他把自家哥哥打扮得那么好看,以后一定多支持他的设计。

萧绡低头翻了翻自己的微博,粉丝也暴涨了,不过并没有多少人夸她。

她不常玩微博,最后一条是决赛前发的——做衣服的萧绡:立个flag,如果这次我得了冠军,就去做一件大事。

所谓大事,自然是跟展令君表白,解决自己的终身大事。

现在这条微博突然被转发了上万条,几乎全都是:

气运逆天,转发锦鲤!

蹭喜气,希望明天考试顺利。

立flag竟然真的有效,我也立一个,如果明天过了科目二,我就去做一件大事。

萧绡哭笑不得地看着他们转发,无奈地摇摇头。如果自己真的是一条锦鲤,那现在去跟展先生表白,是不是就能成功了?

次日恢复正常上班,萧绡刚进公司大门,就被礼花彩条喷了一身。

"恭喜我们的冠军!"赵和平带着成衣部的人站在前排,人手一只手工礼花。

LY的大堂里摆着气球、蛋糕,总裁周泰然笑眯眯地走过来,将一张聘书和一捧鲜花递给萧绡道:"恭喜萧设计师夺得第五届全国设计师大赛冠军,按照公司惯例,越级提升你为高级设计师,下周起请到高成设计室上班。"

"欢迎加入高成!"高成设计师的经理上前,将高成设计室的工作牌发给她。

萧绡都把这茬给忘了,得到大赛冠军,是可以直接升为S1的。

正说着,秦亚楠也走了进来,她看起来很是憔悴,两只眼睛肿成了核桃,看到大厅里这么热闹,她的脸色顿时变得十分难看。

"哟,亚楠来了!"赵和平看到了她,赶紧提醒众人一声。

罗总监上前,同样将一纸聘书给了她道:"恭喜你获得前十名,今天起升为

D2。"进入决赛,也是可以得到升迁的,只不过远没有冠军那么耀眼。

秦亚楠看着手捧鲜花的萧绡,气得肌肉发硬,把赵和平递给她的花束狠狠地扔到了萧绡身上道:"我得到的数据被换了,是不是你搞的鬼?"

鲜花里满是水,溅出来打湿了萧绡的头发,萧绡生气大喊:"秦亚楠,你发什么疯?"

"当年校园大赛,就是你换了我的设计图!我碍着同学情谊,这么多年没说过你的坏话,你竟然还敢做这种事!"秦亚楠歇斯底里地大吼大叫。

换设计图?萧绡这是第一次听到这样的说法,她喊道:"什么设计图?"

"怎么回事?"周泰然皱眉,示意秘书给萧绡递纸巾,自己走上前询问秦亚楠。

"我得到的卓雅的身体数据不准,比实际偏大!"秦亚楠忍不住哭了起来,昨天实在是太丢人了,当着全国观众的面,展示那样一件不合身的衣服,她已经成了设计界的笑柄,"一定是萧绡换了我的数据卡,她大学的时候就换了我的设计图,让我进不了决赛,她好拿冠军!"

"秦亚楠,你发疯也别乱咬人!我哪有那么大本事换你的数据卡?我什么时候换你的设计图了?"萧绡本来有些同情她,被她这样胡乱攀咬也忍不住火大起来,她将手中的花捧摔到秦亚楠头上,"你说清楚!"

"别闹了,像什么样子!"周泰然厉声喝止,好好的庆功会就这么砸了,作为总裁不免有些气闷。

秦亚楠站起身,硬邦邦地对罗誉说:"总监,我心情不好,请假一天。"说完,她直接走出了公司大门。

周泰然叹了口气道:"好了,大家把蛋糕分一分,吃完回去上班,萧绡你来我办公室一趟。"

萧绡跟着总裁走了,留下的同事们议论纷纷。

"秦亚楠说的是真的假的?"

"谁知道呢,不过那个校园大赛是怎么回事?"

面对面地说话,大家都是同事,不好说什么恶意的猜测,都是点到即止,谁也没有那么蠢直接把坏话说出来,但心里是怎么想的就不得而知了。

"这次的比赛,我怀疑是宝拉在针对LY。"萧绡将比赛过程中的意外尽数说了出来,"我拿到的数据其实也是假的。"

"嗯?那你最后的衣服是怎么回事?"周泰然疑惑地问。

"说来惭愧,"萧绡有些不好意思,"我认识蓝莫如,也量过她的尺寸。"

周泰然点点头道:"原来如此,那个姚星洲倒是会做人,他这么一来,不仅保住了宝拉的声誉,他自己也名声大噪。"

宝拉如此针对LY,定然是本着打压的目的,这次起到了反效果,一定有后招在等着。

"现在网上都在说我是走了狗屎运,连带着说LY不如宝拉。"萧绡有些过意不去,"周总,我们怎么办?"

"欺负到我头上来了,呵,等着瞧。"周泰然眯起眼睛,下意识地握住桌上的LY水晶造型,轻轻摩挲Y字侧面的刻痕。这个名字,绝对不许任何人玷污。

高层要怎么处理,萧绡不得而知,她只能时时关注着网上的动向,怕有人骂她。然而大家除了转发锦鲤外,什么也没说。

蓝莫如突然打来电话,要请她和展令君吃饭。

"我想定下那条裙子,你来咱们商量商量。"蓝莫如的心情很不错,那件剑走偏锋的凤凰裙,让她看到了希望。

"好的……"萧绡捂住嘴,防止自己惊喜地尖叫出来,她约好时间地点就挂了电话。这是她人生中第一次接到高定的订单,而且是在她当上高级设计师的第一天。

或许自己真的是一条锦鲤!

萧绡都开始相信了,赴约的路上,她又拐进一家手工巧克力店,要了一颗鸡蛋大小的心形巧克力,让店家用丝绒面的盒子装好。又买了一条漂亮的丝带,用设计师的巧手绑了个十分复杂的蝴蝶结,装进包里,拍了拍。

走到约好的私房菜馆门前,萧绡又有点怂了,她隔着包按按里面的巧克力盒子,脑子里山呼海啸地闪过各种念头。

拿巧克力表白是不是太俗了……

没准备好台词，要不今天就算了……

"怎么不进去？"悦耳的声音，像是舒伯特的小夜曲，一秒让人坠入爱河。

萧绡回头，捂住心口。今天的展令君，依旧帅得让人失去理智。

私房菜馆的雅间很少，号都排到下个月去了。蓝莫如因为私人关系才能订到一个小包间，这里环境清幽，是个谈事情的好地方。

"原本的设计是这样的，比在赛场上展示出来的那件要好，布料需要定制印染。"萧绡把修改过的设计图交给蓝莫如看，"您看看还有什么想修改的地方？"

蓝莫如接过图纸仔细看，萧绡偷空瞄了一眼展令君。

今天没有开车，他正端着一杯红酒，慢慢地喝。酒液顺着透明的玻璃杯滑落，将那淡色薄唇染上了靡丽的色泽。

"怎么？"展令君发现她在偷瞄自己，便开口询问。

"啊，我，我也想尝尝那个酒。"萧绡吞了吞口水，俗话说酒壮怂人胆，想到自己饭后要做的事，她就想喝两口。

展令君的嘴角拉下来道："不行。"别说红酒，就是啤酒萧绡也是不能沾的，他抬手叫服务生来，给萧绡倒了杯酸奶。

酸奶和红酒，差得好像有点远……

分别了蓝莫如，萧绡跟喝了酒的展先生一起步行回家。这地方离她住的地方不远，天已经黑透了，展令君便绅士地陪她走一段。

萧绡低头，一脚一脚踩在人行道地砖的中心上，两人就这么沉默着走了半条街，眼看着就要到了。"那个……"踩了九十九块砖之后，萧绡终于鼓起了勇气。

展令君见她不走了，停下来疑惑地看着她。

萧绡紧张地拉开包，哆哆嗦嗦地拿出扎着蝴蝶结的小盒子道："这个送给你。"

展令君一愣，垂目看看那心形的丝绒小盒，眸色微暗，缓缓伸手接过来。

"我、我喜欢你，能不能跟我交往？"萧绡低着头，不敢看他，等展令君把盒子拿走，她豁出去地说出了口。二十好几的人了，却像中学生第一次表白一样紧张得话都说不利索。

展令君看着她,静静地看着,不说话。他的拇指轻轻摩挲着手里的丝绒小盒,沉默得像一座雕像。

秋风起,树梢的枯叶哗哗作响,吹散了萧绡腮侧的碎发,也吹透了她汗湿的脊背。

夜风可真凉啊。

萧绡抬起头,路灯照着展令君修长的身体,一如当初在东隅路的灯光下看到的模样,好看得让人心醉,冷淡得难以触碰,她尴尬地笑了笑道:"啊哈哈,那什么,我喝多了,说胡话,你别在意。"

"你喝的是酸奶。"展令君哑声道。

"我、我醉奶。"萧绡结巴地说着,向后退了一步,转身,落荒而逃。

锦鲤的运气,在遇到展先生那天就已经耗尽了。冠军也好,展令君也好,原本就不该属于她。

展令君看着她离去的背影,攥紧了手中的小盒子。

她是希望,是生生不息的力量。只可惜,他不是阳光。

推开大门,客厅里亮着灯,身着水蓝色丝绸居家服的中年女人,正坐在沙发上看电视,听到开门声便转过头来道:"你回来了?"

"嗯。"展令君应了一声,将手中的丝绒小盒放在鞋柜上,脱下外套,在门厅换了鞋子。

"这是什么?"女人走过来,好奇地看着那绑了蝴蝶结的小盒子,粉色的丝带纠缠成复杂的重瓣结,上下错落组成一个"心"形,女人问道:"女孩子送的?"

展令君伸手,在母亲触碰到盒子之前把盒子快速拿起来。

展妈妈看着儿子这模样,忍不住笑了道:"真不错,你也该谈个恋爱了。"

"再说吧。"展令君沉默了片刻,蹦出了这么句话,抿着唇往屋里走。

听到他这么说,展妈妈的脸色一变,跟着走到他房间门口,看着儿子把巧克力放到抽屉的角落里,开始不紧不慢地换衬衫,不由得急道:"你也不小了,我见你最近心情不错,如果遇到喜欢的女孩子……"

展令君解开衬衫最上端的两颗扣子,看了母亲一眼道:"妈妈,我要换衣服了。"

展母无奈地关上门,过了一会儿,展令君穿着颜色鲜亮的家居服走出来。深蓝色为底,上面印满了黄色的方块,仔细瞧那方块还有鼻子有眼,俗称海绵宝宝。

面色冷肃的儿子穿着与气质极不搭配的海绵宝宝家居服,展母却一点也笑不出来,眼中甚至闪过痛色道:"令君啊,这么多年了,妈妈希望你能走出来,你总不能跟你哥过一辈子吧?"

展令君搭在门把上的手慢慢攥紧道:"我有分寸,别担心。"说罢,他推开了隔壁房间的门。

萧绡回到出租屋后,便一头扎进被子里,自欺欺人地把脸埋起来。

果然,她还是太冲动了,就不该打这种无聊的赌,什么得了冠军就表白,明明还没到火候。

"啊啊啊啊啊啊!"萧绡烦躁地爬起来,把精心造型过的头发揉成鸡窝。看看穿衣镜里映出来的大脸妹,她回想这些日子跟展令君相处的动作与对话,怎么想都觉得自己的表现差劲极了,自己有什么值得人家喜欢的地方呢?

"唉,不管了,反正我也配不上他,表白过就此生无憾了!"萧绡安慰自己,跳起来站在床中央,假装自己是正在给黑人演讲的马丁·路德·金,她展开双臂,"我有一个梦想,让展令君成为我一生的伴侣,虽然我丑、我穷还又馋又懒,咳咳……"

鼓励的话实在是说不下去了,萧绡尴尬地挠头,爬回去重新把头埋进被子里,从小到大她这还是第一次跟人表白,就这么失败了,想想还是好遗憾啊!没有颜值的日子真不是人过的。

自怨自艾地睡到天亮,萧绡洗漱完毕,站在穿衣镜前给自己打气道:"屠呦呦,高尚不高尚?伟大不伟大?有人在乎她的颜值吗?你只要努力,成为世界知名设计师,什么样的美男找不到?"

如此励志了一番,萧绡又满血复活了,她拿起手机准备去上班,手机突然响了起来,来电显示"展令君"。

手一哆嗦差点没拿稳,萧绡脱掉刚刚蹬上的高跟鞋,光脚站在地上,这才接起了电话。

"你宿醉醒了吗?"展令君的语气跟平时没什么两样。

宿醉?萧绡一时没反应过来,愣了一下才想起来自己昨晚说醉奶的事,顿时尴尬地脚趾头抠地道:"醒、醒了。"

"嗯。"展令君一本正经地应了一声,长久的沉默后,他说道,"你昨晚为什么不等我说话就跑了?"

咦?萧绡的心瞬间提到了嗓子眼,脚底的血液都被骤然加快的心跳抽干了,开始变得虚浮绵软,她道:"那,你的答案是……"

"拒绝。"展令君干脆利落地说。

萧绡张着嘴,半晌才找回自己的声音道:"……也不用专程来说一遍吧?"她还没有那么笨,不回答就是拒绝的意思她还是懂的。

"毕竟你的季卡该充值了,我不能靠暧昧地出卖色相来骗取你的消费。"展令君正直无比地说。

萧绡被气乐了道:"我知道了,今天下班我去充值!"因为这哭笑不得的对话,表白失败的尴尬就这么消失了,瑶瑶说得没错,她这表哥,有毒!

第16章 应酬

萧绡坐在地铁上想了一路，思考展令君打这个电话的用意，大概是想继续跟她做朋友的意思？

不知怎么的，萧绡脑子里就浮现出一句话：你是个好人，但是咱俩不合适，我们可以继续做朋友。

"唉……"萧绡叹了口气，打开手机，翻出之前偷拍的一张照片。那天展令君去度假村接她，她睡到半路醒了，拿起手机看时间，趁展令君不注意拍了一张他的侧脸。他在认真地开车，线条优美的下巴被阳光镀上了一层金黄，漂亮漆黑的眼睛看着前方，余光瞟到了镜头……

等等！余光！

萧绡一个激灵坐起来，把照片放大，凭着对空间图像的超强认知能力，她十分确定，这个偷拍的行为被展令君发现了。但是他什么都没说，装不知道，是因为他刻在骨子里的绅士教养，还是因为心怀纵容？

甩甩脑袋，萧绡沮丧地发现，即便被拒绝了，自己还是控制不住地喜欢他，以后她得收敛一下了。

因为还在主持初夏装的设计，萧绡作为主设暂时不能离开成衣部，便跟高成那边申请了延期，等把这边的工作处理完再过去。

秦亚楠跟她彻底撕破了脸，两人一句话都不说了。

萧绡打开电脑，就看到公司的匿名群里在讨论她的事。

匿名甲虫：萧绡跟秦亚楠那点事，是不是真的啊？

匿名金龟子：那还能有假？秦亚楠亲口说的。

匿名毛毛虫：啧啧，想不到萧绡的人品这么差，上大学的时候就能换掉同学的设计稿。秦亚楠面试的时候就该说出来，说出来LY肯定就不招萧绡了。

萧绡看得一头火，没有匿名，直接上去。

萧绡：少背后说人，秦亚楠，你要是有证据就拿出来，没证据就别在这里血口喷人。当初半决赛我就是第一，你第几我都不知道，我用得着害你？

这话一说出来，所有人都不敢再说了，整个群安静下来，陷入死一般的沉寂。

萧绡骂完人就神清气爽了，生病之后她学会了新技能，叫"发泄出来瞬间不生气"，毕竟展医生说过，人连续生气超过六个月就会生重病。

怎么又想到展令君了……萧绡暗骂自己一声没出息，下楼去给陈教授打电话。

"萧绡啊，恭喜你拿了冠军。"陈教授笑着接了。

"侥幸而已。"萧绡客气几句，便问起了秦亚楠的事，"您知道当初是谁换了她的设计稿吗？"

"这事当时闹得挺大，学校也组织了调查组查这件事，最开始没查出来，都认为是秦亚楠自己交错了。结果隔了好几个月，有学生会的学生举报，说他们一个部长有嫌疑，这才又重新开始调查，最后确认是一个学生会的男生做的，学校也给了他处分。"陈教授一边回忆一边慢悠悠地说，具体那个男生叫什么他确实不知道了。

但这些信息对萧绡来说已经足够了。谢过陈教授，挂了电话，萧绡低头琢

第16章 应酬

磨了片刻，又给梁靖瑶打了个电话道："瑶瑶，学生会学习部的郝仁你认识吗？"

"郝仁，哦，就是那个锅盖头吧，不是很熟，怎么了？"梁靖瑶以前也在学生会干活，人基本都认识。

"周倩不是跟他谈过一段时间嘛，这事知道的人很少……"萧绡咂咂嘴，"你帮我打听打听，郝仁有没有受过处分。"

"你要对付周贱人？行，我去问问。"梁靖瑶听到周倩这个名字就兴奋，二话不说就应承下来。

萧绡皱起眉头，如果这事真的是周倩做的，这人的心机也太深了。

"萧绡，你在这里啊，我正要发邮件给你呢。"财务科的娜娜看到萧绡，立时叫住她。

"怎么了？"萧绡走过去，对于财务科的人还是要客气一点的，毕竟人家控制着工资和奖金。

"大赛的奖金打过来了，你想要一次性发，还是分三个月？"娜娜耐心地解释，因为奖金比较多，一次性发拿到的钱比较少，她建议分三个月。

"多少钱啊？"萧绡眼睛一亮。

"二十万。"娜娜有些羡慕地说，二十万一次性发需要交百分之四十五的个税，太不划算了。

二十万！萧绡控制不住地笑起来道："那就分三个月吧。"

本来还惦记着绩效奖什么时候发，她好去充季卡，没想到飞来一笔横财。二十万，分三次发扣完税还有十五万呢！

顿觉自己发财了的萧绡也不计较那群匿名虫子的污蔑了，她哼着小曲儿抱着资料上楼去，跟高定室报备一下蓝莫如的裙子。

虽然是萧绡私人接的工作，但她现在还没有独立的工作室，根本没有制作高定的能力，所以还要依靠LY。蓝莫如也希望这件衣服能挂靠在LY名下，这样媒体报道出来也好看一点。

到时候，购买衣服的钱蓝莫如会打给公司。虽然大部分的钱会留给公司，但分给萧绡的设计费也相当可观,萧绡也没什么不乐意的。

周泰然刚好也在设计室里,正跟艾德琳说着什么事。

"目前的情况就是这样,我希望您能出面提出质疑。"周泰然依旧是那副玩世不恭的模样,一双常带笑意的桃花眼波光流转,瞥到萧绡,便招手让她也过去。

"周总,首席,你们有事我过会儿再来。"萧绡不太想听什么公司机密,她还只是个小设计,知道得多了并没有好处。

"这事跟你也有关系。"周泰然眼中闪过一丝阴桀,"宝拉发的声明你看了吗?"

"呃……"萧绡被问住了,昨天晚上她一直在纠结告白失败,并没有看网上的消息,但此刻总裁问起,她只能立刻掏出手机,搜索宝拉。

宝拉在官方微博上发了声明,言说这次的黑幕事件与他们无关,比赛是公平公正的,对于姚星洲的退赛深表遗憾。这篇公关稿相当微妙,话里话外都在说姚星洲本该拿冠军,只是被有心人给陷害,为了维护公司声誉他不得不放弃,指桑骂槐地贬损LY,暗指这件事是四号设计师郑茜与LY联手制造的闹剧。

"这也太不要脸了。"萧绡忍不住骂了一句。

"我约了郑茜,晚上你跟我一起去见她。"周泰然说了个陈述句,而非询问句。

"我?"萧绡有些慌,她可从来没有跟总裁一起出去应酬过。

"嗯,她点名要见你,我俩商量的事也跟你有关,我觉得你有必要去一趟。"周泰然说完摆摆手,示意她可以跪安了,转头继续跟艾德琳商量。

因为晚上的应酬,萧绡要去桑榆充卡的计划泡汤了。不过这样也好,不管展令君说得如何轻松,她还是有些尴尬的。

坐在总裁酷炫的法拉利跑车上,看着那张扬的明黄色车身,回想起上次见识到的红色超跑,萧绡顿时生出了"总裁跟展令君他哥还挺配"的奇葩想法。

"如果让你再比一场,你有信心赢过姚星洲吗?"周泰然扣上安全带,瞥了萧绡一眼。

"没信心。"萧绡实话实说。

第16章 应酬

"……"周泰然额角一抽，踩下油门瞬间冲了出去。常开跑车的人与展令君那种中规中矩的开法截然不同，整个车如同脱缰的野马，吓得萧绡赶紧抓住了安全把手。

跑车在红灯前停下，周泰然单手搭在方向盘上，明灭的灯火照在他的脸上，看不出表情。

作为公司里的小角色，萧绡一年跟总裁说过的话都不超过十句，此刻她着实有些紧张，只能低着头看自己的手指道："不过我很愿意再比一场，这冠军得的太憋屈了，还不如不要。"

周泰然有些惊奇地看向她，直到后车按了喇叭，他才发现已经换了绿灯。正是下班高峰，出了科技园，再厉害的超跑也只能跟着车流龟速前行，周泰然看着前方，语调中带着几分怀念道："你让我想起了一个人。"

"……"

"说因为我年纪小让给我？这冠军老子不要了！"

"别听他们胡说，你本来就该是第一。"

"呵呵，他们要是敢在颁奖的时候这么说，我立刻摔了奖杯。"

"……"

"谁？"萧绡好奇地问。

"Leo……"周泰然的声音有些低。

"您也太抬举我了，我哪能跟创始人比。"萧绡哈哈笑，Leo是LY创始人的名字，世界著名的天才设计师，据说他十六岁那年拿了国际大奖，结果领奖的时候被人说是前辈谦让的，他当场就摔了奖杯，"我可没那魄力，先说好，要是重赛的话，奖金我可不退回去。"

"不用退。"周泰然失笑，"这次有郑茜和大梁创世出钱，咱们办个邀请赛。"

"郑茜？"萧绡有些惊讶，报名资料上显示郑茜是个自由设计师，但她花钱雇人抓剪裙子的人的架势又不像是个普通的小设计。

"她是郑建国的女儿。"

郑建国，是全国排名第五的地产公司老总的名字。郑茜做设计纯粹是个人爱好，想借着这次大赛扬名，好自己开个服装品牌，结果出了这种事，她实在是太生气了，扬言不管花多少钱也要让对方付出代价。

晚上八点，到了桑榆会所的下班时间，展令君坐在办公桌前，动了动有些僵硬的肩膀。他看一眼手机，没有任何的新消息，薄唇渐渐抿成一条直线。

"萧绡来续费了吗？"路过前台，展令君似乎刚想起什么似的，问了甜甜一句。

"没有。"甜甜摇摇头，见展令君要走，连忙叫住他，"老大，天转凉了，咱们冬天有没有新制服啊？"

展令君看了一眼甜甜身上的蓬蓬裙道："无论春夏，桑榆的室内温度恒定为二十五摄氏度。"

"那是你们办公室的温度，我这前台杵在门口，四处漏风的，顶多五度！"甜甜不满地抗议，而后将下巴搁到高高的柜台上，像小狗一样可怜巴巴地讨好道，"老大，求你了，让萧绡姐再给我设计个厚裙子吧。"

展令君："……"这才几天，自己的属下都被那家伙给收买了。

一只戴着黑色薄鹿皮手套的手准确地搭在他的肩上，展令君不用回头也知道是谁，他问："慕先生有什么需求吗？"

"我的助理今天有事，劳驾展医生送我回家。"慕江天穿着一身短款燕尾服，脊背挺得笔直，他一手拿着漆黑的盲杖，一手搭在展令君的肩上，微微抬着下巴，像个等着人亲吻手背的王子。

顾客的要求是第一位的，展令君任由他扶着肩膀，一步一步往车库走去。

"你在等她吗？"慕江天突然问了这么一句。

展令君不说话，拉开慕江天的手让他站好，自己去开车门。

戴着鹿皮手套的双手交叠在盲杖顶端，慕江天安静了片刻，突然问他："你是不是后悔了？"

展令君刚拉开车门，又重新关上道："我叫宋唐来送你。"

"行，我不问了。"慕江天举起一只手表示投降，这才听到车门重新打开的声音，自己摸索着走过去，被展令君塞进副驾驶座。

第16章 应酬

展令君关上车门，直起身子看了一眼桑榆的大门，东隅路上空荡荡的。他并不是后悔，只是有些遗憾，还有……想跟她道个别。

萧绡此刻坐在海鲜馆的包间里，云里雾里地听郑茜和周泰然你来我往地讨价还价。

郑茜的意思是要宝拉身败名裂，让这次的大赛组委会蒙羞。周泰然则不赞同把事情做得太绝，他更倾向于在这件事里搅浑水捞好处。

"你的那个小助理，已经跟我说实话了，宝拉的人给了她钱。"郑茜嘲讽地嗤笑一声，"宝拉内部现在很乱，这次的事是几个人一起出手造成的，吃相实在是难看。"

在红莲被毁的时候，萧绡就知道袁红霞有问题，只不过当时她没有时间也没有精力计较这件事。

第二天，媒体上就大面积出现了设计大赛黑幕的消息，袁红霞竟然亲自现身说法，说自己拿了宝拉的钱，并且亮出了收款的银行流水，显示是一名叫"张艳"的人打的款。而这个张艳，就是宝拉的总裁助理。

袁红霞家里有个弟弟，她初中就辍学出来打工供养，如今那个弟弟在大学里生了病，她正缺钱，就收了宝拉的好处。

先前说萧绡纯粹是运气好的人，这下顿时闭了嘴。十个选手，就只有她最倒霉，配件都被毁了，还能在两天之内赶工出一件成绩很高的衣服，足以说明她的实力。

宝拉陷入了舆论的漩涡，先前的那份声明简直就是自打脸。

恰在这个时候，LY放出消息，邀请这次进入决赛的十名参赛选手参加由大梁创世和磐石地产联名赞助的商业邀请赛。

"马上就是'银色大厅事件'十周年，我们想为遭受恐怖袭击的地区尽一份绵薄之力。"周泰然西装革履地坐在镜头前，接受财经频道的专访。

"啊，总裁真是太帅了。"高成设计室里，几个年轻的助手围在液晶屏幕前犯花痴。

周泰然三十二岁，年轻有为，一双桃花眼常带笑意，形象非常好。只是他很少抛头露面参加活动，这次为了LY的声誉站出来，一定能为LY狂吸一大票粉丝。

"马上就是十周年了啊……"萧绡攥着小云尺，有些感慨，一晃十年就这么过去了。

"什么十周年？"正在画图的一位高级设计师抬头问萧绡。

"你知道慕江天吗？"这话说出来有点沉重，但萧绡还是要尽职尽责地科普自己的"爱豆"。

银色大厅，是指全世界排名第一的那座皇家歌剧院，因为历代的著名音乐家都会在那里留下银色徽章，故而被称为银色大厅。那是最高的音乐殿堂，当年的慕江天不止一次在那里表演。

十年前，恐怖分子不知为何冲进了银色大厅，爆炸和枪击造成数十名观众丧生，也重伤了当时正在表演的天才钢琴师——慕江天。

从此慕江天便销声匿迹，仿佛一颗耀眼的星，骤然从银色徽章组成的星幕上滑落。慕江天的粉丝称这一天为光耀陨落之日。

作为慕江天的粉丝，萧绡每年都会去参加陨落日的纪念集会，不过今年萧绡拒绝了会长的邀请。

"十周年，你不来吗？"会长得到萧绡这样的回复，很是惊讶，"难道连你也脱粉了？"

这些年，长情的老粉丝越来越少，更多的是慕江天出事之后才加入的小孩子，会长对着这些吵闹的小孩很是心累，就盼着萧绡能过去帮忙。

"没有，我有更好的纪念方式，回聊。"萧绡挂了电话，抬头看着桑榆会所的三层小楼。

萧绡已经一周没有踏足这里了，说实话她有点胆怯，不知道要怎么面对展令君，但今天是纪念日，她想来看看年少时的偶像。萧绡在门口站立了良久，反复在脑海中演练遇到展令君要做出的反应，而后深吸一口气，抬脚走进去。

第16章 应酬

展令君不在一楼，萧绡也没敢问，低着头去了三楼。

琴房外面空荡荡的，激昂的乐章从门缝中倾泻而出——贝多芬的《命运交响曲》。

恢宏壮丽的乐曲，仿佛英雄的呐喊，让小小的琴房变成了狂风骤雨的大海，钢琴则是一叶扁舟，与命运抗争的男人用力地划着桨。他在怒吼，在向命运宣战。

命运不能使我屈服，我要扼住命运的喉咙！

萧绡无法形容自己此刻的震撼，那位光耀了整个星幕的钢琴天才如今穿着的，正是十年前在银色大厅表演时的礼服。白色燕尾服，黑色丝绒的领结，万千光芒汇于一处，他是上天的宠儿，拥有神子之手。

乐曲在最高点戛然而止，接下来的指法太过复杂，以他残缺的手无法演奏，慕江天坐在钢琴前喘息，指尖不停地颤抖。

还是不行……

即便双手完好，这首曲子他也弹不出了，一到这个小节，他的脑海里便是一片血红，深入骨髓的痛楚汹涌而出。

"你还好吧？"萧绡有些担心地看着他，这一天对慕江天来说太难过了，他竟然还在弹这首曲子折磨自己。

"你怎么没去参加十周年集会？"慕江天拿起钢琴上的白色手帕擦了擦下巴上的汗珠，转头问萧绡。

"偶像就在这里，我去对着照片集什么会？"萧绡四下看看，没有看到展令君的身影，不免有些失望，"展医生不在三楼吗？"

"他出国了。"慕江天渐渐平复下来，他拿起钢琴上的白色手套，慢条斯理地套上。

"出国？"萧绡骤然慌乱了一下，"那，他还回来吗？"

慕江天好笑地歪了歪脑袋道："他的会所还在这里，不回来怎么办？"

萧绡意识到自己问了个蠢问题，不好意思地摸摸鼻子。

"他看着很理智，其实是个死心眼、倔驴子，你别在意。"慕江天前不着村后不着店地突然说了这么一句，没等萧绡问明白，就起身离开了琴房。

问了会所里的人，都说展令君每年这个时候都要出国一个月，据说是去进修学习，在哪里他们也不清楚。

"他是老板，我哪儿敢问。"甜甜吐了吐舌头，接过萧绡的信用卡，给她的会员卡续费。

萧绡奄头奄脑地推开旋转门，忽然听到身后有人叫她。

"大脸姐姐！"穿着运动服的夏炎一瘸一拐地走过来，他刚装了假肢，还不太会用，走起来姿势很怪。

"拐杖，拐杖！"李萌拿着两根拐杖跟出来，塞到夏炎手里。

"我能走。"夏炎不太愿意拄拐，他好不容易有了新腿，再也不愿意碰那丑陋的拐杖。

"你现在还不能一下子就扔掉拐杖，循序渐进懂不懂？"李萌气得手臂上爆青筋。

夏炎没能如愿以偿地装上变形金刚的机械腿，只买了一双比普通义肢好一点的仿真腿，不过他的机车梦就要实现了，他说道："我爸爸给我买的机车就要到了，一会儿就送过来，我带你兜风啊！"

萧绡抽了抽嘴角，这小子，不会是看到她来了，故意叫爸爸把车直接提到这里来炫耀的吧？"你爸爸还真给你买机车啊？"

要用这双还没适应好的假肢骑摩托，怎么看怎么不靠谱。

"那还有假，来了！"夏炎听到声响，拉着萧绡就往门外走。

"炎炎，看看喜欢吗？"夏炎的爸爸笑呵呵地拍拍那辆崭新的"机车"——最新款的残疾人电动三轮。

夏炎："……"

萧绡："哈哈哈哈哈哈！"

夏炎的表情太好笑，萧绡忍不住拿出手机要给他拍一张，被小少年无情地拒绝了，他转过身去，只留给萧绡一个气哼哼的后脑儿。

萧绡把这张"后脑儿与机车"图发给展令君，配了一串"哈哈哈哈"。等她坐上地铁，展令君还没有回复，萧绡忍不住手贱，又发了一句过去。

第16章 应酬

小小布：怎么不说一声就走了？

"哎呀，好矫情！"萧绡盯着看了一会儿，觉得这语气活像一个被抛弃的怨妇，就想撤回，奈何已经过了两分钟，她只能干瞪眼。

一周过去了，展令君始终没有回复她。萧绡也不再犯傻，停止了发消息的愚蠢行为，专心工作。

"涅槃"的定制印染布料到货了，萧绡陷入了赶工的忙碌中。因为蓝莫如十二月就要出席电影节，她只有不到一个月的时间了。

而与此同时，大梁创世和磐石地产联合举办的商业设计邀请赛也开始了。在舆论的压力下，姚星洲答应了参加这次表演赛。那位得了季军的九号选择了拒绝，他是撞大运才得了第三名，可不想再节外生枝。

最后统计下来，愿意参加的设计师一共八名。

因为是以表演娱乐为主，这次的评分由现场的五百名观众投票和十位专业评审的打分共同决定。题目，则由郑茜的父亲郑建国来出。

郑建国笑眯眯地走到台上，冲着镜头挥挥手道："我是个外行，不懂什么设计，就出个简单的题目吧。"

说着，从后台走出来八位身材相仿的妙龄少女，看着也就十七八岁的模样，都穿着统一的牛仔裤、白T恤。

干净清爽的打扮看起来很是养眼，就是T恤上印的大大的"磐石"二字很煞风景。

"广告衫嘛，当然丑了。"主持人适当地活跃气氛，"广告衫虽然丑，但我们磐石两个字绝对不丑，看看这横平竖直、铿锵有力的字体！"主持人将讨好赞助商的嘴脸表现得非常夸张。

观众席上顿时传来一阵嘘声，郑建国忍俊不禁道："这不是方正黑体吗？你这也太夸张了。"

"哈哈哈哈……"观众爆发出笑声，场上的气氛渐渐活跃起来。

郑建国的题目确实简单，就是要设计师现场给这些少女设计一件白色长袖衫。用统一的布料现场制作，由大梁创世带来的制版师和工人完成，设计师只负责画图和配饰。

八名设计师在舞台上依次排开，人手一台电脑。每台电脑都在录屏，实时反馈到大屏幕上。

这题目看着简单，其实很考验设计师的功力，题目范围非常狭窄，可发挥的余地很少。其他设计师已经开始动手，萧绡看着手边的布料，陷入了沉思。

在此期间，主持人也没闲着，他解说了一会儿设计，便混迹到观众席上采访。

"你比较看好哪一位？"主持人将话筒递给观众。

"我看好姚星洲，之前的设计大赛他的分数最高，肯定水平最高。"

"我看好眉馨，纯白的布料做复古装容易出彩，这个题目对她比较有利。"

"我选萧绡，她之前得了冠军的。"

当场出图、当场制版、剪裁、缝纫、钉扣一条龙。大梁创世带了手艺最好的缝纫师来，行云流水的作业宛如艺术表演，让不太了解服装行业的观众大呼过瘾。

服装制作出来之后，扣上带号码牌的胸针，由几名少女试穿。

"哇——"当八名模特一个一个走出来的时候，观众们不由得惊呼连连。简简单单的白色长袖，竟然被设计师们造出了这么多的款式。

眉馨做了个改良汉服，微喇的袖口像花瓣一样张开，淡蓝色的丝带在其中穿行，垂下来合成一根蓝色流苏，行止间颇有古韵。

郑茜则设计了一款时尚的露脐装，衬衫只到肋骨处便没了，留出两片长长的布料，在肚脐上方打一个蝴蝶结，肩膀处也开了对称的圆孔，让少女的肩膀看起来更加圆润。

秦亚楠则大胆地做了个性感风的，她设计的衣服袖子上挖空了一半，露出半截胳膊来，很是抢眼。

最抢眼的还是姚星洲的设计，他做了一件仿中世纪宫廷礼服的衬衫，层层叠叠的蕾丝花袖，让穿着长袖衫的少女瞬间化作城堡中的白雪公主，等待着王子的到来。

其他的还有燕尾设计、露背设计、流苏边设计等,各有千秋。

轮到萧绡的设计,则让人们大吃一惊。原因无他,只因这件衣服太素净了。

干净无比的长袖衫,没有任何出格的地方,规规矩矩仿佛一件校服,只在袖口和领口做了特殊处理。袖口是用松紧扎束的花边设计,类似于古代的箭袖,上面用粉色的丝带交叉穿梭,在尾端绑了个漂亮的蝴蝶结。在模特抬手的时候,人们才发现那十分微小的"灯笼袖"设计,小臂处稍微加宽了些,并不夸张,看起来很是清爽。领口则有着与袖口互相呼应的缩口设计,同样用粉色丝带做点缀。

除此之外,没有任何多余的配饰、镂空和特殊剪裁。

"啊,萧绡怎么会提交这么个设计,分数肯定要低了。"坐在艾德琳身边的评委,小声跟艾德琳说。

"就是啊,别人的有哥特风、复古风,她这个算什么风?校服风吗?"另一位评委也跟着说。

艾德琳看着台上的八件衣服,不发一言。

首先是观众投票,五百位观众选出自己喜欢的那一件,每人只能选一个,将五百分不均等地分配给八位选手,这样可能会造成差距拉得很开。

大屏幕上显示出了八位设计师的号码,每个号码上面有一个不停上升的柱状图。萧绡是三号,站在第三位,背景音乐变成了"扑通扑通"的心跳声。

"啊!"评委席上发出一声惊呼,刚开始姚星洲的攀升最快,顶端的数字很快跳到了一百零三,之后,三号的柱子异军突起,瞬间超过了姚星洲,最后停留在了一百九十八上。

八个数字分别是一百零三,七十八,一百九十八,二十一,三十六,十三,四十二,九。差距非常明显,那位做了满身流苏的得分最低,萧绡那素净的"校服风"得分最高。

萧绡得了最高分,主持人也惊呆了,随手采访了一名观众问道:"你选的谁?"

"我选的三号,因为我觉得三号看着最顺眼。"

"我也选了三号,毕竟如果给我女儿买衣服的话,我肯定会买这件,这件太好看了。"

为了防止选手的自我夸耀影响观众的判断，在观众投票之后才允许设计师阐述作品。主持人毫不犹豫地将话筒首先递给了萧绡。

"为什么做了这样的设计？"艾德琳作为评委发言人，开口问她。

萧绡笑了笑，学着展令君讲解疾病时的语气，从容不迫道："这个年纪的女孩子还在上高中，买这样一件衣服，一定是希望上学也可以穿的。如果穿得暴露或是太过花哨，会被老师批评，最后这件衣服就浪费了。"

刚才还不太明白为什么自己就是觉得三号顺眼的观众们，此刻恍然大悟。长袖衫，就是商场里经常卖的日常装，面对这八件衣服，买给这个年纪的小女孩，想也知道大家会选择哪一件。

艾德琳微微颔首，严苛的脸上露出一抹浅淡的笑意道："为穿衣的人考虑，才是一个设计师最应该有的品质。"

得到艾德琳这样的夸赞，萧绡禁不住眼眶一酸。她想起当初刚进LY的时候，艾德琳因为她没有设计理念而斥责她不配做设计，她忽而有一种拨云见日的沧桑感。

最后，因为观众投票差距拉得太大，萧绡毫无悬念地拿了第一名。关于萧绡不如姚星洲的言论，再也没有人提及。

萧绡想要跟人分享一下喜悦，又不自觉地点开了展令君的微信，依旧是未回复的状态。她叹了口气，梁靖瑶的电话突然打了进来。

"萧绡，我问到了，那个郝仁真的受过处分，就在设计大赛那个学期！"上次托梁靖瑶打听周倩前男友的事，还真被她问到了。

"我知道了，谢谢你啊，瑶瑶。"萧绡抬头，恰好对上秦亚楠的目光。秦亚楠这次是彻底输给了她，再没什么别的理由耍赖了，她的脸色很是难看，见萧绡看过来，她索性往这边走。

萧绡准备挂电话好应付秦亚楠，却听到梁靖瑶多说了一句道："萧绡，你有展令君那货的电话吗？他出国了，国内号码停用，换了个号谁也不说，也不知道去了什么鸟不拉屎的地方，连个网络都没有，我大姨也联系不上他。"

原来不是不回她的消息，是没有信号了吗？

听到这话，萧绡的心情突然就好了，面对着走过来的秦亚楠，她竟然还露出了笑脸，吓得秦亚楠差点栽跟头。

绿野千鹤 / 著

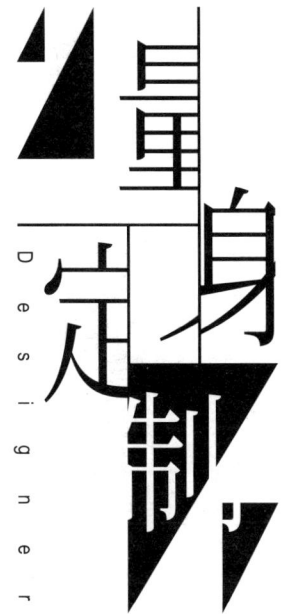

量身定制
Designer

下册

世界知识出版社

图书在版编目（CIP）数据

量身定制：全2册 / 绿野千鹤著. — 北京：世界知识出版社，2018.4
ISBN 978-7-5012-5717-1

Ⅰ．①量… Ⅱ．①绿… Ⅲ．①长篇小说—中国—当代 Ⅳ．①I247.5

中国版本图书馆CIP数据核字（2018）第068479号

....

量身定制（下册）
Liangshen Dingzhi（Xiace）

作　　　者	绿野千鹤
责 任 编 辑	余　岚
文 字 编 辑	蔡楚娇
责 任 出 版	赵　玥
责 任 校 对	陈可望
出品人/监制	赵　雷
总 策 划	码　码　李姣姣
装 帧 设 计	西　少
出 版 发 行	世界知识出版社
地 址 邮 编	北京市东城区干面胡同51号（100010）
网　　　址	www.ishizhi.cn
销 售 电 话	010-65265923　010-57735442
经　　　销	新华书店
印　　　刷	北京嘉业印刷厂
开 本 印 张	880×1230毫米　1/32　7½印张
字　　　数	221千字
版 次 印 次	2018年5月第一版　2018年5月第一次印刷
标 准 书 号	ISBN 978-7-5012-5717-1
定　　　价	59.80元（全2册）

版权所有　侵权必究
如有任何印刷装订质量问题请联系印厂调换，联系电话010-57735449

目录
Contents

第17章	泄露	001
第18章	草原	013
第19章	逃亡	027
第20章	生死	041
第21章	LY	053
第22章	头疼	069
第23章	坦白	083
第24章	抽薪	099

目录
Contents

第 25 章　过年　　　　　　　　　　117

第 26 章　杀招　　　　　　　　　　131

第 27 章　养你　　　　　　　　　　145

第 28 章　还击　　　　　　　　　　161

第 29 章　机遇　　　　　　　　　　175

第 30 章　名义　　　　　　　　　　185

第 31 章　分手　　　　　　　　　　199

第 32 章　异国　　　　　　　　　　213

番外篇　蜜月　　　　　　　　　　　225

向日葵，这向往光明之花，永远朝着太阳，她是希望，是生生不息的力量。

第17章 泄露

"你别得意,这种商业比赛本来就不专业……"秦亚楠梗着脖子说。

"秦亚楠。"萧绡打断了她愤世嫉俗的批判,抱着手臂似笑非笑地看着她,"我倒是有点佩服你了,输了这么多次,你还是坚信自己天下第一。"

"你就得意吧,有你哭的时候,两面三刀的贱货!"秦亚楠咬牙切齿地说,"这两年每每看到你在我面前装无辜,我就恶心得想吐!"

萧绡一点也不生气,反倒是笑了起来道:"论装,我可比不上你,明明这么讨厌我,却还跟我那么亲近,最恶心的难道不是你吗?"

秦亚楠气得脸色发青,吵架最气的不是吵不过对方,而是吵了半天自己气得半死,对方一点也不生气。

"秦亚楠,虽然我不稀罕你那点虚头巴脑的友情,但这件事我还是要澄清一下的。"萧绡拿出手机,打开校园人人网,找出了郝仁的主页亮给她看,"我没有动过你的设计图,是学生会里一个叫郝仁的男生换的。学校后来也给了他处分了,你可以回学校打听。"

秦亚楠盯着照片看,觉得这男生有点眼熟,问道:"我又不认识他,他换我的图纸干什么,你不要以为随便找个替罪羊就行了!"

萧绡收起手机,冷笑一声道:"你不认识他,但你的好闺密认识。这个郝仁,当初可是周倩的男朋友。"

"你说什么?!"秦亚楠的声音徒然拔高。

萧绡不理她,转身便走,留下五雷轰顶的秦亚楠呆立在原地。

也不知秦亚楠用了什么方法求证,过了几天,她突然给萧绡发来一条消息——"对不起"。

萧绡正在高定室里制作蓝莫如的定制裙,看到这条消息,她微微挑眉,把手机扔在一边,没有回。这个道歉她接受,但已经破裂的友情是不可能复原的,以后她俩就是陌路人。

秦亚楠坐在甜品店的卡座上,低头摩挲着食指上的戒指,这是她去年在配件设计室要来的碎钻边角料做的,她很喜欢就经常戴着。她家里条件不是很好,一直努力想要出人头地,什么都不愿意落后,所以对于毁掉她设计比赛的萧绡恨之入骨。

如今仔细想想,"萧绡换了设计图""萧绡嫉妒你的才华""萧绡勾引了学生会的人为她鞍前马后",这些所谓的真相,都是周倩告诉她的。

"唉,今天忙得要死,但你说要见我,我把客户都给推了。"周倩火急火燎地走过来,笑着跟秦亚楠说。

秦亚楠把戒指的钻面转到内侧,等周倩点完吃的,这才慢慢开口道:"倩倩,之前给你的那些东西,还给我吧,这生意我不做了。"

周倩的笑容僵在脸上,她上下打量一下秦亚楠道:"那不行,都已经制版下工厂了,钱也给你了,你现在反悔就得赔我们公司损失,起码要五十万。"

"制个版而已,哪就要五十万了!"秦亚楠的脸色变得很不好看,都是行内人,周倩说这话是把她当白痴哄吗?

"怎么不要五十万,是你先答应的,我们就推了别的图纸,现在你又反悔,我们去哪里找新图？马上就要上新装，宣传图纸我们都做好了，说五十万都是少的！"周倩摆出了公事公办的严肃嘴脸，见秦亚楠气得发抖，又缓和了语气，"你看你，不都说好了吗，怎么又反悔了？你这不是坑我嘛！"

"我不管，你必须还我，赔偿的事我去跟你们老板谈。"秦亚楠强硬地说。

见她这态度，周倩也火了道："秦亚楠，你还真把自己当世界中心啊！这是做生意，不是过家家。我告诉你，这图纸你是不可能拿回去的，你好好配合，我保证这事不会牵扯到你，你要是找事……"

正说着，服务生端了冰可乐来，秦亚楠抄起杯子，直接倒在了周倩的头上。黏糊糊的可乐和冰块哗啦啦浇了满头，周倩张着嘴巴，足足愣了三秒钟才反应过来，大吼一声："你干什么！"

"小姐，冷静！"还没走远的服务生赶紧来劝和，周倩已经抓起桌上的冰粥去泼秦亚楠，两人就这么打了起来。

周倩仗着个子大，死死抓住了秦亚楠的头发。秦亚楠一巴掌扇到周倩的脸上，反着戴的戒指在周倩的脸上划了个长长的血口子。

LY公司内部的匿名聊天群里，又有了新的八卦。

匿名山鸡：今天这名字分配得真难听。话说你们瞧见了吗？秦亚楠好像被人打了。

匿名珍珠鸡：看见了，看见了，左边眼窝青着，会不会是家暴啊？

匿名芦花鸡：她那么爱贪小便宜，说不定顺走了小摊上的东西，被人家教训了。

匿名山鸡：哈哈哈哈，真有可能，烦死她了，总拿人东西。

萧绡看着这些野鸡叫，摇了摇头，没想到秦亚楠能跟周倩打起来。两人一个说话不看场合，一个把刻薄当有趣，最后竟是靠拳头来交流了。不过这都不是她要关心的了，她现在只关心女神的红毯礼服。

当重新改良过后的"涅槃"完工时，LY的冬季新款就要上架了。

"这是怎么回事！"市场总监把一叠资料摔到赵和平面前。

赵和平吓了一跳,拿过来看,那上面是一些网店的截图,仔细看看那些衣服,他的眼珠子差点掉出来,道:"这,这是……"

爆款冬装,军绿长风衣,跟LY这一季的新款几乎一模一样。

"冬装图纸泄露,成衣室的人马上到会议室集合。"市场总监的脸色很难看,他说完转身就走。

遭到泄露的一共就两件大衣,在网上已经卖疯了。因为低廉的价格和新颖的设计,销量最大的几家店基本上都过了千,而LY全国各地的门店也正在上架这一款,这就相当尴尬了。

"萧绡,你也来一趟。"市场总监通知高成室,让萧绡也去开会。

网店爆款、图纸泄露,想起前两天秦亚楠的青眼窝,萧绡顿时有了不祥的预感。

走进会议室,因着高级设计师的身份,萧绡得以坐在了市场总监的下首,成衣设计师的人则都排在她的后面。气氛很是紧张,大家坐在位置上不敢说话,等着总裁和首席他们过来。

这种销售上的事情,艾德琳向来不参与,没有过来。周泰然和艺术指导林思远一起走进来,坐在了上首。

"市场部已经买了一件,这家是同城,我让小张跑一趟直接拿了过来。"市场部的经理拿出一件刚刚拆封的大衣,抖开给众人展示。

这件衣服无论是外表还是特色设计,都跟LY的新款极其相似,只在某些细节上略有不同,他们画蛇添足地加了一根腰带。这种小改动是山寨品的惯用伎俩,不照搬,版权官司就很难打。

产品被模仿的事已经不是第一次了,本来他们是虱子多了不怕痒的状态,但这次有点不一样。这两件大衣并不是秀款,没有在夏天的那场冬装发布会上展示过,之前也没有上宣传图,却被山寨厂家提前大批量制作了,跟LY的专柜款同时上架。

这只有一个解释,那就是图纸泄露了。图纸泄露,对于设计公司来说,是非常严重的。

第17章 泄露

"这两件衣服是谁设计的?"周泰然皱着眉头问。

"都是秦亚楠的作品。"赵和平硬着头皮说。

众人立刻去看秦亚楠,却发现她并不在。因为脸上受伤,她这两天请假了。

"叫她马上到公司来解释。"周泰然沉吟片刻,"除了她本人一图两卖以外,还有什么别的可能吗?"

"还有一种可能,那就是有查看图纸权限的人,窃取图纸倒卖了。"林思远看着自己修剪得圆润好看的手,凉凉地说。

这话一出,整个会议室的气氛徒然紧张了起来。

除了设计师本人外,只有职位比她高且属于设计部门的才能有权限。在座的人中,有权限看到的只有林思远、赵和平,还有先前作为成衣部主设的萧绡。

这可真是人在家中坐,锅从天上来。

萧绡简直想骂脏话,但此时此刻她说什么都不合适,只能安静如鸡地等着上层裁决。

对于图纸泄露,LY有自己的一套调查流程,最近不是忙季,所有涉及的人都被锁了进入图纸库的权限,等待IT部检测图纸的下载情况。

秦亚楠坚称自己什么也没做,并且打印了银行一整年的流水,以证明自己没有奇怪的进项。但这并不足以取信公司,秦亚楠有些慌乱,这和当初周倩告诉她的完全不一样。

周倩说过,如果她把图纸卖出去,作为主设且跟她有过节的萧绡嫌疑最大,她只要把事情推到萧绡身上,一定能让萧绡再也爬不起来,如今……

本以为锁一天权限就能查出来了,没想到连续锁了一周。

"夏季海报需要到非洲取景拍摄,你跟着去吧,下周出发。"林思远下了这么个通知,要求萧绡出差。

"非洲?"萧绡皱起眉头,听到是在赤道附近的国家,想也不想地开口拒绝,"不行的,我对紫外线过敏,那地方太热了。"

她的狼疮还在活动期,不能被太阳直射。

"呵。"林思远好笑地看着她，仿佛在看一个说自己作业没带企图骗老师的小学生，"我不是在跟你商量，是通知你，顺道跟你敲定一下拍摄要求。"

权限被锁，萧绡一直无法登录图纸系统，只能在高成室里干杂活，出差是比较合适的选择。而且这次的春夏装，萧绡是主设，了解这一季每一款的设计，由她去跟拍最合适。

萧绡因为好面子，出院之后就跟同事说自己病好了，吃药也偷偷地吃，以至于所有人都以为她是个健康的人。

"非洲那地方是很苦，你们这些女孩子都不愿意去。但我希望你明白，你是一个设计师，作为主设去跟拍，是你应有的职业素养。"林思远正色道，最近萧绡的颜值有所恢复，他的态度也没有那么尖锐了，但语气依旧有些生硬。

先前林思远去非洲取材，他的女助理怕晒黑，也说自己紫外线过敏，直接被他炒了鱿鱼。所以此刻听到萧绡拿这个当理由，他顿时就生气了。

萧绡左手攥着右手食指，抿唇不语。狼疮不是什么好听的病，多数人对这种疾病都有误解，还记得刚住院的时候小姑来看她，第一句话问的竟然是："狼疮会不会传染"，萧绡哭笑不得的同时也让她很是绝望。

她不好告诉林思远，只能去跟罗誉说，希望他能帮自己周旋。

因为先前报商业保险，她得了什么病人事部是知道的，罗誉作为人事和财务总监，也是清楚这个情况的。

"指导脾气急，说话不好听，你又不是不知道，别往心里去。"罗誉先劝了她两句，做中层这么多年，安抚下属他还是很有一套的，"而且主海报拍摄，本就是要主设跟着的。"

"可是，我这病您是知道的，医生说过，如果暴露在阳光下，会很危险。"萧绡皱着眉头道。她其实也挺想跟拍的，如果是在国内或是在北方，她肯定毫不犹豫就去了，但那是在非洲。

"这个情况，我会反映给指导他们的。"罗誉难得和颜悦色地说。

萧绡心里顿时畅快了不少，她头回发现罗誉竟然这么好相处，于是道："谢谢罗总。"

第17章 泄露

"哈,"罗誉笑了笑,"你是我一手培养起来的,我不帮你还能帮谁。"

这话说得有些怪异,萧绡不由得看了他一眼。

罗誉见她看过来,轻笑了一下,压低声音,话里有话地慢慢说:"高成室那边,有几个是严总的人,你自己做事小心一点,有什么问题及时跟我汇报,我会照顾你的,懂吗?"

严总就是市场与营销总监,跟罗誉争副总位置争得头破血流的那位。

萧绡心里咯噔一下,这是想拉拢她做眼线吗?问题是,她一点也不想参与到总监们的斗争里,只能打个哈哈,便快速离开了总监室。

"你决定让萧去?"艾德琳听到林思远的话,停下手中的工作皱起眉头,"国际大师论坛要开始了,我还想让她跟我去米兰做助手呢。"

"往年的拍摄也都是主设跟着去的,只不过这次去得远点。"林思远坚持他的想法,"这套'新生'取材自N国的草原,在哪里开始,就应该在哪里结束。五十二套衣服,十一套是萧绡设计的,其他的都根据她的设计风格做了调整,只有她最了解那些衣服。"

艾德琳沉吟片刻,终究点了点头,在美的极致追求上,她的观点与林思远是一致的,但是大师论坛……

"还让金跟你去不就好了,上次就是她跟着去的,不也挺好。"林思远不甚在意地说。

话说到这份儿上,艾德琳也不再说什么,便同意了。

达到目的,林思远不由得露出一抹满意的笑来。

N国,赤道与北回归线之间的国家,没有四季,只有炎热,国境内有雨林也有草原。首都卡米拉是全国最大的城市,然而也并不发达,电力紧张,医疗资源奇缺。但是风景优美,雨林与草原的交界处常有奇景,被称为最接近天堂的地方。

萧绡趴在家里,搜索着艺术指导说的那个目的地。

风景是好风景,就是太热了。萧绡有些沮丧,如果自己好好的,肯定二话不说就去了，那个地方一定能给她带来灵感。但是现在，她的身体这样，让她不免有些胆怯。

"叮——"手机突然蹦出来一条微信。

展令君S:刚刚有信号，不好意思。

咦！萧绡"噌"地一下坐起来，时隔半个月，展医生总算有消息了，她快速打下一串问题。

小小布:你在哪里，怎么这么可怜？

展令君分享了一个地理位置给她。萧绡点开那红色的小圆点，地图快速地移动放大，最后定格在了非洲大陆上——N国—卡米拉中心医院。

萧绡惊呆了，这是怎样的一种奇妙缘分？勉强压住徒然加快的心跳，萧绡斟字酌句尽量不露痕迹地打字。

小小布:你竟然跑到非洲了！唉，说起来，我们公司最近也要我去非洲，那边很热吧？

展令君没有回复，等了大概半个小时他才又来了一条信息。

展令君S:刚才有个急救。建议你推掉，热倒是其次，如果晒出红斑就麻烦了。

狼疮病人要尽量避免阳光直射，因为大约有三分之一的狼疮病人皮肤有光敏感，暴晒会起红斑甚至水疱。

萧绡呼了口气，刚才这家伙半晌不回复，还以为他看出什么端倪了，吓得她把手机塞进枕头里半晌不敢看。以前展令君忙起来，也会隔很久才回消息，其实她已经习惯了，没想到这人竟然还会解释一句。

面对喜欢的人，任何一个小细节都会被放大无数倍，进而用各种逻辑分析他这种行为的用意，以图找到可以得出"他也喜欢我"这类结论的论据。

萧绡捏着手机，犹豫了五分钟，一字一顿十分艰难地打出了一个问句。

小小布:你出国是为了不跟我见面吗？

又过了漫长的三分钟，展令君没有打字，而是发了一条语音过来。

"不是，我本来就是MSF的成员，每年这个时候都会出国。本来想跟你说一声的，但一直没等到你。我拒绝你不是因为你不好，是我不好，对不起。"

这条带着背景杂音的语音，萧绡贴在耳朵上反复听了三遍。最后展令君的声音有些哑，虽然他极力掩饰，但那压抑的苦闷不会作假。如果展令君不喜欢她，如果这只是一句客套，他绝不会是这种语气。

萧绡咬了一口手背，确认自己不是在做梦，她闭上眼睛冷静片刻，按住语音道："好，我知道啦！"

地球的那端，展令君点开语音，把声音放到最大，还是听不到。产妇的哭叫声、病人的哀号声、来往人员的走动声，这些杂音淹没了那短短三秒钟的语音。

迈步走出嘈杂的医院，站在卡米拉烈阳照耀的棕榈树下，展令君点开语音，贴在了耳边。

欢快毫无阴霾的声音像一缕清泉穿过旱季的非洲草原，让疲惫不已的旅人得到了拯救。

展令君忍不住浅浅地笑起来，抬头看看枝叶稀疏的棕榈树，想起了哥哥以前说的话。

"非洲草原上有个传说，在烈阳高照的棕榈树下邂逅的人，定是你一生的挚爱。"

以前他是怎么反驳的？棕榈树叶子那么稀少，肯在大太阳底下等的人，自然是真爱无疑了。然而此刻，他这个严谨的理科生，忽然有点想要相信展令羿那个业余诗人的话了。

萧绡看看时间，现在是早上六点钟，如果她这会儿去人民医院的话，排个普通号，还能在中午之前看上病。说走就走，萧绡十分钟收拾好，穿上排队专用的平板鞋，风一般地冲向了医院。

今天运气不错，萧绡竟然排到了二号，她蹭到预约号的夹缝里，磕磕绊绊地在十一点之前见到了李国栋。

作为风湿肾病科的专家，李医生每天都很忙，那个院长的职位完全是为了留住他给的虚名，他根本没时间做什么行政管理，每天被患者围得胡子都要掉光了。

"你怎么来了?"李院长看到萧绡有些惊讶,毕竟上个星期她刚来抽过血,他顿时紧张起来,"是哪里不舒服吗?"

"啊,不是。"萧绡连忙摆手,"我有事要问您。"

"非洲?"李国栋皱起眉,"硬要去也不是不行,热不怕,怕的是晒。你得从头包到脚,就阿拉伯那种白袍,穿一个。把药带充足,不能劳累,带上蚊帐不要被蚊子叮咬。那里的蚊虫带病菌,你抵抗力很弱,可不能生病了。"

"哎,好。"萧绡赶紧把注意事项记下来,"我就去一周,应该也没啥大事。而且,听说MSF的医疗队最近在那边。"

"是吗,那行。"李国栋高兴起来,"我给你写个情况说明,你要是有不舒服,赶紧去找医疗队的医生。"说罢,他拿出钢笔,用尽量工整的字把萧绡的病情、药量、紧急情况的处置方法写下来,叮嘱她随身带好。

忙活到下午才去上班,刚到公司,秘书室就通知让她去总裁办公室一趟。

"听说你不想去非洲?"周泰然抬抬下巴,示意她坐下。

"也不是不能去……"萧绡惊讶于罗誉的办事效率,竟然已经反映到总裁这里了,"不过现在是敏感时期,我突然离开,图纸调查的事怎么办?"

周泰然顿了一下,眼中闪过一道凶光道:"图纸的事你不必担心,我心里有数。说查不清楚不过是虚晃一枪,我忍那小子很久了,这次一定让他裤子都赔光。"

萧绡认真想了一下"那小子"是谁,最有可能指的大概是做山寨货的那家老板,她顿时松了口气道:"那行,不过我可不可以申请坐头等舱,我身体太差了,不能劳累。如果公司不同意,我可以自己补差价。"

"不用,一个头等舱LY还是付得起的。"周泰然弯起桃花眼,"你帮我带个东西,这机票钱就当邮费了。"

"什么?"听到带东西,萧绡不由得竖起了寒毛,非洲那种地方有什么好带的?只有象牙和钻石能引起周泰然这种有钱人的兴趣……

"你认识展令君吧?"

"咦?"突然在这里听到展令君的名字,让萧绡感到有些玄幻,"认识……"

第17章 泄露

"把这个交给他。"周泰然说着从抽屉里拿出一个信封,推到萧绡面前,"他就在卡米拉的无国界医疗组织里,你去打听一下就能找到。"

"您,您怎么知道他在那里?"萧绡惊奇不已。

"听他妈妈说的。"

"……"世界好小。

旱季的N国,干得像个架在火炉子上的平底锅,热气氤氲了景物,让远处的视线产生了些微的偏离。

萧绡打着太阳伞,站在卡米拉的街头,热得怀疑人生。

这次的海报拍摄,请了欧洲的一线模特前来,一男一女,男的叫菲力,女的叫布兰琪。

"萧,我们还有多久能到酒店?"布兰琪围着丝巾、戴着墨镜,用操着法国口音的英语问萧绡。

安全起见,他们坐了机场的空调巴士到市区,下了车才发现这里几乎看不到出租车,顿时有些傻眼。

"这个城不大,很快的。"萧绡龇牙咧嘴地招手,拦住了一辆带篷的三轮车。

骑三轮的当地人黑得锃光瓦亮,只有一口牙齿白得突兀。

公司联系的当地翻译还没来,萧绡只能连比带猜地跟黑人大哥交流,好在这些天天拉活的人多少会一点英语。讲好了价钱,一行人坐上了快要散架的三轮车,摇摇晃晃地往酒店去。

狭窄的双车道马路,就是城市的主干道,石子水泥铺就的路面还算平整,道路两边种着枝叶稀疏的棕榈树。衣衫褴褛的小孩子在沿街乞讨,穿着体面的白袍男子不耐地挥手让他走开。

因为是"最接近天堂"的旅游区,这个国家也是有富人的,不过国民贫富差距非常大,穷人还是占了大多数。

只有两层楼的中心医院,还是别的国家早年援建的,如今已经很是破败。因为无国界医疗组最近的入驻,让这里显得热闹非凡。萧绡远远地看了一眼人头攒动处，没有看到展令君的身影。

酒店就在市中心，意外的条件还不错，空调、热水一应俱全。萧绡洗了个热水澡，换套衣服，在空调房间里吹了半个小时，才重新活了过来。

要拍的衣服已经运到了，摄影和灯光师这些人已经在酒店待了一天，菲力和化妆师还在路上。左右今天开不了工，萧绡准备先去找展令君。

萧绡拉开窗帘，耀眼的阳光瞬间冲进屋内，整个城市笼罩在一片白光之中。

"唰"！萧绡重新拉上窗帘，她不急于一时，还是等太阳落山再出门吧。

四点钟之后，阳光就没有那么毒辣了，萧绡穿着长裙打着伞，步行去了卡米拉中心医院。刚刚靠近那片区域，吵闹声就像蜂群出动般"嗡"地一下充斥了双耳。

医院没有大门，就那么敞开着，狭窄的走道里满是或坐或卧的病患，反复喷洒的消毒水也遮掩不了走廊里难闻的气味。一名抱着孩子的干瘦妇人正一脸茫然地坐在破席子上，旁边挤着一名胳膊上扎了长刺的老头。

皮包骨头的道道黑影在灯光昏暗的走廊里交叠、挣扎，远远看去，宛如深渊地狱。一身白衣的展令君站在人群里，突兀而耀眼，像是传播光明的六翼天使，为苦苦挣扎的世人带来福音。

作为一名专业为康复学的医生，展令君不需要在手术室和抢救室待着，他的主要工作是在外面治疗这些普通病患。

时隔一个月，重新见到这个人，萧绡不由得生出了一股恍然隔世之感，她大喊："展令君！"

展令君回头，看到站在门外棕榈树下的女人，以为自己出现了幻觉。

第18章 草原

这世间并没有什么有缘千里来相逢,有的,只是傻乎乎的不辞劳苦的追寻。

展令君看到萧绡的瞬间,没有惊喜,更谈不上高兴,只有一窜而起的怒火。他扔掉手中的医用手套,快步走过去,一把抓住萧绡的手腕,强硬地将人从秃毛的棕榈树下拖到了房檐的阴凉处道:"你来这里做什么?"

萧绡被突然发火的展令君吓了一跳,她原本准备好的浪漫说辞,此刻都说不出来了,只能讪讪地说:"我来工作,周总让我给你带个东西。"

展令君接过那薄薄的信封,轻轻捏了一下,眸色微暗,折了几折装进口袋里,抬眼看向萧绡道:"你快点回国,这里不是你该待的地方。"

"我只是顺道给你捎个东西,可不是专程来看你的。"萧绡听他这语气,略有些不爽,她抱着手臂撇嘴,"展先生,你是不是把自己看得太重了?"

展令君皱起眉头道:"按照时间的先后顺序,是我先给你发了地理位置,你才出现在这里的,以正常的逻辑分析,我有理由怀疑你是为了见我才来的。所以,不能说是我自视甚高,而是你的行为造成了我的误解。"

"……"理科生的分析方式，萧绡有点招架不住，她无从辩驳，甚至觉得他说得挺有道理。

见她这个样子，展令君的眼中克制不住地泛起一丝笑意道："你要在这里待多久？"

"拍摄顺利的话，大概一周。"萧绡老实道。

夏装五十几套，但不用全拍，只要几件海报款。比较困难的是，林思远给不同的衣服定了不同的景点，这才导致一天拍不完。

"这里最近不太平，你们千万不能离开旅游区。"展令君叹了口气，"还有，不要接近那些村落。"

他们定的拍摄地，全都在雨林和草原交界处的景点，都是N国国家公园的范畴，只要不发生战乱和天灾，这里白天还是安全的。

萧绡点点头，还想让展令君多跟她说几句，对方却已经转身进了医院，重新戴上手套和口罩，陷入忙碌的救死扶伤中。

心意相通的人，即便相隔万里也能甜甜蜜蜜；不通的人，即便面对面，也是咫尺天涯。

夜幕降临，缺少电力资源的卡米拉陷入一片黑暗之中，只有市中心的几栋建筑孤零零地亮着灯。午夜的城市静谧得如同荒野，萧绡躺在酒店的房间里，能够听到远处草原狼的呼号声。

在这个城市里，光明照耀不到的地方，却比正在上演追逐与杀戮的热带草原还要热闹。

法律松懈的国家，就像是阳光晒不均匀的砧板，总会有地方起霉点。卡米拉的地下酒吧，便是草原明珠上的霉点，一直腐蚀到中心地带。

明明灭灭的七彩灯，伴随着震耳欲聋的摇滚乐，酒吧里的午夜场才刚刚上演。黑人、白人、黄种人，各色人种不一而足，在舞池中群魔乱舞。

展令君在调酒台前坐下，要了一杯伏特加问道："有烤树蛙吗？听说是你们这里的特色菜。"

第18章 草原

调酒师看了他一眼道:"调酒台不负责点菜。"

展令君晃了晃手中的烈酒,却不喝,等着能点菜的人来。不多时,一名穿着火红衣裙、挤着深深乳沟的女人凑了过来,女人皮肤很白,看起来是波斯人种,她问道:"先生想吃烤树蛙?"

"也不是一定要吃,我想买点稀奇的东西。"展令君从口袋里掏出几张卷在一起的美金,"听说你们这里什么都有。"

女人接过钱,塞进胸衣里,妖娆地坐在展令君身边,端起他那杯没有喝的伏特加抿了一口道:"该有的自然会有,不该有的你出得起价也会有,端看先生想要什么。"

展令君把一张卡片递过去,上面写着一行小字。

女人看了一眼,将卡片收起来,终于露出个笑来道:"这个好办,后天白天来取货。"

男模菲力和化妆师第二天早上匆匆赶了过来。为了节省时间,缩短在这鬼地方出差的天数,大家有志一同地立刻开工。

当地的翻译也来了,是一名黑瘦的小伙,叫肯亚耶,他很是热情,极爱说话。

"我是跟维和部队的人学的中文。"肯亚耶很是骄傲地跟萧绡说了一路,"我每天去驻地那里,隔着铁丝网跟他们说话。我努力学了五年,终于得到了这个工作。"

肯亚耶穿着深绿色的T恤,虽然有些灰扑扑的,但在卡米拉的街上,已经算是比较体面的了。他们租了一辆皮卡,车后面放衣服和工具,人坐在前面,晃晃悠悠地穿过卡米拉。

"你知道MSF那些人吗?"车子路过中心医院,萧绡指着那边问翻译。

"我知道,前几天他们还去我们村子里了。"肯亚耶对那些无国界医生非常尊敬,"他们的医术比我们当地的医生要好得多,救了很多人,还不要钱。"

萧绡隔着窗子看过去,没能看到展令君的身影,他问道:"他们每年都来吗?"

"是的,不过每次来的人都不是同一批。"肯亚耶也不太懂MSF的运行机制,只能把自己知道的说出来。

皮卡在国家公园的土路上慢腾腾地穿行，烈阳照在车顶上，即便开着空调，也没有多凉爽。他们行进了将近两个小时，才到达了第一处景点。

这里是草原和雨林的过渡地带，有树木，但都比较矮小。一些食草动物远远地看过来，好奇地打量这群突然出现的人。

这附近有村落，属于安全区域，大型掠食动物并不会来。还算林思远有点人性，规划的景点都在这附近，没有把他们指挥到狮群领地去。

萧绡看着那跟卡米拉城里的秃毛棕榈树有一拼的低矮树木，给肯亚耶塞了点钱道："你帮我找几个村里人，在这里搭一个凉棚。"

肯亚耶爽快地答应了，撒开腿就往村子里跑。

摄影师看着萧绡躲在车里不肯下来的做派，有些不满道："萧主设，我们在这里支架子，你不赶紧去指导模特把衣服换好？"

"稍等一下，等凉棚搭好再换衣服吧，这里的太阳太烈了，会把模特的皮肤晒伤。"萧绡堂而皇之地找着理由，躲在车上不下去。她也不想做个这么娇气的人，实在是身体条件不允许她逞英雄。

好在肯亚耶的动作很快，不多时他就带着五六个壮年男子过来，每个人肩上都扛着一根巨大的树杈，上面有繁茂的绿叶。

几人合力，选了一片比较集中的矮树，很快就搭好了一个三米见方的小凉棚。萧绡这才大爷一样地挪到凉棚里，让助手把衣服拿过来，开始挑选。

摄影师跟道具师撇撇嘴，都有些看不惯。这些设计师就是矫情，野外作业哪有不晒的。但等他们看到萧绡娴熟的搭配衣服的手法，就都不说什么了。

一个人只要把自己的本职工作做到极致，让人挑不出毛病，其他的小问题就都不足以成为别人攻讦的对象。萧绡深谙这个道理，因此尽力把工作做到完美，其他的……说她娇气就娇气吧，谁还不是小公主咋的？

如今正是旱季，草原上的草有一半都枯黄了，但这里是草原和雨林的过渡带，比真正的草原还是要湿润一些的。半青半黄的草接天连日，新生的希望与衰老的恐慌交织在一起，有说不出的苍凉。

布兰琪穿上了这一季的主打款"我的太阳"，站在高草丛前，阳光直射在七彩的胸针上，折射出绚丽的光芒。

"这样不好！"萧绡蹙眉看着几乎与背景融为一体的裙子，"裙子是黄绿相间的，草丛也是，这样出来就融为一体了。"

"融为一体才对啊，你看看这个构图多棒！"摄影师不乐意了，拿着图片让萧绡看。

"构图很棒那是你从摄影角度来看的，我们拍摄的目的是突出衣服的漂亮，你告诉我这张海报挂在门店外，人们能分清裙子的边缘在哪里吗？会有购买的欲望吗？"刚拍到第三组，萧绡就和摄影师产生了分歧。

"只突出裙子，那是二流品牌才会做的，LY讲究的是艺术性。"这名摄影师跟LY的高成设计室合作过，自认为了解LY的要求。

"艺术性，是高级成衣要体现的，你现在拍摄的是普通成衣，是要卖给月薪一万以下的工薪阶层的，你觉得他们会接受穿一堆草吗？"萧绡毫不妥协。

"一堆草，你就这么侮辱你同事的设计？"摄影师皱起眉头，觉得萧绡这样说话太过分。

"这堆草是我设计的。"萧绡抱着手臂说。

"……"摄影师无话可说，只能换个角度，让布兰琪站在一块大石头上，他自己也爬到高处。图像的重点变成了阳光和七彩胸针，繁茂的高草丛成了脚下的布景，好似裙子上的绿色与黄色被阳光融化，跟大地融为一体。

萧绡满意地点点头，转头看到坐在角落的菲力在挠脖子，问道："你怎么了？"

"啊，有虫子在咬我。"菲力苦恼地停下手，他刚从寒冷的北欧赶过来，一时适应不了这里的炎热气候，不停地出汗。汗水的味道会吸引蚊虫，他的皮肤又白，已经被叮了好几个大包，痒得抓心挠肝。

萧绡从包里掏出一瓶绿色喷雾递给菲力，让他往全身喷一喷。

喷雾接触到皮肤，立时带来一阵清凉，菲力道："哦，这太神奇了，这是什么香水？"菲力抽动鼻子，像个小狗一样使劲儿闻了闻。

"来自东方的神秘香水,Six God！"萧绡一本正经地忽悠外国人。

"噗——"旁边的小助理忍不住偷笑，这小助理是宣传部的职员，名叫赵欣。今年刚毕业，还在实习期，所以这种非洲出差的苦差事就落到了她身上。不过小姑娘儿干劲满满，没觉得辛苦。

因为东方神秘香水的加持，菲力暂时摆脱了蚊虫的困扰，化妆师赶紧给他的胳膊上补一点亮油，这才放他出去拍照。

年仅十九岁的小男模，身材比例完美得让人流鼻血。萧绡和赵欣凑在一起，默默欣赏那美丽的身影。

"啊，这么好看的小哥哥，要是能做我男朋友就好了。"赵欣捧着胸口。

"就是说啊，唉。"萧绡托着下巴，看着男模那尺寸完美的肩膀，目测也是五十三厘米，跟展令君的尺寸一样。

"萧姐，这次米兰大师论坛你会去吗？"赵欣低头看看没有信号的手机，有些无聊，便跟萧绡聊起了天。她走之前，宣传部已经在筹备大师论坛的宣传了。

"大师论坛？"萧绡看了一眼日子，还真是马上就要到大师论坛的日子了，听说艾德琳也会去，"我怎么去呀，咱们现在还在非洲呢。"

"唔，我就是觉得你这么优秀，艾德琳应该带你去。"赵欣不太娴熟地拍了个马屁。

"哈哈，那你是没见过其他高级设计师。"萧绡不甚在意地笑笑。

正说着，一名衣衫褴褛的小孩从草丛中走出来，看到这边有人，便蹭到了凉棚外面，含着脏兮兮的手指头看向萧绡放在桌上的食物。

小孩穿着一双塑料凉鞋，左脚已经开胶，半只脚露在外面，瘦瘦小小的看起来只有五六岁。

"你饿了吗？"萧绡觉得孩子可怜，就把桌上的一块面包给了他。

小孩接过面包，立刻狼吞虎咽地吃起来。

肯亚耶本来在摄影师那边帮忙，看到这小孩，立时走过来，用本地语跟他说了句什么。

小孩戒备地瞪了肯亚耶一眼，转身就跑开了。

"你跟他说了什么?"萧绡觉得事情有些不对。

"我问他是不是那个村子里的人。"肯亚耶耸耸肩,"不要轻易给小孩子食物,他们有些不是正常孩子。"

"嗯?什么叫不是正常孩子?"赵欣忍不住问。

"呃……"肯亚耶挠头,他也不知道怎么解释,"就是,有坏人雇用他们做一些事情,我以前就遇到过。"

至于是什么坏人,第二天萧绡就见识到了。

第二天他们换了一个景点,但还是在那个凉棚附近,他们选了一处小溪拍摄"合欢"。昨天的那个孩子又来了,身后跟着一名手持猎枪的男人。

男人的肤色并不是纯正的黑,有些发黄,穿着一身没什么标识的迷彩服,膀大腰圆十分强壮。

"啊!"布兰琪吓了一跳,立时举起手站着不敢动,摄影师也吓傻了。

"你们,是不是跟那些挖油的是一伙儿的?"男人说着一口别扭的英文,带着些N国本地的口音。

"什么挖油的?"萧绡问旁边的肯亚耶。

"是的,我们跟那些人是一起的,都是中国人。"肯亚耶用本地语快速说道。

男人端着猎枪目露凶光地扫视了一圈,确定这几个人没有什么战斗力,这才收回目光,看向似乎是首领的萧绡道:"一百美金。"

这是管她要钱?萧绡愣了一下,她小声用中文问肯亚耶道:"他要钱?"

"他们是本地的,呃,黑帮,有时候会向游客勒索,不多的话就给吧。"肯亚耶也害怕,两股战战地说。

萧绡讨好地冲那人笑了笑,掏出一百美金给他,因为太过紧张,她顺口说了句:"有发票吗?"

"什么?"那人接过钱,皱眉看向她。

"啊,没事没事。"萧绡连忙堆出一脸笑,请猎枪大哥赶紧走。

那人倒是守信,拿着钱就走了。等猎枪和小孩都消失,萧绡才瘫软在椅子上,抹了一把额头的冷汗。

"天哪，吓死我了。"赵欣都吓哭了，化妆师也吓得发抖。

"这里太危险，咱们先回市区。"萧绡果断地下了决定，其他人无不同意的，他们快速收拾了东西躲进车里。

好似进入了末日逃生模式，坐进封闭的车里，众人才感觉到了一丝安全。

"他说的什么挖油的？"萧绡缓过一口气来，问肯亚耶。

"哦，是前面一个工地，你们国家的人在那里开发油田，如果不说我们跟开发油田是一伙儿的，他会要得更多。"肯亚耶无奈地说。

也就是说，油田已经给这些人缴过保护费了，她才免于破产。萧绡觉得自己有必要去跟油田的人说一声，免得说漏了嘴被那些人找麻烦。

他们远远地瞧见一大片挖开了的空地，没有树木也没有草，有技术人员在测量，还没有大规模动工，粗略看来也就十几个戴着安全帽的人在工地中穿梭。两名西装革履的中年男子正在跟一名黑得发青的人交谈。

萧绡走过去跟他们打招呼。

看到是同胞，对方还挺热情的，跟萧绡说了几句话。这两人是某挖油企业的项目经理，这个项目才刚刚开始。

"没事，你们就说是我们单位的就行，那些武装分子我们都给过钱了。"其中一名项目经理说。

"武装分子？"萧绡一惊，不是说黑帮吗？

"唉，没办法，这边的军队力量比较弱，人也穷，就有些人在黑市买了武器开始敲诈勒索，专找外国人要钱。你就说你是我们的人，他们不会伤害你们的。"

回去的路上，布兰琪一直在和菲力抱怨道："当初签合同的时候，可没有说这里有武装分子，这太危险了。"

"没事，他们只是要钱。"菲力倒是没有那么害怕，但脸色也不太好。

"天知道他们会不会突然脑子一热把我们绑架了，不行，我要回国！"布兰琪不干了。

第18章 草原

听到布兰琪这么说，菲力也有点动摇。

这次的七人工作小团体，是以萧绡为主的，也只能由她来出面安抚布兰琪。萧绡晓之以理动之以情地劝了半晌，又拿出合同来镇压她，才暂时稳住了她。她自己则把这里的情况汇报给公司，申请给模特加薪。

回到卡米拉，处理好这些事，已经是下午两点钟。其他人都说不饿，待在酒店里睡觉，安抚受惊的小心脏。饥肠辘辘的萧绡独自坐在卡米拉街头的小餐馆里，看着碗里发黑且落着苍蝇的米饭，实在下不去口。

一口饭没有吃，萧绡虚弱地往回走，迎面撞上了一身休闲装的展令君。

"你怎么自己在街上？"展令君蹙眉问。

"我好饿。"萧绡委屈地看着他。

展令君看着她这副模样，以拳抵唇轻笑了一声道："走吧，正好我也要去吃东西。"

七拐八拐，展令君带着她去了一家看起来像酒吧的餐馆，餐馆里没什么人，服务生百无聊赖地趴在桌上睡觉。

"两份意大利面。"展令君对睡着的服务生说了一句，带着萧绡在角落里坐下来，"这里能吃的只有意面，反正你也不挑食。"

萧绡："……"

"意大利面！"穿着红裙子的妖娆女人端着两盘食物扭着腰走出来，将盘子放在桌上，她单手支着下颌，趴在展令君手边，饶有兴味地看着萧绡，"女朋友？"

萧绡刚吸了一口意面，差点被呛到。

"我点的菜呢？"展令君没有回答这个问题，他拿起叉子搅了搅面条，抬眼看向红裙女人，赶人的意味十足。

红裙女人妖娆一笑，站起身去了后厨。不多时，她提着一只小型镁铝合金箱子走过来，举重若轻地在手里掂了掂，放到桌上道："现在打开吗？"

展令君看了一眼还在狼吞虎咽的萧绡，自己也低头吃了一口面道："不，等我吃完。"

萧绡是真的饿了，她啃了两天面包，第一次吃到干净且味道不错的食物，喉咙里仿佛有只手在拽，她五分钟就吃光了一大盘面。

展令君吃得也不慢，但没有她那么急切，他吃完慢条斯理地擦擦嘴，这才看向红裙女人。

红裙女人会意一笑，咔咔两下打开了箱子，正面转向他。

萧绡瞄了一眼箱子里的东西，倒吸一口凉气。那镁铝合金箱中，固定着一把银色手枪并一盒黄铜色的子弹。生活在和平年代的和平国家，萧绡这还是第一次见到真正的枪支弹药，但为了不显得自己没见识，她只能强自镇定。

展令君看了一眼箱子里的货物问道："证件？"

红裙女人挑起细细的眉毛，从箱子底下抽出了一张持枪证道："你可真是谨慎。"

在N国，持枪是合法的，但有很多限制，像展令君这种外国人，在正规渠道是拿不到枪的。

展令君拿起那把小玩意儿，娴熟地拆卸检查了一遍，确定没问题，又拿出一卷美金付尾款。红裙女人顿时笑开了，她亲吻了一下美金，问他还有什么需要的。

出了餐厅，萧绡看着展令君向红裙女人租来的越野车，心中很是不安地问道："你买那个做什么？"

展令君把合金箱扔到车上，坐到驾驶室道："要不要去兜风？"

脑子里理智的小人告诉萧绡"先问清楚状况再说，这个男人看起来非常危险"，然而感性的小人拿着个叉子使劲儿戳她的脑袋，"男神邀请你兜风欸！还不快去！机不可失失不再来！"

作为艺术家，感性总是容易超越理性，于是，萧绡就这么二话不说地爬上了副驾驶。

越野车在道路狭窄的卡米拉城里慢慢地走，按照展令君的开车习惯，即便到了国外，车依旧是匀速前行，根本就没有兜风的乐趣。

"他们都说你是出国学习了，结果是到这鸟不拉屎的地方做志愿者。"萧绡看着窗外缓缓而过的异国风景，"伟大的无国界医生，能告诉我你买枪做什么吗？"

第18章 草原

越接触，她发现展令君身上的谜团越多，自己根本不了解这个男人。

"你知道银色大厅事件吗？"展令君把车停在卡米拉的钟楼前，这是N国作为殖民地的时候建的，如今已经停摆了，就像是十年前的那场劫难，在他的心中，永远定格在了最后的画面上。

……

蒙着脸的恐怖分子，拿着机枪扫射人群。

"突突突……"火光将银色大厅变成了一片金黄，尖叫声与哭泣声不绝于耳，一个温暖的身体牢牢地将他压在下面。

"令君，别动！"哥哥的声音有些严厉，有鲜血从他的脸颊上淌下来，滴在了展令君的颈窝里。

"哥！"

……

"当然知道，慕江天就是那天出事的。"萧绡皱起眉头，当初那些恐怖分子为了作恶之后能逃走，抓住了在台上表演的钢琴师，残忍地折磨他，最终导致他瞎了双眼，废了弹钢琴的神子之手。

"那些人，效忠于一个名叫达利姆的组织，这个组织一直盘踞在非洲大陆……"展令君说到这里，突然止住了话头，似乎觉得自己说多了，他微微蹙眉。

"你是说，他们在N国？"萧绡的寒毛瞬间竖了起来。

"我不确定。"展令君抿唇，"防身而已。"

萧绡狐疑地看着他道："哎，你说实话，你是不是国家情报局的人？"

刚才还担心吓到她的展令君，此刻只剩下了无语，他道："首先，咱们国家没有国家情报局这个机构。再者，你觉得我像007吗？"

"像。"萧绡很是认真地点头，"单论帅度你肯定是够了。"

展令君猝不及防地被她逗笑了，刚刚陷入的痛苦回忆顷刻间烟消云散，他道："你……"

"叮叮叮……"萧绡的手机突然响了，来电显示是"小姑"，她顿时翻了个白眼想摁掉，却见展令君正看着她，用眼神示意她先接电话，于是她只得接了起来。

"萧绡啊，上次我给你介绍那个男的，怎么样了？"小姑那极具穿透力的声音从听筒中冒了出来，连带着旁边的展令君也听得清楚。

萧绡龇牙，强忍住怒气道："我俩不合适。"

"怎么不合适了？"小姑顿时不乐意了，"你都不去见见人家，怎么就知道不合适了？人家看了你的照片，还挺满意的，我觉得能成。"

"成什么呀？他初中都没读完，还离过婚！"萧绡实在不想搭理这个小姑，这位也在帝都生活，平时甚少来往，就是热衷于给她介绍对象的小姑。

"文化水平低怎么了？他可是本地人，家里有房，拆迁拿了几百万，吃喝不愁。你不是身上有病嘛，正好他带个孩子，你就不用生了。"话里话外的意思，就是萧绡就配找个这样的，条件好的大小伙子，肯定看不上她。

萧绡气得肝疼道："小姑，我在国外呢，你给我打电话一分钟一块钱。"她开了国际漫游，国内打她的电话直播就能打通。

"哎哟，你怎么不早说！"那边匆匆挂了电话，连一句结束语都没说。

锁上手机，萧绡有些失落地低下头。

没生病的时候，亲戚介绍的相亲对象条件都还不错，但她以前有韩冬雨这个活在手机里的异地男友，没去相过。如今生病了，知道她病的人不多，小姑算是一个。他们给介绍的相亲对象，明显比以前低了不止五档。

"你去相亲了？"展令君皱眉，心中莫名地有些不爽。

"我没见，就手机上聊了两句，把他拉黑了。"萧绡赶紧解释了一句，说完她又觉得有些多余，展令君又不是她的谁，她叹了口气，"可能是我太矫情了，人家虽然初中文化，但是本地户口，还有房子和拆迁款，像我这种有病的人……"

"胡说！"展令君生气地打断她的话，"城市里百分之九十五的人都有病，或多或少而已，你的病不严重，甚至能比那些抽烟喝酒的人活得更久。"

那你觉得，自己比这种离婚男的条件更差吗？萧绡想问他，话到嘴边又咽了下去。两人好不容易又亲近了些，还是不要提这种尴尬的问题了。

把萧绡送回酒店，展令君去中心医院交接了手续。他今年为MSF服务的时间已经结束，接下来他可以自由行动了。

第18章 草原

次日，萧绡带着摄影小组再次去了景区。

"我跟当地警方联系过，他们保证这里是安全的。"萧绡将自己得到的消息告诉众人，"我们尽量赶工，快些拍完早些回去。"

听到这话，众人的脸色都好看了很多，两个模特也不再说什么。大家有志一同地加快了脚步，废话不多说地开工。

拍摄地还在油田附近，今天他们选了一处小溪边。热带丛林的风貌让人迷醉，萧绡自己也忍不住拿手机拍了一张做素材。

越野车的轰鸣声从远处传来，萧绡抬头看过去，就见昨天坐过的那辆越野车正从土坡下面冲上来。

"展令君！你怎么来了？"萧绡很是惊喜地跑过去。

展令君放下车窗，单手搭在车门上，冲不远处的村落抬了抬下巴道："这边有病人，我来看看。"

原来是出诊啊……萧绡有些失落，还以为他是来看自己的。

正说着，远处的油田突然传出一声震天的鸣枪声，紧接着，几名身着迷彩服的蒙脸大汉突然从高草丛的那边冲了出来。

所有人立刻举起了双手，萧绡的脑子里"嗡"的一声，血液顿时从头顶抽离，脸上一片冰凉。

"所有人，跟我们走。"三辆破卡车从油田那边开过来，先前萧绡见过的那两位项目经理，此刻正瑟瑟发抖地待在其中一辆车上，手脚被捆住，仿佛待宰的羔羊。

"先生，我们不是油田的员工。"肯亚耶急急忙忙地解释。

"少废话！"站在他身边的大汉根本不听，他一脚将肯亚耶踹倒。那三辆小卡车上，有不下二十名武装分子，他们是专门来抓油田的人的，想来是为了勒索。

摄影师和道具师已经被捆住了手脚，布兰琪和赵欣吓得尖叫，又在敌方的威胁下闭上了嘴，无声地哭泣着。几个武装分子在交涉，他们似乎不太会开车，威胁萧绡他们雇的司机把皮卡开上。

萧绡背靠着展令君的车门，汗水浸湿了背后的衣裳，她小声问展令君："我们怎么办?"

"别怕。"展令君轻声说了一句,而后对离他们最近、看起来像个小头目的人说,"先生,我自己开车,跟着你们可以吗?"他的语气非常卑微,甚至带着点颤抖。

小头目看向展令君,让他下来,搜查了他的全身,又趴到车里检查了一番,"哼"了一声示意他开车。

展令君抓住萧绡的手腕,可怜地说:"她是我的妻子,她怀孕了,不能颠簸,可不可以让她坐这辆车?我家里很有钱,你们想要多少都可以,只要你们不伤害我们。"

这台越野车是周围的车里最好的,小头目决定自己坐,他看了一眼明显快要吓死了的萧绡,让人捆住了她的手脚,扔到后座上,自己则抱着武器,坐在了副驾驶上,用枪抵住展令君的太阳穴道:"跟上那些卡车。"

第19章 逃亡

萧绡坐在后座上看着那黑洞洞的枪管抵着展令君的脑袋,紧张得心脏都要跳出来了。展令君看着也很害怕的样子,但他开车的手法却丝毫不乱,稳稳地跟上了前面的车队。为了显出诚意,展令君还特意走在了难以逃跑的中间。

那小头目对于展令君的识相很满意,但也没有放松警惕,他把枪抱在怀里,管口朝着展令君。

LY公司的其他人被装进了皮卡,由那名雇来的当地司机开车带着走。

天还大亮着,他们就这么堂而皇之地绑架了二十多个人,嚣张得不得了。

萧绡觉得事情不大对,来之前N国还是个安全的国家,虽然治安不太好,但还不至于战乱,也没有听说有盘踞一方的武装分子。但这些人,明显是有强大组织的,且有目的地抓中国人,或者说是油田的人,根本就是反政府武装。

萧绡越想心越凉,如果这个国家突然乱起来,谁来救他们呢?

萧绡抬头看一眼后视镜,正对上展令君的双眼。那双深邃的眼睛里,没有任何慌乱与恐惧,平静得仿佛一汪深潭。

对了一眼之后，展令君就移开目光，开始专心赶路。

萧绡被这个眼神安抚住了，强自镇定下来，动了动手腕。双手被尼龙绳捆绑在后面，萧绡不着痕迹地在车上摸索，后座上什么都没有，只有一个安全带插槽。

安全带！萧绡转头看看角落里的安全带，借着汽车拐弯向那边靠了靠，一把抓住了安全带的带扣。

带扣是一个并不锋利的钢片，但聊胜于无，萧绡就这么攥着带扣，开始磨手腕上的尼龙绳。

尼龙绳靠蛮力是挣脱不开的，只能一根一根地磨断。

车队绕过了主干道，开始往草原那边的丘陵地带进发。这里根本没有路，车就在荒野上行进，不时有各种野生动物被惊扰。对于那三辆快散架的破卡车来说，这路实在不太好走。车队行进得十分缓慢，但这些人似乎也不着急，从天光大亮走到太阳快落山，才看到了一堆光秃秃的山丘。

说是山丘也不准确，确切地说这是一处峡谷，两侧有高峻的山壁，周围是层层叠叠光秃秃的土丘。

展令君看了一眼这里的地貌，判断这里应该是那座贯穿非洲东部的大山脉，但因为是背海的一面，这里气候干燥，很是荒凉。

峡谷很适合驻扎藏身，因为路口狭窄，易守难攻。看来是快到这些家伙的大本营了，副驾上的小头目也放松下来，打开车窗跟旁边车上的人说了句什么话。

到了基地，再想逃出去就难了，萧绡不知道接下来会面对什么，恐惧让她忍不住又看向后视镜。而展令君也正在看她，用眼神指了一下副驾驶。

萧绡意识到展令君想做什么，咬住嘴唇，点点头示意自己明白，并且亮出了已经脱困的双手。

突然，越野车一个加速向前冲，然后迅速调头，巨大的离心力差点把头探出窗外的小头目甩下去。

"趴下！"展令君对萧绡喊了一声，几颗子弹便打了过来，击碎了后座的玻璃。

萧绡应声躲到座椅下面，那小头目回过神来，用枪杆狠狠戳了展令君一下，调转枪头要对展令君开枪。展令君却先他一步从驾驶座下面摸出了那把银色的小手枪,"嘭"地一下打在了那人身上。

萧绱从座椅和车壁的缝隙里伸手,使劲儿抠开车门,借着车的力量,将那小头目狠狠甩了出去。

展令君二话不说,猛踩油门便跑。

"嘭嘭嘭!"后面传来接连不断的枪响,大多数没有打中,但也有几颗子弹打在了车后面。好在后备厢里堆满了杂物,没有让子弹穿透。

后面的车队有一瞬间的混乱,似乎在争论要不要追他们,最后他们决定要追,一辆卡车调转车头追了上来。越野车的车速提升到了极致,在凹凸不平的非洲大草原上狂奔。

被野兽追逐是什么感觉,大概就是萧绱此刻的心情,他们如果逃不掉就会被身后的猛兽撕成碎片。

破旧的卡车终究比不过越野车的速度,不多时卡车便被甩到了后面。起初还有流弹夹杂着叽里咕噜的叫骂声飞过来,大约跑了将近四十分钟,那些人就不见了踪影。

天渐渐黑了下来,展令君没有开车灯,就这么在荒原上漫无目的地走。

等天彻底黑透彻,展令君才找了个矮树丛钻进去,停了下来。

"怎么不走了?"萧绱惊魂未定地问。

"油量不足了。"展令君熄了火,安静地听了一会儿动静。周围除了虫鸣鸟叫外,没有其他的声响,更没有发动机的声音,萧绱这才松了口气。

这车没有高级的导航,只有一个指南针,现在天黑他看不清路,贸然继续走肯定走不出去,他们只能等天亮了再想办法。

"我们,真的逃出来了?"萧绱茫然四顾,这会儿才想起来后怕。

展令君把副驾驶上的碎玻璃清理出去,让萧绱坐到前面来。萧绱手软脚软地爬过去,把车门锁紧,忍不住扒着车门哭了起来。

长这么大,她还真没被这么吓过,魂儿都要没了。以前都是在电视上看到的这些恐怖分子,隔着屏幕不觉得有多可怕,只有近距离接触她才知道接近死亡的感觉。

"呜呜……"萧绡哭得上气不接下气,"幸好没被他们抓到,要是拍了视频发网上,我爸妈肯定要吓死了,呜……我要是死了,他们可怎么办呀,呜……回去我就辞职,这什么破工作啊,还带玩命的,呜……"

展令君听得好笑,忍不住伸手拍了拍她,却发现她在发抖。他轻叹了口气,缓缓将手臂圈过她的背后,揽住那边的肩膀,把她一点点拉过来,慢慢拽进了自己的怀里。

"呜……呜?"萧绡哭着哭着发现环境不对,脑袋抵住了一个结实温暖的胸膛,汗味中夹杂着一股诱人的薄荷香。

这是,劫后余生幸存者的拥抱吗?

本着有便宜不占王八蛋的想法,萧绡利索地搂住了展令君的腰。

展令君感觉到她的小动作,忍不住弯起了嘴角,跟这家伙在一起,他总是在不合时宜的时候忍不住想笑。

展令君仰头靠在座椅靠背上,看着天边升起的月亮,草原上的夜晚充满了危险,此时此刻却让人无比安心。回想着刚才打出去的那一枪,展令君禁不住热血奔涌,其实他应该冲进那个基地里,打死一个不赔,打死两个就赚,但他要保护怀里的女人。

掉头的那一瞬间,展令君忽然想通了一件事。

"其实,我的条件比那个相亲男更差。"想到萧绡对他根本就不了解,就敢跟他表白,展令君不由得轻轻叹了一口气,怀中人没说话,但他知道她在听,他便继续说了下去,"我爸爸已经去世了,所以我是单亲。家里有个生活不能自理的哥哥需要我照顾一辈子。为了开公司,我欠了银行两千万的贷款,现在还没还上。作为MSF的成员,我每年都要到这种地方,说不定哪天就死在外面了。"

萧绡抬头看他问道:"你跟我说这些做什么?"

展令君看着她,月光照进那双深邃的眼睛里,碎成漫天星斗,明明灭灭,细细数来都是深情,展令君问:"这样的我,你还愿意跟我交往吗?"

第19章 逃亡

已经止住的眼泪再次从眼眶里溢了出来，萧绡皱起鼻子，又哭了道："这么乱糟糟的环境，你跟我说这个，我怎么可能理智地回答啊！"

他们刚刚死里逃生，说不定后半夜就会被找到，被那些可怕的家伙用非人道的手段毁灭，这时候表白是不是脑子有病！是不是！

"那不理智的回答是什么？"展令君依旧保持着方才的姿势，静静地看着她。

"我当然愿意了！"萧绡抹了把脸，怒吼道。

"那理智的呢？"展令君歪了歪脑袋，竟难得显得有些孩子气。

萧绡吸了吸鼻子道："你刚才说什么来着？单亲，有个不能自理的哥哥，还欠人家银行两千万？"

"嗯。"

"那我得考虑考虑了。"萧绡鼓着脸掰指头算，自己现在升职了，一年的工资加上奖金大概能有五十万，还两千万大概要四十年……

展令君哭笑不得地看着她自己在那里嘟嘟囔囔。

"行吧，反正你那公司是有限责任制的，大不了把钱都赔了，我老家还有一套爸妈给买的小房子，实在不行咱们就回去……"

展令君看着她，忍不住地笑，笑着笑着，他的眼睛就红了。他这条命，是用毁了一个天才的方式换来的，他何德何能，还能得到这样的爱？

展令君伸手，重新把她抱进怀里，虔诚而珍重地亲吻了她的发顶。

向日葵，这向往光明之花，永远朝着太阳。她是希望，是生生不息的力量。

草原上的太阳是如此热情，在早上六点钟的时候已经天光大亮，阳光穿过伤痕累累的前挡风玻璃，直直地照在萧绡的脸上，很快就把她给晒醒了。

萧绡睁开眼，就对上一双琥珀色的大眼睛，吓得她一哆嗦。

车的引擎盖上，正站着一只油光水滑的花豹，粗壮的大爪子按在裂出蛛纹的玻璃上，它正好奇地往车里看。

"你醒了。"展令君早就醒了，正拿着一张地图写写画画。

"那，那个……"萧绡话都说不利索，指指车外的大家伙。

展令君抬头看一眼道："挺可爱的。"

"喂！"萧绡推他一把，这是可不可爱的问题吗？那是一只大型食肉动物，吃人的！

"没事，他刚吃了一只小羚羊，不饿。"展令君在地图上圈了一个圈，微微皱起眉头。

他们停车的位置是一小片树丛，正是花豹喜欢藏身的地方。它蹲在树梢观察这个铁疙瘩一晚上了，发现这东西没有什么攻击性，才下来察看的。

萧绡检查了一遍车窗，大部分车窗都是完好的，只有后面的那个小窗碎了，但越野车的后车窗很小，并不足以让花豹钻进来。确定性命无碍，萧绡这才有闲心欣赏这危险而美丽的动物，抬手给它拍了张照片。

"咱们怎么办？能走出去吗？"萧绡问自己新上任的男朋友。

"昨天在卡米拉市郊，我先向南走了三十公里，又向南偏西走了五十公里，接着向西……"展令君说着，在地图上画出了昨天的行进路线，"逃出来的时候慌不择路，大概是这个方向，我们应该是在这个地方。"

结论是他们再向东走一段距离，应该就能看到公路了。

"你怎么记住的？"萧绡很是惊讶，昨天那种情况，她吓都吓死了，这人竟然能凭着一个指南针、一个里程表记住行进路线，这还是人的脑子吗？

展令君瞥了她一眼道："萧小姐，你在挑选男朋友的时候，不知道他是一个智商极高的天才吗？"

"这还真不知道，毕竟萧小姐只顾着看脸了。"萧绡一脸认真地回答。

展令君抿唇轻笑，发动车子准备出发。

引擎盖上的花豹受到了惊吓，大尾巴上的毛毛瞬间炸开了，它三两下蹿到树上，用一双圆溜溜的大眼睛盯着他们。

跟大花豹道别，车子开出了树林，在一望无垠的草原上慢慢走。手机没有一格信号，油表在一格一格地下滑，萧绡有些焦虑道："也不知道其他人怎么样了？那些恐怖分子不会杀他们吧？"

"暂时不会，他们抓油田的人，肯定是想勒索钱财。"展令君对这些人的思维很了解,他们抓记者,多数是为了搞个大新闻以扬名,这样的人质凶多吉少;抓建油田、修铁路上的人,则是为了向其他国家索要赎金,这样的人质暂时都是安全的。

当油表指针落到红线上的时候,他们终于找到了一条狭窄的小公路。公路上人烟稀少,半晌也没见一辆车。

展令君在后备厢里摸出几瓶没有被打烂的水,递给萧绡道:"车上没有吃的,先喝点水吧。"

萧绡握着已经拧开了瓶盖的水,忍不住嘴角上翘,以前跟韩冬雨在一起,那人从来不把水拧开再给她。萧绡把水递到展令君唇边,示意他先喝。

展令君就着她的手喝了一口,忽而看到远处有一辆车过来,他立时上车,将车子横在路上。

那是一辆沙漠越野车,车上坐着明显是游客打扮的一群白人,被这么一辆满是弹痕的车拦下,他们顿时有些惊慌。

"你们好,我们的车没油了,可以跟你们买点汽油吗?"展令君拿出几张钱。

"哦,不,我们的油也只是刚刚够。"开车的男人听到只是借油的,又见他是个清瘦的黄种人,顿时不怕了。

展令君蹙眉,拿出了MSF的工作证。"我是一名无国界医生,着急去一个村庄治病。"

"爸爸,他是医生,把油给他。"车后面的小男孩叫道。

"汤姆,给他 点油,无国界医生是伟大的人,值得我们每个人尊敬。"坐在副驾驶上的妻子催促男人。

"好吧,好吧,我只能给你一点,支撑你走到下一个小镇,再向前十公里就有一个镇子,那里应该有加油的地方。"白人男子有些不情愿地道。

白人男子没有说谎,在油量再次耗尽的时候,他们走到了一个还算繁华的小镇。

"叮叮叮……"接近小镇，手机顿时来了信号，萧绡看到无数个未接电话提醒，有周泰然的，有大使馆的，更多的是家里来的电话。

"我给大使馆回信，你给父母报个平安。"展令君拿起自己的手机，拨通了大使馆的电话。

萧绡点点头，赶紧给父母打回过去。

电话刚刚响了一下就被接了起来，爸爸急切的声音传来："萧绡？是萧绡吗？"

"爸……"萧绡听到亲人的声音，就忍不住鼻子发酸。

"你在哪儿？有没有事啊？"萧爸爸的声音都有些颤抖，他昨天看到新闻，说油田的人被抓了，连带着有好几个中国公民失踪，他就赶紧给女儿打电话，结果就打不通了。老两口一夜都不敢睡，熬到现在。

"我没事，我逃出来了！"萧绡把情况大致说了一下，她省去了跟恐怖分子枪战的细节，只说他们半路开车跑了，那些人没追上来。

"是的，我们逃出来了，但只有我们两个，其他人的状况还不清楚，我可以提供那个基地的大致方位……"展令君条理清晰地跟大使馆联络。

中国驻N国大使馆的人将现在的状况告知给他，并保证会有相关人员来接应他们，请他们注意安全。

展令君挂了电话，神色有些凝重。那些武装分子，果不其然就是"达拉姆"组织的成员，他们抓了油田的人之后，就在卡米拉制造了爆炸袭击，如今卡米拉也乱了起来，机场都暂时封停了。

"那我们还去卡米拉吗？"萧绡没了主意，看向展令君。

"要去，大使馆在那边，我们要回国就得靠大使馆。"展令君去镇上的铺子里，用塑料桶买了一桶劣质汽油，自己灌进车里，坚定地发动了车子。

这会儿中国是半夜，但萧绡还是给周泰然打了个电话报平安，那边果然还没有睡。

"你跟展令君在一起？"可能是太过紧张，周泰然的声音有些不稳。

被周总的紧张感染，萧绡也跟着紧张起来道："是、是呀，我俩在一起了。"

第19章 逃亡

"……"

"……"

展令君无奈,让萧绡点了免提道:"我没事,你的几名员工还在水深火热中,赎金准备好了吗?"

"那边还没说要多少钱,甚至还没有敲诈信息过来。"周泰然似乎在抽烟,听得出来他很焦虑。油田那边的人没有被全部抓走,留下了一些员工及时报了案。但当地的警方实在是"菜"得可以,连根毛都没追回来。

赎金倒是次要的,这种国际问题国家会垫付赎金,但人命关天,那些人每分每秒都有生命危险。

"哎,前面有人拦车!"萧绡惊呼一声,提醒展令君踩刹车。

公路上,有一名黑得锃光瓦亮的年轻人在拼命挥动双臂,仔细一瞧,不正是萧绡雇的那个翻译肯亚耶吗?

"肯亚耶,你怎么在这里?"萧绡打开车门就要下去,被展令君一把拦住。

恐怖分子有时候会放诱饵,他们此刻下车,可能会被射成筛子。

"哦,上帝啊,萧!"肯亚耶激动地跳起来,快速跑到车边来,"我们的车子抛锚了,大概在十公里之外,他们走不动,只能我一个人过来求助。"

作为在草原上长大的黑人,肯亚耶徒步跑十几公里不在话下,但瘦弱的模特和LY的实习生就不行了。

"你们逃出来了?"萧绡满眼惊喜。

"谁逃出来了?都有谁?"还没有挂断电话,那头的周泰然听到了,立刻提高了声音。

肯亚耶解释,因为展令君制造的混乱,那些人一时忽略了他们那辆皮卡。他和菲力合力制服了副驾驶上的那个恐怖分子,司机掉转车头也跟着跑。

那名司机是当地人,有在草原上行进的丰富经验,知道朝着哪个方向可以找到公路。但不幸的是,车子跑到一半抛锚了,只能等到太阳升起,靠肯亚耶跑出来求助。

摄影师和道具师都被那些人抓走了,扔在装油田经理的那辆卡车上,皮卡上剩余的都是没有威胁的人，那名坐在副驾驶上的家伙称他们为战利品。

战利品就是到了基地可以分享的物品，除了作为翻译工具的肯亚耶外，其他人都是等待分配的战利品。

布兰琪、赵欣和化妆师都是女人，这点可以理解，菲力怎么也算战利品啊？

原以为只是恐怖分子临时起意的绑架，萧绡他们回到卡米拉才知道，N国全境已经陷入了战乱。那些武装分子绑架了很多外国人，索要巨额赎金，并在今天上午宣布占领南部的六个区，正式成为反政府武装。

"卡米拉的国际机场遭到了爆炸袭击，现在已经封停了。"大使馆的工作人员把实情告诉萧绡，"你们暂时走不了，军方正在想办法。"

"我的两名同事还在那些人手里。"萧绡很是担心，摄影师和道具师没能逃出来，跟油田的那些人捆在一起，非常危险。

"目前还没有消息。"中国使馆是非常靠谱的，让滞留在卡米拉的本国公民都待在使馆内，这里有军方保护，暂时是安全的。

"萧绡姐，他俩怎么办呀？"赵欣拉着萧绡的袖子，刚刚被大使馆的人带回来，她还有些惊魂未定，听到这些消息，她忍不住哭了起来。

"他们是要钱，给他们钱应该不会杀人的。"萧绡安慰她。

"杀人？他们会杀人？"赵欣惊恐地瞪大眼睛，显然这个安慰并没有起到作用，反而加重了她的恐惧。

"吃点东西吧。"一袋面包递到萧绡面前，赵欣顺着拿面包的修长手指看过去，就看到了一名与嘈杂环境格格不入的男人。他穿着一身休闲装，因为这两天的奔忙，衣服上有了皱褶，但整个人依旧干净清爽。

先前展令君没有选择直接去救皮卡车上的人，而是让肯亚耶等在原地，他和萧绡开车与大使馆的人会合，让直升机去营救他们。因此，赵欣还不知道展令君是谁。

赵欣以为是使馆的工作人员，便伸手去接，却不料，那面包在她靠近的瞬间，像是同性磁极相遇一般地瞬间错开，直接塞进了萧绡的手里。

"哦。"萧绡还有些不太适应展令君的照顾,"你吃了吗?"

"没有。"展令君诚实地回答,"食物短缺的时候,要先给女朋友吃。"

萧绡的脸"刷"地一下红了,这人,这才刚确定关系,怎么就说得这么顺口?

"他是你男朋友啊?"赵欣有些羡慕地问。

"嗯……"萧绡攥着面包袋子,有些尴尬。原本萧绡还想给赵欣掰一块的,但听到食物短缺展令君还没吃,她顿时有点舍不得了。战乱的时候食物是最宝贵的,这面包也不知道他是怎么弄来的,她总不能为了面子让男朋友饿肚子吧。

"那边凭护照领食物。"展令君指了指不远处的桌子,有大使馆的人在发放食物。

"哦!"赵欣愣愣地应了一声,低着头赶紧跑了。

萧绡:"……"明明人人有份,说食物短缺是在演什么苦情戏?

展令君在萧绡身边坐下,拧开一瓶水慢慢喝道:"机场不能用,军方应该会想办法把我们带到港口坐军舰走。但军舰到这里还要一段时间,估计会先把我们转移到邻国去,走阿拉伯海的港口。"

面包又软又甜,中间还夹了根香肠,萧绡掰下一块送到展令君嘴边,正在说话的展令君十分自然地张口叼住道:"你赶紧吃,吃完好吃药。"

药……

萧绡愣了一下道:"糟了,药没了。"

"嗯?"展令君快速把面包咽下,"丢哪儿了?"

萧绡拍了拍脑袋,因为药很小,她就一直装在随身的小包里,先前在景点拍摄的时候放在桌上,后来被绑架,那些东西就都被武装分子给拿走了,天知道被扔到了哪里。

"没事,一两天没吃也不要紧。"

展令君摇了摇头道:"军舰赶过来起码要三天,回国又要三天,断一天还好说,断一周是很危险的。"

萧绡心中一惊,背着手缓缓攥了攥拳头,关节有些僵硬,头也隐隐作痛。她昨天因为着急赶工就忘了吃药,今天又没得吃。她本以为是累到了,现在一想,应该是突然断了激素导致的。

"没事，我来想办法，你先吃东西。"展令君拿着萧绡的护照又去领了一份面包，两人你一口我一口地很快把食物吃光。

叮嘱萧绡找地方睡一会儿，展令君便离开了大使馆，去MSF那边找药。

N国的药物是非常稀缺的，MSF每年过来都要自己带着药品，但这些药大多都是抗生素和麻醉剂，像甲泼尼龙这种昂贵且偏门的药就很少了，他只能说去碰碰运气。

"没有这个。"无国界医疗小组的负责人摇摇头。

"那泼尼松呢？"展令君拿过库存单查看，昂贵的甲泼尼龙没有，便宜的泼尼松也没有，这里不存在任何的糖皮质激素或是替代品！

"本来新的一批援助药物里是有一些的，但在边境上被人抢劫了。"负责人痛心疾首地说，那些都是救命的药，也不知道会被那些强盗怎么糟蹋。如今因为战乱，他们也要撤离，没有医生又没有药物，那些病人便只能等死了。

MSF这里没有，展令君只能去卡米拉中心医院的药库翻找。药库空荡荡的，零散地放着一些药剂盒，他一箱一箱地找过去，什么都没有。

展令君开着那辆千疮百孔的越野车晃晃悠悠地来到地下酒吧街，停在了那家卖意大利面的餐馆门前。

"哦，上帝啊，你是上战场了吗？"红裙女人走出来，不敢置信地看着那破烂不堪的车子。

"抱歉，那些押金随你扣吧。"展令君从车上跳下来，把钥匙还给老板。

"当然要扣，一毛钱都不能退给你了。"红裙女人撇嘴，狐疑地看向展令君，"卡米拉已经乱了，客人还不走吗？"

"我需要一点药品，要快。"展令君拿出几张美元。

"那你应该晚上来，白天不卖药品。"红裙女人没有接那些钱，他们这里什么生意都做，当然主要的买卖则是毒品和枪支，枪还好说一些，毒品是绝不能拿到白天卖的。

第19章 逃亡

"是正常药品。"展令君低头,扯过一张餐巾纸,在纸上写下了甲泼尼龙的英文名称,"一盒就可以了。"

红裙女人挑眉,看了看那些字,让他稍等,转身回后厨打电话,等了大约半个小时她才出来道:"你真是好运,恰好他们手里有货,但要一百倍的价格。"

一盒甲泼尼龙折合人民币二十多元,一百倍就是两千块,展令君毫不犹豫地答应了。

红裙女人收了定金,叮嘱他明天中午过来拿。

"我们联系了直升机,明天上午过来接大家往东海岸去,一架飞机只能坐十个人,还请大家不要拥挤。"大使馆里,工作人员开始发放号码牌,人们纷纷前去争抢,都想拿到靠前的号码。

萧绡攥着自己和展先生的护照也上去挤,奈何她身单力薄,只勉强挤到了中间。

"排队,排队,谁再挤就最后一个走!"工作人员有些生气了,拿着大喇叭维持秩序。

队伍迅速归拢,萧绡数了数前面的人头。第一批可以走二十人,她恰好排在第十九位,正高兴着,也不知谁推了她一把,萧绡膝盖一软从队伍里跌了出去,"吧唧"一下摔到了地上。萧绡的膝盖和手肘磕在坚硬的大理石地板上,疼得她差点掉下眼泪来。

自从吃了激素,萧绡就有点走路不稳,经常摔跟头,医生说是钙质流失的缘故,让她补钙。现在药量减少,症状减轻,她已经许久没有摔得这么惨了。

"怎么回事!"拿着喇叭的工作人员赶紧跑过来,把萧绡扶起来,"女士,你没事吧?"

"嘶——"萧绡抬起胳膊,看着红彤彤的一大片,估计一会儿就会发紫,她龇牙咧嘴地摇摇头,示意自己没有大碍。

"这位大娘,您怎么回事啊!"工作人员指着萧绡身后的一位大妈问道。

"我可没推她,是她自己跌出去的。"大妈理直气壮地说。

"年轻人,跟我们这些老年人挤什么挤!"大妈旁边的大爷也跟着开口。

萧绡排的位置恰好是第一批与第二批的临界处,夹在这一家人中间,如果号码被萧绡领走了,他们家就有人要第二批走。老太太一着急,就出手把人推倒了。

"爸,妈,你俩少说两句。"跟在他们身边的儿媳妇看不过去了,开口喝止了公公婆婆,她歉意地看向萧绡,但却没有挪动脚步,怕错过了排队。

丈夫则缩着脑袋,一言不发。

工作人员有些生气,索性给了萧绡两张十分靠前的号码牌,插在老头老太太的前面,那一家人的脸顿时绿了。

"谢谢,谢谢!"萧绡很是高兴,等展令君回来,就能得意扬扬地跟他邀功了。

展令君看着那两张"十七""十八"的号码牌,沉默了片刻道:"明天你先走,我有点事,等第二批。"

第20章 生死

"你要做什么？"萧绡没来由地心中一紧，这种军方的救援飞机，大家都恨不得提前两个小时等着，一刻都耽搁不得，这时候有什么事比逃命更重要？

"我要拿个东西，很快的，别担心。"展令君轻描淡写地说着，然后起身去领睡袋。今天晚上得在大使馆的大堂过夜，工作人员给每个人发放单人睡袋，依旧是凭护照领取。

睡袋有些沉，赵欣和化妆师吭哧吭哧地抱着睡袋走过来，在萧绡附近铺开。有男朋友的萧绡，则游手好闲地坐在原地。

"萧绡，你有卸妆湿巾吗？"化妆师苦着脸问，她化了浓妆，还是巨防水的那种，折腾这么久她也没办法卸妆，就顶着两只熊猫眼。

"没有，我的东西都在随身那个小包里……"萧绡说着，忽然一怔，想起来今天展令君是出去给她找药的。他说明天去拿东西，肯定是去拿药的。

"你喜欢蓝色还是绿色？"展令君一手拎一只卷起来的睡袋，像是拎着两条毛巾那般轻松。

大使馆发的睡袋只有这两种颜色，都丑丑的，没什么区别，但既然展先生这么问了，萧绡就认真选了一下道："绿色吧，这睡袋有帽子，你睡不合适。"

展令君转头看看赵欣那张已经铺开的睡袋，头部确实还有个罩子。

萧绡闷笑着接过睡袋，把两个睡袋都铺好，并排放在一起。

展令君无奈一笑，跟着坐下来，把从黑市餐馆里打包的意面掏出来，递给萧绡。越野车还回去，他就没了交通工具，城市陷入动乱，连个三轮车都难找，他只能走着回来，面也凉了。

不食人间烟火的男神，下凡之后竟然这么会照顾人，萧绡抱着那碗面，感动得不知道说什么好，她吃一口就知道是那家餐馆的手艺，心中微沉，小声道："你去黑市买药了？"

"嗯。"展令君点点头，把从MSF库房翻出来的一小瓶钙片递给她，"医院里没有激素，只有他们能弄来。"

萧绡有些食不下咽，外面这么危险，这人还穿过整座城去给她找药，她说："别管那些药了，明天我们坐第一批的飞机走，到邻国再想办法。"靠近阿拉伯海的港口，物资应该会很丰富吧？

展令君摇了摇头，非常坚持道："邻国也不一定有。"时间紧迫，要在港口等军舰，有可能到了码头就不许他们外出了，萧绡的身体冒不起这个风险。

捏着靠摔跟头换来的号码牌，萧绡很是心疼了一会儿，她起身走到赵欣她们身边，把两个号码牌都换了。

"萧绡姐，你真要跟我们换啊？"赵欣惊喜不已，要知道，第一批跟第二批之间，很可能要隔着四个小时。

"嗯，你们先走吧，我断后。"萧绡一脸高风亮节的模样，让两个女孩子感动不已。

展令君看得好笑，想起了自家那个总是最有理的哥哥，或许设计师都这样？

"我是光明油气集团的王亮，我们在N国被绑架了……"大堂里正在播着新闻的大屏幕突然插播了一段视频，嘈杂的大使馆大厅瞬间安静了下来。

第20章 生死

逼仄昏暗的环境,背后是一块黑布,遮挡了所有的东西。穿着油田工作服的项目经理哭丧着脸跪在镜头前,旁边有穿着迷彩服只露两条腿的武装分子用枪指着他的脑袋。

这是新闻信号被劫持,直接播放了基地那边传来的画面。

"我们没有遭到虐待,也有食物和水……"项目经理冷静地照对方的要求说话。

"我是一名摄影师,在油田附近拍摄照片的时候被抓了,快救救我!"录了一半,镜头后面的人突然跑出来,痛哭流涕地说,"这里太可怕了,求求你们交赎金吧……"

旁边的武装分子立时给了摄影师一脚,喝止他的行为。

被绑架的同胞看起来相当凄惨,赵欣看到认识的人被揍,忍不住哭了。其他人听到她哭,也跟着啜泣起来。他们大多数是来旅游的,没想到天降横祸,现在即便睡在大使馆里也难以安心。

就在这时候,视频中突然传来了枪响,画面颠簸了一下,陷入了混乱。镜头一黑,一切戛然而止。

展令君眸色微沉,看了一眼守在大使馆门外的军队,但愿是他交上去的那张地图派上了用场。

"最后那是怎么了?"萧绡小声问展令君。

"可能是维和部队去救援了。"展令君凑到她耳边,轻声说。

温热的气息喷在耳朵上,把那一片耳朵染成了绯色。萧绡禁不住僵了一下,愣愣地点点头。

大使馆的工作人员安慰众人,说国家已经在想办法营救这些人质了,让大家不要担心。人们的心情都比较沉重,没有了交谈的兴致,纷纷钻进了睡袋。

大厅里的灯关了大半,只留下一圈不太刺眼的灯带。

萧绡跟展令君并排躺着,两只睡袋挨在一起,能感觉到对方的呼吸,萧绡不由得泛起些许小紧张。

"咱俩这,算不算是同床共枕了?"萧绡睡不着,翻身盯着展令君看。

"不算。"展令君睁开眼,"哪有床,只有地板。"

萧绡撇嘴。

展令君也侧过身来看她。

两人就这么互相看着,莫名地开始傻笑。

"唉,手都没牵过,就跟男孩子一起过夜,我真是太不矜持了。"萧绡捂住自己软绵绵的脸,她最近瘦了点,脸颊没有那么多的肉,但还是能捏到一小坨。

一只温暖干燥的手伸过来,覆住了她的手。萧绡的指尖微颤,紧张地等着接下来的十指相扣,谁知那只手只是把她的手扒开,然后,在她的脸上缓缓戳了一下。

"干吗?"萧绡鼓起脸。

"看一下脂肪含量有没有降低。"展令君一本正经地说,"你昨晚没睡好,脸有些肿了。"

听到这话,萧绡不由得担心起来道:"我的脸,要是一辈子不会好怎么办?"这脸一看就是激素脸,要是一两年内下不去,到时候谈婚论嫁一定会被展令君他妈妈嫌弃。

"这样挺好的,脸大旺夫。"展令君说着,拉上了萧绡的睡袋,把她的脑袋给罩了起来。

头顶的那片绿,是网格状的,主要用来防蚊虫。在这个蚊虫会传播疾病的地方,萧绡想要牵手睡觉的浪漫心愿注定是实现不了了。

"旺夫……"萧绡才反应过来,伸手想挠他,却发现自己被困在了睡袋里。

展令君也把自己的拉上,隔着硬料纱网跟她碰碰脑袋道:"晚安。"

隔着纱网,萧绡清晰地看到了展令君脸上的细小茸毛,灼热的呼吸喷在脸上,这四舍五入就是一个晚安吻呐!萧绡嘿嘿傻乐了一会儿,心满意足地睡了。

次日一早,军用直升机就来了,第一批的人兴奋不已地开始排队。

展令君跟大使馆的人交涉了很久,工作人员才同意他离开一会儿,并叮嘱他十一点三十分之前必须回来。

第20章 生死

萧绡想跟着一起去,却被他拦住了。

"我一个人快去快回,你在这里乖乖等着。"展令君把自己的随身背包交给她,走了出去。

萧绡看着他的背影,莫名地有些心慌。

时间一分一秒地流逝,直升机去了又回,时钟走到了十一点二十五分,第二批人开始登机,展令君还没有回来。

"他一向守时的,肯定马上就回来了。"萧绡捏着两个号码牌,让排在自己后面的人先上去,求大使馆的人再等一会儿。

因为约定了是中午取货,展令君到餐馆的时候货还没到,便坐在里面等。那辆越野车就停在门口,破破烂烂的还没有送修。

送货的车慢吞吞地开过来,展令君跟红裙女人一起出去接货。

几名壮汉从车上跳下来,把黑胶带裹着的药盒扔给红裙女人。红裙女人把东西扔给展令君,示意他打开验货。

展令君快速拆开,确认了里面的药片。二十片甲泼尼龙,没有问题。

送货的一名黑人壮汉看到了门口那辆满是弹痕的越野车,问红裙女人:"这车你租给谁了?"

红裙女人抬抬下巴,指了指正给她钱的展令君。

黑人壮汉看了展令君一眼,脸色骤变,突然呼喝一声,掏出一把手枪指着他。

"这是什么意思?"展令君问红裙女人,红裙女人也是一头雾水,开口问黑人壮汉,趁着这个间隙,展令君迅速掏出手枪,也指向了那大汉的眉心。

双方顿时僵持住了。

十一点三十五分,展令君还没有回来,大使馆的人催促萧绡上飞机。

"他不会不守时的,一定是出事了!"给展令君打电话那边却不接,萧绡满脸焦急,看向负责运输的军方负责人,"他在城南的地下酒吧街,我们直接去接他吧。"

"不拿自己的安全当回事的人,为什么要浪费国家资源?"负责人语调冰冷地说，作为一名军人，最看不惯的就是不守纪律、不守时间的人，"按时起飞！"

"他是无国界医生，不顾自己的安全跑到这里来救助别人，主动要求被恐怖分子带走就是为了把我们带回来。现在为了给我这个病人找救命的药，他去黑市跟人做交易了。这样的人，不值得您为他跑一趟吗？"萧绡拦在众人面前，红着眼睛歇斯底里地大喊。

"你就是从基地里逃出去的人吧？是你把路线泄露给了军方！"黑人大汉咬牙切齿地说着，缓缓扣动扳机。

"我不知道你在说什么。"展令君抿紧一双薄唇，这些黑市的人，竟然跟那些人是一伙的，这下他可麻烦了。

黑人大汉的话一出口，其他从车上跳下来的人也纷纷掏出了武器，对准展令君。

"都不许动！"突然一声大喝，几名穿着军装的人从三轮车上跳下来，端起枪瞄准这些人。

"令君，快过来！"萧绡看到这场景，吓得腿软，招呼展令君到三轮车这里来。

展令君保持着举枪的姿势，缓缓往后退。

那些黑人见到维和部队，缓缓放下了武器。展令君这才加快了脚步，就在他转头看向萧绡的瞬间，巷子口突然出现了一名黑瘦的青年，举起手中的枪，扣动扳机。

"嘭！"萧绡听到背后一声巨响，紧接着自己被人紧紧抱住，耳边传来一声痛极的闷哼。

"令君！"

凄厉的叫喊声响彻云霄，将卡米拉万里无云的天空染上了血红。

十一月的北欧已经很冷了，嶙峋的巴洛克式建筑和柏油街道被寒风冻出了冷铁的色泽。

"这个给你。"围着毛线围巾的展令羿像一只鼻子埋在毛尾巴里的猎豹，他眨眨那尾部上扬的眼睛,懒洋洋地把一杯热奶茶塞到弟弟手里。

"奶茶?"十七岁的展令君被迫戴着跟哥哥同款的毛线围巾,蹙眉看着手中的奶绿,"这是女生才喝的东西。"

"谁规定只有女生能喝了?又没有雌性激素。"展令羿吸了一口热奶茶,满足地眯起眼睛。

"我不要喝。"展令君嫌弃地看着手中的廉价色素饮料。

"这可是哥哥给你买的,满含着爱的饮料,你忍心就这么扔了吗?"展令羿做出受伤的表情。

"……"甜腻的味道实在不怎么好,展令君在进入音乐大厅安检的时候,顺理成章地扔掉了那杯奶茶。

银色大厅里灯火辉煌,年轻的钢琴师坐在三角钢琴前,弹奏着难度极高的《命运交响曲》,铿锵有力的音符回荡在大厅的每一个角落。

"君君,你觉得江天哥哥帅还是你哥我帅?"展令羿用手肘捅了捅快要睡着的弟弟,小声问。

"白雪公主是世界上最美丽的人。"展令君面无表情地说着从小到大念了无数遍的台词。

"……真不可爱。"展令羿撇嘴。

琴声堆叠到了最高处,接下来便是急转直下的变奏,"嘣!"一声巨响打破了这美好的时刻,紧接着便是震耳欲聋的机枪声。

"啊——"大厅里充斥了嘶吼与尖叫,火光冲天而起,哥哥那温暖的身体突然覆了上来,鲜血带着滚烫的温度流进展令君的脖颈。

"令君,别动!"

"哥……哥!"

展令君猛地睁开眼,满目血红渐渐退散,变成了白色的穹顶和慢悠悠滴着水的输液瓶。

"嗯……"意识回笼，感官也跟着恢复，肩胛上传来一阵尖锐的疼痛，逼得他痛哼出声。

睡在旁边小床上的萧绡听到声响，迷迷糊糊地睁开眼，发现展令君醒了，她立时跳下来跑到床边问："令君，是不是伤口疼？"看到展令君的额头冒汗，知道他是疼得厉害了，她赶紧按铃叫医生。

"这是哪里？"展令君放缓呼吸以减轻痛感，听到窗外传来海浪的声音。

"我们在军舰上，你已经昏迷很久了。"萧绡说起这个，忍不住红了眼。当时在卡米拉，展令君替她挡了一枪，子弹打得很深，导致他当场昏迷。

展令君紧急在邻国做了手术，但那里的医疗条件实在太差，术后他就发起了高烧。好在没多久军舰就到了，才不至于把展令君耽搁死。军舰上有医术高超的军医，重新做了处理才给展令君稳住伤情。

正说着，穿着军装的医生走了进来，问了一下状况。

因为展令君也是医生，对于症状的描述非常精准，军医很是满意，将目前的状况告知病人道："你没有伤到内脏，但胛骨骨折了。"

骨折没什么快速治疗的办法，医生给他加了点止痛药，看看体温没问题就走了。

医生走后，两人都陷入了沉默。展令君还在等止痛药起效，萧绡则攥着手指不知道说什么。

这两天，当时的场景不停地在脑子里回荡，她常常睡着了又惊醒，害怕展令君就这么没了。只会出现在小说里的情节出现在现实中，给人的不是什么对爱情的感动，只有满满的震惊与恐慌。

震惊于他这种违背常理的条件反射，正常人在这种情况下只会躲闪，这人竟然还替她挡枪，连军方的人都说不可思议；恐慌于即将失去这条年轻鲜活的生命，这个她喜欢到不可自拔的男人，如果真的为她而死，她可能一辈子都走不出这个阴影。

"你怎么能做这种傻事，想让我良心不安一辈子吗？"萧绡见他脸色稍缓，应该是止痛药起效了，就忍不住开始数落。

第20章 生死

展令君看着她,露出个浅淡的笑来道:"突然的消失就是另类的永恒,我要是死了,就会变成你心头的白月光,永远无可替代。"

"喊,想得美。"萧绡撇嘴,"你要是死了,我马上嫁给别人,很快就把你忘了。"

"突然觉得我这一枪挨得好不值。"展令君似模似样地摇头叹息。

萧绡看着他笑,笑着笑着又掉下眼泪来道:"我都快吓死了,你当时浑身是血,医生说很可能会伤到肺,不保证能救过来……"

展令君看着她,艰难地伸出手,抹掉她的一颗泪珠子道:"我可不是为了让你哭才这么做的。"

这话说出来,展令君自己不由得怔了一下。

挡枪的人,并不是为了让活下去的人痛苦才这么做的,他只是做了他那一瞬间认为最正确的动作。

在海上漂泊了几天,他们终于回到了祖国。不少人表示再也不出国旅游了,这个世界太危险。

油田的两个项目经理和道具师已经成功获救,但摄影师却意外身亡了。萧绡上岸就得知了这个消息,只觉得眼前一黑。这次出国,算是她带队,七个人去,五个半人回,她和LY都将迎来大麻烦。

展令君的伤还需要再住院观察两天。萧绡安顿好展令君才去了公司,刚到门口就见LY的大门被一群人围得水泄不通。

"黑心公司还命来!"

"好端端的为什么要去那么乱的地方啊!"

"人就这么没了,你们得负责!"

一群年轻力壮的男男女女,拉着白色横幅,在LY的门前吵吵嚷嚷。萧绡停下脚步,看着白布上的名字,无声叹息。这些人是摄影师的家属,死讯在萧绡他们登上军舰那天就传回了国内,也不知这些人闹了多久。

周泰然站在顶层办公室的落地窗前,跟萧绡遥遥对视了一眼。

这些人,无非是想要钱,周泰然也没说不给,但要走正常流程。LY按照欧美惯例，每年都买丰厚的商业保险，并不怕人索赔，但要有正常的法院判决书保险公司才能予以赔付。让他们去告，他们又不肯，只是堵在门前哭闹。

萧绡看着这些人，禁不住皱起眉头。

这些不知道沾不沾边的亲戚，都是干打雷不下雨地乱号，真正伤心的人，却被遗忘在了角落里。

"儿呀，我的儿呀！"白发苍苍的老太太坐在草地上，小声念叨，哭得肝肠寸断。

白发人送黑发人，最是伤感。

LY只有一个入口，如今整个大楼前被围得水泄不通，萧绡站在路上，一时间不敢过去。她拿出手机准备给总裁办公室打个电话，谁知刚刚拨出去，人群里突然有人认出了她。

"这不就是那个得冠军的设计师吗？"正在号哭的一名青年认出了萧绡，上来一把抓住了她的手腕，"你们快来，我阳哥就是跟着她出差的！"

人群迅速围了上来。

"放开！"萧绡冷着脸呵斥那名男青年。

"哟呵，还想跑？"那青年抓得越发紧了。

萧绡使劲儿挣却挣不开，只能拿出手机报警，却被人抢走了手机，"啪嗒"一声摔到了地上。

"你还有脸回来啊！你就是这么带队的！"

"明知道那边战乱，还非要去那里拍照，你这是故意杀人！"

几个中年妇女的指头直接戳到了萧绡的额头上，经历过绑架、枪战的萧绡，是不会被轻易吓到的，她高声辩驳道："我也被绑架了！我也差点死在那里！张阳没救回来我也很伤心！可你们现在拉着我有什么用？如果杀了我能把张阳换回来，你们尽管杀啊，来啊！"

从战乱之地锻炼出来的气势，顿时把一群人给镇住了。

"住手，住手，都住手！"罗誉带着保安快步跑下来，把人群隔开。

第20章 生死

萧绡趁机用高跟鞋狠狠地踩了一下那男青年的脚背，那人哀号一声松开了手。动动被攥出了一圈青紫的手腕，萧绡捡起屏幕碎裂的手机，快步退进了LY大楼。

"各位，各位，听我说。"罗誉表现得非常积极，显然这次突发事件是表现他工作能力的好机会，"你们这么闹也不是办法，找个代表来跟我谈谈，我是LY的人事与财务总监，你们有什么要求咱们摊开了说。"

萧绡快步上了电梯，到了成衣室还在喘粗气。

"萧绡你没事吧？"在门口与杨笑撞个正着，杨笑见她脸色很差，赶紧问了一句。

"没事。"萧绡摇了摇头，抬头发现是杨笑，才意识到自己又习惯性地走到了普通成衣室。

"萧绡，你可算回来了！"赵和平看到门口的人，赶紧走了过来，成衣室其他人也涌上来。大家相处得日子久，多少都有点感情，N国暴乱的消息传来之后，他们很是担心了一阵子。

"林指导干吗非要去N国那种鸟不拉屎的地方啊！太危险了！"

"就是，要拍热带景物去海南岛不就行了！"

萧绡看了一圈，没发现秦亚楠，便问了一句。

"呃，你不知道啊？"赵和平踌躇了片刻，低声道，"她被辞退了。"

先前泄露的稿件，最终查出来是秦亚楠自己一稿两卖，也不知对方给了她什么保证，让她以为这事能栽赃到别人身上。周泰然直接签了辞呈，顺道将秦亚楠和那家山寨公司一起告上了法庭。

LY最近像是被诅咒了一样，麻烦事不断。先是稿件泄露，接着萧绡他们在国外出事，那名外包的摄影师又意外去世……

"老天保佑，艾德琳在大师论坛可别再出事了，不然咱们周总真得去庙里烧炷香了。"小王哭丧着脸道。

"嗨，你这乌鸦嘴！"赵和平照着小王的脑袋呼了一巴掌，不许他乱讲。

艾德琳代表LY去参加今年的时尚大师论坛，今晚就有实况转播，大家都翘首以盼等着看呢。

第21章 LY

萧绡将非洲的事仔细汇报给了总裁和艺术指导，总的来说，这趟非洲之旅，只拍了两组照片，LY的员工都安全回国了，模特和摄影师这些外包人员则需要赔偿。

林思远头疼地揉了揉额角道："去年还好好的，怎么就突然动乱了，真是……"原定的八组照片只拍了两组，还得抓紧时间重拍才能赶得上冬季发布会的宣传。

"任务没有完成，却惹来一堆麻烦，我很抱歉。"萧绡主动把责任揽到自己身上。

"这又不是你的错。"罗誉发型凌乱地走进来，刚好听到萧绡说这句话，便说了一句公道话，"我把外面的那些人暂时安抚住了，跟张阳的妻子约好明天谈判。"

那位摄影师不是LY的员工，而是一个名叫灿烂阳光摄影工作室的合伙人，是LY比较稳定的长期合作伙伴。严格来说，他们只是甲方乙方的关系，对于张阳的死LY有一定的责任，但并非是全部责任。

这就好比建筑工从脚手架上摔下去，包工头和开发商都有责任，问题是张阳他本身既是建筑工又是包工头，所以就想要LY全部承担了。

周泰然点了点头道："明天谈判找人拍摄记录，海报的事林指导重新安排一下，萧绡暂时别参与了，休息两天再说。"

"谢谢周总。"萧绡暗自松了口气。因为这些日子的折腾，她的身体确实需要休息。

下了班，萧绡没有直接回家，而是准备去医院跟展令君一起吃晚饭。

"要搭顺风车吗？"周泰然开着他那辆扎眼的黄色跑车停在萧绡身边，"令君他妈妈要照顾哥哥，托我去给他送饭。"

萧绡看看空空如也的车座道："饭呢？"

"去医院再点呗。"周泰然耸耸肩，难道萧绡指望他这个大总裁煮一锅老鸭汤用保温桶带着去吗？

人民医院的高级病房里，展令君百无聊赖地躺在床上看书。

"《当代奢侈品牌概论》，你终于决定要改行了？"周泰然走进来，惊奇地指着展令君手里的书说。

"只是研究一下你把LY做得有多差。"展令君把书在膝盖上摊开，点了点自己正看的那一页，果然是LY的介绍。

萧绡好奇地看了一眼，上面写道"LY是天才设计师Leo的个人品牌，经过这些年的发展已经在国际上有了一席之地。但失去了Leo的LY早已不是当年那个灵气满溢每每让世人惊叹的独立品牌了，而是逐渐与欧美其他品牌趋于同质化……"

"……"周泰然顿时被噎住了，"你就这么不待见我啊？"

"没有，我最喜欢泰迪哥了。"展令君把书扔到一边，面无表情地看着他说。

泰迪……

萧绡赶紧掐了自己一把，才堪堪止住了即将喷出的笑。他们这个总裁，英俊多金又单身，因为长了一双桃花眼，总给人一种风流多情的错觉。传说被他甩掉的女朋友都可以开个服装厂了，私下里公司的人也说过，周总不该叫周泰然，而应该叫周泰迪。

泰迪这个称呼，从展令君这种一本正经的人的嘴里说出来，出奇地搞笑。

"臭小子！"周泰然作势要揍他，被萧绡拦了一下。

"他身上还有伤。"萧绡倒不是担心周泰然真打他，而是怕他俩玩闹起来扯到伤口。展令君被萧绡护在身后，跟周泰然对视，深邃的眼睛里抑制不住地泛起些许得意。

"啧啧，有女朋友疼，就是不一样啊。"周泰然不情不愿地收起拳头，忍不住讽刺他。

女朋友！萧绡的脸顿时红了一下，小声对展令君道："你怎么这就往外说了？"他俩刚刚在一起，萧绡有一种怀胎头仨月的紧张感，生怕一个不稳就没了，不敢往外说。

"我没说。"展令君一脸无辜。

正拿着手机点外卖的周泰然哼笑道："对，你是没说，你都发朋友圈了。"

朋友圈？萧绡拿出手机仔细翻找。

展令君S：暂不接诊，微信无法及时回复，见谅。

展令君S：分享链接——截瘫病人的腿部肌肉保养。

依旧是正经无比的画风，根本没有什么奇怪的照片。

"你竟然没加他的私人号？"周泰然点好了外卖，凑过来瞥了一眼，适时地表示了一番震惊。

"什么私人号？"萧绡心中警铃大作，转头看向展令君。

展令君顿了一下，淡淡地笑道："先前你加的那个是工作号，我还有个私人号，吃完饭给你加，乖，帮我倒杯水吧。"说着，他把一只淡蓝色的杯子递给萧绡。

萧绡被这一声温柔缱绻的"乖"给迷得手软脚软，傻乎乎地就应了，拿着杯子去饮水机前接水。

展令君则看似不慌不忙实则动作飞快地拿出手机，将朋友圈里比较丢人的东西统统锁起来。

国际设计大师论坛开始直播了，三人一边吃外卖一边看。每年一度的大师论坛,是供各大设计公司首席设计师交流的盛会,大家互通有无,商讨未来的流行趋势,同时展示自身的实力。

"接下来,有请LY的首席设计师艾德琳女士。"主持人邀请艾德琳上台,同时介绍她的履历。

艾德琳穿着一身简约的黑裙,从容地走上台,面色冷肃地点头致意道:"女士们先生们,晚上好。"

每年大师论坛都有一个主题,今年的主题是"重启辉煌",每一位上台的大师,都要围绕这个论题来阐述理念。

定这个主题,是因为目前设计界的一些大师,对于越来越光怪陆离的设计方向有些不满,想要重返中世纪的风格。但另一部分设计师,对于复古并不赞同,他们更主张锐意进取,创造出与众不同的新时尚。

艾德琳是支持复古的,她道:"时尚,并不是要永远不同的,流行趋势每十年都会有一个轮回。九十年代末流行的阔腿裤,今年又再次流行起来,经典的元素是可以长久地用下去的,比如这一件衣服……"说着,艾德琳抬手示意助手小金展示自己的作品,这是她准备好的一件复古长裙,用了中世纪的蕾丝与花边袖设计。

小金推着移动展台走过来,艾德琳解开防尘罩,台下等着看复古裙的人们禁不住惊呼出声。

那是一条金色亮片组成的修身裙,参差不齐的裙摆像是三维几何体,前卫的造型给人造成了极大的视觉冲击。这哪里是什么复古裙,这分明是新锐设计流派的风格!

艾德琳也愣了一下,她看向助手小金。小金低着头,似乎刚刚意识到自己拿错了展品,很是慌张。

台下传来小小的嘘声,闪光灯开始密集地照在艾德琳和那件作品之上,后面的媒体在喝倒彩之后突然兴奋了起来。欧美的媒体向来不讲情面,大师的失误可是个不错的新闻点。

电视机前的萧绪不由得坐直了身体道:"怎么会这样!"

第21章 LY

艾德琳做事有多么严谨，在她身边工作了这么久的萧绡再清楚不过，她不可能犯这种低级错误。

"估计是小金拿错了。"周泰然放下手中的猪蹄，脸色有些难看。此刻的艾德琳不是代表她个人，而是代表着LY这个品牌，她出了问题，LY也会受影响。

艾德琳嘴角的法令纹渐渐加深，但整个人依旧丝毫不乱道："抱歉，我的助手拿错了展品，这是我接下来要说的内容，那便一起讲讲吧……"

毫不慌张的态度感染了众人，得到了其他设计师的理解，但对于媒体来说，这并没有过去，新媒体迫不及待地在现场就发出了报道——

LY失去了Leo真是江河日下。

艾德琳已经老了，LY需要新鲜的血液。

如果Leo再不回归，LY恐怕撑不过五年。

唱衰LY的报道铺天盖地，在普通人眼里，神坛之上的大师犯低级错误，根本就是不可原谅的。

周泰然看着手机上的外媒报道，顿时坐不住了道："你俩吃吧，我先走了。"他的手机有翻墙工具，可以第一时间看到这些报道，趁着消息还没有传回国内，LY必须赶快做好公关应对。

萧绡叹了口气，最近真是多事之秋，她道："再这么折腾，LY会不会倒闭啊！"

"有你在，不会。"展令君拿着平板电脑，翻看娱乐圈的新闻，欧洲电影节即将开幕，蓝莫如参加电影节的消息已经人尽皆知，大家都在期待着蓝莫如的红毯表现。

得到男友这么高的评价，萧绡顿时有一种自己能拯救世界的膨胀感。

"你也太看得起我了。"萧绡嘿嘿笑，撕下一块不带酱油的盐水鸡喂给展令君。看着他乖乖吃下，萧绡有一种自己正在投喂大金毛的愉悦感，刚刚升起一点责任感的萧设计师，顿时把公司的存亡抛到了脑后。

大师论坛的消息还没有传到国内，LY公关部紧急出动，先跟各大媒体打好了招呼，暂时压下消息，准备公关稿。

摄影师的家人同意谈判，谈判当日，竟然有不下五家媒体跟着来了，倒是省了LY请人录像的钱。

"我老公向来很谨慎的，他在南美的丛林和中东的沙漠都拍过照，从来没有出过事。"开始谈判之前，摄影师的妻子已经在镜头前开始录了。

萧绡看得很是无语，自己的丈夫尸骨未寒，他的妻子一遍一遍地跟别人讲他是怎么死的，不觉得难受吗？想想先前看到的那肝肠寸断的老母亲，再看看这个看起来憔悴实则精心打扮过的女人，她真替张阳感到不值。

西装革履的罗誉推门走过来，在门口跟萧绡打了个照面。

"你就不要出面了，免得影响前途。"罗誉很是体贴地说了这么一句，就自己走进了谈判用的会议室，关上大门，把萧绡隔绝在门外。

已经准备好再次被戳着脑门儿骂的萧绡一时没有反应过来。

看看时间，她闲着没事便给展令君打了个电话。

"嗯……"电话接通，那边骤然传来一阵低哑的呻吟声，听得萧绡一阵腿软。

"你在干吗呢？"萧绡涨红了脸，快步躲到角落去，生怕展令君说出什么不该说的让人听见。

"我在换药。"展令君有些委屈地说。

萧绡松了口气，连忙安慰他几句道："吹吹，痛痛飞，君君不哭哦。"

"哈哈……"展令君被她逗笑了，"怎么这会儿打电话来，你不用上班的吗？"

"上班啊，我本来是要去谈判的，结果我们总监不让我去了，说怕影响我的前途，我突然有点感动。"萧绡看着会议室的方向，想象此刻处于水深火热中的罗誉，竟然有那么一点想答应做他的卧底了。

"他只是为了他自己的前途罢了。"展令君冷下声音道，"不要被我之外的男人感动，他们都不安好心。"

"那你就安好心了？"萧绡忍不住逗他。

"我也不安好心，还指望你嫁过来给我还那两千万呢。"展令君一本正经地说，说到最后，他的语调中禁不住带了点笑意。

"喊……"萧绡嘘他，这家伙似乎对于自己娶老婆还债的事很是得意，两

第21章 LY

千万这个梗,是怎么也过不去了。

萧绡回到高成设计室,这些工作狂高级设计师们竟然挤在一处看直播。萧绡凑过去一看,屏幕里正是会议室此刻的谈判情形,萧绡忍不住佩服这些媒体,真是什么都能拿来赚钱。

"遇到恐怖分子,被绑架杀害,这是我们都不愿意看到的事情,LY深表遗憾。但张阳不是LY的员工,他是灿烂阳光摄影工作室的成员,与我们公司是甲方乙方的关系,并不能按照工伤来赔偿。所以,我们还是希望你们能到法院起诉,法院怎么判我们就怎么赔。"罗誉表现得很是沉稳,他说话有理有据,没有推卸责任,也没有大包大揽,纯粹地讲道理。

"你让跟他同行的那几个人来跟我对话,我想知道我老公是怎么死的。"摄影师的妻子哭着说。

"他们当时在卡米拉的郊区拍摄,因为靠近油田,武装分子以为他们是油田的人,就……"罗誉耐心地解释,却被对方打断。

"你别说话,我要那个带队的设计师过来说清楚!"张阳的妻子不依不饶道。

道理讲不通,就开始卖惨讲感情,这是大多数碰瓷者的惯用手段——我虽然没有理,但是我惨,我都这么惨了,你竟然还要跟我讲道理,你到底有没有人性!

萧绡看不下去了,想过去解释,却被高成设计室的王姐拉住了。

"你可不能去,去了人家就会死命往你身上泼脏水,指不定你就成杀人凶手了。"王姐语重心长地说,"别添乱让公关部难做。"

听到公关部,萧绡不由得看了她一眼。要是她去算添乱,也是给罗总添乱,怎么王姐第一个说的却是公关部。

萧绡想起去非洲之前,罗誉提醒她的话,"高成设计室里,有严总的人。"严总就是市场与营销总监,而公关部就归他管辖。

来回扯皮了一上午,最后张阳的妻子同意到法院起诉。萧绡本以为这事就这么完了,没想到当天晚上就出了事。

中国公民在境外被绑架杀害，这事的关注热度一直很高，现在热度还没有降下来，网上突然出现了一段名为"来看看外企吃人的嘴脸"的视频开始疯传。

"我就想知道我老公是怎么死的，呜呜呜……让我见那个女孩子一面，我也不求你们赔我多少钱，我就想知道真相……"

张阳的妻子在镜头前哭得凄惨，而谈判桌对面的罗总监则显得那般不近人情，一直不同意她见带队设计师。而后他又强调，张阳和LY并不是雇佣关系，而是合作关系，现在LY一分钱也不会赔。至于后面的"法院判多少我们赔多少"的片段都被剪掉了，且颠倒了时间顺序。

整个视频看起来就是LY公司冷血无情，一毛钱不给还不让人家知道真相。

而恰在这时，有人从外网上搬来了外媒对艾德琳在大师论坛上表现的点评。原本这种状况公关部已经预料到，早已做好了反驳的通稿，但现在这个消息跟视频同时出现，让公关部有些措手不及。

LY瞬间陷入了巨大的名誉危机中。

"这就是你们的公关能力？"周泰然把市场与营销总监叫到办公室，眯起桃花眼，目光森然地瞪着他。

"我已经让各大媒体紧急发通稿了，但因为视频的事，效果并不理想。"严总的额头冒汗。

这时候，罗誉敲门进来道："严总也在啊，我正要找你，昨天的视频，我们的人也录了一份，一会儿传给你。"

严总冷冷地瞪了罗誉一眼，有视频昨天为什么不给他，非要等到今天出事了才拿出来，显得他很无用，但他只是咬牙道："那就谢谢罗总了。"

周泰然把两人的明争暗斗看在眼里，他有些腻烦，竖起眉毛冷声道："二十四小时之内把这事解决了，不然你俩都给我滚蛋！"

罗誉和严总的神色一肃，齐齐点头。

出了总裁办公室，严总皮笑肉不笑地看着罗誉道："罗总真是好算计，可惜，总裁一眼就看穿了。"

"严总在说什么,我怎么听不懂?"罗誉一脸正派地说,"咱俩那点事先放下,不赶紧解决这个麻烦,咱俩都得完蛋。"

严总气得冒烟,却不得不暂时跟罗誉合作,只能在心里狠狠地记下这笔账。

高成室的人还在热烈讨论艾德琳的事。

"那天看直播,只是个小失误,怎么外媒评得那么难听?"

"外媒一直看不上LY,觉得中国人做不出品牌来。"

"网上那些人也是,跟风瞎黑,咱们是正经的内资公司,什么时候变成外企了?"

正说着,林思远的助理过来通知,让所有高级设计师到五楼开会。

对于艾德琳出事,林思远似乎毫不在意,他照旧做着日常工作,甚至比平时更认真。

"世界50强企业经济峰会明年会在T市举办,会务中心向全国征集总裁的制服,我们LY也要提交作品上去。"林思远坐在前方,用兰花指点着大屏幕上峰会的背景图,"这可不是什么低级的设计比赛,你们一定要重视。"

经济峰会的制服设计,对国内这些出头机会很少的设计师们来说,的确是一个重大机遇。一旦设计的作品被选中,就可以跻身全国顶尖设计师的行列,从此扬名天下。无论是升职还是出去单干,都有莫大的好处。

"你们知道LY这个牌子是怎么建立的吗?"林思远微微地笑,颇有些首席设计师指点晚辈的模样。

萧绡看着突然工作积极起来的林思远,觉得有些怪怪的。以前林思远对长得好看的人确实会和颜悦色,但很少会在开会的时候说这么多话。

大屏幕上显示出了LY创始人Leo的照片,那是一位年轻英俊的华人男子,他穿着一身剪裁得体的西装,与上一任的美国总统夫人合影。

这位是设计界的传奇,年仅二十岁的设计师,已经拿过多项国际大奖,并被总统夫人看中,选择穿戴他设计的衣服出国访问。

总统夫人没有选择大牌,而是选择一个只是小有名气的设计师品牌,这已经很让人惊讶了，更让人震惊的是，这名设计师是位华人。LY这个设计品牌迅速在国际上蹿红，从名不见经传的小众品牌，一跃而成国际大牌。

"50强峰会的关注度，不亚于总统夫人访问。"林思远的声音仿佛带着魔力，在场的高级设计师们都热血沸腾起来，摩拳擦掌准备大干一场。

萧绡也被这种情绪感染，准备回去好好研究一下峰会制服。

萧绡下班照旧要去看展令君，那家伙却打电话来说自己出院了。

"你出院怎么不跟我说，自己怎么走啊？"萧绡有些担心。

"没事，桑榆的车来接我，专业的康复团队，你还信不过？"展令君笑道。

关心则乱，萧绡都忘了展令君和他那群小伙伴是干什么的了，她忍不住笑了笑，转身往地铁站走去，走了两步又停下来，脚尖在地上拧了拧，踌躇道："你回家了，我们……是不是得有好几天不能见面了？"

那边展令君的呼吸有一瞬间的停滞，他前言不搭后语地说了一句："我妈妈明天不在家。"

妈妈不在家是个什么梗？萧绡吞了吞口水，整张脸突然从额头红到了耳朵根，这话听起来好像高中生趁家长不在家，约女朋友上门干坏事啊！

这这这……

会不会太快了？

要不要准备什么？

是不是应该先矜持地推拒一下？

正当萧绡天马行空胡思乱想的时候，电话那头传来一个年轻男人的声音道："君君，我想吃果冻。"

"那是谁？"萧绡好奇地问了一句。

"我哥。"展令君回头看了一眼自家哥哥，顿了一下道，"你明天来的时候，帮我带一盒果冻吧，要黄桃味的。"

"哦，好。"萧绡毫不犹豫地应下，挂了电话她才想起来，自己刚才是准备推拒一下的，这怎么就直接约好了还要给带果冻！

第二天是周六，萧绡不上班，她一大早就醒了，站在衣柜前挑挑拣拣。

这可是她第一次登门拜访，虽然长辈不在家，但还有个哥哥在呢！想起昨天听到的那一句清亮的"君君"，萧绡就迫不及待地想去见见展家哥哥。

先前展令君说哥哥生活不能自理，她还以为是植物人什么的，没想到哥哥竟然会说话，而且声音听起来蛮可爱的。

萧绡本想穿个漂亮的裙子，但想到需要照顾的两兄弟，她还是挑了一套方便活动的休闲服，化了个看起来善良清纯的妆容，便直奔超市而去。

萧绡买了几盒果冻，又买了零食和水果，她心情愉悦地在超市里穿梭，什么都想买点，不知不觉走到了某个不可描述的货架前——激爽，超薄；螺纹，颗粒；热辣，延时。

萧绡盯着这些花花绿绿的小盒子看了几秒，才反应过来这是什么东西，指尖刚刚触碰到货架，手指便像被烫到一样地缩回来。天哪，自己已经不矜持到这种地步了吗？

怀着对自己深深的唾弃，萧绡推着车子快速跑开了。出了超市门她便准备打车，忽而想起自己还不知道展令君家在哪里。

萧绡低头给展令君发微信，发现他已经通过了自己加私人号的好友验证。这两天她忙晕了，都没有时间看微信。

这个私人号的名字就叫"展令君"，相比之下，那个"展令君S"明显是个小号。

小小布：你家在哪里呀？

展令君很快回过来，发了个地址，另外还分享了个位置。

萧绡看着那个地址，渐渐瞪大了眼睛——兰芷江汀！

兰芷江汀跟蓝莫如住的那个岚枫秋庭等级相似，都是帝都的顶级豪宅。说好的欠银行两千万呢？这房子就不止两千万吧！

萧绡晕晕乎乎地打车过去，远远地看到那掩映在绿树红花中的小区大门，十分低调地用原木刻了"兰芷"两个字，又在对面的喷泉边立着"江汀"两字，颇有意趣。

出租车只能到大门口，保安问了门牌号，打电话给展令君，得到回应后，有开着电瓶观光车的"管家"前来接她。

这"管家"是几户共用一个的,相当于专属物业。萧绡坐在观光车上,好奇地左看右看。

岚枫秋庭的院子做成了山峦起伏的形状,意图营造出山中的感觉。这兰芷江汀则是以"水"为主题,每家房前屋后都有流水蜿蜒而过,外观装饰比较现代化。房前没有庭院,一道玻璃栈桥直通大门。

穿着黑色西服、打着领结的"管家"将车停靠在一栋房子前,微笑着请萧绡下车,还帮她把那一袋子超市买的东西提下来。"管家"戴着白手套的手按响门铃,可视电话上显出了展令君的脸道:"进来吧。"

门自动开了,萧绡谢过"管家",给了他一点小费,推门走了进去。

挑高的客厅看起来很是敞亮,阳光从巨大的落地窗透进来,照在客厅中央的圆形地毯上。展令君正坐在沙发上,穿着一身滑稽可笑的海绵宝宝睡衣,他单手拿着个小勺子,喂着一名坐在轮椅上的美男。

坐在轮椅上的男人穿了一套印满了派大星的睡衣,干净整齐,白皙的皮肤在阳光的照耀下显得吹弹可破。听到动静,男人转头看过来,一张年轻得好似只有二十出头的俊脸,懵懂而单纯。

萧绡看到这张脸,手中的塑料袋"嘭"的一声掉在了地上,她惊呼出声:"Leo!"

没错,这张俊美非凡的脸,正是她昨天在会议室的大屏幕上看到的LY创始人的脸,那个享誉世界的天才设计师!

展令君放下小勺子,起身走过来帮她拿起塑料袋子。

"哎,你别拿。"怕他提重物扯到伤口,萧绡换了拖鞋,把袋子抢过来。把东西放到桌上,萧绡又忍不住看向轮椅上的人。

"我哥,展令羿。"展令君脸上没什么笑意,低声介绍着自家哥哥。

"他……"萧绡想问他是不是LY的创始人,但听到展令羿这个名字,一切都已经明了,她不需要再问了。

第21章　LY

为什么展令君会跟周泰然认识，为什么当初周泰然看到属于展哥哥的红色跑车会那么激动……令羿，令羿，LY。

LY是以创始人的名字来命名的。

"十年前，在银色大厅，我哥中枪伤到了脑神经，智力退化。"展令君从塑料袋里拿出一盒果冻，哑声道，"他的智力水平只有三岁。"

银色大厅……

萧绡接收到的信息量有点大，她很是消化了一阵子。

"君君，果冻！"展令羿看到弟弟手里的果冻，顿时高兴起来，伸着手想要。

展令君左臂使不上力，便把果冻塞到哥哥手里道："自己开。"

展令羿看看手中的果冻盒，慢腾腾地摸到边缘，刺啦一下撕开了，他邀功一样地举给弟弟看。

"慢点吃。"展令君把小勺子递给他，让他自己吃。

萧绡坐到展令君身边，看着乖乖吃果冻的展家哥哥，明明已经三十多岁的人，看起来却比弟弟还要年轻。修长白皙的手上指甲圆润好看，干净有型的头发甚至还打了发蜡。

"本来应该换一身衣服见你的，但我不穿这个他会闹。"展令君扯了扯身上的海绵宝宝睡衣，有些不好意思地说。

萧绡抿嘴笑道："没关系，这衣服很可爱。"

"我涩鸡（设计）的！"展令羿含着一口果冻，口齿不清地说着，突然果冻滑进了喉咙，"唔，咳咳咳……"

展令君"噌"地一下站起来单手圈住哥哥的腰，将他整个人提起来，用受伤的手臂快速拍他的背。伤口的疼痛惹得他出了一头冷汗，萧绡赶紧过去帮忙，使劲儿拍抚哥哥的脊背，拍了十几下后听到一声呛咳，他终于把那一口果冻给吐了出来。

展令羿被弟弟扔在地毯上坐着，因为剧烈的咳嗽，他的鼻头和眼眶都红红的，看起来有些可怜。

"你坐着,我来吧。"萧绡把满头冷汗的展令君推开,自己去洗手间拿了毛巾,给展哥擦了擦嘴巴,又把地上吐出来的果冻给收拾了。

"你不用做这个。"展令君皱起眉头,他叫萧绡来家里,可不是让她来干活的。

"我是来照顾你的,伤员要乖,你看Leo多乖啊,跟人家学学。"萧绡伸出一根手指点了点展令君的鼻头。

展令君只觉得被触碰的地方痒痒的,这种痒逐渐扩散,一直痒到了心尖上,他忍不住弯起了嘴角。

"君君不乖。"展令羿听到这话,咧嘴笑起来,拿着果冻还要吃。

"等一下。"萧绡把果冻拿过来,用小勺子切成小块,一边切一边数落展令君,"小孩子吃果冻很危险的,你怎么能让他自己吃呢!"

展令君不说话,静静地听她念叨,看着她席地而坐,举着勺子喂大哥吃果冻,脸上挂着毫不勉强的笑容,他的呼吸蓦然畅快了起来。

今天叫萧绡来,是摊开自己的伤口给她看,哥哥是他一生的责任,如果萧绡不能接受这样的哥哥,他们的爱情也只能就此终结,趁着双方还没有完全陷落……

"叮叮叮……"萧绡的手机突然响了起来,她把果冻放在展令羿够不着的地方,然后接起了电话。

"萧绡,我是公关部的林梓,今天艾德琳回国,有一些不太好的报道,通知各员工保持冷静,不得接受任何媒体采访,也不得在社交网络发布任何相关消息。"被迫加班的公关部挨个儿通知到周末的员工们。

"好的,没问题。"萧绡赶忙应了下来。通常这种事都是发个邮件就完了,今天公关部打电话通知,说明事态已经有些严重了。萧绡挂了电话翻看网页,顿时惊呆了——大师论坛铩羽而归,外景摄影师遭绑架去世,LY泥潭深陷,首席设计师艾德琳或引咎辞职!

如此醒目而刺眼的标题,竟把所有的事情都推到了艾德琳身上。

"那是什么?"展令羿凑了个脑袋过来,好奇地看着萧绡的手机屏幕。

"LY，就是你创办的那个公司，现在遇到麻烦了。"萧绡随口说着，也没指望他能听懂。

"那怎么办？"展令羿皱起眉头，似乎有些着急。

"萧绡！"展令君赶忙制止萧绡继续说下去，哥哥的智力减退，很多事情也不记得了，跟他说这些他就会着急，甚至哭闹，很难哄。

第22章 头疼

萧绡跟展令君对视一眼,明白了他的意思,笑着对展家哥哥道:"没事的,LY还有我在,不会倒的。"

"那太好了,你真厉害!"展令羿双眼亮晶晶地看着她。

萧绡得意地晃了晃脑袋道:"那是,我可是全国冠军。"

展令君无奈地看着两个小朋友在那里瞎聊,颇有些哭笑不得,先前他还担心萧绡跟哥哥相处不好,现在看来完全是他多虑了。萧绡这家伙,平时的优雅聪慧都是装的吧?其实她的内心也就三岁。

事实证明,展令君的想法是对的。萧绡跟心智只有三岁的展令羿很快就成了好朋友,两人玩得不亦乐乎,把他都给忘了。

到了中午,做饭的阿姨提着一篮子菜进来,腼腆地跟萧绡打了个招呼,问了兄弟俩想吃的东西,便钻进厨房里了。

萧绡本来也买了菜准备给兄弟俩做饭的,却忘了有钱人家是会请阿姨的。

"她只管做饭,做完就走,你不必在意。"展令君起身,单手把坐在地上的哥哥抱起来放到沙发上,不让他在地上久坐。

展令羿坐在沙发上,惬意地晃了晃脚丫。他的脚非常白,可以看到皮肤下青色的血管,露出的一截小腿有些瘦,但并没有到脱相的地步,只是比寻常男生的腿要细一些。

"他的腿能动?"萧绡惊了一下,先前看哥哥坐轮椅,她还以为哥哥的下半身不能动的。

"嗯。"展令君抿了抿唇,"他的腿有知觉,但不会走路。"

萧绡看着展令君拿着湿巾仔细给哥哥擦拭脚底,突然觉得有些心酸。十六岁就享誉世界的设计师,人类社会的瑰宝,如今变成了三岁小孩。而展令君,一辈子都会活在那个银色大厅的噩梦里。

这样的家庭,这样的男人,的确有些不正常,如果换个女孩子肯定会打退堂鼓,但萧绡不会。毕竟,那可是Leo啊!年轻一代设计师的终极偶像啊!

展家请的阿姨手艺特别棒,因为展令君提前交代过今天有客人来,阿姨特意把饭做得丰盛了些。

蒜香烤鸡翅、糖醋鱼、白灼虾……每道菜都很好吃。

"别吃太多,你的脸就要恢复了。"展令君把萧绡面前的回锅肉抢走,只许她吃鱼和虾。

展令羿夹了一块鸡翅放到萧绡碗里道:"君君,不要这么小气,抠门的男人娶不到老婆。"

萧绡偷笑,在被展令君抢走之前,她啊呜一口咬住鸡翅。这可是大师给的鸡翅,说什么也不能被抢走。

与展家的其乐融融相比,艾德琳正在水深火热之中。她刚刚下了飞机,就被媒体围追堵截。

"艾德琳,大师论坛的失误你有什么解释?"

"听说这次去N国,是你一意孤行的结果,对你来说艺术真的比人命重要吗?"

"艾德琳,请问外界传言你有阿尔兹海默综合征的前兆,是真的吗?"

那些媒体伸过来的话筒戳歪了艾德琳的墨镜，这让她异常恼怒道："好了各位，如果是我的问题，我会一力承担，现在，请你们让开通道可以吗？"

"一力承担要怎么承担，你会引咎辞职吗？"一道尖锐的声音从人群中传来，艾德琳停下脚步，看向声音的来源，却辨识不清是哪个人说的。

"如果是我个人造成了LY的损失，我会辞职的。"艾德琳微微抬着下巴，保持着大牌设计师惯有的傲慢，头也不回地走了。

于是，艾德琳将会引咎辞职的消息瞬间占据了各大媒体经济和时尚板块的头条。

"艾德琳，我昨天有没有说过，不要回应？"周泰然有些头疼地看着面前这个倔强的老太太。

"我说的都是我应该说的话，作为LY的首席设计师，我会承担我应该承担的责任。"艾德琳毫不让步，她有她自己的做事原则，"不过在这之前，我要先辞退金。"

金，就是艾德琳此次大师论坛带去的助手，LY的一名高级设计师金婕雨。以前艾德琳很喜欢她，往年的大师论坛都带着她，今年艾德琳本来想换成萧绡，可惜萧绡去非洲了时间不凑巧，她就继续用小金了。

"您是觉得，那件事是她故意的吗？"周泰然蹙眉道。

"我不管她是不是故意的，这本就是她的职责，搞砸了就要付出代价。"艾德琳嘴角的两道法令纹越发地深了。她在时尚界混了这么多年，有些手段很容易就能看穿，金肯定是被人收买了，收买她的人可能是LY的对手公司，也可能是LY内部的人……

周泰然点头应下，等艾德琳走了，他才缓缓地叹了口气。他静静地看着桌上的LY造型，心中烦闷，拿起手机，拨通了一串烂熟于心的号码。

吃过午饭，吃了药的展令君有些困倦，不知不觉在沙发上睡着了。萧绡陪着展令羿在另一侧的沙发上玩，拿着画笔在纸上画画。

"叮！"角桌上的电话响了，复古的造型还带着转轮，镶着色泽艳丽的珐琅彩，看起来像民国时期的老电话。

展令羿怕吵着弟弟，立即伸手接起来道："您好。"

"令羿，是我。"周泰然的声音在电话那头响起，他似乎因为接电话的人是展令羿而突然高兴了起来。

"泰迪！你最近没有过来玩。"展令羿也有些高兴。

周泰然有些无奈，他顿了一下，叹息般地说："LY不会有事的，我一定帮你照顾好它。"

"当然不会有事，有萧绡在。"展令羿笑着说。

"萧绡？"周泰然有些不解。

"嗯，她可是全国冠军，超厉害的！"展令羿自信满满地说。

哎，不是……萧绡拼命给哥哥打眼色，然而三岁的小朋友根本不懂她的意思，还在照着她刚才瞎胡扯的吹牛，听得周泰然嘴角直抽。

挂了电话，展令羿就对上了萧绡那张生无可恋的脸。展令君掀开眼皮看了他俩一眼，轻笑一声继续睡了。

哥哥完全不知道萧绡此刻内心的纠结，低头继续画画道："我给你设计个裙子吧，你这么漂亮，应该穿公主裙。"说着，他在纸上唰唰几下勾勒出一条下摆蓬松的长裙。

层层叠叠的款式十分惊艳，如果展令羿不往上面画海绵宝宝的话，这应该是一套很棒的晚礼服。

萧绡有些着迷地看着他画画，那认真的侧脸、娴熟的手法，完全不像是一名失智者，有那么一瞬间，她觉得自己见到了十年前的展令羿，她忍不住问道："这个裙摆要怎么处理？平常的制作手法似乎难以达到这个程度。"

"这有什么难的。"展令羿用看白痴的眼神瞟她一眼，"第一层车线，第二层抽皱，然后这个接缝……"说到一半，展令羿突然扶住额头，痛哼了一声，"疼……呜，我不记得这个接缝怎么做了，呜……"说着说着，他竟哭了起来。

展令君瞬间惊醒，跑到哥哥身边安抚他，他低头看到掉落在地上的设计图，不由得皱起了眉头。

屋里的气氛有些冷，萧绡感觉得出来，他生气了，顿时有些不安。

"别让他看这些，会头疼。"展令君的声音依旧温柔又克制，似乎没有要责怪她的意思。

"不可以凶女孩子。"展令羿拽了拽弟弟的耳朵。

"嗯。"展令君点点头。

萧绡看着这兄弟俩，忽然明白了很早之前展令君说的教养。让女生走马路内侧，吃饭给女孩子拉凳子，天晚了要送女生回家，开跑车要改变发型……

她大概明白，这些教养是从哪里来的了。

从展家离开的时候，萧绡看着沙发上冲她微笑摆手的展令羿，颇有些舍不得。

展令君把萧绡送到门外，站在玻璃栈桥上跟她说话："家里离不开人，我不能送你了，管家会替你叫车的。"

"嗯。"萧绡笑着点头，表示他不需要担心，现在才下午四点钟，天光大亮的没什么事。

展令君垂目看着玻璃板下汩汩而过的流水，沉默了几秒钟，低声道："我哥哥他……"

"我能不能经常来你家玩？"在展令君开口的同时，萧绡说了这么一句，她双眼放光地盯着展令君。

"嗯？"展令君抬头看她，那清清爽爽没有画眼线的眸子里，真真切切地透着欢喜。她大概是真的很喜欢展令羿，同他玩了一天还没玩够。

比起自己，女朋友更喜欢自家哥哥，展令君不知道该高兴还是该生气。复杂难言的心情，最终化作了一声无奈的笑，他抬手轻轻摸了一下萧绡披散在肩上的长发道："哥哥的事，不要对别人说。"

展令羿的状况与慕江天相似，都是以身体出问题为由暂时退出那个领域，真实的状况从未公布。就连LY公司内部，也只有周泰然和萧绡两人知道真相而已。

外面对Leo的猜测从没有间断过，有人说他因为创作得了抑郁症，有人说他这是典型的伤仲永，甚至有人说他可能已经死了只是LY怕影响不好一直不肯承认。

别人怎么猜测都无所谓，展令君绝不允许旁人看到哥哥如今的模样。

"我知道。"萧绡看着展令君摸完头发就把手缩回了裤兜里，心痒得十分想抓住那只手使劲儿摸摸，但在绅士面前要保持淑女形象，她只能微笑着告别，转过头来龇牙咧嘴。

萧绡回到家，把展令羿送她的公主裙图纸郑重地夹在了笔记本里，轻轻抚摸裙摆上的海绵宝宝，叹了口气。

如果展令羿没有心智退化，该有多好……

因为罗誉在最后关头贡献出来的视频，LY总算控制住了关于摄影师之死那边的舆论，但对于艾德琳无能的言论依旧甚嚣尘上。

"LY好歹算个二线大牌，在大师论坛上却被几个三线的首席给比了下去，艾德琳实在是难当大任。"

"艾德琳一直都很任性，这次的非洲之行肯定是她坚持的，她简直把员工的安危当儿戏。"

舆论发酵了两天，在周一的时候达到顶点，艾德琳向周泰然提交了辞呈。

"艾德琳，我希望你冷静一点，现在离开LY对你来说是最坏的选择。"周泰然看看放在桌面上用白色信封装着的辞呈，没有伸手去接。

"我会把手头的工作做完，什么时候批准你决定。"艾德琳耷拉着眼睛，对周泰然的挽留无动于衷。

"听说了吗？艾德琳要辞职了。"

公司的内部聊天组里，大家热情地交换着小道消息。

"艾德琳走了，是不是林指导就会成为新的首席啊？"

按照惯例，如果没有空降的大设计师，艺术指导就会接替首席设计师的位置。

"肯定的，大家最近对林指导都恭敬一点。"

林思远似有所觉，却没有表现出来什么，他依旧督促高级设计师们为世界

50强企业峰会做准备。年前就要提交成稿,时间很紧。

"亲爱的艾德琳,如果你心情不好的话,峰会的事就不要操心了,我会办妥的。"林思远笑眯眯地说。

"你决定就好。"艾德琳的声音听不出语气。

周泰然站在走廊尽头,若有所思地看着正在友好交谈的首席设计师和艺术指导。让林思远接替艾德琳也不是不行,但在国际上林思远的影响力有些不够。

思前想后,周泰然还是拨通了一串越洋电话道:"摩拉多大师,最近还好吗?"

摩拉多,设计界的泰斗级人物,六十多岁还有腹肌、人鱼线的妖孽老头子,如今担任国际顶级大牌CC的首席。他曾经是展令羿的老师,也曾大胆地启用年仅十九岁的展令羿做一线品牌TAT的首席设计师。

听到周泰然要他推荐新的首席设计师,摩拉多忍不住摇头道:"哦,这世界上没有人能比得上Leo。如果要找一个替代艾德琳,我倒是有几个人选,这周你有空来一趟巴黎,我介绍你们认识。"

我当然知道没有人能比得上令羿……周泰然与有荣焉地笑了笑,立时同意了会面的邀请,他让秘书定了机票,第二天就飞去了巴黎。

欧洲电影节正在如火如荼地举办,周泰然到CC总部的时候,恰逢开幕式。

"来得正好,跟我一起看看红毯吧,这里面有我要推荐给你的人的作品。"摩拉多正在设计室里看现场直播,每年的红毯秀不仅是明星们争妍斗艳的地方,也是顶级设计师们暗暗较劲的时候。

周泰然看着屏幕里的热闹场景,想起来LY也有一件作品在里面,便也跟着看了起来。

此时的国内,萧绡早早下班,正准备去桑榆健身,却不料在公司外面遇到了等候已久的秦亚楠。

"有空跟我喝杯茶吗?"秦亚楠穿着去年的旧大衣,神色有些憔悴。

萧绡定定地看了看她,微微颔首,请她去了那家她们以前常去的甜品店。从非洲回来之后,萧绡就没再见过秦亚楠,甚至与她失去了联系。秦亚楠把以前同事的微信都删好友了，包括萧绡的。

"你知道吗？那个图纸，本来是周倩计划用来害你的。"秦亚楠喝了一口冰水，没头没脑地说了这么一句。

萧绡搅动着杯子里的芒果冰道："我看出来了。"

那两张图纸，是卖给了周倩所在的公司，LY已经把那家公司连同周倩、秦亚楠一起告上了法庭，目前还在调查取证阶段。时间上来看，图纸定然是在她俩的误会解除之前卖的，周倩会怎么劝说秦亚楠，她不用想都能猜出来。

"她当时说，把我的图交给她，到时候事发，肯定会追责你这个主设。"秦亚楠说着，面上忍不住泛起苦涩。她后来去跟周倩索要图纸，也是出于对萧绡的补偿想挽回一下，没想到自始至终她都是在搬石头砸自己的脚。她和周倩一直都在想当然，忽略了LY先进的调查机制。

"你现在跟我说这些做什么？"萧绡有些不耐烦，她一点也不想知道周倩和秦亚楠的恩怨情仇，在她眼中，这两人早已不是朋友。

"我想，让你跟我一起对付周倩。"秦亚楠握紧了水杯，手背因为用力而凸起了青筋，"先前韩冬雨来找你麻烦，也都是周倩搞的鬼，她甚至单独去找过你现在的男朋友。"

萧绡搅拌的手一顿。

见自己终于引起了萧绡的兴趣，秦亚楠顿时卖力地说了起来，她添油加醋地说了一番周倩试图勾引展令君的过程，意图激起萧绡的愤怒。

"萧绡，咱俩共患难这么多年，我是个什么人你应该清楚，说实话，我有很多机会害你，但我都没有做。可周倩不一样，她这人简直是个巫婆，看不得别人好。下个月开庭，你得帮我作证，咱们联手搞死周倩。"秦亚楠试图拉萧绡的手，被她躲开了。

萧绡拿起手机，百无聊赖地翻看，对秦亚楠的请求置若罔闻。这个动作可以说是很没有礼貌了，但她压根也没打算在秦亚楠面前保持什么友好的假象，她道："公司之间的事，高层会处理，我插手也不合适。"

"你以为LY的高层有闲心管这个？现在他们的重点应该是争夺首席之位吧。"

秦亚楠冷笑，"罗誉和林思远早就联手了，你再不做点什么，迟早被他们整死。"

萧绡这才抬起头来，眯起眼睛看秦亚楠问道："你怎么知道？"

"因为我以前，是罗誉在成衣室的眼线。"秦亚楠有些得意地说。早在一年前，罗誉就找上了她，她给罗誉提供消息，罗誉给她庇护，让她在公司混得如鱼得水。在她跟着林思远学东西的时候，罗誉曾暗示过她，可以跟林思远亲近一些。

罗誉想要副总的位置，林思远想当首席，两个人的目的不冲突，还可以互帮互助，的确很适合联手。

萧绡蹙眉，说实话，这个公司除了供在神龛里的展家哥哥外，她最崇拜的就是艾德琳，如今艾德琳腹背受敌，让她有些难过。如果没有什么契机挽回艾德琳的声誉……

恰在此时，萧绡的手机上弹出一条新闻——蓝莫如红毯照，美呆了！

萧绡迅速划开，新闻界面上显出了一张刚刚传来的现场照。

照片中的蓝莫如穿着一身艳红色的曳地长裙，便是萧绡设计的那条"涅槃"，但与设计大赛时的模样相比，裙子已经做了很多改进。

露肩的设计和凤尾的裙摆没有改动，布料却是做了大改。定制印染的布料，艳红色为底，浅金色和宝石蓝交织，组成了美丽的凤尾，从后腰的开衩处一直延伸到末端。圆圆的裙摆在地上铺展开，如孔雀开屏一般华美。

蓝莫如自己配了一双金色的高跟鞋，头发做了个复古造型，簪了一根红宝石做的凤凰翎。配上那一半金袖一半留白的衣裙，看起来当真就像一只从火焰中起舞的凤凰，涅槃重生，君临天下。

光是看着这张照片，萧绡便知道，这次蓝莫如的目的已经达到了。

在现场看动态的媒体们可比屏幕前的观众的感受要深得多，在一众香槟色、黑色、白色的衣裙中，突然冒出了艳红色，对人的感官造成了极大的刺激。蓝莫如一出场，就谋杀了无数菲林，"咔咔咔"的快门声不绝于耳。

"哦，上帝，她太美了，她是谁？"留着大胡子的摄影师快速地拍着，不肯错过任何一个精彩瞬间。

"一个中国明星,好像叫蓝。"旁边的记者说着,快速记录下来。

"她一定会成为这次红毯的女王,我打赌。"摄影师感慨地说。这电影节年年举办,因为规格比较高、历史悠久,很多东西都有了不成文的规定,比如衣裙要庄重、不得穿短裙之类的。久而久之,以讹传讹,很多女星都不敢穿得太标新立异,这位亚洲女士很有想法。

不仅摄影师这么想,坐在屏幕前看直播的摩拉多也这么想,他道:"这裙子真棒,并不出格,但却足够惹人注意。这纹路我记得是你们国家古代贵族才会用的,对吗?"

周泰然看着那凤凰纹,点了点头道:"是的,只有皇后才会用。"

"没错,她就是这次红毯的女王。"摩拉多笑道,问身边的助手,"那是哪家的高定?"

助手迅速查看,愣了一下说:"是LY的。"

LY!摩拉多看向身边的周泰然道:"这是艾德琳做的吗?"

"不是,是一名年轻的设计师,叫萧绡。"周泰然没有料到这件裙子效果这么好,想起展三岁在电话里说的"她可厉害了""有她在LY就不会倒",他忽然有些想笑。

"很大胆的年轻人。"摩拉多摸摸下巴,"你不妨借着这位明星炒作一下,说不定艾德琳就不用辞职了。"

摩拉多混到这个位置,可不仅仅是靠才华,对时尚风向的敏锐嗅觉和对商业炒作的了如指掌,才让他立于不败之地。他从奢华精致的名片夹里抽出一张印着黑色山茶花的名片,递给周泰然,摩拉多笑得高深莫测道:"帮我带给这位年轻人,如果你们舍得花钱,明年可以送她来CC学习。"

作为顶级奢侈品大佬,每年都有设计公司想方设法把自己重点培养的设计师送到CC总部来学习。但并不是谁都能来的,想要在摩拉多手底下学到真本事,必须得是他认可的人,如果他不喜欢,送来也是白花钱。

周泰然收下那张名片,若有所思。

坐在甜品店里的萧绡同样看到了转机。这条裙子是她设计的,但也是艾德琳指导的。蓝莫如在红毯上大放异彩,只要把这条裙子是LY设计的消息放出去,对挽回艾德琳的声望很有帮助。

萧绡把手机收到包里,抬手示意服务员结账,她连同秦亚楠那一份也付了,就当是这人把罗誉跟林思远的关系透露给她的谢礼,其他的就算了,她道:"周倩这件事,我无能为力,但我们依旧是老同学,你有什么困难的话还可以找我,能帮的我一定帮你。"

这不过是一句场面话,却惹得秦亚楠红了眼眶道:"以前的事,对不起。"方向钱之所以那么针对萧绡,也有她在其中挑拨的原因,但她没脸说出来,憋了半天只说了句对不起。

萧绡动了动耳朵,没说什么,头也不回地走了。

推开桑榆的旋转门,前台甜甜照旧打招呼"欢迎光临",她看清楚是萧绡之后,立时又加了一句:"老板娘好!"

萧绡吓得一个踉跄,差点摔倒,左右看看这里没别人,就她自己,顿时红了脸道:"别瞎说。"

从非洲回来,这还是她第一次来桑榆,她差点忘了,如今展令君的熟人应该都知道他俩在一起的事了。

先前加了展令君的私人号,她第一时间就去翻朋友圈。展令君很少发东西,最近一条就是公布恋情的那个。

那是一张偷拍的图片,背景是漂泊在海上的军舰船舱病房,一颗长发凌乱的脑袋脸朝下戳在海军蓝的被子上,看起来像只大海胆。一只修长好看的手轻轻附在那颗脑袋上,大概是想表达爱的轻抚。然而构图一点也不唯美,完全就是"仙人手捞海胆"图,他配了一行文字:刚刚建立的双向性联系。

不仅配图成迷,文字萧绡也看不懂,只能赶紧百度了一下。所谓双向性联系,是亲密关系心理学的一个理论,乃是亲密关系的第三个阶段,即由单向性的暗恋模式,转化为两人互动,叫作建立双向性联系。

翻译成正常人的话就是刚建立的恋爱关系,东北话就是新处的对象儿,广东话就是拍拖了……

扯远了，萧绡把思绪拉回来，看看面前一脸谄媚的甜甜，很有些适应不良，想想一会儿可能会见到谄媚的宋唐、谄媚的李萌，她顿时有了扭头就走的冲动。

"嘿嘿。"甜甜咧嘴笑，她扯着萧绡的衣袖晃了晃，"姐，你跟老大说说，再给我做一套冬天的制服吧，这儿太冷了，我又舍不得不穿小裙子。"

原来是为了制服，萧绡松了口气道："我已经拿到VIP卡了，你们要再找我做设计，可就要钱了。"

"咱们都是一家人了，谈钱多伤感情。"甜甜皱起鼻子，可怜兮兮地说。

"那我下次充季卡，给我打个折啊。"萧绡挑眉道。

"那不行，我们从来不打折的。"说到充值，甜甜立刻葛朗台附身。

萧绡："……"

原以为甜甜是个例，谁知刚走到会客厅，正跟廖一帆说话的宋唐突然来了个宫廷礼仪，单手放在胸前鞠躬道："夫人，您来了！"

旁边有在等待的客人好奇地看过来，萧绡赶紧阻止宋唐道："哎呀，别闹！"

换来宋唐一阵嘎嘎笑。

廖一帆的脸色有些不好看，她上下看看萧绡泛红的脸，硬邦邦地问："你俩真的在一起了？"

凭着女人的直觉，萧绡瞬间感受到了廖一帆的敌意，不由得抬头仔细看了看她。除却上次量体裁衣，这还是她第一次正面看这位修复师。

不得不说，廖一帆长得不错，淡眉长眼，看起来清冷又干练，听说她是展令君的学妹。

学妹、师妹、干妹妹，都是挖墙脚高发区，萧绡不由得挺直了腰杆，露出个幸福的笑容来道："是啊，等他好了，我请你们吃饭。"

"真的，吃什么？"擦着汗走出来的李萌听到了吃饭，立时蹿过来，将下巴搁到宋唐的肩膀上，眼巴巴地问。

"你们想吃什么，咱们就去吃什么。"萧绡豪爽地说。

李萌和宋唐欢呼了一声，认真讨论起了吃海鲜还是吃火锅。廖一帆的脸色越发难看，她僵着上半身转头走了。

萧绡挑了挑眉，抬脚去了三楼。

琴房今天有些安静，没有流畅的钢琴声，只有断断续续很轻的弹奏，几个音符连在一起，而后反复地出现，时而停顿，时而变音。

"你在写曲子吗？"萧绡看着慕江天在琴键上来回试音，很是惊喜道。

慕江天转过头来，骄矜地抬起下巴道："是啊，要不要听听我的新曲子？"

轻盈而空灵，像是房檐上漏下来的水珠子，点点滴滴汇成细线，又汩汩化作涓流，带着几分中国古典音乐的韵律，如怨如慕，如泣如诉。萧绡对钢琴的欣赏水平不高，但她真情实感地觉得好听。

曲子要用到的钢琴指法并不难，但这恰恰是作曲最难的地方，用简单的音符描绘出美丽的乐章，就像用极简的纹路做出华丽的礼服，非常难得。

萧绡听得入了迷，把要跟"爱豆"分享自己的作品爆红、她即将走向人生巅峰的事都给忘了。

一曲终了，萧绡立时激烈地鼓起掌道："这曲子叫什么？"想来应该叫高山流水之类的吧，毕竟她听了半天，觉得里面充满了水声。

"《光之协奏曲》。"慕江天听到萧绡疑问的声音，弯起眼睛，"这是我如今所理解的光。"

第23章 坦白

光阴如流水,光明亦如流水。对于眼盲的慕江天来说,如今的光他是看不到的,只能靠触摸。当温暖的光沿着指缝溜走,便与流水无异了。

"很有趣的说法。"萧绡笑起来,看到慕江天真的在写曲子了,她有一种自己拯救了世界的错觉。

"听说令君受伤了?"慕江天慢条斯理地戴上手套,他弹了一天的琴,需要找李萌来按摩一下。

"嗯……"萧绡点点头,想起慕江天看不到,又赶紧应了一声,把非洲的事简单说了一下,"我大概明白你之前说的意思了。"

"什么?"慕江天拉开盲杖,站起身来。

"他的确是个倔驴子。"萧绡说着,自己忍不住笑起来。

"什么驴子?"展令君的声音突然从背后传来,萧绡和慕江天齐齐僵了一下。最尴尬的事莫过于正说人坏话,就被当事人听到了。

"你怎么来上班了?医生不是让你静养吗?"萧绡赶紧岔开话题,她快步走到展令君身边。

"不打紧,我只是来看看。"展令君抬手请萧绡到隔壁贵宾休息室,把慕江天扔给了随之而来的李萌。

三楼也是有诊室的,一些VIP客户不想在一楼被人看到,就会要求修复师到三楼来。两人出了琴房,恰好遇到从问诊室出来的廖一帆。

"师……展医生。"廖一帆想起上次展令君的警告,将到了嘴边的"师兄"二字生生给吞了下去。

展令君略一点头,便从她身边走了过去,刷卡开了一间休息室的门。

萧绡回头看了一眼廖一帆,想起先前的事道:"对了,我得请你的朋友们吃饭,刚好你来了,择日不如撞日,就今天吧?"

展令君微微挑眉,低头看看满眼狡黠的萧绡,不知道这人在打什么歪主意,他回道:"那一会儿我问问他们。"

廖一帆站在电梯口,听着两人渐行渐远的声音,捏紧了手中的钢笔。

休息室都是单独的小房间,里面有水果和零食,还有棋牌、手工。这些其实也是治疗项目,属于作业治疗,桑榆目前没有招到好的作业治疗师,陪着病人做手工的工作一直是由护士们担任的。

"这里好棒,我可以在这里消磨一整天。"萧绡舒服地靠在沙发上,"这就是VIP待遇吗?"

展令君在她身边坐下,一本正经地说:"不是,这是老板娘待遇。"

萧绡抬手打他,想起来他的伤还没好,手在离展令君三厘米的时候她突然缓慢了动作,轻轻在他没受伤的胳膊上拍了一下。

展令君却似真似假地痛叫了一声。

"我又没用力,你叫什么疼啊?"萧绡以为这冷淡的家伙对于打闹是不会回应的,没想到他这么配合。

"哥哥也喜欢这个游戏。"展令君笑着看她。

刚出事的两三年,展令羿都是浑浑噩噩的,话都不会说,后来经过他日复一日的努力,哥哥终于恢复了三岁的智力。那时候他最喜欢的游戏,就是把弟弟当发声玩具。

这是把她当三岁小孩哄了?萧绡龇牙,又想打他了。

展令君毫不反抗地给她打,自己则拨通了前台内线,告诉甜甜老板娘要请大家吃饭,确认一下大家下班后的时间。

萧绡本不是什么多疑的人,她以前跟韩冬雨分隔两地,听说他跟别的女生一起看电影也没怎么生气,轮到展令君的时候她就一点小问题也忍不了了,只好暗自告诫自己这样不好,嘴上却控制不住地问起来道:"你跟廖一帆,是师兄妹啊?"

"嗯,我们在美国读研的时候一个学校。"展令君挂了电话,放松身体靠在沙发上,"她本来是学神经外科的,我常去他们专业旁听,一来二去就认识了。"

后面的事不用多说,肯定是神经外科高才生为了心仪的学长放弃本专业,改学康复医学。学妹毕了业如乳燕归林,直奔学长的怀抱,共同经营康复诊所,你耕田来我织布。

萧绡鼓起脸道:"还挺浪漫的嘛。"

"是挺好的。甜甜说想要新裙子,老板娘有空给织一条。"展令君看得好笑,忍不住伸手捏她的脸,"说起来,我们还没有互相坦白过感情史。"

最近一个月都在兵荒马乱中,两人在一起后不是逃难就是住院,都没有好好谈情说爱。

萧绡听到这话,顿时来了精神道:"对,是该坦白一下。我的你都知道了,就有一个谈了三年的前男友,两年都是异地,平均一年见两次,基本处于养在手机里的电子宠物的状况。分手你也参与了,后来他还被你打了。"

"他之后有再联系你吗?"展令君顺着问。

"没有,他也不是那么没脸没皮的人,要不是受了周倩误导,他根本不会来找我。"萧绡不由自主地把自己的家底翻了个干净。

"哦。"展令君表示了解,慢悠悠地喝了口茶。

"喂,你呢?"萧绡伸出一根手指,戳了戳展令君的痒痒肉。

展令君仔细回忆了一下,语调缓慢地说起来:"我是学医的,大学的时候太忙,没时间谈恋爱。后来回国,亲戚给介绍了一个,让我看了照片……"

萧绡的精神徒然紧绷起来,亲戚给介绍对象,肯定不止介绍过一个,这位被单独拎出来,那必然是有后续的。

果然,嘴巴毒得好似每天拿敌敌畏当漱口水的展令君竟然破天荒地夸赞了两句。

"那真的是个挺漂亮的女孩子,尤其是那双眼睛,让人看过一眼就不会忘。"展令君说着,眼中不由得带上了笑意,看得萧绡的心尖直抽抽,"但她太小了,而我还在创业期,根本不合适,我就直接拒了。"

"哼哼,你是不是现在还惦记着那个姑娘呢?"萧绡气哼哼地说。

展令君好似没看到她生气了一般,继续用赵忠祥念白《动物世界》的语气抑扬顿挫地说:"后来我都快忘了,直到有一天在街上遇到了她,她戴着口罩,眼睛很漂亮……"

不停上升的怒气就要把萧绡头顶的气球撑爆了,突然听到了口罩两个字,气球"噗"的一声就漏了个彻底。萧绡激动得手心冒汗,却还是厚着脸皮问:"那你看到真人的瞬间是什么感觉?"

展令君斜眼看她道:"激素脸,分手心理调适期,印堂发黑,看起来很倒霉。"

萧绡:"……"果然,童话里都是骗人的,这人今天肯定没用敌敌畏漱口,用的是百草枯!

两人在休息室瞎聊了半天,越聊越起劲。萧绡发现展令君与自己是如此的不同,但他们又莫名地契合。

萧绡道:"你上课走神的时候都想什么呀?我会想小说和电视剧。"

展令君道:"我不走神。"

萧绡道:"那你有没有不及格过……?"

展令君道:"我一直是第一名。"

萧绡默默转过身,留给他一个后脑勺,道:"走开……我不跟学神说话。"

第23章 坦白

展令君闷笑道:"你收过情书吗?"

说到情书,萧绡就有得吹了,道:"当然收过了,我小时候那也是校园一枝花,收过的情书都能集册出版了!"

展令君挑眉道:"那,有没有比较特别的?"

比较特别的……萧绡认真想了想道:"还真有一个,高中有个男生喜欢我,偷偷给我写了两大盒的情书,但是我一张都没看到,因为他毕业的时候把那些情书都烧了,说是祭奠他逝去的青春。我们同学都觉得他特别深情!"

"深情?"展令君抽了抽嘴角,"把情书烧给你,以告慰你的在天之灵吗?"

"也、也许吧。"萧绡扶额,以前她也觉得那个男生挺深情、挺感人的,被展令君这么一说,顿时就变味了。

展令君叹了口气道:"我现在有些后悔,瑶瑶给我照片的时候,我就该答应的。"若是他当初就成了萧绡的男朋友,她就不会因为熬夜焦虑而生病,也不会遇上那个住院都不肯来看她的韩冬雨。

后面的未尽之言,萧绡都听出来了,她忍不住眼眶一热。她又何尝不想早点认识展令君呢?在他十七岁之前就认识他,阻止他和哥哥参加那场银色大厅的演奏会,她道:"过去的事就不要后悔,我甚至都没有后悔过生病。失之东隅收之桑榆,这不是你的理念吗?"

如果没有生病,萧绡就不会有这一番大彻大悟,依旧是那个疲于奔命、斤斤计较的小女生,但这便不可能吸引到展令君了。

展令君看着她,浅浅地笑了。

这一聊就聊到了下班时间,展令君站起身,朝萧绡伸出手道:"我现在可以牵你的手了吗?"

萧绡咧嘴笑,把手放进了那只温暖干燥的大手里。

误以为展医生爱岗敬业带病上班的人们就看到这人一头扎进休息室,厮混到下班才牵着女朋友春风满面地下楼。

爱情使人堕落!

"一帆,不一起吃饭吗?"心理治疗师莫晶晶换了衣服出来,看到廖一帆大步往外走，抱着手臂不紧不慢地叫住她。

"今晚请吃饭，快下班才通知，谁能刚好有空啊！"廖一帆不满道，"我已经跟家里说好回家陪父母吃饭的。"

莫晶晶若有所思地看了看她，点点头不再多说。

宋唐凑过来用下巴指指廖一帆僵硬的背影，小声问："莫大师，她这是吃枪药了？"

因为莫晶晶高深的心理学造诣，宋唐总觉得她是个半仙，能知道别人心里想什么，没事还找她算命，一直叫她莫大师。

"多情自古空余恨，好梦由来最易醒。"莫大师留下这么一句高深莫测的话，摇头晃脑地走了，去跟等着老板娘投喂的李萌站在一起。

萧绡看了一圈等饭的众人，除了廖一帆外，其他修复师和甜甜都在，大家还是很给面子的，她问道："你们想吃什么？"

"火锅！"众人异口同声地说，看来是已经商量好了。如今天气转凉，在寒风刺骨的夜晚吃火锅，是再幸福不过的事了。

宋唐举手道："我能不能带女朋友去？"他晚上本来约了女朋友的，带去聚餐就能省一顿饭钱。

"宋医生，你那么能赚钱，怎么还这么抠啊？"甜甜忍不住说他。

"我的钱又不是大风刮来的，是我一张一张营养单、一家一家上门做饭挣来的！"宋唐理直气壮地说。

一群人热热闹闹地走出桑榆，不远处的梧桐树后，穿着一身黑色羽绒服的周倩看着与众人背道而驰的廖一帆，若有所思。

"桑榆，这是什么地方？"周倩看了一眼跟萧绡手拉手的展令君，抬脚追着廖一帆而去。

蓝莫如的红毯照陆续传回国内，引起了不小的轰动。外媒对这身衣服好评如潮，说感受到了东方的魅力。

周泰然身处欧洲，对于媒体的报道感触更深，他紧急联系了蓝莫如的经纪公司，双方一拍即合地达成了炒作意向。见了两个摩拉多介绍的设计师，周泰然便匆匆回国了，他的助理则去了电影节所在的城市，跟蓝莫如的经纪人对接。

等萧绡从火锅的饱胀感中醒来的时候，就发现关于蓝莫如和裙子的报道已经铺天盖地了。

"蓝莫如一袭红衣惊艳世人，外媒称之为东方女王！"

"凤凰涅槃，东方华服，LY青年设计师萧绡的大赛作品走上了国际舞台！"

涅槃的设计者是萧绡，因为她资历浅，超过二十万的高级定制需要有导师指导，导师署名是艾德琳。

一夜之间，那些对于艾德琳的攻讦突然消失了，取而代之的是对LY的夸赞。LY是中国人创立的高级设计品牌，在国内一直地位超然，是国人的骄傲。如今LY的设计在国际上艳压群芳，非常值得放一挂鞭炮。

网友们对这些事也展开了激烈的讨论。

泰迪的牙套：早就说过，LY是我大中国的瑰宝！

星星眼：别傻了，人家是外资企业。

泰迪的牙套：谁傻？睁大你的狗眼看看，人家是根正苗红的内资！

附带一张工商管理局的企业信息查询表。

泰迪的爪爪：LY威武，宝拉那种狗贼赶紧滚蛋！

泰迪的肉骨头：据说前段时间关于LY的负面消息都是宝拉在背后捣鬼的。

吃瓜路人：真的吗？是想重演洋务运动时期的阴谋扼杀我们的民族企业吗？抵制宝拉！

舆论就这么莫名其妙地朝抵制宝拉的方向跑去。

宝拉中国分部，总裁一巴掌拍在桌子上道："这些什么泰迪一看就是水军！我叫你们速战速决，怎么还给了他们反咬的机会？"

总裁助理满头冷汗道："很抱歉，我们也没有料到LY的定制礼服会在电影节大爆。"

宝拉总裁气得牙根痒，桌上的电话突然响了起来，他一把接起，里面传来周泰然那吊儿郎当的声音道："哎呀，李总，不好意思，我们做宣传不知为何殃及你们了。"

"小事，几个喷子乱咬人，没什么影响。"宝拉总裁皮笑肉不笑地说。

"那就好，本来我还想做个澄清呢，是我大惊小怪了。一会儿还有个会，回聊。"周泰然笑眯眯地说着，挂了电话，将抽屉里没有拆封的辞职信退还给艾德琳。

"这次要感谢萧绡的作品，以后让她来高定室工作吧，高成已经不适合她了。"艾德琳随手将辞职信撕了。

"您决定就好。"周泰然心情好，双手一摊，示意艾德琳随意。

萧绡设计的高级定制在国际上扬名，以后找她做定制服的人不会少，她的确也不适合再做高成的衣服了。

艾德琳不需要辞职，首席的位置反而更加稳固了。

林思远给高级设计师们开会的时候，心情明显不太好，道："不要以为你们成为高级设计师就了不起了，也不要因为设计出一件明星产品就沾沾自喜，你们跟真正的大师还差着十万八千里！"

设计出一件明星产品就沾沾自喜……萧绡觉得背后一凉，这话似乎是说自己的，她抬头看看周围，果不其然，有几道视线隐晦地瞟了过来。

在座的设计师，都是成为高设一年以上的，就萧绡是个新人。新人的成绩太过突出，对于前辈们来说的确不是什么好事，萧绡决定最近要低调一点。

LY的名誉危机彻底解除，严总监为了弥补之前的失误，借着蓝莫如的东风狠狠踩了宝拉一脚，总算让周泰然露出了点笑模样。然而，这次的事件里，他的处理能力明显弱于罗誉，董事会最后决定，提拔罗誉来填补已经空缺了大半年的副总之位。

罗誉升职了，从罗总监变成了真正的罗副总，可谓春风得意马蹄疾。他刚刚上任，总裁就把年会的筹备扔给了他，罗誉很是用心，几天就拿出了方案来。

"听说今年年会颁的几个奖，奖金都提高了。"高定室里，艾德琳的助手苏菲小声跟萧绡八卦。她的嘴角有一颗痣，笑起来有些像媒婆，天然带着八卦的气息。

作为上任之后的第一个任务，罗副总使出吃奶的力气要把年会办得风风光光，借着还在交接人事与财务总监之位的便利，公司很快通过了增加奖金的提案。

"是吗？去年明星设计师奖了三十万，今年能提高到四十万吗？"萧绡的两眼放光，虽然她很想谦虚一下，但她今年的成绩确实比较出彩，是有机会得到明星设计师奖的。

苏菲摇了摇头道："不止哦，是五十万！"

"五十万！"旁边的另一位设计师忍不住感慨，"罗总可真大方。"同时她有些懊悔，今年不应该只埋头做赚钱的活，应该接两个扬名的单子才对。

明星设计师，是LY公司每年年会上都会颁发的一个奖项，旨在鼓励设计师创新、扩大声誉，主要是根据这一年的成绩和作品的知名度来判断的。

去年这个奖颁给了设计LY高定秀款亮片裙的设计师，因为这条亮片裙被三位国际影星在不同场合穿过，还被媒体放在一起对比，给LY带来了很好的广告效应。

"我猜这次的明星设计肯定是你。"苏菲信誓旦旦地说，作为艾德琳的事务助理，她其实相当于高定室的室长，管理高定室的行政事务和艾德琳交代的一些杂事，权力大，消息也灵通。

"不好说啊，常欣姐的主秀款今年大火，还有王成飞的男装，销量都破纪录了。"已经决定要低调的萧绡赶紧谦虚了一下。

苏菲意味深长地笑了笑，嘴角的痣轻轻抽动道："你可以努力争取一下。"

"嗯？"萧绡没太明白，这奖项是高层选出来的，要怎么争取？

过了两天，萧绡就明白所谓的争取是什么了。

罗誉陆续叫了几个设计师到副总办公室谈话，两天之后就轮到了萧绡。按照苏菲的话说，被叫到的都是候选人，罗总要看每个人的表现。

不得不说，罗誉的确是个做领导的人才，他借着任何一个事件都可以拉拢人，就像这次提高了奖金的明星奖。

"先前还说咱俩要互相帮助，这才几天，就双双升职了，你说这算不算是八字相合？"罗誉笑呵呵地跟萧绡开玩笑。

这话听着怪怪的,萧绡微微蹙眉道:"那您跟秦亚楠就是八字不合了?"

罗誉顿了一下,缓缓笑起来道:"怎么,她都跟你说了?"一年前,他得知副总要离职,就开始筹备争夺这个位置,在各部门都安插了眼线,秦亚楠就是其中之一。

"说什么?"萧绡装糊涂。

大家心照不宣,话说明白就不好看了,罗誉拿出一份候选人名单,摊在桌上道:"工作上的事,没有什么谁帮谁的说法,大家都是互惠互利。"

先前罗誉还说让她做眼线,如今萧绡点出他以前的眼线秦亚楠,暗指做他的眼线没什么好处,罗誉便不着痕迹地改口,变成了互惠互利。

"罗总实在高看我了。"萧绡一点也不想跟罗誉互惠互利,有这点工夫她还不如去陪展哥哥玩画海绵宝宝。

"这次的明星设计师有三个候选人——你,常欣,王成飞,常欣的表现一直很好,按照惯例是该给她的,人家也是老资格了。不过你今年也算是剑走偏锋,独树一帜了,高层还在犹豫……"罗誉停下话茬,静静地看着萧绡。

这是等着她服软示好了?萧绡有些想不通,这人何必费尽心思要拉拢自己,算起来,自己应该还没有常欣分量重吧?

"哈哈,你别紧张,今天叫你来就是闲聊一会儿。"罗誉放松身体靠在椅背上,升职之后他的办公室也换了,比起以前的网面椅子,这副总的皮面椅子明显舒服很多,他惬意地呼了一口气,话锋一转竟聊起了家常,"过了年你就二十五岁了吧,有男朋友吗?"

"有啊,特别帅!"萧绡这两天就喜欢别人问这种问题,她好不容易交了个这么好的男朋友,却没地方炫耀,她都快憋死了。

"是吗?"罗誉的笑容依旧不变,"他是做什么的?对你好不好?"

"是个医生,对我超级好。唉,就是管得太多,不让我吃油腻的东西,晚上十点钟必须睡觉,太晚了不许自己回家一定要送,简直跟我爸一样。"萧绡状似苦恼地说着,眼中却满是幸福的光。

第23章 坦白

"那真好，我老婆跟我就没什么共同语言。她每天都念着电视剧和孩子，根本就不管我，我唯一的乐趣就只有工作了。"罗誉有些失落地说。

萧绡觉得这话题好像有点不对劲道："女人带孩子很辛苦的，你得体谅嫂子。"随便糊弄了一句，萧绡打算结束谈话。

罗誉目光闪了闪，把名单收起来道："有些女人以事业为重，有些则以家庭为重，我也不是很懂。你应该是事业为重的吧，如果得了明星设计师奖，对你以后的发展很有帮助。"

"得之我幸，失之我命。我还是个新人，拿不拿奖无所谓的。"萧绡耸了耸肩，反正当上高级设计师之后她的工资已经涨到了三万，以后她还要做高定，光设计费就很高了，也不差这五十万。

壁立千仞，无欲则刚。

罗誉微不可察地皱了皱眉头。

出了副总办公室，萧绡回想着罗誉的话，越想越不对，她晚上跟展令君吃饭的时候就提起了这个事。

"他干吗突然跟我说他老婆，是想让我同情他一下，然后拉近关系？"萧绡有些不懂，便问精通心理学的展医生。

展令君喝了口茶，眸色微暗，道："作为上司的男人向你抱怨自己家庭不幸、夫妻不睦，是一个危险信号。"

"啥？"萧绡有些傻眼，"你是说，他想潜规则我？"

"按照正常人的思维模式，下属对智商正常、行事有章法的上司会有一种天然的仰慕。事业有成的已婚男人向女孩子倾诉自己的婚姻不幸，有点其他想法或者心智不坚的女孩子，就会觉得有机可乘。那么接下来的事，就顺理成章了。"展令君伸出筷子，把萧绡偷偷夹进碗里的东坡肉偷走，塞进自己嘴里。

"他……"萧绡想骂脏话，想起来自己要在男朋友面前保持形象，生生拐了个弯，"他神经病啊！就拿五十万来做筹码，也太看不起人了吧！"

"咳……"展令君突然被东坡肉噎到了。

萧绡赶紧给他递了张纸巾，被展令君瞪了一眼，讪笑道："我说着玩的，那我怎么办呀？去找泰迪告状吗？"

"无凭无据的，你怎么告？人家完全可以说是闲聊。"展令君看看萧绡气鼓鼓的脸，伸手戳了一下。脂肪层已经薄了很多，不知不觉这张脸已经恢复了很多，再没有一开始的肿胀狰狞，只是有点婴儿肥，反倒添了几分可爱。难怪她被老男人惦记了。

"那就没办法了？"萧绡没想到自己这么正直的人也会遇到职场潜规则，而且是在自己颜值最低的时期，真是倒了霉了。

"先礼后兵，不接他的话茬，在公司多提提我。如果他还敢说什么，我带李萌去打他一顿。"展令君云淡风轻地说。

带李萌去打他一顿……打他一顿……打……

说好的优雅绅士呢？萧绡突然对展令君有了新的认知。

先前，周倩因为跟踪秦亚楠，偶然发现了萧绡的去向，她一路跟去了桑榆。根据她在女生之间挑拨离间多年的经验，她精准地定位到了独自离开的廖一帆身上。这些日子她想尽办法接近廖一帆，终于在东隅路上的一家面馆里和她搭上了话。

"请问，你认识萧绡吗？"周倩笑眯眯地问，不经对方同意便坐了下来。

"你是……"廖一帆皱眉。

"哦，我是她以前的同学，她现在把我拉黑了……"

很多友情都是靠着说别人坏话建立的，一个共同讨厌的人，可以瞬间拉近彼此的距离，周倩一直深谙此道。

"萧绡，你听说了吗？倒卖图纸的案子开庭了。"赵和平到高定室送材料，跟萧绡闲聊几句。

"是吗，我不知道。"因为蓝莫如的那条裙子扬名，现在有了不少点名要萧绡设计裙子的客户，萧绡最近忙得晕头转向，还得抽空设计峰会的制服，她除了每天晚上跟展先生吃饭那点时间外,可以说没有丝毫的娱乐空间了,也就没有关注其他的事。

"昨天我给亚楠打了个电话。"赵和平叹了口气,"情况对她很不利。"

周倩所在的那家服装公司本就是做山寨起家的,对这种事情有自己的一套扯皮方法。他们坚称自己是被外包设计师坑骗了,因为LY还没有公开那两件成品,他们也无从得知是否有抄袭,把所有责任都推到了外包设计师身上。而所谓的外包设计师,就是秦亚楠。

也不知是不是有意的,这事很快在LY内部传开了,众人唏嘘不已,对秦亚楠有些同情,但更多的是对这些手段的惧怕。一稿两卖的后果如此严重,弄不好就身败名裂、倾家荡产,大家以后还是老实点的好。

判决结果下来,双方都不太满意,便继续上诉。这事还要再扯一阵,不过这都是法务部的事了,设计师们都不再关心。

转眼到了跨年夜,LY包下了一个小型会议中心来办年会。

时尚公司的年会,自然少不了红毯走秀。每一位员工都被要求穿晚礼服入场,灯光璀璨,鼓乐激昂,还请了不少媒体来参加。

LY的男女比例趋近于1:1,所以入场的时候,员工基本都会找一个异性同事,手挽手入场。

萧绡早早跟杨笑约好了,她换好礼服化好妆,走到候场区却发现杨笑的女朋友来了。

"你还想跟别的女人手挽手?不许你碰别的女人!"一边高声吵着一边蹦的女人成了全场焦点。

杨笑的女朋友是前两个月家里给介绍的,两家门当户对,准备明年结婚。一直没听杨笑怎么提起,大家还以为是个跟他脾气相投的女孩子,没想到这么能闹腾。

"年会不许家属进,大家都有女伴……"杨笑涨红了脸,此情此景让他无比难堪,却不知道要怎么办。

"人家跟你一样吗？你是有女朋友的人！"杨笑的女友不依不饶，坚持要他自己走红毯。

"我跟同事都约好了，你让人家怎么办？"杨笑有点火了。

萧绡提着裙摆走过来道："好了好了，别吵了，笑笑你自己走吧，不用管我，我再找个同伴就行。"

"哼哼！"杨笑的女朋友胜利地笑起来，抱着手臂准备看他们走完红毯再回去。

杨笑攥紧了拳头，眼中满是委屈。他不善言辞，总是逆来顺受，可今天，他实在忍不下去了，他脱下身上的西服，狠狠摔在地上道："我不走了还不行吗？都如你的意！"

有一些员工觉得自己样貌太丑，就不穿晚礼服，躲在一边等红毯仪式结束再灰溜溜地进去，杨笑此刻就穿着衬衫，混进了那群人里。

"杨笑，你敢对我大声说话！"女朋友反应过来，转头要去骂他，却找不到杨笑的踪影了。

萧绡尴尬地站在原地，她穿了一身华丽的碎钻礼服，必须从红毯上走，转头看看其他男同事，大多都有了伴。于是，她只能像没人敢惹的艾德琳一样，独自走了。

乐声响起，主持人开始念词，红毯仪式马上开始。穿着一身银灰色西装的罗誉走到萧绡面前，微笑道："我跟你走吧。"

"哇，能跟罗总一起走了，好运气！"

"老总们先走，萧绡能抢个好位置了。"

"哎呀，早知道我就不选同伴了，等着去抢落单的高层。"

或羡慕或嘲讽的声音一阵阵地传进耳朵里，天知道萧绡一点也不想要这样的好运。萧绡看到他这张脸就忍不住寒毛倒竖道："不用了……"

冷硬的拒绝，让罗誉的脸僵了一下，其他人也很是震惊，没想到萧绡竟然如此不识抬举。

因为想起展令君的话，萧绡第一反应就是拒绝，说完她才发现自己拒绝得

第23章 坦白

太生硬了。周围突然静默了一下,一道有些吊儿郎当的声音从背后传来:"我还缺个女伴,萧绡跟我走吧。"

人群中传来一阵抽气声,萧绡转头,就看到一身骚包打扮的周泰然。酒红色的衬衫,搭配深藏蓝色暗纹格子的西装,头发整个梳到后面,标准的花花公子和社会精英的结合体。

萧绡笑了起来,向罗誉表示歉意,然后毫不犹豫地挽住了周泰然的胳膊。

作为总裁,他第一个入场,萧绡就昂首挺胸地与他一起踏上了红毯。

"令君让我给罗誉发一份化学阉割药剂当年终奖。"周泰然保持着体面的微笑,跟萧绡慢慢地走,长长的红毯上只有他们两个,旁人根本听不到说话声。

"……"萧绡努力稳住脚步,冲前面的镜头挥手致意,"谢谢周总,暂时还没那个必要。"

与此同时,桑榆会所的修复师们今天也聚在一起跨年。大家胡吃海塞了一顿,便奔向一家KTV,要了个豪华包间玩耍。

严肃了一整年的医生们,终于可以放纵一把。

酒过三巡,大家都有点醉,宋唐抱着麦克风鬼哭狼嚎不撒手,李萌咔嚓拉开一罐啤酒,大着舌头说:"今天都得喝两口啊,禁酒一整年,就喝这一天!"

"干喝有什么意思,咱们玩点游戏呗!"廖一帆突然提出来。

"玩什么?"莫晶晶来了兴趣,大家听到她开口就哀号起来,不管是玩狼人杀还是大冒险,谁都玩不过心理医生。

"玩大冒险。"已经喝了不少的廖一帆醉眼迷离地看着依旧冷静克制的展令君。

展令君抿了一口红酒道:"你们随意,先说好不许玩亲吻之类的,我是有家室的人。"

第24章 抽薪

展令君这话一出口,顿时得到了一阵嘘声。

"有女朋友了不起啊?"李萌口齿不清地说着,把宋唐抱进怀里,"我也有!"

"滚!"宋唐打他。

众人哈哈大笑,但老大发话了,他们只能把"亲吻邻座的人"之类的卡片抽走,留下诸如"出去推销一瓶酒""假装走错房间去隔壁唱一首歌"等健康向上的游戏,拒绝黄赌毒。

坑"逢七过",失误的人要选真心话或大冒险。李萌已经喝高了,脑袋不清醒,连着输了两局,被逼着跳了段秧歌又去走廊里随便拉个人表白,结果拉到了一名清秀的服务生小哥,小哥一脸呆滞,大家笑得肚子都快破了。

第三局开始,一直冷静的廖一帆竟然出了错。

"一帆,你太让我失望了!"宋唐嚷嚷着,让她选真心话还是大冒险。

廖一帆犹豫了一下,说:"我选大冒险。"

宋唐把卡片递过来,让她抽,抽出来一张——向暗恋的人表白。

"哇，这个劲爆，快来快来，不说话可得喝一大杯。"众人激动起来，开始起哄，宋唐坏心眼地拿起一杯白酒，扔进了啤酒杯里。

透明的酒盅直直地落到底，仿佛一颗深水鱼雷钻进海底，惹得众人捶打宋唐道："你也太狠了吧！"

这种喝法叫"深水炸弹"，后劲十足。

廖一帆低着头，单手握着酒杯，似乎在犹豫是喝酒还是表白。今天聚会，她特意穿了一件小礼服裙，弱化了平时的冷硬线条，看起来很有女人味。

展令君依旧慢条斯理地喝着红酒。

大家共事这么多年，廖一帆的心思众人多少知道一点，刚开始的时候大家都以为她终有一天会成为老板娘。然而这么长时间也没见展令君有什么表示，对她更谈不上特殊照顾，大家就渐渐把这茬给忘了。

宋唐看着廖一帆的模样，心里没底，小声问身边的莫晶晶道："大师，她这是怎么了？"

"通常来说，这是因为目标就在附近而引起的恐慌与矛盾。"莫晶晶十分学术地回答，两人嘀嘀咕咕的讨论淹没在包房嘈杂的音乐声中。

突然，廖一帆举起那杯"深水炸弹"，一饮而尽。

"哇——"众人发出一声惊呼，说不上来是兴奋还是失望。

"呜……"一杯酒下肚，廖一帆的眼睛立时红了，她晕晕乎乎地一把抓住了展令君的袖子，"我喜欢你，喜欢很多年了！我为了你放弃了本专业，从美国追到这里，你怎么能这么对我？"

包房里瞬间安静了下来，只剩下音响中自动播放的乐曲：

看不穿，是你失落的魂魄。

猜不透，是你瞳孔的颜色。

一阵风，一场梦，

爱如生命般莫测。

你的心，到底被什么蛊惑！

展令君把高脚杯稳稳地放回桌面上道："你喝醉了。"

"是啊,我喝醉了,不喝醉我都不敢说,要是知道你是这么好追的人,我应该早点跟你说清楚的!明明是我先认识你的!"廖一帆越说越伤心,竟哭了起来。

那个萧绡,学历不如她,样貌不如她,甚至还有病!她只跟展令君接触了几个月,就把人拿下了,自己这么多年都错过了什么!

"我不好追,是我追她的。"展令君递给师妹一叠纸巾。

廖一帆顿时噎住了。

"哇哦哇哦,这是新爆料!"宋唐大声嚷嚷着,气氛重新活跃了起来。因为萧绡看起来更活泼,他们一直以为是萧绡在追展令君,就没想到情况竟然是反过来的。

"老大,你竟然也会追人啊!"甜甜此刻对萧绡充满了崇敬之情,能让他们不食人间烟火近乎性冷淡的展总追,当真是盘古开天地第一人了,"唉,要不是性别不合适,我也去追萧绡姐了,让她天天给我做小裙子!"

展令君淡淡一笑,起身去上厕所。

廖一帆擦干眼泪,目光有些呆滞。主动追和答应追求,结果虽然一样,但一正一反之间犹如攀登喜马拉雅山和下潜马里亚纳海沟,天差地别。嫉妒,往往存在于情况相近但别人得到而自己没有,当差距太大的时候,人反倒会失去斗志。

好在同事们都假装没有刚才那回事,继续笑闹,没有让尴尬继续。

展令君在厕所里给萧绡发了条信息,问她年会什么时候结束。那边没有回复,想来还在忙。他推门出去,见廖一帆正等在外面。

厕所是包间里的厕所,在隐秘的拐角处,厕所门外安放洗手池的位置,因角度的问题被墙壁遮挡,那边唱歌的人看不到,是私下谈话的好地方。

"我在别人那里听说了一些你女朋友的事。"廖一帆已经恢复了平日的面无表情,似乎刚才表白的人不是她一样,她看着低头洗手的展令君,探讨治疗方案一般地说,"我觉得你应该慎重地考虑一下。即便不选择我,也不该选择那样的人。"

展令君微微皱起眉头,平静温和的声音终于冷了下来道:"这是我慎重考虑了很久做的决定,不需要别人的指点。"

至于廖一帆听说了什么事，他没有兴趣知道。这时候手机响了一下，萧绡把年会结束的时间发了过来，另外附带了一张奖杯的照片。"Y"字形的水晶奖杯，纤细圆润，充满了设计感。

小小布：嗷呜嗷呜，我得了明星设计师奖啊！五十万啊！呜呜，我这辈子没见过这么多钱，明天请你吃早餐，咱买两斤油条，吃一斤扔一斤！

展令君的嘴角忍不住上扬，发了一条消息过去。

展令君：我去接你，出了会场给我打电话。

回完，展令君就跟还在群魔乱舞的众人说自己要走了。

"怎么这会儿就走？"甜甜看了一眼时间，这才不到十点钟。

"萧绡的年会要结束了，我得去接她。"展令君说着，拿起了衣架上的外套。

"不行不行，难得放纵一次，怎么也得玩个通宵吧！"宋唐上前拉住他，"你接了嫂子一起过来。"

众人纷纷表示赞同。

展令君看了一眼手表，拿起桌上的话筒，如老干部做汇报一般陈述道："容我提醒各位，熬通宵会导致皮肤暗沉、红细胞减少、免疫力下降、精力衰退、阳痿早泄、不孕不育……"

"啊啊啊，别说了！"同为医生的众人，听到这话顿时蔫了，"我们就玩到零点吧。"

"嗯。"展令君这才皇恩浩荡地准了，他把一张信用卡扔给宋唐，"结束之后，你把几个女孩子送回家。"

"不是吧老大，甜甜和晶晶一个住城东一个住城北啊！"宋唐哀号。

"给你报销一千块油钱。"展令君穿上外套，拉开门随意摆摆手。

"遵命！绝对安全送达！"宋唐听到给钱立时答应了，被甜甜嘲笑了半晌。

萧绡此刻是真的很激动，原本以为自己没有接受罗誉的暗示会被他穿小鞋，结果这奖项还是落到了自己手里。

大屏幕上放着萧绡这一年的作品展示，重点介绍了那条引起轰动的"涅槃"。

主持人请萧绡上台，萧绡接过话筒笑道："呀，怎么办，我没准备领奖词。"

同事们哈哈大笑，主持人也跟着笑道："随便说两句吧，感谢政府感谢党也行啊。"

"那是要感谢的。"萧绡一本正经地说，已经经历过无数大场面，面对公司的年会她已经不会紧张了，璀璨的灯光照在她满是碎钻的长裙上，熠熠生辉，"除了感谢各位领导之外，我还想特别感谢一下我的男朋友。之前我生了场大病，是他让我重拾希望，帮我走出困境。涅槃的灵感，便是来源于此……"

会场没有按照部门排序，大家可以随便坐，萧绡因为进来得早，跟周泰然坐在一桌。下了台来，她兴奋不已地抱着奖杯把玩道："我以为拿不到了呢，这是怎么选的呀？"

"用数据说话。"周泰然用下巴指指坐在身边的IT部经理。

"综合绩效、网络人气指数、顾客订单指数，以特定的函数计算出来的，公平公正绝不掺水。"IT经理义正词严地说。

萧绡挑眉，看了一眼不远处的罗詟，不由得嗤笑。

这时，手机里突然显示出一条消息，是周倩发过来的。这么久不联系，萧绡都忘了把她拉黑了，看着屏幕上弹出来的一行字，她觉得周倩不去网媒当记者真是亏了。

周倩：你男朋友跟别的女人的合照，点开有惊喜！

这格式跟盗号的一模一样，萧绡翻了个白眼划开，就看到展令君跟廖一帆的合照，背景是昏暗的KTV包房。

片刻之后她又发来一句话。

周倩：三人者人恒三之！

萧绡被气笑了，她起身去了洗手间，把韩冬雨从黑名单里拖出来，打了个电话过去。

电话响了两下，被按死了。萧绡不在意，继续打，打到第三个终于被接了起来。

"哟，萧大小姐怎么想起来给我打电话了？被你那个金融公司的副总男朋友给甩了？"韩冬雨阴阳怪气地说，料想把她拉黑的萧绡突然联系他，肯定是感情受挫来求安慰了。

金融公司的副总？萧绡愣了一下才想起来，这是第一次让展令君假扮自己男朋友时她瞎胡扯的，没想到韩冬雨还记得，她道："没，我俩好着呢，我是想告诉你，周倩喜欢你，因为你以前跟她表白，她把你当成她男朋友了，一直觉得我是小三呢，到现在她还在骚扰我。麻烦你俩掰扯清楚，想在一起就麻溜利索地在一起，天天折磨我这个路人算怎么回事！"

韩冬雨愣了半响，突然破口大骂道："谁是她男朋友啊！这脸怎么比城墙还厚！"要是个美女喜欢他也就罢了，周倩那比他壮、比他宽的身材，简直是在毁他清白。

周倩正跟几个小姐妹在外面玩，一边聊天一边等着看萧绡的好戏道："那个贱人，抢了我男朋友，现在我也不让她好过。"

"对，对付小三就该用同样的办法，让她也尝尝被三的滋味！"几个小姐妹笑嘻嘻地说。

正在这时，韩冬雨的电话打了进来，周倩激动得差点扔了手机，示意小姐妹们安静，她清了清嗓子，笑着接了起来，嗲嗲地说："喂，冬雨啊。"

"周倩，你说清楚，谁是你男朋友？当初社团玩游戏打赌，你又不是不知道，在外面乱说什么，恶不恶心啊你！"韩冬雨劈头盖脸就是一顿骂。

周倩的脸"刷"地一下红了，渐渐变成了酱紫色。小姐妹们面面相觑，互相努嘴，眼中满是戏谑。

年会结束，众人换下礼服，浩浩荡荡地离开会场。因为大家都喝酒了，有车的要找代驾，没车的要找出租。这附近还有其他公司在办年会，人数众多，很难打到车。

"啊，好冷啊！"为了好换衣服，大家都穿得不多，一月的帝都寒风凛冽，冻得众人瑟瑟发抖。

"萧绡咱们拼车吧？"有跟萧绡一个方向的同事过来，准备一起打车。

"呃……"萧绡刚要说什么，一亮银色豪车缓缓停在了面前，后座的门打开，探出一条修长笔直的腿。

"呀——"几个女孩子小声尖叫了一下，满眼羡慕地看着那俊美清冷的帅哥给萧绡开车门，细心地把手挡在车门处防止她撞头，然后潇洒地自己也坐进去，关上车门。

豪车，帅哥，专属司机……

"刚才那是谁呀？"

"肯定是她男朋友呗，以前我在公司门口见过。"

"哇啊，上次我说什么来着，萧绡这绝对是要嫁进豪门了！"

萧绡能感觉到来自同事们的艳羡目光，让超级爱面子的她得到了极大的满足，不过对于出现在驾驶位的司机她有些疑惑道："他是谁？"难道是展先生为了给他做面子，专门雇的司机？要不要这么贴心！

"代驾司机，我喝酒了。"展令君面无表情地说。

"……"就知道，萧绡撇嘴，然后自己忍不住笑了，她抬手摸摸展先生有些发烫的脸道："这么热啊，你喝了不少吧？"明明看着脸不红气不喘的，怎么温度这么高。

展令君抬手，抓住那只贴在脸上的手道："没喝多少，热是因为你的接触产生了化学反应。"

萧绡的心倏然漏跳了一拍，嘿嘿傻笑。

"明天放假，我能不能去你家玩？"萧绡满眼期待地看着他。

两人在车里手拉手，说着幼儿园小朋友般的对话，偏偏当事人还毫无所觉。

"能，我妈妈明天出去逛街。"展令君想也不想就答应了。

萧绡皱了皱鼻子道："干吗怕我见你妈妈？"以前韩冬雨也不让她见家里人，说是他妈不让他上学期间谈恋爱，萧绡觉得那都是瞎胡扯，不过是韩冬雨没打算跟她走到最后的借口。

"她在家，你还得买礼物去，怪麻烦的。"展令君毫不心虚地说，"你要是想正式拜会，我没有意见。"

"不、不用了！"萧绡赶紧摆手，她也只是说说，可没有现在就见家长的意思。他俩才刚刚开始谈，没到正式拜访的地步，现在就去见太唐突了，而且会显得她很轻浮。

展令君看着她变来变去的表情，忍不住笑起来。

萧绡这才发现这人是在逗她，比她年长三岁的展令君肯定知道现在不是拜访的时机，她伸手戳他痒痒肉道："寻我开心是不是？"

"是。"展令君握住那根葱白的手指，老实承认。

萧绡凑近了瞪他。

"凑这么近做什么？"展令君也凑上去，跟她对了一下鼻尖。

"我有点近视，凑近了眼神更有威慑力。"萧绡凶狠地竖起眉毛。

"哈哈哈哈……"展令君彻底被她打败了，竟然大笑起来。他是极少这样笑的，冷硬的线条因为开怀而柔和下来，眼睛弯成月牙，可爱极了。

萧绡着迷地看看他道："你笑起来真好看，这么好看的小哥哥，能不能给我看看你的朋友圈？"

"哈？"展令君脸上的笑意未减，心想艺术家的思维怎么跳跃这么快，他这高智商的脑子都快跟不上了。

"呃，因为今天有件疑惑的事。"萧绡眼巴巴地看着他，竖起三根手指发誓，"真的，我不是查岗，就看个朋友圈，我也给你看我的好不好？"

看微信还不叫查岗？展令君这还是第一次被人提出这样的要求，觉得很新鲜。好像是自己的领地被强行踏足了，但因为踏进来的是他心仪的雌性，作为领地主人的令君狮竟还有点开心。

就在萧绡以为展令君不会给他准备说算了的时候，那人竟从口袋里掏出了手机，解锁交给她。

萧绡欢呼一声，捧着手机左看右看。手机背景是系统原带的星空图，没什么特别的。桌面干净得吓人，每一种工具都分门别类地放在一起，连颜色都是由浅至深地排列。这手机跟展令君这个人一模一样，冷静自持，律己有序。

"给你，随便看，别客气。"萧绡把自己的粉色手机交给他，大方地挥挥手，便津津有味地翻看起了展令君的朋友圈。

今天是跨年夜，朋友圈里很是热闹，展令君认识的人似乎非常多，私人号上也极为热闹。萧绡翻了半晌，才翻到了桑榆众人发的东西。

宋词唐诗：一群醉鬼，茄子！

配图是喝得烂醉的桑榆众人，包括坐在地上哭的李萌，躺在沙发上呼呼大睡的甜甜，还有一脸严肃给人看手相的莫晶晶。

早些时候有甜甜发的聚餐美食，李萌发的夜景，这些她都看过，唯一没看过的就是没加她的廖一帆。

一帆风顺：跨年。

配了九张图，是跟不同同事的合影，其中就包括跟展令君照的那张。这张单独发出来是有点误导性，跟其他的合在一起看就稀松平常了。

萧绡微微挑眉，大概已经知道是怎么回事了。周倩还真是无孔不入，她是怎么认识廖一帆的？

看到自己想看的之后，萧绡就锁上了手机，她没有窥探展令君隐私的意思，说话算话，她适可而止。转头还手机，却发现展令君没看她的朋友圈，而是在看她的手机相册！

"呀，别看！"萧绡赶紧去抢，却被展令君轻巧地躲开。

"这都是什么时候拍的？"展令君戏谑地看着她，这相册里有很多他的侧脸或背影照，各种角度，各种场景，简直像个偷窥狂。

"就……随手拍的，我拍景呢，谁知道你会凑过来。"萧绡嘴硬地说着，执着地抢手机。

"这张有趣，发给我吧。"展令君划到一张萧绡的自拍，那是没有滤镜的大脸照，吃激素最胖的时候，她两颊下垂，眼窝深陷，丑得妈都不认识。

"不行！"萧绡挠了一下展令君的胳肢窝，等他条件反射地缩手，便眼疾手快地抢走手机。那张照片是她用来记录脸部变化的，自己看久了都要做噩梦，要让展令君天天能看到估计要不了几天他们就得分手。

把萧绡送进小区，展令君给自家表妹打了个电话问："你明天没事吧？"

"没事啊，是不是要请我吃饭？"梁靖瑶笑嘻嘻地说。

"你约我妈明天逛街吧，上午就出去。"展令君冷酷无情地说。

"不是吧你，想让萧绡去你家玩，就牺牲我啊？"梁靖瑶气愤不已。

"给你报销一双鞋。"展令君拉开领带，放松地靠在椅背上。

"好的亲哥，保证完成任务！"梁靖瑶原地立正站好，中气十足地回答，挂了电话就给展母打过去，"我的亲大姨啊，明天咱俩逛街呗！"

第二天，饱饱睡了一夜的萧绡再次提着大包小包的零食去了兰芷江汀。

"我是不是应该买个车了？毕竟我也是有小一百万的大款了。"萧绡目送着"管家"的电瓶车离去，严肃地说。

"你摇到号了吗？"展令君凉凉地说着，帮哥哥拆了一袋零食，"只许吃一袋。"

摇号……真是不能言说的痛。萧绡顿时像个泄了气的皮球，瘫在了沙发上。

"吃一片菠菜，你就有力气了！"展令羿把一片海苔塞到萧绡嘴里。

萧绡咔嚓咔嚓地嚼了，"噌"地一下坐起来道："真的啊，我又有力量了，大力水手，当当当！"

"哈哈哈……"展令羿被逗笑了，转头小声对弟弟说，"你女朋友是不是有点傻，我给她吃的是海苔。"

"……"展令君仔细看看哥哥，不知道是不是他的错觉，自家哥哥的智商好像提高了一点。

等萧绡看过来，兄弟俩齐齐摆出"什么也没有发生"的无辜表情。

展令君的手机突然响了起来，他接起来，里面是一道略有些苍老的声音道："令君啊，我突然扭到腰了，你能来帮我看看吗？"

"好，您稍等。"展令君挂了电话，起身去拿外套，"三号房的朱老先生扭到腰了，我去看看。"

这位朱老先生是他们的邻居，同时也是桑榆的VIP客户，因为行动不便，时常需要修复师上门服务。展令君就在这个小区，倒也方便。

"去吧。"哥哥点点头，继续咔嚓咔嚓吃海苔。

展令君跟萧绡对了个眼色，让她帮忙看一会儿哥哥。萧绡比了个OK的手势，示意他放心去。

走出家门，展令君回头看看阳光满溢的房子，忽然有一种家里有人守护自己可以放心出去赚钱的奇妙感觉。老实说，这感觉并不坏，好像挑了十年的水桶，突然有人愿意帮他抬一下了，他的心中蓦地轻松了起来。

展令羿看弟弟走了，放下海苔用湿巾擦了擦指尖，冲萧绡挤挤眼道："你想不想看看我画画的房间？"

"可以吗？"萧绡两眼放光，所谓画画的房间，指的是展令羿在家里的工作室，那可是世界级大师的工作室啊，她做梦都想看看。

"嘘，不要让君君知道。"展令羿示意萧绡推他去坐电梯。

家里为了展令羿方便，只有两层的房子也装了电梯。

萧绡推开一间朝南的屋子，阳光从两面都是玻璃的墙壁上透进来，照在原木画架和白色人台上。屋子看起来有些凌乱，但又奇异得有秩序。堆叠的设计稿随意地摊在桌子上，漂亮的云尺和削尖的铅笔像胡桃夹子的卫兵一样整齐地立在笔筒里。

靠西的墙面上是原木钉成的置物架，上面摆满了各种大大小小的奖杯，见证着Leo曾经的辉煌。

展令羿看到这些，脑袋止不住地疼了起来，但他还想再看看，便忍着没说。

萧绡爱不释手地摸着那工作台，想着等自己以后有房子了，也要弄一个这样的工作室，实在是太有创作欲了，她问："我可以坐这儿画点东西吗？"

"可以的。"展令羿示意她请便，自己则轻轻抚摸着人台上的大头针，不知道在想些什么。

萧绡坐在工作台前快速画了一套制服。世界50强企业峰会的制服，她到现在也没想出个所以然来，刚才她突然有了灵感，可以把在非洲的见闻做进设计里。

高草漫布的草原，危险而美丽的花豹，还有……端着枪的恐怖分子。

"唉……"萧绡的笔停了下来，长长地叹了口气。一想非洲，她就满脑子枪林弹雨，把那些美丽的风景都给忘光了。

"不会画吗？"展令羿转头看她。

"我在非洲得到了很多的启发，想做个接近自然的主题，但是一回想就想到那些恐怖分子，什么都画不出来了。"萧绡把草稿扔进纸篓，站起身来。

"什么是恐怖分子？"展令羿有些疑惑。

"呃，就是那些拿着枪，突突突……"萧绡说到这里，突然停下来，自己怎么能忘了展家哥哥就是被恐怖分子毁了的，她想起先前展令君交代的话，顿时不敢往下说了。

展令羿渐渐皱起眉头，枪声、漫天飞舞的子弹、血……

"唔……"突然加剧的头疼，逼得他抱住了脑袋。

"你怎么了？"萧绡吓了一跳，赶紧蹲到他面前察看。

疼痛来得快去得也快，展令羿慢慢松开手，低着头沮丧地说："我不喜欢枪，不喜欢突突突。"

"好，不喜欢我们不说了。"萧绡耐心地哄着他，"不会有战争的，我们国家现在是太平盛世。"

说到太平盛世，萧绡不由得顿了一下。是了，N国是在战乱，但我们国家是一片歌舞升平。在经历了生死之后，才能体会到和平的珍贵。为世界50强企业峰会做衣服，她该做的主题不是控诉凋零，而是祝福繁荣！

展令羿自己缓过来了，他转头四顾，想要继续去研究那个人台，却瞥到窗外弟弟那信步而来的身影道："我们快点下去，君君回来了！"

"呀！"萧绡赶紧把屋子里的东西恢复原貌，推着展家哥哥下楼。

在展令羿看到弟弟的时候，展令君距离家门口也只有一栋房子的距离了，等他推开家门走进客厅的时候，就看到萧绡和哥哥正凑在一起玩平板电脑。

一只毛绒玩具四仰八叉地躺在地上，吃了一半的海苔从桌子上掉下来，屋子里看起来有些凌乱，但充满了生活气息。

展令君破天荒地没有嫌弃眼前的乱，任劳任怨地捡起地上的海苔和玩具道："哥哥你不吃了？"

展令羿抬头不舍地看看那袋零食，刚才他因为着急去看画室，把吃了一半的零食都丢弃了，这会儿想起来弟弟说今天只能吃一袋，他顿时心疼起来道："我只吃了一半，可不可以再吃半袋别的？"

展令君蹙眉。

展令羿撇撇嘴，可怜兮兮地看着弟弟。

如此对峙了半晌，展令君无奈，又拿了一袋给他拆开。

"嘿嘿。"展哥哥胜利地笑起来，冲萧绡挤挤眼。

"……"还以为展令君这么有原则的人是不会答应的，萧绡有些惊讶，不由得多看了展令君一眼，十分怀疑以后如果有了孩子，这家伙会成为看起来严厉其实超级溺爱孩子的父亲。

展母跟梁靖瑶逛街，元旦商场有促销活动，人比平时要多不少。但因为是高档商场，人再多也多不到哪里去，两人就在宽敞的商场中慢悠悠地走走看看。梁靖瑶惦记着展令君答应的鞋子，拉着大姨往她最喜欢的店里拐。

把刚买的冰淇淋给大姨拿着，梁靖瑶拿着鞋往自己脚上比画。

"瑶瑶，你二表哥最近是不是交女朋友了？"展母试探着问。

"咦？你怎么知道的？"梁靖瑶听到这话有些惊奇，她记得自家大姨只加了展令君那个老干部一样的工作号，没有加私人号的。

"他最近心情好了不少，偶尔还会偷偷地笑。"展母说着自己也忍不住笑起来。因为长子出事，本来身体就不太好的丈夫受刺激去世了，一家的担子都落在了小儿子身上。看着越来越沉默的展令君，她心里很是着急，一直希望展令君能走出这个阴影，找个女孩子过正常人的生活。

"啧啧，他竟然会偷偷笑。"梁靖瑶龇牙，决定回头好好笑话展令君一番，看看他到底是怎么偷偷笑的。

"那个女孩子是谁呀？"展母好奇地问。

"她叫萧绡，是我的大学同学。"梁靖瑶骄傲地挺胸，决定好好吹嘘一番，没准大姨一高兴，就给她这个媒人买衣服了呢。

正说着，忽然有人过来跟梁靖瑶打招呼。

"哟，这不是梁大小姐吗？"周倩说话带着点后鼻音，很容易辨认。

梁靖瑶听到这声音就想翻白眼，道："周倩，你还敢出现在我面前，巴掌没挨够是吗？"她抬头一看，却见周倩挽着廖一帆的手。

这两人怎么认识的？梁靖瑶上下看了看廖一帆，显然廖一帆也有些吃惊，看到她身边的展母，赶紧打招呼道："阿姨好。"

展母是认识廖一帆的，笑着点了点头。

"切，上次是我没防备，你再打个试试！"周倩冷笑，身体却不自觉地向后挪了半步，"你给萧绡那个贱人传句话，她的那点破事她现在的男朋友已经知道了，叫她好自为之。"

廖一帆有些无措，她没想到梁靖瑶和周倩也认识，忽然有一种自己被利用了的感觉，蓦地有些心慌。

"去你的！"梁靖瑶光着脚，她抓过大姨手中的冰淇淋，一把扣在了周倩的头上。

"瑶瑶！怎么能动手呢！"展母赶紧拉住外甥女。

"啊！"周倩尖叫一声，扑上去要打梁靖瑶，店员们纷纷上去拉住她，商场保安踩着电动滑板车快速移动过来。高档商场的安保工作是超一流的，根本打不起架来，梁靖瑶深谙此道，所以出手得让别人猝不及防。

"廖一帆，我不管你是怎么认识她的，劝你离她远点，还有，别忘了你的身份！"梁靖瑶指了指廖一帆，警告道。

这两个不搭边的人在一起，还能为了什么？肯定是周倩为了套取与萧绡有关的东西刻意接近廖一帆的，说坏话什么的倒是不怕，就怕廖一帆一个激动把萧绡的病透露出去，那就太糟糕了。

别忘了你的身份……

廖一帆一个激灵清醒过来，刚才周倩一直在试图问桑榆会所是做什么的，还在打听萧绡的事，差一点儿她就要说出口了。不能说，她不仅仅是爱慕展令君的女人，更是一名医生，有必须遵守的职业操守。

展母拉着张牙舞爪还想打人的梁靖瑶快步离开，给她重新买了份冰淇淋道："你这孩子，都二十好几了，怎么还这么不稳重。"

梁靖瑶鼓了鼓脸，不说话。

"瑶瑶，刚才那个女孩子说的萧绡，是不是就是你哥的女朋友啊？"展母观察着外甥女的表情问。

"唉，别听那野鸡叫。"梁靖瑶赶紧给大姨解释，把前因后果都给讲明白了，"周倩就是看不得别人好，专爱惦记别人的男朋友，萧绡人特别好，你见了就知道了。"

晚上回家，萧绡回想今天在展令羿那里得到的灵感，打开电脑快速画了起来。

提到繁荣，她不自觉地就会想到盛唐。盛唐的服饰是什么样的？大开大合，雍容华贵，以开放的胸襟包罗万象。

峰会召开的时候是初秋，天已经有些凉了，这制服需要有一定的保暖功效。唐装有一种半臂穿袖的襦裙，内里是长袖，外面套着一件半袖，既有能力者的爽利，又不失贵族的清雅，最合适不过。

将半臂穿袖唐装与现代西装结合起来，设计出新式的礼服。男士穿白色衬衫、深宝蓝色半袖；女士穿深宝蓝色衬衫、白色半袖。总裁们的衣服上统一用云纹，粗线条、大笔触的三色云纹华丽非常。

参加峰会的不仅仅是各大企业总裁，有些会带妻子或丈夫前来。总裁妻子的衣服为浅蓝色过膝包臀裙，外罩一件改良的丝质褙子，以丝带系在身前，上面绘制花开锦绣牡丹图；总裁丈夫则是浅蓝色长袖、深蓝色裤子，同样绘牡丹花开，只是花的数量相对少，颜色也浅淡一些。

一口气把四件草图画完，萧绡伸了个懒腰，才发现梁靖瑶打了四个电话过来，因为手机在勿扰模式，一声没响。

萧绡赶紧给她拨过去。

"开视频，我得跟你聊两个小时。"梁靖瑶接起来就这么说。

"过了十点了，桑榆APP锁了我的娱乐软件，视频也弄不了。"萧绡无奈道。

"太狠了。"梁靖瑶第一次直观地体会到这个APP的强大，万分庆幸当年自己拒绝了展令君要给她安装的提议,"唉,我就长话短说,具体的明天见面聊。"

她大致把今天跟大姨逛街遇到周倩和廖一帆的事说了一遍,梁靖瑶提醒萧绡让展令君敲打一下廖一帆,千万不要把萧绡的病情透露给周倩。

"唉,说就说呗,我现在不怕了。"萧绡得意地笑。

"啊?"

"反正我男朋友知道我是什么病,不怕别人说。"

"……对方不想吃你的狗粮,并挂了电话。"

"……"

萧绡深觉自己跟周倩不是一个层次的人,并没有把她当回事,假期结束,她就把自己的设计稿交了上去。

林思远看了萧绡的设计,眼前一亮,破天荒地表扬了她道:"这个创意很有趣,没准儿能被选上。"

峰会的衣服提交上去,总算了结了一件大事,再忙活几天就可以安心过年了。

因为家不在帝都,往年萧绡都盼着过年,想早点逃离这个孤独的城市回到父母身边,如今她却有些舍不得走了。

"我要是想你了怎么办?"萧绡站在机场安检口,拉着展令君的手不舍得放开。

"七天而已。"展令君冷酷无情地把行李交给她。

萧绡不情不愿地接过来,低着头像个不愿上幼儿园的小朋友。都要分开了,这人也没什么表示,此时此刻,萧绡禁不住对展先生的理智、无情升起一丝怨怼。

展令君看着她不停抠动的手指,眼中泛起一丝笑意,伸手把人抱进了怀里,在那光洁的额头上落下一个轻吻道:"我也会想你的。"

猝不及防地被展令君抱住,还得到了一个额头吻,萧绡有些陶陶然,瞬间把刚才的哀怨抛到了九霄云外。

放开之后还有些意犹未尽,萧绡撇撇嘴,学着展家哥哥露出可怜兮兮的表情,表示还想要个亲亲。

展令君歪头看她,伸手在她脑袋上弹了一下道:"快走吧,一会儿飞机起飞了。"

"哼!"萧绡伸了伸舌头,气哼哼地转身。哥哥装可怜就能再得到一袋零食,她就不行,差别待遇,绝对的差别待遇!

第25章 过年

每年的春节都过得差不多,在远方工作的儿女们回到家,吃饺子、放鞭炮,全家一起看越来越难看的春晚。

萧绡根本记不住春晚演了什么,只忙着给各种领导发拜年信息,回复同事们的祝福,在公司群里抢红包。

萧绡年初一在爷爷奶奶家里过,吃完饭闲得无聊,几个婶婶就开始七嘴八舌地说他们这些小辈。二十八岁还没有男朋友的堂姐萧纹,毫无疑问地成了她们的重点攻击对象。

"纹纹眼看都三十了,再不找对象可就只能找离过婚的老男人了。"三婶嗑着瓜子撇嘴说,"上回我给你介绍那个,多好啊,怎么就不成了呢?"

萧纹在省城的大学读了硕士,为了方便照顾父母,她回到家乡这小城市工作。因为离亲戚们近,免不了天天被介绍对象。

"我俩不合适,他高中没毕业,我说话他都听不懂。"萧纹有些不高兴,但还是好声好气地跟长辈解释。

"学历低怎么了，你别瞧不起学历低的，他家可是开石料厂的。咱们市新铺那条路，人行道上可都用的他家的花岗岩，有钱着呢。"三婶扔掉手里的瓜子恨铁不成钢地指着堂姐说，"照你这个挑法，只能找市长的儿子了。"

萧纹气得脸色发青，却不知道怎么反驳。她读书多，脾气好，性格又内向，应付不来这些三姑六婆。

"三婶，话不是这么说的，就好比现在给我大鹏哥找个初中毕业的，但是家里有两千亩地，你乐意吗？"萧绡看不过去了，帮着堂姐说回去。大鹏哥就是三婶家的儿子，读了个普通本科，如今还在家闲着啃老。

"那哪儿行！我们家大鹏可是大学生，怎么也得找个本科毕业的。"三婶顿时叉起了腰，"大鹏是男孩子，能一样吗？娶媳妇不用挑家世，得挑人，得漂亮能干会持家的。当然，学历也不能低了，不然影响孙子智商。这嫁人就不一样了，只要对方家里条件好就行了呗！"

萧绡跟堂姐对视一眼，齐齐翻了个白眼。那位堂哥胖得像猪一样，只知道打游戏看美女主播，竟然还想找个漂亮能干会持家的？

"行，我大鹏哥那么优秀，肯定好多漂亮小姑娘上赶着要嫁，三婶你可得好好挑挑。"萧绡一脸诚恳地说。

其他几个婶婶纷纷撇嘴，都在看三婶的笑话。三婶涨红了脸，转转眼珠子道："绡绡过了年就二十五了吧，可得抓紧时间找男朋友了，这女孩子啊过了二十五就不值钱了。"

果然引火烧身了，萧绡抽了抽嘴角道："不劳您费心，我有男朋友了。"

这话一出口，客厅里所有人都像是闻见了荤腥的鲨鱼纷纷转过头来看向萧绡。

"他是干什么的呀？"

"多大年纪，长得好不好？"

"什么学历？"

"家里是做什么的？有卖花岗岩的能赚钱吗？"

无数问题像航空机炮一样，带着"咻咻"的破空之声，对萧绡进行无差别地毯式轰炸。萧绡顿时后悔了，这说有男朋友怎么比没有男朋友更惨！

好在她的男朋友是特别能拿得出手的那一类。

"是个医生，海归硕士，比我大三岁，家里是开大公司的，肯定比卖花岗岩赚钱。"萧绡轻描淡写地说着，她打开手机想找一张展令君的照片来炫耀，结果翻了半天手机里全是侧脸和后脑勺。

"真的假的？"三婶有些不信。

"那还能有假？"萧绡她妈妈也是第一次听说，但很快就反应过来，帮着女儿说话，"我们萧绡那可是重点大学毕业的，还在国际大公司上班，找个这种的太容易了。要我说，你就该让大鹏到大城市工作，这样才能找个蓝莫如那样的做媳妇不是。"

三婶把一张嘴缩成了菊花，半晌不说话。

"什么蓝莫如啊？"萧绡小声问萧纹。

"前几天你妈给他介绍个女朋友，人家看了照片直接恼了，说要找个蓝莫如那样的。"萧纹抿嘴笑。

萧绡对于堂哥的可怕程度有了新的认知，甚至有些肃然起敬，少年勇气可嘉，将来必成大器。

连续应付了几天亲戚的狂轰滥炸，萧绡身心俱疲，趴在床上躺尸。手机突然接进来一个视频聊天请求，名字叫"后羿射日"。

"哥哥。"萧绡愉快地接起来，毫无负担地叫起了哥哥。

"呀，你叫我哥哥，我是不是要给你发红包呀？"展令羿白皙粉嫩的脸出现在手机里，他穿着一件颇为喜庆的大红色棉马甲，领口还缀了一圈白色的毛毛。

"是啊。"萧绡笑着逗他。

"可我现在没有钱。"展令羿有些苦恼地说。

萧绡笑起来，看看展家哥哥身后没人，便厚脸皮说："现在不用给，等我嫁过去的时候给我就行。"

"好呀，你快点嫁过来吧。"展令羿高兴起来，"你什么时候回来呀？我还想去工作室。"

家里的人都不许他进去，怕他头疼，可他最近总梦到一些片段，想去那里面找答案。

"你想起以前的事了？"萧绡很是惊讶，"噌"地一下坐起来，"你怎么不跟令君说呢？"

"不说，我怕他哭。"展令羿似模似样地叹了口气。

"跟谁视频呢？"那边突然传来了展令君的声音，片刻之后，镜头里出现了跟哥哥穿着一模一样红马甲的展令君。

同样的毛边马甲穿在哥哥身上很是可爱，穿在展令君身上就十分滑稽。

萧绡忍不住哈哈大笑起来。

展令君看到哥哥的聊天对象竟然是自己的女朋友，表情有些怪异。大伯哥跟弟媳半夜视频，要不是因为哥哥的心智只有三岁，他就该跟展令羿打一架了。

"很晚了，你们两个都该睡觉了。"展令君摆出一副幼儿园阿姨的嘴脸强行抱哥哥去睡觉。

"晚安。"哥哥趴在弟弟肩膀上，绅士地冲萧绡挥手。

过了片刻，安顿好哥哥的展令君又出现在镜头里，准备来关视频。

"你看看，哥哥都知道想我，你一点都不想。"萧绡不满地说。

"以主观臆断猜测别人的思想，并用于指责他人，是传统模式下的无赖行径。"展令君准确地给萧绡的行为下了个定义。

"……"萧绡琢磨了半天才明白展令君这句话的意思，也就是说他是想她的，她这样张口就污蔑他简直是个无赖，"呃……"

"你后天就回来了吧？"展令君看了一眼日期，"航班信息发给我。"

"好啊。"萧绡立时高兴起来，这是要去接机了？活了二十五年，竟然也有人给自己接机了！

他们随便聊了两句，就到了展医生规定的睡觉时间，展令君强制关了视频，毫不拖泥带水。

"宝贝，出来喝杯牛奶。"萧爸爸在外面敲门。

"哦！"萧绡应了一声，推门走了出去。

"跟谁打电话呢？"萧爸爸一脸八卦地看着女儿。

坐在沙发上看电视的萧妈妈也竖起了耳朵。

"男朋友。"萧绡无奈地说，坐到了妈妈身边，慢腾腾地喝牛奶。

萧妈妈有些担忧地看着她道："你说的那些都是真的吗？那孩子条件那么好啊。"

"真的。"萧绡拿出手机，翻了一张侧脸照给妈妈看。

那是在桑榆拍的，穿着黑衬衫的展先生正低头写病历。萧妈妈找出老花镜仔细看道："哎哟，长得真精神啊，有没有正面的？"

"没……"

"萧绡，你可记住了，结婚之前千万不要让他知道你的病。"萧妈妈满脸担忧地说，本想着自家闺女身体不好，找个条件比自家差一点的，也好说话。可如今找了个条件这么好的，如果感情稳定之前被人家知道她有狼疮，肯定是要分手的。

"他知道。"萧绡笑着说。

之前父母就一直强调，让她不要跟别人说自己的病，特别是谈恋爱的时候。可她觉得这是很不道义的，跟展令君在一起之前，家里给介绍过几个对象，聊天第一句她就告诉人家自己有病，需要长期吃药，结果可想而知。

"什么？"萧母和萧父齐声惊呼。条件这么好的男孩子，知道自家闺女有病，竟然还跟她谈恋爱，怎么可能！

"他是我的康复医生，当然知道了。"萧绡实话实说，没人比展令君更了解她的病情了，每次抽血复查都是他陪着的，比主治医师知道得还清楚。

萧父萧母觉得这世界玄幻了，等女儿回房间，两人还在客厅呆坐。

"他爸，你说，萧绡是不是骗咱们的？"萧妈妈还是有些不信。

"她你还不知道，从小就不会说谎，肯定是真的。"萧爸爸很是相信，高兴地搓手，"过完年我跟她去趟帝都，亲自瞧瞧去。"

"行了吧你，老丈人得矜持。"萧妈妈瞪了丈夫一眼，自己也忍不住笑了。

第二天，刚跟父母吹嘘了一番的萧绡就联系不上展令君了。发消息不回，打电话关机，直到傍晚时分，展令君才打了回来。

"你怎么关机了？"萧绡着急地问。

"嗯。"展令君没有回答，转而说起了别的，"你们家那里是不是有个湖心公园？"

"对啊，怎么了？"萧绡不明所以。她家在一个三线城市里，市中心有片小人工湖，围着湖建了个免费的公园，市民们清晨和傍晚会在那里健身，很多小情侣也在那里约会。

"我给你买了个新年礼物，在湖心公园的凉亭里，你去拿一下吧。"展令君的声音里带着微不可察的笑意。

一秒钟前还在床上躺尸的萧绡一个鲤鱼打挺坐起来道："行，我马上去！"送到湖心公园的新年礼物，这也太浪漫了吧！会是什么呢？摆了满地的玫瑰还是烟火表演？

湖心公园，健身累了的萧爸萧妈到凉亭里休息，看到抱着一束玫瑰站在凉亭里的帅小伙，萧爸爸忍不住开口逗他道："小伙儿，等女朋友啊？"

展令君本不想说话，转头看了一眼坐在美人靠上的中年夫妇，眼神微闪，礼貌而温和地回答："是啊，叔叔阿姨这是刚跑完步吗？"

萧爸用搭在脖子上的毛巾擦了擦汗道："上了年纪，跑一会儿就喘。"

展令君微微蹙眉，说："叔叔阿姨，刚跑完步不要坐着，得起来慢慢走。而且锻炼身体，最好不要快跑，快跑对心脏不好。"

"是吗？"萧妈妈听到了，赶紧把自家老头子拉起来。

"我是医生，不会骗您的。"展令君露出个谦逊无害的笑来，笑纹很浅，让他整个人看起来稳重又可靠。

中老年人对于医生总有一种盲目的崇敬，萧爸爸便问起了展令君跑步的注意事项。展令君认真解答，并教了他一种调整呼吸的吐纳方法道："您用这种方法一边走一边调整，五分钟后就可以让心跳恢复平静。"

萧家爸妈便照着动了起来,他们一边慢慢沿着湖边走,一边呼吸吐纳,试了几下之后,跑步带来的心跳过速、呼吸困难顿时得到了缓解。

"这小伙子人真不错。"萧妈妈忍不住回头看凉亭里的展令君,年轻英俊心眼好,说话温温和和又是医生,多招人喜欢呀!

"咱女婿要是这样,我就放心了。"萧爸爸有些遗憾,要不是自家女儿已经有了对象,刚才他都想跟小伙儿要联系方式了。

"咱家女婿也不差,不也是个医生吗?"萧妈妈有些不乐意,孩子总是自家的好,既然是萧绡认定的,那肯定是顶顶好的。

"可不是所有的医生都这么谦逊有礼貌的,很多年轻人都恃才傲物,不好相处……"萧爸爸的声音渐渐变小,眼睛陡然睁大。

"怎么了?"萧妈妈顺着他的目光看过去,也愣住了。

自家那懒得像黄鳝一样死活不愿出门的闺女竟然穿戴整齐地出现在凉亭外,像被雷劈了一样地愣在原地,然后尖叫出声。

"令君!"萧绡惊喜地蹦了起来,她怎么也没想到这新年礼物竟是展令君本人。不声不响地跑到自己所在的城市里,这下子,她真的相信展令君是想她了。

展令君站在原地没动,将怀里的花挪开一些,张开了双臂。

"嗷呜!"萧绡嗷嗷叫着扑过去,一头扎进了展令君的怀里。温暖的怀抱,带着独有的薄荷香,让人几乎要溺毙其中。

不远处,忘了呼吸吐纳的萧父萧母惊得下巴都要掉了。

"那小伙儿,就是咱女婿?"萧妈妈用手肘戳戳老头子。

"好像是。"萧爸爸吞了吞口水,然后止不住地高兴起来,"嘿嘿,我就说萧绡没骗你吧。"刚才还惦记着让人家做自己的女婿,转眼就成真了,萧爸爸有一种向神灯许愿的刺激感。

展令君把还带着水珠的玫瑰递给萧绡道:"这个礼物还满意吗?"

"满意,太满意了!"萧绡接过花,忍不住搂住展令君的脖子,在他脸上"吧唧"亲了一口,然后欢呼一声蹦跳出了凉亭。

展令君愣了一下，耳尖微红，慢条斯理地跟着走出凉亭。

"走，我请你吃我最喜欢吃的东西。"萧绡自己疯跑了一会儿，又转回头来，一把拉住展令君的手。

展令君任由她拉着，余光瞟了一眼湖边，萧爸萧妈已经不见了踪影。

等两人拉拉扯扯着离开，萧爸萧妈才从树林里钻出来，看着两个年轻人的背影禁不住咧嘴笑。

"走，我也请你吃我最喜欢吃的东西。"萧妈拉住萧爸的手说道。

"什么？"萧爸爸狐疑地看着老婆。

"中午的剩菜。"萧妈妈乐呵呵地说。

"……"萧爸爸顿时耷拉下眉毛，一脸生无可恋地被老婆拖着回家解决剩菜剩饭了。

城市不大，萧绡拉着展令君一路走过去，吃了几样小吃，又看了这里的地标建筑，然后在她的小学门口合影。

"明天我来接你。"轧马路到九点多，展令君把萧绡送到小区门口，笑着道。

"啊？我怎么跟我爸妈说呀……"萧绡有些为难，去机场自家父母肯定是要送的，但她又想跟展令君一起。

"就说有同学顺路，他们肯定会同意的。"展令君笑得有些神秘。

萧绡挠头，心里不太确定，但这是她该解决的事，不好再问展令君，她抬头换上笑脸道："行，明天联系。"

展令君看着她走进小区，这才转身往酒店走去。

萧绡回到家，才意识到自己出去这么久，爸妈竟然也没打电话问。

"哟，回来了。"萧妈妈坐在沙发上嗑瓜子，看到女儿回来，不甚自然地打了个招呼。

"哦。"萧绡脱下外套，狐疑地看了一眼平静无波的父母，"你俩也不问问我去哪儿了？"

"啊，对呀，你去哪儿了？"萧爸爸很是敷衍地问。

"去见了个同学。"萧绡转了转眼珠子,"那什么,我明天跟同学一起走。"

"什么同学?"萧爸爸皱眉,突然被萧妈妈怼了一肘子,这才反应过来,"哦,行啊,那就省得我们送了。"

咦?竟然连哪个同学都不问吗?

萧绡觉得父母今天有些不对劲,但人家不问,她也不能上赶着自己招认。不过,"省得送了"是什么说法,搞得好像她是个麻烦一样。萧绡咂咂嘴,忽然怀疑自己不是亲生的。

展令君买了相同的航班,这接机接得可以说非常彻底了,从家门口接去坐飞机。萧绡坐在展令君身边,看了他一路,怎么看都看不够。

"看什么呢?"展令君从报纸上抬起头来,瞥了她一眼。

"这么好的展先生,我想让全世界都知道,但又怕别人嫉妒,把你从我手中抢走。"萧绡看着他,忍不住把心里的话说了出来。

展令君微微地笑道:"我有那么好吗?"

"当然有,你来接我,我真的很高兴。"萧绡正色道。

"这不是男朋友应该做的吗?"展令君有些疑惑,给女友惊喜、接机送机,这些都是男友的义务,怎么这家伙一副没见过世面的样子。

"哦,上帝……"萧绡忍不住念出了艾德琳的口头禅,她用脑袋抵住展令君的肩膀钻了钻,"你这样子会把我宠坏的,我告诉你,我这人可擅长蹬鼻子上脸了。"

这样的好,让她不安,甚至让她觉得有些不真实。

"荣幸之至。"展令君低头看着她,跟她对了一下鼻尖。

一股细小的电流从鼻尖相触的一点漫延开来,一直酥麻到了尾椎骨。两人离得极近,可以感受到对方的呼吸,萧绡禁不住心跳加速,通常这种情况,可以换来一个清甜的吻。

然而,下一秒,展令君就挪开了,继续面无表情地看报纸。

"……"萧绡觉得自己坐在秋千上,一把荡上了高空,然后,绳断了。

怀着愉悦的心情回到工作岗位上,萧绡又开始了新一年的忙碌。开年就好消息不断，先前提交的"繁荣"套装已经通过初审，进入复选了；同时，夏装发布会要开始筹办了，萧绡设计的"我的太阳"和"合欢"两条裙子，都是这一季的主打款，在发布会上将分别作为首秀和压轴来展示。

"这一季的发布会你来负责吧。"艾德琳将这个光荣而艰巨的任务直接交给了萧绡。

作为一名高级设计师，萧绡想要更进一步，她不仅仅要提高名气，也要学会独当一面。萧绡当然知道这是个锻炼的好机会，便很是认真地去做。

不做不知道，真去做的时候她才发现办一场走秀有多麻烦。

确定场地、布置会场、联系模特、造型师，给媒体发邀请函，虽然有其他部门协助，萧绡还是忙得晕头转向。

"累了吗？"展令君接到萧绡的时候，天已经黑透了，LY大楼里只剩下了零星的灯光。

"还好，就是压力有点大。"萧绡靠在副驾驶上，揉了揉眉心，"宝拉的夏季发布会在我们的前一天举办，会场都一样，我不能比他们做得差。"

"什么发布会？"好奇的声音从后座上传来，萧绡转头就对上了展家哥哥那清澈见底的双眼。

"哥哥，你怎么来了？"萧绡吓了一跳，她仔细看看乖乖坐在后座上还系着安全带的展令羿。

"家里没人，我就把哥哥带来了。"展令君有些愧疚地说，今天展母有点急事，他又不放心把展令羿交给保姆，就只能带着他来接萧绡了。

"这就对了，你该让哥哥多出来走走。"萧绡丝毫没有不高兴，跟哥哥愉快地聊起了晚上吃什么。

这时候，同样忙碌到现在的周泰然慢慢悠悠地从大楼里走出来，转转咔嚓作响的脖子，忽然看到了展令君的车，便走过来打个招呼。

"萧绡也刚下班啊？"周泰然吊儿郎当地说着，后车窗突然落了下去，露出了一张白皙俊美的脸。

"泰迪，要不要一起吃饭？"展令羿笑嘻嘻地问他。

第25章 过年

周泰然愣了一下，敬佩地看着"带着哥哥去约会"的两人，果断地拉开车门扭身上去道："要！"

展令君透过后视镜瞥了一眼厚脸皮的周泰然，对方毫无所觉，还在跟展令羿商量吃什么。

"要先问女孩子的意见。"展令羿看向萧绡，"我们吃刚才说的那个可以吗？"

"好呀。"萧绡其实没什么意见，她不挑食。主要是展令君要求太多，不许哥哥吃生冷的，不许她吃油腻的，只给了三个选择，她和哥哥只能在这个范围内挑。

选择范围没有跳出自己画的圈，展令君点点头便踩下了油门，至于来混饭的周泰然，并没有人问他的意见。

车开到了一家素菜馆，这家全是素食，但很多菜做出的模样却与荤菜无异，健康又美味的噱头吸引了不少客人。店面一层是弧形的透明玻璃墙，墙与马路之间隔了一大片喷泉，中间有一条石板铺成的小路直通店门。现代与古典、热闹与清雅，奇异地组合在一起，实在是小聚、约会的好地方。

车停下来，展令君去后备厢拿了折叠轮椅打开，让萧绡扶着，自己则伸手去抱哥哥。

"我抱吧。"周泰然想帮忙，却被展令君不着痕迹地挡开，他轻车熟路地把哥哥抱下来放在轮椅上。

因为要配合弟弟约会的主题，展家哥哥也穿了一身休闲西装，脖子上还系了精致的领结，如果他不开口说话，就是高贵清雅的王子。

"冷哦。"展令羿吸了吸鼻子，初春的帝都还是很冷的。

展令君又拿出一件黑色羽绒服给他罩上，王子立刻变成了毛茸茸的小猫咪。萧绡见哥哥有些不乐意，便给他调整了一下，变成披在身上，瞬间有范了起来。

周泰然站在一边，摸摸下巴道："你们一家三口，看着还挺美满。"

"错，我们是一家四口！"展令羿认真地说。

"啊？"萧绡没反应过来，下意识地看了一眼周泰然，对方也是满脸愣怔。

"还有妈妈呀。"哥哥用看白痴的眼神看他们。

"噗……"萧绡抿唇偷笑,四人浩浩荡荡地沿着小路往店里走。

周泰然透过玻璃墙往里看,忽然神色一变。

"等等!"他一把拉住展令君,示意他别再往前走,"宝拉的总裁李岳霖在里面,他认识令羿。"

萧绡顺着他的目光看过去,临窗的位置,坐着几名男子,其他人不认识,但她认得其中的姚星洲,她道:"我们换一家吧。"

曾经的天才设计师,如今变成三岁小孩,被别人知道肯定会对哥哥造成伤害,这也是展令君不常带他出来的原因。

展令君果断转身,不想众人刚走几步,就被追赶而来的李岳霖叫住了道:"周总,怎么不进去就走啊?是不是做了什么对不起我的事,碰巧看见我心虚了呀?"

上次在周泰然手中吃了大亏,李岳霖此刻说话便有些皮笑肉不笑。

姚星洲也跟着走出来,看了看眼前的阵仗,他的目光定格在了轮椅上的青年身上,突然惊呼道:"Leo?这不是Leo吗?"

他跟展令羿的年纪相仿,年轻的时候他们还一起参加过某项国际大赛,当然,在光芒万丈的天之骄子面前,姚星洲那点小才就显得不值一提了。

展令羿抬头看了看姚星洲,眼中有些茫然,他不认识这个人。

萧绡的心陡然提了起来,恨不得抱起哥哥就跑。

展令君沉着依旧,弯腰在哥哥耳边说了句话。

"有媒体说你身体出了问题,原来是真的。"姚星洲的眼神有些复杂,说不上来是惋惜还是幸灾乐祸,"你还记得我吗?我是姚星洲。"

"大师好,我是宝拉的总裁。"李岳霖笑眯眯地伸出手,想要跟展令羿握手。

然而展令羿丝毫没有搭话的意思,他双手交叠在膝盖上,神色淡漠地看着他们,仿佛在看一群蝼蚁。

姚星洲涨红了脸,李岳霖僵在了原地。

周泰然握住李岳霖尴尬地停在半空的手,晃了晃说:"今日不巧,这家店让我有些倒胃口,改日再跟李总喝两杯,我们先行一步。"

那边,展令君已经推着哥哥走了。萧绡在周泰然身边站着压阵,等两位总裁假惺惺地寒暄结束，这才转身上车。

　　李岳霖看着那消失在夜色中的银色小车，嗤笑道："我就说嘛，LY明明有Leo这种大神，为什么还要请艾德琳，原来答案在这里。"

　　车上，萧绡忍不住好奇地问展令羿道："刚才令君跟你说什么了？"哥哥那高贵冷艳的表现，连她都差点被唬住了。

　　"秘密。"展令羿眨眨眼，不肯说。

　　萧绡看向展令君，展令君但笑不语。

　　本以为第二天会有关于展令羿的报道出现，然而媒体一片风平浪静，没有任何的消息。周泰然料想是这些年关于展令羿的假消息传得太多，媒体报道了也没人信，所以宝拉就没做这种无用功。

　　萧绡却还是有些担心，但直到发布会召开，都没有出现什么幺蛾子，宝拉还十分友好地邀请她前去看秀。只不过，宝拉还另外多发了几张帖子，邀请Leo、艾德琳、林思远前去指导。

　　"不过是一场普通的成衣发布会，哪有让别家创始人和首席去的道理？"艾德琳有些生气。

　　林思远在旁边听着这话，微不可察地皱了皱眉头。

　　"你们不必去，我一个人去就是了。"萧绡笑着说。

第26章 杀招

宝拉的成衣发布会做得非常隆重,开场还有总裁致辞。这是宝拉入驻中国之后的第一场成衣发布会,宝拉从上到下都非常重视。

中国的普通成衣市场是一个相当大的市场,宝拉特意设置了中国分部,主要为的就是拿下这块肥美的蛋糕。

萧绡穿着一身低调的小礼服坐在观秀位上认真看秀。

轻慢的音乐响起,腰细腿长的模特缓缓而来。这一季的成衣,宝拉走的是优雅大气风。垂感十足的纯色衣裙,紧贴在模特纤细的身体上,质感十足。

"咔咔咔"的拍照声不绝于耳,观众席上时不时响起抽气声。

"怎么,只有萧设计师自己来了?"宝拉总裁李岳霖不知何时坐到了萧绡身边,低笑着小声说。

"其他人都忙,就我这个闲人能偷跑来看秀。"萧绡笑着说。

"呵呵,觉得如何?"李岳霖的神色没什么不对,只是语气有些冷硬。这话说的,好像来看他们的秀不是正经事一样。

"佩服，佩服。"萧绡连说两个佩服，抬手拍了一张照片，"这衣服的质感，几乎要赶上高成了。李总这是走高端低价的路线，衣服肯定能大卖。"

听到这话，李岳霖顿时笑开了道："过誉了，成衣终究是成衣，跟高成还是有区别的。"

俗话说外行看热闹，内行看门道。这次宝拉邀请了不少业内人士来观秀，像萧绡这样能看出其中关键的不在少数。宝拉用高成的品质制作普通成衣，定价却还是普通成衣的价钱，可以预料到这些衣服上市之后的景象。

其他几家服装公司代表的脸色都不太好，宝拉此举几乎是在扰乱市场秩序。服装行业利润高，但市场有限，大家都有约定俗成的规矩。把高品质的衣服卖低品质的价钱，等于是在压价抛售，其他公司为了抵御这种倾销，也只能压缩利润空间，长此以往，很多小公司都得倒闭。

媒体却不关心这些，他们只关注精彩的走秀。一件件高端成衣让人目不暇接，在最精彩的时候走秀戛然而止。最后，主设姚星洲带着所有模特再次出场，鞠躬对观众表示感谢。

"宝拉夏季成衣发布会，奢华衣饰强势来袭！"

"堪比高端成衣的平价服装惊艳全场！"

发布会结束，各大媒体纷纷报道了这场精彩的时装秀，并盛赞宝拉的服装品质。

"宝拉真是下血本了，这下咱们完蛋了。"小王抱着脑袋哀号，"咱们的发布会还排在他们后面，媒体肯定要把我们放在一起对比！"

"就你话多！"赵和平拍了小王一巴掌，让他赶紧干活去。

明天就是他们的发布会，所有成衣部的人此刻都在现场为明天做准备。小王抱着一堆衣服，唉声叹气地往换装室走。

换装室里，萧绡正一件一件确认搭配。

小王把衣服放下，小声问低头检查来货的杨笑道："你说，咱们不会被比下去吧？该死的宝拉，为什么要跟咱们挤在一个时间？"

第26章 杀招

"国外时装周不都是一家接着一家，也没见谁怯场，有什么好怕的？"杨笑慢腾腾地说着。

"嗨，小杨，我怎么觉得你最近话多了不少？"小王圈住杨笑的脖子，斜眼看他。

"错觉。"杨笑把脖子上的那条胳膊扔下去，继续检查衣服。

年会的时候，被女朋友闹了个大难堪，杨笑似乎被激发了血性，回去就跟这位相亲女友分手了，谁劝都没用。之后，也不知是不是看开了什么，杨笑整个人比之前要开朗了一些。

"与其担心这些有的没的，不如赶紧把活干完，晚上我请你们吃火锅。"萧绡瞥了他俩一眼，不紧不慢地说。

"好的长官！"小王听到火锅顿时来了精神，风一般地跑出去搬东西了。

萧绡笑着摇了摇头。宝拉表现得很棒，说没有压力是骗人的，但她已经竭尽所能了，担心也没有用。

第二天，LY发布会，各大媒体早早前来蹲守。新闻这种东西，有对比才有热点，LY与宝拉这两家从去年就开始较劲，这次的发布会自然也是争妍斗艳的关键时刻，精彩不容错过。

LY的发布会没有暖场，没有致辞，开场是一阵轻灵的音乐。

"冬去春来，夏花盛开，你，可见到了新生？"低沉充满磁性的男音在背景乐中抑扬顿挫地念白，勾起了无限遐想。

片刻的空白之后，"嘟、嘟、嘟"的更鼓声由远及近，伴随着由慢渐快的鼓点，穿着绿色合欢裙的模特一步一步走来。

浅绿色的纱衣象征着合欢叶的背面，幼嫩清浅，犹如刚刚破土而出的嫩芽。纱裙在中间开衩，行止间露出了内里色泽艳丽的光感布包臀内裙。

相较于宝拉展示出来的那些色泽暗淡的高级货，这种款式新颖、色彩鲜明的衣服其实更符合普通成衣市场的需求。

主打款的合欢裙之后，便是合欢这一系列的衣服，都是以绿色为主、白色为辅。连衣裙、半身裙、连身裤、通勤装，一件一件的颜色由浅入深。从最开始合欢裙的浅草绿，一直到通勤装的深墨绿，渐变的色彩给了观众极大的视觉享受。

"这个厉害了……"作为大梁创世代表受邀前来观秀的梁靖瑶小声感慨，并用手肘捅了捅身边的表哥。

"嗯。"西装革履的展令君淡淡地应了一声。

"认真看，这可都是你女朋友的作品。"梁靖瑶皱了皱鼻子，这家伙，来看秀竟然心不在焉的。

"萧绡应该不希望我盯着模特使劲儿看。"展令君满脸认真地说，他的目光穿过人群看向遮挡板后面，那里是模特换衣的地方，萧绡此刻就在里面忙得焦头烂额。

"……"梁靖瑶对于自家表哥这种"二十四孝"的行为不知道说什么好，默默从口袋里拿出一颗骨头形状的糖塞进嘴里，强行中止与他的聊天。

由浅入深的一轮展示之后，便过渡到了下一个系列，由深绿与重黄相接的色泽开始，渐渐变成了黄色为主，就像从一棵树的冠顶渐渐挪到了枝干，色泽由深入浅，这便是"水杉"系列。

一件原木色的衣服过后，又出现了黄绿相间的浅草色，就像太阳照耀在了青青草地上，随着越来越明亮的光芒，衣服的色泽也越来越亮。最后一个系列——太阳。

三个系列的衣服，经历了由浅入深再由深入浅，最后由暗转明的过程，色泽与亮度上的渐变，犹如万花筒一般的视觉盛宴惹得媒体惊呼连连。

坐在台下的姚星洲脸色有些不好，虽然LY展示出的东西没有宝拉那么下血本，但款式新颖、创意十足，而且这三个系列分别呈现的方法给了很强势的加分。

最后一件是"我的太阳"，灵感来源于彩色玻璃窗下孤独演奏的钢琴师，绝望与希望交织，黑暗与光明对抗，惊艳全场。

模特在T台尽头长久地驻足，让人们可以仔细观赏。李岳霖饶有兴致地看着这条裙子，跟旁边的总裁助理对了一眼，问道："这就是那条裙子？"

总裁助理小幅度地点了点头，给他比了个手势。

李岳霖从鼻子里喷出一个短促的笑。

所有的衣服展示完毕，萧绡悄悄松了口气。五十多件衣服重新绕场一周，分两排站定，萧绡带着两位主秀模特走出来。

她穿着一件没有任何装饰的纯色小礼服，一步一步走在两位模特中间，竟没有被夺去丝毫风采。这便是设计师与模特、鲁宾斯坦与肖邦的区别，没有人在意设计师的长相，她的才华便是一切。所有观众起立鼓掌，感谢她带来的这一场漂亮的秀。

"LY新一季的夏装成衣已经展示完毕，感谢大家今天前来捧场。"萧绡拿着话筒，简单明了地致谢，鞠躬。

因为蓝莫如那条裙子，萧绡如今算是国内设计界人气最高的设计师之一了，虽然她算不得顶级大师，但名气很大，许多不是设计界的人也认识她。发布会后是采访时间，萧绡与营销总监一起站在了采访台前。

"渐变地展示服装实在是太惊艳了，请问萧设计师怎么想到要这么安排的？"记者们还在回味方才的景象，忍不住就问了出来。

"这个灵感来源于我男朋友的手机桌面。"萧绡笑着说，先前她考虑出场顺序，忽然想起了展先生的手机桌面，所有的应用分门别类、颜色由浅入深地排列，绝对可以带来视觉上的冲击。

"哈哈哈……"众人哄笑，站在采访圈外的展令君下意识低头看了一眼自己的手机，眼中也泛起了笑意。

发布会非常成功，效果丝毫不输宝拉，加上LY宣传部的运作，热度瞬间提了上去，将宝拉压得死死的。

"LY渐变色夏装展示，美呆了！慎点！"

夏装展示的完整视频，被人传到了网上。

泰迪的爪爪：哇，这也太好看了吧！

泰迪的狗粮:买买买,什么时候上市啊!钱包已经准备好了!

吃瓜路人:先前看了宝拉的秀还以为LY要完蛋了,没想到竟然靠着渐变色逆袭了,LY应该给萧设计师的男朋友颁奖。

萧绡坐在展令君的车里看着这些广告水军和真网友混杂的评论,颇有些哭笑不得道:"大家都说应该给你发个奖。"

"那你准备奖给我点什么?"展令君凑过来,眼含笑意地看着她。

萧绡的脸红了一下,她低头装傻继续翻手机,突然脸色一白道:"这是……"

展令君看过去,那是有人上传的一张视频截图,截的是"我的太阳"这条裙子,旁边配了一句话:这图案,怎么这么像日本军旗啊!

阳光的射线从一点发出向外辐射,这种图案本就大同小异,"我的太阳"是黄绿色的,日本军旗是红色的,这样说未免有些牵强。

然而,这种言论一出,瞬间冒出很多人关注,有人把裙子的颜色调成日本军旗的白底红花,这下就真的很像了。

"这明明就是日本军旗,不要以为改个色我就认不出来了!"

"这种衣服都敢拿出来卖,简直是侮辱中国人!"

"早就说过LY这种外资企业不安好心,现在狐狸尾巴露出来了吧?"

"楼上,LY是内资。"

网民是很容易被带节奏的,几个小时之内,这条调过色的裙子军旗对比图已经全网疯传,很多不明真相的群众以为调过色的裙子就是原图,纷纷站出来谴责LY,抵制萧绡的设计。

约会泡汤了,萧绡紧急回了公司,然而此刻公关部的人已经下班了。

"我马上让他们过来加班,你这件衣服的设计灵感是什么?"周泰然蹙眉看着挂在一楼展示厅的那条裙子。

"是一张照片!"萧绡眼前一亮,她快步跑回设计室,把资料整理出来。最初的草图,修改的过程,以及,那一张照片。

阳光穿过屋顶的彩色玻璃,照在身着燕尾服的钢琴师身上,那么美,那么凄凉。

萧绡看着这张照片，原本兴奋的心情倏然冷却。慕江天因为那场劫难瞎了双眼、废了神子之手，消失了整整十年。他躲在僻静的琴房里孤独地弹奏，就是想要避开人群，避开公众的视野。虽然这张照片只有个背影，但眼尖的粉丝没准能认出他来，到时候，慕江天要怎么办？

公关部的人已经赶来了，有些家远的就在家里办公。

LY的公关部，毕竟只是一家设计公司的公关，而不是娱乐公司的公关，没有那么广阔的人脉，瞬间搞定几乎是不可能的。

"这事发酵得太快了，有人在背后做推手，看整张图。"严总指着电脑上的那张调色的裙子，让技术员放大，"这些纹路是做了细微调整的，让它看起来更笔直，更像军旗。"

周泰然看着那张图皱眉道："是宝拉的人？"

"现在还不确定。"严总摇了摇头，以他多年的经验来看，这事应该不止一家在搞鬼。

"萧绡，那张照片呢？交给公关部发出去。"周泰然看到萧绡走过来，手里拿着一个U盘，便示意她交给公关部。

"这里面是我的设计原图。"萧绡低着头，哑声道，"那张照片，暂时不能发。"

"为什么？"严总不解地问。

"我得去问照片的主人公。"萧绡咬住下唇，却已经决定不发这张照片了。照片本来就是偷拍的，后来她画了画送慕江天，做衣服可没经过慕江天的同意。现在如果因为这种事把尚未走出阴影的慕江天牵扯进来，她真是万死难辞其咎。

技术员看了一眼设计草图，最开始的设计并不是这种形状，之后一步一步演变而来，萧绡的每一稿设计都有保存。

"这些应该就可以了。"公关部的人说着把草稿整理了一下开始写公关稿。

"你先回家吧。"周泰然摆摆手，示意萧绡可以走了，剩下的事公关部会处理好。

这种子虚乌有的谣言，只要拿出切实的证据就会化为齑粉，不值一提。萧绡见公关部的人都胸有成竹的样子,也就放心了。

半夜惊醒,萧绡生出一种不祥的预感,她拿出手机想看看消息,网络已经被桑榆APP关掉了,只能放弃。

睁着两眼睡不着,萧绡抱着手机翻了个身,给展令君发条短信:我失眠了,总觉得要出事。

看看时间,正是半夜两点钟,展令君肯定在熟睡中,根本看不到。不料,过了两分钟,那边竟然打了过来。

"怎么了?"展令君明显没睡醒,说话带着浓浓的鼻音。

"呀,吵到你了。"萧绡有些过意不去。

"你叫我,不算吵。"展令君半边脸埋在枕头里,说出来的话便有些黏黏糊糊的,很是可爱。

"嘿嘿……"萧绡忍不住笑起来,她在床上慢腾腾滚了一圈,"你跟我说一句,不会有事的,我就能睡着了。"

"我说了也没用,该来的总会来。"展令君无情地揭露着事实,"兵来将挡,水来土掩,没什么是解决不了的。"

担心是没有用的,侥幸盼着不会有事发生,还不如做好应对一切的准备。

这样的说辞,奇异地安抚了萧绡,她竟真的不怕了,跟展先生说了个晚安,便挂了电话继续睡。

天亮之后,萧绡第一时间打开手机看消息。

LY官网已经发出澄清,言明这条裙子与某国军旗没有任何关系,并展示出了裙子的原图和设计草图。

昨天夜里本来已经很多人在转发辟谣了,事件在慢慢冷却,不料早上的时候又有很多水军冒了出来。那些人显然没有就此罢休的意思,捂着眼睛就是装看不到,依旧坚持称萧绡为卖国贼。

"官方肯定不能认啊,认了他们不就成了卖国贼的巢穴了?"

第26章 杀招

"内部消息，她的作品已经进了世界50强企业峰会制服挑选的复赛，50强企业的大佬们马上就要穿上日本军旗了！"

"天哪，这种人的设计竟然还能被峰会选中，要真被总裁们穿上那真是把脸都丢尽了！"

"刚才看到论坛上扒这个萧设计的履历，真是不看不知道啊，啧啧……"

各种各样的恶意揣测，像是提前准备好了稿子一般，一窝蜂地涌现出来。有人亮出了一份萧绡的履历，说她是一个野鸡职专毕业的，后来去日本打工，机缘巧合进了井上御设计公司，混到了高级设计师，之后才回国的。

萧绡看得很是无力，甚至有些想笑，她可是老老实实的国内重点本科毕业，一毕业就进了LY，这跟日本有什么关系？

真真假假，根本没有人去仔细分辨，被盲目的爱国热情蒙蔽了双眼的网民们，像是闻到腥味的野猫，成群结队地扑杀而来，仿佛找到了印证自己先前唾骂的理论依据，大家骂得更欢实了。

之后，网民又矛头一转，指向了穿着那件"涅槃"去参加电影节的蓝莫如。

"蓝莫如跟这个设计师早就认识，不然也不会在设计大赛上力捧她了！"

"听说这设计师的男朋友是个富二代，投资了蓝莫如的电影，所以蓝莫如才这么跪舔。我到现在也没看出来那件裙子哪里好看，大红大黄，简直像番茄蛋汤。"

"那个富二代跟蓝莫如可不仅仅是投资的关系，话只能说到这里，你们自己想吧。"

一个接一个的爆料，说得真真儿的，若非说的是自己，萧绡都要信了。

谣言这种东西，就是越离谱传得越快，如果再带上点暧昧不清的桃色新闻，那就更不得了了。蓝莫如名气大，粉丝多，但黑粉也多。

黑粉们像是闻到屎臭味的苍蝇，一窝蜂地冲上来，各种爆黑料，说蓝莫如早就移民国外了，同样是个卖国贼。要不是被扒出来，说不定她下一季就穿这个日本军旗裙出街了。

"您好，这里是LY高定设计室。"萧绡刚进设计室，桌上的电话就响了起来，是一名顾客打来的，这位上个月刚刚预定了萧绡的礼服裙。

"萧设计啊，是这样，我那个活动临时取消了，这件裙子先不忙做了。"

萧绡一愣，转头看看人台上已经做了一半的衣服道："可是我们已经开工了，您现在要取消预订的话，定金是不能退的。"

"我可不是要退啊，就是先等等，你等我通知好吧？"客人也没有把话说死。

萧绡表示理解，便挂了电话。她起身把人台上的半成品取下来，看着手中的礼服发呆。长这么大，她还是第一次被这么多人骂，被这么多人冤枉，让她一时有些反应不过来。此刻看着手中做了一半的裙子，她才堪堪回过味来。

三人成虎，众口铄金，谣言真的有用，真的，能毁了她的前途。

"为什么会到这种地步？简直不可思议。"艾德琳看到萧绡把半成品放进柜子里，作为一名外国人，她对于现在的状况不是很明白。

"有些事，没道理可讲。"萧绡叹了口气，抬头看向冷面依旧的艾德琳，"我手中还有两个单子没有开始做，是不是应该先向顾客确认一下？"

"是的。"艾德琳手中拿着两张粉色的纸，正是这两位顾客的订单，她直接递给了萧绡，"实话实说，如果他们要退订，定金可退。"

萧绡接过那两张纸，上面有顾客的联系方式。

按照LY高定室的规矩，交了定金的高定是不退的。这次情况特殊，艾德琳松口可退，就减少了萧绡卷入麻烦的风险。

"谢谢你，艾德琳。"萧绡感激地说。

艾德琳转过身去，继续做自己的事了，过了几分钟她突然说了一句："我跟你这么大的时候，因为搞砸了时装周的展品，被老师扔出了设计室，变成了整个纽约的笑柄。"

"您……"萧绡还是第一次听说这种事，有些惊讶。

"快去做事。"艾德琳见她发呆，顿时竖起了眉毛。

"是！"萧绡下意识地立正，转身去打电话。回到自己位置上后她偷瞄艾德琳的背影，刚才那些话是在安慰她？

萧绡给那两位顾客打电话，诚恳地表示歉意，并告知如果要退的话可以退。

第26章 杀招

"商业竞争而已,过两天风向就变了,你不要有太大的负担,先放着吧,等风头过去再开工不迟。"

"我定的是结婚礼服,又没人追究我爱不爱国,没事的,你放心做吧。"

两位顾客出奇的友好,让萧绡觉得好过了很多,她想了想,又给蓝莫如打了个电话,想要表达一下歉意。蓝莫如可谓是躺着中枪,就因为穿过她做的裙子就被牵连进来,听说她最近还有个电影要上映,如果因为这件事影响了电影票房,那真是太对不起她了。

"您好,我是莫如的经纪人。"电话响了五下才被接起来,这是蓝莫如的私人手机号码,接电话的却是经纪人。

"蓝小姐不在吗?我有点事想跟她说。"萧绡见不是本人接的,莫名有些心慌。

"莫如在拍戏,这会儿没法接电话,您有什么事跟我说吧。"经纪人的口气很是生硬,仿佛在应付一家随时可能给自家艺人泼脏水的娱乐媒体。

"也没什么大事……"萧绡悻悻地挂了电话,套路她都懂,这是蓝莫如不想理她,看来她是生气了。

给自己喜欢的明星兼顾客造成了困扰,萧绡很是内疚,却不知道要怎么弥补。关于她在日本打过工的谣言还在疯传,萧绡咬咬牙,想把自己的毕业证贴到网上去跟他们辩论,却接到了公关部的通知——不得作出任何回应。

"你发了他们也不会信的。这种事,来得快去得也快,等热度降下去就好了……"公关部的人在内线中安慰她,却突然惊呼了一声,"哇,眉馨竟然主动跳出来顶缸了!真的假的!"

"什么?"萧绡没听懂,赶紧翻开网页看。

就在设计界其他人都装死的时候,以前跟萧绡一起参加设计大赛的眉馨突然发话了,她转发了那条扒萧绡学历的消息。

眉心一点朱砂:这位大哥,说话要凭良心,把我的简历拿出来贴到别人身上可不地道。

眉馨的学历不高,但天赋过人,早年在井上御打杂,得到一位主设计师的欣赏,她靠着非凡的努力才爬到了高级设计师的位置。之后她回国创建自己的工作室,做得风生水起,从不避讳自己的学历和出身。

某些人不知道在哪里找到了眉馨的简历,就张冠李戴地安在了萧绡的头上。

在这种敏感时期跳出来认领,就是摆明了在替萧绡说话。那些水军没想到还有这种不按套路出牌的,一时间不知道怎么反应。

眉馨的工作室这两天也正在做新品发布会,走秀结束,记者们急不可耐地冲上来问眉馨问题。

"现在大家都对萧绡的事避之唯恐不及,你为什么要替她说话?"记者把话筒戳到眉馨面前。

"我这不是替她说话,只是认领一下我的简历。我是学历不高,但把我的学历当黑料来说别人,这有点不合适吧?"眉馨苦笑着说。

"那你对LY的军旗装有什么看法?"别家的记者紧接着问。

"那件衣服我没见过,从LY公布的设计图来看,我不认为那跟日本军旗有什么关系。说那衣服像,根本就是牵强附会。"眉馨正对着镜头,神色严肃地说,"这种事情不能开头,一旦开了个头,服装行业想要攻击对手就太容易了。带星星的是抄袭美国国旗,带八卦图的是盲目崇拜韩国时尚,以后我们还怎么设计?"

这么直白的话可以说是语出惊人了,在场的记者都有些傻眼,没想到眉馨会这么耿直。

萧绡看了这段采访,激动地从位置上跳起来,快步往公关部走,她在路上遇到了也正要去公关部的罗誉。

"你看到那个消息了?"罗誉停下脚步跟她说话。

"哦。"萧绡点点头,不想跟他多说话。

"放心,我说过会照顾你的。"罗誉留下一句暧昧不明的话抬脚进了公关部。

萧绡抖了抖胳膊上冒起的鸡皮疙瘩,听那话的意思,难道是罗誉给眉馨打了招呼?刚刚升起的好心情,瞬间就蔫了,萧绡有些厌恶地皱皱鼻子,转身往五楼去。

"进来!"敲过门,里面的周泰然答应了一声,萧绡推门进去,发现他正在讲电话，"眉总客气了，合作愉快。"

"眉馨？"萧绡见他挂了电话，小声问了一句。

"嗯。"周泰然应了一声，"有事？"

"……没事。"萧绡憋了半天，说了这么一句。本来她被罗誉恶心到了，想着若是罗誉联系了眉馨，她干脆辞职谢罪平息事态好了，如今发现是周泰然联系的，就算了。

"……"周泰然抽了抽嘴角，"你要是压力太大，就休息几天。"

LY公关部借着眉馨的表态快速做出反应，群众中逐渐出现了第二种声音，开始有人怀疑这是一场针对LY的阴谋。但凡出现了两种阵营对立的局面，便是理智回归的时候。

眼看着事态就要平息下去，世界50强企业峰会会务中心突然发布一条通知，决定退回"繁荣"系列设计不予录用。

"今日接到大量群众举报，组委会综合考虑，决定不予采用此套组。"

有污点或者是可能有争议点的设计都不能出现在世界50强企业峰会上，这很正常。从这个谣言传出的时候，萧绡已经预料到复选没戏。但用这种形式公布出来，对LY来说却是致命的，就好像是被官方认定了一样。

第27章 养你

情况再次变得糟糕起来,周泰然站在办公室的玻璃墙边,看着远处的电视台大楼,眸光忽明忽暗。

"目前看来,平息事端维护名誉是首要的,官方基本上是盖棺定论了,再反驳也不好,我们得做出点姿态来。"罗誉站在他身后,温声劝说道。

"什么姿态?"周泰然转头看他。

"比如,暂停设计师和首席的职位。"罗誉试探着说,见周泰然没有立时反对,他便说得顺畅了起来,"那些群众,不过是看个热闹,我们做出点什么来满足他们的愿望,他们自然就会散场了。"

现在的情况是,有人想要借着萧绡的事毁掉LY。在当今的环境下,但凡涉及政治倾向问题的企业,都很难生存下去。如果Leo在还好,可以去别的国家继续他的品牌,但现在Leo不在,LY就只能守着固有的一亩三分地。

周泰然皱起眉头,沉默了很久道:"我想想。"

丢卒保车,在这种情况下是可行的。对于周泰然来说,守住LY才是最重要的事。

萧绡明显感受到了公司里的低气压,最近各部门都在为了她的事奔忙,业务量也在急剧减少。公司匿名群重出江湖,再次讨论起了萧绡。

匿名黄鹂:全都是因为她一个人,我都连着加了三天班了!

匿名画眉:网上的人都说了,只要把她开除,这事就算过去了。

匿名乌鸦:要是我,我就主动辞职,树要皮人要脸,这么赖着不走,要我们整个公司跟着共沉沦吗?

匿名秃鹫:嘁,你们不知道吗?人家可是总裁的心头肉,总裁肯定会力保的,上回我还看到他俩一起去吃饭。

匿名画眉:真的假的?哇,大八卦啊!

匿名的同事们在群里尽情地发泄着自己的不满,萧绡看着这些言论,只觉得头顶的压力快要把她压得喘不过气来了。

早上起床,萧绡站在镜子前梳头,眼前纷纷扬扬地落下来几根头发,她抬手把碎发拍开,却发现手中的梳子上挂了整整齐齐的一缕断发。

人每天都会掉头发,这很正常,但齐刷刷地掉一把就不对了。萧绡低头看看洗脸池,白色的瓷盆中已经密密麻麻铺了一层头发。

"啊——"萧绡忍不住尖叫起来,她拿着梳子的手有些发抖。

糖皮质激素会引起脱发,这事她之前就知道,但她从来没有掉得这么厉害过!

心里七上八下的,萧绡连妆也没好好化,她涂了层隔离,画个眉毛就出门了。刚到公司,就听说艾德琳停职的消息。

"是我主动要求的。"艾德琳依旧有条不紊地做着自己的事,"刚好我也该休假了,首席的职位暂时由思远代替,你们有事就找我吧。"

处理完手头的工作,艾德琳就要去国外休假一段时间,休养生息,也找找灵感。

林思远成了新的首席设计师,他看起来意气风发,一点也不像个临时首席,反倒像是新官上任,当天就召集所有设计师开会。

第27章 养你

"外部的事你们不必担心,作为设计师,最重要的就是作品。"林思远穿着蓝色格纹外套、九分裤、尖头鞋,每一处细节都经过了他的精心打理。

萧绡听得心不在焉,她不停地想着艾德琳停职的事,其实这已经是变相的辞职了。首席被她连累辞职,她还好意思再继续待下去吗?匿名群里的话不停地在脑海中回放,萧绡觉得有些呼吸不畅。

"萧绡,罗总让你去办公室一趟。"罗誉的秘书进来,叫了萧绡一声。

"去吧。"林思远心情大好,没有计较的意思,他继续跟其他设计师探讨下一季的主题。

萧绡皱起眉头,十分不情愿地走出会议室问秘书道:"罗总叫我有什么事?"

"这我就不知道了。"秘书耸耸肩,斜眼看看她,"估计跟公关有关吧,艾德琳都要辞职了,可能有什么总裁不方便说的事让他跟你说。"

这话听着很是怪异,作为领导的秘书,这种带着个人臆断的消息透露是很不合适的,萧绡不由得多看了罗誉的秘书一眼。这位秘书是罗誉上个月招来的,长得还不错,身材妖娆,涂着艳色口红,看起来有些妩媚。虽然她不该以恶意揣测一个女孩子,但按照罗誉的人品,萧绡不得不怀疑他招这么个秘书的动机。

罗誉冷着脸坐在办公桌前,看着市场部刚刚提交上来的数据,看到萧绡进来也不说话,等了半天他才说了一声:"坐。"

萧绡在办公桌旁边的椅子上坐下,双手放在膝盖上。

罗誉自己忙了十几分钟才堪堪停下来,仿佛刚意识到这里有个人一样,转头看向萧绡道:"听说你设计图的灵感来源是一张照片,拿出来给我看看。"

萧绡从手机里翻出那张照片给罗誉看了一眼。

"为什么不把这图交给公关部?"罗誉的语调很是严厉。

"这照片是我的一个朋友,他不方便在公众面前露面。"萧绡收起手机,没有把图传给罗誉的意思。

"萧绡,我请你看清楚自己的位置。你是这家公司的设计师,公司的名誉是要排在你个人名誉之上的。设计圈有多小不用我提醒,你自己也很清楚,如果因为你个人的原因造成这家公司的重大损失,以后你在这个圈子都混不下去了。"

罗誉冷着脸，说出的话异常严厉，几乎已经是在恐吓了。

萧绡双手交握，指尖狠狠地抠着手心，她深吸一口气道："所以您的意思是，准备放弃我保公司了是吗？我会为我自己做的事负责，但是不该我背的锅我是绝对不会背的！"

如果就这么辞职离开，就是承认了她的设计有问题，萧绡照样在设计圈混不下去。

"你是我一手培养的，我不会放弃你。"罗誉皱起眉头，原以为萧绡会被吓住，如果她被吓得哭出来，自己就可以提出别的条件，顺理成章地将她纳入囊中，却没想到萧绡竟看得这么透彻。

离开罗誉的办公室，萧绡没有勇气再去五楼找周泰然，她跟苏菲说了一声，请假一下午，直接回家了。

萧绡看着墙上贴的那张照片，阳光照在钢琴师的身上，像是划破黑夜的利刃，斩尽世间污秽。

LY在尽力降低负面影响，但因为涉及蓝莫如，这件事的热度一时半会儿是降不下来的，那些黑粉还在不遗余力地扒皮，试图找出更多黑料一下把蓝莫如掐死。

萧绡再次拿起手机给蓝莫如打了个电话，依旧是经纪人接的。

"替我跟蓝小姐说一声对不起，这件事连累到她了，很抱歉，我会尽快解决的。"萧绡有些无力地说，要怎么解决，她现在也是一片茫然。不管她说什么，别人也不会信。

"知道了，我会转达的。"经纪人淡淡地说着，便挂了电话。

"这明明不是她的错，我得跟她说清楚。"蓝莫如要抢手机，却被经纪人快速躲开。

"祖宗，您就听我一句劝吧，这事绝对不能回应，过一段时间就好了。"经纪人苦口婆心地说。

"不回应我憋屈！"蓝莫如攥紧了拳头，"柳林那个婊子，我当年就不该手下

第27章 养你

留情!"

"现在说这些有什么用?总之这段时间你的账号我暂时接管了,你千万别冲动。这种没凭没据的八卦,来得快去得也快,再过一个星期他们就忘了,咱的活动还照常参加。"经纪人对这种事已经司空见惯,并不如何紧张。

大金毛见主人不开心,凑过来用脑袋蹭她,蓝莫如摸摸那毛茸茸的狗头,想起当初萧绡来家里的时候跟狗狗玩的场景,烦躁地抓了抓头发。

萧绡看到与自己有关的消息就有一种窒息感,她只能关了电脑,坐在床上发呆。天黑了下来,手指关节和膝盖一阵阵地发紧,萧绡动动手指,抓抓头皮,却抓下来一把落发。她的注意力顿时被越来越不适的身体吸引了。

看看日历,这几天她都按时吃药了,怎么回事?

狼疮一旦复发,就会来势汹汹,比第一次要严重得多。想起自己住院的时候看到那个躺在担架上被紧急抬到手术室的复发病人,医生对家属说凶多吉少,一阵阵的恐慌便袭上心头。

展令君刚刚到家,车没停稳,就接到萧绡打来的电话。

"呜呜呜……令君,呜呜……"萧绡听到展令君的声音,忍不住哭了起来。

"你在哪儿?"展令君直接问了这么一句。

"在公寓。"萧绡老实地说。

"嗯,发生什么事了?"展令君直接调转车头,又开出了兰芷江汀,半小时后,他出现在了萧绡的公寓门外。

萧绡开门,看到穿着黑色衬衫的展令君,惊讶地张大了嘴巴道:"你……"

"有拖鞋吗?"展令君看看这一眼能望到头的小公寓,低声问她。

"没有男士拖鞋,我自己也光脚。"萧绡讪讪地说,无措地左脚踩右脚。

展令君脱掉鞋子,光脚走进来,把手中的塑料袋递给萧绡道:"今天允许你吃点油腻的。"

萧绡拿过来看看,惊喜不已道:"香辣蟹!天哪!"

吃到美味的食物,萧绡的心情顿时就好了起来。

展令君看了一下她的状况，断定她是压力太大导致的脱发和关节痛，他道："压力和劳累，是复发的诱因。"

萧绡像是做错事的小学生，低头吃着蟹肉挨训道："我控制不住自己，这事进了死胡同，我可能要混不下去了。"

展令君给她倒了杯常温饮料道："怕什么，大不了丢了工作，我养你。"

萧绡嘴里还叼着蟹腿，听到这话都忘了咬合，蟹腿"吧嗒"一声掉回了碗里，她的眼中渐渐泛起了水光。

"怎么哭了？"展令君扯下一张湿巾给她擦了擦脸，擦掉嘴角的辣油。

"我长这么大，还是第一次听到有人愿意养我。"萧绡吸了吸鼻子，一头栽进展令君怀里。

展令君看看纸巾上的红色辣油，为自己的未雨绸缪点了个赞。

吃到好吃的，又有美男陪着，萧绡的心情好了很多，她开始絮絮叨叨地跟展令君说这次的事。那条裙子是根据照片得来的灵感，跟日本军旗八竿子打不着，这真是江河倒灌、六月飞雪，她比窦娥还冤。

"为什么不公布这张照片？"展令君把墙上那张照片扯下来，微微蹙眉。

"我不能这么做，那对慕江天不好。本来这张照片就是我偷拍的，现在再把慕江天扯到公众视野里，我就真的罪大恶极了。"萧绡伸手准备要回那张照片，却被展令君躲开了。

展令君把这张A4大小的照片折起来，没收，美其名曰："房间里放其他男人的照片，不利于我们的恋情发展。"

"喂！"萧绡阻止不及，只能眼睁睁地看着他把照片放进裤兜里，"什么男人的照片，这是追星海报，懂吗？"

"原来如此，那我也在房间里挂一张蓝莫如的照片好了。"展令君摸摸下巴，认真地思考起来。

"不行，不许挂！"萧绡瞪起眼睛。

展令君不说话，就低头看着她。

"……好吧，我也不挂了。"萧绡败下阵来。

第27章 养你

展令君轻笑，重新拿出那张已经褶皱了的照片看看，道："你可以把慕江天遮起来。"这幅画的重点其实就是阳光，底下的钢琴师占的篇幅并不多，打个马赛克就可以了。

萧绡摇了摇头，颇有些心灰意冷道："遮起来那些人也不会善罢甘休的，肯定会继续问遮起来的是什么，这么遮遮掩掩的肯定是心虚……"

展令君看着她，那消极颓废的语气，跟刚刚知道自己瞎了的慕江天如出一辙，他问道："所以你打算放弃了？"

"再想想别的办法吧。"萧绡抬起头，突然笑了笑，拉着展令君坐下来，"这可是你第一次进我的房间，我们聊点别的吧。"

春日的阳光比夏日要温柔很多，三楼的琴房打开了窗。这屋子原本并没有那么昏暗，只是玻璃窗内侧还有一层木格子，推开木格，整个房间就明亮了起来。

窗外的老榆树把枝丫伸了进来，鸟儿站在树梢叽叽喳喳叫个不停，伴随着屋子里轻缓流畅的乐曲。那名需要助听器才能听到声音的孩子拿着根单簧管，随着琴声的起伏，配合表演。

《光之协奏曲》之所以叫协奏曲，便是因为它不是用来钢琴独奏的，需要其他的乐器配合。将单簧管、小提琴、竖琴等加入其中，可以弥补他演奏上的不足，将重点放在乐曲本身上。

展令君走进来，把一只小型蓝牙音箱放在钢琴上。

慕江天停下弹琴的手，转头"看"向展令君。

展令君打开手机，连接到蓝牙音箱上，开始播放。那是慕江天的助手刚刚传过来的伴奏合音，他按下播放键，恢宏的提琴合奏伴着阵阵鼓声，瞬间充斥了整个琴房。

慕江天重新坐好，起势，天衣无缝地加入了合奏之中。层层叠叠，起起落落，古典与现代音乐的完美结合。

拿着单簧管的小孩子扔掉了手中的乐器，扒着钢琴腿听得如痴如醉。

一曲终了，慕江天双手交叠，微微喘息，嘴角控制不住地泛起笑意道："向日葵小姐说得没错,我早该试试的。"

不能成为鲁宾斯坦,他可以成为肖邦。以前慕江天觉得这是天方夜谭,如今他却是相信了,自己一直以来对于钢琴演奏太过执念,却忘了音乐的天赋是不分种类的。他能弹琴,就一样可以谱曲。

"但是向日葵小姐现在遇到麻烦了。"展令君关掉音响,将口袋里皱巴巴的照片拿出来,"还记得她送你的那幅画吗?"

慕江天听完展令君的叙述,沉默了半晌。说是要成为肖邦,但他毕竟还不是肖邦,还没有做好回到公众视野的准备……

慢腾腾地戴上手套,慕江天站起身来道:"我想,见见你哥哥。"

"不行!"展令君想也不想地拒绝。所有跟银色大厅有关的东西都不能让展令羿触碰,而慕江天,正是噩梦的中心。

"你自己都在逃避,凭什么让我去面对?"慕江天微微抬起下巴,神色傲慢。

展令君抿唇不语。

萧绡照常去上班,她给夏炎打了个电话,问问这位网络大神的意见。夏炎帮她把慕江天那张图片做了处理,将慕江天遮得严严实实,保证任何作图高手都无法还原。

盯着那张照片看了半晌,萧绡咬牙,将这张照片和拍照日期一起公布出去。

"这是灵感的来源,胸针是彩色玻璃窗,光线是玻璃窗上漏下来的光,跟其他的没有任何关系。我最后一次解释,爱信不信。"

这是她所能解释的极限,再多的她就不能透露了。发上去之后,萧绡便在办公系统里提交了辞呈。昨天被展令君说了一顿,她突然想通了,什么都没有命重要,为了这点事把自己搭进去太不划算。

这次公司的公关应对依旧有问题,但萧绡已经不想去追究了。

这条消息发出之后,公关部大吃一惊,立刻打电话来质问萧绡怎么不经同意就发消息出去了,他们还没有准备好。

"不用准备什么了,你们尽力挽回LY的形象就行,我已经提交了辞呈。"萧绡淡淡地说着,挂了电话。

罗誉的秘书风情款款地敲开高定室的门道:"萧绡,罗总叫你。"

高定室的设计师们纷纷看过来,上次罗总也在会议室把萧绡叫走,这次又来,这罗总单独叫萧绡的频率是不是有点太高了?想到这里,众人看向萧绡的目光便有些怪异。

萧绡厌恶地皱起眉头,拿起手机去了副总办公室。

"我看到你的辞呈了,你其实不必如此,事情还没有到不可挽回的地步。"罗誉的态度跟上次截然不同,他说话还带着笑。

"还能怎么挽回?罗总压着公关部不让做大动作,任由事情发展到今天这个地步,现在后悔了?"萧绡冷笑,先前她还不确定,直到林思远坐上了首席的位置,先前的种种她才终于想明白。

罗誉跟林思远应该是早就联手了。

听艾德琳说,大师论坛本来是想带她去的,林思远却突然提出让她去非洲,坚持让金跟着。结果金就出了岔子,导致艾德琳差点身败名裂。而罗誉,则借着这个机会打压严总,顺利上位成为副总裁。

上次他们失败了,林思远没能达成心愿,这次便是罗誉反过来回报林思远了。

"你这是什么话?"罗誉蹙眉,道貌岸然地看了目光坚定的萧绡一会儿,突然笑起来,"好吧,你真是个聪明的姑娘,那么接下来该怎么做,你应该明白。"说着,罗誉便伸出手,试图去握萧绡放在桌上的手。

"罗总,想玩潜规则,就直说,何必这么拐弯抹角?"萧绡缩回手,不让他碰。

"你是个聪明的姑娘。"罗誉笑了笑,"这样,晚上我请你吃饭,咱们再详谈。"最后两个字他拉得很长,其中的意味不言自明。

萧绡看着他,突然笑起来道:"我也觉得我挺聪明的。"说完,她按下了手机的播放键,方才两人的对话,竟被一句不落地录了下来。

罗誉脸色骤变,伸手要去抢手机,但萧绡已经跑到了门口,快步冲了出去,直奔隔壁的总裁办公室。

"做什么?"周泰然抬头,看到先后跑进来的萧绡和罗誉,有些惊讶。

"没事！"罗誉赶紧解释，冲萧绡使劲儿打眼色。

"有个很有意思的东西，想给周总听听。"萧绡笑着把手机递了过去。

罗誉看到萧绡把录音交给了周泰然，"刷"地一下白了脸道："萧绡，你要想清楚了。"

"呵，我又没做亏心事，有什么好想的，反正我也不打算干了。"萧绡抱着手臂，一副光脚不怕穿鞋的架势。

她实在是受够了，本来外部的压力已经够大了，这人竟然还在这时候为难她，要不是怕吃亏，她早就一巴掌呼上去跟他打起来了。

周泰然看看罗誉，再看看萧绡，毫不犹豫地按下了播放键。

"压着公关部不让有大动作……"

"你真是个聪明的女孩子……"

"想要潜规则就直说……"

"你知道接下来该怎么办了……"

罗誉自以为说话的时候控制住了语调，听起来应该是成熟而富有魅力的，没想到被手机那些失真的扩音器放出来，竟有一种说不出的猥琐之感。

周泰然面色平静地听完，抬眼看向罗誉。

"周总，你听我解释，这是断章取义的……啊！"罗誉话没说完，就被周泰然扔过来的文件夹砸了满头满脸。文件夹里的纸哗啦啦掉了满地，就像罗誉的颜面一样，服服帖帖地粘到了地板上。

"罗誉，你知不知道自己是有家室的人，做这种事你要不要脸！"周泰然瞪着他的目光中满是厌恶。

"事情不是这样的，我可没说要潜规则她。"罗誉气急败坏地说，转头指着萧绡，"萧绡，你这是什么行为你知道吗？我可以告你诽谤！"

萧绡被气笑了，她拍开他指着自己的手指头道："我当然知道自己在做什么！反正我已经要辞职了，老子还就不受你的闲气了，也不撒泡尿照照自己长得什么熊样，给我男朋友提鞋都不配。"

罗誉气得发抖，眼珠子都红了道："血口喷人，血口喷人！"如果萧绡不是刚刚亲身经历过，还真以为罗誉是被冤枉了。

周泰然站起身道："罗誉你先出去，我问问情况。"

"是。"罗誉强忍着怒气回道，他把地上的文件捡起来放回周泰然的桌上，满脸屈辱地走了。

这演技，影帝级的啊！萧绡都有点佩服他了，果然在职场混久了的人都不简单。

"怎么回事？"等罗誉离开，周泰然平静地问萧绡。

"我怀疑罗誉跟林思远早就联手了，上次的大师论坛、这次的军旗事件，分别让罗誉和林思远得到了升迁，套路都是一样的。"萧绡豁出去了，把自己的怀疑都说了出来，末了她表示自己准备辞职了。

周泰然似乎并不十分惊讶，他微微颔首，从抽屉里拿出一张印着黑色山茶花的名片，交给她道："上次我去巴黎见到了摩拉多，他很欣赏你，希望你能去巴黎学习一段时间。"

"摩拉多……"萧绡接过那张名片，惊讶地张大了嘴巴。那位可是当今的时尚教父，得他一句提点够她用好几年。

"你去吧，LY会负责你学习的经费。"周泰然云淡风轻地说。

"那日本军旗的事？"萧绡有些不放心，她就这么走了，公司怎么办？

"我会解决的。"周泰然眯起桃花眼，看起来有些冷冽。这事，不是简单的内部争斗或是突发意外，是有预谋的内外勾结，他要趁此机会把LY肃清一遍。

恍恍惚惚地回到高定室，坐在自己的位置上，萧绡还有些茫然。去巴黎跟着摩拉多学习，对她来说是个脱胎换骨的好机会，但在这个节骨眼上让她走，绝对是周泰然对她的照顾了。若是换个别的员工，那辞职信肯定就通过了，毕竟对于周泰然来说，LY的声誉比什么都重要。

这些应该是托了展令君的福。

萧绡低头给展令君发条消息，告诉他自己受到了特殊照顾，周泰然真是个好人。

展令君:企业都是咱家的,哪有把老板娘开除的道理?不用承他的情。

萧绡:"……"

LY建立的时候是有好几个投资人的,但作为创始人且家里不缺钱的展令羿,拥有的股份是最多的。现在展令羿失去了正常的认知能力,这些股份便由展母和展令君代为打理,说是自家企业也不为过。

感动的气氛被破坏得七零八落,萧绡叹了口气,发现电脑上的聊天图标在闪,她随手点开,发现公司的匿名群又热闹了。

匿名钉螺:你们瞧见了吗?刚才萧绡从罗总的办公室跑出来了,好像还哭了。

匿名河蟹:真的假的?他俩该不会是……嘿嘿嘿?

匿名泥鳅:喷,估计是快待不住了,只能走捷径求罗总给条活路。

匿名水蛭:她今天又发疯,在网上发了个什么图,呵呵,谁信哪,强词夺理。问她打马赛克的地方是什么,就装死不回。

萧绡蹙眉看着这个群,原本建立这个群的人是想给大家一个发泄不满、吐槽领导的地方,但最近一年来,这里面的戾气越来越重。主要是先前秦亚楠在里面骂她,其他人发现了说同事坏话的乐趣,这里就变成了大家互相攻讦的地方。

这时候,夏炎发了个文件过来。

火炎焱:那些水军的踪迹已经查明,来自三家不同的公司。也就是说,这背后可能有三股势力在操控这件事。

三家?萧绡愣了一下,仔细想想,现在的重大怀疑对象就是宝拉公司和罗誉他们,这第三股势力是哪里来的?

火炎焱:还有别的要帮忙的吗?可以赠送你一点小服务。

小小布:什么小服务?

火炎焱:比如,带你坐我的机车兜风。

"噗——"萧绡喷笑出来,想起夏炎那个残疾人电动三轮,她连忙表示不用了。

抬头看看还在刷屏的匿名群,她突然生出一个恶劣的想法。

小小布:你能查出匿名聊天群中某个人的真实号码吗?

火炎焱:这个简单啊,来来,给我看看。

第27章 养你

夏炎接管了萧绡的电脑控制权，远程操控，桌面上很快出现一个文本文档，作为两人聊天的地方。

"哈哈哈哈哈，你这桌面是啥啊，展医生？哈哈哈哈哈！"

萧绡下意识地伸手遮挡，然而夏炎是在电脑那边看的，哪里遮得住，萧绡顿时觉得自己有点蠢。桌面图片是她那天在展家给展令君拍的，当时展令君正在给哥哥热牛奶，身上系了个小围裙，听到她叫名字便转过头来，整个人看起来温柔得不得了。

"这种小情趣，单身狗是不会懂的！"萧绡打了一行字刺他。

"……来自单身狗的病毒已植入，请注意查收！"

瞬间，整个电脑屏幕上爆发出了无数狗头，像放烟火一样层出不穷，看得萧绡眼睛疼。

正闹着，匿名群又弹了出来。

匿名钉螺：最新八卦，刚才有人看到萧绡从总裁办公室出来了，啧啧，这脚踏两条船的女人啊。

匿名水蛭：我上次就说过总裁跟她有一腿吧，你们还不信。

讨论正进行得如火如荼，满屏的狗头骤然消失，桌面上的文本文档开始飞快地打出长串代码。也不知夏炎怎么捣鼓的，突然，聊天群的颜色回归到了最原始的默认皮肤，所有的匿名马甲都消失了，显示出了真实ID。

王美丽：最新八卦，刚才有人看到萧绡从总裁办公室出来了，啧啧，这脚踏两条船的女人啊。

财务娜娜：我上次就说过总裁跟她有一腿吧，你们还不信。

整个群突然安静了，像是戴着面具在舞台上跳脱衣舞的人们突然被人掀掉了面具。互相看看面具后的脸，与平日里瞧见的白花花的肉体——对应上。想想大家平时穿着衣服见面时对方那道貌岸然的样子，再与如今看到的模样对比，只会觉得无比辣眼睛。

众人一时都傻眼了，就这么赤条条地站在原地，不知道作何反应。

萧绡眼疾手快地导出了聊天记录，她越看越心凉。这里面总是说她坏话的，有高成室的王姐，财务室的娜娜，人事部的小李，还有几个平时玩得不错的设计师。除了早前的秦亚楠以外，最近蹦跶得最欢实的，竟然是罗誉的那个小秘书。

尴尬几乎要溢出屏幕了，夏炎看得咋舌，把"狗头烟花"的小玩意儿留到萧绡桌面上，就断开了远程操控，匿名聊天群瞬间恢复了匿名状态。

然而，就算恢复了，众人也不敢再继续了。

萧绡坏笑地看着那些人安静的模样，这些人不仅骂她，也互相骂过。哪怕没有导出聊天记录，群里谁平时说话什么风格大家都熟悉，看一眼就知道以前骂自己的人是谁了，以后见面就很尴尬了。

不再理会这群人，让他们拿不准自己看没看到掉马甲的状况，时刻提心吊胆的，多好玩。

萧绡关上电脑，离开了公司。她跟艾德琳一样，暂时停职了，可以休假几天，准备去法国。想了想，萧绡直接去了桑榆。

萧绡先去诊疗室看了一眼展令君，趁他低头忙碌的时候在他脸颊上亲一口，等他抬头来捉人，便一溜烟地跑出去，径直上了三楼。

悠扬的琴声从琴房中传出来，伴随着其他乐器的共鸣。协奏曲的伴奏竟然已经做好了！萧绡进去听了半晌，等琴声结束，立时大力鼓掌。

"好棒啊！这曲子拿出去绝对能让音乐界地震。"萧绡不遗余力地夸奖自己的偶像。

"你太夸张了。"慕江天轻笑，"有段时间没见你了。"

"啊，最近有点忙。"萧绡丝毫没有提及那些烦心事的意思，转而说起了别的，"我要出国一段时间，可能要好几个月都不能来看你了，你要加油哦。"

慕江天垂着眼帘不说话，半晌才像是突然从睡梦中惊醒一般道："我又写了首新曲子，弹给你听。"

说罢，丝丝缕缕的雨声便从键盘上倾泻而出，熟悉的调子让萧绡眼睛一亮道："这是……潇潇暮雨洒江天！"那次的即兴演奏，被慕江天改成了完整的曲子，婉转灵动的乐曲,听得萧绡差点跳起来。

从来只有粉丝给"爱豆"写歌的,自家"爱豆"竟然给粉丝写了首曲子,真是丢了工作也值了!

萧绡原地转了个圈圈,忽然看到门外有人,蓝莫如!她快步走过去,一把抓住了准备逃跑的蓝莫如。

"蓝小姐!"萧绡急急地叫住她,"我有话要跟你说。"

蓝莫如咬了咬唇问:"什么?"

"这次的事真的抱歉,给你添麻烦了。我把'涅槃'的设计费退给你,虽然对你来说这不算什么,但也算是一点补偿吧。"萧绡很是愧疚地说。

蓝莫如蹙眉,反手握住了萧绡的手掌道:"不是的,这事是柳林公司的人在捣鬼,其实是我连累了你才对。"看着慕江天一天天好转,又亲眼见到萧绡对慕江天的影响,她实在迈不过良心的坎。

"哈?"萧绡有些傻眼。

第28章 还击

"那些通稿,他们早就准备好了,只是恰好我的设计师是你,而你的那件作品……"

柳林与蓝莫如的恩怨要追溯到十几年前了,两人差不多同期出道,免不了会被人拿来比较。开始两人还是朋友,不知何时开始互踩,这么多年来积怨已深,两家粉丝更是见面就掐。

近两年蓝莫如人气很高,这次又在欧洲电影节大出风头,咖位一下子比柳林高出了一个大台阶。娱乐媒体在捧蓝莫如的同时,也把柳林踩到了泥地里,说她没有作品、人老珠黄、日薄西山,叫柳林如何不恨?

这状况,与萧绡和秦亚楠的状况何其相似。本来好好的同学,因为别人的挑拨和秦亚楠的嫉妒,渐渐变成了仇敌。最初因为什么结仇早已不重要了,这些年积累下来的恩怨早已化解不开。

"这么说来,事情的起因是柳林?"萧绡突然茅塞顿开。

所以说,她之前的分析是把因果倒置了。这一切的起源或许并不是宝拉要对付LY，而是柳林要对付蓝莫如，在寻找蓝莫如破绽的时候，她找到了设计师的身上。不知她是先联系了宝拉还是先联系了林思远，之后这三方就联起手来，做了个针对蓝莫如的死局。而萧绡，就是这个死局的牺牲品。

蓝莫如点点头。

萧绡的愧疚感顿时消失了，取而代之的是熊熊燃烧的斗志，既然不是自己连累了他人，她就不必再顾及会不会影响蓝莫如的事业，这些欺负她的人，必须付出代价。

"蓝小姐，如果我有办法对付柳林，你愿不愿意跟我合作？"萧绡正色道。

蓝莫如一愣，她看了一眼半开着的琴房门，拉着萧绡去了隔壁的休息室，问："你想怎么做？"

"以牙还牙！"萧绡这两天被憋得狠了，早就想过无数反击的手段，要不是钻入"要保护慕江天和蓝莫如"的死胡同，她也不会做出出国逃避的窝囊举动。

既然他们说蓝莫如的设计师有问题，那反过来也可以说柳林的设计师有问题。像那种调个色就说是日本军旗的东西，简直一抓一大把。

"好主意，不过这事要瞒着我的经纪公司来做。"蓝莫如攥紧了拳头，公司只叫她忍，说是等舆论冷却就没事了。可这么忍着她也生气，她好不容易做出来点成绩，就因为这种莫须有的罪名功亏一篑，实在是恼人。

"好，我认识做网络这块的大手，可以做这个。"萧绡想着回去跟夏炎商量一下，自己没有太多的资金，让他帮忙找些物美价廉的营销公司。

"我出资金，只要能出这口气，花多少钱都值！"蓝莫如很多年没这么热血过了，她当即给萧绡转了二十万。

打了鸡血的萧绡离开休息室，冲到一楼抱着展令君的脑袋啃了一口，转身就跑。

"哎，萧绡！"展令君摸摸湿漉漉的额头，赶紧叫住她。

"嗯？"萧绡停下脚步，双眼亮晶晶地看向展令君。

展令君好笑地看了看她，真是孩子的脸六月的天，说变就变，来的时候还愁眉苦脸，这会儿就兴高采烈了，他问："你今天是不是休假了？"

"是呀。"萧绡点头，趴到了办公桌上，做出勾引良家美男的表情，"怎么，帅哥要跟我约会吗？"

"唔，你这会儿能不能去我家，帮我照顾一会儿哥哥。"展令君面色如常，说得十分自然，一点也不像是在求人办事。

"你让我去，我就去呀？"萧绡撇嘴，她站起身理了理衣服，真是媚眼抛给瞎子看。

"你不想去就算了，我提前下班，要不要送你一程？"展令君站起身来拿外套。

展令羿不能离开人，早前家里就请了护工，然而以为展令羿是个傻子的护工竟然在家里没人的时候虐待展令羿。展令君和妈妈没办法就只能轮流在家照顾哥哥。

展家不仅仅有桑榆这一个产业，还有其他公司的股份。之前展爸爸在世的时候还好，爸爸去世之后，这些都是由展母在打理。好在展母没有特别忙的职位，只是一些公司的董事，每周有固定的开会时间。所以展令君的上班时间才定了奇怪的周一、周三、周四、周六，就是为了跟母亲的工作时间错开。

今天是周三，本来是该妈妈在家，但突然有一家公司要开会。

"谁说我不去了！"萧绡赶紧阻止展令君，本来她就打算这两天去看看哥哥的。

展令君微微地笑，把车钥匙塞到她手里道："那你快去吧，等我下班回去给你们带好吃的。"

蓝莫如自己在休息室坐了一会儿，起身往琴房去，刚走到门口，戴上了手套的慕江天就走了出来，与她撞了个正着。

"小心！"蓝莫如赶紧扶了他一把，被他轻巧地躲开，蓝莫如的双手徒劳地举在半空，只能苦笑。

当年她还只是个十八线小明星，慕江天却已经是世界级的钢琴大师，他们之间差得太远。为了慕江天的名声，她一直尽力隐瞒两人的恋情，直到这事被柳林的团队知晓，她才被迫跟慕江天分手。

"难道我配不上你吗?"年轻气盛的慕江天对此很是不解。

"是我配不上你,一旦恋情曝光,会大大降低你的格调。"蓝莫如当初也很是痛苦,但比起搭上两人的前途,分手是最佳选择,"我不能拖累你。"

没想到不久之后,慕江天就出事了。他瞎了双眼,失去了弹琴的手,变成一个废人。而此时,蓝莫如已经借着一部古装剧大红大紫。她想要照顾慕江天,却被他毫不留情地拒绝了。

"呵,我不能拖累你。"慕江天扬着下巴将她当年说过的话如数奉还,高傲而冷漠地转身就走,从此没再跟她有任何的交集。她只能躲在阴暗的角落里,悄悄地看着他……

"你打算帮助萧绱了?"慕江天双手交叠在盲杖上端,如同拄着手杖的贵族绅士。

"帮她,也是帮我自己。"蓝莫如喉头微颤,已经记不起上一次跟慕江天说话是什么时候了。

慕江天不置可否地歪了歪头,转身离开。

展母已经出门了,这会儿是保姆和展令羿在一起。萧绱也被展令君的焦虑感染,一路开得飞快,生怕晚去一会儿展令羿就被人欺负了。

好在到家的时候,展令羿还好端端地坐在沙发上看电视,保姆兀自在房间里打扫卫生。

这保姆就是每天来做饭的那位,她认识萧绱,见萧绱来了,笑得一脸憨厚道:"萧小姐来了,那我就先走了。"

"哥哥……"萧绱坐到展令羿旁边。

"嘘——"展令羿做了个噤声的手势,继续眼睛一眨不眨地看着电视。

萧绱耸耸肩,坐到一边去给夏炎打电话,问问他接不接生意。

"这个月的生意都排满了呀。"夏炎懒洋洋地说,"不过大脸姐姐的,可以插队!"

"臭小子,再叫我大脸姐姐跟你翻脸啊,我的脸现在都恢复了。"萧绱威胁他。

"先给定金吧,你这个任务比较复杂,要查柳林的设计师,还要扒设计师的黑历史,P图,写软文,我一个人可搞不定。"夏炎把萧绡要做的事捋清楚,开了个价。

这价钱没超过蓝莫如给的钱,萧绡爽快地答应了。

"你这个计划还不够完美,要我说,玩就玩个大的。"夏炎嘿嘿一笑,"他们不是污蔑你,弄得你被峰会踢出局了吗?咱们就把进入复赛的人挨个儿扒一扒,沾点边的都给他们调个色,安个卖国贼的名头,看峰会还踢不踢?"

甩不掉身上的污泥,干脆把水搅浑。

另一边,展母坐在LY的会议室里,冷着脸听周泰然叙述近来发生的事。

"LY的名誉是第一位的,我们绝不能跟什么军旗扯上关系,必须快刀斩乱麻。"展母听得一头火,这种事本来处理起来也很简单,为什么会拖到这种地步?

"没错,我赞成直接开除那个设计师,言明这是她的个人行为,与我们公司无关。"另一位董事发言道。

展母微微颔首,表示认同。

周泰然轻咳一声,示意众人少安毋躁道:"这件事并不是设计师个人导致的,是有人在针对LY,不是她也会是别人。而且,我怀疑这件事中,有LY高层的参与。这次召开紧急董事会,便是希望能启动调查程序,彻底调查。"

董事们面面相觑,也不说话。他们中有跟林思远关系交好的,也有罗誉的亲表哥……

展母皱起眉头,低声问周泰然道:"那个设计师你就不处理了?"

"伯母,她是令君的女朋友。"周泰然小声跟展母咬耳朵。

展母一愣,无数画面在脑海中呼啸而过:拿着丝绒盒子的小儿子,热牛奶时偷笑的小儿子,带着哥哥去约会的小儿子,以及在她耳边吹嘘闺密无数次的外甥女……

"那个设计师就不处理了?"有人在此时提出了这个问题。

"处理她,只会寒了员工的心,我们董事会要解决的是高层的问题,员工的事还是让泰然做主得好。"展母瞬间换了副表情,笑着道。

"这倒是……"众人纷纷点头,不再揪着萧绡不放。

"啊嚏——"萧绡坐在展家哥哥旁边,打了个喷嚏,总觉得有人在背后说她。

"LY怎么就卖国了?"哥哥突然很生气地说了一句,继续一眨不眨地盯着电视。

"嗯?"萧绡这才注意到电视上在放什么,竟然是经济频道在说LY的事,说LY深陷"军旗门"事件。

"我要是卖国,当初就不会回国开公司了!"展令羿皱着眉头,语调有些冰冷。

"哥哥,你……你怎么知道这些?"萧绡惊呆了,心智只有三岁的展令羿怎么会想起LY公司成立的事。

展令羿沉默了片刻,慢慢抱住脑袋道:"我不知道……呜……"

"好了好了,别想了,我们吃果冻吧。"萧绡赶紧哄他,怕他又头疼。

"我要吃黄桃的!"听到果冻,展令羿又高兴了起来,等萧绡把果冻切成小块递给他,他突然顿了一下,有些不确定地问,"萧绡,你知道,银色大厅里弹琴的人,是谁吗?"

"哐当!"萧绡的手一哆嗦,刚拿起的小勺子就掉在了地上。

"哥哥,你是不是想起什么来了?"萧绡顾不得那把勺子了,蹲在展令羿面前看着他。这些日子,萧绡有空就来陪着哥哥,偷偷带他去楼上的工作间看,也不知是不是错觉,她总觉得哥哥的智力水平在上升。

"我最近,常常梦到银色的大厅和钢琴……"展令羿有些吃力地回想,他低头看着掉在地毯上的金色小勺子,"勺子。"

萧绡把勺子捡起来,拿纸巾擦了擦递给他,嘴唇颤了颤,不知道该不该说。十年过去了,展令君竟然一点都没在哥哥面前提及过慕江天,可见这件事是不能说的。

展令羿慢慢地吃着果冻,像是把刚才的事忘掉了。

萧绡松了口气,低头看夏炎发过来的新消息。

火炎焱:哈哈,查到个有意思的东西。你猜,柳林的设计师是谁?

小小布:谁?总不能是姚星洲吧?

火炎焱:哇,你怎么知道?!

还真是姚星洲?萧绡是随口胡诌的,没想到她竟然猜对了。一系列阴谋的最后一环终于扣上,因为柳林嫉妒蓝莫如,便选择了当初在大赛上比萧绡分数更高的姚星洲做私人设计师,试图压蓝莫如一头。那么之后柳林和宝拉联手就顺理成章了。

萧绡立时给夏炎打了过去道:"姚星洲和柳林的合作并不出名,你得找到切实的证据。"

"放心吧,保证让他们翻盘无望。"夏炎还在噼里啪啦地敲击着键盘,说话的语调一点也不像个青涩少年,自信得仿佛创世神。

"姚星洲的作品很多,你得往同一个方向找,比如觉得他哈韩,就把所有的作品都往韩国那边靠,不能一个像米字旗,一个像美洲鹰,说不过去。"萧绡不放心地叮嘱。

"知道了,做好了给你看,不跟你说了,忙着呢。"夏炎说了两句就跑了。

萧绡无奈摇头,小孩子就是性子急。突然,她的衣袖被拽了一下,萧绡抬头看过去,展家哥哥正用一双无辜的大眼睛看着她道:"萧绡,你能不能,带我去见见他?"

"谁?"萧绡一时没反应过来。

"那个……"展令羿比画了一个弹琴的姿势,"那个银色大厅里的人。"

见慕江天?萧绡皱起眉头道:"那我问问令君。"

"不行。"展令羿摇了摇头,"不能告诉君君,他肯定不让我见。"像是小孩子想偷偷看动画片一样,坚决不能让大人知道。

萧绡一时犯了难。

夏炎的动作很快,不到一天的时间,就找出了很多有用的东西,他把姚星洲一些看起来有问题的作品都发给了萧绡。

其中一件红蓝相间的裙子引起了萧绡的注意。这件裙子上半截为正红，下半截为正蓝，腰线处裁成曲线，看起来像是旭日在海面上升起，强烈的色差非常引人注目。这是去年姚星洲在国外时设计的一件高级成衣，这件成衣当时在中国境内卖得也很不错。

然而，上红下蓝，那是韩国国旗的主要元素。韩国国旗，上红下蓝，呈太极阴阳鱼的模样。这条裙子，都不用调色，加上点六爻八卦就是韩国国旗，加上点铁锚弯钩就是韩国海军旗。

于是，夏炎就把姚星洲的几件作品都往韩国那边靠。红蓝相间的，韩国国旗无疑；腰线靠上的，肯定是模仿韩国国服；实在没什么像的，可以调个色嘛！

真真假假混合着来，他找作图高手给拼接好，又联系了营销公司，找了粉丝百万的营销号一大堆，分批次发了出去。

"到底谁是卖国贼？宝拉设计师姚星洲可是个结结实实的韩粉！"

萧绡那件事的热度还没过去，"卖国贼"三个字一出来，立马吸引了大量的群众围观。

如果说萧绡那件"我的太阳"都能说成是日本军旗的话，那姚星洲这件红蓝裙子就辩无可辩了。而且，这次亮出来的可不仅仅是一条裙子，而是不下十件衣服，都或多或少跟韩国能扯上关系。

燃烧小火苗：姚星洲本来就喜欢跪舔韩国，他早年设计的衣服都是模仿韩风的。

噼啪小火苗：肯定了，不然他也不会成为柳林的设计师啊。

吃瓜路人：楼上，你什么意思？这事怎么还跟柳林扯上关系了？

一旦牵扯到明星，信息的传播速度和宽度就会呈几何倍增长。人们开始扒柳林对韩国的态度，似乎每次跟韩星合作她都特别开心，有一次她还连发两个微博表达见到欧巴的兴奋，甚至被人扒出来早年柳林竟是某个韩国男子组合的迷妹。

熊熊小火苗：我是圈内人，说点消息，之前就是因为有人发现了柳林和她的设计师都有问题，她们公司才会拉蓝莫如下水当挡箭牌，先发制人。多的就不能说了，你们自己体会。

半遮半掩，话说一半，最是让人心痒。群众开始自发地脑补，将剧情补充完整，柳林如何惊慌失措，如何定下毒计，这些人仿佛亲眼所见一般，说得真真儿的。

之前那些骂蓝莫如的人，纷纷倒戈过来骂柳林。

宝拉也陷入了与LY相同的境地，甚至情况更糟糕。

周泰然可不会放过这个机会，他叫了罗誉到办公室来道："董事会开启了对你的调查，这事你应该知道吧？"

罗誉脸色白了白道："周总，我……"

"别解释，我不想听。"周泰然打断他，事实如何大家心知肚明，"上次的公关，你的处理让我很失望，这次宝拉出事，该怎么做你知道吧？"

"是，这是个很好的机会，如果运作得当，宝拉在中国几年内都翻不了身，说不定会退出市场。"罗誉立时明白了周泰然的意思，如果这件事做得好，他就算是将功折罪，如果做不好，董事会的调查就要动真格的了。

周泰然抬抬下巴，不置可否，给他个眼神让他自己体会。

罗誉有了危机感，这次当真是干劲十足。

宝拉总裁李岳霖气得摔杯子道："怎么回事？这个罗誉是疯了吗？"

萧绡这几天休假，公司里的事牵涉不到她，她只时不时地刷一下网上的动态，看看大家骂宝拉、骂柳林，心情很舒畅。

坐在咖啡店里，看到窗外拄着盲杖慢慢下车的慕江天，萧绡赶紧站起来，出门去接他。

"两个小时后来接我。"慕江天听到萧绡过来，便抬手示意助手不必下车了，他向前走了一步，将戴着手套的手递给萧绡，"麻烦你了。"

萧绡莞尔一笑，牵起神子之手慢慢走进店里，寻了个僻静的地方坐下道："我喝冰咖啡，你喝什么？这里有各种手磨咖啡和果汁，新品是果冻气泡饮。"

"果冻气泡饮，那是令羿喜欢喝的。"慕江天淡淡一笑，"给我一杯冰拿铁。"

萧绡又点了一些零食小吃，等吃食和饮料上桌，她细心地把东西递到慕江天手中，看着他慢条斯理地吃东西，完全不像个眼盲的人。

"我跟令羿，从小一起长大，两家住得近，常常练琴练到一半回头就瞧见他在我背后画画。"慕江天说起过去的事情，脸上便带起了一层柔和的笑意。

早年，展母见慕家请了钢琴老师，便让展令羿也学钢琴，结果那家伙根本不感兴趣，他把琴谱撕下来剪小人，说音符画在纸人的裙子上特别好看。最后展母无奈，只能让他学了画画。

展令羿学画画极有天赋，他的脑袋里充满了天马行空的幻想，常常画出连老师都震惊的图案。他的设计天赋早早地展现出来，展家也没拦着，以至于他在十六岁那年就名扬海外。

加上一个周泰然，三人从小玩到大，感情好到穿一条裤子。

"不过周泰然没什么艺术细胞，他从小就喜欢学算数，跟我俩不是一个世界的。"慕江天有些嫌弃地说。

萧绡捂嘴偷笑，听说周泰然家里也是家大业大，他爸爸一直希望他早点继承家业，但展令羿出事之后，他就把主要精力放在了LY上，以至于他爸爸到现在也没能如愿退休。

"原来是这样。"萧绡有些感慨，他还以为展家兄弟当年出现在银色大厅只是碰巧，事实上他们应该是刻意给好兄弟捧场的。

"是我连累了他，令君其实是在怪我，他只是不说罢了。"慕江天喝了一口咖啡，微微蹙眉，廉价的冰咖啡有些太甜了，不合他的口味。他们这些人里，也就展令羿那个另类会喜欢这些过于甜腻的东西。

"没有吧，他只是自己跟自己较劲。"萧绡劝说道。

慕江天摇了摇头道："他怪我，也怪他自己，把自己困在牢笼里，一辈子都出不去。"

萧绡叹了口气，她不了解展令君对慕江天的看法，但他后面那句话是对的。展令君一直在责怪他自己，遇到哥哥的事他就变得偏执无比。"那，你这些年，有见过令羿哥吗？"

"只在早年见过一面，不过那时我已经瞎了，令羿还没有恢复意识，不会说话。"慕江天叹了口气,又喝了一口冰拿铁,甜腻的咖啡跟苦涩的美酒是一个功效,以难喝转移心中的难过。

"那你想见他吗?"萧绡试探着问。

"我每年都提,但令君始终不同意,他坚持认为令羿见到我病情就会恶化。"慕江天说起来就有些生气,他又不是病毒,为什么见到他就会恶化?

听到了前因后果,萧绡反倒更为难了。展令君明显是不想让这两人见面的,而且真的有可能会给哥哥带来危险,毕竟脑神经那种玄而又玄的东西,是谁都控制不了的。

"令羿哥最近好像想起来点过去的事了,一直说想见你。我也不知道怎么办好……"萧绡皱起眉头。上次萧绡没敢应承,昨天展令君歇班,在家陪哥哥,她也去玩,哥哥趁着展令君去厨房,一直小声求她。

"你帮帮我,让我跟他见一面吧,这很重要。"展令羿可怜兮兮地看着她,那白皙粉嫩的脸,看起来只有二十岁出头,漂亮的大眼睛里隐隐泛着水光,让人心生怜惜。

他本是天之骄子,如今连见一面发小的权利都没有,实在可怜。萧绡甚至都有些怨怪展令君的暴君行为,他一意孤行地把哥哥圈在一块安全干净的天地里,不让他接触一切可能伤害到他的东西,却也剥夺了他的自由。

耐不住哥哥的乞求,萧绡这才约了慕江天出来商量。

"真的吗?"听到展令羿想起他了,慕江天很是高兴,激动地又喝了口咖啡,他立时被甜得皱起鼻子,"这样,我们找一天令君上班的时候,我去兰芷江汀找你们。最近他不是托你照顾哥哥吗?"

两人像是地下党接头一样,商量了行程和暗号,之后再若无其事地分道扬镳。

要找到机会并不容易,展令君连着几天没有再拜托她照顾哥哥,她也只能暂时按捺住。

夏炎那边的计划还在毫不停滞地进行,加上LY出手,宝拉和柳林都陷入了麻烦之中。而夏炎完全没有罢手的意思,紧接着,他列出了十几名进入世界50强企业峰会制服设计复选的设计师。十几个人毫无例外地都有污点，有的是早年设计的作品有抄袭，有的是发表过不当言论，有的是与萧绡一样作品有争议。

"既然一件调过色的裙子都可以成为污点，不予录用，那这些人的作品就更不能用了。"

将这一切整理成一张汇总的大图片，顺道附带了世界50强企业峰会会务组的举报邮箱，鼓励群众举报这十几位设计师。

进入复选的设计师只有二十八组，一下子有十几人有污点，世界50强企业峰会会务中心顿时焦头烂额。原本他们想踢出一组设计息事宁人，没想到这下子捅了马蜂窝，给有心人可乘之机。

在夏炎举报了这些人之后，有人按照官网上公布出来的名单一个一个查，又翻出了不少问题。人无完人，吹毛求疵地挑错，肯定是能找出问题的。

组委会无法，只得再发了个声明。

世界50强企业峰会："之前决定不予录用萧女士的作品，并非是她的作品有问题，而是考虑到社会影响，没想到造成了更严重的后果，在此向萧女士道歉。萧女士的作品非常优秀，我们期待下一次的合作。"

配图是萧绡设计的"繁荣"套组，唐风半臂穿袖，色彩华而不艳，亮而不俗，弘雅的三色云纹彰显中国文化特色。

看到这一组设计，人们不由得大呼可惜。

事情发展到今天，被谣言蒙蔽的人们终于清醒过来，意识到自己被某些人当了枪使。恼羞成怒之下，这些键盘侠们不会反省自己的人云亦云，纷纷怪罪萧绡没有及时拿出证据。

吃瓜路人：有证据早点拿出来不就好了，一开始不肯放照片，放出来的时候又遮遮掩掩，还打个马赛克，看起来就很没有诚意！

嗑瓜子路人：就是，大大方方把照片放出来不就好了！有什么见不得人的吗？

萧绡对于这些言论并不在意，只要证明她是冤枉的就行了，至于人们觉得她蠢、她笨，她就只当是爱称了。她美滋滋地去上班，出国的事可以暂时推后了，她不着急去深造，想要先管好眼前的事。

"天哪！天啊！啊啊啊啊！"刚进高定室，就听到苏菲在大吼大叫。

"怎么了？"萧绡吓了一跳。

苏菲看到她，一个箭步冲过来，抓住她的肩膀使劲摇道："你认识慕江天，你怎么不早说？啊啊啊啊！"

"什么？"萧绡心里咯噔一下，难道那张打了厚厚马赛克的图被人解析出来了？不可能啊！

苏菲见她不承认，把手机举到她面前道："你看看，这是什么，还不承认？"

萧绡看过去，渐渐瞪大了眼睛。

那是慕江天许久没有动静的社交账号，这个账号现在都是助手在打理，只在逢年过节的时候给大家发个祝福，证明慕江天还活着。如今，却是用了慕江天本人的口吻，发了一张照片、一段音乐和一句话——照片里的人是我，曲子是我写的。感谢阳光，我回来了。

短短一行字，内涵的信息却非常多。那张作为关键证据却被遮掩起来的照片，确实是为了保护某人，这个人就是消失了十年的钢琴大师慕江天。而慕江天，为了感谢朋友忍辱负重的保护，决定从自己那孤独的琴房里走出来，带着他创作的曲子，重新站到世人面前。

他不能做鲁宾斯坦了，但他要做肖邦！

看着那张阳光照在钢琴师身上的照片，听着播放器里动人无比的协奏曲，所有的粉丝炸开了锅！

第29章 机遇

原来这张照片是慕江天的！原来设计师是为了保护慕江天！

《光之协奏曲》只放出了短短二十七秒，却足以令压抑了十年的粉丝癫狂。

同好会的会长给萧绡打了电话过来，她说话都带上了哭腔道："你看到了吗？这是真的吗？慕江天真的回来了？"

"这是真的，他重新站起来了。"萧绡说到最后，自己也哽住了。

他们这些老粉，基本上都是从中学时代迷上慕江天的，这对他们来说是回不去的青春。如今青春回来了，仿佛自己一夜之间返老还童，简直可以出门跑一个马拉松。

而那些新粉，却是比老粉更激动。新粉都是慕江天消失之后粉上的，爱上一个永远不会再回来的人，那种感觉绝望又心碎，总有一种无处话凄凉的无力感。如今，这个人回来了，他们爱的不再是一个虚影。就像买了一张中奖概率微乎其微的彩票，突然得了头奖，足够众人狂欢上几天几夜。

艺术家的粉丝跟娱乐明星的粉丝是不一样的，明星会过气，艺术家不会。

人们不会因为时间的流逝而淡忘看轻了他,喜爱只会因为时间的沉淀而历久弥新。

慕江天刚一露面,无数的商业邀约便像雪花一样纷纷飞来,有要跟他谈新曲子发行的,有想给他办演奏会的,有广告请他代言的,甚至有邀请他参加真人秀的……五花八门,应有尽有。

"统统推掉。"慕江天听也不听,一律拒绝。未来要怎么走,他已经考虑清楚,合作方也已经谈好,这些凑热闹的商业合作他一个也不要。

"但是,这个您得考虑一下。"助手把一张烫金的邀请函放到慕江天手边,"世界50强企业峰会,邀请您去演奏。"

慕江天摸了摸那张邀请函,缓缓摇头道:"回复组委会,我已经不是演奏家了,无法担起这样的重任。"

关于"卖国贼"的风波终于过去了,萧绡的个人社交账号的粉丝翻倍了,因为慕江天的原因,很多粉丝连带着粉了萧绡。众人这才发现,萧绡一直是慕江天的死忠粉,从这个账号建立开始,时不时就会分享一首慕江天的钢琴曲。

很快又有人扒出来,除了去年的纪念日以外,萧绡每年都去参加集会。

天天的老婆:我见过这位小姐姐,前年集会的时候她还给我们发了自己做的小头饰,没想到她竟然是个大设计师啊!我得好好保存这个,以后肯定特别值钱。

后面晒出了一张合影,每个人头上都戴着一条橙色与蓝色相间的发带,暮色为橙,江天为蓝。萧绡就站在人群中间,笑得灿烂。

一腔热血为江天:举手,我也见过,小姐姐好温柔的,为了保护我们天天,竟然甘愿忍受那么多人的误会,呜呜呜,感动哭……

一夜之间,萧绡从遮遮掩掩的哈日卖国贼,变成了保护艺术大师而牺牲自我的活雷锋。这样恪守约定,保护隐私的作风,为她在设计圈赢得了极好的口碑。

新的订单纷至沓来。萧绡的高定订单很快就排到了下半年。之前强行取消订单的那位客户后悔了,急匆匆回来要求继续做。

"给您留着呢。"萧绡没有因为订单突然多起来而得意忘形,她从柜子里拿出那件做了一半的衣服,重新挂在人台上,"不过因为您要暂缓订单,之前的两位客人排在了您的前面,可能要两个月后才能交工了。"

"没问题。"对方爽利地答应了,现在萧绡做的衣服可是一件难求。有钱人就喜欢买别人买不到的东西,这件衣服穿出去,告诉别人这是在萧绡翻身之前就预定的,一定会羡煞旁人。

先前坚持让她继续做衣服的两位客户得到了丰厚的回报,不仅如期得到了自己的礼服,还被萧绡另外赠送了免费设计一件小礼服的机会。

那位要办婚礼的客人乐开了花道:"那真是太好了,帮我的伴娘团设计衣服吧。"婚礼的预算有限,一件高定的价格太过昂贵,不可能给伴娘也准备这样的衣服。萧绡愿意免费设计,他们只要找一家成衣厂做出来就好,肯定比商店里买来的要好看。

与此同时,蓝莫如也接受了媒体关于这件事的采访。

"这件事,其实是我连累了设计师。"蓝莫如开场就语出惊人,记者们像是嗅到腥味的猫,瞬间支棱起耳朵来。

"你觉得是有人故意针对你吗?"一名记者立时追问。

蓝莫如沉默以对,没有否认,就是默认的意思。

聪明的记者不问这种废话,旁边的另一位就直奔主题道:"那是谁在背后捣鬼?是不是柳林的团队?"

"柳林说她跟你关系很好,这是真的吗?"

"现在柳林陷入了之前跟你一样的麻烦,你有什么想跟她说的吗?"

LY的危机解除了,宝拉的灾难才刚刚开始。最近国际形势比较紧张,宝拉的股份中有韩资,被人揪着这一点不放,被号召全民抵制。而柳林也跟宝拉绑到了一条船上,变成了卖国贼。

蓝莫如的经纪人拼命给她打眼色,示意她别乱说,要保持善良大度的形象。

"是谁在捣鬼我不知道,我只知道是有人想针对我,就找到了那位无辜的设计师身上。"蓝莫如得体地笑着,突然她话锋一转,"至于柳林,我要说我俩关系好,你们也不能信哪。"

"哈哈哈哈……"众人震惊了一下，而后哄堂大笑。这种话八卦娱乐新闻天天说，这还是头一次从当事人嘴里听到，莫名的好笑。

"但设计师被害得失去了竞争世界50强企业峰会制服的机会，对此你有什么想对她说的吗？"娱乐记者都有一项绝技，叫作哪壶不开提哪壶。

蓝莫如有些愧疚地说："萧绡是一位非常优秀的设计师，相信她以后会有更大的成就，这次的事我很抱歉。"

不知道蓝莫如的嘴是不是开过光了。

"什么？我不是很明白，麻烦您再说一遍。"萧绡正跟展令君吃饭，突然接到了一位自称秦氏集团总裁秘书的电话，吓得她筷子都掉了。

展令君把她的筷子捡起来，叫服务员拿新的筷子来，重新摆到她面前，看着萧绡的表情从茫然到震惊再到不知所措，他微微蹙眉，等着她说完。

"好、好的，等您电话。"萧绡磕磕巴巴地挂了电话，保持着满脸的不可思议，傻愣愣地看向展令君，"快，掐我一下，看我是不是在做梦。"

展令君伸手，扯住她的脸颊，向一边拉扯道："判断是否在做梦，可以根据能否看清对面人的脸来判断。"

萧绡被扯得说话漏风道："那奏（就）是真的了！"她拍开展令君的手，等他缩回去又一把握住，"怎么办，秦氏集团的秘书请我给秦夫人设计峰会的礼服，这种事怎么会轮到我头上？"

展令君任由她攥着手乱摸，沉默了片刻道："骗子吧。"

50强峰会是有主办企业的，这次的主办企业就是世界企业排名前十的秦氏集团。秦夫人就是如今秦氏集团当家人的夫人，会作为东道主企业夫人参加峰会。夫人的礼服与各位男女总裁的衣服会明确区分开，作为大会的亮点。

"那边说，是类制服设计，并不是晚礼服。"萧绡吞了吞口水，世界50强企业峰会各国总裁前来，是要穿统一制服的。秦夫人的衣服要亮眼，但也要与客人们保持统一风格。所以，秦夫人需要的是"繁荣"套组里那种衣服，这个萧绡还是设计得来的。

第29章 机遇

但即便如此,在外界看来就是萧绡设计了秦夫人在重大峰会上的礼服,受到万众瞩目。对她来说,就跟当年总统夫人穿了展令羿的设计一样,是千载难逢的大机遇。只要把握好,她就可以跳出普通高级设计师的圈子,跻身国内顶尖的设计大师行列。

"好机会,去吧。"展令君十分平静地说着,给她夹了一只虾。

"你怎么一点也不激动啊!"萧绡根本无心吃饭,她完全沉浸在天上掉馅饼的茫然中。

峰会的服装应该保持统一风格,通常来说,东道主企业夫人的服装设计也会落到最后胜出的套组设计师身上。如今秘书处跳过那位设计师,直接找上萧绡,怎么想都不合理。

"这也不算偶然。"展令君十分理智地分析道,"如果我没猜错的话,这次最后选出的套组风格,夫人应该不太满意。"

其他设计师的作品都没有公布,唯独萧绡的设计因为那些纷争而被迫展露在世人面前,就这么稀里糊涂地得了夫人的青眼。

还有一层原因,展令君没有说,组委会可能会为了平息众怒,特意把萧绡推荐上去。

萧绡不由得陷入了沉思,如今被选中的套组并没有公布,她也不好随便下定论。但夫人点名让她做衣服,她就得抓住这个机会,尽量做到最好。

"好紧张啊,对方说过两天通知我去量尺寸,让我随时做好准备。"这是迄今为止萧绡见过的最大的人物,她实在有些不知所措。

"紧张什么,越是知名人物,越是随和,相处起来很容易。"展令君并不觉得见秦夫人有什么好怕的,但对于叫萧绡去量尺寸的事他存有疑虑,"不过为什么要你去量尺寸?夫人的尺寸助理那里肯定有,直接给你就是了。"

"这你就不懂了吧。"萧绡狡黠一笑,终于发现有展令君不懂的东西了,她有些得意,"高级私人订制,肯定是要设计师与顾客当面聊一聊,明白顾客的真实意愿才能动笔的。"

"你没问问报酬吗?"展令君吃了一口菜,想起来当年美国总统夫人点名要展令羿做设计师,那家伙问的第一句就是"你们出什么价",丝毫不在意对方是什么人。

"问什么报酬啊,倒贴钱我都愿意!"萧绡嘿嘿笑,把展令君夹给她的虾一口吃掉,她吃得太急,被虾尾给扎了一下,赶紧捂住嘴。

给夫人设计衣服,对于设计师个人来说,比给大会设计衣服更有用。这名气,是花钱都买不来的,还要啥"自行车"呀!

因为太过兴奋,萧绡这顿饭都没吃多少东西,等坐上展令君的车她还在说个不停。

"给你。"展令君路过一家奶茶店,下车买了两杯饮料,自己依旧喝万年不变的常温奶绿加椰果,给萧绡的却是一杯满是冰的柠檬冻饮。

"怎么这么多冰?"萧绡震惊地看着那从杯底一直堆到顶盖的冰块,摇都摇不动。

"喝点冰的,冷静一下。"展令君把自己的那杯放到饮料架上。

"……"这是嫌她吵吗?萧绡鼓起脸瞪他,"啵"的一声把自己的吸管也插进展令君那杯奶绿里,吸了一大口。

展令君瞥她道:"这算不算间接接吻?"

"这哪儿算啊,我又没用你的吸管。"萧绡屈指弹了弹旁边那根蓝色的吸管。

展令君斜瞥她,转头发动车。

奶绿本来就很甜,再加上椰果就更甜了,萧绡觉得自己被慕江天传染了,竟然喝不下这么甜腻的东西,她只能老实地喝她的柠檬冻饮。

冰凉的柠檬水灌进喉管,一阵寒气蜿蜒而上,把脑袋冻得生疼,萧绡打了个冷战,人也终于冷静了下来。

偷瞄一眼展令君的侧脸,萧绡摩挲着塑料杯外面凝结的水珠子,斟酌着问:"话说,哥哥跟慕江天是不是认识?"

"嗯,怎么了?"提起哥哥,展令君的语调会不自觉地低几度。

"哥哥好像,想起来慕江天了。"萧绡小心观察着展令君的神情,思考良久,

第29章 机遇

还是决定跟他说说,"前几天,他跟我提起过。"

"他说什么了?"展令君似乎对这件事有些吃惊,但他开车的动作并没有受到影响,速度依旧均匀平稳。

"他问我,银色大厅里的那个人是谁,说他最近经常会梦到。"萧绡有些艰难地说,看展令君的神态,应该是不知道这件事的,也就是说,哥哥连他也没告诉,只告诉了萧绡一人。这让她有一种背叛了哥哥的恐慌感。

展令君沉默了几秒钟道:"我知道了。"

咦?没有下文了吗?萧绡攥了攥手中的杯子,冰块隔着薄薄的软塑料激得她指尖发疼,遵守跟哥哥的约定与保持对展令君的坦诚,在她心中矛盾地撕扯。

"求求你,让我见见他。君君不会同意的,只有你能帮我了。"展令羿快要哭出来的表情深深地印在脑海里,让萧绡每每想起就心尖发颤。

再吸一口冻饮冷静一下,萧绡旁敲侧击地暗示道:"我觉得哥哥比以前进步了很多。"

"是吗?"不再提慕江天的事,展令君又恢复了笑意道:"那是你的错觉,他昨天晚上还抱着枕头要跟我睡。"

正常的三十多岁的哥哥,谁会哭闹着要跟弟弟睡呀!

萧绡干着急,不知道怎么说好。展令君天天跟哥哥见面,很难发现他的变化。但萧绡隔一段时间才能见到他,明显感觉到哥哥有些变化。这变化很微妙,萧绡不是专业医生也不知道怎么描述。

"我觉得哥哥说话比以前有逻辑了。"萧绡试图让展令君去注意一下哥哥。

"我知道了。"展令君依旧是那句话,他缓缓踩下刹车,已经到地方了,"等我晚上回去给哥哥做个测试,你别担心。"

听到这话,萧绡放心了不少,笑着点头。她正准备下车,突然被展令君拉住,紧接着,一双薄唇就贴了上来。

"唔!"萧绡瞬间瞪大了眼睛,不知道该作何反应。

两人已经在一起半年了,展令君严格遵守哥哥的绅士教育,做什么都讲究循序渐进,以至于他们目前最亲密的动作就是亲一下脸颊。

唇上还留着柠檬冻饮的冰凉,萧绡恍惚地想,这下子不是间接接吻了。

这并不是个缠绵的吻,只是轻轻地触碰,带着几分小心翼翼。

"做、做什么?"萧绡的大脑陷入了宕机状态,一片空白。

展令君眼带笑意地看着她,深邃的眼睛里满是细碎的光,他道:"测定你的静息通气量。"刚才看到萧绡喋喋不休地叮嘱他哥哥的事,展令君忽然就很想吻她。会像他一样关心哥哥、觉得哥哥无比可爱的萧绡,同样可爱不得了。

什么静息通气量?萧绡一头雾水,对于医学这一块几乎是文盲的她,只能猜个大概,她问道:"那,结果如何?"

"不知道,因为医生有点紧张。"展令君一本正经地说。

萧绡捂脸,这样的展令君实在诱人,她不敢多看,只能推开车门飞快地跑掉。

集团那边也没给个准确时间,萧绡要随时做好准备,便没有时间去见展家哥哥了。展令君知道她忙,也没有再拜托她照顾哥哥。

一晃三天过去,就在萧绡开始怀疑那通电话是骗子的时候,那边再次打来,说是明天早上七点钟来接她。

因为秦夫人在集团内部也担当要职,每天的行程很满。萧绡连忙应承下来,早上五点她就起床开始准备。

黑色的商务车停在小区门口,司机是戴着墨镜、留着板寸的壮汉,神情冷肃。他乍一看根本不像来接客人的,更像是来绑架的。

车上下来一名穿着商务套装的年轻女子,笑意盈盈地等着萧绡道:"萧小姐是吗?我是秘书姜媛,您可以叫我小姜。"

"姜秘书。"萧绡跟她握手,随之上车。

秦氏集团的大楼就在这座城市里,不同于其他豪门太太穿金戴银、逛街打牌的生活,秦夫人穿着一身利落的小西装,剪了十分干练的短发,正在办公室里回复邮件,见到萧绡进来,夫人带着春风和煦的笑起身跟她握手道:"我平时忙,每次做高定都要麻烦设计师上门来,真是抱歉。"

"能给您量体裁衣是我的荣幸,上门服务也是LY一直提供的。"萧绡听到这

第29章 机遇

温和可亲的话语，一路上积累的紧张顿时烟消云散。

世界50强企业峰会，说起来并不是特别正式的会议，旨在经济文化交流。作为东道主企业，自然希望企业形象可以彰显出自己国家的文化底蕴。所以从会场布置、摆设，到穿着、食物，无一不采用了传统的中国风。

姜秘书拿来了一本画册，上面有会场布置的预览图，还有组委会最后选出来的服装套组样品图。

萧绡接过来快速地看一遍，最后选出的套组是一位传统老艺术家设计的，以青花瓷为主题，青色与白色交替，古风古韵，很有特色。比起萧绡那套"繁荣"毫不逊色，"繁荣"是光彩夺目地展现企业风范与底蕴，"青花"则是高贵冷艳地一枝独秀。两者的立意很是不同，效果各有所长。

"这套青花，做出来一定很棒。"萧绡夸赞了一句，其实这位设计师的水平很高了，完全可以担当给夫人设计礼服的重任。

夫人点了点头道："世界50强企业峰会虽然不是所有企业都会参加，但确认出席的也有四十几位总裁，还有一部分总裁家属。设计师要给每个人按尺寸定做，实在太忙了，没法再给我单独设计。"言下之意，就是她并非不喜欢组委会选出来的这套衣服，只是设计师没有时间。

哪个设计师愿意放弃这个机会？萧绡不得不佩服夫人的涵养，不喜欢还要给那位设计师台阶，一点坏话都不说。

合上画册，萧绡笑着抬起头道："我大致知道峰会的风格了，衣服您想要什么样的效果？"

"先前在网上看到了你的设计，我很喜欢，就希望能把'繁荣'的衣服稍作改良，用作这次的礼服。"夫人这样说，让萧绡有一种果然如此的感觉。

其实按照组委会的眼光，"繁荣"这套要胜出估计很难，但因为种种意外，她的作品被提前公布出来，反倒得了夫人的青眼。不知这算不算因祸得福？

按捺下心中的激动，萧绡强迫自己冷静下来，思考了片刻她才重新开口道："'繁荣'那套半臂穿袖，改成礼服的确不难。但那套衣服是因为放在一起成为套组才好看的，单独拆开来看并不出彩。就像这组'青花'，也是以套组为目的来设计的，单独看的话很一般。"

萧绡把画册翻到服装那一页，用手遮住旁边的衣服，只单看一件女总裁的衣着。上半部为白色短袖，下半部为青花包臀裙，平平无奇，这衣服放在商店里也不见得好卖。但等萧绡把手放开，连着看旁边的其他三套，就会有一种名贵瓷器展览的错觉，高低错落、长短呼应，很是好看。

这跟当初萧绡给桑榆设计制服是一个道理，单独拎出来看是很一般的衣服，因为每一件都不同，但又有千丝万缕的联系，合成一个整体就非常出彩。

夫人微微地笑，眼中满是欣赏道："那你觉得应该怎么做？"像萧绡这个年纪的人，很容易被别人影响，换做其他人，可能听到客户喜欢某个风格，就照着那个风格给做了。萧绡却能从专业的角度否定她的选择，反倒让人对她产生了信服。

"客人用青花，主人就用牡丹。鲜花配瓷器，最合适不过。风格依旧可以做唐风的，不过要做得修身一些，这样与整体风格比较搭。"萧绡这几天可没闲着，她反复看了最近两年秦夫人参加各种宴会的照片。揣度客户的喜好，加上今天看到的画册，要做什么衣服她心中已经有了雏形。

夫人笑着点头道："这很好，你是个有胆识也很有想法的年轻人。"

第30章 名义

萧绡对这次的设计非常重视,她查阅了很多资料之后,设计了初稿交上去。之后她又做了两次修改,终于在一个月之后定稿了。

长出一口气,萧绡觉得自己像是脱了层皮一样,无力地趴在桌子上。

手机响起了视频请求,显示为"后羿射日"。萧绡左右看看,拿起手机走到设计室外面,屏幕里显示出展令羿的脸。

"萧绡,你好久没来了。"哥哥的表情有些委屈。

"跟谁聊天呢?"背后传来展令君的声音,他手里拿着个小碗,碗里装着刚切好的水果,他凑过来看到萧绡的脸,微微蹙眉,"没有打扰你吧?"

"没事,我刚想跟你说呢,终稿通过了!"萧绡笑得一脸开心。

展令君点点头道:"那就好。"说完,他把水果又递给哥哥,让他乖乖吃水果,也不管他俩,兀自又去忙了。

展令羿咔嚓咔嚓吃了一块苹果,转头看看又进了厨房的弟弟,压低声音说:"你什么时候来呀?"

"就这两天吧。"萧绢抿了抿唇。

这一个月她也去过展家两次，不过都是展令君在家的时候，她并没有跟哥哥独处的时间。萧绢就盼着哥哥把见慕江天的事忘了，奈何他一直记着，并且越来越迫切。

挂了哥哥的视频通话，秦氏集团秘书又打了进来，还是那位姜秘书，说一会儿会来公司附近找她，签个合同。

萧绢下楼去，那辆像绑架专用的商务车停在楼下，姜秘书邀请她上车签合同。一份是服装定制合同，另一份是保密协议。

"有件事希望您能理解，最后官方公布出来的设计师名，是不能署个人名的，要署公司名。"姜秘书另外拿出一份合同。

因为东道主企业夫人的衣服是单独设计的，如果署名著名设计师，就会显得突出美化东道主企业夫人一样，不合适。萧绢点头表示理解。

"这个您不用担心，除了官方发布之外，是允许您做个人宣传的。"

萧绢点点头，愉快地签了字。

"要挂靠在哪个企业名下，就让企业在这里盖章。"姜秘书把最后那份合同给她，让她自己考虑考虑，"如果没有合适的企业，我们可以给您安排。"

萧绢不太懂商业上的这些东西，但她下意识地觉得这里面有利可图，道："我先试试，找不到合适的再联系你。"

按照惯性思维，萧绢自然是应该用LY的名义的，这样对自己的公司有好处，她便去找了周泰然。

周泰然听说萧绢接了秦夫人的订单，足足愣怔了半晌道："这是个好事，用LY的名义当然没有问题。不过……LY不是上市公司，能带来的经济效益有限。"说后半句的时候，周泰然犹豫了一下，但他还是说了出来。

萧绢有些惊讶地看着他道："你的意思是……"

"从你的个人利益角度出发，挂在上市公司名下，能给你带来更大的好处。"周泰然笑着道。如果是别的员工，周泰然肯定会毫不犹豫地让她用LY的名义，这能给LY的名誉带来很大的提升，但眼前这人是展令君的女朋友。

前一句他是作为公司总裁说的,后一句则是作为熟人的提醒。这事萧绡不懂,但展令君懂,如果被展令君知道自己坑了他的女朋友,还不知道展令君要怎么找他算账。

"那怎么行?"正说着,林思远突然推门进来。

周泰然皱起眉头道:"林首席,为什么不敲门?"

"抱歉,我太着急了。"林思远抱着手臂,丝毫没有道歉的诚意,他转头看向萧绡,"你作为LY的员工,自然是要用LY的名义的,上市公司能给你的好处,我们也能给。"

萧绡古怪地看了他一眼,公司的管理方面应该是周泰然的职责,而林思远作为代理首席,他的工作就是设计服装,这事他插嘴有点越俎代庖了。

周泰然的脸果然冷了下来道:"林首席,这事我会处理的。"

"你会处理?你根本就不懂这对于LY的意义!"林思远以前看多了艾德琳在周泰然面前的威风,也有样学样地抬起了下巴。

办公室里的气氛瞬间剑拔弩张起来,萧绡夹在中间很是尴尬,她默默离开了总裁室。

过了一会儿,林思远主动过来找她。

"设计界的规矩你应该清楚,作为LY的员工,你的作品版权是属于LY的,所以这件事必须用LY的名义。"林思远单手支着下巴,很是理所当然地说。

"合同里写着,不登入公司系统的作品,版权归个人所有。"萧绡因为经常接私活,仔细研究过合同,她根本不会被林思远糊弄住。

"我没跟你讲合同,讲的是设计圈的规矩,你出去问问,这种情况下,哪家设计公司的设计师会用别的公司的名头?"林思远有些生气。

萧绡叹了口气道:"我也没说要挂靠别的公司……"这只是周泰然出于好心的建议,要不要这么做她还在考虑。

林思远的脸色这才缓和了些道:"这就对了,你的作品后面,记得要标上我的名字。"

自从萧绡变丑之后,林思远对她的态度就非常差。时间久了,萧绡也对这个人起了厌恶,此刻听到他理所当然要署名的话,顿时就火了道:"这是我的个人作品,并没有接受你的指导。"

"现在我是首席,你用LY的名义就要带上我的名字!"林思远趾高气扬地说。

萧绡气得肝疼,要说让她带上艾德琳的名字也就罢了,毕竟之前设计"繁荣"的时候艾德琳也曾给过她帮助,但要标上林思远的名字,她是一千个不愿意的。

林思远走了,萧绡站在原地生闷气。旁边的高成设计室里,王姐探出脑袋看了一眼,正好跟萧绡的目光对了个正着,她立时像田鼠一样缩回脑袋。

自从上次匿名聊天群里出现了曝光意外,那些总是说萧绡坏话的人看到她就绕道走,生怕跟她对上了尴尬。

萧绡觉得好笑,每每这种时候,她就故意跟对方的目光对上,看着他们烫到一样地移开目光,她就能乐上半天。

萧绡拿起手机,给梁靖瑶打了个电话道:"瑶瑶,能不能帮我约一下你爸爸,我有件生意要跟叔叔谈。"

大梁创世是上市企业,既然这是个好事,当然还是肥水不流外人田得好。霸气无比地联络了梁靖瑶之后,萧绡的脑子又变成了一团糨糊,对于商业上的事她一知半解,想了想她还是决定问问展令君。

"你要跟我二姨夫合作?"晚上展令君接她吃饭,听到这话微微挑眉,"那可得狠狠宰他一笔。"

商誉,对于任何一家大型公司都是很重要的,甚至会作为财产体现在报表里。对于上市公司来说,商誉尤为重要,它对股价的变动影响非常巨大。

展令君给萧绡科普了一下上市公司的知识道:"总之你知道一点就行了,如果作品以大梁创世的名义来公布,它的股价一定会大涨。"

上市公司的股价大涨,带来的收益可不是几百万、几千万那么简单的。

恶补了一下商业知识,萧绡对于要谈什么大致心中有数了,她只是还有点胆怯,作为一个出门买菜都不懂杀价的人,要怎么跟梁总那种老狐狸谈判?

"要不你跟我一起去吧?谈成了分你好处。"萧绡满眼期待地看着展令君。

展令君失笑道:"再怎么说那也是我姨夫。"他是有能力让萧绡得到最大化的利益,但让他出面有点不合适。

萧绡也知道自己有点强人所难了,她苦恼地揉了揉脸。

"你现在是优势方,主动权在你手里。没有大梁创世,还有成百上千的服装企业等着你去挂靠,你只要摆出不缺合作者的姿态就可以了。"展令君笑着看她,伸手捏了捏她腮侧的软肉。

最近萧绡的激素减到两片,她的脸明显瘦了下去,大概再过一段时间,就没有这手感了,他得趁机多捏几下。

"那我跟他要多少钱合适呢?一百万?两百万?"萧绡盘算着,要两百万会不会把人吓跑?

"别要钱。"展令君摇了摇头,"要股份。"

坐在大梁创世的董事长办公室里,萧绡还是有点紧张。

"紧张什么呀,我爸你又不是没见过。"梁靖瑶跟她相处久了,一眼就能看出来她的状态。

"我这不是没谈过生意吗?怕惹叔叔笑话给你丢脸。"萧绡冲她眨眨眼。

"哎哟喂,你还知道给我长脸了!"梁靖瑶受宠若惊地说,"没事,我在我爸面前向来没脸,你随便丢。"

萧绡:"……"

梁德华还是那副黑社会老大的模样,他风风火火地走进来,"噗"的一声陷进沙发里,摸摸自己的大光头道:"刚开完会,久等了啊。"

女儿传话说萧绡有生意要跟他谈,梁德华想着估计又是些定做衣服之类的小事,没怎么在意,此刻也是一副唠家常的模样。

"听说你跟令君在一起了?嘿嘿,以后咱就是一家人了。"作为一名五十多岁的中年男子,不能免俗地染上了喜欢探讨晚辈婚姻恋爱的恶习。

"且早着呢。"萧绡不愿在这些废话上浪费时间,她直接从包里拿出那张合同,"这次是真的有正事跟您谈。"

梁德华笑眯眯地接过来，刚看了两行，他的脸色就变了，道："这是真的吗？"

"这哪敢有假的。"萧绡低头看了一眼手机，上面有展令君发给她的谈判要诀，默念一遍再抬头继续说，"秦氏要求用公司的名义来公布，我想着肥水不流外人田，就先来找您了。您看看有没有兴趣？"

有兴趣，当然有兴趣！梁德华的内心在咆哮，作为一个商人，他对这件事的敏感度是萧绡不能想象的，在看到这份合同的瞬间，他便已经计算出了这场合作带来的商业价值。但是他表面上却不动声色笑眯眯地把合同翻了一遍，说道："这是个好事，我当然愿意了。"

萧绡眉梢一跳，这老狐狸说得好像捞不到好处一样。要不是展令君给她科普过其中的道理，说不定她还真被他蒙住了。"因为瑶瑶的关系，我才先来问问您。秦氏那边催得急，您要是觉得为难，我就答应别的公司了。"

这话说得不冷不热的，让梁德华心里咯噔一下，他抬头仔细打量眼前的小姑娘。不过一年时间，萧绡似乎成熟了很多，说话不慌不忙，也不再一直带着笑，显然心中有数，轻易糊弄不住了。

放弃那点忽悠小孩子的侥幸心理，梁德华坐直身体，开始严肃对待道："开个玩笑，你能第一个来找大梁创世，叔叔很感激。大家都是自己人，废话就不多说了，你想要多少？"

这才是正确的合作态度，萧绡这才缓和了脸色道："我要百分之五股份的增值差价。"

"嘶——"梁德华倒吸一口凉气，这话说得可谓正中要害，一针见血。作为一家上市公司，且在A股的环境下，这件事带来的好处会直接体现在股价上，称得上是立竿见影。如果用两三百万买过来，可谓一本万利的买卖，但现在萧绡要的是股份增值差价，那可就不是三五百万能包得住的了。

"这太多了。"梁德华摇摇头，百分之五可不是个小数目，他自己的持股也只有百分之三十六，这个提案根本无法在股东会上通过，"这个价钱，任何一家上市公司都拿不出来，而且你要差价，很难操作。"

他还是更倾向于一次性给钱，但萧绡不同意，表示他可以跟股东们商量一下，她也再问问别家。

看着萧绡从大梁创世走出去,梁德华有些焦躁地摸了摸自己的光头道:"瑶瑶,你去劝着点她,别把这东西卖给别人,起码给我拖三天,听到没?"

"爸,你想要就赶紧下手,这可是个好机会。"梁靖瑶一开始也不知道萧绡要谈什么,听了全程她哪里还不明白这其中的利害。她名下也有百分之八的股份,知道是个赚钱的大好机会。

"废话,我能不知道吗?但她要的价太高了,我得跟股东们商量一下。"说罢,梁德华就通知下去,召开紧急股东大会。

分薄股份这不是个小事,他自己可做不了主。

萧绡也没有急着联系别的公司,私心里她更愿意跟大梁创世合作,毕竟梁家帮了她很多忙,而且也有这么多层关系在。

梁德华这个人能把一个小作坊发展成上市企业,办事效率不是吹的。第二天他就给了萧绡回信儿,邀请萧绡晚上一起吃饭。

晚上是萧绡跟展令君固定的约会时间,展令君便也跟着去了。

"不是叔叔抠门,百分之五的股份差价这个根本无法操作。因为这样一来你必须先买进百分之五的股份,但就算股东们愿意割让,你也没有那么多的资金买。只能想个折中的办法,给你最大限度的员工股,也就是百分之三,这个是法律规定的,不能再多了。"梁德华诚恳地照实说,给坐在萧绡旁边的展令君使了个眼色。

展令君却像是没看见一样,他慢条斯理地吃着菜,完全没有掺和的意思。

说是员工股,但跟真的员工股有所不同,大梁创世会跟她签订一个协议,以签订当日的开盘价为基准价格,等萧绡想要抛售的时候,必须由大梁创世公司自己吃进。

比如签订合同的时候,每股十块钱,萧绡决定卖出的时候市场价是十五块钱每股,那么萧绡就能得到每股五块钱的差价。

萧绡用余光瞄了一眼展令君,见他微不可察地点了点头,便毫不犹豫地答应了。

这个价钱，的确是很有诚意的价格了，这还是因为梁家父女占股份比例大，有话语权的缘故。换作别的公司，谈判很多天能磨到百分之二就谢天谢地了。

签完合同的那一刻，萧绡觉得自己瞬间变成了有钱人。

"天哪，我才知道百分之三的股份有多少钱！只要那个消息一公布，这股价嗖嗖地往上蹿，我就变成大富翁了。到时候，当上CEO，迎娶高富帅，指日可待啊！"萧绡在展令君的办公室兴奋地蹦来蹦去。

展令君好笑地看着她道："你想迎娶哪个高富帅啊？"

萧绡蹿到展令君面前，用合同卷成的纸筒挑起展令君的下巴道："你说呢？"

"我可不是高富帅，还背着债呢。"展令君手指并起，推开纸筒。

"差点忘了，你现在是个苦哈哈的灰小子。"萧绡阴恻恻地笑着，用地痞流氓的语调说，"宝贝儿，那就从了我吧，我给你还债，照顾你一家老小，保你吃香的喝辣的。"

展令君抽了抽嘴角道："那好啊，烦请金主大人，先去照顾一下我们家的小朋友吧。"

刚才展母来消息，又有临时会议要开。最近也不知道是哪家公司这么多事，总是动不动就开会。

于是，还没体会到金主乐趣的萧绡，就先承担起了金主的责任——照顾展令羿。

"你终于来了！妈妈今天不在家，我们去找那个人吧。"展令羿看到萧绡一个人来，一双眼睛都亮了起来。

"这个……"萧绡为难地看着展令羿，"要不，我先给令君打个电话？"

展令羿脸上的笑容停顿了一下，眼中的光芒渐渐暗淡下去，他垂下双目看着自己无力的双腿道："不用了，如果你觉得为难，就算了。"软软的声音里，带着浓得化不开的失落。

萧绡心里蓦地一酸，这个家里，每个人都听弟弟的，把哥哥放在柔软安全的岛屿中，保证他不会摔倒，也阻隔了他与外界的接触。展令君织了个茧，把自己和哥哥同时困在里面，现在哥哥想要打破这个桎梏。对于展令羿来说，自己是唯一可以帮到他的人了吧？

"喂，江天哥，我是萧绡……"萧绡最终还是拿起了手机，拨给了慕江天。

一辆黑色小车缓缓停在展家门口，展令羿趴在玻璃窗前一眨不眨地看着外面。

车门缓缓打开，一根古铜色的盲杖"咔嗒"一声轻杵在地面上，之后出现了一双鹿皮手工定制鞋。鞋的主人穿着一身短款小燕尾服，系着漂亮的黑领结，头发全部梳到后面，站定之后，他微微扬着下巴，骄傲得不可一世。

展令羿看着那身燕尾服，许多细碎的画面开始在脑海里快速闪现，直到慕江天被萧绡扶着进门，他才慢慢回过神来。

"天天……"之前一直想不起来慕江天名字的展令羿，突然开口了。

慕江天脚步一顿，他拄着盲杖的手微微颤抖，拒绝了萧绡的搀扶，循着声音一步一步走到展令羿面前。

展令羿伸手拉住慕江天的衣角道："你蹲下来点，我看不到你。"

萧绡看得想哭又想笑，她搬了个凳子给慕江天。

展令羿终于如愿以偿地看到了慕江天的脸，那些存在于梦境中的模糊影像，终于清晰了起来。

星光璀璨的舞台中央，那个十指翻飞弹琴的人，回过头来，却变成满脸鲜血痛苦挣扎的无脸人，这时候，漫天的烈火便会把梦境吞没，一切化作乌有。这个梦反复地出现，他却始终看不清那张脸，用力去想，就会引起剧烈的头痛。

慕江天脱掉手套，慢慢伸手去摸索，轻轻触碰到展令羿的脸颊，而后他毫不犹豫地覆上去，上下摸了摸。瞎了十年，他对事物的触感比寻常人要灵敏许多，摸一遍就能在脑海中形成画面，他道："你怎么，一点都没变？"

时间似乎在展令羿身上停止了，十年过去，他竟然还是二十出头的模样。脸上满满的胶原蛋白，没有任何的细纹，根本不像是个三十多岁的男人。

"你摸我干什么？"展令羿有些不解，他伸出手在慕江天面前晃晃，发现他根本没有反应，渐渐皱起鼻子，"你怎么看不到了？"

"你傻了，我就瞎了。"慕江天言简意赅地说。

"啊？"展令羿有些迷茫，心智下降的他难以理解这句话背后复杂的逻辑关系，他求助地看向萧绡。

"令羿哥不记得以前的事了，你……"萧绡也不知道怎么说好。

慕江天叠盲杖的手骤然握紧，然后又若无其事地慢慢松开道："我竟然忘了。"关于展令羿的状况，他是听展令君说过的，但几年没见，展令羿在他印象里还是那个脑洞比天大的妖孽，一时间他就把现实给忘记了。

慕江天从口袋里掏出一个精致的小盒子递给展令羿。这是十年前他准备的礼物，当时他在欧洲演出，偶然认识了一位做木制钟表的匠人，便想着给展令羿定做一件礼物。

"银色大厅的演出，你来吗？"

"我很忙的，你知道我现在一件设计值多少钱吗？"

"听完有礼物给你。"

"这还差不多，那我就勉为其难地去一下吧。"

展令羿去了那场音乐会，却没有得到这份礼物。慕江天时常想，如果当初自己没有叫他来，该有多好。

"哇，礼物！"展令羿看到礼物很是开心，他接过来拆开表面的蝴蝶结丝带，盒子里面是另一个盒子，像盛装昂贵首饰的盒子一样，黑蓝色的丝绒面，在灯光下泛着莹莹的光。

丝绒盒里静静地躺着一把小巧的云尺。那尺子是用昂贵的柚木手工雕刻的，光滑流畅，尺身上镶嵌着高档手表常用的蓝宝石和机械轴，无一处不精致。

虽然是十年前的东西，现在拿出来依旧不过时，依旧价值连城。

"云尺……"展令羿打开固定尺子的小扣，把尺子拿起来，仔细摩挲了片刻，也不知在想什么。

两人十年未见，一个瞎了，一个什么都忘了，他们却像是从来没有分开过一样，鸡同鸭讲，有一搭没一搭地聊着。

"你看不到，吃饭会不会吃到鼻子里？"

"你不记得以前的事,展令君有没有骗你叫哥哥?"

"我们君君不会骗我的,只是以前的事他也不肯告诉我。我一问,他就要哭。"

慕江天抽了抽嘴角道:"展令君会哭?"

"你不懂。"展令羿老神在在地摇头,"你还没说,会不会吃到鼻子里。"

"……"

慕江天并没有跟他讲十年前在银色大厅里究竟发生了什么事,也没有回答吃饭会不会吃到鼻子里,他聊了一会儿就起身告辞。慕江天估摸着出去开会的展母该回来了,展家并不欢迎他,被展母或是展令君看到都不太好。

"天天!"展令羿转动轮椅跟着慕江天走到门口,用那双清澈见底的眼睛紧紧盯着他,"我还有最后一个问题想问你,请你一定实话实说。"

虽然慕江天看不到,但他能从语调中听出来,展令羿一定有非常重要的事要问他,这最后一个问题,才是他非要见慕江天不可的真正原因。

"你问吧。"慕江天深吸一口气。

萧绡紧张地双手交握,害怕哥哥问出什么会刺激到他自己的问题,万一出了什么差池,她没法向展令君交代。

展令羿微微蹙眉,一字一顿极其认真地问:"你是不是,有一条海绵宝宝内裤?"

慕江天:"……"

萧绡:"……"

慕江天气哼哼地走了,十分后悔今天来见展令羿,他就应该听展令君的话,跟这家伙老死不相往来。

萧绡把他送上车,一路低着头憋笑,等黑色汽车扬尘而去,才"扑哧"一声笑出来道:"哈哈哈哈哈,海绵宝宝内裤,哈哈哈哈……"

展令羿却没有笑,只是眼神渐渐变得清明起来。他一直记得,自己有个穿海绵宝宝内裤的朋友,却不记得是谁,这些年他重复在纸上画海绵宝宝,百思不得其解。现在慕江天承认是他的,那些断断续续的碎片突然就接了起来。

那年夏天,弟弟在房间里睡觉,他、慕江天和周泰然冲到弟弟房门前,想吓他一下。

"哎,这样,咱们把灯关了,一起脱掉裤子,数一二三敲门。"展令羿笑嘻嘻地提议。

"行啊!"周泰然立时附和,跟展令羿对了个心照不宣的眼神,没等慕江天同意,就"咔嗒"一声关了客厅的灯。

展令君被敲门声吵醒,揉着眼睛开门,外面漆黑一片,他随手开灯。

"君君!"三个人齐齐跳出来,展令羿和周泰然依旧穿得整整齐齐,而诚实的钢琴师只穿了一条黄澄澄的海绵宝宝内裤。

他跟周泰然、慕江天从小一起长大,只有他有弟弟,其他两人都羡慕得不得了……

周泰然去学了商科,慕江天去欧洲学音乐……

慕江天在银色大厅举办演奏会,他带着弟弟去听,弹奏到一半,有一群恐怖分子冲了进来,拿着机枪扫射。当时他只有一个念头——保护弟弟,那一瞬间的动作他已经记不清了,只知道后脑勺一阵剧痛,之后的一切都变得朦朦胧胧起来……

"哈哈哈哈,你们为什么要玩脱裤子的游戏啊?哈哈哈哈……"萧绡听着这个故事,笑得差点坐到地上去。

"男孩子的游戏,你不懂。"展令羿老神在在地摇头,忽然他脸色一僵,一声痛吟脱口而出:"唔……疼……"展令羿的身体猛地向前栽去,整个轮椅都跟着倾倒。

"哥哥!"萧绡吓了一跳,一个箭步扑上去接住他,没有让他的脑袋磕到地板,"哪里疼?"把人扳过来一看,萧绡只觉得鲜血从头顶骤然退去,一直从脑袋凉到脚底板。展令羿紧紧闭着双眼,浑身软绵绵的,已经失去了意识!

展令君把车扔在停车场,一路狂奔着跑进病房,看到躺在床上戴着氧气罩的哥哥,身体有一瞬间的麻痹,他急问:"怎么样了?"

萧绡就站在病床边,嘴唇发颤道:"突然昏迷,情况不明,医生让先做个脑CT。"

"到底发生了什么事?"展令君看了看旁边的检测仪器,又摸了摸哥哥的脸,声音有些沙哑,但尚且平静。

"对不起……"萧绡眼中蓄满了泪水,现在展令羿的情况不明,她不敢撒谎,就把今天慕江天来过的事说了出来。

展令君猛地回头,紧紧盯着她,那双深邃的眼睛里,是萧绡从未见过的东西,像是星河崩塌之前的坍缩,明明一片漆黑,偏偏让人能感觉到绝望和危险。

第31章 分手

这样的眼神,让萧绡的心脏紧紧缩成一团,连呼吸都忘了。

展令君盯着她看了足有十秒,终究什么话也没说,他在病床旁边的陪护椅上坐下,松开领带扔到一边。

萧绡也不知道说什么好,她转身走出病房,拿着CT排号的纸条去CT室外守着。空气中弥漫着痛苦的味道,萧绡靠在墙壁上深吸一口气,让快要停摆的心脏得到少许的缓解,只是舌根越发地苦涩起来。

如果哥哥有个三长两短,先不说展令君会不会跟她拼命,她自己都过不去心里的坎。萧绡靠着墙壁慢慢蹲下来,抱着脑袋自责不已。自己这种行为,大概跟那种给花生过敏的儿媳妇吃花生酱的老太太一样不可饶恕吧,她当时就不该心软,不该让哥哥见慕江天的。

CT叫号,轮到展令羿了,萧绡快步过去通知。

展令君接过单子,跟护士一起推着哥哥去了CT室。

CT显示脑部没有病变,但海马区异常活跃。脑科医生也解释不清,只说让再观察几天。展令君点点头,把哥哥抱回病床上,沉默地坐在一边。

萧绡把买来的饭放在桌上,抿了抿唇道:"你吃点东西吧。"

"你回去吧。"展令君没有回头看她,语调平静地说了这么一句话,他盯着检测仪一动不动。

这时候,手机响了,是展母打过来的,问两个儿子去哪里了。展令君把哥哥昏迷的事慢慢地告诉妈妈,叮嘱她不着急,慢点过来。

挂了电话,展令君回头看了一眼依旧站在原地的萧绡,闭了闭眼,似乎在极力克制什么道:"回去吧,别跟我妈妈碰面。"

别跟妈妈碰面,一个看到儿子昏迷的母亲不知道会做出什么事来。萧绡明白展令君的意思,其实更多的,是他自己不想见到她。

"嗯……"萧绡吸吸鼻子,转身离开,"哥哥醒了的话,可不可以告诉我一声?"

展令君没说话,他微不可察地点了一下头,复又转回身,像个雕塑一样坐在床边,静静地看着哥哥。听着身后萧绡离开的脚步,他痛苦地闭上双眼。他原以为,终于找到了可以信赖的人,没想到还是靠不住。

前些日子那样明媚的心绪,统统化作了无尽的嘲讽,他刚刚从阴暗的角落里爬出来,就被一把推进了深渊。

一天一夜过去,展令羿还是没有苏醒的迹象。

萧绡焦躁地坐在设计室里,一笔也画不出来。就算哥哥醒过来,展令君也不会原谅她了,这种知道自己死期将至的感觉太糟糕了。

艾德琳休假回来,看到萧绡愁眉苦脸的样子便问了一句道:"发生什么事了吗?"

"我做错了一件事。"萧绡抬头发现是艾德琳,"是私事。"搓了搓脸,她知道艾德琳不爱听这个,就没再继续说下去。

"每个人都会犯错,重要的是,你有没有能力去承担这个错误的后果。"艾德琳话里有话地说。

萧绡正烦恼着,没心思去揣摩她的意思。艾德琳看她这个样子,便不再多说,转身离开了高定室。

"艾德琳跟你说什么了?"苏菲凑过来问。

"没什么。"萧绡打开钱包,轻轻抚摸卡槽里的那张黑色山茶花名片,如果展令君要跟她分手的话,该怎么办呢?

"你怎么一点都不关心啊,我听说艾德琳准备辞职了。"苏菲叹了口气。

昨天艾德琳回来,就跟林思远大吵了一架。

在时尚圈混了这么久,萧绡都能想通的关节,她哪里会不明白,只是不想说而已。之前的种种,都是林思远为了争夺首席设计师的位置设下的圈套。把萧绡派去非洲坚持让金跟艾德琳去大师论坛,就是一切阴谋的开始。

"我们做了六年的搭档,我没想到你会这么做。"艾德琳很是失望,刚来LY的时候,林思远也只是小有名气的设计师,是她一手把他培养起来的。

"是六年半。"林思远伸出细长的手指,比了个数字,"我在艺术指导的位置上待了六年半!"他正是事业的上升期,却在艺术指导的位置上蹉跎了将近七年,再过几年他对时尚的敏锐度就会下降,再想上升就难了。而艾德琳,明明都这么老了,竟然一直占着首席的位置不放。

俗话说,有当六十年皇帝的,没有当六十年太子的,他已经受够了。

"好吧。"艾德琳摇了摇头,把林思远培养成这副模样,她也有责任,既然他这么想做首席,那就给他好了。

艾德琳向公司正式提交辞呈。她上了年纪,这次休假疗养,她发现身体出了不少问题,也不适合继续这么高强度地工作了。

周泰然同意了艾德琳的辞职请求,却没有把林思远扶正的意思。董事会早已启动了调查程序,如今调查结果就明晃晃地摆在他的桌面上。林思远和罗誉的确跟宝拉有来往,这样的人,他怎么可能还提拔他做首席?

但替代的人选还需要他去趟欧洲再定,所以暂时还得先留着林思远。不过对于罗誉,就不必客气了。

罗誉卖力地做完了这次公关,本以为这一页就能揭过去了,没想到董事会的调查程序依旧按时启动,把他扒了个底儿掉。

"这种事情，绝不能姑息！直接开除！"董事会上，因为长子昏迷而心情不佳的展母表现出了不同以往的强势。

"也不至于到这种地步吧……"罗誉的表哥还想说什么，但对上展母凶巴巴的眼神又缩了回去。吃里爬外，出卖公司，这种事换谁都忍不了，他现在不好再得罪其他董事，否则周泰然在辞退函上写点什么，罗誉以后就再难找到工作了。

萧绡躲在角落里，悄悄看了一眼气势汹汹走出会议室的展母，不敢上前。已经三天过去了，展令珺那边没有任何消息，发微信也不回，她只能拜托梁靖瑶去看看。梁靖瑶说大表哥还在昏迷，没有好转的迹象。

"周总，你之前是怎么答应我的？"罗誉跑到总裁室，质问面沉如水的周泰然。

"我答应你什么了？"周泰然面无表情地抬眼看他。

罗誉张了张嘴，仔细想想，当时周泰然什么都没说，只给了他一个"心照不宣"的眼神。一个眼神没凭没据的能说明什么？

周泰然站起身，拿起衣架上的外套道："咱们是老伙计了，别的不多说，你自己写辞呈吧。"

自己辞职说出去总是比被辞退要体面许多，再找工作也好找。罗誉的脸色好看了不少，他攥了攥拳头，低声应承下来。事已至此，他还得感谢周泰然的手下留情。

周泰然出门，就遇到站在门外的萧绡。

"周总，您是要去医院吗？能不能捎上我？"

梁靖瑶刚刚打来电话，说展令珺的情况不太好，已经三天了也没有醒转的迹象。展令君这几天都没怎么睡，她劝不住。

长长的医院走廊，仿佛通往异次元的通道，尽头处藏着未知的怪物，让人不敢上前。

周泰然走到病房门口就拐了进去。屋子里，展母正给展令珺擦拭手脚，见周泰然来了，露出个虚弱的笑道："泰然来了，过来坐。"

第 31 章 分手

萧绡见展令君没在屋里,四下看了看,瞧见了站在走廊尽头的修长身影,她一步一步挪了过去。

展令君依旧穿着三天前的那件黑色衬衫,他的脸色有些憔悴,指间夹着一根香烟,缓缓地抽了一口。

萧绡看到他这个样子,觉得心都碎了。这人是不抽烟的,如今却抽上了……

展令君看到她,抬手把烟捻灭,低着头不说话。

"你去睡一会儿吧。"萧绡一开口,就觉得有什么哽在喉咙里,说不出的难受。

"我们分手吧。"展令君淡淡地说。

萧绡对这句话毫不意外,但她还是免不了鼻头发酸,叹息一般地轻声说:"好。"

"不怪你,怪我不该去招惹你。"展令君抬脚,跟萧绡擦肩而过,径直走回了病房。阳光小姐撬开了他紧闭的心门,给了他希望,可惜阳光太灼热,会伤到他小心护着的幼苗。当初在非洲草原上下定的决心,终究还是太草率了。

夜色降临,展令君趴在哥哥身边睡着了。代替展母值夜的周泰然起身给他披了件外套,歪头看看沉睡不醒的展令羿,他忍不住伸手捏了一下展令羿的鼻尖道:"你弟弟都妻离子散了,你还不赶紧醒醒。"

"唔……"纤长的睫毛颤了颤,展令羿缓缓睁开了眼,看着周泰然的脸对了半天焦,他的脸上有一瞬间的迷茫,然后倏然清醒。

"令君,你哥醒了!"周泰然赶紧把展令君拍醒。

展令君刚睡着,他仿佛从深远的人漠深处被拉回来,很是愣怔了一会儿。他太疲惫了,身体叫嚣着需要休息,但精神却已经回笼道:"哥,头疼不疼?有没有哪里不舒服?"

展令羿静静地看着他,缓缓摇了摇头,他撑着身体想坐起来。周泰然赶紧伸手帮忙,被展令君拍开,指使他去摇床尾的摇杆。病床折叠起来,推着展令羿坐好,值班医生很快被叫过来,检查一通说没什么问题就走了。

三天没怎么吃东西,怕他饿,展令君从保温桶里盛了碗粥,用小勺子舀起来吹凉，递到哥哥嘴边道："来，张嘴。"

展令羿看着像哄孩子一样哄他的弟弟，张口把粥吃掉，白粥没有什么味道，又闷得太久，米已经软烂了，口感不是很好。吃了两口，他就忍不住皱起眉头道："我不想吃这个。"

"那吃一点零食吧。"展令君丝毫没有不耐烦，他转身把周泰然带来的薯片撕开一包，塞到哥哥手里，顺手给他擦擦嘴角。

展令羿并没有因为得到零食而高兴多少，他低头看看自己白皙粉嫩的手，再看看弟弟略显憔悴的脸道："君君……"

展令君把碗放回桌上，随口答应着："嗯？"

"这几年，辛苦你了。"不再是黏黏糊糊的语调，此刻哥哥说的话，吐字清晰，完全是成年人的语气。

展令君的动作僵了一下，回过头来仔细看着哥哥，那张粉嫩白皙的脸已经没了平日的茫然无辜，哥哥的眼神清明，嘴角还带着几分玩味的笑。"哥，你……"

展令羿抬手摸摸弟弟冒出胡茬的下巴，一把将人揽进怀里，他揉乱了那一头黑发道："君君乖，哥哥疼你。"

"你都想起来了？"展令君哑声问。

"嗯，让你担心了这么久，我很抱歉。"展令羿感觉到胸口的湿润，慢慢抱紧了弟弟。

睁开眼的刹那，前尘往事像江河倒灌一般冲进脑海，神志瞬间恢复了清明。他想起来了，全都想起来了，糊涂了十年的脑袋，重新回到了成年人的状态。

周泰然看得目瞪口呆道："令羿，你……"

展令羿吸了吸鼻子，抬头冲周泰然眨眨眼道："怎么着，不认得我了？"

"认得，认得！"周泰然下巴微颤，说话都有些不利索了。眼前的人，不是那个只会跟他要零食的三岁小孩，是那个会开着红色敞篷跑车冲他吹口哨的妖孽，是那个少年成名光耀全球的大设计师！

展令羿的大脑在展令君十年如一日的精心照顾下，一直在慢慢恢复，只是近来遇到了瓶颈。像是隔了一层朦胧的纱，怎么也冲不破。他出于本能地寻找失去的记忆，想要见到过去的人、了解过去的事。而作为一切噩梦源头的慕江天的出现，便是冲破纱帐的契机。

阳光从地平线上升起，将灰暗的城市染上斑斓的色泽。无精打采地来送早饭，却得知大儿子不仅醒了还恢复了意识，展母有一种还没睡醒的错觉。

"你都想起来了？"展母不敢置信地捂住嘴巴，大颗的眼泪从眼眶里溢出来，"你爸爸要是知道了，肯定会很高兴的。"

展父因为早年下海经商，整日劳顿，身体本就不是很好。在展令羿出事之后，他因为长期的焦虑，身体状况一日不如一日。在展令君大学毕业那年，他终于支撑不住去世了。如果他再坚持几年，就能看到长子恢复，兴许就能长命百岁了。

展家人沉浸在宛如重生的喜悦中，萧绡收到了一条消息。

展令君：哥哥醒了。

萧绡长舒一口气，她想哭又想笑。这人竟然还记得之前答应的事，说哥哥醒了会给她消息，还真的来说一声。

小小布：太好了，替我跟哥哥道歉，还有，再见。

展令君微微蹙眉，又发了一条消息过去。

展令君：哥哥恢复心智了。

这条发过去，却显示"你们还不是好友，加好友发送消息"。

萧绡，竟然已经把他删了。

"不跟前男友联系，这是我做人的原则。"想起当初萧绡说的话，展令君有些恍惚，想起来自己已经是前男友了，也享受了一次所有通信方式都被拉黑的待遇。

"发什么呆呢？"展令羿伸手捏弟弟的脸，"对了，萧绡呢？"

"我们分手了。"展令君锁上手机，若无其事地说。

"分什么手？你该不会是因为她叫了慕江天来见我，所以跟她分手的吧？"展令羿眯起眼睛，恢复到巅峰状态的大脑，瞬间就分析出了这其中的逻辑，他抬手照着弟弟的脑袋拍了一巴掌，"那是我求她的，我不让她告诉你。而且，你也没说不许哥哥见慕江天这种话吧?"

展令君捏着手机,良久没有说话。

他跟萧绡说分手,不是一时冲动。他欠哥哥一条命,要用余生来照顾哥哥,在萧绡出现之前,他一直以为自己是注定要孤老终生的。然而萧绡这个人太特别了,生病毁容却能大彻大悟,自卑要强却又元气满满,怕死怕晒却敢追到非洲,她整个人充满了闪闪发光的矛盾,奇异地吸引了他的目光。

他犹豫过,逃避过,最后选择了跟她在一起,便是想要试试,看看自己这辈子还有没有别的生活方式。每天接她下班,送她回家,周末去游乐场、电影院,这种每个人都可以体会的幸福,对于展令君来说太过可贵,以至于只是看到她,他的心情就止不住地上扬。

然而幸福太过短暂,在他以为萧绡可以跟哥哥好好相处,可以让他安心托付的时候,萧绡背着他让哥哥见了慕江天。那个十年来的梦魇,那个肯定会刺激到哥哥的人!这个举动给哥哥带来了极大的危险。

展令君不忍心冲她发火,但也无法再继续走下去了。相比于萧家平安喜乐的安稳状态,这个家庭是不正常的家庭,萧绡待在展家会给哥哥带来伤害,他们展家人也会伤害到她。这是个无解的死局,他注定无法拥有常人的爱情。

如今,哥哥突然恢复了,这让他有些迷茫。

"展医生今天来坐诊吗?"桑榆会所的客人进门先问了这么一句。

"展医生已经恢复正常坐诊了。"甜甜穿着蓬蓬的小裙子,笑着招呼客人。

"真是太好了。"客人如释重负地松了口气,"我要介绍一个姐妹明天过来,跟她说了有特别帅的医生她才肯来的,要是展医生还不回来,我就没法跟她交代了。"

"陈姐,我就不是帅医生了吗?"宋唐凑过来委屈地说。

"你啊,太嫩了,姐姐们不好这口。"客人看看宋唐瘦成一道闪电似的身材,似模似样地品评了一番。

"咳,我们这是正规医疗机构,不做别的生意。"宋唐站直身体,抬手抽走了客人手中刚刚拿到的邀请卡。

"哎哎,别呀,姐姐们欣赏不了,小姑娘喜欢呀,咱们宋医生最帅了!"客人笑着把邀请卡又抢回来,转头瞧见展令君从接待室出来往复健室走,便打了个招呼,小声问宋唐,"跟展医生说话的那个小鲜肉是谁呀?"

宋唐顺着客人的手指看过去,在练习走路的双杠间,站着一名身穿训练服的年轻男子。男人长得很是英俊,皮肤白皙柔嫩,看起来也就二十岁出头的样子,他正撑着双杠艰难地迈腿。

"那个啊,是展医生的哥哥。"

"不可能吧,哥哥怎么比弟弟看着年轻?"

"因为他按我的食谱好好吃饭啊!"宋唐随口胡诌,"您要是严格遵循我写的食谱,三餐按时吃,也能像他这样。"

"……我怎么就不信呢。"

展令羿早年做过几次手术,受损的神经都做了修复,其实他的腿功能是完好的。只不过他以前的心智只有三岁,不肯做复健,腿就一直用不上力。如今他心智恢复,自然要好好练习走路。

"唔……"展令羿满头大汗地艰难抬腿,他用尽了全身力气,也只能让腿稍稍晃动一点,这样的感觉非常糟糕,让人心浮气躁,他大吼一声使劲抬腿,"啊——"胳膊一软就要摔倒。

"别着急,别着急。"李萌赶紧扶住他,"虽然令君每天给你按摩,血管和神经都没有问题,但你的肌肉还是有一点萎缩的,得慢慢来。"

展令羿趴在双杠上喘息,抬头看到弟弟进来,没好气地说:"你怎么还不去把萧绡追回来?都跟你说了不是她的错!哎呀!"一激动往前晃了一下,展令羿双手一软就要摔倒。

展令君伸手去接,有人比他动作更快。不知从哪里冒出来的周泰然一把将人抱住,稳稳地接在怀里。

扶着发小勉强站好,展令羿挂在周泰然身上道:"谢啦,狗子。"

"再乱叫把你扔了啊。"周泰然瞪他。

"泰迪哥哥,你怎么凶我呀?"展令羿撇撇嘴,用展三岁的语调说着,感觉到周泰然抖了一下,他顿时哈哈大笑起来。

"你怎么在这里?"展令君接了个空,有些不爽地看向周泰然。

"我最近颈椎不好,就来陪小羿锻炼。"周泰然晃晃自己刚充的年卡,表明自己是正经客人,绝对没占便宜。

展令君头疼地揉揉额角,转身欲走,却被哥哥扯住了袖子道:"你还没说萧绡呢?"

"她手机关机了,联系不上。"展令君淡淡地说。

"你不知道吗?她出国了,国内那个号打不通了。"周泰然一边跟展令羿互掐一边说道。

出国了……展令君的脚步一顿,恍惚想起萧绡提过要去巴黎跟着摩拉多学习,只是因为谣言止住,她暂缓了行程,如今怎么突然又去了?

"公司里最近比较乱,她说想出去,我就同意了。"周泰然耸耸肩,在展令羿耳边说了几句悄悄话。

展令羿把脑袋摇成了拨浪鼓道:"现在不行,等我能走了再说。"

"就算坐着轮椅,你的气场也有两米八。"周泰然不要脸地吹捧他。

"要点脸吧。"慕江天拄着盲杖走进来,就听到周泰然说这么一句,他忍不住翻了个"不存在"的白眼。

"咳,怎么说话呢?"三个人遇到一起就开始吵吵,没个消停的时候。

展令君摇摇头,转身走出复健室,跟廖一帆碰个正着。

"你跟女朋友分手了?"廖一帆穿着那件萧绡设计的白色通勤装,显得腰细腿长,气场硬朗。

"嗯。"展令君从鼻子里发出一个单音,他微微蹙眉,觉得廖一帆的话有点刺耳,怎么所有人都要跟他聊这个,他实在没有交谈的欲望。

"那我是不是有机会了?"廖一帆抱着手臂问他。

"没有。"展令君毫不犹豫地说,迈开长腿越过了她。

第31章 分手

"喂!"廖一帆跺跺脚,对着他的背影撇嘴。

展令羿气得直叹气道:"他这个榆木脑袋,什么时候能娶上媳妇啊!"

"怕什么,他可以加入咱们老光棍俱乐部。"周泰然不甚在意地说,他们三个都还没有媳妇呢,不着急。

拥有几千万爱慕者的慕江天往旁边站了站,并不想被划入老光棍的行列。

一旦复出,全世界女人都会为之疯狂的展令羿侧了侧身体,同样表示自己不缺爱慕者。

周泰然:"……"这兄弟是没法做了。

傍晚的时候下起了雨,展令君约了表妹出来吃饭,并撑着伞站在雨中等她。雨滴淅淅沥沥地打在黑色的伞布上,渗进来一丝丝寒气。

萧绡以前很独立,出门包里肯定带着伞,但自从跟他交往,她便常常忘了拿伞,冒着雨从LY的大堂跑出来,一头钻进他的伞下。

"怎么又不拿伞?"

"反正有你接我!"

愣神间,梁靖瑶走了出来,兀自撑开了包里的折叠伞,发现表哥在撑伞等她,很是稀奇道:"天哪,你竟然会撑伞接我了?"

展令君转身就走。

"喂!"

他没有跟梁靖瑶打听萧绡的联系方式,甚至没有问她的近况。梁靖瑶也只作不知,愉快地跟他聊大表哥的恢复道:"对了,你给我录一段起床音吧。"

"什么起床音?"展令君接过梁靖瑶的手机,看到上面是个录音软件。

"这是我的新创业项目,一个供大家自由下载提示音的APP,各种'萌萝莉''怪老头'提示音。"梁靖瑶笑嘻嘻地说,她捏着嗓子装小女孩:"大叔,大叔,起床了!"

展令君听得鸡皮疙瘩掉了一地,在表妹的纠缠下,他不得已录了一段音频。

LY的高层最近做出了频繁调整，罗誉辞职，副总的位置再次空缺下来。艾德琳也离开了，萧绡出国，整个LY死气沉沉，没了以前的活力。

"艾德琳已经离开了，林指导怎么还没有转正啊？"

"我听说周总不太满意林指导，想另找一位首席来。"

"啊？国内还有哪个设计师能比得过林指导呀！周总别再搞个老外来吧，我可吃不消。"

林思远从自动贩售机里拿出一罐咖啡，不动声色地听着众人的讨论，似笑非笑地喝了一口。

下一季的服装设计即将开始，LY不能缺少首席设计师，周泰然召开了全体设计师大会，准备宣布新的首席设计师人选。

"周总，为什么不让林指导做首席呢？"没等周泰然说完，高成部的王美丽突然插话。

"是啊，林指导为公司做了这么多年，也该当首席了。"赵和平跟着附和，说完他瞟了一眼坐在前面的林思远，邀功的意味很是明显。

"外国人的设计不见得就好，咱们LY是本土品牌，就该继承Leo的设计理念。艾德琳的设计跟Leo差别很大，林指导的设计反而更接近呢。"高定室也有设计师出来说话。

一同出席会议的几个总监面面相觑，脸色都有些不好看。看样子，林思远这是要联合所有设计师抵制新首席啊，如果总裁请的这位新设计师不能镇住场子，LY估计要乱上一阵了。

严总监有些担心地看向周泰然。

周泰然却是一脸平静，桃花眼中光芒尽敛，看不出喜怒，等众人终于安静下来的时候，他才慢悠悠地站起身道："都说完了？说完了，我来跟你们介绍新首席。"说罢，他推开会议室大门，亲自推着一辆轮椅走进来。

轮椅上坐着一位年轻男子，身穿精致无比的高定西装，身材挺拔，清冷高贵，宛如一把出鞘的宝剑，纵千军万马亦无法遮其锋芒。

"Leo!"也不知谁惊呼了一声，众人纷纷倒吸一口凉气。

林思远目眦欲裂,展令羿!新的首席竟然是展令羿!作为LY的创始人,没有人比他更有资格做LY的首席了!

第32章 异国

半年后，巴黎的清晨，阳光伴随着古老的钟声穿透窗棂。

萧绡把脸埋进天鹅绒的枕头里，丝毫不受影响。

"起床了，快醒醒，早睡早起身体好！"展令君那低沉悦耳的声音缓缓将人从梦境中拉出来，嗓音温柔动听，与他平日那些刻薄无情张口就来的定义截然不同。

"唔……再睡一会儿……"萧绡闭着眼在枕头上蹭蹭脸，她昨晚加班做了会儿东西，虽然还是十点钟睡觉，但就是觉得累。

"起床了，快醒醒，早睡早起身体好！"还是那句话，颠来倒去地重复，萧绡伸手抓过手机，按下了停止键。展令君的声音倏然消失，房间里重新陷入静谧，赖床的人却是睡不着了，她睁开眼盯着天花板，长长地叹了口气。

在得知展令羿没事之后，她便订了机票直飞巴黎，一点也不想面对分手之后的展令君。从小到大只有她甩别人的份儿，这还是她头一次被人甩。努力想要忘掉这个人，但在异国他乡人生地不熟的地方，却总是时不时地想起他。

吃药的时候想起他，喝茶的时候想起他，天晴的时候想他，下雨的时候还想他。倒不是被甩了不甘心而犯贱，萧绡只不过觉得遗憾。

那个人，在她最丑的时候认识她，冷静自持，彬彬有礼，教她正确的生活方式，督促她早睡早起不吃油腻，尴尬的时候帮她解围，危险的时候替她挡枪。这个人太理想了，理想到不真实。直到他露出脆弱的一面，会生气，会焦虑，会不理智，反倒让他接了地气，开始变得完整起来。

然而就是这个性格有缺陷的展令君，让她更加喜爱，舍不得放手。两个人明明互相喜欢，到底为什么走到今天这个地步呢？

为了阻止自己再瞎想，萧绡想出了个主意。早前她听过一个理论，如果想毁掉什么特别喜欢的歌曲，就把它设成闹铃，不出一周就会彻底厌恶它了。于是萧绡向梁靖瑶要来了展令君的叫起床录音，期望着自己能腻烦了他。

然而，听了好几个月，她却没有丝毫腻烦的征兆，萧绡忍不住有些心酸。自己真是栽进去了，吃药吃药！

萧绡快速吃掉面前的法国煎饼，并打开药盒捏出几片药，一口吞下去。借着商店玻璃橱窗的倒影，萧绡看看自己如今的样子。药量减到了一片半，她的脸已经彻底恢复，巴掌大的小脸眉清目秀，染成了金棕色的长发垂在两侧，再也不需要烫内扣遮挡，于是她做成了大波浪。

踩着高跟鞋走进CC总部，她在这里已经工作了半年之久。摩拉多并不收取学费，当然也不会支付工资，而且学员在CC期间设计的东西，版权是归CC所有的。萧绡最近的工作，是帮着摩拉多准备即将到来的时装周。

时装周需要准备的东西非常多，摩拉多自己是忙不过来的，这段时间，他的一些徒弟也会赶来帮忙。

萧绡刚走进设计室，就发现了一张生面孔。

"你就是那个亚洲设计师吧？"金发碧眼的高个儿女人过来跟她打招呼，说出的话却不是很客气，"我是摩拉多的弟子迦娜嘉丽，过来帮忙的。"她不是法国人，说的是英语，伸出手跟萧绡握手，神色有些倨傲。

迦娜嘉丽这个名字萧绡是知道的，是位小有名气的设计师，她有自己的品牌，名字就叫"迦娜嘉丽"。

"你好，我叫萧绡。"萧绡握住她的四指，对方却没有回握的意思，她的手居高临下地晃了两下就收回去。

"我看过你设计的那件红毯裙，一点格调都没有，不过是哗众取宠。你来这里学习，想必公司给摩拉多交了不少学费吧，可要好好学哦。"迦娜嘉丽刚刚听说摩拉多选用了萧绡设计的一套衣服用于这次的时装周，她很是不爽。

萧绡抬眼看看她，对于这种故意找茬的人，生病之前她会选择避其锋芒，学会了展令君的那种毒舌技能之后，她就习惯了呛回去道："我们东方有一句古话，一瓶水不响，半瓶水叮叮当当。但凡喜欢嘲讽别人的，自己的专业一定不怎么样。"

"你……"迦娜嘉丽没想到这个名不见经传的小设计师竟然敢呛她，顿时被噎得说不出话来。

"哦，快看，世界50强企业峰会的衣服好特别啊。"设计室的大屏幕上显示出了正在中国T市举办的世界50强企业峰会现场录像，各国商业巨擘齐聚一堂，穿着青花瓷的复古衣裳，清新淡雅。而中间的艳色牡丹装，雍容华贵，风采夺人。

"这衣服是哪家设计的？一定会赚翻的！"摩拉多的助理站到屏幕前指了指那件红色的唐装裙，在时尚界浸淫了这么多年，他一眼就能看出衣服的商业价值。

"设计衣服的人就在这里，你可以自己问问。"摩拉多笑呵呵地说。

众人愣怔了一下，齐齐看向在座唯一的亚洲人。萧绡不好意思地摸摸鼻子，迦娜嘉丽的脸色顿时变得很难看。

能给奉氏夫人设计峰会衣服的设计师，哪里是什么小设计！只要这个名头打出去，萧绡的成就很快就会超过她。

萧绡的关注点倒是没有在名声上，她立马拿出手机查询股市。

峰会的消息传到法国已经是第二天了，大梁创世的股价昨天还有小幅度的下跌，今天竟然就涨停了！

萧绡愣愣地看着手机屏幕里的红线，涨停了，这就意味着她赚大发了！没有爱情的日子，只有金钱能使人快乐！

时装周的事已经准备得差不多了，萧绡得空出去逛街，开始给朋友们买手信。她给梁靖瑶买了个最新款的包，给蓝莫如带了一只镯子，还有慕江天的手套、展家哥哥的零食，以及……

萧绡的手指停留在一对袖扣上方，缓缓叹了口气。

"嗨，你是位设计师吗？"清亮好听的声音带着淡淡的烟草味，萧绡抬头，见是一位有着灰蓝色眼睛的帅哥。

无论何时，美貌的人总是容易得到温柔对待的，萧绡自忖是个俗人，自然也是愿意跟帅哥说几句话的："你怎么知道？"

"这个。"帅哥微微地笑，指了指萧绡食指上的黑色山茶花戒指。这是摩拉多送给学生的礼物，每个得到摩拉多认可的学徒，都会得到这样一枚戒指。时尚界的人都知道，但寻常人就不一定懂了。眼前这人要么是个男模，要么是个懂行的贵公子。

"你猜出了我的职业，是需要我帮忙吗？"萧绡学会了西方人的说话方式，大方地跟他继续聊。

"是的。"帅哥看向柜台里的几枚袖扣，"我想给爸爸买礼物，帮我选一对袖扣吧，我请你喝咖啡。"

从商店里出来，萧绡发现外面下起了小雨。复古的街道被雨水打湿，空气中弥漫着湿漉漉的烤面包香，莫名的让人有些孤独。

"啊，下雨了，这种天气最适合来一杯热咖啡。"灰蓝色眼睛的帅哥笑着说。

萧绡看着雨幕，忽然没了喝咖啡的心情道："抱歉，我今天不想喝咖啡了。"

"下雨天容易让人难过，这时候你不该一个人待着。"抑扬顿挫的语调，像是秋天的小诗，让人的心都跟着柔软起来。

"谢谢你的好意，但我得赶紧回家收衣服了。"萧绡露出个大大的笑脸，跟小帅哥挥手告别。

对方耸耸肩道："好吧。"

萧绡看着那穿着浅灰色风衣的身影消失在街角，轻轻歪了歪脑袋，这样的艳遇都拒之门外，自己是不是有点傻？

笑着摇摇头,没带伞的萧绡深吸一口气,抬脚走进了雨幕里。

预料中的冰凉并没有出现,一把黑色的伞遮在了头顶,挡去了淅淅沥沥的小雨。萧绡失笑,心道这脸还真是无往不利的武器,哪儿都有绅士来伸出援手,她转身看过去,脱口而出的"谢谢"瞬间卡在了喉咙里。

下秋雨的天气有些冷,持伞的人穿着黑色硬料风衣,脖子里系着深蓝色格子围巾,与铁灰色的街道背景融为一体。奇异的和谐,又无比的突兀。

"展令君!"萧绡惊讶地看着眼前的人,"你怎么在这里?"

展令君看着她,雨珠映着天光的影像,在那漆黑的眼眸中快速掠过,像是万千思绪化作的数据流,让他看起来有些无机质的冰冷,他道:"我陪哥哥来听音乐会。"

"这样啊……"萧绡一时有些词穷。他乡遇故知,还是此情此景,免不得会让人多想,但这家伙还真是一点都没变,不给她一点想象空间,看到粉红泡泡就立马给戳破。

停顿了片刻,对方不说话,萧绡只得继续开口道:"Leo大师最近怎么样了?听瑶瑶说,他恢复心智了。"

"你上周不是刚跟他视频过吗?"展令君无情地驳回这毫无营养的寒暄。

萧绡:"……"这天是聊不下去了。

展令君从风衣口袋里拿出一张门票,递给萧绡道:"慕江天托我给你的。"

萧绡接过来,门票上印着古老的徽章,竟然是银色大厅的音乐会,她狐疑地看了看展令君。银色大厅可不在法国,说陪哥哥来听音乐会偶遇到她也太扯了!

"咳。"展令君干咳了一声,眼睛瞄向不远处的复古塔钟,耳朵竟泛起了一层薄红,"下雨了,这种天气最适合喝一杯热咖啡。"

这是刚才人家那位外国帅哥的台词好吗?萧绡抽了抽嘴角道:"我不跟前男友喝咖啡。"

展令君回头,奇怪地看了她一眼道:"我是说我要去喝咖啡,并没有要请你的意思。"

"……"萧绡觉得自己再待下去会被他气死,转身就要走,却被展令君闷笑着拉住了手腕。

"雨太大了,我送你吧。"展令君把雨伞倾斜到她这边,微微地笑。

萧绡回到住处,趴在狭窄的哥特式窗口上,看着楼下那顶黑伞缓缓离去,方才展令君说的话在脑海中挥之不去。

"哥哥的事,你的确有责任,如果你真的觉得应该让哥哥见慕江天一面,就该坦诚地告诉我,而不是擅自做决定。毕竟,我才是哥哥的监护人。

哥哥恢复了,只能说是误打误撞,因祸得福,别指望我会因此感激你。

我也有错,应该早早地把利害关系都告诉你。你本没有义务帮我照顾哥哥,是我对你太苛刻了,对不起。"

这人先是数落她一顿,又跟她道歉,是非恩怨一笔勾销,倒是干脆。萧绡有些哭笑不得,同时又感到前所未有的轻松。把话说清楚,谁的错谁道歉,就不必承担过多的自责,也不会因为亏欠而永不相见。

萧绡深吸一口气,湿润的空气带着泥土的清香,沁润进了肺腔深处,压在胸口的大石终于搬走了。

萧绡拿出手机,打开了展令君的起床铃文件,意犹未尽地听着那低沉悦耳的声音。

"起床了,快醒醒,早睡早起身体好……起床了,快醒醒,早睡早起身体好……"

无限重复的声音,连着听有些好笑,萧绡双手撑着下巴,就这么趴在窗台上一直听。

"早睡早起身体好……向日葵,这向往光明之花,永远朝着太阳。她是希望,是生生不息的力量……"

"咦?"萧绡惊讶地拿起手机,她一直以为这是个反复循环的,没想到隐藏在七遍起床铃之后,竟然还有话。

"不知道你有没有听过这首诗。我曾经以为,你就是向日葵,想跟你在一起,就得成为你的阳光。可惜我做不到,自己尚且身处黑暗,又如何给你温暖?后来我明白了,你不是向日葵,你本身就是太阳,而我才是落在阴暗处的向日葵。所以我拒绝了你,又忍不住向你靠近。现在,我再次把你推开了。对不起,还有,我爱你。"

这铃声,是梁靖瑶半年前录的,她骗展令君说是创业计划……

萧绡不知道展令君是如何识破的,她已经无心去思索,进度条走到最后一秒的时候,泪水已经顺着下巴滴落在窗台上。她穿着拖鞋跑下楼去,撑伞的修长身影已经消失在人海中,遍寻不到了。

几日后,银色大厅。

穿着体面的男男女女在灿若星辰的灯光下陆续就座。萧绡按照票面的位置寻过去,竟然在非常靠前的第三排,左右的人都还没有来。萧绡坐下来,看着台上陆续就座的演奏家们。

这是一场交响乐演奏会,表演者是银色大厅所在国的皇家乐团,这里面无论是拿着大提琴、小提琴还是单簧管、双簧管的,甚至包括最后面那位敲三角铁的哥们儿,单拎出来都是著名的演奏家。

灯光渐渐暗下来,指挥穿着修身燕尾服器宇轩昂地走到场中央,朝观众行礼致意,而后,他利落地转身,直接开场。

恢宏壮丽,带着北欧风情的乐曲,盘旋着填满了整个银色大厅。这座历经百年的音乐殿堂,中间经过几次战火焚烧,十年前还遇到过恐怖袭击,却仍然样貌不改。圆弧形的穹顶上,描绘着万千星辰,无数银色徽章点缀其间,与星辰融为一体。

那些伟大的音乐家,本身就是不落的星辰。

三首经典华丽的曲目过后,指挥示意众人稍作停顿,他转过身来面向观众。

"下面,是新的曲目,作为全球首发,这首曲子第一次正式与世人见面,希望大家喜欢。"主持人在台下为指挥解释。

指挥走下指挥台,微微抬手,以示对即将上台的钢琴师的尊敬。

"哦,上帝啊!那是慕江天?"观众席上有小范围的骚动,随着那身着黑色燕尾服的年轻人上台，骚动变成了震天的掌声。

慕江天穿着一身仿佛中世纪王子一般华丽的金边燕尾服，戴着白色手套，手中拿着一根金属雕花盲杖，不要任何人搀扶，一步一步稳稳地走上台来。他浑身上下，无一处不精致，就连眼上蒙着的眼罩，都是华丽的宫廷风。

萧绡从没见过这么好看的眼罩，简直可以当作新的流行配饰来用了，一看就是精心设计的。

"好看吧？我设计的。"清亮悦耳的声音在右边响起，萧绡转头，看着不知何时坐在自己右边的观众。

"哥哥！"萧绡吓了一跳。

"嘘——"展令羿伸出一根修长的手指抵在唇上，示意她安静。

展家哥哥竟然在这里，那……萧绡有了不好的预感，转头看向左边，果然，正在整理围巾的展令君无辜地望过来。

"《光之协奏曲》，作曲，慕江天，钢琴伴奏，慕江天……"主持人尽职尽责地介绍，慕江天微微欠身，向观众致意，而后，他坐在了钢琴位上，缓缓脱下手套。

双手放在琴键上，慕江天朝指挥的方向微微颔首。

指挥双手起势，厚重的管乐缓缓响起。

听到是慕江天作曲，观众们面上不说，心里还是有些犯嘀咕的。作为殿堂级音乐爱好者，慕江天是谁大家都知道。一个演奏家转行写曲子，就像是美食家转行做厨师一样，理论上可行，实际上难如登天。

然而，当一串空灵的琴音响起时，众人便再也说不出话来。

协奏曲中的钢琴演奏并不难，以慕江天如今的状态完全可以完成，何况比之半年前，他的演奏水平又进步了不少。

光阴如流水，潺潺的水声便是时光流逝的足迹，在荒芜阴冷的大地上，阳光透过云层驱散雾霭，给大地上的生灵带来温暖和光明。被风摧折的树木，被暴雨碾压的小草，都在烈阳破云的瞬间抬起头来，尽管艰难，也不会放弃希望。

《光之协奏曲》，是希望的交响曲。

这首曲子之后，紧接着是慕江天的第二首曲作《潇潇暮雨洒江天》。

淅沥沥的雨水滴在江面上，被无尽的波涛吞没。这首曲子没有大开大合的波澜，也没有声嘶力竭的呐喊，就像一位跨过千山万水的疲惫旅人，将这一路上的见闻娓娓道来。

被乐曲中的情感感染，萧绡忍不住鼻头微酸，周围甚至有压抑的哭泣声。

两曲结束，慕江天缓缓收手。

"啪啪啪……"良久的静默之后，是震天的掌声，观众们纷纷起立，向这位失去了双眼和神子之手的伟大艺术家致敬。

这两首曲子，已经超越了同时代的大多数新曲目，再经过几次演绎，一定会成为不朽的经典。慕江天终于向他的肖邦之路迈出了一大步！

演奏会结束，萧绡还处在震撼中久久不能自拔。

北欧的冬天总是来得早，走出银色大厅，一股冷风扑面而来，冻红了萧绡的鼻头。

"你的课程什么时候结束？"展令羿做了半年的复健，双腿已经可以正常走路了，只是他还没有好利索，手中拿着一根跟慕江天同款的手杖，不过这一根要更华丽一些，顶端还嵌着一颗拳头大小的人造蓝宝石，看起来像是法师的魔杖。

"时装周之后我就回国。"萧绡笑着说。

"君君，你干什么去？"展令羿叫住了试图悄悄溜走的展令君。

"我去买杯喝的。"展令君指了指不远处的奶茶店。还是十年前那家老店，黄皮肤的亚洲老板已经两鬓斑白，还在愉快地做着手摇奶茶。

展令君买了三杯热奶茶，分给他俩，自己依旧是一杯奶绿加椰果。

"你不该再喝奶茶了，这么大年纪，喝多了会得糖尿病。"展令羿说着戳开了自己的奶茶，大口吸了起来，好像弟弟是个老头子而自己是小年轻一样。

展令君笑笑道："这是最后一杯。"

一切从这里开始，就以这种方式结束吧。喝了一口，展令君禁不住皱起眉头。即便喝了十年，他依旧不喜欢这太过甜腻的味道。

哐哐嘴，展令君把满杯的奶茶扔进了垃圾桶。

"你不是最喜欢喝这个吗?"萧绡有些不解。

"我从来都不喜欢喝奶茶,只是以前这奶茶喝在嘴里是苦的,"展令君静静地看着她,"现在我能尝出甜味了。"

"你想说什么?"萧绡心中一动。

"我可以,重新追求你吗?"展令君低声说。

慕江天拄着盲杖在助手的引导下走出来,搭上了展令羿的肩膀。人来人往的银色大厅门前,空气似乎有一瞬间的停滞,周围的声音如潮水般退去,只剩下展令君的声音在耳边回荡。

带着雪花的雨水落下来,黏在萧绡的睫毛上,微微颤动,而后,随着突然放大的笑容坠落。萧绡道:"看你表现咯,我可不好追!"

LY公司因为创始人的回归,这一季备受瞩目。林思远不愿继续做艺术指导,无论是展令羿还是周泰然都没有挽留他。

艺术指导的位置就这样空缺了半年,展令羿似乎一点也不急。

"听说新的艺术指导今天要来了。"

"真的假的?"

自从被脱了马甲,公司的匿名群着实消停了许久,最近才又重新活跃起来。反正他们以前说最多的就是萧绡的坏话,萧绡再怎么着也只是个设计师,没有实权,不能把他们怎么样,只是见面尴尬些罢了。

众人都在猜测着,这位新指导是什么来头。

会议室的大门被推开,穿着一身黑色小礼服的萧绡跟着展令羿走了进来,所有人都倒吸一口凉气。

"以后,我的小师妹萧绡,就是LY的艺术指导。"展令羿拉起她戴着黑色山茶花戒指的手,向大家致意。

"大家都不陌生,就不用自我介绍了。"萧绡微微一笑,自信而坚定地立在台上,淡定地接受着那些或惊讶或恐惧的目光。

匿名群里的几位活跃分子互相对视一眼,如丧考妣。

第32章 异国

将自己的东西搬到艺术指导办公室,萧绡站在玻璃窗前,看到楼下停了一辆银色的车。

"你来接我下班?"萧绡看看穿着一身西装帅气逼人的展令君,微微挑眉。

"嗯。"展令君从口袋里掏出一个小盒子递给她,"以前都没有送过你什么礼物,不知道你喜不喜欢。"

萧绡抿唇笑,打开了手中的小盒子,看清里面的东西之后,她立时捂住了嘴巴。

黑色丝绒小盒里,躺着一枚造型精致的钻戒。

"我想用定制的戒指,跟你换一套定制的婚纱,不知道行不行?"展令君将戒指取出来,单膝跪地,目光诚恳地问。

周围路过的人纷纷过来围观,羡慕的、叫好的声音此起彼伏。

萧绡看看周围的人群,瞬间涨红了脸,语无伦次地说:"哪有你这样的,说是重新追求我,上来就求婚是几个意思!还有啊,我现在身价很高的,一枚戒指换一套婚纱我亏大了好吗?"

展令君拉住她的手道:"那你换不换?"

"换!"萧绡咬牙,恶狠狠地说。

无名指被套上了量身定制的戒指,交换一套量身定制的婚纱,嫁一个为她量身定制的男人,这感觉……还不错。

番外篇 蜜月

自从当上了艺术指导，萧绡每天忙得脚后跟打后脑勺，也就晚上跟展令君吃饭的时候能喘口气。这样的日子虽然充实，但过久了必然厌烦。

还没订婚的时候，萧绡就挑好了蜜月要去的地方，她说："一定要去个人烟稀少没人打扰的地方。"

展令君给她剥了只虾，微微地笑道："根据旅行定律，如果两个人感情不够好，待在安静无聊的地方很容易分手。"

"那我们的感情不好吗？"萧绡捏起虾一口吃掉。

若是寻常男朋友，这时候肯定会说"咱们肯定没问题"或者"我只要看着你就不会无聊"之类的小情话，但展先生不是一般人。

"这只是理论而已，我们可以试试看。"展令君微微地笑。

蜜月定在了一座著名的度假海岛上。萧绡只在去哪里上面拿了个主意，后面的安排全都交给了展令君。在她看来所有的海岛都一样，就是碧海蓝天、沙滩游鱼，她只是想要清静清静，别的无所谓。

长时间的飞行总是令人疲惫的，萧绡做好了一觉睡到底的准备，她上了飞机就换上拖鞋，卸妆敷面膜准备睡觉。

"这趟航班的菜品是同期中最好的，不打算尝尝吗？"展令君看着空姐递过来的酒水单。

"有什么好吃的吗？"萧绡凑过去看。

虽然飞机餐也就那个样子，但不同的航空公司之间差别还是很明显的。飞行八个小时，头等舱可以吃两顿，原本萧绡只打算中间吃一顿的，听展令君这么说，她就先不睡了。

主菜是新鲜的蒸鲈鱼，点上酱油。配菜是四片白切鸡蘸红油，三丝拌菜。甜品是柠檬布丁和银耳汤。主食是一碗撒了黑芝麻的泰国香米，另配一小碗酱拌面。

味道竟出奇得好。

"你选航班，是连飞机餐的评价都考虑在内了？"萧绡吃了半晌才回过味来。

"亲爱的，我们在度蜜月，我希望你能对我有个称谓。"展令君喝了一口热茶，慢条斯理地说。

"换什么，叫令君还不行啊？"萧绡吸了一口拌面，"那叫你君君，宝宝，小甜心？"

她是故意恶心展令君的，没想到那家伙还认真思考了一下，一本正经地说："君君宝宝还不错。"

"噗——"萧绡一口果汁差点喷出去。

海岛位于热带，下了飞机，他们便立刻感受到了温差。这里是蜜月胜地，跟萧绡他们同航班的还有不少新婚小夫妻，个个脸上都写满了期待。

"欸，你们也是去东海滩的吗？不如我们拼车啊。"这海岛上什么都贵，打车费比正常城市高出三倍，海滩又离机场很远。旁边一对小夫妻见萧绡他们也在等车，那位丈夫便凑过来商量拼车。

"拼车？"萧绡摘下墨镜看向那人。因为长时间坐飞机，萧绡和展令君穿得比较随意，简单的T恤衫牛仔裤，让他们看起来很像穷游的大学生。

"不必了，我太太怕热。"展令君揽住萧绡的腰，婉拒了对方。不多时，一辆提前订好的车便开了过来。

萧绡坐在车上，看着后面那对小夫妻因为坐车的事发生了争吵，再看看自己身边一切尽在掌握的展先生，莫名有些想笑。

"怎么了？"展令君转头看她。

"我想起来一句话，两人旅行，一个负责做攻略订酒店机票，另一个负责当傻子。"萧绡冲他眨眨眼。

"你可不傻。"展令君突然凑近，鼻尖蹭着萧绡的鼻子说，"因为你找了一个靠谱的老公。"

萧绡呼吸一滞，忍不住张嘴咬了他的鼻子。

展令君订的是一间海上小屋，长长的木桥延伸出去，在碧蓝色的浅海上架起一座小屋。地板是玻璃做的，可以看到海里柔软的沙子和游鱼。门前是圈起来的小泳池，十分奢华美丽。

阳光、海滩，让人心旷神怡。

"哎，你们也住这里呀！"那对小夫妻也订了这里的小屋，许多年轻人经济条件一般，但蜜月的时候会咬牙订一个好酒店，用来度过一生一次的好时光。

那女生叫欣欣，长得娇小可爱，很喜欢说话。萧绡跟她攀谈两句，基本上该知道的都知道了。两人都是小白领，刚结婚，双方父母给了钱让他们来度蜜月，因此他们咬牙订了豪华的海边小屋。

头两天都在阳光、海滩的兴奋中度过，但到第三天就有些无聊了。

"老公，咱们玩点什么吧，好无聊。"欣欣坐在泳池边，推了推自家老公。

欣欣的老公叫魏永，此刻他正光脚坐在躺椅上打游戏，心不在焉地问："你想玩什么？早跟你说了这岛上什么都没有，只有海滩和水，玩两天就够了，你偏不听，还剩十多天呢。"

欣欣听到这话有些不高兴，她正要说什么，抬头看到了萧绡夫妻两个。

作为一名时尚界人士,萧绡出门要带的衣服定然少不了,二十六寸的箱子她带了三个。展令君也由着她,甚至把自己的衣服也交给她准备。

此刻两人正穿着情侣运动服跑步回来。

展令君不知跟萧绡说了句什么,立时被萧绡追着打,满头大汗的两人打打闹闹回了自己的房间。

"你看看人家老公的身材,再看看你。"汗湿的运动服勾勒出展令君宛如超模的完美身材,给欣欣造成了不小的视觉冲击。

"哇,出来旅游还跑步,这两人脑子进水了吧。"魏永瞥了一眼那两人,不屑道。

等欣欣看完两集电视剧,吃完早饭收拾妥当的那两人又出来了。这次萧绡穿了一身漂亮的连衣裙,化了精致的妆容,展令君则穿着一身休闲装,手中拿着一只单反。

欣欣趴在栏杆上好奇地问:"你们做什么去?"

"君君说今天是摄影主题,我也不知道呢。"萧绡看向展令君,她本以为在海岛就是吃吃睡睡泡泡水,没想到展令君每天都规划了主题,今天要她穿漂亮的裙子,说是摄影主题。

展令君但笑不语,拉着萧绡离开。

"海边的光线是最充足的,在这里拍照不需要补光。"展令君蹲下给萧绡拍照。

拍摄进行得很快,展令君尽量不让她多晒,拍完就拉她去荫凉的地方。两人拍一会儿,去饮品店里吃点冰品,再回来换套衣服接着拍。展令君的耐心似乎总也用不完,看得周围人艳羡不已。

"你老公是摄影师吗?"海滩上有女生忍不住问。

"不是,他是个医生。"萧绡笑着说。

太阳落山,欣欣忍不住凑过去看萧绡的照片,每一张都很漂亮,欣欣羡慕道:"你们明天要做什么?"她觉得萧绡两人的安排都很有意思,自家老公什么计划都没有,她要是能跟着萧绡他们玩就好了。

"我们明天做什么?"萧绡用脚趾点点在泳池里游泳的展令君。

"明天潜水,潜水服早上八点钟会有人送过来。"展令君握住萧绡的脚,捏她的脚心。

"哈哈哈……"萧绡笑着缩脚。

"在哪里预约的呀？"欣欣问展令君。

"网上。"展令君淡淡地说，捏着萧绡的脚一直没松手。

欣欣意识到自己打扰人家了，赶紧告辞，回去查了才知道，这个岛上的潜水是要提前预约的，现在已经约满了，她只能再把自家老公骂一顿。

展令君这个计划狂魔，对每一天都有安排，但又不会太累，只安排一上午的活动。太阳毒辣的下午，他们全部用来休息。睡过午觉，两人就在躺椅上聊天，吃一点平时展令君不许萧绡多吃的冰品。

"我们来玩真心话大冒险吧。"展令君不知从哪里摸出一副游戏牌。

"好啊。"萧绡盘腿坐起来，偷走了展令君杯子里的草莓。

展令君撩她一眼道："放弃回答的话，得亲对方一下。"

"这有什么难的，换个有难度的惩罚。"萧绡又偷走一块黄桃。

展令君挑眉，凑到她耳边说了一句。萧绡的脸"刷"地一下就红了，给了他一拳道："流氓，我以前怎么没看出你这么流氓？"

展令君和萧绡的屋子里不断传来笑声，在安静而无人打扰的海岛上，两人的感情持续升温。

另一边，欣欣看着自家一边吃薯片一边打游戏的老公忍不住生闷气。

"叫你做攻略你不做，叫你多下点电视剧又不听，现在埋怨我了？"魏永也待得无聊，"我跟你说，再互相喜欢的两人，无所事事互相盯着都会吵架，你自己找点事做。花这么多钱让你来玩，可不是让你给我找茬的。"

"我找什么茬了？你看看人家老公，再看看你！"欣欣被气得掉起眼泪来。

"我就知道你是看上隔壁的小白脸了，你看上他你去跟他啊。"魏永也怒了，这两天他新婚的妻子总是盯着隔壁的男人，这让他很是生气。

萧绡扒着窗户听隔壁吵架，回头看一眼自家的展先生道："你看你，真是祸水，惹得人家小夫妻吵架了。"

展令君伸手，把听墙根的老婆抓过来道："我是祸水，你是什么？"

"我啊，我就是那烽火戏诸侯的昏君。"

月光照进海里，把海水染成了蜜糖色。

"失之东隅,收之桑榆,你是怎么理解的?"

"我跌进人生低谷,然后遇见了你。"